Борис Леонидович Пастернак

Доктор Живаго

•

의사 지바고 2

창 비 세 계 문 학

97

•

의사 지바고 2

•

보리스 빠스쩨르나끄

최종술 옮김

창비

차례

•

일러두기

1. 이 책은 Борис Леонидович Пастернак, *Доктор Живаго* (Москва: Художественная литература 1990)를 번역 저본으로 삼았다.
2. 각주에서 원문의 주는 '(원주)'로 표시했다. 그밖의 주는 옮긴이의 것이다.
3. 외국어는 가급적 현지 발음에 준하여 표기하되, 일부 우리말로 굳어진 것은 관용을 따랐다.
4. 이 책에 인용된 성경 구절은 공동번역성서(대한성서공회 1977; 1999)를 따랐다.

제8부

·

도착

1

지바고 가족을 이곳까지 싣고 온 기차는 아직 역 뒤쪽 선로에 다른 열차들에 가려진 채 서 있었다. 하지만 여정 내내 이어져온 모스끄바와의 인연은 이날 아침에 뚝 끊겨버린 느낌이었다.

여기서부터 영토의 다른 지대, 그 자체 중력의 중심을 가진 상이한 지역 세계가 펼쳐져 있었다.

이곳 사람들은 수도에 사는 사람들보다 서로를 더 가깝게 알고 지냈다. 비록 유랴찐-라즈빌리예 철도 지대가 외지인 출입이 금지되고 적군 부대에 의해 봉쇄되어 있었지만, 지역 근교 승객들은 알수 없는 방식으로 선로로 기어 들어왔다. 요즘 유행하는 말로 '잠입했다.' 그들은 이미 미어터질 만큼 찻간에 들어찼고 차량 승강대에도 가득했으며, 기차를 따라 선로를 서성이기도, 자기 차량 입구

쪽 철둑에 서 있기도 했다.

이 사람들이 전부 서로 아는 사이였다. 멀리서 보이면 말을 주고받고 가까워지면 인사를 나누었다. 그들은 옷 입는 것과 말하는 것이 수도 사람들과 약간 달랐다. 먹는 것도 달랐고 풍습도 달랐다.

그들이 무엇으로 사는지, 어떤 정신적, 물질적 양식을 먹고 살아가는지, 역경과 어떻게 맞서 싸우는지, 법망을 어떻게 피하는지 알아보는 것은 흥미로웠다.

대답은 이내 아주 생생한 형태로 나타났다.

2

소총을 땅바닥에 질질 끌거나 지팡이처럼 그것에 의지하던 보초병을 따라 의사는 자기 기차로 돌아가는 중이었다.

푹푹 찌는 날이었다. 태양이 레일과 차량 지붕을 달구었다. 기름이 스며 시커메진 땅이 금박을 한 듯 노란빛으로 불타고 있었다.

보초병은 개머리판으로 모래 위에 먼지를 일으키고 뒤에 고랑 자국을 남기며 걷고 있었다. 소총이 탁탁 소리를 내며 침목에 부딪혔다. 보초병이 말했다.

"날씨가 누그러졌네. 봄작물 파종하기에 제일 좋은 때야, 귀리며 밀이며, 혹은 말하자면 수수 같은. 메밀은 아직 일러. 우리 지방에서 메밀은 아꿀리나의 날[1]에 파종하지. 우리는 모르샨스끄 출신이오, 땀보프 현의. 이곳 사람들이 아니야. 아이고, 의사 동지! 지금

---

1 농사력에서 중요한 날짜의 하나로 구력 4월 7일.

이 내전의 히드라가, 반혁명의 전염병이 아니었으면 과연 내가 이런 철에 타지에서 썩고 있겠소? 계급투쟁이 검은 고양이처럼 우리 사이를 달려가서, 보라고, 이게 무슨 짓인지!"

3

"고맙습니다. 혼자 할 수 있어요." 유리 안드레예비치는 도움의 손길을 물리쳤다. 난방 화차에 있던 사람들이 그를 태우려고 허리를 구부려 손을 내밀었던 것이다. 그는 몸을 쭉 뻗었다가 찻간으로 훌쩍 뛰어올라 두 다리로 서고는 아내와 포옹했다.

"드디어 돌아왔네. 어쨌든 잘 끝나서 다행이에요, 정말 다행이야." 안또니나 알렉산드로브나가 되풀이해 말했다. "하지만 이 행복한 결말이 우리에게 새 소식은 아니에요."

"어떻게 새 소식이 아니야?"

"우린 다 알고 있었거든."

"어떻게?"

"보초병들이 말해줬어요. 그렇지 않았다면 당신이 어떻게 될지 모르는데 우리가 견딜 수 있었겠어? 아빠와 나는 금방이라도 미치는 줄 알았어. 저기서 주무시고 계셔. 깨우지 말아요. 너무 걱정하신 나머지 짚단처럼 쓰러지셨어. 깨울 수도 없을 거야. 새로 온 승객들이 있어요. 지금 당신한테 한 사람 소개해줄게. 하지만 먼저 주위에서 하는 얘기를 들어봐요. 객차 전체가 당신이 무사히 풀려난 걸 축하하고 있어. 바로 이 사람이에요!" 그녀가 느닷없이 화제를 바꾸더니 고개를 돌려 어깨 너머로 남편을 새로 탄 승객들 가운데

한 사람에게 소개했다. 그는 옆 사람들에게 떠밀려 난방 화차 안쪽 깊숙이 들어가 있었다.

"삼제뱌또프입니다." 그쪽에서 목소리가 들려왔다. 다른 사람들의 빼곡한 머리 위로 부드러운 모자가 솟아올랐고, 이름을 댄 사람이 그를 짓누르는 몸들의 북새통을 헤치고 의사한테 다가오기 시작했다.

'삼제뱌또프라.' 그사이 유리 안드레예비치는 생각에 잠겼다. '나는 옛 러시아적인 무언가, 영웅담에나 나올 법한 덥수룩한 턱수염, 소매 없는 반외투, 금속 장식이 박힌 허리띠를 생각했는데, 이건 웬 미술 애호가 협회 회원, 희끗한 고수머리에 콧수염, 염소수염이군.'

"그래, 어땠습니까? 스뜨렐니꼬프를 만나보니 간담이 서늘했나요? 솔직히 말씀해주시죠."

"아니, 왜요? 대화는 진지했습니다. 여하튼 강인하고 탁월한 사람이에요."

"그야 그럴 테죠. 그 사람 인품을 좀 압니다. 우리 고장 사람이 아니에요. 당신네 모스끄바 사람입니다. 요즈음의 우리 신체제도 마찬가지예요. 그 또한 당신네 수도에서 유입된 거죠. 우리 머리로는 아무리 해도 생각해내지 못했을 것들입니다."

"유로치까, 이분은 안핌 예피모비치인데, 뭐든 모르는 게 없는 만물박사셔. 당신에 대해 들었고 당신 아버님에 대해서도, 내 할아버지에 대해서도 알고 계셔. 모두, 모두를 아신다니까. 인사 나누세요." 그러고서 안또니나 알렉산드로브나는 지나가는 말로 별 표정 없이 물었다. "아마 당신은 이곳 교사 안찌뽀바도 아시겠죠?" 삼제뱌또프 또한 덤덤하게 대답했다.

"안찌뽀바는 왜요?" 그 말을 듣고 유리 안드레예비치는 대화를 거들지 않았다. 안또니나 알렉산드로브나가 말을 이었다.

"안핌 예피모비치는 볼셰비끼야. 유로치까, 조심해. 이분 있는 데서는 정신 바짝 차려요."

"아니, 정말로요? 전혀 생각지 못했는데요. 모습으로는 차라리 예술가 같으신데."

"내 아버지는 여관을 했습니다. 뜨로이까²를 일곱대 굴렸지요. 하지만 나는 고등교육을 받았습니다. 그리고 사실 사회민주주의자이고요."

"유로치까, 안핌 예피모비치 말씀 잘 들어봐. 그건 그렇고, 제 말에 기분 나쁘지 않으시면 좋겠는데, 당신의 이름과 부칭은 정말이지 혀가 잘 돌아가지 않네요.³ 그래, 그런데 유로치까, 내 말 들어봐. 우리는 무지 운이 좋아. 유랴찐 시는 우리를 받아들이지 않는대. 도시에 화재가 일어나고 다리가 폭파되어 지나갈 수가 없대. 기차는 지선으로 우회해서 다른 선로로 갈 텐데, 마침 그 노선에 우리가 가야 하는 또르퍄나야 역이 있다네. 생각해봐! 갈아탈 필요도 없고, 짐을 끌고 힘들게 역에서 역으로 도시를 가로지르지 않아도 돼. 그 대신 진짜로 출발할 때까지는 이쪽저쪽 선로를 바꾸며 움직여야 하나봐. 선로를 바꾸는 데 오래 걸릴 거래. 전부 안핌 예피모비치가 설명해주신 거야."

---

2 러시아의 대표적 상징물 중 하나인 세필의 말이 끄는 마차.

3 독자가 이 이름과 부칭이 지닌 의미에 주의를 돌리도록 하는 지시적 제스처. 그리스어 기원의 안핌과 예핌(예브피미)이 지닌 '번성하는' '자비로운'의 의미가 삼제뱌또프의 삶의 상황과 성격에 부합한다.

4

안또니나 알렉산드로브나의 예언대로 되었다. 원래 차량들을 다시 연결하고 새 차량을 덧붙이고 하면서 기차는 복잡한 선로를 따라 끝없이 앞뒤로 움직였다. 그 선로들을 따라 다른 열차들도 이동하느라 오래도록 기차는 탁 트인 벌판으로 나가지 못했다.

기복이 많은 지형에 감추어진 도시는 멀리서 보면 절반이 사라져 보이지 않았다. 간혹 지평선 위로 집들의 지붕과 공장 굴뚝 끝과 종루의 십자가를 드러내 보일 뿐이었다. 교외 중 한곳이 불타고 있었다. 화재 연기가 바람에 실려다녔다. 연기는 휘날리는 말의 갈기가 되어 온 하늘에 뻗어나갔다.

의사와 삼제뱌또프는 난방 화차 가장자리 바닥에 문 밖으로 발을 늘어뜨리고 앉아 있었다. 삼제뱌또프는 줄곧 먼 데를 손으로 가리켜 보이며 유리 안드레예비치에게 무어라 설명해주었다. 이따금 쿵쾅대며 굴러가는 난방 화차 소리가 그의 말소리를 지워서 알아들을 수 없었다. 유리 안드레예비치는 되묻곤 했다. 안핌 예피모비치가 의사에게 얼굴을 가까이 대고 기를 쓰고 고함을 지르며 그의 귀에다 했던 말을 곧장 되풀이했다.

"저건 '거인'이라는 영화관이 타고 있는 겁니다. 사관생도들이 저기 틀어박혀 있었죠. 하지만 그들은 훨씬 전에 항복했어요. 대체로 전투는 아직 끝나지 않았습니다. 종루 위의 검은 점들 보이죠? 저건 아군입니다. 체코군을 소탕 중이죠."

"아무것도 안 보이는데요. 어떻게 저걸 다 분간하시죠?"

"저건 호흐리끼가 타고 있는 겁니다. 변두리의 수공업 지대죠.

그 옆이 상점가가 있는 꼴로제예보고요. 왜 내가 저런 것에 관심이 있냐 하면, 저 상점가에 우리 여관이 있거든요. 큰불은 아니네요. 중심가는 아직 무사합니다."

"다시 말해주세요. 안 들려요."

"중심가요, 시내. 성당, 도서관이 있는. 우리 성 삼제뱌또프는 산도나또를 러시아식으로 바꾼 겁니다. 우리는 제미도프 가문에서 나왔다던가 그래요."

"또 아무것도 못 알아들었어요."

"삼제뱌또프는 산도나또를 바꾼 거라고요. 우리는 제미도프 가문에서 나온 것 같다고요, 제미도프 산도나또 대공 가문.⁴ 그냥 지어낸 말일 수도 있어요, 집안 전설이니까. 이 지역은 스뻬르낀 니즈라고 불려요. 별장 지대, 유흥지지요. 사실, 이상한 이름이죠?"

그들 앞에 들판이 펼쳐졌다. 철도 지선들이 여러 방향에서 들판을 가로지르고 있었다. 전신주들이 들판을 따라 거인의 걸음으로 성큼성큼 멀어지며 지평선 너머로 사라졌다. 넓은 포장도로가 철로와 아름다움을 다투며 리본처럼 구불구불 뻗어 있었다. 도로는 지평선 너머로 숨는가 하면, 구비마다 물결치는 아치가 되어 잠시 모습을 드러내기도 했다. 그러고는 다시 사라졌다.

"우리네 유명한 길입니다. 시베리아를 죽 가로지르지요.⁵ 유형수

---

4 '제미도프'는 동화 같은 부유함과 자선으로 명성이 자자했던 러시아의 가문. 산도나또(이딸리아 피렌쩨 근처) 대공의 작위를 지녔었다. '아홉배로 주는 사람'이라는 의미의 러시아 성 '삼제뱌또프'와 '선물'이라는 의미의 라틴어 기원의 작위 '도나또'(donato)가 이 인물이 지닌 경이로운 조력자 역할을 강조한다.

5 까잔에서 시작해 말미시, 뻬름, 예까쩨린부르그, 쮸멘, 또볼스끄 등을 거쳐 동쪽으로 뻗어 있는 시베리아 대로. 18세기 말부터 모스끄바에서 시베리아로 가는 주 교통로였다.

들 노래에도 나와요. 지금은 빨치산 작전지역입니다. 대체로 우리 쪽은 괜찮아요. 살다보면 익숙해질 겁니다. 도시의 별난 것들도 마음에 들게 될 거고요. 급수장 같은 거요. 네거리마다 있습니다. 여자들의 겨울 야외 놀이터죠."

"우리는 도시에 살지 않을 겁니다. 바리끼노에서 살 거예요."

"압니다. 당신 부인이 말해줬습니다. 마찬가지예요, 일 보러 도시로 나오게 될 테니까. 부인이 누군지 첫눈에 짐작했어요. 눈이며 코며 이마가 끄류게르 씨를 빼다 박았더군요. 영락없이 할아버지 모습 그대로예요. 이 고장 일대에서는 모두가 끄류게르 씨를 기억합니다."

들판 끝에 원통 모양의 높다란 석유 탱크가 붉게 보였다. 높은 기둥 위로 회사 광고판들이 솟아 있었다. 그중 두번 의사의 눈에 띈 광고판에는 이런 글귀가 씌어 있었다.

"모로와 벳친낀. 파종기. 탈곡기."

"탄탄한 회사였습니다. 우수한 농기계를 생산했어요."

"안 들려요. 뭐라고요?"

"회사 말이에요, 아시겠어요, 회사. 농기계를 만들었다고요. 주식회사였어요. 내 아버지가 주주셨어요."

"여관을 경영했다고 하셨잖습니까?"

"여관은 여관이고요. 그중 하나가 다른 것에 방해가 되진 않습니다. 아버지는 바보가 아니어서 제일 좋은 회사들에 투자하셨죠. 영화관 '거인'에도 투자하셨습니다."

"그걸 자랑스러워하시는 것 같네요."

"아버지가 수완이 좋았던 거요? 그럼요!"

"그럼 당신의 사회민주주의는 어쩌고요?"

"아니, 그게 무슨 상관입니까? 맑스주의자답게 판단하는 사람은 코흘리개 바보 천치여야 한다는 법이 어디 있습니까? 맑스주의는 실증과학, 현실에 관한 이론, 역사적 상황의 철학입니다."

"맑스주의와 과학요? 내가 잘 모르는 분과 이 문제에 대해 논쟁하는 것은 어쨌든 경솔한 짓이겠죠. 하지만 뭐 좋습니다. 맑스주의는 과학이라기에는 자기제어가 너무 부족합니다. 과학은 더 균형 잡혀 있는 법입니다. 맑스주의와 객관성요? 나는 맑스주의보다 더 폐쇄적이고 더 사실로부터 유리된 운동을 알지 못합니다. 우리는 저마다 경험으로 자신을 검증하는 데 몰두하는데, 권력을 쥔 사람들은 자기 무오류성의 신화를 위해 온 힘을 다해 진실에서 눈을 돌립니다. 정치는 내게 아무것도 말해주지 않아요. 나는 진리에 무관심한 사람들을 좋아하지 않습니다."

삼제뱌또프는 의사의 말을 재치 있는 괴짜의 엉뚱한 생각으로 간주했다. 그저 빙그레 웃을 뿐 반박하지 않았다.

그러는 사이에 기차는 계속해서 선로를 바꾸었다. 기차가 신호기 옆 출구 전철기에 다다를 때마다 허리춤에 우유 깡통을 찬 나이든 여자 전철수가 한 손에 들고 있던 뜨개질감을 다른 손으로 옮기고는 허리를 구부려 전철용 레버를 움직여 기차를 다시 후진시켰다. 기차가 조금씩 뒷걸음치면 그녀는 몸을 곧추세우고 기차에다 주먹으로 으르댔다.

삼제뱌또프는 그녀의 몸짓을 자신에게 한 것으로 받아들였다. '저 여자는 누구한테 저런 짓을 하는 거지?' 그는 의아했다. '왠지 낯익은데. 뚠쩨바가 아닌가? 닮았네, 그녀야. 그런데 내가 뭘 어쨌다고? 그럴 리가. 글라시까라기엔 너무 늙었어. 그리고 그게 나와 무슨 상관인가? 어머니 러시아에 격변이 일어나 철도가 엉망이니

저 불쌍한 여자도 아마 힘든 거겠지. 그게 내 잘못이라고 나한테 주먹으로 으르대는 거야. 에이, 지옥에나 가버려라. 내가 왜 저 여자 때문에 골머리를 앓아야 해!'

마침내 여자 전철수가 깃발을 흔들며 기관사에게 뭐라고 외친 다음 신호기 너머 선로가 뻗은 광활한 공간으로 기차를 통과시켰다. 그리고 14호 난방 화차가 곁을 스쳐 지나갈 때, 그녀는 객차 바닥에 앉아 수다를 떨며 신경을 거슬리게 했던 두 사람에게 혀를 쑥 내밀었다. 삼제뱌또프는 다시 생각에 잠겼다.

5

불타는 도시 근교와 원통형 석유 탱크와 전신주와 광고판 들이 멀리 물러나 사라지고 다른 광경이 나타나기 시작했다. 어린 숲과 작은 산들, 그 사이로 구불구불한 길이 자주 보였다. 그러자 삼제뱌또프가 말했다.

"일어나서 자리로 돌아갑시다. 나는 곧 내려야 합니다. 당신들도 그다음 역이고요. 넋 놓고 있다가 지나치지 마십시오."

"이 근처를 잘 아시겠네요?"

"손바닥 보듯 훤합니다. 100베르스따 사방은 모르는 곳이 없지요. 사실 나는 변호사입니다. 이십년간 종사했습니다. 사건 때문에 늘 돌아다니죠."

"지금도요?"

"물론입니다."

"요즘은 어떤 종류의 사건이 있습니까?"

"뭐든 다요. 미완결의 예전 거래, 사업 운영, 불이행 채무 관계. 숨이 턱 막힐 지경이에요. 끔찍합니다."

"아니, 그런 계약관계는 모두 무효가 되지 않았나요?"

"명목상으로는 물론 그렇죠. 하지만 실제로는 양립할 수 없는 일들이 동시에 요구되고 있습니다. 기업 국유화도, 시 소비에뜨 연료 공급도, 지방 소비에뜨 인민경제위원회에 보내는 짐마차 수송도요. 그와 더불어 모두가 살기를 원합니다. 아직 이론이 실제와 맞지 않는 과도기의 특징이지요. 지금은 나같이 영리하고 약삭빠르고 고집 센 사람도 필요합니다. 복 있는 사람은 좇지 아니하며 아무것도 보지 아니하고 많은 것을 얻는 자로다.[6] 그러다 내 아버지가 곧잘 말씀하셨던 것처럼 뭐, 더러 따귀를 얻어맞기도 하는 거죠. 이 지방 절반은 내가 먹여 살립니다. 목재 조달하는 일로 댁에도 찾아뵙게 될 겁니다. 물론 말이 나오면 말을 타고요. 최근에 타던 말이 다리를 절게 됐습니다. 말만 성하다면야 이 따위 쓰레기 같은 걸 타고 덜컹대면서 가겠습니까! 엉금엉금 기어가는 꼴 좀 보세요, 이러고도 기차라니. 내가 바리끼노로 찾아가면 당신들에게 도움이 될 겁니다. 당신네 미꿀리찐 집 사람들을 내 다섯 손가락 알듯 알거든요."

"우리 여행의 목적, 우리 의도를 알고 계십니까?"

"대강은요. 짐작은 하고 있습니다. 감이 있어요. 흙으로 돌아가려는 인간의 영원한 동경이지요. 자신의 노동으로 살아간다는 꿈 말입니다."

"어떻습니까? 당신은 찬성하시지 않는 것 같군요? 뭐라 말씀하

6 시편 1:1 "복되어라. 악을 꾸미는 자리에 가지 아니하고 죄인들의 길을 거닐지 아니하며 조소하는 자들과 어울리지 아니하고"의 패러디.

실 건가요?"

"순진한 목가적 염원입니다. 안 될 건 없지요. 신의 가호가 있기를. 하지만 나는 믿지 않습니다. 유토피아적이에요, 원시적이고."

"미꿀리찐은 우리를 어떻게 대할까요?"

"문지방도 넘지 못하게 할 겁니다. 빗자루로 쫓아낼 거예요. 당연하지요. 거기는 당신들이 아니어도 소돔이고 천일 야화입니다. 돌아가지 않는 공장, 달아난 노동자들, 생계 수단이랄 것도, 양식도 없어요. 그런데 난데없이 빌어먹을 당신들까지 나타나다니. 정말이지 그 사람이 당신들을 죽인대도 나는 그를 변호할 겁니다."

"자, 보세요, 당신은 볼셰비끼인데도 스스로 이게 삶이 아니라 전대미문의 무언가, 환영 같은 황당무계한 일이라는 걸 부정하지 않으시네요."

"물론입니다. 하지만 실로 이것은 역사적 불가피성입니다. 통과해야만 합니다."

"어째서 불가피성입니까?"

"아니, 당신은 어린앤가요, 아니면 그런 체하는 겁니까? 달에서 떨어지기라도 했나요? 걸신들린 기생충 같은 인간들이 굶주린 노동자들의 등에 올라타 죽도록 부려먹어왔는데도 그대로 둬야 했단 말입니까? 또다른 형태의 학대와 압제는요? 인민의 정당한 분노가, 공평하게 살고 싶다는 바람이, 정의의 추구가 정말로 이해되지 않는단 겁니까? 아니면 당신은 근본적인 변혁이 의회에서, 의회주의의 길을 통해 달성될 수 있고 그래서 독재 없이 이루어질 수 있다고 보는 겁니까?"

"우리는 서로 어긋난 얘기를 하고 있네요. 백년을 논쟁해봐야 의견 일치를 볼 수 없을 겁니다. 나는 예전에 아주 혁명적인 기질의 사람이었지만 지금은 폭력으로는 아무것도 얻을 수 없다고 생각합니다. 선善으로 선을 이끌어야죠. 하지만 그게 문제가 아닙니다. 미꿀리찐 얘기로 돌아가죠. 우리를 기다리고 있는 상황이 그렇다면 우리가 뭐 하러 가야 합니까? 돌아가야 마땅하겠네요."

"무슨 쓸데없는 소리를 하세요. 첫째, 넓고 넓은 이 세상천지에 미꿀리찐네밖에 사람이 없답니까? 둘째, 미꿀리찐은 죄스러울 정도로 선한 사람, 이루 말할 수 없이 선한 사람입니다. 좀 소란 피우고 고집 부리다가 누그러질 겁니다. 루바시까도 벗어주고 마지막 빵 껍질까지 나눠줄 거예요." 그리고 삼제뱌또프는 이런 이야기를 했다.

6

"공과대학 학생이던 미꿀리찐은 이십오년 전에 뻬쩨르부르그에서 왔습니다. 이곳으로 유형을 와 경찰의 감시를 받으며 살았지요. 미꿀리찐은 여기 와서 끄류게르 씨네 관리인 자리를 얻고 결혼도 했습니다. 여기 우리 고장 뚠쩨프네에는 체호프의 연극보다 한명이 더 많은[7] 네 자매가 있었습니다. 유랴찐의 모든 학생이 아그립삐나, 옙도끼야, 글라피라, 세라피마 세베리노브나까지 이 네 자매의 꽁무니를 졸졸 따라다녔어요. 부칭을 따서 자매들을 세베랸까라고 불렀습니다. 미꿀리찐은 첫째 세베랸까와 결혼했고요.

부부한테 곧 아들이 태어났습니다. 자유사상을 신봉한 나머지

---

7 안똔 체호프의 희곡 『세 자매』가 있다.

어리석은 아버지는 아이에게 리베리라는 희한한 이름을 지어주었어요. 줄여서 립까라고 부르던 리베리는 다방면에 비범한 재능을 드러내며 개구쟁이로 자랐습니다. 전쟁이 났습니다. 립까는 호적의 나이를 속이고 열다섯살 풋내기로 자원입대해 전선으로 내빼버렸어요. 본래 병약했던 아그라페나 세베리노브나는 충격을 이기지 못하고 몸져누웠고, 다시는 일어나지 못하고 재작년 겨울, 그러니까 혁명 직전에 죽었습니다.

전쟁이 끝났습니다. 리베리가 돌아왔지요. 그가 누구냐? 십자훈장을 세번이나 탄 영웅 소위에다 음, 물론 철저히 세뇌된 볼셰비끼 전선 대의원이었습니다. '숲의 형제들'에 대해 들어보셨나요?"

"아니요, 죄송하게도."

"뭐 그럼 이야기해봐야 의미가 없겠네요. 효과가 반감될 테니까요. 차창으로 도로를 바라볼 까닭도 없고요. 도로가 주목을 끄는 이유가 뭐겠습니까? 현재는 빨치산 때문이죠. 빨치산이란 뭔가? 내전의 주요 병력이고요. 이 세력은 두가지 원천이 제휴해 만들어졌습니다. 혁명을 주도한 정치조직과 패전 뒤 옛 권력에 복종하기를 거부한 하급 병사들이지요. 이 두 힘이 결합해 빨치산 부대가 생긴 겁니다. 부대 구성은 잡다해요. 대개는 중농층이죠. 하지만 그들과 더불어 온갖 사람을 만날 수 있을 겁니다. 빈농이 있는가 하면 환속한 수도사도, 아버지와 싸우는 부농의 아들도 있습니다. 이념적 무정부주의자, 신분증 없는 부랑자, 나이가 많아 중등학교에서 쫓겨난, 결혼할 때가 지난 멍청이도 있어요. 자유를 주고 조국으로 돌려보내준다는 약속에 넘어가 가담한 독일군과 오스트리아군 포로들도 있지요. 자, 그리고 이 수천의 인민군 부대 가운데 '숲의 형제들'이라는 부대 하나를 레스니흐 동지, 립까가 지휘하고 있습니다.

아베르끼 스쩨빠노비치 미꿀리찐의 아들 리베리 아베르끼예비치
가요."

"무슨 말씀을 하시는 건지요?"

"들으신 대로입니다. 이야기를 계속해보죠. 아내가 죽은 후에 아
베르끼 스쩨빠노비치는 재혼했어요. 새 아내인 옐레나 쁘로끌로브
나는 김나지움 학생이었습니다. 학교 교실에서 결혼식장으로 직행
한 거죠. 천성이 순진한데도 일부러 순진한 척하고, 젊은데도 벌써
부터 젊게 보이려고 애쓰는 사람이에요. 노상 재잘대고 종달새마
냥 지저귀면서 순진한 척, 바보인 척하지요. 당신을 보자마자 시험
을 보려 들 겁니다. '수보로프는 몇년에 태어났지요?'라든가 '등변
삼각형인 경우를 열거해보세요' 하고 말이에요. 그리고 당신을 낙
제시켜 창피를 주고는 환성을 올릴 겁니다. 뭐, 몇시간 뒤면 당신이
직접 보고 내 이야기를 확인하게 되겠지요.

미꿀리찐 본인한테는 다른 약점이 있어요. 파이프와 신학교식
교회슬라브어 말투[8]가 그겁니다. '니시또제 숨냐셰샤' '예제' 그리
고 '뽀네제' 같은 말이지요.[9] 그의 활동 무대는 바다가 되었어야 해
요. 대학에서 조선학을 공부했거든요. 그게 용모와 습관에 남아 있
습니다. 말끔히 면도를 하고, 온종일 파이프를 입에서 떼지 않고,
잇새로 정중하게 느릿느릿 말을 내뱉지요. 애연가답게 살짝 나온
아래턱, 싸늘한 잿빛 눈. 참, 한가지 잊을 뻔한 게 있네요. 그는 사회
혁명당 당원이고 이 고장의 제헌의회 대의원으로 뽑혔습니다.[10]"

----

8 러시아정교회 전례 언어인 교회슬라브어에서 유래한 어휘와 표현.

9 고대 교회슬라브어 어휘로 차례로 'ничтоже сумняшеся'(추호의 의심도 없이)
'еже'(~하도록) 'понеже'(왜냐하면)이다.

10 제헌의회 대의원 선거는 10월혁명 이후 내전의 분위기가 무르익던 1917년 11~

"그건 아주 중요한 얘기네요. 그러니까 아버지와 아들이 칼을 겨누고 있다고요? 정적으로?"

"물론 명목상이죠. 하지만 실제로는 타이가는 바리끼노와 싸우지 않아요. 그건 그렇고, 이야기를 계속하지요. 뜐쩨프네 다른 딸들, 아베르끼 스쩨빠노비치의 처제들은 지금도 유랴쩐에 삽니다. 영원한 처녀들이랄까. 시대가 변하고 처녀들도 변했으니까요.

남은 세 자매 중 맨 위의 압도찌야 세베리노브나는 시립도서관 사서입니다. 귀엽게 생긴 가무잡잡한 아가씨인데 이만저만 수줍어하질 않습니다. 어떤 일에든 얼굴이 작약같이 새빨개지죠. 도서관 안은 무덤 같은 긴장된 정적이 감돌지요. 그녀는 만성 코감기로 한꺼번에 스무번이나 재채기를 하고는 땅 밑으로 꺼지고 싶을 정도로 창피해합니다. 어쩌겠습니까? 신경과민 탓인데요.

가운데의 글라피라 세베리노브나는 자매들 중에서 가장 축복을 받았어요. 대담한 처녀로 경이로운 일꾼입니다. 아무리 어려운 일이라도 마다하지 않아요. 다들 한목소리로 빨치산 대장 레스니흐가 이 이모를 닮았다고 말합니다. 재봉 작업장이나 양말 공장에서 일하는가 싶으면 또 어느새 미용사가 돼 있는 겁니다. 유랴쩐 선로에서 여자 전철수가 우리한테 주먹으로 으르대던 것 보셨어요? 나는 '이것 봐라, 글라피라가 철도 감시원이 다 되었군!' 하고 생각했지요. 하지만 그 여자가 아닌 것 같아요. 너무 늙었어요.

<hr />

12월에 이루어졌다. 선거 결과 볼셰비끼는 23.9%의 지지율에 그친 반면 사회혁명당(에세르)이 40%를 차지하여 다수파가 되었고, 그외 멘셰비끼가 2.3%, 입헌민주당(까데뜨)이 4.7%를 획득했다. 1918년 1월, 예정된 제헌의회가 볼셰비끼에 의해 강제로 해산되자 나머지 대의원들이 사마라에 집결했고, 그곳에서 1918년 6월 제헌의회위원회(꼬무치)가 결성되었다.

막내인 시무시까는 가족의 십자가, 시련입니다. 배운 아가씨로 박식하지요. 철학을 공부했고 시를 사랑합니다. 그런데 혁명이 일어나던 시기에 전반적으로 고양된 분위기와 거리 시위, 광장 연단에서 하는 연설 등에 영향을 받고는 그만 머리가 이상해져 종교적 광기에 빠지고 말았어요. 언니들이 출근하면서 문을 잠가놓는데, 그녀는 순식간에 창문을 뛰어넘어 거리를 쏘다니며 사람들을 모아놓고 재림과 세상의 종말을 설교합니다. 그런데 이거 내가 너무 지껄였네요. 내릴 역이 가까웠어요. 당신들은 다음 역입니다. 준비하시죠."

안핌 예피모비치가 기차에서 내리자 안또니나 알렉산드로브나가 말했다.

"당신이 어떻게 생각하는지 모르지만, 내 생각에는 운명이 우리한테 저 사람을 보낸 것 같아. 우리가 살아가는 데 어떤 은혜로운 역할을 할 것 같거든."

"그럴지도 모르지, 또네치까. 하지만 나는 당신이 할아버지와 닮아서 사람들이 알아보고, 또 이곳에서 그분을 그토록 또렷이 기억하고 있는 게 반갑진 않아요. 바로 그 스뜨렐니꼬프도 내가 바리끼노라고 말하자마자 '바리끼노라, 끄류게르의 공장. 혹 그 친척입니까? 상속인이오?' 하고 독살스럽게 말했거든.

나는 여기서 우리가 모스끄바에서보다 더 눈에 잘 띌까 두려워요. 사람들의 눈을 피하려고 모스끄바에서 도망친 거잖아.

물론 이젠 어쩔 수 없어요. 엎질러진 물 쓸어 담기지. 하지만 나서지 말고 숨어 살며 조용히 지내는 게 나을 것 같아. 대체로 예감이 좋지 않네. 식구들 깨우고, 짐 챙기고 끈으로 묶어 내릴 채비 합시다."

7

안또니나 알렉산드로브나는 또르퍄나야 역 플랫폼에 서서 열차에 두고 내리는 것이 없는지 확인하느라 사람과 물건의 수를 수도 없이 되풀이해 세고 있었다. 발밑으로 밟혀 다져진 모래가 느껴졌다. 그럼에도 내릴 정거장을 지나쳐버리지 않을까 하는 두려움이 떠나지 않아서, 기차가 그녀 앞 플랫폼 가에 꼼짝하지 않고 서 있는 것을 두 눈으로 확인하면서도 달리는 기차의 바퀴 소리가 귓전에서 계속 울렸다. 그 때문에 제대로 보고 듣고 생각하기가 어려웠다.

기나긴 여정을 함께한 이들이 위쪽, 높은 난방 화차에서 작별 인사를 건넸다. 그녀는 그들을 알아차리지 못했다. 기차가 떠난 줄도 몰랐다가, 떠난 뒤 두번째 선로 저 너머로 푸른 들판과 파란 하늘이 펼쳐진 것을 보고서야 비로소 기차가 사라진 것을 알았다.

역 건물은 돌로 지은 것이었다. 입구 양쪽으로 벤치가 두개 놓여 있었다. 모스끄바의 십쩨프에서 온 여행자들이 또르퍄나야에서 내린 유일한 승객들이었다. 그들은 짐을 내려놓고 한쪽 벤치에 앉았다.

새로 도착한 사람들은 인적 없는 역의 고요함에, 산뜻함에 놀랐다. 주위에 사람들이 북적이고 서로 욕을 해대지 않는 것이 낯설었다. 이곳 벽지의 삶은 역사에서 동떨어지고 뒤처져 있었다. 그 삶이 수도의 야만에 도달하기까지 아직은 조금의 시간이 있었다.

역은 자작나무 숲속에 몸을 숨기고 있었다. 기차가 숲으로 다가 갈 때 기차 안이 어두워졌다. 자작나무의 희미하게 흔들리는 꼭대기들이 던지는 움직이는 그림자가 손과 얼굴에, 플랫폼의 깨끗하고 축축한 노란 모래에, 땅바닥과 지붕들에 서성거렸다. 숲에서 지저귀는 새소리가 숲의 신선함에 잘 어울렸다. 무지無知와 같이 꾸밈없이 맑고 충만한 소리들이 숲 전체에 울려퍼져 구석구석 스며들었다. 철길과 시골길, 두개의 길이 숲을 질러 나 있고, 숲은 마룻바닥까지 닿는 널따란 소맷자락처럼 너울거리며 늘어진 가지들을 두 길에 똑같이 드리우고 있었다.

문득 안또니나 알렉산드로브나의 눈과 귀가 틔었다. 모든 것이 한꺼번에 그녀의 의식에 와닿았다. 새들의 낭랑한 노랫소리, 숲의 순수한 고독, 사방에 흘러넘치는 차분한 평온. 그녀의 뇌리에는 이런 글귀가 만들어졌다. '우리가 무사히 도착하다니 믿기질 않네. 당신 알지? 그는, 스뜨렐니꼬프는 당신 앞에서는 아량 있는 척 석방해주고는 이리로 전보를 보내 우리가 내리면 모두 체포하도록 명령할 수도 있었어. 여보, 나는 그들의 고결함을 믿지 않아요. 모든 게 가식일 뿐이야.' 그녀는 이 준비된 말 대신 다른 말을 했다.

"참 아름답네!" 주위의 황홀한 풍경을 보자 자기도 모르게 말이 나왔다. 더이상은 아무 말도 할 수 없었다. 눈물이 차올라 목이 멨다. 그녀는 큰 소리로 엉엉 울었다.

그녀가 흐느끼는 소리를 듣고 자그마한 체구의 늙은 역장이 역사에서 나왔다. 그가 잰걸음으로 벤치로 다가와 윗부분이 빨간 역장 제모의 챙에 정중히 한 손을 대고 물었다.

"젊은 부인께 진정제라도 드릴까요? 역 구급상자에 있는데요."

"별일 아니에요. 고맙습니다. 괜찮아질 거예요."

"여행에서 오는 불안과 근심입니다. 흔히 있는 익숙한 일이죠. 게다가 또 아프리카 같은 더위고요. 우리 지방에서는 좀처럼 없는 더위입니다. 그리고 유랴찐에서 난리까지 났으니."

"불타고 있는 것을 지나는 길에 찻간에서 봤습니다."

"제가 틀리지 않는다면 러시아에서[11] 오시는 길인가보네요."

"흰 돌의 도시[12]에서 오는 길입니다."

"모스끄바 분들이시군요? 그렇다면 부인께서 신경이 곤두섰대도 전혀 놀랄 게 아니네요. 돌 위에 돌 하나도 남지 않았다고들 하던데요?"

"그건 과장입니다. 하지만 사실 온갖 일을 다 봤지요. 이쪽은 제 딸이고 이쪽은 사위입니다. 여기는 얘들 아이고요. 또 이쪽은 우리 집 젊은 유모 뉴샤입니다."

"안녕하세요, 안녕하세요. 매우 반갑습니다. 실은 미리 좀 들었습니다. 안낌 예피모비치 삼제뱌또프가 사끄마 역에서 철도 전화를 주셨어요. 지바고라는 의사분이 모스끄바에서 가족과 함께 오는데 최대한 잘 돌봐드리라고요. 당신이 바로 그 의사분이시겠지요?"

"아니요, 의사 지바고는 저 사람, 제 사위입니다. 저는 분야가 달라요. 농업을 전공한 농학 교수 그로메꼬입니다."

"실례했습니다, 잘못 알아뵀군요. 죄송합니다. 이렇게 뵙게 되어 매우 기쁩니다."

"그러니까, 말씀하시는 걸 보니 삼제뱌또프 씨를 아시는군요?"

"그런 마법사 같은 분을 모를 리가요. 우리의 희망이자 우리를 먹여 살리는 분입니다. 그분이 아니었다면 우리는 진작 이 자리에서 쭉 뻗어버렸을 겁니다. 네, 최대한 잘 돌봐드리라고 말씀하시기에 '알았습니다'라고 했지요. 약속했어요. 그러니 말이건 뭐건 필

11 우랄산맥 서쪽의 유럽 러시아.
12 모스끄바의 성채(끄레믈)를 흰 돌로 지었던 데에서 유래한 애칭.

28

요하신 게 있으면 도와드리겠습니다. 어디로 가실 예정인지요?"

"우리는 바리끼노로 갑니다. 어떻게, 여기서 먼가요?"

"바리끼노요? 바로 그래서 당신 따님이 몹시 누굴 떠올리게 한다고 의아해했네요. 그래, 바리끼노로 가신다고! 그렇다면 모든 게 설명되네요. 실로 저는 이반 에르네스또비치[13]와 함께 이 길을 닦았지요. 당장 채비하러 뛰어다녀보겠습니다. 사람을 불러 짐마차를 구해보지요. 도나뜨! 도나뜨! 이 짐을 잠시 대합실에 날라다놓게. 말은 어쩐다? 이보게, 찻집에 뛰어가 있는지 물어보겠나? 오늘 아침에 바끄흐가 거기서 어슬렁거리는 것 같던데. 물어보게, 아직 안 갔을 것 같으니. 바리끼노로 네분 실어드려야 한다고, 짐은 없는 거나 다름없다고 말하고. 새로 도착한 분들이라고. 얼른. 그런데 부인, 아버지뻘 되는 사람의 충고로 생각하고 들어두십시오. 당신이 이반 에르네스또비치하고 어느 정도 가까운 친척인지 군이 묻지 않겠지만, 그 점에 관해서는 좀더 조심하셔야 할 겁니다. 아무한테나 터놓으시면 안 됩니다. 시절이 이러니 잘 생각하세요."

바끄흐라는 이름을 듣고 타지에서 온 사람들은 놀라 서로를 쳐다보았다. 그들은 고인이 된 안나 이바노브나가 해준 옛이야기 속 쇠붙이로 찢기지 않는 자기 내장을 만들었다는 대장장이와 그밖에 이 지방에 전해 내려오는 황당하고 밑도 끝도 없는 이야기들을 아직 기억하고 있었던 것이다.

---

13 또냐의 외할아버지 끄류게르의 이름과 부칭.

귓불이 처지고 수염이 텁수룩하고 머리털이 새하얀 노인이 새끼 딸린 하얀 암말이 끄는 마차에 그들을 태우고 갔다. 그가 걸친 모든 것이 갖가지 이유로 하앴다. 자작나무 껍질로 삼은 새 신발은 미처 더러워질 겨를이 없었고, 바지와 셔츠는 세월에 새하얗게 빛이 바랬다.

하얀 어미 말의 뒤를 따라 곱슬곱슬한 갈기를 가진 밤처럼 새카만 망아지가 아직 뼈가 여물지 않은 가냘픈 다리로 땅을 차면서 달리고 있었다. 영락없이 손으로 깎아 만든 장난감 목마였다.

마차 가장자리에 앉은 여행자들은 이따금 물웅덩이 위로 튀어오를 때마다 떨어지지 않으려 가로대를 붙잡았다. 그들은 평화로운 마음이었다. 염원이 이루어져 여행의 목적지에 가까워지고 있었다. 경이롭고 맑은 하루, 해 질 녘의 시간이 아낌없는 광대함과 화사함을 드러내며 느릿느릿 늦장을 부리고 있었다.

길은 숲으로, 또 트인 들판으로 나 있었다. 숲에서 바퀴가 쓰러진 나뭇등걸에 부딪힐 때마다 마차에 탄 사람들은 한덩어리로 쓰러졌고, 어깨를 움츠리고 얼굴을 찡그리며 서로에게 바짝 붙었다. 공간 자체가 영혼이 충만해 모자를 벗은 듯한 탁 트인 곳에서 여행자들은 등을 펴고 더 널찍하게 고쳐 앉으며 고개를 흔들곤 했다.

산이 많은 지역이었다. 늘 그렇듯이 산은 특유의 모습, 특유의 표정을 지니고 있었다. 산들은 길 가는 사람들을 말없이 훑어보며 강하고 도도한 그림자로 멀리서 검게 서 있었다. 기쁨을 주는 장밋빛이 들판을 따라 여행자들을 뒤따르며 안온함과 희망을 안겨주었다.

그들은 모든 것이 좋았다. 모든 것이 놀라웠다. 무엇보다도 좀 별난 늙은 마부의 끊이지 않는 수다가 마음에 들었는데, 그의 말투에는 사라진 고대 러시아어의 흔적과 타타르어의 영향과 지방 특유의 사투리가 그가 만들어낸 불가해한 말들과 한데 섞여 있었다.

망아지가 뒤처지면 어미 말은 발을 멈추고 기다렸다. 망아지는 파도치듯 철벅대며 경쾌하게 뛰어 어미 말을 따라붙었다. 안으로 흰 긴 다리를 놀려 서툰 걸음으로 마차 옆으로 다가와서는 긴 목 위의 아주 작은 머리를 끌채 밑으로 들이밀고 어미 말의 젖을 빨았다.

"아무래도 이해가 안 돼." 안또니나 알렉산드로브나가 흔들리는 마차 때문에 이를 부딪치며, 예기치 않은 충격에 혀끝을 깨물지 않도록 띄엄띄엄 남편에게 소리쳤다. "이 사람이 엄마가 이야기하던 바로 그 바끄흐라니 그럴 리가. 그 온갖 황당무계한 이야기, 기억하지? 싸움을 하다 창자가 찢어져 튀어나오는 바람에 대장장이가 제 손으로 새 창자를 만들었다던가 하는 이야기. 한마디로 대장장이 바끄흐, 무쇠 배 말이에요. 그게 다 옛날이야기라는 건 알아. 하지만 정말 그게 이 사람에 대한 이야기일까? 과연 이 사람이 그 사람일까?"

"물론 아니지. 첫째로, 당신 스스로 그게 옛날이야기, 민담이라고 말하고 있잖아. 둘째, 어머니가 말씀하셨듯이 그 민담은 어머니 시대에도 이미 백년이나 지난 이야기였어. 그런데 어쩌자고 그렇게 크게 말하는 거요? 노인이 들으면 기분 나쁘겠어."

"아무것도 못 들어요, 귀가 어두워서. 듣는다고 해도 몰라요, 어리숙해서."

"어이, 표도르 네표디치!" 어째서인지 노인은 말이 암말이라는 것을 마차에 탄 사람들보다 더 잘 알고 있음에도 남자 이름으로 부르며 재촉했다. "무슨 놈의 더위가 이렇담! 마치 페르시아의 화덕 속에 들어간 아브라함의 후예 꼴이잖아!¹⁴ 빌어먹을, 잘 끌지 못해! 안 들리나, 마제빠¹⁵!"

느닷없이 그가 옛날 이 고장의 공장에서 지어 부르던 차스뚜시까¹⁶ 몇 소절을 뽑았다.

> 본관本館이여, 안녕.
>
> 갱 반장아, 광산아, 안녕.
>
> 난 주인의 빵이 지긋지긋해.
>
> 연못 물에 신물이 났어.
>
> 백조가 연못가를 헤엄쳐가네.
>
> 두 발로 물을 첨벙대네.
>
> 나는 포도주에 취한 게 아니라네.
>
> 바냐가 군대에 끌려간다네.
>
> 하지만 나는, 마샤, 나는 영리하지.
>
> 하지만 나는, 마샤, 바보가 아니지.
>
> 나는 셀랴바¹⁷ 시로 갈 거야.
>
> 센쩨쮸리하에게 가서 일할 거라네.

"어이, 말아, 하느님 무서운 줄 모르냐! 여보시오들, 이 게으름뱅

---

14 다니엘 3:8~95. 신상에 절하기를 거부해 바빌론 왕의 명으로 화덕에 던져졌다 살아난 유대인들 이야기.

15 Ivan Mazepa(1639~1709). 뾰뜨르 1세를 섬겼다가 독립을 꾀한 17~18세기 우크 라이나 까자끄 대장.

16 시대의 생활상이나 풍습을 반영한 러시아 속요.

17 우랄의 도시 첼랴빈스끄.

이 말 좀 보시오! 채찍을 휘두를라치면 주저앉는다네. 자, 폐쟈-네페쟈, 이제 그만 못 가겠니? 타이가라는 별명이 있는 이 숲은 말이다, 가도 가도 끝이 없단다. 농민들이 잔뜩 있단다, 이랴이랴! 숲의 형제들이 있단다. 어이, 폐쟈-네페쟈, 또 서는 거냐, 이 빌어먹을 놈아!"

갑자기 노인이 고개를 돌려 안또니나 알렉산드로브나를 뚫어지게 보며 말했다.

"젊은 부인, 댁이 어디서 온 누군지 내가 알아채지 못한 줄 아시나? 그렇담 어리숙한 거지. 난 다 보고 있어. 땅이 날 집어삼킨대도 나는 댁을 알아! 암, 알다마다! 내 눈깔을 믿을 수가 없구먼. 그리고프를 쏙 빼닮았어!(노인은 눈을 눈깔이라고, *끄류게르*를 그리고프라고 불렀다) 손녀 되시나? 내가 그리고프네를 못 알아볼까? 한평생을 그리고프네서 일했고 온갖 일을 다 당했는데. 무슨 일이건 손을 안 대본 게 없지! 갱목도 박았고, 벌목장 일도 했고, 마구간에서도 일했어. 이랴, 움직이라니까! 또 섰네. 다리가 없냐? 중국 천사야, 내 말이 안 들려, 어?

댁은 내가 그 대장장이 바*끄*흐가 아니냐고 물었지? 그렇다면 부인, 댁은 얼간이야. 그렇게 눈만 커다란 바보야. 댁이 말하는 그 바*끄*흐는 말이야, 뽀스따노고프라고 불리던 사람이야. 무쇠 배 뽀스따노고프, 그는 오십년쯤 전에 땅속으로, 무덤 속으로 떠났어. 나는 메호노신이라고 해. 이름은 같지만 성이 달라. 사람이 다르지."

노인은 차츰 승객들에게 미꿀리쩐 집안 이야기를 자기 말로 해주었는데, 그들은 이미 삼제뱌또프한테 들어 아는 이야기였다. 노인은 미꿀리쩐 부부를 미꿀리치와 미꿀리치나로 불렀다. 관리인의 지금 아내는 후처라고 불렀고, "고인이 된 첫번째 부인"에 대해서는 꿀 같은 여인이었느니 하얀 천사였느니 했다. 이야기가 빨치산 대장 리베리에게 이르러 그의 명성이 모스끄바까지 닿지 않았고 숲의 형제들 이야기도 모스끄바에서는 전혀 듣지 못했다는 것을 알았을 때, 노인은 믿기지 않는 것 같았다.

"듣지 못했다고? 숲의 동지에 대해 듣지 못했다고? 중국 천산가, 모스끄바 사람들은 귀 뒀다 어디다 쓰나?"

땅거미가 내리기 시작했다. 길을 가는 사람들의 그림자가 점점 더 길어지며 그들 앞으로 달려갔다. 그들의 길은 텅 빈 광활한 땅으로 나 있었다. 나무처럼 줄기를 높이 뻗은 명아주, 엉겅퀴, 분홍 바늘꽃이 끝에 꽃송이를 달고 외로운 꽃다발을 이루어 여기저기 자라고 있었다. 아래쪽 땅에서부터 석양빛에 물드는 그것들의 희미한 윤곽이 자라났다. 마치 순찰을 위해 들판에 듬성듬성 배치되어 꼼짝 않는 기마 보초병 같았다.

저 멀리 앞쪽 끝에서 평원은 높이 솟은 구릉지에 가로막혔다. 구릉지가 벽이 되어 길을 막고 서 있었고, 그 기슭에는 골짜기나 강이 있을 것 같았다. 거기는 하늘이 담으로 둘러쳐지고 시골길은 담장의 문으로 이어질 것 같았다.

낭떠러지 위쪽에 길쭉한 형태의 하얀 단층집이 나타났다.

"꼭대기에 있는 망루 보이나?" 바끄흐가 물었다. "미꿀리치와 미꿀리치나가 저기 살아. 그 밑은 푹 꺼진 골짜기인데, 슈찌마 골짜기라고 부르지."

그쪽에서 총소리가 두방 잇달아 울리더니 길게 꼬리를 끌며 사방에 메아리쳤다.

"저건 뭔가요? 빨치산 아니에요, 할아버지? 우리한테 쏘는 건가요?"

"말도 안 되는 소리. 빨치산은 무슨. 스쩨빠니치가 슈찌마 골짜기에서 늑대들을 겁줘 쫓아내는 거야."

9

도착한 사람들과 주인 부부의 첫 만남은 관리인 집의 마당에서 있었다. 시작은 침묵이었다가 그다음에는 앞뒤 없이 시끄럽고 혼란스러워져 괴로운 장면이 연출되었다.

옐레나 쁘로끌로브나는 숲에서 저녁 산책을 마치고 돌아와 마당으로 들어서던 참이었다. 저녁 햇살이 그녀의 금빛 머리칼과 거의 똑같은 빛깔인 나무에서 나무 사이로 숲 전체에 걸쳐 그녀의 자취를 따라 뻗어 있었다. 옐레나 쁘로끌로브나는 가벼운 여름 옷차림이었다. 얼굴이 빨개진 채 산책으로 달아오른 얼굴을 손수건으로 닦는 그녀의 드러난 목에는 고무줄이 걸렸고 거기에 달린 밀짚모자가 등 뒤에서 달랑거렸다.

골짜기에서 올라온 남편이 그녀 맞은편에서 손에 총을 들고 집으로 오고 있었다. 발사할 때 드러난 결함에 따라 연기가 나는 총열을 당장 청소할 작정이었다.

별안간 난데없이 바끄흐가 선물을 실은 마차를 몰고 돌이 깔린 입구를 따라 큰 소리를 내며 날쌔게 마당으로 들어왔다.

나머지 모두와 함께 얼른 마차에서 내린 알렉산드르 알렉산드로비치가 모자를 벗었다 썼다 하면서 제일 먼저 더듬더듬 설명을 하고 나섰다.

어안이 벙벙해 잠시 입도 열지 못한 주인 부부는 겉보기만이 아니라 진심으로 망연자실했다. 불행한 손님들도 창피한 나머지 시뻘겋게 달아오른 얼굴을 떨구고 거짓 없이 진정으로 어찌할 바를 몰랐다. 설명할 것도 없이 사태는 당사자들은 물론 바끄흐와 뉴샤와 슈로치까에게도 명백했다. 숨 막히게 난처한 분위기는 어미 말과 망아지에게도, 금빛 햇살과 옐레나 쁘로꼴로브나의 주위를 맴돌다 그녀의 얼굴과 목에 앉곤 하는 모기들에게도 전해졌다.

"모르겠네요." 마침내 아베르끼 스쩨빠노비치가 침묵을 깼다. "모르겠습니다. 하나도 모르겠고 영영 모를 일입니다. 우리가 있는 곳이 백군이 있고 곡물도 풍부한 남붑니까? 어째서 하필이면 우리한테 선택이 떨어졌을까? 어쩌자고 고르고 골라 여기로 찾아오셨대요?"

"궁금한데, 아베르끼 스쩨빠노비치에게 이게 얼마나 부담이 될지 생각해보신 건가요?"

"레노치까, 끼어들지 말아요. 그래요, 바로 그겁니다. 이 사람 말이 전적으로 옳아요. 이게 나한테 어떤 부담이 될지 생각해보셨습니까?"

"맹세코 우리를 오해하신 겁니다. 그 얘기가 아니잖습니까? 아주 작고 보잘것없는 것을 말하는 겁니다. 당신들을, 당신들의 평안을 침해할 생각은 추호도 없습니다. 허물어진 빈 집 한구석과 텃밭을 일구게 아무도 원치 않는, 그저 묵히고 있는 땅 한뙈기면 족합니다. 그리고 아무도 안 볼 때 숲에서 장작 한짐만 해오면 그만이고요. 이게 그렇게 대단한 건가요? 그렇게 큰 침해가 될까요?"

"좋아요. 하지만 세상은 넓습니다. 우리가 무슨 상관입니까? 왜 다른 누구도 아닌 바로 우리가 그런 영광을 누려야 한답니까?"

"우리가 당신들을 알았고, 당신들도 우리에 대해 들었기를 기대했습니다. 우리가 당신들에게 남이 아니길, 우리가 남의 집에 쳐들어온 게 아니길 바란 겁니다."

"아, 그러니까 문제는 끄류게르에게, 당신들이 그의 친척이라는 데 있는 거군요? 그래, 어떻게 요즘 같은 때에 그런 일을 다 털어놓을 마음을 먹게 되셨을까요?"

아베르끼 스쩨빠노비치는 이목구비가 반듯한 사람이었다. 머리를 뒤로 빗어넘기고 발을 성큼성큼 떼어 걸었으며 여름에는 꼬소보롯까[18]에 술이 달린 끈을 허리띠로 맸다. 고대에 그런 사람들은 우시꾸이니끄[19]가 되었을 테고 근대에는 만년 대학생, 교편을 잡은 몽상가 유형이었다.

아베르끼 스쩨빠노비치는 청춘을 해방운동과 혁명에 바쳤다. 혁명 때까지 살지 못하면 어쩌나, 혁명이 일어나더라도 온건해서 그의 피비린내 나는 급진적인 열망을 만족시키지 못하면 어쩌나 하는 것이 그의 유일한 걱정거리였다. 그러다 이렇게 혁명이 그의 지극히 대담한 모든 예상을 뒤엎고 도래했다. 날 때부터 변함없이 노동자를 사랑해왔으며 '스뱌또고르 보가띠르'에 최초로 공장위원회를 조직하고 거기에 노동자관리를 확립한 사람들 중 한 사람인 그는 아무 소득 없이 국외자가 되어, 일부가 멘셰비끼를 지지했던 노동자들이 뿔뿔이 떠나 황폐해진 마을에 남겨졌다. 그리고 이제 이 어처구니없는 상황, 이 끄류게르의 떨거지라는 불청객들은 그에게 운명의 비웃음, 의도적인 속임수 같은 느낌이었고, 그의 인내의 잔은 한계를 넘어섰다.

"아니, 이건 말도 안 돼요. 납득이 되지가 않아요. 당신들이 나한

---

18 앞가슴이 비스듬히 트인 남자용 루바시까.
19 강에서 약탈을 일삼던 고대 노브고로드 사람.

테 얼마나 위험한지, 나를 어떤 상황에 몰아넣는 건지 아시나요? 정말이지 나는 미쳐버릴 것 같습니다. 모르겠어요. 아무것도 모르겠고 영영 모를 일입니다."

"궁금한데, 지금 우리가 당신들 아니어도 어떤 화산을 깔고 앉았는지 알기나 하세요?"

"기다려요, 레노치까. 아내의 말이 전적으로 옳습니다. 당신들이 아니어도 사는 게 말이 아닙니다. 개 같은 인생, 정신병원이라고요. 우리를 사이에 두고 계속해서 불을 뿜어대는데 빠져나갈 구멍도 없어요. 어떤 사람들은 왜 그런 빨갱이 자식, 볼셰비끼, 인민의 총아를 만들었느냐고 악담을 퍼부어대는가 하면, 또다른 사람들은 내가 뭣 때문에 제헌의회에 선출됐느냐고 불만입니다. 누구도 만족시키지 못하고 이렇게 몸부림치고 있어요. 그런데 이제 당신들까지. 당신들 때문에 총살이라도 당하러 가면 아주 유쾌하겠네요."

"무슨 그런 말씀을! 제발 진정하세요!"

얼마 후에 미꿀리찐이 노여움을 가라앉히고 말했다.

"뭐, 마당에서 옥신각신해봤자 별수 없습니다. 집 안에서 계속해도 되겠죠. 물론 앞으로도 좋은 일이라곤 안 보이지만, 그것도 또 모르는 일이고, 어떻다고 미리 짐작할 수도 없는 노릇이고요. 그렇지만 우리가 튀르키예 친위병이나 이교도는 아니니 당신들을 숲으로 내몰아 미하일로 뽀따삐치[20]의 밥이 되게 할 순 없는 노릇이죠. 내 생각에는, 레노끄, 이분들을 서재 옆 종려나무 방으로 모시는 게 가장 좋을 듯싶은데. 어디에 자리를 잡을지는 차차 상의하기로 해요. 나는 정원 어딘가에 들일 수도 있을 거라 생각해. 자, 들어가십

----
20 러시아 동화에서 곰을 일컫는 말.

시다. 어서 들어가세요. 바끄흐, 짐을 들여놔줘요. 이분들을 좀 거
들어줘요."

지시대로 이행하면서 바끄흐는 한숨만 쉴 뿐이었다.

"맙소사, 성모마리아여! 방랑자나 다름없는 짐이구나. 그저 보
따리뿐이야. 트렁크는 하나도 없어!"

10

차가운 밤이 찾아왔다. 도착한 사람들은 세수를 했다. 여자들은
제공된 방에 잠자리를 마련했다. 자신의 혀짤배기 말에 어른들이
크게 기뻐하자 저도 모르게 버릇이 되어버린 슈로치까는 이번에도
어른들의 환심을 사려고 기꺼이 돌아가지 않는 혀를 열심히 굴려
보았지만 기분이 언짢아졌다. 오늘 그의 수다는 성공하지 못했다.
아무도 그에게 관심을 보이지 않았다. 그는 검은 망아지를 집 안으
로 들여놓지 않은 것이 불만이었고, 조용히 하라고 야단을 맞자 엉
엉 울기 시작했다. 그의 생각에 자기처럼 말 안 듣는 나쁜 아이는
세상에 나올 때 자신을 부모님 집으로 배달해준 어린이 가게로 돌
려보내지 않을까 두려웠던 것이다. 아이는 진정으로 두려워서 큰
소리로 주변 사람들에게 하소연했지만 그의 사랑스러운 심술은 익
숙한 효과를 얻지 못했다. 남의 집에 신세를 지는 것이 불편했던
어른들은 여느 때보다 부지런히 움직였고 묵묵히 저마다의 걱정에
잠겨 있었다. 유모들 말대로 슈로치까는 골이 나서 떼를 썼다. 밥을
먹이고 가까스로 잠자리에 눕혔다. 마침내 그는 잠이 들었다. 미꿀
리쩐네 하녀 우스찌니야가 뉴샤를 제 방으로 데리고 가 저녁을 먹

이고 집안의 비밀을 말해주었다. 안또니나 알렉산드로브나와 남자들은 저녁 차를 마시는 자리에 초대받았다.

알렉산드르 알렉산드로비치와 유리 안드레예비치는 잠시 자리를 비우겠다고 양해를 구하고 신선한 공기를 마시러 현관 계단으로 나왔다.

"별이 참 많기도 하네!" 알렉산드르 알렉산드로비치가 말했다.

캄캄했다. 현관 계단에 두걸음 떨어져 서서도 사위와 장인은 서로를 볼 수 없었다. 집 모퉁이 뒤 창문에서 램프 불빛이 골짜기로 떨어졌다. 그 빛줄기 속에서 찬 이슬에 젖은 덤불과 나무들과 또 불분명한 어떤 물체들이 어렴풋이 보였다. 빛줄기는 얘기를 나누던 두 사람에게까지 미치지 않아 그들 주위의 어둠이 한결 짙어 보였다.

"내일은 아침부터 저 사람이 골라준 별채를 둘러봐야겠네. 살 만하거든 당장에 손을 보세. 거처를 손질하는 사이에 토양도 회복되고 땅도 녹을 거야. 그러면 한시도 때를 놓치지 말고 밭을 갈아야지. 저 사람이 얘기 중에 씨감자를 나눠주겠다고 약속하는 걸 들은 것 같은데, 내가 잘못 들었나?"

"약속했습니다, 약속했어요. 다른 씨앗도요. 제 귀로 들었습니다. 그리고 우리한테 쓰게 해주겠다는 구석은 우리가 오다가 정원을 가로지를 때 봤던 겁니다. 어딘지 아시겠어요? 저택 뒤쪽, 엉겅퀴 속에 묻혀 있었죠. 그쪽은 목조인데 저택 자체는 석조예요. 제가 마차에서 가리켜 보였는데, 기억나세요? 저는 거기를 갈아 모판을 일굴 생각입니다. 제 생각에 거기는 꽃밭 자리예요. 멀리서는 그렇게 보였어요, 잘못 봤는지도 모르지만. 작은 길들은 피해야겠지만 묵은 꽃밭의 흙은 아마 거름이 잘되어 있을 겁니다, 부식토도 많고."

"내일 살펴보세. 나는 모르겠어. 아마 잡초가 무성해서 흙이 돌처럼 굳어 있을 거야. 저택에 틀림없이 텃밭이 있었을 걸세. 자리는 남아 있는데 묵히고 있을지도 몰라. 내일이면 다 분명해지겠지. 여기는 아침에 아직 추울 거야. 밤에는 꽤 추울 테고. 우리가 이미 여기 있다니, 목적지에 당도했다니 얼마나 다행인지. 서로서로 축하할 일이네. 좋은 곳이야. 나는 마음에 드네."

"참 좋은 사람들이에요. 특히 남자 주인이요. 부인은 좀 거드름을 피우네요. 뭔가 자신을 불만스러워하나봐요. 자기 안의 뭔가가 마음에 들지 않는 거죠. 그렇게 지칠 줄 모르고 일부러 바보 같은 수다를 떠는 것도 그 때문이고요. 어쩐지 나쁜 인상을 주기 전에 자기 외모에서 주의를 돌리려고 허둥대는 것 같아요. 모자 벗는 걸 잊고 어깨에 달고 있는 것도 정신이 없어서 그런 게 아닙니다. 정말로 그녀의 얼굴에 잘 어울려서죠."

"그건 그렇고, 들어가세. 여기 너무 오래 붙어 있었어. 결례가 될 거야."

늘어뜨린 램프 아래 사모바르가 놓인 둥근 탁자에 주인 내외와 안또니나 알렉산드로브나가 둘러앉아 차를 마시고 있는 불빛 환한 식당으로 가는 길에, 사위와 장인은 관리인의 어두운 서재를 거쳐 갔다.

그 방은 벽 전체에 걸쳐 통유리로 된 넓은 창문이 골짜기 위로 솟아 있었다. 아직 밝았을 때 의사가 처음으로 그 창을 통해 밖을 보니 저 멀리 골짜기 너머와 바끄흐가 그들을 싣고 온 평원이 바라다 보였다. 창가에는 또한 벽 전체에 걸쳐 설계자나 제도사가 쓸 법한 책상이 놓여 있었다. 책상을 따라 길게 사냥꾼의 엽총이 놓여 있었는데, 좌우로 공간이 충분히 남아 책상의 넓이가 한결 도드라졌다.

이번에 서재를 지나면서 유리 안드레예비치는 다시 부러움에 찬 눈으로 드넓은 풍경을 보여주는 창과 책상의 크기와 위치, 가구가 잘 비치된 방의 널찍함을 가늠해보았고, 알렉산드르 알렉산드로비치와 식당으로 들어가 차탁으로 다가갔을 때 그가 감탄하는 투로 집주인에게 건넨 첫마디도 이것이었다.

"여기는 정말 멋진 곳이네요. 당신의 서재도 더할 나위 없이 훌륭하고요. 일을 안 할 수 없도록 부추기고 영감을 불러일으킵니다."

"유리컵에 드릴까요, 아니면 찻잔에 드릴까요? 그리고 어느 쪽이 좋으세요, 연한 것, 진한 것?"

"유로치까, 이것 좀 봐요. 아베르끼 스쩨빠노비치의 아드님이 어렸을 적에 만든 입체경이래."

"그애는 아직도 덜 자라 제구실을 못하고 있습니다. 소비에뜨 정권을 위해 꼬무치한테서 연이어 지역을 빼앗고 있긴 하지만요."

"뭐라고 하셨지요?"

"꼬무치요."

"그게 뭔가요?"

"제헌의회 재건을 지지하는 시베리아 정부군이지요."

"우리는 하루 종일 쉴 새 없이 아드님에 대한 칭찬을 들었습니다. 당연히 자랑스러우실 만하지요."

"우랄 풍경을 찍은 이 이중의 입체 사진들 역시 그 아이 작품인데 직접 만든 렌즈로 찍은 거랍니다."

"이 레뾰시까[21]는 사카린을 넣은 건가요? 훌륭하네요."

"어머, 무슨 말씀을! 이런 외진 곳에 사카린이라뇨! 그걸 어디서

---

21 납작하고 둥근 빵.

구하겠어요! 순 설탕이에요. 차에 설탕을 넣어드렸는데, 모르셨나 봐요."

"네, 정말 그러네요. 사진을 보고 있었어요. 차도 천연 차 같네요?"

"꽃잎 차예요. 그럼요."

"어디서 구하셨어요?"

"마술 보자기 같은 분이 있어요. 아는 사람인데요, 현대적 활동가죠. 급진 좌파예요. 지방 인민경제 소비에뜨의 공식 대표지요. 우리 목재를 도시로 실어가고, 우리한테는 알음알음으로 곡물, 버터, 밀가루를 보내줘요. 시베르까(그녀는 남편 아베르끼를 그렇게 불렀다), 시베르까, 설탕 그릇 좀 줘요. 그럼 이제 궁금한데요, 대답해보세요, 그리보예도프[22]가 몇년에 죽었을까요?"

"태어난 연도는 1795년 같은데, 언제 살해당했는지는 정확히 기억나지 않네요."

"한잔 더 하시겠어요?"

"됐습니다, 고맙습니다."

"그럼 이번에는 다른 문제예요. 님베헌 강화조약[23]은 언제, 어느 나라 간에 맺어졌는지 말씀해보세요."

"레노치까, 손님들 괴롭히지 말아요. 여독을 푸셔야지."

"이번에 제 관심사는 바로 이거예요. 확대경에는 어떤 종류의 것

---

22 Aleksandr Griboedov(1795~1829). 제정러시아의 극작가. 러시아 사실주의 희곡의 선구자로 농노제의 악덕을 풍자하는 작품을 썼다.

23 1672~78년의 프랑스-네덜란드 전쟁을 종식시키기 위해 1678년 8월부터 1679년 12월 사이에 네덜란드공화국의 님베헌(오늘날의 네이메헌)에서 프랑스 왕국과 네덜란드공화국 간에 체결된 평화조약 '네이메헌강화'를 말한다.

이 있는지 열거해주세요. 그리고 어떤 경우에 실상, 도립상, 직립상, 허상이 나타날까요?"

"그런 물리학 지식은 어디서 얻으셨어요?"

"우리 유랴찐에 탁월한 수학자가 계셨어요. 김나지움 두곳에서 가르치셨죠, 남자 학교와 우리 학교. 얼마나 멋지게 설명을 하시던지, 정말 굉장했어요! 꼭 신이었죠! 모든 걸 꼭꼭 씹어 입에다 넣어주셨다니까요. 안찌쁘라는 분이었어요. 부인도 이곳 학교 교사였어요. 여자애들은 그 선생님 때문에 넋이 나갔어요. 모두 반했죠. 자원병으로 전쟁터에 나가 더는 돌아오지 않았어요. 전사하신 거죠. 우리 하느님의 채찍이자 하늘의 징벌이라는 꼬미사르 스뜨렐니꼬프가 살아 돌아온 안찌쁘라는 주장도 있어요. 물론 헛소문이에요. 가당찮은 얘기죠. 하지만 누가 알겠어요, 온갖 일이 다 있으니. 한잔 더 하세요."

제9부

·

바리끼노

1

　겨울로 접어들어 시간이 많아지자 유리 안드레예비치는 다양한 종류의 글을 쓰기 시작했다. 그는 일기장에 이렇게 썼다.

　여름에는 얼마나 자주 쮸체프와 함께 이야기하고 싶었던가.

　　이 여름, 이 여름!
　　그야말로 마법이어라.
　　내가 묻노니, 어떻게 그렇게
　　난데없이 우리에게 주어졌는가?[1]

---

1 표도르 쮸체프의 시 「여름」.

동틀 무렵부터 해 질 녘까지 자신과 가족을 위해 일하고, 지붕을 이고, 끼니를 걱정하며 땅을 갈고, 로빈슨 크루소처럼 창조주의 우주 창조를 흉내 내며, 어머니에 뒤이어 자신을 새롭게, 또 새롭게 세상에 태어나게 하면서 자신의 세계를 창조하는 것은 얼마나 행복한 일인가!

두 손이 근육을 쓰는 일로, 육체노동으로, 막일이나 목수 일로 바쁠 때는, 물리적으로 해결되는 합리적인 과제를 스스로에게 부과하고 그것을 완수해 기쁨과 성공으로 보상받을 때는, 은총의 숨결로 너를 태우는 열린 하늘 아래에서 여섯시간을 쉼 없이 도끼로 무언가를 찍거나 땅을 개간할 때는 얼마나 많은 생각이 뇌리를 스치는가, 얼마나 많은 새로운 생각이 떠오르는가! 이들 생각과 통찰과 비유가 종이에 옮겨지지 않고 그 순간 모두 잊히는 것은 상실이 아니라 획득이다. 무뎌진 신경과 상상력을 진한 블랙커피나 담배로 채찍질하는 도시의 은둔자여, 너는 참된 필요와 굳건한 건강 속에 들어 있는 가장 강력한 환각제를 모른다.

나는 여기 말한 것에서 더 나아가지 않을 것이다. 똘스또이적 검소함과 대지로의 귀환을 설교하지 않을 것이며, 사회주의 농업 문제의 개선도 모색하지 않는다. 단지 사실을 명확히 밝힐 뿐 우연히 닥친 우리의 운명을 체계화하려는 것이 아니다. 우리의 사례는 논란의 여지가 있어 결론을 내기에 적합하지 않다. 우리 살림살이는 너무나 이질적인 요소들로 이루어져 있다. 우리가 손수 일해서 얻는 것은 살림의 크지 않은 일부, 저장할 채소와 감자뿐 나머지 모든 것은 다른 원천에서 구한다.

우리의 토지 이용은 불법이다. 국가권력이 정한 회계에서 자의적으로 빠져 있다. 우리가 숲에서 나무를 베는 것은 도둑질이다. 지난날 끄류게르의 재산이었다가 국고에 속하게 된 것을 훔치는 것이라 해도 용서받지는 못할 짓이다. 거의 비슷한 방식으로 살아가는 미꿀리쩐이 묵인으로 우리를 감싸주고 있다. 떨어진 거리가, 아직은 다행히 우리의 속임수에 대해 모르는 도시에서 멀리 떨어져 있다는 사실이 우리를 구해주고 있다.

나는 의료 행위를 그만두었다. 내 자유를 구속받고 싶지 않아서 의사라는 사실도 밝히지 않는다. 하지만 늘 세상 어느 구석에는 선한 영혼이 있어 바리끼노에 의사가 거처를 잡았다는 것을 어떻게 알았는지 30베르스따나 되는 거리를 터벅터벅 걸어와 진찰을 청한다. 누구는 암탉을, 누구는 계란을, 또 누구는 버터나 다른 뭔가를 가져온다. 사람들은 무료 진찰은 효험이 없다고 믿어서 내가 아무리 사례비를 사양해도 피할 길이 없다. 그리하여 의료 행위로 뭔가를 얻고 있다. 하지만 우리와 미꿀리쩐의 주된 후원자는 삼쩨뱌또프다.

이 사람이 자기 안에 어떤 상반된 면모를 함께 지니고 있는지는 가늠이 되지 않는다. 그는 진정으로 혁명을 지지하고 유랴쩐 시 소비에뜨가 부여한 신임을 받을 자격이 충분하다. 그는 자신의 전능한 권한으로 우리와 미꿀리쩐 부부에게 말하지 않고도 바리끼노의 숲을 징발해 목재를 실어갈 수 있고, 그래도 우리는 꼼짝없이 당할 수밖에 없을 것이다. 다른 한편으로, 국유재산을 빼돌릴 생각만 있다면 뭐든 원하는 만큼 얼마든지 태연히 자기 주머니를 채울 수 있을 테고, 그래도 또한 누구도 찍소리조차 못할 것이다. 그는 누구와 나눠 갖거나 누구를 매수할 필요가 없다. 그렇다면 대체 뭣 때문에 우리를 염려하고, 미꿀리쩐 부부를 도와주고, 예컨대 또르퍄나야 역의 역장 같은 주변 사람 모두를 후원하는 걸까? 그는 늘 돌아다니면서 뭔가를 구해 가져다주고, 도스또옙스끼의 『악령』과 「공산당선언」에 똑같이 심취해 탐구하고 해석한다. 내가 보기에, 그가 쓸데없이 자기 삶을 그렇게 소모적으로, 명백히 복잡하게 만들지 않았다면 그는 권태로워 죽었을 것이다.

2

얼마 후에 의사는 이렇게 썼다.

　우리는 옛 지주의 집 뒤편, 나무로 지은 별채의 방 두칸에 거처를 정했다. 안나 이바노브나가 어렸을 적에 끄류게르가 선정한 여자 하인들, 집안 재봉사와 가정부와 은퇴한 유모 같은 이들이 살도록 했던 곳이다.

　이 거처는 매우 낡았다. 우리는 꽤 빨리 이곳을 수리했다. 이런 일을 아는 사람들의 도움을 받아 두 방 모두로 통하는 뻬치까를 새로 설치했다. 연통을 지금처럼 재배치해서 뻬치까는 난방이 더 잘된다.

　이 정원 자리에서 옛 정원의 흔적은 모든 것을 뒤덮은 새 초목 아래 사라지고 없었다. 주위의 모든 것이 죽었고 산 것이 죽은 것을 가려주지 않는 지금, 겨울에는 눈 덮인 지난날의 윤곽이 더 선명하게 보인다.

　우리는 운이 좋았다. 가을은 건조하고 따뜻했다. 비가 오고 추위가 닥치기 전에 감자를 캘 여유가 있었다. 미꿀리찐에게 진 빚을 갚고도 스무자루나 되는 감자를 얻었다. 모두 지하의 큰 저장고에 넣고 나무 덮개 위를 건초와 찢어진 낡은 담요로 덮었다. 또냐가 소금에 절인 오이 두통도 땅 밑 그곳에 넣었고 양배추절임도 두통 넣어두었다. 싱싱한 양배추는 두통씩 묶어 기둥 고리에 매달아놓았다. 당근은 마른 모래 속에 묻어 저장했다. 여기에 또 수확한 무와 사탕무와 순무를 저장했는데 양이 꽤 되고, 집 안 다락에는 완두콩과 다른 콩도 많다. 헛간에 쌓아둔 장작은 봄까지 충분하다. 겨울이면 나는 겨울의 동이 트기 전 이른 시각에 금방이라도 꺼질 듯이 약하게 타오르며 간신히 빛을 내는 등불을 손에 들고 지하 저장고 문을 들어올리자마자 뿌리채소와 흙과 눈의 냄새로 코를 찌르는 땅 밑의 따뜻한 숨결을 사랑한다.

헛간 밖으로 나와도 아직 날이 새지 않았다. 문이 삐걱이거나, 무심코 재채기를 하거나, 아니면 그저 발밑에서 눈이 뽀드득대면, 눈 밑에서 양배추 줄기들이 솟은 먼 텃밭 두둑에서 토끼들이 튀어나와 깡충 뛰어 달아난다. 토끼들이 제멋대로 돌아다닌 흔적들로 주위의 눈은 곳곳에 골이 져 있다. 근방에서 개들이 잇달아 한참 동안 짖어댄다. 마지막 수탉들은 이미 좀 전에 홰를 쳐서 이제는 울지 않을 것이다. 그리고 날이 밝기 시작한다.

토끼 발자국 말고도 구멍에서 구멍으로 가지런히 꿴 실같이 뻗어 있는 스라소니 발자국이 아득하게 펼쳐진 눈 내린 평원을 가로지른다. 스라소니는 고양이처럼 한발 한발 조심스럽게 내딛는데 하룻밤새에 몇 베르스따나 돌아다닌다고 한다.

그놈들을 잡으려고 여기서는 슬로뻬쯔라고 부르는 덫을 놓는다. 스라소니 대신에 덫에는 불쌍한 토끼들이 걸린다. 뻣뻣하게 얼어 죽은 채 눈에 반쯤 묻힌 놈들을 덫에서 빼낸다.

처음에, 봄과 여름에는 몹시 힘들었다. 우리는 녹초가 되곤 했다. 이제 겨울 저녁이면 우리는 쉰다. 석유를 공급해주는 안핌 덕분에 램프 주위에 모인다. 여자들은 바느질을 하거나 뜨개질을 하고, 나나 알렉산드르 알렉산드로비치는 소리 내어 책을 읽어준다. 뻬치까가 활활 타오르고, 화부로 인정받은 지 오래인 나는 제때 공기 조절판을 닫아 열 손실을 막으려고 뻬치까를 지켜본다. 다 타지 않고 숯이 된 장작 때문에 불이 잘 붙지 않으면 그걸 꺼내 온통 연기가 나는 채로 들고 문지방 너머로 달려가 멀리 눈 속에 던져버린다. 숯은 불꽃을 흩뿌리며 타오르는 횃불이 되어 하얀 사각의 잔디밭, 잠자는 검은 정원의 가장자리를 밝히며 대기를 가로질러 난다. 그러고는 눈더미에 떨어져 피시식 소리를 내며 꺼진다.

우리는『전쟁과 평화』『예브게니 오네긴』과 서사시 전부를 끝없이 다시 읽고, 러시아어 번역으로 스땅달의『적과 흑』, 디킨스의『두 도시 이야기』와 클라이스트[2]의 단편들을 읽는다.

3

봄이 가까울 무렵 의사는 이렇게 썼다.

또 나가 임신한 것 같다. 그녀에게 그렇게 이야기했다. 그녀는 내 예측을 부인했지만 나는 확신한다. 더 확실한 징후들에 앞서 나타나는 포착하기 힘든 징후로도 내가 모를 수는 없다.

여자의 얼굴이 변한다. 추해진다는 얘기가 결코 아니다. 하지만 전에는 빈틈없는 관리 아래 있던 외모가 그녀의 통제를 벗어난다. 여자는 그녀로부터 나올 미래의 관리를 받는다. 이미 더이상 그녀 자신이 아니다. 그렇게 여자의 외모는 그녀의 감시에서 벗어나면서 육체적으로 망연자실한 모습을 띤다. 얼굴이 빛을 잃고 피부가 거칠어지며 두 눈도 그녀가 바라는 것과 다른 식으로 빛나기 시작한다. 마치 이 모든

----

2 Heinrich Kleist(1777~1811). 독일의 극작가, 소설가. 객관적, 사실적 작품으로 근대 사실주의의 선구자이다.

것에 대처하지 못하고 내버려두는 것 같다.

나와 또냐는 한번도 떨어져 있은 적이 없었다. 하지만 이 노동의 한 해가 우리를 더욱 친밀하게 했다. 나는 또냐가 얼마나 민첩하고 강하며 지칠 줄 모르는지, 일을 교대할 때 되도록 시간 손실을 줄이려고 얼마나 현명하게 일의 순서를 정하는지 보아왔다.

모든 수태는 순결한 것이라고, 성모에 관련된 이 교리에는 모성의 일반적인 이념이 표현되어 있다고 나는 늘 생각해왔다.

아이를 낳는 모든 여자에게는 고독감과 버림받아 돌봄을 받지 못한다는 느낌이 어린다. 이 가장 본질적인 순간에 남자는 완전히 아무 관계 없는 존재가 되어, 마치 그가 전혀 존재하지 않았던 듯하고 모든 것은 하늘에서 떨어진 것 같다.

여자는 홀로 세상에 자기 자손을 낳고, 아이와 함께 홀로 더 조용하고 두려움 없이 요람을 둘 수 있는 곳으로, 존재의 후면으로 숨는다. 그녀 홀로 말 없는 온유함 속에서 아이를 먹여 키운다.

성모가 청을 받는다. '당신의 아들과 당신의 하느님께 간절히 기도해주소서.' 성모의 입에 시편 구절이 담긴다. "내 구세주 하느님을 생각하는 기쁨에 이 마음 설렙니다. 주께서 여종의 비천한 신세를 돌보셨습니다. 이제부터는 온 백성이 나를 복되다 하리니." 이것은 그녀가 자신의 어린 자식에 관해 하는 말이고, 그는 그녀를 찬미할 것이다.("전능하신 분께서 나에게 큰일을 해주신 덕분입니다……"[3]) 그는 그녀의 영광이다. 모든 여자가 그렇게 말할 수 있다. 아이 속에 그녀의 하느님이 있다. 모든 위인의 어머니는 분명 이 느낌을 알 것이다. 하지만 모든 어머니는 단연코 위인의 어머니며, 훗날 삶이 그들을 기만하

---

3 루가의 복음 1:47~49. 「성모마리아의 찬가」의 인용.

더라도 그것은 그들의 잘못이 아니다.

4

우리는 『예브게니 오네긴』과 서사시들을 끝없이 반복해서 읽고 있다. 어제 안핌이 선물을 싣고 왔었다. 좋은 음식을 먹고 불을 밝힌다. 예술에 관한 끝없는 대화.

내 오랜 생각. 예술은 수없이 많은 개념과 파생적인 현상들을 포괄하는 범주나 영역의 명칭이 아니라, 그와 반대로 좁고 집중된 무언가, 예술 작품의 성분을 이루는 원칙의 이름, 예술 작품에 적용된 힘이나 밝혀진 진리의 명칭이라는 것. 그리고 내게 예술은 결코 형식의 대상이나 한 측면이 아니라 차라리 내용의 은밀하게 숨겨진 일부였다. 이는 내게 한낮처럼 명확하다. 나는 그것을 내 온 신경으로 느낀다. 하지만 이 생각을 어떻게 표현하고 규정한단 말인가?

작품은 많은 것을 통해, 주제, 상황, 플롯, 인물을 통해 말한다. 하지만 무엇보다도 작품은 그 속에 담긴 예술의 존재를 통해 말한다. 『죄와 벌』의 페이지들에 담긴 예술의 존재가 라스꼴니꼬프의 범죄보다 더 깊은 감동을 준다.

원시예술, 이집트 예술, 그리스 예술, 우리의 예술, 이것들은 아마 수천년에 걸쳐 변함없는 유일무이의 예술, 단수로 남는 예술일 것이다. 그것은 삶에 대한 어떤 생각, 모든 것을 폭넓게 아울러 개개의 낱말로 분해되지 않는 어떤 주장이다. 그 힘의 입자가 보다 복잡한 어떤 혼합물의 구성 요소로 될 때, 예술이라는 혼합물은 다른 모든 요소의 의미를 능가해 묘사된 것의 본질이자 영혼이자 토대가 된다.

5

가볍게 감기가 들었다. 기침이 나고 열도 조금 있는 것 같다. 목구멍이 부어서 덩어리가 낀 듯 하루 종일 숨이 가쁘다. 상태가 좋지 않다. 대동맥이 문제다. 평생 심장병으로 고생한 가엾은 어머니한테서 물려받은 병의 첫 경고다. 정말 그럴까? 이렇게 빨리? 그렇다면 이 세상에서 나는 오래 살지 못할 운명이다.

방 안에서 탄내가 약간 난다. 다림질 냄새다. 다림질을 하며 수시로 잘 타지 않는 뻬치까에서 이글거리는 숯을 꺼내 이를 갈듯 뚜껑을 우두둑대는 숯다리미에 채워넣고 있다. 뭔가를 상기시킨다. 뭔지 기억해낼 수 없다. 몸이 안 좋아서 잘 잊어버린다.

기쁘게도 안픾이 견과유 비누를 가져와 대대적으로 빨래를 했고, 그 바람에 이틀 동안 슈로치까를 돌보지 않고 내버려두었다. 내가 글을 쓸 때면 책상 밑으로 기어 들어와 책상 다리 사이 가로대에 앉아서, 매번 올 때마다 썰매에 태워주는 안픾을 흉내 내며 또한 나를 썰매에 태우고 나가는 시늉을 한다.

몸이 좋아지면 시내로 가서 이 지방의 민속과 역사에 관한 책을 읽어야겠다. 몇차례 풍부하게 장서를 기증받아 아주 훌륭한 시립도서관이 있다고 한다. 글을 쓰고 싶다. 서둘러야 한다. 순식간에 봄이다. 그때는 읽고 쓸 짬이 없을 것이다.

두통이 점점 심해진다. 잠을 설쳤다. 혼란스러운 꿈을 꾸었다. 잠을 깨는 즉시 잊어버리고 마는 그런 꿈이다. 꿈은 머릿속에서 날아가버리고 의식에는 오직 잠을 깬 원인만 남았다. 꿈속에서 들리던, 꿈속에서 대기 중에 울려퍼지던 여자의 목소리가 나를 깨웠다. 나는 그 소리를 기억했다가 머릿속에서 재생하면서 아는 여자들의 기억을 더듬어 그들 중 어떤 여자가 가슴에서 나오는, 낮아서 고요하고 촉촉한 그 목소리의 소유자일지 찾아보았다. 어느 누구의 것도 아니었다. 아마 내가 또냐에게 너무도 익숙해진 탓에 그녀와의 관계에서 내 귀가 무뎌졌는지도 모르겠다는 생각이 들었다. 나는 그녀가 내 아내라는 것을 접어두고 진실을 밝히기에 충분한 거리를 두면서 그녀의 형상을 떠올려보았다. 아니, 역시 그녀의 목소리가 아니었다. 그렇게 이것은 밝혀지지 않은 채로 남았다.

말이 나온 김에 꿈에 대해. 대개는 낮에 깨어 있을 때 아주 강한 인상을 받은 것을 밤에 꿈으로 꾸게 된다고 생각하기 마련이다. 마침 내가 관찰한 것은 정반대다.

내가 거듭 깨달은 바는 이렇다. 분명치 않은 생각, 무심코 말해서 관심을 받지 못하고 남겨진 말, 바로 낮에는 거의 알아채지 못했던 것들이 밤에 피와 살을 얻어 돌아와 꿈의 주제가 된다. 마치 낮에 무시당한 것을 보상이라도 받으려는 듯이 말이다.

6

맑고 추운 밤. 눈에 보이는 것들이 보기 드물게 선명하고 완전하다. 대지와 대기와 달과 별들이 함께 추위에 얼어붙어 꼼짝 못하고 있다. 정원에는 돋을새김된 듯 선명한 나무 그림자들이 오솔길을 가로질러 누워 있다. 내내 어떤 검은 형상들이 여러 곳에서 끝없이 길을 건너고 있는 것 같다. 커다란 별들이 푸른 운모 램프가 되어 숲속 나뭇가지들 사이에 걸려 있다. 여름 풀밭의 카밀러처럼 온 하늘에 작은 별들이 가득하다.

저녁마다 이어지는 뿌시낀에 관한 대화. 우리는 1권의 리쩨이 시절 시들에 대해 이야기했다. 얼마나 많은 것이 시의 운율 선택에 좌우되었는가!

그 긴 시행의 시를 쓸 때 청년의 야망은 아르자마스[4]의 한계를 넘어서지 못했고, 선배들에게 뒤처지고 싶지 않아 신화적 요소와 과장된 말, 꾸며낸 퇴폐와 에피쿠로스주의와 조숙한 거짓 분별력으로 숙부의 눈에 티끌을 집어넣으려는[5] 욕망이 다였다.

하지만 오시안[6]과 빠르니[7]를 모방하고 「짜르스꼬예 셀로에서의 회상」을 쓰자마자 젊은이는 「소도시」와 「누이에게 보내는 편지」, 혹은 이후 끼시뇨프[8] 시절에 쓴 「나의 잉크병에게」 같은 시의 짧은 시행들이나 「유진에게 보내는 편지」의 리듬에 덤벼들었다. 이 미성년의 내부에서 미래 뿌시낀의 모든 것이 깨어나고 있었다.

빛과 대기, 삶의 소음, 사물, 본질이 창을 통해 방 안으로 들어오듯 거리에서 시 속으로 침투했다. 외부 세계의 사물, 일상의 사물, 명사들이 빽빽이 들어차 밀쳐대며 시행을 차지하고 말에서 덜 명확한 부분을 몰아냈다. 사물, 사물, 사물이 각운을 이루어 시에 정렬했다.

훗날 유명해진 뿌시낀의 이 4보격은 러시아 삶의 측정 단위, 일종

----

4 1815~18년 뻬쩨르부르그에서 뿌시낀의 직접적인 문학적 선배들이 모여 활동했던 문학 서클.

5 '눈속임으로 자신의 능력에 대해 거짓된 인상을 자아내려는'이라는 뜻. 뿌시낀의 숙부 바실리 뿌시낀도 시인이었다.

6 Ossian. 3세기경 고대 켈트족의 전설적인 시인.

7 Évariste de Parny(1753~1814). 프랑스의 비가 시인.

8 뿌시낀이 그의 낭만주의 시기인 '남방 유배기'(1820~24)에 머물렀던 곳 중 한 곳. 현재 몰도바의 수도이다.

의 척도였다. 구두 본을 뜨기 위해 발 모양을 그리거나 손에 꼭 맞는 장갑을 찾기 위해 장갑의 호수를 부르듯이, 러시아의 전존재에서 뽑아낸 표준이 되었다.

그렇게 이후에는 러시아어 구어의 리듬이, 일상 러시아어의 선율이 네끄라소프의 3보격과 그의 강약약격 압운의 운율로 표현되었다.

7

내 할 일인 농사일이나 의료 행위를 하면서도 얼마나 후세에 남을 중요한 무언가를 구상하고 싶은가, 얼마나 학술적인 저작이나 예술 작품을 쓰고 싶은가.

모든 것을 아우르고, 모든 것을 경험하고, 모든 것을 표현하기 위해 인간은 저마다 파우스트로 태어난다. 선조들과 동시대인의 잘못이 파우스트를 학자로 만들었다는 것. 학문에서의 진보는 척력의 법칙에 따라, 지배적인 오류와 거짓된 이론을 배격하는 데에서 시작된다.

스승들의 전파력 강한 사례들이 파우스트를 예술가로 만들었다는 것. 예술에서의 진보는 인력의 법칙에 따라, 좋아하는 선구자들을 모방하고 따르고 숭배하는 데에서 시작된다.

그렇다면 내가 일하고, 치료하고, 글 쓰는 것을 방해하는 것은 무엇일까? 나는 그것이 궁핍과 방랑, 불안정과 잦은 변화 때문이 아니라 과장된 미사여구로 드러나는 정신, 우리 시대에 이토록 확산된 지배적인 정신 때문이라고 생각한다. 바로 미래의 여명, 새로운 세계의 건설, 인류의 횃불 같은 것. 이런 말을 들으면 처음에는 얼마나 원대하고 풍요로운 상상력인가 하는 생각이 든다! 하지만 사실은 재능이 부족

해 허풍을 떠는 것뿐이다.[9]

천재의 손길이 닿을 때의 평범한 것만이 환상적이다. 이 점에서 가장 좋은 스승은 뿌시낀이다. 정직한 노동과 의무와 일상 풍습에 대한 얼마나 훌륭한 찬가인가! 이제 우리에게 '소시민' '보통 사람'은 비난의 어조로 들리게 되었다. 이 비난은 「나의 혈통」의 시행에서 경고되었다.

나는 소시민, 나는 소시민.

그리고 「오네긴의 여행」에도.

이제 나의 이상은 가정주부,
나의 소망은 평안,
그리고 양배추 수프 한사발, 큰 그릇으로.

모든 러시아적인 것 가운데 지금 내가 무엇보다도 사랑하는 것은 뿌시낀과 체호프의 러시아적인 동심, 인류의 궁극적 목적과 그들 자신의 구원 같은 거창한 것들에 대한 그들의 수줍은 무심함이다. 그들 역시 그 모든 것을 잘 이해하고 있었지만 그런 교만에는 이르지 않았다. 그런 것에 몰두하기에는 겨를도 없고 주제넘은 짓으로 보였던 것이다! 고골과 똘스또이와 도스또옙스끼는 죽음을 준비했고, 괴로워하며 의미를 추구했고, 결산했다. 하지만 저 두 작가는 마지막까지 예술적 소명이 당면한 개별적인 것들에 몰두하면서 그것들이 교체되는

---

9 1936년 민스끄에서 열린 소비에뜨 작가동맹 이사회 3차 총회에서 빠스쩨르나끄가 했던 문학의 관료화, 정치화를 비판하는 연설과 연결된다.

동안 눈에 띄지 않게, 어느 누구와도 무관한 사적 개인의 삶을 살았다. 이제 그 개별성이 공동의 자산이 되어, 나무에서 딴 덜 익은 사과처럼 점점 더 그윽한 향기와 의미로 채워지며 후대에서 익어간다.

8

봄의 첫 징조, 해빙. 달력 자체가 익살을 부리는 것 같은 마슬레니짜 때처럼 대기는 블린과 보드까 냄새를 풍긴다. 태양이 숲속에서 졸음에 겨워 번드르르한 눈을 찡그린다. 숲이 졸음에 겨워 바늘잎의 속눈썹을 찡그린다. 한낮의 웅덩이는 번들번들 빛난다. 자연은 하품을 하고 기지개를 켜고 몸을 뒤척이다 다시 잠이 든다.

『예브게니 오네긴』 7장의 봄, 오네긴이 떠나고 황폐해진 영지의 저택, 저 아래 산 밑 개울가에 있는 렌스끼의 무덤.

> 그리고 봄의 연인 나이팅게일이
> 밤새 노래한다. 들장미가 피어난다.

왜 연인일까? 대체로 자연스럽고 적절한 비유라고 할 수 있다. 실제로도 연인이다. 게다가 '들장미'라는 말과 운을 맞췄다.[10] 하지만 또한 음운 면에서 빌리나[11]의 '나이팅게일-도적'을 형상화한 건 아닐까?[12]

---

10 '연인'(любóвник)과 '들장미'(шипóвник)가 압운을 이룬다.
11 고대 러시아의 영웅 시가.
12 유리 지바고의 시 「백야」와 「봄의 진창길」(이 책 17부)의 구상과 관련된 대목이다.

빌리나에서는 그 오지흐만쩨의 아들이 나이팅게일-도적으로 불린다. 그에 대해 얼마나 멋지게 말하고 있는가!

> 그 때문에도, 나이팅게일의 휘파람 소리 때문에도,
> 그 때문에도, 짐승의 울음소리 때문에도,
> 어린 풀이 모두 벌벌 떠네,
> 작약이 꽃잎을 모두 떨구네.
> 검은 숲이 모두 땅에 절하네,
> 사람이란 사람은 다 죽어 쓰러져 있네.[13]

우리는 이른 봄에 바리끼노에 왔다. 이내 모든 것이, 특히 슈찌마라고 불리는 미꿀리찐의 집 아래 골짜기에서 오리나무와 개암나무와 벚나무가 푸르렀다. 몇밤이 지나자 나이팅게일이 노래하기 시작했다.

나는 그 노랫소리를 처음 듣는 것처럼 다시 놀랐다. 이 선율은 다른 새들이 지저귀는 소리에 비해 얼마나 특출한가. 자연은 이 떨리는 울음소리의 풍요로움과 독특함을 향해 점진적인 이전 없이 얼마나 급격하게 도약하는가. 선율의 변화가 얼마나 다양하며, 멀리 울려퍼지는 선명한 소리는 얼마나 강력한가! 뚜르게네프의 작품 어디엔가 이 휘파람 소리, 레시[14]의 피리 소리, 종달새의 트릴이 묘사되어 있다. 특히 두가지 표현이 뛰어났다. 갈구하듯 때로는 3음보로, 때로는 셀 수 없이 되풀이되는 화려한 '쬬흐-쬬흐-쬬흐' 소리. 그에 응답해 온통 이슬에 젖은 초목이 간지럼 타듯 전율하며 기쁘게 몸을 털었다. 그리고 두 음절로 나뉜 다른 소리, 간청이나 권고를 닮은, 진심으로 애원하며

---

13 빌리나 「일리야 무로메쯔와 나이팅게일-도적」의 부분.
14 동슬라브 신화에서 숲의 정령.

부르는 소리. '깨어-나라! 깨어-나라! 깨어-나라!'

9

봄이다. 농사지을 준비를 한다. 일기를 쓸 짬이 없어졌다. 이 수기를 쓰는 건 즐거웠는데. 겨울까지 미뤄야 한다.

며칠 전, 이번에는 진짜로 마슬레니짜가 가까워 눈이 녹아 길이 질 퍽질퍽한 때에 아픈 농부 한 사람이 썰매를 타고 웅덩이와 진창을 달려 마당으로 들어왔다. 물론 나는 진료를 거절한다. "부탁하지 마세요. 나는 의사 노릇을 그만뒀어요. 제대로 된 약도 없고 필요한 기구도 없습니다." 그래도 벗어날 수가 없다. "도와줘요. 피부가 심상치 않아요. 불쌍히 여겨주세요. 몸이 아파요."

어쩌겠는가? 심장은 돌이 아니다. 진찰하기로 했다. "옷을 벗어요." 나는 살펴본다. "낭창이군요." 그를 진찰하며 곁눈질로 창가의 석탄산 병을 본다.(정말이지 그게, 그리고 다른 필수품들이 어디서 난 건지 묻지 말라! 다 삼제뱌또프 덕분이다.) 바라보니 마당으로 다른 썰매가 새 환자와 함께 들어온다. 처음 순간에는 그렇게 생각한다. 그런데 구름 속에서 떨어지듯 동생 옙그라프가 굴러떨어진다. 얼마 동안 그는 집안 식구들, 또냐와 슈로치까와 알렉산드르 알렉산드로비치와 인사를 나눈다. 그러다 자유로워지자 나도 나머지 사람들과 합류한다. 질문 공세가 시작된다. 어떻게 지냈느냐, 어디서 오는 길이냐? 그는 여느 때와 다름없이 어물쩍 답을 피한다. 직접적인 대답은 하나도 하지 않는다. 미소, 기적, 수수께끼.

그는 자주 집을 비우고 유랴찐에 드나들며 이주가량 머물더니 갑자기 땅 밑으로 꺼진 것처럼 사라졌다. 그사이에 나는 그가 삼제뱌또 프보다 훨씬 더 영향력이 크다는 것과 하는 일과 연줄은 훨씬 더 설명하기 어렵다는 것을 알아챌 수 있었다. 그는 어디서 온 걸까? 그의 권력은 어디서 나오는 걸까? 무슨 일을 하는 걸까? 종적을 감추기 전에 그는 우리에게 살림의 부담을 줄여주겠다고, 그렇게 해서 또냐가 슈라를 돌보고 나는 의료 행위와 문학에 종사할 시간적 여유를 갖게 해주겠다고 약속했다. 우리는 그가 어떻게 해주려는 것인지 궁금했다. 다시 침묵과 미소. 하지만 그가 속인 것은 아니었다. 우리의 생활 조건이 실제로 변하는 조짐이 나타나기 시작했다.

놀라운 일이다! 이 사람은 나의 이복동생이다. 나와 성이 같다. 하지만 솔직히 말해 나는 그를 어느 누구보다도 잘 모른다.

자, 벌써 두번째로 그는 선한 수호신이 되어, 모든 곤란을 해결해주는 구원자가 되어 내 삶에 개입했다. 아마도 저마다의 전기를 구성하는 데는 살면서 만나게 되는 인물들과 더불어 미지의 은밀한 힘, 부름없이도 도움을 주려 나타나는 거의 상징적인 인물의 참여 또한 요구되는 듯한데, 내 삶에서는 그 은혜로운 은밀한 원동력의 역할을 동생 옙그라프가 하는 걸까?

유리 안드레예비치의 수기는 여기서 끝이 났다. 그는 다시는 수기를 쓰지 못했다.

10

유리 안드레예비치는 유랴찐 시립도서관 열람실에서 주문한 책들을 훑어보고 있었다. 백명을 수용할 수 있는 창이 많은 열람실은 좁은 쪽 면이 창을 향하게 긴 책상을 몇줄로 배치해두었다. 어둠이 깔리면 열람실은 문을 닫았다. 봄철에 도시는 저녁에도 불을 밝히지 않았다. 하지만 유리 안드레예비치는 땅거미가 질 때까지 자리를 지키거나 저녁식사 시간이 넘도록 시내에서 지체하는 법이 없었다. 그는 미꿀리찐이 내준 말을 삼제뱌또프의 여관에 매어두고 아침 내내 책을 읽은 다음 오후에는 말을 타고 바리끼노의 집으로 돌아갔다.

이렇게 도서관을 방문하기 전까지 유리 안드레예비치는 유랴찐에 오는 일이 드물었다. 도시에 특별한 볼일이 없었다. 의사는 이 도시를 잘 몰랐다. 유랴찐 주민들이 먼 자리나 바로 옆자리에 앉으며 그의 눈앞에서 차츰 열람실을 채워갈 때면 유리 안드레예비치는 사람들로 붐비는 교차로 중 한곳에 서서 도시와 알아가는 듯한, 책을 읽는 유랴찐 사람들이 아니라 그들이 사는 집과 거리가 모여드는 듯한 느낌이 들었다.

하지만 실제의 유랴찐, 상상 속의 도시가 아닌 진짜 도시의 모습도 열람실 창문을 통해 보였다. 가장 큰 가운데 창문가에는 끓인 물을 담은 통이 놓여 있었다. 책 읽던 사람들은 휴식을 취하려 계단으로 나가 담배를 피우거나, 물통을 에워싸고 물을 마시거나, 남은 물을 개수통에 쏟고 창가에 모여 도시 풍경을 즐겼다.

책을 읽는 사람들은 두 부류였다. 대다수는 나이 든 이 지방 인쩰리겐찌야들이었고, 또 한 부류는 평민들이었다.

주로 여자들인 첫번째 부류의 사람들은 초라한 옷차림에 몸단장도 하지 않고 볼품없어진 모습이었다. 굶주림과 황달과 염증 등 여러 이유로 붓고 피부가 처져 건강하지 못한 낯빛이었다. 이들은 열람실에 살다시피 하는 사람들이어서 도서관 직원들과 개인적으로 아는 사이였고 이곳을 집처럼 느꼈다.

아름답고 건강한 얼굴에 축제 때처럼 말끔히 차려입은 민중 출신의 사람들은 교회에 들어오듯 머뭇거리며 수줍게 열람실에 들어오는데도 통상적인 것보다 더 시끄럽게 등장하곤 했다. 규칙을 몰라서가 아니라, 조그만 소리도 내지 않고 들어오려는 마음에 맞게 자신들의 건강한 발소리와 목소리를 조절하지 못한 결과였다.

창문 반대편 벽에는 움푹 들어간 곳이 있었다. 높은 받침대로 열람실의 다른 부분과 분리된 이 단 위의 벽감에서 열람실 직원들, 책임 사서와 그의 여자 조수 둘이 사무를 보았다. 조수 중 한 사람은 심통 사납게 생겼고 털목도리를 두르고 있었는데, 보아하니 시력 때문이 아니라 변덕스러운 기분에 따라 쉴 새 없이 코안경을 벗었다 걸쳤다 했다. 검은 비단 재킷을 입은 다른 여자는 아마 폐병을 앓는 듯 입과 코에서 손수건을 거의 떼지 않았고, 말하고 숨을 쉴 때도 마찬가지였다.

책을 읽는 사람들 절반이 그렇듯 도서관 직원들의 얼굴도 처진 데다 부석하게 부었으며, 역시나 축 늘어진 피부는 회색곰팡이 핀 절인 오이 같은 푸르뎅뎅한 흙색이었다. 그들 셋이 교대로 똑같은 일을 했다. 새로 온 열람자들에게 도서 이용 규칙을 나지막이 설명해주고, 도서 청구서를 정리하고, 책을 내주고 반납 도서를 돌려받는 틈틈이 무슨 연례 보고서를 작성했다.

이상한 일이었다. 창밖의 실제 도시와 열람실 안의 상상의 도시의 얼굴을 마주하고 잇따라 불가해한 생각들이 떠오르면서, 또한 모두가 갑상선종을 앓는 듯 하나같이 사색이 되어 퉁퉁 부어오른 얼굴들이 어떤 유사성을 불러일으키면서, 유리 안드레예비치는 그들이 도착하던 아침에 유랴찐의 철로에서 만났던 불만에 찬 여자 전철수와 저 멀리 보이던 도시 전경과 객차 바닥에 나란히 앉아 있던 삼제뱌또프와 그의 설명을 떠올렸다. 유리 안드레예비치는 이 고장의 경계 밖 멀리에서 큰 거리를 두고 들은 그 설명을 지금 이 광경의 한복판에서 가까이 보고 있는 것과 연결 짓고 싶었다. 하지만 삼제뱌또프가 한 말이 기억나지 않아서 아무것도 얻지 못했다.

11

유리 안드레예비치는 책에 둘러싸인 채 열람실 제일 안쪽에 앉아 있었다. 그의 앞에는 지역 젬스뜨보의 통계 보고서 몇권과 지방민족지民族誌 관련 서적 몇권이 놓여 있었다. 그는 뿌가초프의 반란 역사에 관한 책 두권도 청구하려고 했지만, 비단 재킷을 입은 사서가 손수건을 입에 댄 채 한 열람자가 한번에 그렇게 많은 책을 빌릴 수는 없으니 관심 있는 연구서를 대출하려면 빌렸던 편람과 잡지 중 일부를 반납해야 한다고 속삭였다.

그래서 유리 안드레예비치는 책 무더기에서 가장 필수적인 것을 골라놓고 나머지는 그의 흥미를 끈 역사 연구서들과 바꾸기 위해 아직 살펴보지 않은 책들을 더 열심히, 서둘러 훑어보기 시작했다. 그는 선집들의 책장을 재빨리 뒤적이며 목차를 눈으로 훑었다. 아무것에도 주의를 빼앗기지 않았고 주변에 눈길 한번 돌리지 않았다. 열람실이 북적대도 방해받지 않았고 정신이 흐트러지지도 않았다. 그는 자기 이웃들을 잘 파악해 책에서 눈을 들지 않고도 의식의 눈으로 오른쪽과 왼쪽 사람들을 보면서, 창으로 보이는 교회와 도시 건물들이 자리를 옮기지 않듯이 그가 떠나는 순간까지 그 구성원이 바뀌지 않을 것이라고 느꼈다.

그러는 사이에 태양은 쉬지 않고 움직였다. 내내 자리를 옮기며 태양은 도서관의 동쪽 구석을 지났다. 이제 태양은 남쪽 벽의 창을 비추며 가장 가까이 앉은 사람들의 눈을 부시게 해서 독서를 방해하고 있었다.

감기에 걸린 사서가 칸막이가 쳐진 단상에서 내려와 창으로 향했다. 창에는 하얀 주름 커튼이 달려 햇빛을 쾌적하게 가려주었다. 사서는 창 하나만 남기고 모든 창의 커튼을 내렸다. 아직 그늘이 드리운 맨 끝에 있는 창만 커튼을 치지 않고 두었다. 그녀는 줄을 당겨 창에 있는 여닫이 환기창을 열어젖히고 연달아 재채기를 했다.

그녀가 열번인가 열두번인가 재채기를 했을 때, 유리 안드레예비치는 그 사람이 미꿀리쩐의 처제, 삼제뱌또프가 이야기했던 뚠쩨프네 네 자매 중 한 사람이라는 것을 알아차렸다. 다른 열람자들을 따라 유리 안드레예비치도 고개를 들고 그녀 쪽을 바라보았다.

그때 그는 열람실에 일어난 변화를 알아차렸다. 맞은편 끝에 새 열람자가 추가되었다. 유리 안드레예비치는 한눈에 안찌뽀바를 알아보았다. 그녀는 의사가 자리 잡은 앞쪽 책상들에 등을 돌리고 앉아 감기에 걸린 사서와 소곤소곤 이야기를 나누고 있었다. 사서는 선 채로 라리사 표도로브나에게 몸을 굽혀 속삭였다. 그 대화가 사서에게 유익한 영향을 끼친 모양이었다. 그녀는 한순간에 자신의 지겨운 코감기뿐 아니라 신경의 긴장에서 회복되었다. 안찌뽀바에게 따뜻한 감사의 눈길을 던진 뒤 그녀는 줄곧 입술에 누르고 있던 손수건을 떼어 주머니에 넣고는 행복하고 자신감 넘치는 모습으로 미소를 지으며 칸막이 뒤 자기 자리로 돌아갔다.

그 사소하지만 감동적인 장면이 열람실에 있던 몇몇 사람의 눈에 띄었다. 열람실 도처에서 사람들이 공감 어린 눈길로 안찌쁘바를 바라보았고 또한 미소 지었다. 이 사소한 징후를 통해 유리 안드레예비치는 도시에서 그녀가 잘 알려져 있고 사랑받고 있다는 것을 알았다.

12

유리 안드레예비치는 첫 순간에 일어나서 라리사 표도로브나에게 다가갈 생각이었다. 그러나 뒤이어 그의 천성에는 낯설지만 그녀와의 관계에서 굳어진 거북하고 복잡한 느낌이 그 생각을 눌렀다. 그는 그녀를 방해하지 않기로, 또한 자기 작업을 중단하지 않기로 결심했다. 그녀 쪽을 보고 싶은 유혹에서 벗어나기 위해 그는 의자 옆구리를 책상에 붙여 책 읽는 사람들에게 거의 등을 돌린 다음 한권은 앞으로 손에 들고 다른 책은 무릎 위에 펼쳐놓은 채로 책에 몰두했다.

그러나 그의 생각은 공부하는 대상에서 멀어져 천리만리 떨어진 곳을 배회했다. 그 생각들과 아무 상관 없이 그는 문득 언젠가 바리끼노에서 겨울밤 꿈속에 들었던 목소리가 안찌쁘바의 목소리였다는 것을 깨달았다. 그 깨달음에 그는 아연해졌다. 주위 사람들의 이목을 끌며 그의 자리에서 안찌쁘바가 보이도록 돌연 의자를 원래대로 돌려놓은 그는 그녀를 바라보기 시작했다.

반쯤 돌아앉은 그녀의 등이, 거의 뒷모습이 보였다. 밝은색 체크 무늬 블라우스에 허리띠를 맨 그녀는 아이처럼 고개를 오른쪽 어깨 위로 살짝 기울인 채 무아지경으로 열심히 책을 읽고 있었다. 가끔 생각에 잠겨 눈길을 천장으로 향하거나 아니면 눈을 가늘게 뜨고 자기 앞쪽 어딘가를 바라보았고, 그러다 다시 팔꿈치를 세워 턱을 한 손으로 받치고 빠르고 과감한 손놀림으로 연필로 공책에 책 속의 구절을 옮겨적기도 했다.

유리 안드레예비치는 지난날 멜류제예보에서 관찰했던 것을 다시 확인했다. '그녀는 사람들 마음에 들고 싶어 하지 않아.' 그는 생각했다. '예쁘고 매력적으로 보이기를 원치 않는 거야. 여자 본성의 그런 측면을 경멸하고, 너무도 아름답다는 이유로 자신을 벌하고 있는 것 같아. 자신에 대한 그런 도도한 반감이 그녀를 열배는 더 매혹적으로 보이게 하지.

그녀가 하는 모든 것이 얼마나 멋진가. 그녀는 마치 독서가 인간의 지고한 활동이 아니라 동물도 할 수 있는 단순하기 짝이 없는 무언가라는 듯이 책을 읽고 있어. 마치 물을 긷거나 감자 껍질을 벗기는 것 같아.'

이런 생각을 하면서 의사는 마음이 진정되었다. 드문 평화가 그의 영혼 속에 내려앉았다. 그의 생각이 이 문제 저 문제로 치닫거나 건너뛰기를 그쳤다. 그는 자신도 모르게 미소를 지었다. 안찌뽀바가 있다는 것이 긴장한 사서에게 미쳤던 것과 같은 영향을 미쳤다.

의자가 어떻게 놓여 있는지 신경 쓰지 않고 방해받거나 집중이 안 될까 걱정하지도 않으면서 그는 안찌뽀바가 오기 전보다 훨씬 더 끈기 있게, 훨씬 더 집중해서 한시간에서 한시간 반가량 공부를 계속했다. 그의 앞에 우뚝 솟은 책 더미를 모조리 뒤져 가장 필요한 것을 골라냈고, 심지어 내친김에 책에서 마주친 두편의 중요한 논문까지 탐독했다. 해낸 일에 만족하며 그는 출납대로 가져갈 책을 모으기 시작했다. 의식을 흐리는 온갖 잡념이 사라졌다. 깨끗한 양심과 함께 전혀 딴생각 없이 성실히 공부했으니 선한 옛 지인과 만날 권리가, 이 기쁨을 누릴 정당한 자격이 있다고 생각했다. 하지만 몸을 일으켜 열람실을 둘러보았을 때, 그는 안찌뽀바를 찾을 수 없었다. 그녀는 더이상 열람실에 없었다.

의사가 책과 팸플릿 들을 가져간 출납대 위에 안찌뽀바가 반납한 책들이 아직 치워지지 않은 채 놓여 있었다. 전부 맑시즘 입문서였다. 아마도 전직 교사였던 그녀가 복직을 준비하며 집에서 자기 힘으로 정치적 재교육 과정을 밟고 있는 모양이었다.

책 속에 라리사 표도로브나의 대출 카드가 끼워져 있었다. 카드 끝이 밖으로 비어져나와 있었다. 거기에 라리사 표도로브나의 주소가 적혀 있었다. 주소는 쉽게 읽을 수 있었다. 유리 안드레예비치는 그 이상한 주소에 놀라며 베껴썼다. "상인의 거리, 조각상이 있는 집 맞은편."

그 자리에서 누군가에게 물어보고서, 유리 안드레예비치는 모스끄바에서 교구에 따라 지구 명칭을 붙이거나 뻬쩨르부르그에 '다섯 모퉁이'라는 지명이 있는 것처럼 유랴찐에서는 '조각상이 있는 집'이란 표현이 통용된다는 것을 알았다.

여인상 기둥과 손에 탬버린과 하프와 가면을 든 고대 뮤즈들의 조각상이 있는 강철빛 도는 진회색 집을 그렇게들 불렀다. 연극 애호가였던 상인이 지난 세기에 사설 극장으로 지은 집으로, 그의 상속인들은 거리 이름의 유래가 된 상인 조합에 그 집을 팔았다. 집이 거리 모퉁이에 자리 잡고 있어 집에 붙은 주변 지역 전체가 조각상이 있는 집을 따라 이름을 붙이게 되었다. 지금 조각상이 있는 집에는 당의 시 위원회가 자리 잡았고, 옛 시절에 연극과 서커스 포스터가 붙곤 했던, 언덕 아래로 비스듬히 내려가며 낮아지는 집의 기초벽에는 이제 정부 포고문과 법령이 나붙었다.

13

춥고 바람 부는 5월 초순의 어느날이었다. 시내에서 이리저리 일을 보고 잠깐 도서관에 들른 유리 안드레예비치는 느닷없이 모든 계획을 취소하고 안찌뽀바를 찾아나섰다.

바람이 모래와 먼지구름을 일으켜 길을 가로막으며 그를 자주 멈춰 세웠다. 의사는 돌아서서 눈을 찡그리고 고개를 숙인 채 먼지가 지나가기를 기다렸다가 앞으로 나아가곤 했다.

안찌뽀바는 상인의 거리와 노보스발로치니 골목 모퉁이, 의사가 지금 처음으로 보는, 조각상이 있고 푸른빛 도는 어두컴컴한 집의 맞은편에 살고 있었다. 집은 실제로 자기 별명에 걸맞게 이상하고 불안한 인상을 풍겼다.

집의 위층 전체가 사람 키 한배 반 높이의 신화 속 여인들 입상으로 둘러싸여 있었다. 두차례 격렬한 바람이 집의 정면을 감춘 사이에 의사는 일순간 그 집에 사는 모든 여자가 발코니로 나와 난간 너머로 몸을 구부리고 그와 아래에 펼쳐진 상인의 거리를 내려다보는 것 같이 느꼈다.

안찌뽀바의 집으로 가는 통로는 두개로, 거리에서 정문을 거쳐가거나 골목에서 마당을 통해 갈 수도 있었다. 첫번째 길이 있는 것을 모르고 유리 안드레예비치는 두번째 길을 골랐다.

그가 골목에서 대문으로 들어가자 바람이 온 마당에서 흙과 쓰레기를 하늘로 불어올려 의사의 시야를 가렸다. 그의 발밑에서 암탉들이 뒤쫓는 수탉한테서 벗어나려 꼬꼬댁거리며 그 검은 장막 뒤로 내달렸다.

먼지구름이 걷혔을 때, 의사는 우물가에 있는 안찌뽀바를 보았다. 이미 두 양동이 가득 물을 담아 왼쪽 어깨에 멜대를 걸친 그녀를 회오리가 덮쳤다. 그녀는 먼지를 뒤집어쓰지 않기 위해 급히 머릿수건을 이마에 아무렇게나 싸맨 채 부풀어오른 치맛자락이 바람에 날리지 않도록 무릎을 오므렸다. 물통을 지고 집으로 향하려 했지만 다시 불어닥친 바람에 막혀 멈춰 섰다. 바람이 그녀의 머리에서 수건을 벗기고 머리칼을 헝클기 시작했다. 수건은 아직도 암탉들이 꼬꼬댁거리는 먼 담장 끝으로 날아가버렸다.

유리 안드레예비치가 수건을 뒤쫓아 달려가 주워서 우물가에서 어리둥절해하는 안찌뽀바에게 건네주었다. 그녀는 평소와 다름없는 자연스러운 태도로 단 한번의 탄성도 없이 얼마나 놀라고 당황했는지 드러내지 않았다. 그저 한마디를 뱉었을 뿐이다.

"지바고!"

"라리사 표도로브나!"

"어떻게 이런 기적이? 어떻게 이런 일이?"

"양동이 내려놓으세요. 내가 나르지요."

"나는 길을 가다 도중에 돌아서거나 시작한 일을 포기한 적이 없어요. 나한테 오신 거면 같이 가세요."

"그럼 누굴 만나러 왔겠어요?"

"그걸 어떻게 알아요?"

"아무튼 당신 어깨의 멜대를 내가 메게 해줘요. 당신이 일하는데

72

가만히 있을 순 없어요."

"일이랄 것까지야 있나요. 그냥 두세요. 당신은 계단에 물만 흘릴 거예요. 말씀이나 해보세요. 무슨 바람이 불어 여길 찾아오셨나요? 일년이 넘도록 이곳에 계시면서 내내 오실 짬을 낼 수 없었나요?"

"어떻게 알았어요?"

"소문이 쫙 깔린걸요. 게다가 결국 도서관에서 당신을 보기도 했고요."

"왜 부르지 않았어요?"

"당신이야말로 날 보지 못했다고 하면 안 믿을 거예요."

흔들리는 양동이를 메고 약간 비틀대는 라리사 표도로브나의 뒤를 따라 의사는 낮은 아치 아래를 지나갔다. 아래층 뒷문 현관이었다. 거기서 재빨리 쪼그리고 앉은 라리사 표도로브나는 양동이들을 흙바닥에 내려놓고 어깨에서 멜대를 벗은 다음 허리를 펴고 어디서 났는지 모를 조그만 손수건으로 두 손을 닦기 시작했다.

"가세요. 안쪽 통로로 해서 정문 현관으로 나가요. 거긴 밝아요. 거기서 기다리세요. 나는 뒷문에서 물통을 올려놓고 위층을 좀 치우고 옷을 갈아입고 올게요. 우리 집 멋진 계단 좀 보세요. 무늬를 새긴 주철 계단이에요. 위에서 계단을 통해 다 볼 수 있어요. 오래된 집이에요. 포격이 있던 시기에 좀 흔들렸죠. 대포를 쏘아댔으니까요. 보세요, 돌이 어긋났어요. 벽돌 사이에 구멍과 틈이 생겼어요. 까쩬까와 나는 외출할 때 여기 이 구멍 속에 열쇠를 감추고 벽돌로 막아놔요. 잘 봐두세요. 혹시 내가 없을 때 오시더라도 환영할 테니 문 열고 들어가 편히 계세요. 그러는 사이에 내가 올 테니까요. 지금도 열쇠는 여기 있어요. 하지만 나는 필요 없죠. 뒤로 들어가서 안에서 문을 열 거예요. 단 하나 골칫거리라면 쥐가 많다는 거예요. 우글우글하는데 쫓아낼 수가 없어요. 머리 위로 뛰어다닐 정도예요. 몹시 낡은 건물인데다 벽은 흔들리고 곳곳에 갈라진 틈이에요. 할 수 있는 데는 막아보지만 전쟁이에요. 별 소용이 없어요. 언제 한번 와서 도와주시겠어요? 바닥과 굽도리에 난 틈을 함께 막으면 좋겠는데, 어떠세요? 그럼 현관에 계세요, 뭐든 잠시 생각하면서. 오래 걸리지 않아요. 곧 부를게요."

부름을 기다리며 유리 안드레예비치는 입구의 칠이 벗겨진 벽과 계단의 주철판을 이리저리 눈으로 서성였다. 그는 생각했다. '열람실에서 나는 독서에 열중하는 그녀의 모습을 진정한 일, 육체노동에 대한 열중과 열의와 비교했었어. 그런데 오히려 그녀는 물 긷기를 책 읽듯이 쉽게, 힘들이지 않고 하네. 그녀의 이 경쾌함은 모든 것에 깃들어 있어. 마치 오래전 어린 시절부터 삶을 향한 질주를 시작한 것처럼 이제 그녀에게는 모든 것이 그에 따른 결과인 듯 경쾌하게, 달리는 중에 저절로 이루어져. 그건 그녀가 허리를 굽힐 때 드러나는 뒤태에도, 두 입술을 벌리고 턱을 둥글리는 그녀의 미소에도, 말과 생각 속에도 나타나지.'

"지바고!" 위층 층계참의 집 문간에서 목소리가 울렸다. 의사는 계단을 올라갔다.

14

"손을 이리 주고 얌전히 따라오세요. 어둡고 천장까지 물건이 꽉 들어찬 방 두개를 지나가야 해요. 부딪히면 다쳐요."

"정말 미로 같네요. 나 혼자서는 길을 못 찾겠어요. 왜 이 모양이오? 집을 수리라도 하는 겁니까?"

"오, 아니에요, 전혀. 문제는 그게 아니에요. 남의 집이거든요. 누구 집인지조차 몰라요. 우리 집이 있었는데, 김나지움 건물 안에 있는 관사였죠. 유랴찐 시 소비에뜨의 주택부에서 김나지움을 접수해서 나와 딸은 주인이 떠난 이 집 일부로 이주하게 됐어요. 옛 주인들의 세간이 여기 있었어요. 가구가 많아요. 나는 남의 물건은 필요하지 않아서 그들의 물건을 이 방 두개에 집어넣고 창에 석회를 발랐어요. 내 손을 놓지 말아요, 안 그러면 길을 잃을 테니. 자, 그렇게요, 오른쪽으로. 이제 미로는 지났어요. 여기가 내 방문이에요. 이제 밝아질 거예요. 문지방이에요. 발 걸리지 않게 조심하세요."

유리 안드레예비치가 안내를 받아 방으로 들어서보니 방문 맞은편 벽에 창이 있었다. 의사는 창밖의 광경을 보고 깜짝 놀랐다. 창은 집의 마당과 이웃집 뒤편과 강가의 도시 공터로 나 있었다. 그곳에서 양들과 염소들이 풀을 뜯으며 단추 풀린 모피 외투 자락으로 쓸듯이 긴 털로 먼지를 쓸고 있었다. 공터에는 그외에도 의사에게 낯익은 광고판이 두개의 기둥에 불쑥 올라앉아 창문을 마주 보고 있었다. "모로와 벳친낀. 파종기. 탈곡기."

눈에 띈 간판에 영향을 받아 의사는 첫마디부터 가족과 함께 우랄에 도착하던 장면을 라리사 표도로브나에게 들려주기 시작했다. 그는 스뜨렐니꼬프와 그녀의 남편이 같은 사람이라는 소문을 잊은 채 무심코 열차에서 꼬미사르와 만난 이야기를 해주었다. 이야기의 이 대목이 라리사 표도로브나에게 특별한 인상을 남겼다.

"스뜨렐니꼬프를 만났다고요?!" 그녀가 얼른 되물었다. "지금은 더이상 아무 말도 안 할게요. 하지만 얼마나 의미심장한 일인지!

당신들이 만나야 했던 건 어떤 숙명이랄밖에요. 나중에 언제고 설명드리면 당신은 놀라지 않을 수 없을걸요. 하신 말씀을 내가 제대로 이해했다면, 그 사람이 나쁜 인상보단 오히려 호의적인 인상을 준 건가요?"

"그렇죠, 아마도. 그가 내게 반감을 산 건 당연한 일이에요. 우리는 그가 학살하고 파괴한 곳들을 지나왔으니까요. 나는 징벌자인 험악한 군인이나 학살광 혁명가를 만나리라 예상했지만 그도 저도 아니었어요. 어떤 사람이 예상을 배반하고 미리 형성된 관념과 어긋나는 건 좋은 거지요. 어떤 유형에 속한다는 것은 그 인간의 종말, 그에 대한 단죄니까요. 만일 그를 어떤 범주에 넣을 수 없다면, 그가 본보기가 아니라면 그에게서 요구되는 것의 반은 이룬 겁니다. 그는 자기 자신에게서 자유롭습니다. 불멸의 씨앗을 획득한 거죠."

"그 사람은 당원이 아니라고들 하던데요."

"맞아요, 그런 것 같습니다. 그가 그렇게 사람들의 마음을 끄는 이유가 뭘까요? 그는 불운한 사람입니다. 나는 그가 불행한 최후를 맞을 거라 생각해요. 자신이 불러온 악의 죄과를 치르게 될 겁니다. 혁명의 무법자들은 악당이어서가 아니라 탈선한 기관차처럼 통제를 모르는 기계장치여서 끔찍한 겁니다. 스뜨렐니꼬프도 그들과 마찬가지로 미친 사람이지만, 그는 책을 통해서가 아니라 체험과 시련을 거치며 미친 겁니다. 나는 그의 비밀을 모르지만 그에게 비밀이 있다는 건 확신해요. 그가 볼셰비끼와 결탁한 것은 우연입니다. 그들이 그를 필요로 하는 동안은 참아주고 길을 함께하겠지요. 하지만 필요가 다하면 그 즉시 그 사람 이전의 수많은 군사전문가들처럼 동정의 여지없이 내팽개치고 짓밟을 겁니다."

"그렇게 생각하세요?"

"틀림없어요."

"그럼 그가 살아날 길은 없나요? 예를 들어 도망친다면?"

"어디로요, 라리사 표도로브나? 그건 예전 짜르 시대에나 가능했던 일이죠. 지금은 어디 시도나 하겠어요?"

"가엾어요. 당신 이야기를 들으니 그 사람에게 동정심이 일어요. 그런데 당신도 변했네요. 전에는 그렇게 격분해서 신랄하게 혁명을 비판하지 않았는데."

"중요한 건, 모든 것에 정도가 있다는 거예요, 라리사 표도로브나. 이만큼 시간이 지났으면 이제는 뭔가에 도달했어야죠. 하지만 분명해진 사실은 변화와 재편의 혼란만이 혁명을 추동하는 사람들의 유일한 본성이라는 것, 그들은 세계적인 규모의 일이 아니면 관심을 가지지 않는다는 것이에요. 세계의 건설, 과도기, 그것이 그들의 목적 자체입니다. 다른 것은 아무것도 배운 게 없고 할 능력도 없어요. 그런데 당신은 이 끝없는 준비의 야단법석이 어디서 연유하는지 압니까? 준비된 확실한 능력이 없어서이고, 재능을 타고나지 못한 탓입니다. 인간은 살아가기 위해 태어나지, 삶을 준비하기 위해 태어나는 것이 아닙니다. 삶 자체, 삶의 현상, 삶의 은총은 그토록 황홀하게 엄숙한 것을! 그렇다면 어째서 삶을 미숙한 착상의 어린애 장난 같은 광대놀음으로, 체호프의 학생들의 이런 미국 도주[15]로 바꿔야 합니까? 하지만 그만하지요. 이제 내가 물어볼 차례로군요. 우리는 이 지방에 격변이 일어나던 날 아침에 이 도시에 도착했습니다. 당신도 그때 큰 곤란을 겪지 않았나요?"

---

15 안똔 체호프의 단편 「소년들」에 미국으로 도망하려 모의하는 두 소년이 등장한다.

"아, 그랬어요! 물론이죠. 사방이 온통 불길에 휩싸였어요. 우린 하마터면 타 죽을 뻔했어요. 말씀드렸듯이 집도 많이 흔들렸고요! 마당 대문가에는 지금까지도 터지지 않은 포탄이 있어요. 약탈, 포격, 온갖 추악한 일이 벌어졌어요. 정권이 바뀔 때면 늘 그렇잖아요. 하지만 우리는 이미 여러차례 겪었기 때문에 익숙했어요. 처음이 아니었으니까요. 백군 시절에는 또 어땠다고요! 개인적 복수심에 따른 암살, 강탈, 광란! 그래요, 하지만 정말 중요한 이야기를 안했네요. 우리의 갈리울린 말이에요! 아주 거물이 되어 체코 군대와 함께 여기 나타났어요. 총독 비슷한 직위에 있는 것 같았어요."

"압니다. 들었어요. 그를 만났나요?"

"아주 자주요. 그 사람 덕분에 내가 얼마나 많은 목숨을 구했다고요! 얼마나 많은 사람을 숨겨줬는지! 그 사람은 공정하게 평가받아야 해요. 나무랄 데 없이 정중하게 처신했거든요. 온갖 불한당, 까자끄 대위나 하급 경찰관과는 달랐어요. 하지만 그때 주도권을 쥔 쪽은 점잖은 사람들이 아니라 바로 그 조무래기들이었죠. 갈리울린이 나를 많이 도와줬어요. 그에게 감사해요. 알다시피 우린 오래 알고 지낸 사이예요. 나는 소녀 시절에 그의 집 마당에 자주 가곤 했어요. 그 집에는 철도 노동자들이 살았어요. 나는 어린 시절에 가난과 노동을 가까이에서 보았어요. 그래서 혁명에 대한 태도가 당신과 다르죠. 혁명은 내게 더 가까워요. 혁명 속에 있는 많은 것이 내게 친근해요. 그리고 갑자기 그가, 문지기의 아들인 그 소년이 대령이 된 거예요, 심지어 백군 장군이. 나는 민간인 출신이라 계급에 대해선 잘 몰라요. 직업도 역사 선생이잖아요. 그래요, 그렇게 된 거죠, 지바고. 나는 많은 사람을 도왔어요. 그 사람한테 찾아갔죠. 우리는 당신을 추억하기도 했어요. 나는 어느 정부에나 연줄과 후원자가 있었고, 어느 체제에서나 비애와 상실을 겪었어요. 사람들이 두 진영으로 갈라져 서로 접촉하지 않고 살아간다는 건 형편없는 책 속에나 나오는 이야기예요. 현실에서는 모든 게 이토록 뒤얽혀 있는데! 삶에서 오직 한가지 역할만 하고, 사회에서 단 한 자리만 차지하고, 똑같은 것만 의미하려면 얼마나 구제불능의 하찮은 존재가 되어야 하느냐고요!"

"아, 그래, 너로구나?"

머리를 두갈래로 촘촘히 땋아내린 여덟살가량의 여자아이가 방으로 들어왔다. 넓은 양미간에 가늘게 뜬 눈이 장난기 가득하고 능청스러운 인상을 주었다. 웃을 때면 눈꼬리가 올라갔다. 아이는 엄마한테 손님이 와 있다는 것을 문 뒤에서 이미 알았지만 문턱에 나타날 때는 뜻밖이라는 놀란 표정을 지어야겠다고 생각했다. 무릎을 살짝 굽혀 인사하고는 외롭게 자라나 조숙하고 사려 깊은 아이답게 눈 한번 깜박이지 않고 겁 없는 시선을 의사에게 돌렸다.

"내 딸 까쩬까예요. 예뻐해주세요."

"당신이 멜류제예보에서 사진을 보여줬지요. 몰라볼 정도로 컸구나!"

"집에 있었던 거니? 밖에서 놀고 있는 줄 알았어. 들어오는 소리도 못 들었네."

"구멍에서 열쇠를 꺼내려고 하는데 그 속에 엄청 큰 쥐가 있었어요! 소리를 지르고 한쪽으로 도망쳤어요! 무서워서 죽는 줄 알았다고요."

까쩬까가 물에서 꺼낸 작은 물고기처럼 작은 입술을 동그랗게 벌리고 장난기 섞인 눈을 크게 떠 사랑스러운 표정을 지으며 말했다.

"자, 네 방에 가 있으렴. 엄마는 아저씨 저녁 드시고 가게 권할 거야. 화덕에서 까샤[16]를 꺼내면 부를게."

"고맙지만 거절해야겠어요. 내가 시내에 다니기 시작한 다음부터 우리는 6시에 저녁을 먹고 있어요. 나는 늦지 않는 데 익숙한데, 집에 가려면 세시간은 더, 거의 네시간 걸려요. 그래서 이렇게 일찍 찾아온 겁니다. 미안합니다. 곧 일어나야겠어요."

"삼십분만 더 계세요."

"그러지요."

15

"솔직히 얘기해주셨으니 이제 나도 솔직히 말씀드릴게요. 당신이 말한 스뜨렐니꼬프, 그 사람은 내가 도저히 죽었다는 것을 믿을 수 없어 전선을 수소문하며 찾아다녔던 내 남편 빠샤, 빠벨 빠블로비치 안찌뽀프예요."

"이미 짐작하고 있었으니 그리 놀라운 건 아닙니다. 나는 그 우화 같은 소문을 듣고 터무니없다고 여겼어요. 그래서 그런 소문은 존재하지 않는다는 듯이 그 사람에 대해 전혀 거리낌 없이 멋대로 말한 겁니다. 하지만 그 소문들은 헛소리예요. 나는 그 사람을 만났어요. 당신은 어떻게 그 사람과 맺어질 수 있었습니까? 당신들 사이에 무슨 공통점이 있다고?"

"어쨌든 사실이 그래요, 유리 안드레예비치. 스뜨렐니꼬프, 그 사람이 내 남편 안찌뽀프예요. 나는 사람들의 의견에 동의해요. 까

---

16 물이나 우유에 곡물을 넣어 끓인 죽 비슷한 요리.

쩬까도 그걸 알고 있고 아버지를 자랑스러워하고요. 스뜨렐니꼬프는 모든 혁명가가 그러듯이 그 사람이 쓰는 가명이에요. 그럴 만한 이유가 있으니 다른 이름으로 살며 활동해야 하는 거겠죠.

유랴찐을 점령하고, 우리한테 포탄을 퍼붓고, 우리가 여기 있는 걸 알면서도 자기 비밀을 노출하지 않으려고 우리가 죽었는지 살았는지 단 한번 알아보지 않은 사람이 바로 그 사람이에요. 물론 그건 그의 의무였지요. 만약 그 사람이 자기가 어떻게 처신해야 할지 우리한테 물었다 해도 우린 그렇게 하라고 말했을 거예요. 내가 침해받지 않고 사는 것이나 시 소비에뜨에서 견딜 만한 주거 조건을 제공한 것 등등이 그가 우리를 몰래 보살핀다는 간접증거라고 당신 역시 말씀하시겠죠! 어쨌든 그걸 내게 납득시키려 하진 마세요. 바로 여기, 곁에 있으면서도 우리를 보고 싶은 유혹을 물리치다니! 나로선 이해가 가지 않아요. 상상을 초월한 일이잖아요. 그건 나로서는 이해할 수 없는 무언가, 삶이 아니라 로마의 어떤 시민적 덕목, 오늘날의 희한한 지혜 중 하나겠죠. 그런데 내가 당신한테 영향을 받아서 당신 어조를 따라하기 시작하네요. 내가 원하는 바는 아니에요. 당신과 나는 생각이 같지 않아요. 중요하지 않은 미묘한 무언가는 똑같이 이해하죠. 하지만 커다란 문제, 삶의 철학에서는 상반된 견해를 갖는다는 게 맞을 거예요. 그나저나 스뜨렐니꼬프 얘기로 돌아가죠.

지금 그는 시베리아에 있는데, 당신 말이 옳아요, 그가 비난받고 있다는 소식이 나한테도 들려요. 그래서 가슴이 서늘하고요. 지금 그는 시베리아에서 멀리 진격한 우리 작전구역 중 한곳에서 자신의 죽마고우이자 나중에는 전우였던 가엾은 갈리울린을 격퇴 중이에요. 갈리울린은 그의 이름과 우리가 결혼한 사이라는 비밀도 알고 있어요. 스뜨렐니꼬프라는 이름만 들어도 미칠 듯이 분통을 터뜨리지만 워낙 세심한 사람이어서 내게 그런 감정을 나타낸 적은 한번도 없어요. 그래요, 그러니까 그 사람은 지금 시베리아에 있어요.

그가 여기 있었을 때(그는 여기 오래 머물렀고 늘 당신이 만난 객차에서 살았어요), 나는 어떻게든 그와 우연히, 예기치 않게 마주쳐보려 애썼어요. 그는 예전 제헌의회, 꼬무치 군대의 참모부가 있던 곳에 자리 잡은 사령부에 가끔 들렀어요. 운명의 이상한 장난인지, 사령부 입구가 이전에 내가 다른 사람들을 위해 분주히 갈리울린을 찾아다닐 때 그가 맞아주던 같은 별채에 있더라고요. 예를 들어 사관학교에서 떠들썩한 사건이 있었어요. 사관생도들이 마음에 안 드는 교관들을 볼셰비즘을 신봉한다는 구실로 습격해 사살했죠. 그리고 유대인 박해와 학살이 시작된 때도요. 그런데 우리처럼 도시 주민이고 정신노동을 하는 사람이라면 아는 사람 절반이 유대인이잖아요. 이렇게 끔찍하고 추악한 일이 시작된 학살의 시대에는 분노와 수치와 동정뿐만 아니라, 우리의 공감이 반은 머리에서 나온 진실하지 못한 것이라는 불쾌한 뒷맛이 남아서 힘겨운 이중성의 느낌도 우리를 따라다녀요.

한때 인류를 우상숭배의 굴레에서 해방시켰고 이제는 인류를 사회적 악에서 해방시키는 데 자신을 바친 그토록 많은 사람들이 자기 자신으로부터, 의미를 상실한 구시대의 낡은 명분에 대한 충성으로부터 해방되는 데는 무력해요. 그들은 자신을 극복하고 나머지 사람들 사이로 흔적 없이 녹아들 수 없어요. 그들 자신이 그 나머지 사람들의 종교적 기초를 놓았으니 나머지 사람들을 더 잘 안다면 그들에게 그토록 가까운 사람들일 텐데 말이에요.

아마 박해와 추적이 그런 무익하고 파멸적인 태도를 취하게 하고 오로지 재앙만 가져오는 그런 수치스러운 자기희생의 고립을 강요하는 것이겠지만, 그 속에는 내면의 노쇠, 수세기에 걸친 역사적 피로감도 있어요. 나는 그들의 아이러니한 자기격려를, 빈곤해서 진부한 생각을, 대담하지 못한 상상을 좋아하지 않아요. 그런 건 노인들의 노년에 관한 대화나 병자들의 병에 관한 대화처럼 거슬려요, 그렇지 않아요?"

　"나는 그 점에 대해서는 생각해보지 않았어요. 나한테 고르돈이라는 친구가 있는데, 그는 그런 견해를 갖고 있지요."

　"아무튼 나는 거기 가서 빠샤를 지켜보곤 했어요. 그가 들어가거나 나갈 때 희망을 품고서요. 한때는 별채에 지방 총독의 집무실이 있었어요. 지금은 문에 '민원 사무소'라는 팻말이 붙어 있죠. 아마 보셨겠죠? 도시에서 가장 아름다운 곳이에요. 문 앞 광장에는 포석을 깔았고, 광장을 건너면 도시의 공원이에요. 까마귀밥나무, 단풍나무, 산사나무. 나는 보도에 있는 민원인들 틈에 섞여 기다렸어요. 물론 문을 박차고 들어가거나 아내라고 말하진 않았어요. 어쨌든 성이 다르잖아요. 게다가 거기서 가슴속 목소리가 무슨 소용이겠어요? 그들은 완전히 다른 규범 속에 사는 사람들인데. 예를 들어 그의 친아버지, 노동자 출신으로 예전에 정치적 유형수였던 빠벨 페라뽄또비치 안찌뽀프가 여기서 아주 가까운 대로변 어딘가 재판소에서 일하고 있어요. 전에 자신이 유형당했던 곳이죠. 친구분인 찌베르진도요. 혁명재판소 위원들이세요. 그래, 어떻게 생각하세요? 아들이 아버지한테도 신분을 감추고, 아버지도 그걸 당연하게 받아들여 화를 내지 않아요. 일단 아들이 신분을 감췄다면 드러내면 안 된다는 거예요. 그이들은 사람이 아니라 부싯돌이에요. 원칙. 규율.

그러니 마침내 내가 아내라는 걸 입증했다 해도 그게 중요하겠어요! 거기서 아내가 무슨 상관이겠어요? 어디 그런 시절이기나 한가요? 전세계 프롤레타리아, 세계 변혁, 그건 다른 얘기고 나도 이해해요. 그렇지만 아내 같은 두 발 달린 어떤 개별 존재는, 그건 그러니까 쳇, 제일 하찮은 벼룩이나 이 같은 거예요.

부관이 돌아다니면서 질문을 했어요. 몇몇은 들여보냈고요. 나는 성을 밝히지 않았고 용건을 묻기에 개인적인 일이라고 대답했어요. 그건 가망 없는 일, 거절당할 게 뻔했죠. 부관은 어깨를 으쓱하고 미심쩍은 눈초리로 나를 훑어봤어요. 그렇게 해서 그 사람을 한번도 보지 못했어요.

당신도 그가 우리를 질색하고 더이상 사랑하지 않는다고, 기억하지 못한다고 생각하세요? 오, 그 반대예요! 나는 그 사람을 너무 잘 알아요! 그 사람은 과잉된 감정 때문에 그런 일을 생각해낸 거예요! 빈손이 아니라 모든 영광 속에 승리자로 돌아와 이 모든 전쟁의 월계관을 우리 발밑에 바쳐야 하는 거예요! 우리를 불멸케 하고 우리를 눈부시게 해야 하는 거예요! 어린애처럼!"

까쩬까가 다시 방으로 들어왔다. 라리사 표도로브나는 어리둥절한 딸을 훌쩍 들어올려 이리저리 흔들고 간지럼 태우고 입맞춤하고 숨이 막히도록 꼭 안아주었다.

16

유리 안드레예비치는 말을 타고 시내에서 바리끼노로 돌아가는 중이었다. 그는 수없이 이 지역을 지나다녔다. 익숙한 길이라 무감각해져서 잘 살피지도 않았다.

그는 숲속 갈림길에 다가가고 있었다. 바리끼노로 가는 직선로에서 사끄마 강변의 어촌 바실리옙스꼬예로 가는 샛길이 갈라지는 곳이었다. 길이 나뉘는 곳에 이 근방에서 세번째로 보는 농기계 광고 기둥이 서 있었다. 보통 이 갈림길 부근에서 노을이 의사를 따라잡곤 했다. 지금도 저녁이 가까웠다.

시내를 오가던 어느 하루, 그가 저녁에 집에 돌아가지 않고 라리사 표도로브나의 집에 머문 뒤, 집에는 시내에서 일이 늦어져 삼제뱌또프의 여관에서 묵었다고 말한 때로부터 두달이 더 지났다. 그는 오래전에 안찌뽀바와 친밀한 사이가 되었고 그녀를 라라라고 불렀다. 그녀는 그를 지바고라고 불렀다. 유리 안드레예비치는 또냐를 속였고, 훨씬 심각하고 용납될 수 없는 일들을 숨기고 있었다. 이는 있을 수 없는 일이었다.

그는 숭배한다고 할 정도로 또냐를 사랑했다. 그녀 영혼의 평화, 그녀의 평온이 세상 그 무엇보다 소중했다. 그는 그녀의 친아버지보다, 그녀 자신보다 더 그녀의 명예를 지키기 위해 산처럼 굳건하게 서 있었다. 그녀의 상처받은 자존심을 지키기 위해서라면 그는 모욕을 준 사람을 제 손으로 갈기갈기 찢어놓았을 것이다. 그런데 그녀를 모욕한 사람이 바로 그 자신이었다.

집에서, 가족들 속에서 그는 발각되지 않은 죄인 같은 심정이었다. 아무것도 모르는 식구들, 그들의 변함없는 애정이 그를 죽이고 있었다. 함께 나누는 대화가 한창 무르익을 때면 그는 갑자기 자신의 죄가 머릿속에 떠올라 온몸이 굳으면서 주위에서 하는 이야기가 더이상 들리지도, 이해되지도 않았다.

식탁에서 그런 일이 벌어지면 음식이 목구멍에 걸려 그는 숟가락을 한쪽에 내려놓고 접시를 밀어냈다. 눈물에 목이 메었다. "무슨 일이에요?" 또냐는 어리둥절했다. "시내에서 안 좋은 소식이라도 들었어? 누가 감옥에 갇혔대? 아니면 총살이라도 당했어? 나한테 말해봐요, 내가 질겁할까봐 걱정하지 말고. 마음이 좀 가벼워질 거야."

그가 다른 누군가를 더 좋아해서 또냐를 배신했던가? 아니, 그는 누구를 선택하지도, 비교하지도 않았다. '자유연애'의 개념, '감정의 권리와 요구' 같은 말은 그에게 낯선 것이었다. 그런 것에 대해 말하고 생각하는 것은 저속하게 여겨졌다. 삶에서 그는 '쾌락의 꽃'을 꺾지 않았고, 자신을 신적인 존재나 초인이라 여기지 않았다. 자신을 위한 특혜나 특권을 요구하지 않았다. 그는 깨끗하지 못한 양심의 부담으로 무너져갔다.

'앞으로 어떻게 될까?' 그는 때때로 자문했고, 답을 찾지 못한 채 미증유의 무언가가, 어떤 예기치 못한 상황이 개입해 해결책을 가져다주기를 희망했다.

하지만 이제는 그렇지 않았다. 그는 억지로 매듭을 자르기로 결심했다. 그는 준비된 해결책을 가지고 집으로 가고 있었다. 또냐에게 모든 사실을 고백하고 용서를 빌겠다고, 더이상 라라를 만나지 않겠다고 결심했던 것이다.

사실, 여기서 모든 것이 순조롭지는 않았다. 지금 그가 보기에는 라라와 영원히, 영원토록 결별한다는 것이 충분히 명확해지지 않은 채로 남은 듯했다. 오늘 아침에 그는 또냐에게 모든 것을 밝히고 싶다는 바람과 더이상의 만남은 불가능하다는 것을 라라에게 알렸지만, 지금 생각하니 너무 부드럽게, 단호하지 못하게 말한 것 같은 느낌이었다.

라리사 표도로브나는 고통스러운 장면으로 유리 안드레예비치를 슬프게 하고 싶지 않았다. 그게 아니어도 그가 얼마나 괴로워하는지 이해하고 있었다. 그녀는 되도록 차분하게 그의 말에 귀 기울이려고 애썼다. 그들의 대화는 상인의 거리로 난, 라리사 표도로브나가 쓰지 않는 예전 주인들의 빈방에서 이루어졌다. 그때 맞은편 조각상이 있는 집 석상들의 얼굴을 따라 흘러내리던 빗물처럼, 라라의 두 뺨을 따라 느끼지도, 의식하지도 못하는 눈물이 흘러내렸다. 그녀는 가장된 너그러움 없이 진심을 다해, 조용히 말했다. "내 생각 말고 좋을 대로 해요. 나는 다 이겨낼 거야." 울고 있다는 것도 몰랐고, 눈물을 훔치지도 않았다.

라리사 표도로브나가 자신을 오해하게 해 거짓된 희망과 함께 착각 속에 남겨두었다는 생각에 그는 말을 돌려 시내로 달려가 못다 한 이야기를 마저 하고 싶었다. 무엇보다도 평생에 걸친 영원한 이별이 보여 마땅한 모습에 더 어울리도록 훨씬 더 뜨겁고 다정하게 작별하고 싶었다. 그는 간신히 자신을 억누르고 계속 길을 갔다.

해가 저물자 숲에는 한기와 어둠이 가득 찼다. 바냐[17] 탈의실에 들어갈 때처럼 숲은 김 나는 베니끄[18] 잎들의 습기 냄새를 풍겼다. 공중에는 모기떼가 물 위에 뜬 부표처럼 꼼짝 않고 떠서 한결같이 애처롭게 가는 음조로 앵앵대고 있었다. 유리 안드레예비치는 이마와 목에 앉은 모기를 수도 없이 때려잡았다. 땀에 젖은 몸을 손바닥으로 철썩철썩 때리는 소리에 말을 타고 갈 때 나는 나머지 소리들이 놀랍도록 잘 호응했다. 뱃대끈이 찌걱대는 소리, 진흙탕 속을 달리는 무거운 말발굽 소리, 말의 창자에서 펑펑 메마르게 터져

---

17 러시아 전통의 습식 사우나.
18 사우나에서 몸을 두드리는 잎 달린 자작나무 가지.

나오는 사격 소리. 노을이 머물러 있던 저 멀리서 갑자기 나이팅게일이 울기 시작했다.

"깨어나라! 깨어나라!" 나이팅게일이 부르며 간청했다. 거의 부활절 전에 울리는 소리 같았다. "나의 영혼이여, 나의 영혼이여! 일어나라, 왜 자고 있느냐!"[19]

갑자기 단순하기 그지없는 생각이 유리 안드레예비치를 스쳤다. 뭐 하러 서두른단 말인가? 그가 자신에게 한 약속을 번복하지는 않을 것이다. 고백은 할 것이다. 하지만 꼭 오늘이어야 한다고 어디나와 있단 말인가? 아직 또냐에게 아무 말도 하지 않았다. 고백은 다음번으로 미뤄도 늦지 않다. 그사이에 한번 더 시내에 다녀와야겠다. 모든 고통을 보상할 만큼 깊고 진정성 있게 라라와의 대화를 끝맺을 것이다. 오, 얼마나 좋은가! 얼마나 멋진가! 이런 생각이 전에는 떠오르지 않았다니 얼마나 놀라운가!

안찌뽀바를 다시 보리라는 생각에 유리 안드레예비치는 기뻐서 미칠 지경이었다. 심장이 마구 뛰었다. 간절한 바람 속에서 그는 모든 것을 다시 체험했다.

교외의 통나무 골목길, 목조 보도. 그는 그녀에게 간다. 이제 노보스발로치니에서 공터와 도시의 목조 구역이 끝나고 돌로 된 구역이 시작될 것이다. 교외의 작은 집들이 어른거린다. 재빨리 책장을 넘길 때처럼, 검지로 한장씩 넘기는 것이 아니라 책 가장자리를 엄지로 누르고 한꺼번에 차르륵 넘길 때처럼 곁을 스쳐간다. 숨이 막힌다! 자, 저기 저 끝에 그녀가 산다. 저녁 무렵 갠 비구름 낀 하늘의 하얀 빛줄기 아래. 그녀에게 가는 길에 있는 이 낯익은 작은

---

19 유리 지바고가 저녁에 유랴찐에서 바리끼노로 돌아가는 이 장면에 시 「봄의 진창길」의 플롯이 기초하고 있다.

집들을 그는 얼마나 사랑하는지! 그 집들을 두 손으로 땅에서 들어 올려 온통 입맞춤하고 싶다! 지붕을 푹 눌러쓴 외눈박이 다락방들이여! 웅덩이에 비친 딸기 같은 촛불과 등불이여! 비를 머금은 거리의 하늘, 저 하얀 띠 아래. 그곳에서 그는 다시 하느님이 창조한 그 새하얀 매혹을 창조주의 손에서 선물로 받으리라. 검은 옷을 걸친 형상이 문을 열리라. 그리고 북방의 밝은 밤처럼 절제되고 차가운 그녀의 친밀함의 약속이, 누구의 것도 아니고 누구에게도 속하지 않은 그녀의 친밀함의 약속이, 어둠 속에서 해변의 모래사장을 달려 다가오는 바다의 첫 파도처럼 그를 맞으러 달려오리라.

유리 안드레예비치는 고삐를 던지고 안장에서 앞으로 몸을 수그린 다음 말의 목을 안고 말갈기에 얼굴을 파묻었다. 그 다정함을 온 힘을 다하라는 호소로 받아들인 말이 힘껏 달리기 시작했다.

내내 말발굽을 떠나 뒤로 달아나는 땅에 닿을락 말락 스치며 물 흐르듯 말이 질주하는 중에 유리 안드레예비치는 기쁨에 날뛰는 심장의 고동 소리 외에 또 어떤 고함 소리를 들었다. 그는 환청이라고만 생각했다.

가까이에서 울린 총성에 귀가 먹먹했다. 의사는 고개를 들고 고삐를 낚아채어 잡아당겼다. 전속력을 내다가 제지당한 말이 옆걸음질을 했다가 물러나면서 뒷발로 서려는 듯 엉덩이를 낮췄다.

앞에는 갈림길이 놓여 있었다. 길 근처에서 "모로와 벳친낀. 파종기. 탈곡기"라는 광고판이 석양빛을 받아 번쩍였다. 무장하고 말을 탄 세 사람이 길을 가로막고 서 있었다. 탄띠를 십자로 두르고 학생모에 반외투를 걸친 실업학교 학생과 장교 외투를 입고 꾸반까를 쓴 기병, 가장무도회 분장처럼 기묘한 차림새로 누비바지와 누비재킷을 입고 챙 넓은 사제 모자를 깊숙이 눌러쓴 뚱보 사내였다.

"꼼짝 마시오, 의사 동지." 세 사람 중 가장 나이 많은, 꾸반까를 쓴 기병이 또렷하고 차분하게 말했다. "명령에 복종하면 당신의 안전을 보장하겠소. 그렇지 않을 경우엔, 화내지 마시오, 발포할 거요. 우리 부대 준의사가 죽었소. 당신을 의료 노동자로 강제 징용합니다. 말에서 내려 젊은 동지에게 고삐를 넘기시오. 기억해두시오. 조금이라도 도망칠 생각을 했다간 봐주지 않을 거요."

"당신은 미꿀리쩐의 아들 리베리, 레스니흐 동지인가요?"

"아니오, 나는 그의 주임 연락장교 까멘노드보르스끼요."

제10부

·

대로에서

1

    도시와 크고 작은 마을이 이어졌다. 끄레스또보즈드비젠스끄 시, 오멜치노, 빠진스끄, 띠샤쯔꼬예 까자끄 마을, 야글린스꼬예 이 주민 마을, 즈보나르스까야 자유농 마을, 볼노예, 구르똡시끼 정착 촌, 께젬스까야 개간지 마을, 까제예보 까자끄 마을, 꾸쩨이니 뽀사 드 자유농 마을, 말리 예르몰라이 마을.

    그 마을들을 거쳐 대로가 나 있었다. 오래되고 오래된, 시베리아 에서 가장 오래된 옛 역마차 길이었다. 길은 빵을 자르듯 중앙로라 는 칼로 도시들을 반으로 갈랐고, 뒤도 돌아보지 않고 쏜살같이 마 을들을 지나쳤다. 늘어선 이즈바들을 뒤로 멀리 던져 길 양옆에 정 렬시키거나, 급회전해서 아치나 갈고리 모양으로 구부려놓았다.

    먼 옛날, 호다쯔꼬예를 지나는 철도가 개설되기 전에는 그 대로를 따라 우편 뜨로이까가 질주했다. 길 한쪽으로는 차와 곡식과 제철소의 선철을 실은 짐마차 행렬이 이어졌고, 다른 쪽으로는 호송 중인 죄수들의 도보 행렬이 내몰렸다. 구원받을 길 없이 절망에 빠진, 하늘의 번개처럼 무시무시한 인간들이 일제히 족쇄를 철거거리며 발을 맞춰 행진했다. 헤치고 들어갈 수 없는 어두운 숲이 사방에서 수런거렸다.

대로는 한 가족으로 살았다. 도시와 도시, 마을과 마을이 사귀고 친척이 되었다. 철도와 대로가 교차하는 호다쯔꼬예에는 기관차 수리 공장과 기관고, 보선 시설이 있었고, 노동자 숙소에 우글거리는 빈민들은 삶을 비참하게 이어가다가 병들어 죽었다. 기술이 있는 정치범들은 유형을 마치고 그곳에서 숙련공으로 일하다가 정착했다.

그 선로 전체를 따라 세워졌던 최초의 소비에뜨들은 오래전에 철폐되었다. 한동안 시베리아 임시정부가 권력을 쥐고 있었지만, 지금은 전지역이 최고통치자 꼴차끄의 권력하에 들어갔다.[1]

.

2

구간 중 한곳에서 길은 한참 산으로 올라갔다. 저 멀리 탁 트인 전망이 갈수록 넓어졌다. 오르막도 넓어지는 시야도 끝이 없을 것 같았다. 말과 사람이 지쳐 휴식을 취하려고 걸음을 멈췄을 때에야 비탈길이 끝났다. 앞에 있는 다리 밑을 께즈마강의 빠른 물살이 달

---

1 1918년 11월 18일, 해군 제독 알렉산드르 꼴차끄가 시베리아의 '전러시아 임시 정부'를 무너뜨리고 '러시아국 최고통치자' 칭호와 함께 시베리아와 우랄 및 극동에 군사독재 정권을 수립했다.

려갔다.

강 건너 한층 가파른 언덕 위에 보즈드비젠스끼 수도원의 벽돌 담이 보였다. 길은 수도원 언덕을 휘감으며 밑으로 내려가 외곽의 뒷마당들 사이를 몇바퀴 돌아 도시 안으로 뻗어 있었다.

거기서 길은 중앙 광장에 있는 수도원 부지 귀퉁이를 한번 더 지나갔다. 초록색으로 칠해진 수도원 철문이 중앙 광장으로 활짝 열려 있었고, 입구 아치 위 이콘의 반원형 테두리에는 금박 글자가 새겨져 있었다. "생명을 주시는 십자가를, 패배를 모르는 경건의 승리를 기뻐하라."

겨울이 끝나가고 있었다. 사순절의 마지막인 수난주간이었다. 길 위의 눈은 해빙의 시작을 드러내며 거뭇해졌지만 지붕 위의 눈은 여전히 하얘서 올이 촘촘한 높은 모자를 쓴 것 같았다.

보즈드비젠스끼 수도원 종탑 위의 종지기들에게 기어 올라간 소년들에게 아래쪽 집들은 한덩어리로 얽힌 작은 보석함이나 언약궤[2] 같아 보였다. 점만 한 크기의 작고 까만 사람들이 집으로 향했다. 종탑에서도 몇몇은 누군지 움직임으로 알 수 있었다. 집으로 향하는 사람들은 벽마다 붙은 연령별 세 그룹의 징집에 관한 최고통치자의 포고령을 읽고 있었다.

3

밤은 예상치 못한 많은 것을 가져왔다. 이 시기에 어울리지 않게

---

2 성물을 보관하는 상자.

따뜻해졌다. 보슬비가 내렸고, 비는 너무나 가벼워 땅에 닿지 않고 물안개가 되어 공중을 떠다니는 것 같았다. 하지만 그렇게 보일 뿐이었다. 시내를 이루어 흐르는 따뜻한 빗물은 이제 땀이라도 흘리듯 온통 검게 물들어 번들거리는 땅에서 눈을 깨끗이 씻어내기에 충분했다.

꽃망울을 가득 단 키 작은 사과나무들이 경이로운 모습으로 정원에서 담장 너머 거리로 가지를 뻗었다. 가지에서 빗방울이 앞다투어 톡톡대며 목조 보도 위로 떨어졌다. 빗방울이 엇박자로 치는 북소리가 온 도시에 울려퍼졌다.

사진관 마당에 매여 있는 강아지 또미끄가 아침이 될 때까지 깽깽거리며 짖어댔다. 강아지 짖는 소리에 화가 났는지 갈루진네 집 정원에서 갈까마귀가 온 동네가 떠나가라 깍깍거렸다.

도시 아래쪽에서는 짐마차 세 대가 짐을 잔뜩 싣고 상인 류베즈노프를 찾아왔다. 그는 이건 실수이며 자신은 그런 물건을 결코 주문한 적이 없다고 말하며 인수하기를 거부했다. 젊은 짐마차꾼들이 시간이 늦었으니 하룻밤 묵게 해달라고 청했다. 상인은 욕설을 퍼부으며 그들을 내쫓고 문도 열어주지 않았다. 그들의 실랑이 또한 온 도시에 울렸다.

교회의 마지막 일곱번째 기도 시간, 보통 시간으로 새벽 1시에 고요하고 어둡고 달콤한 종소리의 물결이 간신히 움직인 보즈드비젠스끼 수도원의 가장 육중한 종을 떠나 어둡고 축축한 비와 섞여 흐르기 시작했다. 종소리는 홍수에 쓸린 흙덩이가 강기슭에서 떨어져나와 강물 속에 가라앉듯 종에서 밀려나왔다.

성목요일, 12복음[3]의 날 밤이었다. 비의 그물 장막 뒤 어두운 저 멀리서 보일락 말락 하는 촛불과 그 불빛을 받은 이마와 코와 얼굴들이 움직이며 흘러갔다. 금식하는 신도들이 새벽기도에 가는 중이었다.

십오분쯤 후에 수도원에서 보도의 널빤지를 따라 다가오는 발소리가 들렸다. 구멍가게 주인 갈루지나가 이제 막 시작된 새벽기도에서 나와 집으로 돌아가는 길이었다. 그녀는 머릿수건을 쓰고 모피 외투 단추를 풀어헤친 채 뛰다 멈추다 하면서 고르지 못한 걸음걸이로 걷고 있었다. 교회 안이 갑갑해 숨이 막혀서 나왔는데, 지금은 예배를 마칠 때까지 있지 않고 이년째 금식을 거른 것이 부끄럽고 후회스러웠다. 하지만 그녀가 슬픈 이유는 그게 아니었다. 낮에 사방에 나붙은 동원령을 보고 슬퍼진 것이었는데, 불쌍한 바보 아들 쩨료샤가 동원 대상이었다. 그녀는 불만을 머리에서 떨쳐내려 했지만 어둠 속 도처에서 하얗게 보이는 포고문 쪼가리가 다시 그것을 상기시켰다.

집은 모퉁이 지나 팔을 뻗으면 닿을 만큼 가까웠지만 그녀는 바깥에 있는 편이 한결 나았다. 바깥바람을 쐬고 싶었다. 집은 갑갑해서 가고 싶지가 않았다.

우울한 생각들이 그녀를 사로잡았다. 그것들을 하나하나 떠올려 읊조리기 시작하면 동틀 때까지 해도 다 말할 시간이 부족했을 것이다. 하지만 여기 거리에서는 그 언짢은 생각들이 한덩어리로 달려들어 수도원 모퉁이에서 광장 모퉁이까지 두세번 오가는 몇분 사이에 모두 털어버릴 수 있었다.

밝은 축일[4]이 코앞인데 집에는 아무도 없다. 그녀 혼자만 남겨두

<hr>

3 예수 그리스도가 지상에서 겪은 수난의 전역사를 담은 복음서의 열두 대목. 성목요일 밤에 낭송한다.
4 부활절을 말한다.

고 모두 뿔뿔이 떠났다. 과연, 혼자가 아니면 뭔가? 물론 혼자다. 양녀 끄슈샤는 계산에 넣지 않는다. 그래, 그애가 누군가? 열길 물속은 알아도 한길 사람 속은 모른다. 그애는 친구일 수도, 적일 수도, 은밀한 경쟁자일 수도 있다. 그애는 남편이 첫 결혼의 유산으로 데려왔다. 남편 블라수시까가 첫번째 아내에게서 얻은 의붓딸을 양녀로 삼았던 것이다. 혹은 양녀가 아니라 혼외자일 수도 있지 않을까? 혹은, 딸은커녕 전혀 다른 경우일 수도 있다! 남자 속을 어찌 알겠는가? 하지만 이 처녀에 대해 나쁜 말은 한마디도 하지 못할 것이다. 총명하고 예쁘고 모범적인 처녀다. 어느 모로 보나 멍청한 쩨료시까와 양부보다 훨씬 똑똑하다.

그렇게 해서 부활절 문턱에 그녀 홀로 여기 있다. 모두 집을 나가 뿔뿔이 제 갈 길을 갔다.

남편 블라수시까는 대로를 따라 신병들에게 연설을 하며 전투에서 공훈을 세우라고 소집된 병사들을 송별하러 돌아다녔다. 멍청한 사내, 제 아들이나 걱정하고 죽을 위험에서 구해주는 게 나으련만.

아들 쩨료샤도 견디지 못하고 큰 축일 전야에 도망쳤다. 힘든 일을 겪고는 기분 전환을 하고 위안을 얻는답시고 꾸쩨이니 뽀사드의 친척 집에 가버렸다. 실업학교에서 애를 제적시켰다. 내내 별 성과 없이 한 학년을 이년씩 다니니 팔년째는 봐주지 않고 내쫓아버린 것이다.

아, 이렇게 답답할 데가! 오, 주여! 어쩌다 이 꼴이 됐을까. 그냥 맥이 쭉 빠진다. 아무것도 손에 잡히지 않고 살기가 싫다! 어째서 이렇게 됐을까? 혁명 때문인가? 아니야, 아, 아니야! 이건 다 전쟁 탓이야. 꽃 같은 사내들은 다 전쟁에서 죽고 아무짝에도 쓸모없는 쓰레기만 남았어.

하청업자였던 아버지, 아버지 집에 살 때도 이랬던가? 아버지는 술을 입에 대지 않았고 읽고 쓸 줄 알았다. 살림살이는 차고 넘쳤다. 그리고 두 자매 뽈랴와 올랴. 이름도 참 잘 어울렸고, 둘은 사이좋고 죽이 잘 맞는 미인들이었다. 이름깨나 날리던 후리후리하고 풍채 좋은 목수 십장들도 아버지를 찾아오곤 했다. 언젠가 문득 이재기 넘치는 자매는 한가지 생각을 해냈는데, 집에 꼭 필요한 것은 아니지만 여섯 색깔 털실로 목도리를 뜨겠다는 생각이었다. 더구나 웬걸, 너무도 솜씨가 좋아 군 전체에 목도리의 명성이 자자했다. 그 시절에는 교회 예배도, 춤도, 사람들도, 예의범절도 모든 것이 풍성함과 정연함으로 기쁨을 주었다. 평민 가족이어도, 소시민, 농민과 노동자 계급 출신이어도. 러시아 또한 처녀 시절이었고 오늘날과는 비교가 되지 않는 진정한 숭배자와 수호자 들이 있었다. 지금은 모든 것이 빛바래고 민간인 쓰레기만, 변호사와 이드[5] 나부랭이만 남아서 낮이고 밤이고 지치지 않고 지껄여대다 말에 목이 멜 지경이다. 블라수시까와 그 친구들은 샴페인과 선한 희망으로 예전의 황금기를 되돌리려 생각한다. 과연 그렇게 해서 잃어버린 사랑을 되찾을까? 그러기 위해서는 바위를 뒤집고, 산을 움직이고, 땅을 파야 한다!

4

갈루지나는 벌써 여러번 끄레스또보즈드비젠스끄의 집하소, 장

---

5 유대인의 비칭.

터 광장까지 갔었다. 그녀의 집은 거기서 왼쪽이었다. 그러나 그녀는 매번 마음을 바꿔 발길을 되돌려 다시 수도원에 접한 뒷골목 깊숙이 들어갔다.

집하소는 커다란 들판처럼 넓었다. 예전에는 장날이면 농부들이 자기 짐마차로 그곳을 가득 채우곤 했다. 집하소 한쪽 끝은 옐레닌 스까야 거리 끝에 맞닿아 있었다. 반대쪽에는 크지 않은 단층집이나 이층집이 비스듬한 아치 모양으로 빼곡했다. 모두 창고와 사무소, 매장과 수공업자들의 작업장이 들어서 있었다.

평온하던 시절에는 여기서 여성 혐오자에 곰 같은 불한당 브류하노프가 안경을 쓰고 옷자락이 긴 프록코트를 입은 채 네쪽짜리 널따란 철문을 활짝 열어놓고 문턱 옆의 의자에 점잖게 앉아 『가제따─꼬뻬이까』[6]를 읽으며 가죽, 타르, 수레바퀴, 마구, 귀리, 건초 따위를 팔았다.

이곳의 작고 어둑한 창 안에서는 리본과 부케로 장식된, 혼례용 쌍양초가 든 마분지 상자 몇개가 해묵은 먼지를 뒤집어쓰고 있었다. 작은 창 너머, 가구도 없고 겹겹이 포개 쌓은 둥근 밀초를 빼면 상품이랄 것도 거의 없는 좁고 텅 빈 방에서는 어디 사는지 알 수 없는 백만장자 양초업자의 누군지 모를 대리인들이 수지, 밀랍, 양초 등을 수천건 거래했었다.

이곳 상점 거리 한가운데 갈루진네의 창이 세개 달린 커다란 식민지 제품 가게가 있었다. 가게 안에서는 칠을 하지 않아 갈라진 바닥을 점원들과 주인이 하루 종일 끝도 없이 마셔대던 찻잎으로 하루에 세번씩 닦았다. 여기서 젊은 여주인은 기꺼이 자주 계산대

<hr />

6 1908~18년 뻬쩨르부르그에서 발간된 통속적 일간지.

에 앉았다. 그녀가 좋아하는 색은 연보라색, 보라색이었다. 특히 장엄한 교회 예식 때 사제복의 색이자 라일락 꽃봉오리의 색이었고, 그녀의 가장 좋은 벨벳 원피스의 색이었으며, 그녀의 식탁에 놓는 포도주잔의 색이었다. 행복의 색, 추억의 색, 혁명 이전 러시아의 사라져버린 처녀 시절의 색 또한 그녀에게는 밝은 라일락 빛깔이었다. 그녀가 가게에서 계산대에 앉는 것을 좋아한 것도 유리병 속 녹말과 설탕과 블랙커런트 캐러멜 향기 가득한 가게 안의 보라색 황혼이 그녀가 좋아하는 색과 잘 어울렸기 때문이다.

이곳 구석에는 목재 창고와 나란히, 널빤지로 지은 낡은 이층집이 사방에 금이 간 고물 마차같이 서 있었다. 집은 네개의 공간으로 나뉘었다. 정면 양쪽 구석으로 두개의 입구가 있었다. 아래층 왼쪽 절반은 잘낀드의 약국이 차지하고 있었고, 오른쪽 절반은 공증인 사무소였다. 약국 위층에는 식구가 많은 늙은 부인복 재봉사 시물레비치가 살았다. 재봉사의 집 맞은편, 공증인 사무소 위층에는 여러 세입자가 모여 있었는데, 문을 뒤덮은 간판과 팻말이 그들의 직업을 말해주었다. 여기서 시계를 수리했고 구두장이가 주문을 받았다. 여기서 주끄와 시뜨로다흐가 사진관을 차려 동업했고, 조각가 까민스끼의 작업실도 여기 있었다.

사람들로 넘쳐나 공간이 비좁은 것을 고려해 사진사의 젊은 조수들, 보정 작업을 하는 세냐 마깃손과 대학생 블라제인은 마당에 있는 장작 창고에 딸린 사무실에 일종의 현상실을 만들었다. 사무실의 작은 창 안에서 희미하게 깜빡이는 빨간 현상용 램프의 사나운 눈동자로 보아 지금도 거기서 작업 중인 모양이었다. 옐레닌스까야 거리 전체가 울릴 정도로 깨갱대던 강아지 똠까가 사슬에 묶인 채 앉아 있는 곳도 이 작은 창문 밑이었다.

'아주 유대 놈이라곤 죄다 모여 득시글대는구나.' 회색 집을 지나가며 갈루지나는 생각했다. '비렁뱅이에 쓰레기 소굴이야.' 그랬음에도 즉시 그녀는 블라스 빠호모비치가 유대인을 혐오하는 것은 옳지 못하다고 생각했다. 그 사람들은 국가의 운명에 어떤 의미를 지니기에는 큰 바큇살이 못 되었다. 그런데도 이 무질서와 혼란이 무엇 때문이냐고 시물레비치 노인에게 물으면, 몸을 움츠리고 낯짝을 찡그려 이를 드러내고 히죽거리며 말하겠지. "레이보치까의 농간이지."[7]

아, 하지만 그녀는 무얼, 무슨 생각을 하는 건가? 머릿속에 뭐가 들었나? 과연 그게 문제인가? 그게 큰일인가? 큰일인 것은 도시다. 러시아를 지탱하는 건 도시가 아니다. 사람들은 교양에 현혹되어 도시 것을 좇았지만 얻어내지 못했다. 자기 해변에서 멀어졌지만 다른 해변에는 닿지 못했다.

아니, 어쩌면 반대로 모든 죄악은 무지에 있는지도 모른다. 배운 사람은 땅속까지 꿰뚫어보고 모든 것을 예측한다. 그런데 우리는 목이 잘릴 판인데도 모자를 잃어버릴까 걱정이다. 캄캄한 숲속에 있는 것만 같다. 그건 그렇지만, 지금은 배운 사람들도 삶이 편치 않다. 기근이 그들을 도시에서 몰아냈지 않은가. 도대체 뭐가 뭔지, 악마라도 갈피를 못 잡을 거다.

그래도 어쨌든 우리 시골 친척들이 훨씬 낫다! 셸리뜨빈네, 셸라부린네, 빰필 빨리흐, 모디흐네의 네스또르와 빤끄라뜨 형제가 그렇지 않은가? 스스로 생각하고 제 손으로 이루는 주인들이다. 대로를 따라 새로 생긴 농장들 광경이 볼만하다. 저마다 경작할 땅이

<hr>

7 혁명과 내전 시기 주도적인 역할을 했던 레프(레이바) 뜨로쯔끼를 암시한다.

15제샤쩌냐에 말, 양, 소, 돼지도 있다. 삼년치 식량이 비축돼 있다. 농기계도 볼만하다. 탈곡기까지 있으니. 그들 앞에선 꼴차끄가 아첨을 떨며 자기편에 들라고 졸라대고 꼬미사르들은 숲의 부대에 가담하라고 꼬드긴다. 전쟁에서 게오르기 훈장을 받고 귀향했으니 곧장 앞다퉈 교관으로 채용하고 싶어 한다. 견장을 달든 안 달든 아는 게 있으면 어디나 수요가 있다. 망할 리 없지.

하지만 이제 집에 갈 때다. 여자가 이렇게 오래 거리를 배회하는 건 꼴사나운 일이 아닐 수 없다. 내 집 정원이라면 괜찮겠지. 하지만 거기는 온통 질척거려. 진창에 빠질 거야. 기분이 좀 나아진 것 같네.

결국 생각이 뒤죽박죽 엉켜 실마리를 잃어버린 채 갈루지나는 집에 이르렀다. 하지만 집 문턱을 넘기 전에 그녀는 현관 계단 앞에서 잠시 서성이며 또다른 많은 일을 마음의 눈으로 훑었다.

그녀는 호다쯔꼬예의 현재 권력자들을 떠올렸다. 그녀가 잘 아는 사람들이었다. 수도에서 추방된 정치범 찌베르진, 안찌뽀프, 무정부주의자인 검은 깃발 브도비첸꼬, 이곳 열쇠공인 미친 개 고르세냐, 모두 약삭빠른 인간들이었다. 그들은 일생 동안 많은 분란을 일으켰다. 지금도 틀림없이 무슨 음모를 꾸미려 작당하고 있을 것이다. 그러지 않고는 못 배긴다. 기계 곁에서 평생을 보냈고, 그들 자신이 기계처럼 무자비하고 냉혹하다. 스웨터 위에 짧은 재킷을 입고 다니고, 뼈로 만든 파이프로 궐련을 피우며, 전염병에 걸리지 않으려고 끓인 물을 마신다. 블라수시까는 아무것도 이루지 못할 것이다. 이들이 모든 것을 자기식대로 뒤집어엎을 것이고, 내내 자기들 고집대로 처리할 것이다.

그리고 그녀는 자신에 대한 생각에 잠겼다. 그녀는 자기가 훌륭하고 자주적이며 예전 모습을 잘 간직한 여자라고, 괜찮은 사람이라고 알고 있었다. 그런 자질 중 어느 하나도 이 촌구석에서는 인정받지 못했다. 아마 어디에서도 인정받지 못할 것이었다. 그러자우랄 동쪽 전역에 알려진 바보 셴쩨쮜리하에 관한 추잡한 노래가떠올랐는데, 그중 첫 두 소절만 인용할 수 있었다.

셴쩨쮜리하는 마차를 팔았어.
그 돈으로 발랄라이까를 손에 넣었다네.

그다음은 온통 음담패설뿐이었고, 그녀는 끄레스또보즈드비젠스끄 사람들이 자기를 빗대어 부르는 것 같은 의심이 들었다.
깊은 한숨을 내쉬고 그녀는 집 안으로 들어갔다.

5

그녀는 현관에서 멈추지 않고 모피 외투를 입은 채 침실로 들어갔다. 방의 창들은 정원으로 나 있었다. 지금 밤에 창문 안팎에 무더기를 이룬 그림자들은 서로 겹치다시피 했다. 자루처럼 축 늘어진 창의 주름 커튼은 축 늘어진 자루 같은 어렴풋한 윤곽의 벌거벗은 시커먼 나무들을 닮았다. 가까이 다가온 봄의 진보라색 열기가 땅을 뚫고 나와 끝나가는 겨울 한밤중, 정원의 촘촘히 짠 비단같은 어둠을 데워주었다. 방 안에서도 유사한 두 요소가 거의 같은조합을 만들어내, 다가오는 축일의 진보라색 열기가 잘 털지 않은커튼의 먼지 자욱한 답답함을 누그러뜨리며 아름답게 만들었다.

이콘 속 성모는 거무스름한 좁은 손바닥을 은 덮개 밖으로 쳐들고 있었다. 양 손바닥에 각기 성모마리아의 비잔틴식 호칭 '메테르 테우', '신의 어머니'의 그리스어 첫 글자와 끝 글자를 받치고 있는 듯 보였다. 황금빛 받침대의 소켓에 끼운, 잉크병처럼 검은 석류석 빛 유리 램프가 침실 양탄자 위에 레이스 찻잔 모서리에 부딪혀 깨진 별 모양의 빛을 흩뿌렸다.

머릿수건과 모피 외투를 벗어던지느라 갈루지나가 거북하게 몸을 돌리자 다시 옆구리가 쑤시고 어깨뼈가 결렸다. 그녀는 비명을 지르고는 놀라 중얼거리기 시작했다. "슬퍼하는 자들 편에 서신 순결한 성모마리아여, 어서 구원의 손길을 뻗어 세상을 보호해주소서." 그러고는 울음을 터뜨렸다. 통증이 가라앉기를 기다렸다가 옷을 벗기 시작했다. 옷깃 뒤쪽과 등허리의 호크들이 손에서 미끄러지며 연기 색깔 천의 잔주름 속에 파묻혔다. 그녀는 끙끙대며 호크를 더듬어 찾았다.

그녀가 집에 돌아와 잠이 깬 양녀 끄슈샤가 방으로 들어왔다.

"어머니, 컴컴한 데서 뭐 하세요? 램프 가져다드릴까요?

"괜찮다. 이만하면 잘 보여."

"어머니, 올가 닐로브나, 제가 벗겨드릴게요. 뭐 하러 고생이세요."

"손가락이 말을 듣지 않는구나. 울고 싶을 지경이야. 이 더러운 유대 놈은 생각이 있는 거냐? 호크를 인간적으로 달아야 할 게 아니야, 눈먼 암탉 같은 놈. 밑단까지 뜯어내서 죄다 낯짝에 던져주든가 해야지."

"보즈드비젠스끼 수도원에서 노래를 잘 부르던데요. 고요한 밤이잖아요. 공기를 타고 여기까지 들렸어요."

"노래야 잘들 불렀지. 그런데 난, 애야, 몸이 좋지 않구나. 다시 여기저기 쑤셔댄다, 온몸이. 무슨 죄를 지어 이 모양인지. 어째야 할지 모르겠다."

"동종요법 의사 스띠돕스끼 선생님이 도와드렸잖아요."

"늘 따를 수 없는 조언만 했어. 네 그 동종요법 의사는 돌팔이였어. 아무짝에도 쓸모없다. 그게 첫째야. 둘째로, 그는 떠났잖아. 아주 멀리 가버렸어, 가버렸다고. 그 사람만이 아니야. 축일 전에 전부 도시에서 달아나버렸어. 지진이라도 일어난다는 거냐 뭐냐?"

"글쎄요, 그때 포로였던 헝가리 의사도 잘 치료했잖아요."

"소용없긴 마찬가지야. 아무도 남지 않았다고 말하잖니. 다 도망갔어. 께레니 러요시는 다른 마자르[8] 사람들하고 같이 군사분계선 너머에 있어. 그 사람을 징집해갔어. 적군이 데려갔다니까."

"아무튼 어머니는 지나치게 건강을 염려해서 그런 것뿐이에요. 심장신경증이에요. 거기엔 단순한 민간 주문이 기적을 낳아요. 그 주술 하는 병사 아내가 어머니한테 성공적으로 주술을 걸었던 거 기억하시죠? 씻은 듯이 나았잖아요. 그 여자가, 그 병사 아내가 누구더라. 이름을 잊어버렸네."

"아니다, 넌 나를 바보 천치로 생각하는구나. 내 등 뒤에서 날 두고 센쩨쮸리하 노래라도 부르는 거냐."

"천만에요! 그런 죄 받을 소리를 하다뇨, 어머니. 병사 아내 이름이나 떠올려주세요. 혀끝에서 뱅뱅 도는데. 기억나기 전에는 진정을 못할 거예요."

"그 여자는 치마보다도 이름이 더 많단다. 어떤 이름을 알려줘야

---

8 헝가리 민족을 가리킨다.

할지 모르겠구나. 꾸바리하라고도 하고 메드베지하라고도 불러, 즐리다리하라고도 하고. 별명도 열개쯤 되지. 그 여자도 이 근방에 없어. 순회공연은 끝났어. 바람같이 사라졌다. 그 하느님의 종을 께 젬스까야 감옥에 가뒀어. 낙태를 시키고 무슨 가루약을 만들었다나. 그런데 그 여자는 감옥에 있기가 갑갑했던지 탈옥해서는 극동 어딘가로 달아나버렸지 뭐냐. 정말이지 모두 뿔뿔이 달아나버렸다고 네게 말하잖니. 블라스 빠호미치도, 쩨료샤도, 마음씨 고운 뿔랴 아주머니도. 온 도시에 정직한 여자라곤 너하고 나, 두 바보뿐이란다. 농담이 아니야. 의료 도움이라곤 전혀 받을 수가 없어. 무슨 일이 생기면 끝장이야, 불러올 의사가 없으니. 모스끄바에서 온 유명한 의사가 유랴쩐에 있다고들 하더구나. 교수이고, 자살한 시베리아 상인의 아들이래. 그 의사에게 와달라고 할까 생각하는 사이에 적군 경비대가 스무명이나 길에 배치됐더구나. 재채기할 데도 없더라. 이제 다른 얘긴데, 그만 가서 자렴. 나도 누워야겠다. 대학생 블라제인 때문에 너도 제정신이 아니구나. 아니랄 게 뭐냐. 어쨌든 감추진 못해. 얼굴이 가재처럼 빨개졌잖니. 네 가엾은 대학생은 이 성스러운 밤에도 사진과 씨름하고 있을 거야, 내 사진들을 현상하고 인화하느라. 자기들도 못 자고 다른 사람들도 자지 못하게 하는 구나. 그들네 또미끄가 온 도시에 대고 짖어대고. 우리 집 사과나무 위에서 까마귀도 저렇게 깍깍거리니 난 또 밤새 잠들긴 틀린 모양이다. 그런데 정말이지 너는 왜 골이 난 거냐, 건드리지도 못하게? 대학생은 처녀애들이나 좋아라 하지 뭘."

"저 개가 왜 저렇게 기를 쓰고 짖어댈까? 무슨 일인지 가봐야겠는데. 쓸데없이 짖어댈 리가 없어. 잠시만요, 리도치까, 젠장, 잠깐만 조용히 해봐요. 상황을 파악해야 해요. 치안대가 언제 들이닥칠지 몰라. 가지 마, 우스쩬. 시보블류이, 너도 여기 있어. 너희가 없어도 될 거야."

중앙에서 파견된 대표는 멈추고 잠시 기다려달라는 요청을 듣지 못한 채 속사포처럼 지치도록 연설을 토해냈다.

"시베리아에 현존하는 부르주아 군사정권의 약탈과 중과세, 폭압과 총살과 고문의 정치는 속고 있는 사람들을 눈뜨게 할 수밖에 없습니다. 현 정권은 노동계급에게뿐 아니라, 사태의 본질에 있어 모든 근로 농민에게도 적대적입니다. 시베리아와 우랄의 근로 농민들이 반드시 이해해야 할 것은 오직 도시 프롤레타리아 및 병사와의 연합 속에서만, 키르기스와 부랴뜨 빈농들과의 연합 속에서만……"

드디어 그가 자신의 말을 급히 막으려 한다는 사실을 알아채고 멈췄다. 손수건으로 땀에 젖은 얼굴을 닦고는 피곤한 듯 부은 눈꺼풀을 내리깔고 눈을 감았다.

가까이 서 있던 사람들이 낮은 목소리로 그에게 말했다.

"잠시 한숨 돌리게. 목 좀 축이고."

불안해하던 빨치산 대장에게 보고가 들어왔다.

"뭘 불안해하나? 다 괜찮아. 신호등이 창에 걸려 있어. 보초가 그야말로 집어삼킬 듯이 눈을 부릅뜨고 있고. 발표를 재개해도 될 것 같아. 말씀하세요, 리도치까 동지."

커다란 창고 내부의 장작은 치워져 있었다. 치운 자리 한쪽에서 불법 집회가 열리고 있었다. 천장까지 쌓인 장작더미가 모인 사람들에게 가림막 구실을 해 그 비어 있는 절반을 현관 사무실과 입구로부터 가려주었다. 모인 사람들이 위험에 처할 경우 마루 밑으로 내려가 수도원 담장 너머 꼰스딴찌놉스끼 막다른 골목의 황량한 구석으로 나가는 지하 통로가 준비되어 있었다.

검은색 면 모자로 완전히 벗어진 머리를 가리고 윤기 없는 창백한 올리브색 얼굴에 검은 수염을 귀까지 기른 발표자는 신경성 발한증으로 고생하고 있어 계속해서 땀을 흘렸다. 그가 탁자 위에서 타고 있던 석유램프의 뜨거운 기류에다 피우다 남은 꽁초를 대고 탐욕스럽게 불을 붙이고는 탁자 위에 흩어진 종이들 위로 낮게 몸을 구부렸다. 조바심을 내며 근시인 눈으로 재빨리 종이들을 훑고 냄새까지 맡을 듯하더니 표정 없는 지친 목소리로 말을 계속했다.

"도시와 농촌 빈민의 이 연합은 오직 소비에뜨를 통해서만 실현될 수 있습니다. 싫든 좋든 시베리아 농민들은 이제 시베리아 노동자들이 이미 오래전에 시작한 투쟁의 바로 그 목적을 지향하게 될 겁니다. 그들의 공동 목표는 인민이 혐오하는 제독들과 아따만들의 전제 권력 타도와 전인민의 무장봉기를 통한 농민과 병사 소비에뜨 권력의 확립입니다. 이때 부르주아의 완전 무장한 까자끄 용병 장교들과의 투쟁에 있어 봉기한 사람들은 부단한 전면전을 집요하고도 지속적으로 벌여나가야 합니다."

다시 그는 말을 멈추고 땀을 닦고는 눈을 감았다. 규정을 무시하고 누군가가 일어나 손을 들고 발언을 하려 했다.

빨치산 대장, 더 정확히 말해 우랄 동쪽 빨치산의 께젬스끼 지대 사령관이 발표자의 코앞에 거만한 자세로 아무렇게나 앉아 있다가 어떠한 존중도 보이지 않고 그의 말을 거칠게 가로막았다. 소년티를 벗지 못한 그런 젊은 군인이 전체 부대와 편대를 지휘하며 병사들의 복종과 존경을 받는다는 것이 믿기 힘들었다. 그는 기병 외투 앞섶으로 팔과 다리를 감싸고 앉아 있었다. 벗어젖힌 외투 윗부분과 의자 등받이에 걸쳐진 소매 아래로 소위 견장을 뗀 자국이 거무스름한 군복 상의를 입은 몸통이 드러났다.

그의 양옆에는 그를 경호하는 두명의 말 없는 젊은이가 서 있었다. 그와 동갑내기로, 곱슬곱슬한 새끼 양털 테두리를 두른, 잿빛이 된 하얀 양가죽 꼬로따이까[9]를 입고 있었다. 그 돌 같은 잘생긴 얼굴은 사령관에 대한 맹목적인 헌신과 그를 위해 무엇이든 할 준비가 되어 있다는 것 외에 아무것도 드러내지 않았다. 집회나 집회에서 다루는 문제들, 토의 과정에 관여하지 않았고 말도, 웃음기도 없었다.

이 사람들 외에 창고에는 열댓명가량의 사람들이 더 있었다. 어떤 사람들은 서 있었고, 다른 사람들은 다리를 쭉 뻗거나 무릎을 세운 채 벽이나 벽의 구멍을 메운 둥글게 튀어나온 통나무에 기대고 바닥에 앉아 있었다.

귀빈들에게는 의자가 마련되어 있었다. 그들은 1차 혁명에 참가했던 서너명의 늙은 노동자들로, 그중에는 모습이 변하고 침울해진 찌베르진과 그의 말이라면 언제나 찬성하던 친구 안찌뽀프 노인이 있었다. 혁명이 그 발치에 온갖 선물과 제물을 바치는 신성한 존재에 속하게 된 그들은 말없이 준엄한 우상으로 앉아 있었다. 정치적 오만이 이 우상들에게서 모든 생기롭고 인간적인 면모를 말

<hr />

9 봄가을에 입는 짧은 농민복 상의.

살해버렸다.

창고 안에는 주목할 만한 인물들이 또 있었다. 러시아 무정부주의의 기둥인 검은 깃발 브도비첸꼬가 잠시도 가만있지 못하고 마룻바닥에서 일어섰다 앉았다 하거나 서성거리다 창고 가운데에서 멈추곤 했다. 그는 커다란 머리에 커다란 입, 사자 갈기를 가진 뚱뚱한 거인이었고, 최근 러시아-튀르키예 전쟁[10]은 몰라도 적어도 러일전쟁의 장교 출신으로 자기 환상에서 영원히 헤어나지 못하는 몽상가였다.

천성이 한없이 유순한데다 엄청나게 큰 키 탓에 자기보다 작은 규모의 현상을 잘 포착하지 못하는 그는 지금 벌어지는 상황에 충분히 주의를 기울이지 못해 모든 것을 잘못 이해하고 반대 의견을 자신의 견해로 받아들여 모두에게 동의했다.

그의 옆자리 바닥에는 숲에서 덫을 놓아 사냥하는 지인 스비리드가 앉아 있었다. 비록 농사를 짓지는 않았지만 옷깃 옆에 건 작은 십자가와 짙은 색 모직 루바하를 한데 그러쥐고 가슴에 상처가 나도록 긁거나 몸을 문지르는 모습이 스비리드의 땅을 가는 농민의 본성을 보여주었다. 이 사람은 부랴뜨인 혼혈의 정감 있는 사내로 문맹이었다. 촘촘히 땋은 머리에 콧수염이 듬성듬성 났고 턱수염은 더 듬성해서 몇가닥 가는 털뿐이었다. 몽골인의 골격 때문에 공감 어린 미소로 늘 주름 잡힌 얼굴이 더 늙어 보였다.

중앙위원회의 군사 지령을 가지고 시베리아를 순방 중인 발표자는 앞으로 감당해야 할 광활한 공간에 생각이 쏠려 있었다. 집회 참석자 대다수에게는 무심하게 대했다. 하지만 어렸을 때부터 혁

10 1877~78년의 전쟁을 말한다.

명가이자 인민을 사랑하는 사람이던 그는 맞은편에 앉아 있는 젊은 사령관을 열렬한 선망의 눈길로 바라보았다. 노인인 그는 소년의 모든 무례한 언동을 뿌리 깊게 잠재된 혁명성의 목소리로 여겨 용서했을 뿐 아니라, 사랑에 빠진 여인이 자기 지배자의 예의 없는 거만함을 용납하듯 그의 거리낌 없는 비판에도 감탄했다.

빨치산 대장은 미꿀리쩐의 아들 리베리였고, 중앙에서 온 발표자는 과거의 사회혁명당 가담자이자 옛 노동협동조합주의자 꼬스또예드-아무르스끼였다. 최근에 그는 입장을 바꾸어 자기 강령의 과오를 인정했으며 몇몇 상세한 성명에서 참회를 표명했고, 그럼으로써 공산당에 받아들여졌을 뿐 아니라 입당하자마자 이내 이런 중책에 파견되었던 것이다.

군대와 전혀 무관한 그가 이 일을 맡게 된 것은 그의 혁명 활동 경력과 감옥에서 보낸 고난의 세월에 대한 경의의 표시였다. 또한 이전 협동조합주의자로서 틀림없이 폭동에 휩싸인 서시베리아 지역 농민 대중의 정서를 잘 알고 있을 것이라는 추정 덕분이기도 했다. 이 문제에서는 있을 법한 친숙함이 군사 지식보다 더 중요했다.

정치적 신념의 변화는 꼬스또예드를 몰라보게 바꿔놓았다. 그는 외모, 동작, 태도까지 변했다. 누구도 예전 한때 대머리에 수염이 텁수룩했던 그를 기억하지 못했다. 하지만 그 모든 것은 가장이었을까? 당은 그에게 철저한 신분 위장을 명령했다. 그의 지하활동 이름이 베렌제이 또는 리도치까 동지였다.

낭독한 지령 조항에 동의한다는 브도비첸꼬의 때아닌 선언으로 벌어졌던 소란이 가라앉자 꼬스또예드가 말을 이었다.

"증대되는 농민 대중의 운동을 완전히 포괄할 수 있도록 현 위원회 지역 내에 자리한 모든 빨치산 부대와 시급히 연락망을 구축하는 것이 필수적입니다.”

이어서 꼬스또예드는 비밀 모임 장소, 암구호, 통신 암호, 연락 수단에 대해 말했다. 그런 다음 다시 세부 사항으로 옮겨갔다.

“백군 기관과 조직의 무기고, 군수품과 식량 창고가 어느 지점에 있는지, 대량 화폐 보관소가 어디이고 그 보관 시스템이 어떻게 되는지 부대들에 알려야 합니다.

부대 내부 조직, 지휘관, 병사 동지들의 규율, 음모, 부대와 외부 세계의 관계, 지역 주민과의 관계, 야전 군사혁명재판소, 적 지역 내 파괴 전술, 이를테면 다리, 철로, 증기선, 바지선, 역, 기술 장비를 비롯한 작업장, 전신국, 광산, 식량 공급의 파괴에 관한 문제의 모든 세부 사항을 살펴 상세하게 논의해야 합니다.”

리베리는 참고 참다가 더 견디지 못했다. 그 모든 것이 그에게는 현실과 상관없는 아마추어적인 헛소리 같았다. 그가 말했다.

“훌륭한 강연입니다. 명심하지요. 적군의 지원을 잃지 않으려면 이 모든 걸 이의 없이 받아들여야겠네요.”

“물론입니다.”

“참으로 멋진 나의 리도치까, 빌어먹을, 포대와 기병대 포함 세 개 연대로 구성된 내 군대가 오래전에 출정해 적을 멋지게 깨부수고 있는 판에 당신의 그 유치한 구상을 가지고 도대체 나더러 어쩌란 겁니까?”

‘얼마나 멋진가! 얼마나 강력한가!’ 꼬스또예드는 생각했다.

찌베르진이 논쟁하는 두 사람의 말을 가로막았다. 그는 리베리의 무례한 어조가 마음에 들지 않았다. 그가 말했다.

“미안하오, 발표자 동지. 나는 확신을 못하겠소. 아마 지령의 항목들 중 하나를 잘못 받아적은 것 같소. 내가 읽어보겠소. 확실히 하고 싶어서 말이오. '혁명 당시 전선에 있었고 병사 조직에 속했던 실전 경험이 있는 노련한 병사들을 위원회에 끌어들이는 것이 요망된다. 위원회에 한두명의 부사관과 군사전문가가 포함되는 것이 바람직하다.' 맞게 적은 거요, 꼬스또예드 동지?"

"맞습니다, 정확히 말한 그대롭니다. 맞아요."

"그렇다면 한 말씀 드려야겠습니다. 군사전문가에 관한 이 조항이 나는 걱정스러워요. 1905년 혁명에 참여했던 우리 노동자들은 짜르 군대의 장교들을 믿는 데 익숙지 않소. 반혁명은 언제나 그들과 함께 기어들거든."

사방에서 목소리가 빗발쳤다.

"이쯤 합시다! 의결! 의결! 해산할 시간이오. 늦었어요."

"나는 대다수 의견에 동의하오." 브도비첸꼬가 우르릉거리는 저음으로 참견했다. "시적으로 표현하자면 바로 이렇소. 시민단체는 아래에서부터, 민주적인 토대 위에서 자라나야 합니다. 땅에 심어 뿌리내린 묘목처럼 말이오. 울타리의 말뚝처럼 위에서 박아넣어서는 안 되오. 자꼬뱅 독재의 실수가 바로 이 점에 있었고, 국민공회가 떼르미도르파에 진압된 것도 그 때문입니다."

"그건 대낮같이 분명하지요." 스비리드가 방랑 시절의 벗을 지지했다. "어린애도 알아요. 좀더 일찍 생각했어야 하는데 이제 늦었어요. 이제 우리가 할 일은 힘껏 싸워 돌파해나가는 겁니다. 참고 숙여라. 안 그러면 뭐, 한껏 흔들어놓고 물러날 겁니까? 제가 요리했으니 먹기도 제가 먹어야지요. 제가 물에 뛰어들었으니 빠져 죽는다고 고함치면 안 되지요."

"의결! 의결!" 사방에서 요구했다. 갈수록 앞뒤 맞지 않는 말들이 제각각 좀더 이어지다가 집회는 동틀 녘에 파했다. 그들은 한껏 조심하며 한명씩 차례차례 흩어졌다.

7

대로에는 그림 같은 장소가 한곳 있었다. 가파른 비탈을 따라 자리 잡은 두 마을이 물살 빠른 샛강 빠진까에 의해 나뉜 듯 거의 잇닿아 있었는데, 위쪽에서 뻗어내린 마을 꾸쩨이니 뽀사드와 그 아래로 아른거리는 마을 말리 예르몰라이였다. 꾸쩨이니에서는 새로 징집된 병사들의 송별회가 열리고 있었고, 말리 예르몰라이에서는 시뜨레제 대령의 지휘하에 징병위원회가 부활절 휴식 이후 일을 재개해 징병 대상인 말리 예르몰라이 및 몇몇 인접 읍의 젊은이들의 신체검사를 하는 중이었다. 징병 때문에 마을에는 기마 민병대와 까자끄 병사들이 와 있었다.

예년에 없이 늦은 부활 주간의 사흘째 날이었고 예년에 없이 이른 봄의 따스하고 고요한 날이었다. 출발을 앞둔 신병들을 대접하는 음식 탁자들이 통행에 방해가 되지 않도록 대로 가, 꾸쩨이니 거리 노천에 차려져 있었다. 땅바닥까지 늘어진 하얀 식탁보 아래 나란히 놓인 탁자들은 완전히 줄이 맞지는 않아 구불구불한 긴 창자처럼 늘어서 있었다.

신병들에게 대접할 음식은 마을 사람들이 추렴했다. 기본 음식은 부활절용 음식에서 남은 것으로 훈제 햄 두쪽, 꿀리치 몇개와 빠스하[11] 두세개였다. 늘어선 탁자 전체에 소금에 절인 버섯과 오

---

11 전자는 달콤한 맛의 부활절 빵, 후자는 치즈와 건포도로 만드는 부활절 케이크.

이와 양배추절임을 담은 대접, 마을에서 구워 두툼하게 썬 빵을 담은 접시와 물들인 달걀을 높이 쌓은 넓적한 접시 들이 놓여 있었다. 달걀 색깔은 주로 장밋빛과 푸른빛이었다.

겉은 푸른빛, 장밋빛에 안은 하얀 달걀들의 깨진 껍데기가 탁자 주변 풀밭에 어지러이 널려 있었다. 재킷 밑으로 비죽 튀어나온 젊은이들의 루바시까가 푸른빛이고 장밋빛이었다. 처녀들의 원피스가 푸른빛이고 장밋빛이었다. 하늘이 푸른빛이었다. 마치 함께 흘러가는 듯한 하늘을 그토록 느릿느릿 평화롭게 흘러가던 구름들이 장밋빛이었다.

블라스 빠호모비치 갈루진이 잔걸음으로 장화 뒤축을 울리고 좌우로 발을 내차며 빠프눗낀의 집 높은 현관 계단을 달려 내려와 (빠프눗낀의 집은 탁자들이 놓인 위쪽 언덕에 있었다) 탁자로 가서 말을 시작했을 때, 그가 입은 비단 허리띠의 루바시까가 장밋빛이었다.

"제군들, 나는 샴페인 대신 인민이 집에서 담근 이 술 한잔을 여러분을 위해 비울 것이오. 떠나는 젊은이들이여, 그대들에게 영광과 장수를! 신병 여러분! 나는 여러분을 또한 다른 여러 면과 관계에서 축하하고 싶소. 주목해주시오. 그대들 앞에 펼쳐진 긴 십자가의 길은 조국의 벌판을 동족상잔의 피로 물들인 압제자들로부터 전력을 다해 조국을 지키기 위한 길이오. 인민은 피 흘리지 않고 혁명의 성과를 논하리라는 희망을 품었지만, 외국 자본의 종인 볼셰비끼 당이 인민의 소중한 염원인 제헌의회를 야비한 총검으로 강제 해산했고 막을 길 없는 강물처럼 피가 흐르고 있소. 장도에 오르는 젊은이들이여! 적군에 뒤이어 독일과 오스트리아가 다시 뻔뻔하게 고개를 쳐드는 것을 보면서도 우리는 수치를 뒤집어쓰으로써 우리의 영예로운 동맹국들에 빚졌으니, 러시아 군대의 훼손당한 명예를 더욱 드높입시다. 제군들, 하느님이 우리와 함께하실 것이오." 갈루진은 아직 말하고 있었지만 "만세"를 외치고 블라스 빠호모비치를 헹가래 치자는 함성에 그의 말이 묻혔다. 그가 술잔을 입술에 대고 제대로 거르지 않은 독한 보드까를 천천히 한모금씩 마시기 시작했다. 술은 마음에 들지 않았다. 그는 더 세련된 맛의 포도주에 길들어 있었다. 하지만 공적 희생을 치르고 있다는 의식이 그의 만족감을 채워주었다.

"네 아버지는 독수리야. 저렇게 불꽃 같은 열변이라니! 정말이지 두마 의원 밀류꼬프[12]는 저리 가라야." 술에 취해 떠들썩한 여러 목소리 가운데서 고시까 랴비흐가 취해 반은 고부라진 혀로 탁자 옆자리의 친구 쩨렌쩨 갈루진에게 그의 아버지를 치켜세웠다. "진짜 대단하다. 공연히 애쓰시는 것 같진 않은데. 연설로 널 징집 대상에서 빼내고 싶으신 거지."

"뭐야, 고시까! 부끄러운 줄 알아. 빼내다니, 어떻게 그런 생각을 할 수가 있어! 너하고 같은 날 통지서를 받을 텐데 징집 면제라니. 우리는 같은 부대로 갈 거야. 난 이제 실업학교에서 쫓겨났어, 개자식들. 엄마가 속이 찢어져. 아마 자원 장교는 못 될 거야. 병사가 되겠지. 아버지가 공적 행사에서 연설하는 솜씨 하나는 정말 말도 마. 대가야. 중요한 건 어디서 그런 능력을 얻었을까지. 타고난 거야. 체계적인 교육은 하나도 받지 않았거든."

"산까 빠프늣낀 얘기 들었어?"

"들었어. 그런 균에 감염됐다는 게 사실이야?"

12 Pavel Milyukov(1859~1943). 러시아의 역사가이자 사회평론가, 입헌민주당 리더였던 정치가. 혁명 직전 두마 연단에서 한 연설이 유명했다.

"평생 간대. 척수 감염으로 끝장날 거야. 제 잘못이지. 가지 말라고들 말렸는데. 누구랑 얽혔느냐가 중요한 거야."

"그럼 이제 어떻게 되는 거야?"

"비극이지. 총으로 자살하려고 했어. 지금 예르몰라이에 있는 위원회에서 검토 중이야. 아마 징집될 거야. 그 친구 말로는 빨치산에 들어갈 거래. 사회악에 복수하겠다는 거야."

"고시까, 들어봐, 넌 지금 감염된다고 말했잖아. 하지만 그 여자들한테 가지 않더라도 다른 병에 걸릴 수도 있어."

"네가 무슨 말 하는지 알아. 너도 그 짓을 하는 모양이네. 그건 병이 아니라 은밀한 죄악이야."

"고시까, 그런 소리 하면 낯짝을 갈겨버린다. 친구를 모욕하지 마, 이 더러운 거짓말쟁이야!"

"농담이야, 진정해. 내가 하려던 얘기는 이거야. 내가 빠진스끄에서 부활절을 보냈는데 말이야, 빠진스끄에서 '개성의 해방'이라는 순회강연이 있었어. 아주 재미있었어. 마음에 들더라고. 제기랄, 난 무정부주의자 편에 가담할 거야. 그 강연자 말이, 힘은 우리 안에 있대. 성性과 성격, 이건 동물 전기電氣의 각성이라는 거야.[13] 어때? 대단한 천재잖아. 그런데 나 진짜로 취했어. 사방에서 고함들을 쳐대니 무슨 말인지 못 알아듣겠고 귀가 멀 지경이야. 더는 못 참겠네. 쩨료시까, 입 다물어. 말라비틀어진 젖통, 엄마 앞치마 같은 놈아, 입 닥치라고 하잖아."

"고시까, 너 나한테 이것만 말해줘. 아직 난 사회주의에 대해 하는 말을 다는 모르겠어. 예를 들어 사보따즈니끄, 이건 어떤 표현이

---

13 1910년대 러시아에 널리 알려졌던 오스트리아 철학자 오토 바이닝거의 책 『성과 성격』을 암시한다.

야? 어디다 갖다붙이는 말이야?”

“내가 그런 말에 관해서는 진짜 교수지만, 말했잖아, 쩨료시까, 그만하라고. 나 취했어. 사보따즈니끄, 그건 다른 사람들과 한패거리인 사람이야. 그러니까 소바따즈니끄라고 하면 너는 그들과 한패라는 거야. 알았냐, 멍청아?”

“욕이네. 나도 그렇게 생각했어. 근데 전기력에 관해서는 네 말이 맞아. 난 광고를 보고 뻬쩨르부르그에서 전기 띠를 주문할 작정이었어. 활력 강화를 위해서. 착불로. 그런데 갑자기 새 혁명이 일어난 거야. 띠 생각을 할 때가 아니었지.”

쩨렌찌는 채 말을 끝맺지 못했다. 멀지 않은 곳에서 터진 우레 같은 폭발음이 술에 취해 왁자지껄한 목소리들을 집어삼켰다. 일순간 탁자를 둘러싼 소음이 멎었다. 잠시 후 소음은 한층 더 무질서한 힘으로 재개되었다. 앉아 있던 사람들 중 일부가 자리에서 뛰어 일어났다. 좀더 의연한 이들은 두 다리로 버티고 서 있었다. 다른 사람들은 비틀거리며 자리를 벗어나려 했지만 버티지 못하고 탁자 밑으로 쓰러져 그대로 코를 골기 시작했다. 여자들이 비명을 질러댔다. 큰 소동이 시작되었다.

블라스 빠호모비치는 범인을 찾으려고 사방을 둘러보았다. 처음에 그는 바로 근처 꾸쩨이니 어딘가에서, 심지어 탁자들에서 멀지 않은 곳에서 쾅 소리가 났다고 생각했다. 목에 힘이 잔뜩 들어가고 얼굴이 벌게진 그가 목청껏 소리쳤다.

“어떤 유다 같은 놈이 우리 대열에 잠입해 이 소란을 피우는 거냐? 어떤 망할 녀석이 여기서 수류탄을 가지고 장난을 쳐? 누군지 드러나기만 하면 내 자식이라도 그 더러운 놈의 목을 매달아버릴 테다! 여러분, 이 따위 장난을 친 놈을 그냥 뒤선 안 됩니다! 당장

색출해낼 것을 요구하오. 꾸쩨이니 뽀사드를 포위합시다! 선동자를 잡읍시다! 개자식이 빠져나가지 못하게 합시다!"

처음에는 다들 그의 말에 귀를 기울였다. 그러다 말리 예르몰라이의 읍사무소에서 서서히 하늘로 치솟는 검은 연기 기둥에 정신이 팔렸다. 모두가 거기서 무슨 일이 벌어지고 있는지 보려고 벼랑으로 달려갔다.

불타는 예르몰라이 읍사무소에서 옷을 벗은 신병 몇명이 뛰쳐나왔다. 한명은 신발도 신지 못하고 바지만 겨우 걸친 모습이었다. 시뜨레제 대령과 징병검사 및 등급 판정을 하던 다른 장교들도 뛰쳐나왔다. 까자끄 병사들과 민병대원들이 꿈틀대는 뱀같이 몸을 뒤트는 말 등에 타서 채찍을 휘두르고 몸통과 팔을 내뻗으며 마을 이쪽저쪽을 내달았다. 누군가를 찾고 있었고, 누군가를 붙잡았다. 많은 사람들이 길을 따라 꾸쩨이니로 달려왔다. 달려가는 사람들을 쫓아 예르몰라이의 종탑에서 다급하고 불안하게 경종을 울려대기 시작했다.

이후로 사태는 무시무시한 속도로 전개되었다. 시뜨레제와 까자끄 병사들은 수색을 계속해 땅거미가 질 무렵 이 마을에서 이웃 마을 꾸쩨이니로 올라갔다. 순찰대가 마을을 에워싸고 집마다 농장마다 수색하기 시작했다.

그 무렵 환송연에 모인 사람들의 절반은 한껏 마시고 인사불성이 될 정도로 취해 머리를 탁자 모서리에 기대거나 탁자 밑 땅바닥에 쓰러진 채로 곯아떨어졌다. 마을에 민병대가 왔다는 소식이 알려졌을 때는 이미 어둠이 깔려 있었다.

젊은이 몇몇이 민병대를 피해 마을 뒤쪽으로 도망쳤고, 발길질하고 떠밀며 서로를 재촉해 처음 맞닥뜨린 창고의 땅까지 닿지 않은 울타리 밑 틈새로 기어 들어갔다. 어둠 속이라 누구네 창고인지 알 수 없었지만 생선과 석유 냄새로 보아 소비조합 매점의 지하 창고 같았다.

숨은 사람들은 양심에 거리낄 것이 아무것도 없었다. 잘못이라면 숨은 것뿐이었다. 대다수가 술에 취해 앞뒤 분간 못하고 급해서 그랬던 것이다. 몇몇 사람에게는 비난받을 만해 보이고, 그들의 생각대로 그들을 파멸시킬 수 있는 지인들이 있었다. 지금은 모든 것이 정치적 색채를 띠었다. 장난질과 난동이 소비에뜨 지역에서는 체르노소쩬스뜨보[14]의 징표로 평가되었고, 백군이 날뛰는 지역에서는 볼셰비끼로 여겨졌다.

알고 보니 이즈바 밑에는 먼저 기어든 사람들이 있었다. 땅과 창고 바닥 사이 공간에 사람들이 가득했다. 꾸쩨이니와 예르몰라이의 여러 사람이 거기 숨어 있었다. 꾸쩨이니 사람들은 완전히 고주망태였다. 그중 일부는 이를 갈고 징징대며 낮은 신음 소리와 함께 코를 골았고, 다른 사람들은 구역질을 하고 토했다. 창고 밑은 눈을 뽑아가도 모를 어둠이었다. 바람이 통하지 않아 갑갑했고 악취가 심했다. 마지막으로 숨어든 사람들은 발각되지 않으려고 기어들어온 구멍을 안쪽에서 흙과 돌로 막았다. 이내 술 취한 사람들의 코 고는 소리와 신음 소리가 완전히 멎었다. 완전한 고요가 찾아왔다. 모두 평온하게 자고 있었다. 다만 한쪽 구석에서 특히 놀란 사람들이 조용히 속삭이는 소리가 들렸다. 죽도록 겁에 질린 쩨렌찌 갈루진과 예르몰라이의 주먹대장 꼬시까 네흐발레니흐였다.

"좀 조용히 해, 개새끼야. 다 죽일 셈이냐, 이 코흘리개 새끼야?

---

14 1905~17년 활동했던 극우단체들을 집단적으로 지칭하는 말.

들려? 시뜨레제 일당이 돌아다니면서 찾고 있잖아. 마을 어귀까지 갔다가 열을 지어 돌아오고 있어. 곧 여기 올 거야. 그들이야. 조용히 해, 숨도 쉬지 말고. 목을 졸라버릴 테니! 휴, 다행이다. 멀리 갔어. 지나갔다고. 빌어먹을, 도대체 넌 여기 왜 왔어? 이런 멍텅구리 새끼가 여기 숨다니! 누가 손가락으로 널 건드리기라도 한대?"

"제기랄, 고시까가 숨으라고 외치는 게 들리잖아. 그 바람에 기어 들어왔어."

"고시까는 다른 문제지. 랴비흐 일가 전부가 의심스러운 인물로 감시받고 있으니까. 호다쯔꼬예에 친척이 있거든. 직공, 노동자의 핵이야. 꼼지락대지 좀 마, 이 멍청아, 가만히 누워 있어. 사람들이 사방에 똥을 싸고 토해놨어. 움직이다간 너도 묻고 나한테도 묻힐 거야. 안 들려? 냄새나잖아. 시뜨레제가 왜 마을을 쏘다니는 줄 알아? 빠진스끄 사람들을 찾는 거야, 타지 사람들."

"꼬시까, 이게 다 어떻게 된 일이야? 뭐에서 시작된 거야?"

"이게 다 산까 놈 때문이야, 산까 빠프눗낀. 우리는 옷을 벗고 신체검사 줄에 서 있었어. 산까의 때가, 산까 차례가 왔는데 옷을 벗지 않는 거야. 술을 마셔서 취한 상태로 출석한 거지. 서기가 훑어보고 옷을 벗어주시오, 하고 말해. 정중하게. 산까한테 존대하는 거야, 군 서기가. 그런데 산까가 그 사람한테 버럭 화를 내. '안 벗을 테다. 내 은밀한 부위를 모든 사람한테 보여주기 싫어.' 부끄러운 모양이지. 그러고는 몸을 틀어 턱이라도 갈겨줄 듯이 서기에게 다가들어. 그래. 그러고는 어떻게 됐을 거 같아? 눈 깜빡할 새도 없이 몸을 숙인 산까가 사무실 탁자 다리를 잡고는 바닥으로 엎어버리는 거야. 잉크병도, 군인 명부도, 탁자 위에 있던 걸 다! 사무실 문에서 시뜨레제가 나와 소리치지. '난동은 참지 않겠다. 너희에게

무혈 혁명과 관청에서 법을 무시한 데 대해 본때를 보여주지. 주동자가 누구냐?'

그런데 산까는 창가로 가. '살려줘!' 그가 소리쳐. '옷 집어! 친구들, 우린 여기 있으면 끝장이야!' 나는 옷을 움켜쥐고 입으면서 산까한테 달려갔어. 산까가 주먹으로 유리를 깨고 밖으로 홀쩍 뛰어 바람처럼 쌩하니 사라졌어. 나는 그를 뒤따랐어. 그리고 몇몇이 더. 다리가 빠져라 뛰었지. 벌써 휘이휘이 우리를 뒤쫓고 있었어. 하지만 이게 다 뭐 때문이냐고 나한테 묻는다면 말이야, 아무도 무슨 영문인지 모를걸."

"폭탄은?"

"무슨 폭탄?"

"누가 폭탄을 던졌냐고? 폭탄이 아니면 수류탄인가?"

"맙소사, 우리가 그런 짓을 했다는 거야?"

"그럼 누구야?"

"내가 어떻게 알아? 다른 누구겠지. 소동이 일어난 걸 보고 몰래 읍을 폭파하자, 하고 생각한 거야. 다른 사람들을 의심할 테니까. 정치적 인물이야. 여긴 빠진스끄 사람들, 정치적인 사람들이 잔뜩이니까. 조용히 해. 입 닥쳐. 목소리들, 들려? 시뜨레제 일당이 되돌아오는 거야. 우린 끝장이야. 가만있으라고 하잖아."

목소리들이 가까워졌다. 군화들이 삐걱댔고 박차들이 울렸다.

"우기지 마시오. 난 못 속여. 그런 멍청이들하고 다르단 말이야. 분명 어디서 말소리가 들렸어." 대령의 또렷한 뻬쩨르부르그 말씨가 고압적으로 울렸다.

"그냥 느낌일 수도 있습니다, 각하." 말리 예르몰라이의 촌장, 늙은 수산업자 옷뱌지스쩬이 그를 설득했다. "게다가 말소리가 들린다고 놀라울 게 뭐 있습니까? 마을인데요. 묘지가 아니잖습니까. 어디서 대화를 나눴겠지요. 집에 말 못하는 짐승들이 사는 것도 아니고요. 누가 잠결에 도모보이[15]에게 목을 졸렸을지도 모르지요."

"그만, 그만! 당신이 바보 행세를 하고 까잔의 고아인 척하는데 내 본때를 보여주지! 도모보이라니! 당신들 여기서 아주 제멋대로군. 그렇게 잘난 체하다가 세계혁명까지 떠안겠어. 그땐 늦을 거요. 도모보이라니!"

"각하, 당치도 않습니다, 대령님! 웬 세계혁명은요! 다들 바보 천치에 까막눈이에요. 기도서도 더듬거리는 것들입니다. 그런 사람들한테 무슨 혁명은요."

"첫 증거가 나올 때까지는 다들 그렇게 말하지. 소비조합 건물을 샅샅이 수색해. 상자들 다 털어보고 매대 밑도 살펴봐. 이웃 건물도 뒤지고."

"알겠습니다, 각하."

"빠프눗낀, 랴비흐, 네흐발레니흐는 살았든 죽었든 잡아와. 바다 밑바닥에서라도. 갈루진의 꼬마 녀석도. 아비가 애국적인 연설을 하고 다녀도 상관없어. 입에 발린 말뿐이야. 실은 그 반대지. 그런 걸로 우릴 방심시키진 못해. 우선 상점 주인이 연설을 하고 돌아다니는 것부터가 심상찮은 일이야. 미심쩍어. 본성을 거스르는 거잖아. 비밀 정보에 따르면 끄레스또보즈드비젠스끄의 그 집 마당에 정치범들을 숨겨주고 비밀 집회를 갖는다더군. 그 꼬마를 잡아와. 그놈을 어떻게 할지는 아직 결정하지 않았지만, 뭐라도 드러나면 나머지 놈들에게 교훈 삼아 가차 없이 목을 매달아버리겠어."

---

15 조상의 얼을 대표하는 집의 신령.

수색하던 사람들이 멀리 이동했다. 그들이 충분히 멀어졌을 때, 꼬시까 네흐발레니흐가 죽은 사람처럼 창백해진 쩨료시까 갈루진에게 물었다.

"들었어?"

"그래." 그가 제 목소리가 아닌 목소리로 중얼거렸다.

"이제 너하고 나, 산까, 고시까한테는 숲으로 가는 길뿐이야. 영원히 거기 머물 거라는 말은 아니야. 저 사람들이 진정될 때까지만. 저들도 정신이 들면 알겠지. 그럼 돌아올 수 있을 거야."

제11부

•

숲의 군대

1

　유리 안드레예비치는 두해째 빨치산에 포로로 잡혀 있었다. 이 감금 상태의 경계는 매우 불분명했다. 유리 안드레예비치가 포로로 잡혀 있는 곳은 담으로 둘러싸여 있지 않았다. 그를 지키지도, 감시하지도 않았다. 빨치산 부대는 계속 이동 중이었다. 유리 안드레예비치는 부대와 함께 이동했다. 이 부대는 거쳐가는 지역과, 촌락의 나머지 인민과 구분되지 않았고 괴리되지 않았다. 부대는 인민과 섞여 있었고 인민 속에 녹아들었다.

　이 속박, 이 포로 상태는 존재하지 않는 것 같았다. 의사는 자유 상태에 있는데 다만 그것을 이용할 줄 모르는 것 같았다. 의사의 속박, 그의 포로 상태는 마찬가지로 삶에서 보이지 않고 느껴지지 않는 다른 유형의 강제들과 전혀 구별되지 않았으며 또한 존재하지 않는 무언가로, 망상과 허구로 여겨진다. 족쇄와 사슬과 감시가 없음에도 불구하고 의사는 상상의 산물 같아 보이는 자신의 부자유에 예속되어 있어야 했다.

빨치산 부대에서 달아나려던 세번의 시도는 그의 체포로 끝났다. 그들은 아무런 처벌도 하지 않았다. 하지만 그것은 불장난이었다. 그는 더이상 그런 시도를 되풀이하지 않았다.

빨치산 대장 리베리 미꿀리찐은 그에게 너그러웠다. 그를 자기 막사에 기거하게 했고 그와 함께 있는 것을 좋아했다. 유리 안드레예비치는 이 강요된 친근함이 부담스러웠다.

2

그때는 빨치산 부대가 거의 쉴 새 없이 동쪽으로 퇴각하던 시기였다. 때로 그런 이동은 꼴차끄군을 압박해 서시베리아에서 몰아내기 위한 총공세 계획의 일환이었다. 때로 백군이 빨치산 후방에 나타나 포위하려 시도할 때는 같은 방향으로의 이동이 후퇴로 변했다. 의사는 이런 교묘함을 한참 동안 이해하지 못했다.

이런 퇴각은 대개 대로와 나란히 이루어졌고 때로는 대로로 갈 때도 있었다. 대로변의 작은 도시와 촌락 들은 전황의 움직임에 따라 상이해서 백군 쪽이기도 했고 적군 쪽이기도 했다. 겉모습으로 어떤 권력이 자리 잡고 있는지 판단할 수 있는 경우는 거의 없었다.

농민군이 이 작은 도시와 촌락 들을 거쳐갈 때면 거기서 중요해지는 것은 바로 그곳을 줄지어 지나가는 이 군대였다. 길 양옆의 집들은 마치 땅속으로 빨려들어 사라지는 것 같았고, 진창길을 가는 기병과 말, 대포, 외투를 말아 짊어진 키 큰 소총수 무리가 길 위에서 집들보다 높이 솟아나는 것 같았다.

언젠가 그런 작은 도시에서 의사는 영국제 군용 의약품 재고를 전리품으로 넘겨받았다. 까뻴 장군이 이끄는 백군 장교 부대가 퇴각할 때 버리고 간 것이었다.[1]

두가지 색채 속에 잠긴, 비 내리는 어두운 날이었다. 빛이 닿은 모든 것은 하얗게 보였고 빛이 비추지 않은 곳은 모두 검게 보였다. 영혼에도 이를 부드럽게 해주는 중간 단계나 음영 없이 그런 단순화의 어둠이 자리했다.

군대의 잦은 이동으로 완전히 망가진 길은 검은 진창의 강이 되어 아무 데서나 그 여울을 건널 수 없었다. 서로 아주 멀리 떨어진 몇몇 곳에서만 길을 건넜고 그 지점에 닿기 위해서는 양쪽으로 많이 돌아가야 했다. 그런 상황에서 의사는 빠진스끄에서 전에 같은 열차에 탔던 뻴라게야 쨔구노바를 마주쳤다.

그녀가 먼저 그를 알아보았다. 그는 낯익은 이 여자가 누군지 얼른 생각이 나지 않았다. 그녀는 운하의 한쪽 둑에서 다른 쪽 둑을 바라보듯이 길 건너에서 그에게 이중적인 시선을 던졌는데, 그가 자신을 알아보면 인사를 나누리라는 결의로 가득한 시선이자 물러설 준비가 되어 있음을 드러내는 시선이기도 했다.

잠시 후 그는 모든 것을 떠올렸다. 사람들이 빼곡한 화물열차, 강제 노동에 동원된 사람들 무리, 그 호송병들, 땋은 머리를 가슴까

---

1 육군 중장 블라지미르 까뻴은 1918년 6~9월 꼬무치군을 지휘했고 꼴차끄 정변 이후 제1 볼가군단 사령관을 지냈으며, 1919년 12월에는 동부 전선 총사령관으로 임명되었다. 이들이 적군에 의해 격퇴되자 자바이깔리예와 극동에서 살아남은 꼴차끄 부대들이 자신들을 '까뻴군'이라 칭했다.

지 늘어뜨린 여자 승객의 형상 등과 함께, 그 광경의 한가운데 자리 잡은 자기 가족의 모습을 보았다. 재작년 가족의 이주 여행의 상세한 정경이 선명하게 그를 에워쌌다. 죽도록 그리워해온 혈육들의 얼굴이 그의 앞에 생생하게 나타났다.

그는 고갯짓으로 신호를 보내 쨔구노바가 거리를 따라 좀더 위로, 진창에 솟은 돌을 딛고 길을 건널 수 있는 지점으로 올라오도록 하고, 자기도 그곳으로 가서 쨔구노바에게로 건너가 인사를 나누었다.

그녀는 그에게 많은 이야기를 해주었다. 불법적으로 징용대에 붙잡혀와 그들과 같은 난방 화차 칸에 탔던 잘생기고 순진한 소년 바샤에 대해 상기시킨 후, 쨔구노바는 베레쩬니끼 마을에 있는 바샤의 엄마 집에서 지낸 생활을 의사에게 그려주었다. 그들 집에서 그녀는 아주 잘 지냈다. 하지만 마을 사람들은 베레쩬니끼에서 낯선 외지인이라는 이유로 그녀를 쪼아댔다. 그녀가 바샤와 가까운 사이라는 소문을 지어내 그녀를 비난했다. 완전히 쪼아 죽이기 전에 떠나야 했다. 그녀는 *끄레스또보즈드비젠스끄* 시에 있는 언니 올가 갈루지나의 집에 거처를 잡았다. 빠진스끄에서 쁘리뚤리예프를 본 것 같다는 소문에 이리로 왔던 것이다. 소문은 거짓이었지만, 그녀는 일자리를 얻어 이곳에 눌러살고 있었다.

그러는 사이에 그녀의 소중한 사람들에게 불행이 덮쳤다. 농산물 징발법을 따르지 않았다는 이유로 베레쩬니끼 마을이 군인들에게 학살당했다는 소식이 전해졌다.[2] 브리낀네 집이 불타고 바샤의

---

2 1919년 1월 19일 소비에뜨 러시아 전영토에 걸친 농산물 징발에 관한 법령이 공포되었고, 1920년 말경에는 거의 모든 농산물 징발로 농촌에 대한 수탈이 극에 달하자 집단적인 농민 소요가 빈번히 일어나 군사력으로 진압되었다.

가족 중 누군가가 죽은 것 같았다. 끄레스또보즈드비젠스끄에서는 갈루진네 가옥과 재산이 몰수당했다. 그녀의 형부는 감옥에 갇혔거나 총살당했다. 조카는 행방불명이었다. 이런 몰락의 첫 시기에 언니 올가는 가난 속에 굶주렸지만, 지금은 즈보나르스까야 자유농 마을에 있는 친척의 농가에서 일하며 굶주림은 면했다.

우연히도 쨔구노바는 의사가 곧 재고를 징발할 예정이던 빠진스끄의 약국에서 부엌일을 하고 있었다. 징발은 쨔구노바를 포함해 약국에서 일하며 생계를 꾸리는 모든 사람에게 파멸을 의미했다. 하지만 징발을 취소하는 것은 의사의 권한이 아니었다. 쨔구노바가 물품을 인도할 때 입회했다.

유리 안드레예비치의 짐마차는 약국 뒤뜰 창고 문에 댔다. 창고에서 꾸러미와 버드나무 가지로 얽은 약병과 상자 들을 들어냈다.

사람들과 함께 약사의 비쩍 마르고 옴이 오른 암말이 마구간에서 슬픈 눈으로 짐 싣는 것을 지켜보았다. 비 내리는 하루가 저물고 있었다. 하늘이 조금 갰고 먹구름에 숨이 막혔던 태양이 한순간 모습을 드러냈다. 해가 지는 중이었다. 햇살이 어두운 청동빛을 마당에 흩뿌리자 질척한 거름 웅덩이가 불길한 금빛으로 물들었다. 바람도 웅덩이를 흔들지 못했다. 거름 진창은 무거워 미동도 없었다. 그 대신 한길에 고인 빗물이 바람에 넘실거리며 황화수은의 붉은빛 파문을 일으켰다.

군대는 걷거나 말을 타고 길 가장자리를 따라 아주 깊은 호수와 웅덩이를 우회하며 앞으로 앞으로 나아갔다. 압수한 의약품 속에서 온전한 코카인 한통이 나왔다. 최근에 빨치산 대장이 코카인 냄새를 맡는 죄를 저지르고 있었다.

3

빨치산들 사이에서 의사의 일은 숨이 목구멍에 찰 정도로 많았다. 겨울에는 발진티푸스, 여름에는 이질, 그외에도 군사행동이 재개되어 전투가 있는 날이면 밀려드는 부상자 수가 더욱 늘어났다.

패배와 빈번한 퇴각에도 불구하고 빨치산 대열은 농민군이 지나는 곳에서 새로 봉기한 사람들과 적의 진영에서 탈주한 병사들로 부단히 채워졌다. 의사가 빨치산 부대에 머물렀던 그 일년 반 동안 병력은 열배로 불어났다. 끄레스또보즈드비젠스끄 지하 참모부 회의에서 리베리 미꿀리쩐이 자기 병력을 말했을 때는 대략 열배쯤 과장한 수치였다. 지금은 실제로 그가 말한 규모에 도달했다.

유리 안드레예비치에게는 조수들이 있었다. 갓 임명된 위생병 몇명으로 걸맞은 경험도 있었다. 의무대에서 그의 오른팔은 진영에서는 라유시 동지라고 부르는, 헝가리 공산주의자이자 포로 출신의 군의관 께레니 러요시와 또한 오스트리아군 포로인 크로아티아인 준의사 안껠랴르였다. 유리 안드레예비치는 러요시와는 독일어로 의사소통을 했고, 슬라브계 발칸인인 안껠랴르는 그런대로 러시아어가 통했다.

4

국제적십자 협약에 따르면 군의관과 위생대원은 교전 중인 군인들의 전투 행위에 무장하고 참여할 권리를 지니지 않는다. 그러나 언젠가 한번 의사는 의지에 반해 이 규약을 깨야만 했다. 들판에서 예기치 않게 시작된 작은 전투와 맞닥뜨린 그는 싸우는 군인들과 운명을 같이하며 방어사격을 할 수밖에 없었다.

의사가 속한 빨치산 부대의 산병선散兵線은 숲 가장자리를 차지하고 있었다. 별안간 총격을 받은 의사는 부대의 통신병과 나란히 엎드렸다. 빨치산들의 등 뒤는 타이가였고 앞은 탁 트인 숲속 빈터였다. 무방비의 벌거벗은 그 공간으로 백군이 진격해오는 중이었다.

그들은 접근해 이미 가까웠다. 의사는 그들이 잘 보여서 저마다의 얼굴을 분간할 수 있었다. 수도의 비군인 계층 출신 소년들과 청년들, 그리고 예비역 중에서 소집된 좀더 나이 든 사람들이었다. 그러나 주조를 이루는 쪽은 첫번째 부류의 젊은이들, 최근에 자원병으로 참전한 대학 1학년 학생과 김나지움 8학년생이었다.

의사는 그중 누구도 아는 사람이 없었으나 절반의 얼굴이 어디선가 본 듯하고 잘 아는 것처럼 익숙하게 느껴졌다. 학창 시절의 옛 친구를 떠올리게 하는 사람도 있었다. 혹시 그들의 동생들이었을까? 다른 사람들 또한 지난 시절에 극장이나 거리의 인파 속에서 마주친 것 같았다. 표정이 풍부한, 마음을 끄는 그들의 용모가 자신과 같은 부류의 가까운 사람들 같았다.

그들이 이해하는 바 의무에 대한 헌신이 그들에게 열광적인 대담성을 불러일으켰다. 불필요한 도발적인 용기였다. 그들은 근위병의 자세가 무색하게 몸을 꼿꼿이 세우고 드문드문한 산개대형으로 전진해왔다. 숲속 공터에 몸을 숨길 울퉁불퉁한 곳이, 작은 언덕과 흙무더기가 있음에도 불구하고 위험에 아랑곳없이 뛰지도, 들판에 엎드리지도 않았다. 빨치산의 탄환이 거의 남김없이 그들을 쓰러뜨렸다.

백군이 돌진해오는 벌거벗은 널따란 들판 한가운데 불에 탄 고목이 한그루 서 있었다. 벼락을 맞았거나 모닥불에 탔거나 앞선 전투에서 포화를 받아 쪼개지고 불탄 것이었다. 진격하는 자원병 소총수들은 저마다 고목에 시선을 던지고 그 몸통 뒤에 숨어 좀더 안전하고 확실하게 겨냥해 쏘고 싶은 유혹과 싸웠지만, 결국 그 유혹을 물리치고 전진해갔다.

빨치산의 탄약은 한정돼 있었다. 아껴야 했다. 가까운 거리에서 눈에 보이는 표적당 한발씩 쏠 것, 상호 약속으로 지켜지는 명령이 있었다.

의사는 무기 없이 풀숲에 엎드려 전투의 추이를 지켜보았다. 그의 모든 공감은 영웅적으로 죽어가는 젊은이들 편에 있었다. 그는 진심으로 그들의 승리를 바랐다. 필시 정신적으로 그와 가까운 가정의 자식들이었다. 그와 같은 교육을 받고 그와 같은 윤리적 태도, 같은 관념을 가졌을 것이었다.

그들을 향해 공터로 달려나가 항복해버릴까, 그렇게 해서 억류된 처지에서 구출될까 하는 생각이 머릿속에 일었다. 하지만 그것은 위험을 무릅쓴 모험적인 행동이었다.

그가 두 손을 들고 공터 가운데까지 달려가는 동안 양쪽에서 가슴과 등에 총격을 가해 그를 쓰러뜨릴 수도 있었다. 이편은 자행된 배신을 벌할 것이고 저편은 그의 의도를 알 수 없어서일 것이다. 실로 그는 그와 비슷한 상황에 처한 적이 한두번이 아니었고, 모든 가능성을 숙고한 끝에 이런 탈주 계획이 적절치 않음을 인정한 지 오래였다. 그래서 어쩔 수 없이 이중적인 심정을 받아들이며 의사는 여전히 배를 대고 엎드린 채 얼굴을 공터 쪽으로 향하고 무기도 없이 풀 속에서 전투의 추이를 살폈다.

그러나 주위에서 생사를 건 전투가 들끓는 판국에 아무런 행동 없이 지켜보고만 있는 것은 생각도 할 수 없는, 인간 힘의 한계를 넘어서는 일이었다. 문제는 부자유하게 그를 구속한 진영에 대한 충성이나 그 자신의 자기방어가 아니라 사태의 질서에 따르는 것, 그의 앞과 주위에서 벌어지는 일의 법칙에 순종하는 것이었다. 거기 관여하지 않고 남아 있는 것은 법칙에 반하는 것이었다. 다른 사람들이 하는 것과 똑같은 짓을 해야 했다. 전투가 이어지고 있었다. 그와 동료들에게 총격을 가하고 있었다. 응사해야만 했다.

그와 나란히 열에 있던 통신병이 경련으로 몸부림치다 그치더니 몸을 쭉 뻗고 움직이지 않게 되었을 때, 유리 안드레예비치는 기어가 그에게서 탄약통을 끄르고 그의 소총을 쥐고 이전 자리로 돌아와 한발 한발 총을 쏘기 시작했다.

하지만 연민 때문에 그가 애정을 느끼며 공감했던 젊은이들에게 총을 겨눌 수 없었다. 그렇다고 공중에 대고 분별없이 총을 쏘는 것은 그의 의도에 상반된 너무 어리석고 한심한 짓이었다. 그래서 그는 불탄 나무를 겨냥해 그와 그의 표적 사이에 공격 중인 사람들 중 누구도 끼어들지 않는 순간을 골라 총을 쏘기 시작했다. 이 경우에 그에게는 그 나름의 방식이 있었다.

겨냥을 하고 조준이 차츰 정확해짐에 따라 마치 총을 쏠 의도가 전혀 없다는 듯이, 마치 예기치 않은 듯이, 공이치기가 저절로 내려와 총알이 발사될 때까지 방아쇠를 천천히, 미세하게 당기며 의사는 손에 익은 정확성으로 죽은 나무를 쏘아 아래쪽 말라 죽은 가지들을 떨궈 주위에 흩뜨려놓기 시작했다.

하지만 오, 끔찍해라! 누구라도 맞을까봐 의사가 그렇게 조심했

건만 진격하는 이 병사, 저 병사가 결정적인 순간에 그와 나무 사이로 들어와서는 총이 발사되는 순간에 조준선을 가로질렀다. 두 명은 총알이 스쳐 부상을 입었고 나무에서 멀지 않은 곳에 쓰러진 불행한 세번째 병사는 목숨으로 대가를 치른 것 같았다.

마침내 시도의 무익함을 깨달은 백군 지휘부가 퇴각 명령을 내렸다.

빨치산은 소수였다. 그들의 주력부대 중 일부는 행군 중이었고 일부는 좀더 대규모의 적 병력과 교전을 시작해 다른 곳으로 이동해 있었다. 부대는 병력이 적은 것을 드러내지 않으려고 퇴각하는 적을 추격하지 않았다.

준의사 안겔랴르가 들것을 든 위생병 두명을 숲 가장자리로 인솔해왔다. 의사는 그들에게 부상병들을 돌볼 것을 명령하고, 자신은 꼼짝도 하지 않고 누워 있는 통신병에게 다가갔다. 어쩌면 아직 숨이 붙어 있어 살릴 수 있으리라고 어렴풋이 기대했었다. 하지만 통신병은 숨져 있었다. 죽은 것을 최종 확인하기 위해 유리 안드레예비치는 그의 루바시까의 가슴을 헤치고 심장 소리를 들었다. 심장은 뛰지 않았다.

전사자의 목에는 부적 주머니가 끈에 매달려 있었다. 유리 안드레예비치는 그것을 끌렀다. 주머니 안에는 헝겊 조각으로 싸서 꿰맨, 접힌 모서리가 닳고 삭은 종잇장이 들어 있었다. 의사는 절반이 부스러져 조각난 종잇장을 펼쳤다.

종이에는 시편 91편에서 발췌한 대목이 적혀 있었는데, 인민이 기도하며 끼워넣은 수정과 일탈이 담겨 거듭 필사되는 사이에 원전에서 멀어진 기도문이었다. 교회슬라브어 텍스트를 러시아어로 고쳐 쓴 단편들이었다.

"지존하신 분의 거처에 몸을 숨기고 전능하신 분의 그늘 아래 머무는 사람아"라는 시편 구절이 종이에는 "생생한 도움이여"라는 주문의 제목이 되어 있었다. 시편 구절 "낮에 날아드는 화살을 두려워 마라"는 "날아오는 전쟁의 화살을 두려워하지 아니하리로다"라고 용기를 북돋는 말로 바뀌어 있었다. 시편은 "나의 이름을 아는 자를"이라고 말하는데 종이에는 "나의 이름을 늦게"라고 되어 있었다. "환난 중에 그와 함께 있으리니 나는 그를 건져주고"는 종이에서 "곧 겨울에 그를"이 되었다.

시편의 대목은 총알로부터 지켜주는 기적을 낳는다고 여겨졌다. 이미 지난 제국주의 전쟁 때에도 병사들은 그것을 부적으로 몸에 지니고 다녔다. 수십년이 지난 훨씬 뒤에는 체포된 사람들이 그것을 옷에 꿰매기 시작했고, 수감자들은 한밤의 심문에서 심문관들에게 불려갈 때 그것을 암송하곤 했다.

유리 안드레예비치는 통신병 곁을 떠나 숲속 공터로, 자신이 죽인 젊은 백군 병사의 시체를 향해 갔다. 젊은이의 잘생긴 얼굴에는 순진함과 모든 것을 용서한 고통의 흔적이 새겨져 있었다. '왜 나는 그를 죽인 걸까?' 의사는 생각했다.

그는 죽은 병사의 외투 단추를 끄르고 앞자락을 활짝 열었다. 안감에 정성스럽게 수놓은 흘림체 글자가 있었다. 사랑 가득한, 아마도 어머니의 손길이었을 것이다. "세료자 란쩨비치." 전사자의 이름과 성이었다.

작은 십자가와 메달과, 어떤 납작한 금장 케이스인지 아니면 못을 쳐 움푹 들어간 것처럼 망가진 뚜껑의 코담뱃갑 같은 것이 가는 사슬에 매달린 채 세료자의 루바시카 틈으로 굴러나와 축 늘어져 있었다. 케이스는 반쯤 열려 있었다. 거기서 접힌 종잇조각이 떨어졌다. 의사는 그것을 펴보고 자기 눈을 믿을 수 없었다. 그것 역시 시편 91편, 하지만 슬라브어 원전 그대로 인쇄된 것이었다.

바로 그때 세료자가 신음 소리를 내더니 몸을 쭉 뻗었다. 그는 살아 있었다. 나중에 드러난 바와 같이 가벼운 내상을 입고 기절했던 것이다. 총알이 날아와 어머니한테 받은 부적 케이스에 맞았고 그것이 그를 구했다. 하지만 의식을 잃고 누워 있는 이 사람을 어떻게 해야 할까?

교전 중인 양편의 흉포함은 그 무렵 극에 달해 있었다. 포로는 지정된 장소에 살아서 다다르지 못했는데, 적의 부상병은 벌판에서 총검으로 찔러 죽였다.

신참 자원병이 들어오기도 하고 고참 대원이 도망쳐 적에 넘어가기도 해서 숲의 빨치산 부대 성원은 유동적인 상황이라 비밀만 엄수하면 란쩨비치를 최근에 가담한 신병으로 내세울 수 있었다.

유리 안드레예비치는 전사한 통신병의 윗도리를 벗긴 다음 자신의 계획에 끌어들인 안겔랴르의 도움을 받아 의식이 돌아오지 않은 젊은이의 옷을 갈아입혔다.

그와 준의사는 소년이 회복될 때까지 돌보았다. 란쩨비치가 완전히 회복하자, 그가 꼴차끄군 대열로 돌아가 적군과의 싸움을 계속할 것임을 은인들에게 숨기지 않았음에도 불구하고, 그들은 그를 놓아주었다.

5

가을에 빨치산 진영은 리시 오또끄[3]에 진을 치고 있었다. 높은 언덕 위에 있는 크지 않은 숲으로, 거품이 이는 급류가 언덕 아래를 삼면으로 에워싸고 기슭을 침식하며 흘렀다.

빨치산에 앞서 까뻴 장군 휘하의 백군이 거기서 겨울을 났다. 그들은 자기들 손과 인근 주민들의 노동으로 숲에 진지를 구축했으나 봄에 버리고 떠났다. 폭파되지 않고 남은 그들의 엄폐호와 참호와 연결 통로들에 이제 빨치산이 자리 잡았다.

리베리 아베르끼예비치는 자기 토굴에 의사와 함께 기거했다. 그는 이틀 밤을 내리 의사와 이야기하며 잠을 못 자게 했다.

"존경해 마지않는 내 부친, 존경하는 아버지, 내 아버지가 지금 무엇을 하고 계신지 알고 싶군요."

'주여, 이 광대 같은 어조를 도무지 참을 수가 없네요.' 의사가 속으로 한숨을 쉬었다. '과연 아버지를 쏙 빼닮았네!'

"앞서 나눈 대화로 판단하건대 당신은 아베르끼 스쩨빠노비치를 상당히 잘 알고 있소. 그리고 내가 보기에 아버지에 관해 꽤 나쁘지 않은 견해를 갖고 있군요. 어떤가요, 친애하는 선생?"

"리베리 아베르끼예비치, 내일 우리는 부이비셰⁴에서 선거를 앞둔 집회가 있어요. 그외에도 밀주를 제조한 위생병들에 대한 재판이 코앞입니다. 나와 러요시는 아직 그 일에 대한 자료 준비를 하지 못했어요. 우리는 그 일로 내일 모일 겁니다. 그런데 나는 이틀 밤을 자지 못했어요. 이 대화는 연기합시다. 좀 봐주세요."

"안 됩니다. 아무튼 아베르끼 스쩨빠노비치 얘기로 돌아가서, 당신은 그 노인네에 대해 뭐라고 하시겠습니까?"

---

3 허구적 지명으로 '여우의 오또끄'란 뜻. '오또끄'는 삼면이 강으로 둘러싸인 지역을 말한다.
4 고지에 있는 넓은 공터.

"당신 아버지는 아직 아주 젊어요, 리베리 아베르끼예비치. 왜 아버지를 그런 식으로 부르는지 모르겠네요. 어쨌든 이제 대답하지요. 자주 말했듯이, 나는 사회주의 주입의 개별 단계를 잘 분간하지 못합니다. 볼셰비끼와 다른 사회주의자들 사이의 특별한 차이도 보지 못하고요. 당신 아버지는 최근 러시아의 동요와 무질서에 책임이 있는 사람들 부류 출신입니다. 아베르끼 스쩨빠노비치는 혁명가 유형이고 혁명가 성격입니다. 당신과 마찬가지로 러시아의 발효 법칙을 대표하지요."

"그건 뭔가요, 칭찬입니까 아니면 비난입니까?"

"다시 한번 부탁하는데, 논쟁은 좀더 편한 때로 미룹시다. 게다가 당신은 절제를 모르고 또 맡고 있는 코카인에 주의를 기울여야 합니다. 그건 내 관할의 재고 물품에서 당신이 마음대로 횡령한 거예요. 그건 다른 목적을 위해 우리에게 필요합니다. 그게 독약이고 내가 당신 건강을 책임지고 있다는 건 둘째 치고요."

"당신은 어제도 학습 모임에 나오지 않았더군요. 당신의 사회적 감각은 글을 모르는 농부 아낙이나 뼛속까지 고루한 속물처럼 무뎌져 있어요. 하지만 당신은 의사입니다. 박식한데다 스스로 뭔가를 쓰기까지 하는 것 같던데요. 이게 무슨 조합인지 설명해보시겠습니까?"

"어떻게 된 건지 모르겠습니다. 아마도 전혀 조합이 되지 않겠지요. 어쩔 도리가 없어요. 나는 동정을 받아야 할 사람입니다."

"지나친 겸손은 더한 오만입니다. 그렇게 비꼬며 미소 짓기보단 우리 학습 과정의 프로그램을 익히고 당신의 오만이 부적절하다고 인정하는 편이 낫겠소만."

"맙소사, 리베리 아베르끼예비치! 여기 무슨 오만은요! 나는 당신의 교육 활동에 감탄하고 있습니다. 통지서에 반복해서 문제들을 조명하고 있더군요. 그걸 읽었습니다. 병사들의 정신적 발전에 관한 당신의 생각을 압니다. 그걸 더없이 기쁘게 생각하고요. 동지들, 약자들, 무방비의 사람들, 여성, 순결과 명예의 이상 등에 대해 인민군 병사가 취해야 할 태도에 관해 당신이 말한 모든 것, 그건 실로 두호보르 공동체를 형성했던 것과 거의 같아요. 그건 일종의 똘스또이주의, 존엄한 생존에 대한 염원이고[5] 내 청소년기를 가득 채웠던 것이에요. 내가 그런 것을 비웃을 수 있겠습니까?

하지만 첫째, 10월 이래로 이해되어온 총체적 개혁의 이상은 나를 타오르게 하지 않습니다. 둘째, 이 모든 것은 아직 실현과는 거리가 멉니다. 하나같이 그것들을 논의만 하는 데에도 이런 피바다를 대가로 치렀으니, 목적이 수단을 정당화하진 못하겠지요. 셋째, 이게 중요한데, 삶의 개조라는 얘기를 들으면 나는 자제력을 잃고 절망에 빠집니다.

삶의 개조라니! 그런 주장은 갖가지 삶을 보았어도 단 한번도 삶을 알지 못한 사람들이나 할 수 있는 겁니다. 삶의 숨결, 삶의 영혼을 느끼지 못한 사람들이요. 그들에게 생존이란 아직 그들의 손길이 닿아 고결해지지 않은, 그들의 정련을 필요로 하는 거친 질료 덩어리입니다. 하지만 삶은 결코 질료가, 물질이 아닙니다. 삶은, 당신이 알고 싶다면 말인데, 그 자체가 부단히 자신을 갱신하는, 영원히 자신을 개조하는 원칙입니다. 삶은 스스로 끊임없이 자신을

---

5 '두호보르'는 '영혼을 위해 싸우는 자'라는 뜻의 분리파 교도. 형제애와 재산 공유 등 똘스또이주의 원리에 따라 공동생활을 했다. 19세기 말 기독교 평화주의에 따른 양심적 병역거부로 정부의 탄압이 심해지자 똘스또이 등의 후원을 받아 캐나다로 이주했다.

다시 만들고 변모시킵니다. 그 자체가 당신과 나의 어리석은 이론을 초월해 나아갑니다."

"그렇대도 모임에 참석해 경이롭고 눈부신 우리 사람들과 만나보면, 감히 말하는데 당신 기분도 나아질 겁니다. 멜랑콜리에 빠지지 않을 거예요. 그게 어디서 비롯하는지 나는 압니다. 우리가 두들겨맞는다는 사실이 당신을 짓눌러 저 앞에 있는 희망의 빛줄기를 보지 못하는 거죠. 하지만 친구여, 결코 두려움에 빠져선 안 됩니다. 나는 개인적으로 나와 관련해 훨씬 더 끔찍한 상황을 알고 있습니다. 당분간은 공표하지 않을 텐데, 그래도 나는 당황하지 않습니다. 우리의 패배는 일시적인 겁니다. 꼴차끄의 파멸은 돌이킬 수 없습니다. 내 말을 잊지 마세요. 보게 될 겁니다. 우리가 승리합니다. 그러니 기운 내세요."

'아니, 이건 추종을 불허하는군!' 의사는 생각했다. '얼마나 어린애 같은가! 얼마나 근시안적인가! 나는 우리 시각이 상반된다고 끝없이 되풀이하는데, 그는 나를 강제로 붙잡아와 강제로 붙들어두고 있다. 그러고는 자신의 패배가 나를 좌절시키고 자신의 전망과 희망이 나의 기운을 북돋는다고 상상하다니. 얼마나 눈이 멀었단 말인가! 혁명의 유익과 태양계의 존재가 그에게는 똑같구나.'

유리 안드레예비치는 얼굴을 찡그렸다. 그는 아무 대답도 하지 않았고, 리베리의 유치함에 머리끝까지 치밀어오른 화를 억지로 참고 있다는 것을 전혀 감추려고 하지 않으며 어깨를 으쓱하기만 했다. 리베리도 모를 수가 없었다.

"유피테르여, 그대는 화가 나는구나. 그렇다면 그대가 옳지 않도다."[6] 그가 말했다.

"그 모든 게 나와 맞지 않는다는 걸 알아주세요, 제발 좀 알아주세요. '유피테르'니 '두려워하지 말라'느니 'A를 말한 사람은 B를 말해야 한다'[7] '무어인은 할 일을 했으니 갈 수 있다'[8]느니, 그 모든 진부한 말, 그 모든 표현에 나는 관심 없습니다. 찢어 죽인대도 나는 A라고 말하지, B를 말하진 않을 겁니다. 당신들이 러시아의 등불이고 해방자라고 칩시다. 당신들이 없으면 러시아가 빈곤과 무지에 빠져 망할 거라고 인정합시다. 그럼에도 불구하고 나는 당신들에게 관심이 없고 당신들한테 침이나 뱉을 거요. 나는 당신들을 좋아하지 않습니다. 그러니 당신들 다 악마한테 꺼져버려요.

당신들 생각의 지배자들은 속담을 들먹이는데, 중요한 것 하나를 잊고 있어요. 사랑은 강요할 수 없다는 것이죠. 그래서 특히 청하지도 않은 사람들을 해방시키고 행복하게 해주겠다는 고질적인 버릇에 젖었어요. 당신은 나한테 당신네 병영과 당신네 집단보다 더 나은 곳은 세상에 없다고 상상하겠지요. 나의 억류 상태에 대해, 가족, 아들, 집, 일, 내게 소중하고 나를 살아 있게 하는 모든 것에서 나를 해방시켜준 데 대해 내가 당신을 축복하고 당신에게 감사를 표해야 한다고 생각하겠지요.

러시아군이 아닌 미지의 군대가 바리끼노를 습격했다는 소문을 들었습니다. 바리끼노가 파괴되고 약탈당했답니다. 까멘노드보르스끼도 부인하지 않더군요. 내 가족과 당신 가족은 어찌어찌 탈출한 모양입니다. 눈꼬리가 올라간 눈에 솜옷을 입고 빠빠하[9]를 쓴, 신화에나 나올 법한 군인들이 끔찍하게 추운 날 얼어붙은 린바강

----

6 라틴 속담.
7 독일 속담.
8 프리드리히 실러의 희곡 『피에스코의 모반』 3막 4장의 인용.
9 깝까스 체르께스인의 높은 털모자.

을 건너와 느닷없이 마을의 생명이란 생명은 죄다 쏴 죽인 다음 나타났을 때처럼 수수께끼같이 사라졌답니다. 이 일에 대해 뭐라도 아는 게 있습니까? 사실입니까?"

"허튼소리. 거짓말입니다. 허풍쟁이들이 퍼뜨린 확인되지 않은 헛소문이에요."

"만약 당신이 병사들의 인성 교육에 관해 훈계한 것처럼 그렇게 선량하고 관대하거든 나를 자유롭게 놔주시오. 가족을 찾으러 가야겠소. 나는 심지어 그들이 살았는지, 어디 있는지도 모르잖소. 그러지 않겠다면 입 다물고 날 좀 내버려두시오. 나는 다른 아무것도 관심 없고 나 자신도 책임질 수 없으니 말이오. 어쨌든, 빌어먹을, 나도 그저 잠을 원할 권리 정도는 있지 않소!"

유리 안드레예비치는 침상에 엎드려 베개에 얼굴을 파묻었다. 리베리의 장황한 변명을 듣지 않으려고 온 힘을 다했다. 리베리는 봄이 올 무렵에는 백군이 반드시 격멸될 것이라는 말로 계속해서 그를 달래려 했다. 내전이 끝나고 자유와 번영과 평화가 도래할 것이다. 그때는 누구도 감히 의사를 붙잡지 않을 것이다. 그때까지는 견뎌야 한다. 이만큼 견뎌내고 이만큼 많은 희생을 치르고 이만큼 기다렸으니 이제 정말로 조금만 더 기다리면 된다. 게다가 의사로서도 지금 어디로 간단 말인가? 그 자신의 안녕을 위해서라도 지금은 아무 데로도 혼자 놓아줄 수가 없다.

'샤르만까를 돌렸구나,[10] 악마 같으니! 혀를 놀리기 시작했어! 몇 해씩이나 계속 같은 소리만 되새김질하는 게 창피하지도 않나?' 유리 안드레예비치는 속으로 한숨을 푹 내쉬고 분개했다. '자기 말

---

10 샤르만까는 손으로 손잡이를 돌려 연주하는 오르간의 일종. '같은 소리만 되풀이하는구나'라는 뜻이다.

에 폭 빠졌어, 즐라또우스뜨,[11] 불쌍한 코카인 중독자. 이놈한테는 밤이 밤이 아니야. 잠도 없어. 이런 놈과는 살 수 없어, 진저리나는 놈. 오, 나는 얼마나 이 작자를 증오하는가! 맹세코 언젠가 죽이고 말 거야.

오, 또냐, 내 불쌍한 아가씨! 당신 살아 있어? 어디 있는 거야? 주여, 분명 오래전에 출산했을 텐데! 분만을 어떻게 이겨냈을까? 우리 아이, 아들이야, 딸이야? 내 소중한 사람들은 모두 어찌 지내는지? 또냐, 영원한 나의 가책이자 나의 죄! 라라, 당신 이름을 부르기가 두려워. 당신 이름을 부르다 숨이 막힐 것 같아. 주여! 주여! 이놈은 계속해서 떠들어대는구나. 잠잠해지지를 않아. 혐오스러운, 무자비한 짐승 같으니! 오, 언젠가 나는 참지 못하고 이놈을 죽여버릴 거야, 죽이고 말 거야.'

6

바비예 레또가 지나갔다. 황금빛 가을의 맑은 날들이 계속되었다. 리시 오또끄의 서쪽 구석에는 의용군 요새의 작은 나무 탑이 땅에서 솟아 있었다. 유리 안드레예비치는 여기서 조수인 러요시 의사와 만나 몇가지 공동의 일을 의논하기로 했다. 유리 안드레예비치는 약속한 시각에 도착했다. 동료를 기다리며 그는 허물어진 참호의 흙둑 가장자리를 왔다 갔다 하기 시작했다. 초소로 올라가 기관총 진지의 빈 총구들을 통해 강 건너 저 멀리로 한없이 펼쳐진

---

11 '황금의 입'이라는 뜻. 명쾌하고 호소력 있는 설교로 유명한 4세기 그리스의 교부 요하네스 크리소스토무스의 별칭.

숲을 바라보았다.

가을은 벌써 숲에서 침엽수림과 활엽수림 세계의 경계를 뚜렷이 드러내고 있었다. 침엽수들은 어스레한, 거의 검은 성벽이 되어 숲 깊은 곳에 꼿꼿이 서 있었고, 활엽수들은 불꽃 같은 포도주빛 점들로 드문드문 빛나고 있어 무성한 숲속에 통나무로 지은 성채와 황금 지붕의 누각들이 있는 고대 도시 같았다.

잘게 썬 듯 돌돌 말린 메마른 버들잎들이 의사의 발밑 참호 속 땅과 아침 추위가 스며 단단해진 숲길의 바퀴 자국 속을 뒤덮고 흩어져 있었다. 가을은 이 씁쓰레한 갈색 잎과 또다른 많은 향신료 냄새를 풍겼다. 유리 안드레예비치는 얼얼하면서 향기로운 이 복잡한 냄새들을, 서리 맞은 사과 향기를, 씁쓸한 마른 가지와 달콤한 습기 냄새를, 물을 끼얹은 모닥불과 막 꺼진 불에서 피어오르는 그을은 김을 떠올리게 하는 푸른 9월의 탄내를 탐욕스럽게 들이마셨다.

유리 안드레예비치는 뒤에서 러요시가 다가온 것도 알아차리지 못했다.

"안녕하세요, 선생님." 그가 독일어로 말했다. 그들은 일에 착수했다.

"우리한테는 세가지 문제가 있어요. 밀주 제조자들에 관한 것, 진료소와 약국 개편에 관한 것, 그리고 세번째는 내 요구이기도 한데, 행군 상황이라도 외래 진료로 정신질환을 치료하는 데 관한 것입니다. 어쩌면 당신은 그럴 필요를 느끼지 못할지도 모르지만 내가 관찰한 바에 따르면, 친애하는 러요시, 우리는 미쳐가고 있습니다. 그리고 현대의 광기의 유형은 전염, 감염의 형태를 띠지요."

"아주 흥미로운 문제네요. 그건 조금 뒤에 다루기로 하지요. 지금 다룰 문제는 바로 이겁니다. 진영에 동요가 일고 있습니다. 밀주

제조자들의 운명이 동정심을 불러일으켜요. 백군을 피해 마을에서 도망쳐오는 가족들의 운명 또한 많은 사람을 동요시키고요. 빨치산 중 일부는 그의 아내와 아이와 부모를 태운 짐마차 대열이 다가오는 중이라 진영을 떠나기를 거부하고 있습니다."

"그래요, 그들을 기다려야죠."

"이 모든 일이 우리만 아니라 다른 부대들까지 관할하는 단일 사령부 선거를 앞두고 일어나고 있어요. 내 생각에 유일한 후보자는 리베리 동지입니다. 젊은이 그룹은 다른 인물, 브도비첸꼬를 밀고 있습니다. 그의 배후에는 우리에게 낯선 세력이 있어요. 밀주 제조자 패거리에 붙은 자들로 부농과 상점 주인의 자식들, 꼴차끄군의 탈주병들입니다. 그자들이 특히 소란을 떨었습니다."

"당신이 보기에 밀주를 만들어 판 위생병들은 어떻게 될 것 같습니까?"

"내 생각으로는 총살형을 선고받은 다음 집행유예로 풀려날 것 같습니다."

"그건 그렇고, 노닥거렸네요. 일을 합시다. 진료소 개편, 이 문제를 무엇보다도 우선 검토하고 싶습니다."

"좋습니다. 하지만 정신질환 예방에 관한 선생님의 제안이 전혀 놀랍지 않다는 점을 말씀드려야겠네요. 나도 같은 생각이거든요. 시대적 특질을 가진, 시대의 역사적 특수성이 직접적으로 야기한 아주 전형적인 속성을 가진 정신질환이 나타나 확산되고 있습니다. 우리 진영에 제정러시아군 병사 출신 빰필 빨리흐가 있는데, 계급적 본능을 타고난 아주 의식 있는 사람입니다. 그 사람이 바로 이 점, 가족으로 인한 공포 때문에 정신이 나갔습니다. 만약 그가 전사하면 가족이 백군 손아귀에 들어가 대가를 치를까봐서요.

아주 복잡한 심리 상태지요. 그의 가족은 피난민 마차 대열에 끼어 우리를 뒤쫓아오고 있는 것 같아요. 내가 언어가 짧아 그에게 제대로 묻질 못하네요. 안겔랴르나 까멘노드보르스끼에게 알아봐주세요. 진찰이 필요할 것 같습니다."

"나도 빨리흐를 아주 잘 압니다. 어떻게 그를 모르겠습니까? 한때 군 소비에뜨에서 마주치곤 했습니다. 음산하고 잔인하고 이마가 좁은, 그자의 어디가 좋다고 하시는지 이해가 되지 않네요. 늘 극단적인 조치와 가혹함, 처형에 찬성했어요. 늘 내 혐오감을 샀습니다. 좋습니다, 내가 그를 맡지요."

7

맑고 화창한 날이었다. 지난 한주 내내 그랬던 것처럼 고요하고 건조한 날씨가 지속되었다.

멀리서 철썩거리는 바다 소리를 닮은, 커다란 숙영지의 와글대는 소리가 진영 깊숙이에서 울려퍼졌다. 숲을 어슬렁거리는 발소리, 사람들의 목소리, 도끼 소리, 모루 소리, 말 울음소리, 개가 컹컹 짖어대는 소리와 수탉 우는 소리가 번갈아 들렸다. 햇볕에 탄 얼굴에 하얀 이를 드러내고 웃는 사람들 무리가 숲을 돌아다녔다. 의사를 알아서 인사하는 사람들도 있었고, 그를 모르는 사람들은 인사 없이 그냥 옆을 지나쳐갔다.

빨치산들은 마차로 뒤쫓아오는 빨치산 가족들이 그들을 따라잡을 때까지는 리시 오또끄에서 떠나는 데 동의하지 않았지만, 가족들이 이미 진영에서 멀지 않은 거리에 와 있었기에 숲에서는 진지를 빨리 철수해 동쪽으로 더 멀리 옮겨가기 위한 준비가 진행 중이었다. 무언가를 고치고 청소하고 상자에 못을 박고, 수레의 수를 세고 상태를 점검했다.

숲 한가운데에 짓밟혀 다져진 커다란 공터가 있었다. 그 지방에서 부이비셰라고 불리는, 꾸르간[12]이나 고성의 유적이었다. 보통은 거기서 군사 집회가 소집되었다. 오늘도 뭔가 중대 발표를 위한 전체 집회가 열리기로 되어 있었다.

숲에는 아직 노랗게 물들지 않은 초목이 무성했다. 숲 가장 깊숙한 곳은 여전히 거의 생기롭고 푸르렀다. 오후의 기울어가는 햇살이 뒤쪽에서 숲으로 스며들었다. 나뭇잎들이 햇빛을 투과시키며 뒷면부터 투명한 병 유리의 초록색 불길로 타올랐다.

문서 보관소 근처 탁 트인 풀밭에서 주임 연락장교 까멘노드보르스끼가, 까뻴 연대 사무국에서 입수한 문서 중 살펴보고 불필요하다고 판단한 것들을 자신의 빨치산 문건 더미와 함께 태우고 있었다. 해를 등지고 모닥불의 불꽃이 일었다. 태양은 숲의 푸른 잎을 투과하며 그랬듯이 투명한 불꽃을 투과해 빛났다. 불꽃은 보이지 않았다. 떨리는 운모 같은 뜨거운 대기의 물결만이 무언가가 타고 벌겋게 달구어지고 있음을 알려주었다.

숲 여기저기가 온갖 종류의 익은 열매들로 알록달록 물들었다. 황새냉이의 화려한 술, 붉은 벽돌색의 축 늘어진 딱총나무 열매, 하얀색에서 선홍색으로 아롱지는 불두화나무의 열매 송이. 불꽃과 숲처럼 얼룩덜룩하고 투명한 잠자리들이 유리 같은 두 날개로 희미한 소리를 내며 대기를 느릿느릿 떠다녔다.

---

12 봉분이 있는 고분.

유리 안드레예비치는 어려서부터 노을의 불길에 잠긴 저녁 숲을 좋아했다. 그런 순간에는 그 또한 그 빛의 기둥에 관통당하는 것 같았다. 생기로운 정령의 선물이 그의 가슴에 급류로 흘러들어 전존재를 가로지르고 한쌍의 날개가 되어 어깨뼈 밑으로 빠져나가는 것 같았다. 저마다에게 형성되어 평생을 지속되며 부단히 내적 얼굴로, 개성으로 기능하는 저 청춘의 원형이 원초적인 힘을 다해 그의 내면에서 깨어나, 자연과 숲과 저녁노을과 눈에 보이는 모든 것을 똑같이 원초적이고 모든 것을 아우르는 한 소녀의 닮은꼴로 변모시켰다. "라라!" 눈을 감고 그는 반쯤 속삭였다. 아니, 자신의 전생애를 향해, 신의 온 대지를 향해, 햇빛에 밝게 물들어 그의 앞에 드넓게 펼쳐진 온 공간을 향해 마음으로 말을 건넸다.

하지만 당면한 절박한 일들이 계속되었다. 러시아에는 10월혁명이 있었고, 그는 빨치산에 포로로 잡혀 있었다. 자기도 모르는 새에 그는 까멘노드보르스끼의 모닥불 쪽으로 다가갔다.

"기록을 폐기하는 건가요? 아직 다 못 태웠어요?"

"전혀요! 아직 한참 남았습니다."

의사가 장화 끝으로 널린 종이 더미 중 하나를 밀어 흩뜨렸다. 백군 사령부의 통신 문서였다. 서류 가운데에서 란쩨비치의 이름과 맞닥뜨리지 않을까 하는 어렴풋한 생각이 떠올랐지만 빗나갔다. 축약되어 이해하기 어려운, 흥미 없는 지난해의 암호 전보 더미로, 이런 식이었다. "옴스끄 총사령부 병참감 제일 사본 옴스끄 옴스끄 지구 참모장 지도 40베르스따 예니세이 미도착." 그는 발로 다른 더미를 헤쳐보았다. 그 더미에서 묵은 빨치산 집회 회의록이 기어나와 제각각 돌아다녔다. 맨 위에는 이런 서류가 놓여 있었다. "초긴급. 휴가 관련. 검토위원회 위원 재선거. 현황. 이그나또드보르찌 마을 여교사 기소는 증거 불충분을 고려해 군사 소비에뜨가 추정하는바……"

이때 까멘노드보르스끼가 주머니에서 무언가를 꺼내 의사에게 주고는 말했다.

"이건 숙영지에서 출발할 때 선생네 의료반의 일정표입니다. 빨치산 가족들이 탄 마차가 이미 가까이 왔어요. 진영 내 알력은 오늘 해결될 겁니다. 하루 이틀 내로 출발을 기대할 수 있습니다."

의사가 종잇조각에 시선을 던지고 탄식했다.

"저번에 내게 준 것보다 더 적네요. 부상자가 얼마나 불었는데! 걸을 수 있는 사람들과 붕대 감은 사람들은 걸어갈 겁니다. 하지만 그 수는 미미해요. 중상자들은 어디다 싣고 갑니까? 약, 침상, 비품은요!"

"어떻게든 해보세요. 상황에 따라야지요. 그리고 이제 다른 문제에 관해서요. 모두가 공통으로 당신에게 하는 청입니다. 과업에 헌신적이고 훌륭한 전사, 검증된 불굴의 동지가 여기 있습니다. 그에게 뭔가 좋지 못한 일이 벌어지고 있어요."

"빨리흐 말인가요? 러요시한테 들었습니다."

"그래요. 그 사람한테 가서 진찰 좀 해봐주세요."

"뭔가 정신적인 건가요?"

"그런 것 같습니다. 그의 말로는 어떤 헛것이랍니다. 환각에 불면증, 두통도요."

"좋습니다. 바로 가보지요. 마침 시간이 비었습니다. 집회는 언제 시작입니까?"

"내 생각에는 이미 모이고 있을 거예요. 하지만 선생이 뭐 하러요? 보시다시피 나도 안 갔습니다. 우리 없이도 잘할 겁니다."

"그럼 나는 뺨필한테 가보겠습니다. 비록 쓰러질 만큼 졸리지만 요. 리베리 아베르끼예비치가 밤마다 철학 하기를 좋아해서 자꾸 말을 시키는 통에 피곤해 죽을 지경이에요. 뺨필한테는 어떻게 갑니까? 그의 숙소는 어딥니까?"

"돌 구덩이 뒤쪽의 어린 자작나무 숲 아세요? 자작나무 어린 숲이요."

"찾아볼게요."

"거기 숲속 공터에 지휘관들 천막이 있어요. 그중 하나를 뺨필한테 배당했어요. 거기서 가족을 기다리라고요. 아내와 아이들이 짐마차를 타고 오는 중이에요. 그래요, 그래서 그는 지휘관 천막 중하나에 있어요. 대대장 자격으로요. 혁명에서 세운 공에 대한 보상입니다."

8

뺨필에게 가는 길에 의사는 더이상 걸을 힘이 없다는 것을 느꼈다. 피로가 그를 압도했다. 졸음을 이겨낼 수 없었다. 며칠 밤을 제대로 자지 못한 탓이었다. 엄폐호로 돌아가 잠깐 눈을 붙일 만도 했다. 하지만 유리 안드레예비치는 그곳으로 가기가 두려웠다. 어느 순간이고 리베리가 와서 그를 방해할 수 있었다.

그는 숲속의 풀이 그다지 우거지지 않은 한군데에 몸을 뉘었다. 에워싼 나무들에서 떨어진 황금빛 나뭇잎들이 잔뜩 흩어져 있었다. 나뭇잎은 바둑판처럼 격자무늬를 이루어 풀밭에 누워 있었다. 나뭇잎의 황금빛 양탄자 위에 햇살도 그렇게 누워 있었다. 이 교차하는 이중의 찬란함으로 인해 눈이 부셨다. 작은 글자를 읽거나 단조로운 무언가를 중얼거릴 때처럼 찬란함 덕분에 잠에 젖어들었다.

의사는 울퉁불퉁한 나무뿌리를 뒤덮은 이끼 위에 팔베개를 하고 비단같이 보드랍게 바스락거리는 나뭇잎 위에 누웠다. 순식간에 졸음이 밀려왔다. 그를 잠들게 한 점점이 다채로운 햇살이 땅위에 쭉 뻗은 몸을 격자무늬로 덮어주었다. 그의 몸은 햇살과 나뭇잎의 만화경 속에서 마술 모자를 쓴 것같이 드러나지도, 분간이 되지도 않았다.

그토록 잠을 원했고 필요로 했지만 그 간절함이 지나쳐 그는 금세 깼다. 직접적인 원인은 적당한 한계 내에서만 작용한다. 한도에서 벗어나면 역효과를 낳는다. 휴식을 얻지 못하고 잠들지 못하는 의식은 격렬하게 공회전을 계속했다. 상념의 조각들이 회오리치며 망가진 기계처럼 덜커덕대다시피 빙빙 돌았다. 이 정신의 혼란이 의사를 괴롭히고 화나게 했다. '리베리, 이 망할 자식.' 그는 분개했다. '지금 세상에는 사람을 정신 나가게 할 이유가 수백가진데, 그자한테는 그걸로 부족하단 말인가. 멀쩡한 사람을 포로로 삼아 우정과 어리석은 허튼소리로 신경쇠약 환자로 만들고 있으니. 언젠가는 그를 죽이고 말 테야.'

갈색 반점이 있는 나비 한마리가 접혔다 펼쳐졌다 하는 색종이 조각이 되어 햇살이 비치는 쪽을 날아갔다. 의사가 졸음에 겨운 눈으로 나비의 비행을 뒤쫓았다. 나비는 제 색깔을 제일 닮은 것 위에, 갈색 반점이 있는 소나무 껍질 위에 앉았고, 그러자 한데 어우러져 전혀 분간할 수 없었다. 유리 안드레예비치가 그의 위에서 뛰놀던 햇살과 그림자의 그물 아래서 다른 사람의 눈에 흔적도 없이 자취를 감춘 것처럼, 나비는 소나무 껍질 위에서 어느 틈에 모습을 감춰버렸다.

익숙한 상념의 고리가 유리 안드레예비치를 사로잡았다. 의학 분야의 여러 글에서 그가 간접적으로 다뤄온 것들이었다. 완전해지는 적응의 결과로서의 자유의지와 합목적성에 관하여. 의태, 모방색과 보호색에 관하여. 적자생존에 관하여, 자연도태의 길은 의식의 형성과 발생의 길이기도 할 것이라는 점에 관하여. 주체란 무엇인가? 객체란 무엇인가? 양자의 동일성을 어떻게 정의할 것인가? 의사의 사색 속에서 다윈이 셸링과 만났고, 날아간 나비는 현대 회화, 인상파 미술과 만났다. 그는 창조에 관해, 피조물에 관해, 창작과 모방에 관해 생각했다.

그는 또다시 잠이 들었다가 금세 다시 깼다. 멀지 않은 곳에서 소리 죽여 조용히 나누는 말소리가 그를 깨웠다. 몇마디 말로도 은밀하고 불법적인 무언가를 꾸미고 있음을 유리 안드레예비치가 이해하기에 충분했다. 음모자들은 그를 알아차리지 못했고 그가 곁에 있으리라고는 의심하지 않는 것이 분명했다. 그가 지금 몸을 움직여 존재를 알리면 목숨을 잃을 것이었다. 유리 안드레예비치는 숨어서 숨죽인 채 귀를 기울이기 시작했다.

일부는 귀에 익은 목소리였다. 인간쓰레기들, 빨치산에 들러붙은 찌꺼기들인 산까 빠프눗낀, 고시까 랴비흐, 꼬시까 네흐발레니흐 등의 풋내기와 그들을 추종하는 쩨렌찌 갈루진으로, 온갖 비열한 추태의 장본인들이었다. 그들과 함께 자하르 고라즈디흐도 있었는데, 훨씬 더 수상쩍은 유형으로, 밀주 사건에 관여했으면서도 주모자들을 밀고해 한시적으로 문책을 면했다. 유리 안드레예비치를 놀라게 한 것은 대장의 개인 경호대인 '은색 중대'의 빨치산 시보블류이가 끼어 있다는 점이었다. 리베리의 두터운 신임을 받는 이 심복은 라진[13]과 뿌가초프 이래의 전통에 따라 아따만의 귀로 불렸다. 그런 그 또한 음모에 가담한 것이었다.

음모자들은 적의 전방 척후대에서 파견된 자들과 교섭 중이었다. 적 대표들의 말소리는 전혀 들리지 않았다. 그들은 배신자들과 너무도 조용히 협상을 벌여서, 유리 안드레예비치는 공모자들의 속삭이는 소리가 잠깐씩 끊기는 것으로만 지금 적의 대표들이 말 하나보다 짐작할 뿐이었다.

술꾼 자하르 고라즈디흐가 쉴 새 없이 쌍욕을 해대면서 쉬어 갈라진 목소리로 누구보다 많이 떠들었다. 그가 주모자인 모양이었다.

"이제 다들 들어봐. 중요한 건 비밀리에 슬쩍 하는 거야. 입을 놀려 밀고했다간, 이 칼 보이지? 이 칼로 창자를 뽑아버린다, 알았어? 이제 우리는 옴짝달싹 못해. 어느 쪽으로 몸을 돌려도 교수대라고. 사면을 얻어내야 해. 누구도 본 적 없는 기막힌 수를 써야 해. 이들은 그를 산 채로 묶어 데려오길 바라. 지금 하는 말이, 이들의 대장 굴레보이가 이 숲으로 오고 있다잖아.(그들이 제대로 귀띔했지만 그는 알아듣지 못한 채 '갈레예프 장군'이라고 고쳐 말했다.) 이런 기회는 다시 없을 거야. 이 사람들이 저쪽 대표단이야. 이 사람들이 다 설명해줄 거야. 무조건 생포해야 한다는 얘기지. 직접 동지들한테 물어보시오들. 이제 자네들이 말해, 형제들, 이 사람들한테 무슨 말이든지 해봐."

파견된 낯선 자들이 말하기 시작했다. 유리 안드레예비치는 한마디도 알아들을 수 없었다. 모두의 침묵이 지속되는 것으로 보아

---

13 제정러시아 시대 농민 반란의 지도자 스쩬까 라진. 1667년 까자끄와 빈농을 모아 대규모 반란을 일으켰다.

제안을 상세히 설명하고 있으리라 상상할 수 있었다. 또다시 고라즈디흐가 말하기 시작했다.

"형제들, 들었지? 이제 보다시피 어떤 보물이, 어떤 근사한 묘약 같은 일이 우리한테 떨어졌느냐 말이야. 왜 우리가 그런 놈을 위해서 목숨을 걸어야 해? 그놈이 인간이야? 애송이나 수도승같이 망가진 얼간이야. 쩨료시까, 내가 널 웃겼냐! 뭐가 좋다고 이빨을 드러내고 웃어, 이 소돔의 죄악아? 네 얘기를 하는 게 아니야. 그래, 철부지 수도승 같다고. 그놈 뜻대로 하게 해줘보라지, 그러면 싹 다 아주 수도승으로, 고자로 만들어버릴걸. 그놈이 뭐라고 하더냔 말이야? 우리 중에서 음담패설을 퇴치하라, 음주와의 전쟁이니 여자에 대한 태도니. 정말로 그렇게 살 수 있어? 마지막으로 말하지. 오늘 저녁 돌이 깔린 강가 나루터. 내가 그놈을 숲속 빈터로 유인해. 한꺼번에 덮치는 거야. 그놈 처리하는 데 힘들 게 있나? 땅 짚고 헤엄치기야. 문제는 뭐냐? 저들이 그를 생포하기를 원한다는 거야. 꽁꽁 묶어야 한다고. 봐서 우리 뜻대로 안 된다 싶으면 내가 처리할게. 내 손으로 때려죽일 거야. 저쪽에서도 사람들을 보내 도울 거고."

말하던 자는 계속해서 음모 계획을 늘어놨지만 나머지 사람들과 함께 멀어지기 시작해 의사에게 더이상 들리지 않았다.

'저 불한당 놈들이 정말 리베리를 노리는 거잖아!' 유리 안드레예비치는 그 자신이 몇번이나 자신의 박해자를 저주하며 그의 죽음을 바랐던가를 잊고 공포와 분개에 사로잡혀 생각했다. '악당들이 그를 백군에 넘기거나 죽이려 하는군. 이걸 어떻게 막지? 우연인 것처럼 모닥불로 다가가서 이름을 대지 않고 까멘노드보르스끼에게 알려줄까? 어떻게든 리베리에게 위험을 알려야 해.'

까멘노드보르스끼는 아까 그 자리에 있지 않았다. 모닥불이 꺼져가고 있었다. 까멘노드보르스끼의 부하가 불이 번지지 않도록 지켜보는 중이었다.

하지만 음모는 실행되지 못하고 차단되었다. 음모에 대해 미리 알고 있었음이 밝혀졌다. 그날로 전모가 드러나 음모자들이 체포되었다. 시보블류이가 여기서 밀정과 선동자의 이중 역할을 했던 것이다. 의사는 한층 더 혐오감을 느꼈다.

9

아이들을 데리고 피난민들이 벌써 이틀 거리에 와 있다는 것이 알려졌다. 리시 오또끄에서는 곧 있을 가족과의 재회와 뒤이어 예정된 숙영지 철수와 이동을 준비 중이었다. 유리 안드레예비치는 빰필 빨리흐를 보러 갔다.

의사는 도끼를 손에 들고 천막 입구에 서 있는 그를 만났다. 천막 앞에는 베어 장대로 만들 어린 자작나무가 산더미같이 쌓여 있었다. 빰필은 아직 가지를 다듬지 않았다. 어떤 나무는 선 자리에서 그대로 베여 온 무게로 쓰러져서는 부러진 가지의 뾰족한 끝이 축축한 흙에 박혀 있었다. 그가 조금 떨어진 데서 다른 나무들을 끌고 와 위로 쌓았다. 짓눌린 낭창낭창한 가지를 떨고 흔들며 자작나무들은 땅에도, 서로에게도 닿지 않으려 했다. 마치 그들을 베어 눕힌 빰필에게 팔을 뻗쳐 저항하며 온 숲을 이룬 생기로운 초록 나뭇잎으로 그가 들어갈 천막 입구를 막고 있는 것 같았다.

"귀한 손님들을 기다리는 중이지." 자기가 하고 있는 일을 설명하며 빰필이 말했다. "아내와 아이들에게 천막이 낮을 거야, 비도 새고. 장대로 위를 받치고 싶어. 도리로 쓸 걸 베어왔네."

"쓸데없는 일이네, 빰필. 가족을 자네와 함께 천막에서 살게 해 줄 거라 생각하는군. 민간인 여자와 아이를 부대 내에 머물게 하는 경우를 어디서 봤나? 그들은 변두리 어딘가 짐마차에서 지내게 할 거야. 부탁이니 시간 날 때 아내와 아이들을 만나러 가게. 군 천막 에는 어림도 없네. 그건 그렇고, 그게 문제가 아니야. 자네가 야위 어가고, 먹지도 마시지도 않는다더군. 잠도 못 잔다고? 겉보기에는 멀쩡하군, 수염이 좀 텁수룩한 것 빼고는."

빰필 빨리흐는 헝클어진 검은 머리에 턱수염을 기른 건장한 사 내였다. 굵은 이마뼈가 고리나 구리 테 비슷하게 양쪽 관자놀이를 둘러싸 울퉁불퉁한 이마가 두겹인 것처럼 보였다. 그 탓에 빰필은 곁눈질하고 눈을 부라리는 것 같은 불친절하고 험상궂은 인상을 주었다.

혁명 초기, 1905년의 예에 따라 이번에도 혁명은 계몽된 상층부 의 역사에 벌어진 일시적 사건이며 심층부의 하층민들은 건드리지 못해 그들 속에 뿌리내리지 못할 것이라 우려하던 시기에는 인민 을 선동하고 혁명화하고 소란을 일으키고 동요시키고 광분시키기 위해 전력을 다했다.

그 첫 시기에 병사 빰필 빨리흐처럼 그 어떤 선동 없이도 격렬하 고 흉포하게 지식인층과 귀족과 장교를 증오한 사람들은 열광에 찬 좌익 지식인층에게 보기 드문 횡재로 여겨졌고 엄청난 가치를 지녔다. 그들의 비인간성은 계급의식의 기적으로 보였고, 그들의 야만성은 프롤레타리아의 강고함과 혁명적 본능의 모범으로 보였 다. 빰필이 인정받은 영예가 그러했다. 그는 빨치산 대장과 당 지도

자 들에게 크나큰 존경의 대상이었다.

유리 안드레예비치에게는 이 음울하고 비사교적인 장사가 그다지 정상적이지 않은 괴상한 인간으로 보였는데, 전반적으로 냉혹한데다 그에게 친숙하고 그의 흥미를 끌 만한 구석이 천편일률이고 빈약했던 탓이다.

"천막 안으로 들어가지." 빰필이 청했다.

"아니, 뭐 하러? 들어가고 싶지 않네. 밖이 더 나아."

"그럼 좋을 대로 해. 그야말로 굴이지 뭐. 흰칠한 놈들(길게 쓰러져 누운 나무들을 그는 그렇게 불렀다) 위에 앉아 노닥거리자고."

그들은 낭창대며 흔들리는 자작나무 줄기들 위에 앉았다.

"말은 빠르고 일은 느리다고들 하지. 그런데 내 이야기는 빨리 할 수가 없어. 삼년이 지나도 다 못할 거야. 어디서부터 시작할지 모르겠네.

아무튼, 되는대로 해보지 뭐. 나는 아내와 함께 살았어. 젊었지. 그녀는 집을 지켰고, 나는 불평하지 않고 농사를 지었어. 아이들이 생겼어. 나는 징집됐지. 대오의 선두로 전쟁에 내몰렸어. 그래, 전쟁. 전쟁에 대해 내가 무슨 이야기를 하겠나. 의사 동지, 자네도 봤잖아. 음, 혁명. 나는 눈을 떴네. 병사의 눈이 열렸어. 게르만인, 독일 병사가 적이 아니라 우리 편 속에 적이 있었던 거야. 세계혁명의 병사들이여, 총검을 땅에 내리고 전선에서 집으로, 가서 부르주아를 쳐부수자! 그런 거. 자네도 다 알지, 군의관 동지. 그런 거 저런 거. 내전. 나는 빨치산에 합류했어. 이제 많이 건너뛰지, 안 그러면 절대 끝내지 못할 테니까. 이제 한마디로 말해서, 지금 이 순간 나는 무얼 보고 있는 걸까? 그 기생충 같은 놈이 러시아 전선에서 제1, 2 스따브로뽈 연대를 철수시켰어. 제1 오렌부르그 까자끄 연대도. 내가 어린앤가? 그걸 모르겠어? 군 생활을 안 해봤냐고? 우리 상황이 안 좋아, 군의관, 완전 엉망이야. 그 개자식이 원하는 게 뭘까? 그놈은 병력을 총동원해 우리를 덮치고 싶은 거야. 우리를 포위하려 들 거라고.

지금 현재 나는 아내가 와 있어, 아이들도. 만약 그놈이 지금 이기면 그들은 어디로 도망치지? 과연 그놈이 아내와 애들은 아무 죄가 없고 이 일과 아무 관련 없다는 걸 이해할까? 그런 건 거들떠보지도 않을 거야. 내 죄를 물어서 아내의 손을 밧줄로 묶고 고문하겠지. 나 때문에 아내와 아이들을 고문해 죽이겠지. 뼈마디와 관절을 다 부러뜨리겠지. 왜 자지도 먹지도 않느냐고? 강철 인간이라도 돌아버리지 않을 수가 없는 거야."

"빰필, 자네는 이상한 사람이야. 나는 이해할 수가 없어. 그들 없이 지낸 세월이 얼마야. 아무 소식 몰랐어도 걱정하지 않았잖아. 그런데 이제 오늘내일이면 그들을 만날 텐데 기뻐하는 대신에 진혼가를 부르다니."

"전에는 그랬지만 지금은 달라. 아주 다르다고. 더러운 백군 놈들이 우리를 쳐부수고 있어. 어쨌든, 내 얘기를 하는 게 아니야. 난 무덤으로 갈 테니까. 아무래도 내 갈 길은 거기야. 하지만 내 아내와 새끼들을 저세상으로 데려가진 못할 거야. 그들은 그 더러운 놈의 손에 잡힐 거야. 그놈이 내 새끼들의 피를 방울방울 죄다 짜내겠지."

"그 때문에 헛것을 보는 건가? 자네가 무슨 헛것을 본다고들 하던데."

"그래, 좋아, 의사 양반. 내가 자네한테 모든 걸 다 말하진 않았어. 가장 중요한 건 말하지 않았지. 그래, 좋아, 내 가시 돋친 진실을 들어보라고, 화내지 말고. 똑바로 말해줄 테니.

나는 당신 부류의 사람들을 수없이 죽였어. 내 손에 지주의 피, 장교의 피를 많이도 묻혔지. 아무렇지 않았어. 그들의 수도, 이름도 기억 못해. 피가 물같이 사방에 흘러넘쳤으니까. 그런데 애송이 하나가 내 머리에서 떠나질 않아. 내가 애송이 하나를 죽였는데, 그 녀석을 잊을 수가 없어. 무엇 때문에 그 녀석을 죽였을까? 그 녀석은 나를 웃겼어, 배꼽이 빠질 정도로 웃겼어. 너무 우스워서 아무 생각 없이 쐈어, 아무 이유도 없이.

2월혁명 때였어, 께렌스끼 정부 시절. 우리는 반란을 일으켰어. 철도에서 있었던 일이야. 우리한테 웬 애송이를 선동가로 보냈더라고. 우리를 설득해 일으켜세워 전선에 내보내려고. 마지막 승리의 순간까지 싸우게 하려고. 사관생도 아이가 우리를 설득해 진정시키러 왔어. 참 비실비실한 녀석이었어. 마지막 승리의 순간까지, 그게 그의 구호였어. 그 구호와 함께 그 녀석이 방화수통 위로 뛰어올랐어. 역에 방화수통이 있잖아. 그 녀석이 뛰어올랐어, 그러니까 물통 위로, 더 높은 곳에서 싸우라고 호소하려고. 그런데 갑자기 뚜껑이 발밑에서 뒤집히면서 그 녀석이 물에 빠졌어. 발을 헛디딘 거야. 아이고, 우스워라! 나는 웃느라 배꼽이 빠질 뻔했어. 우스워 죽겠다고 생각했어. 아이고, 죽겠네! 그런데 내 손에 소총이 쥐여 있더라고. 나는 계속 웃음이 터져서 미칠 지경이었어. 멈출 수가 없었어. 마치 그 녀석이 나를 간질이는 것 같았지. 음, 그래서 나는 총을 겨누고 탕, 그 자리에서 그 녀석을 쏴 죽였어. 왜 그렇게 됐는지 나도 모르겠어. 꼭 누가 내 손을 밀친 것 같아.

자, 그러니까 그게 내 환각이야. 밤마다 그 역이 어른거려. 그때는 우스웠는데, 지금은 불쌍해."

"멜류제예보 시에서 일어난 일이지, 비류치 역?"

"잊어버렸어."

"지부시노 주민들과 함께 반란을 일으켰지?"

"기억이 안 나."

"전선은 어디였어? 어느 전선에 있었어? 서부?"

"서부 전선이었던 것 같아. 그랬을 수도. 기억이 안 나."

제12부

•

서리 내린 마가목 열매

1

빨치산 가족들이 아이들과 가재도구와 함께 마차를 타고 주력 부대를 따라다닌 지 오래되었다. 무수히 많은 가축떼가 피난민 마차 대열의 꽁무니를 바싹 뒤쫓았는데, 주로 젖소로 수천마리는 되었다.

빨치산의 아내들과 함께 숙영지에 새 얼굴이 나타났다. 즐리다리하 혹은 꾸바리하라고 불리는 병사의 아내로, 주술로 가축을 치료하는 수의사이자 은밀히 점쟁이 노릇도 했다.

그녀는 작은 팬케이크 같은 모자를 삐딱하게 쓰고, 최고통치자에게 지급되는 영국군 제복의 하나인 왕립 스코틀랜드 보병 연대의 완두콩색 외투를 입고 돌아다녔다. 그 물건들은 죄수 모자와 겉옷을 고쳐 만들었다며, 자신은 알 수 없는 이유로 꼴차끄군에 붙잡혀 께젬스까야 중앙 감옥에 갇혔다가 적군이 해방시켜준 것처럼 주장했다.

그 무렵 빨치산은 새로운 곳에 주둔하고 있었다. 부근을 정찰해 더 오래 지낼 안정적인 월동 장소를 찾을 때까지 잠시 머물 예정이었다. 그러나 그뒤로 상황이 달라지면서 빨치산은 이곳에 머물며 겨울을 나게 되었다.

이 새로운 숙영지는 얼마 전 떠나온 리시 오또끄와 조금도 닮은 구석이 없었다. 주변이 온통 뚫고 들어갈 수 없게 빽빽한 타이가였다. 길과 숙영지에서 떨어진 한쪽으로는 끝도 없는 숲이었다. 부대가 새 야영지를 마련하고 거기서 체류를 준비하던 처음 며칠 동안 유리 안드레예비치는 한가한 시간이 더 많았다. 그는 숲을 답사할 목적으로 여러 방향으로 깊숙이 들어가보고 나서 그 숲이 길을 잃기 십상인 곳이라고 확신했다. 두곳이 그의 주의를 끌어 이 첫 답사에서 기억에 남았다.

숙영지 밖으로 이제는 가을답게 벌거벗어 훤히 들여다보이는, 마치 그 공허 속으로 문을 활짝 열어놓은 것 같은 숲 가장자리에 모든 나무 중에서 유일하게 낙엽을 떨구지 않고 아름다운 적갈색 이파리를 간직한 마가목이 외롭게 서 있었다. 마가목은 질퍽거리는 낮은 늪지대의 작은 언덕 위에서 새빨갛게 여문 열매들을 평평하게 넓어지는 방패처럼 뻗쳐 겨울을 앞두고 짙은 납빛에 잠긴 궂은 하늘을 떠받치고 있었다. 얼어붙은 노을처럼 선명한 깃털을 가진 작은 겨울새들, 피리새와 박새 들이 마가목에 앉더니 찬찬히 고른 큰 열매를 쪼아 작은 머리를 쳐들고 가는 목을 늘여 힘겹게 삼켰다.

새들과 나무 사이에 어떤 생생한 친밀함이 형성되어 있었다. 마가목은 마치 이 모든 것을 보면서 오랫동안 고집을 피우다가 결국에는 굴복해 유모가 갓난아기에게 하듯 옷을 열고 가여운 작은 새들에게 가슴을 내준 것 같았다. '그래, 너희를 어쩌겠니. 자, 먹어, 나를 먹어. 먹고 살아가렴.' 그러면서 미소 지었다.

숲속 다른 곳은 훨씬 더 멋졌다.

그곳은 구릉지에 있었다. 그 구릉지는 뾰족이 솟은 산꼭대기 비슷하고 한쪽 끝이 가파른 낭떠러지였다. 절벽 아래는 위쪽과는 다른 무언가가 있어 강이나 협곡 아니면 무성한 풀에 뒤덮인 황량한 초원일 것 같았다. 하지만 절벽 아래도 위쪽과 똑같은 것의 반복이었는데, 다만 우듬지가 다른 높이로, 발아래로 아찔하게 내려앉아 있었다. 아마도 산사태의 결과일 것이었다.

마치 구름 아래 이 준엄하고 건장한 숲이 어쩌다 발이 걸려 그대로 몽땅 곤두박질해 땅을 뚫고 타르타로스[1]로 빠져들 뻔했다가, 결정적인 순간에 기적적으로 땅 위에 버티고 서서 지금 이렇게 해를 입지 않은 온전한 모습을 저 아래에서 드러내 보이며 술렁대는 것 같았다.

그러나 구릉지의 숲은 그것보다 다른 특징으로 경탄을 자아냈다. 선사시대 고인돌처럼 편평하게 다듬어진 화강암 덩어리들이 수직으로 곧추선 채 이 숲 전체를 에워싸고 있었던 것이다. 유리 안드레예비치는 처음 이 터와 마주했을 때, 이 돌들이 놓인 장소가 결코 자연의 산물이 아니라 인간의 손길의 흔적을 지니고 있다고 선뜻 장담할 수 있었다. 고대에 이곳은 미지의 우상 숭배자들의 이교 사원, 종교의식과 희생 제의의 장소였을 수도 있었다.

춥고 음산한 아침, 그 자리에서 음모 사건 주모자 열한명과 밀주

---

1 그리스 신화에 등장하는 지하 세계의 심연.

제조 위생병 두명의 사형이 집행되었다.

사령부 특별 경호대의 핵심 인력과 혁명에 가장 헌신적인 빨치산 스무명가량이 그들을 이곳으로 데려왔다. 호송대가 사형수들을 반원형으로 에워싸 총을 겨누고 빠른 걸음으로 그들을 밀쳐 바위투성이 가장자리로 내몰았다. 거기서는 벼랑으로 뛰어내리는 것 외에 다른 출구가 없었다.

심문과 오랜 감금 생활과 학대가 그들에게서 인간의 형상을 앗아갔다. 온통 털투성이에 새카맣고 녹초가 된 모습은 유령같이 끔찍했다.

취조가 시작되자마자 그들은 무장해제를 당했다. 처형 전에 재차 그들의 몸을 수색할 생각은 누구도 하지 못했다. 그것은 지나친 비열함으로, 죽음을 코앞에 둔 사람들에 대한 조롱으로 생각되었다.

브도비첸꼬와 나란히 걷고 있던 그의 벗이자 그와 똑같이 늙은 사상적 무정부주의자 르자니쯔끼가 느닷없이 호송대 대열을 향해 총을 세발 쏘았다. 시보블류이를 겨냥한 것이었다. 르자니쯔끼는 명사수였다. 하지만 흥분해서 손을 떠는 바람에 빗나갔다. 마찬가지로 옛 동지에 대한 예의와 연민 때문에 이번에도 호위병들은 르자니쯔끼에게 달려들거나 전체 명령 전의 때 이른 사격으로 그의 살인 미수에 응수하지 못했다. 르자니쯔끼에게는 아직 세발의 쏘지 않은 총알이 남아 있었다. 하지만 흥분해서 잊은 모양인지 맞추지 못한 것에 분개했는지 권총을 바위에 내동댕이쳤다. 그 충격으로 네번째로 권총이 발사되어 사형선고를 받은 빠치꼴랴의 발에 부상을 입혔다.

위생병 빠치꼴랴는 외마디 비명을 지르며 한쪽 발을 움켜잡고 쓰러져 고통으로 연신 날카로운 신음 소리를 냈다. 가장 가까이 있던 빠프눗낀과 고라즈디흐가, 더이상 누구도 무슨 짓을 하는지 알지 못하는 혼란 중에 동료들에게 밟히지 않도록 그를 일으켜 양쪽에서 부축해 끌고 갔다. 빠치꼴라는 다친 발을 디딜 수 없어 절뚝거리고 껑충대며 사형수들을 몰아붙이던 돌투성이 가장자리 쪽으로 갔다. 그는 그칠 줄 모르고 계속 고함을 질러댔다. 그의 비인간적인 절규는 전염성이 있었다. 마치 신호가 떨어진 것처럼 모두가 자제력을 잃었다. 뭔가 상상도 못할 일이 시작되었다. 욕설이 쏟아졌고, 애원과 한탄 소리가 들렸고, 저주의 말들이 울려퍼졌다.

미성년자인 갈루진은 여태 쓰고 있던 노란 테두리의 실업학교 학생모를 벗어던지고 무릎을 꿇더니 그 자세로 일어나지 않고 무리에 섞여 기어서 무시무시한 돌무더기 쪽으로 뒷걸음쳤다. 그는 연신 호송대를 향해 머리가 땅에 닿도록 절을 했고, 목 놓아 울었고, 노래하듯 말끝을 길게 늘이며 반쯤 넋이 나가 애걸했다.

"잘못했어요, 형제들, 용서해주세요, 다시는 안 그럴게요. 해치지 말아요. 죽이지 마세요. 나는 아직 살아보지도 못했어요. 죽긴 젊어요. 조금만 더 살게 해줘요. 엄마를, 엄마를 한번만 더 보게 해줘요. 봐주세요, 형제들, 용서해주세요. 당신들 발에 입 맞출게요. 형제들한테 물도 져다 나를게요. 아이고, 끔찍해, 끔찍해, 나 죽어요, 엄마, 엄마."

한가운데에서 통곡하는 소리가 들렸다. 누군지는 보이지 않았다.

"사랑하는 동지들, 좋은 동지들! 어떻게 이럴 수가 있소? 정신 차려요. 우리는 두 전쟁에서 함께 피를 흘렸소. 같은 일을 위해 일어서서 싸웠잖소. 우리를 불쌍히 여겨 놓아주시오. 당신들의 선행을 평생 잊지 않겠소. 보답하겠소, 행동으로 증명하겠소. 귀가 먹었나, 왜 대답이 없소? 당신들은 십자가도 없어?"

시보블류이에게 고함이 빗발쳤다.

"야, 너, 이 그리스도를 팔아먹은 유다 놈아! 네놈에 비하면 우리가 무슨 배신자냐? 이 개새끼야, 네놈이야말로 세배는 더 배신자다. 이 목매달아 죽일 놈아! 네 짜르에게 맹세하고는 그 적법한 황제를 죽였지. 우리에게 충성을 맹세하고는 배신했고. 또 배신하기 전에 네 숲의 악마와 입이나 맞춰라, 이 악마도 배신할 놈아."

브도비첸꼬는 무덤 가장자리에서도 흐트러짐이 없었다. 바람에 흩날리는 백발의 머리를 꼿꼿이 세우고 모두가 들을 만큼 큰 소리로 꼬뮌주의자로서 꼬뮌주의자 르자니쯔끼를 향해 말했다.

"비굴해지지 마라, 보니파치! 네 항의는 저들에게 닿지 않을 거야. 이 신종 오쁘리치니끼,[2] 새로운 고문실의 형리들은 네 말을 이해하지 못해. 하지만 좌절하지 마라, 역사가 다 밝혀줄 테니. 후손들이 이 꼬미사르 체제의 부르봉들을 그들의 악행과 함께 치욕의 기둥에 못 박을 테니. 우리는 세계혁명의 여명기에 이념의 순교자로 죽는 것이다. 정신의 혁명 만세! 세계 무정부주의 만세!"

저격수들만 포착한 소리 없는 명령에 따라 발사된 스무자루 소총의 일제사격이 사형수의 절반을 쓰러뜨렸고, 대다수가 즉사했다. 두번째 일제사격이 남은 자들을 사살했다. 소년 쩨료사 갈루진이 누구보다 오래 몸부림쳤지만, 결국은 그 역시 움직임 없이 몸을 쭉 뻗고 잠잠해졌다.

---

2 16세기에 이반 뇌제가 창설해 공포정치를 펴는 데 활용했던 친위대.

2

 진영을 동쪽으로, 더 멀리 다른 곳으로 옮겨 월동하자는 생각은 이내 단념되지 않았다. 대로 저편으로 비쯔꼬-께젬스끄 분수령을 따라 정찰과 순찰이 오래 지속되었다. 리베리도 자주 진영을 비우고 타이가로 가서 의사를 혼자 남겨두었다.

 그러나 어딘가로 옮겨가기에는 이미 늦었고 갈 데도 없었다. 빨치산이 최악의 실패를 겪던 시기였다. 최종 붕괴를 앞두고 숲의 비정규군을 일격에 박멸하기로 결정한 백군은 모든 전선에 걸쳐 총력을 다해 그들을 포위했다. 사방에서 빨치산을 압박해왔다. 포위 반경이 더 좁았더라면 빨치산은 파국을 맞았을 것이다. 느낄 수 없게 넓은 포위망이 그들을 구해주었다. 겨울의 문턱에서 적은 뚫고 들어갈 수 없이 빽빽한 끝없는 타이가를 따라 양 측면을 죄어 농민군에 대한 포위망을 더 좁힐 만한 상황이 못 되었다.

 여하튼 어디로든 움직이는 것은 불가능했다. 물론 일정한 군사적 이점을 보장할 만한 이동 계획이 있었다면 전투를 감행해 포위선을 뚫고 새 진지로 향했을 것이다.

 하지만 그런 확실한 계획은 나오지 않았다. 사람들은 기진맥진했다. 하급 지휘관들은 그들 자신도 사기가 꺾여 휘하 병사들에 대한 영향력을 상실했다. 상급 지휘관들은 저녁마다 군사위원회를 소집해 모순된 해결책들을 내놓곤 했다.

 다른 월동 장소 찾기를 그만두고 지금 자리한 숲 깊숙이 진지를 강화해 겨울을 나야 했다. 스키를 제대로 갖추지 못한 적은 깊은 눈 때문에 겨울 숲을 통과할 수 없었다. 참호를 파고 식량을 많이 비축해두어야 했다.

빨치산 병참 장교 비슈린이 밀가루와 감자가 심각하게 부족하다고 보고했다. 가축은 충분했다. 그래서 비슈린은 겨울의 주된 식량은 고기와 우유가 될 것이라고 예견했다.

겨울옷도 모자랐다. 빨치산 중 일부는 반쯤 벗고 다녔다. 숙영지 내의 개들을 전부 목 졸라 죽였다. 모피 가공을 잘 아는 사람들이 빨치산에게 개가죽의 털을 밖으로 나오게 해서 외투를 지어주었다.

의사에게 운송수단을 내어주지 않았다. 수레는 이제 더 중요한 일에 필요했다. 마지막 행군 때는 중상자들도 들것에 실어 40베르스따를 걸어서 옮겼다.

유리 안드레예비치에게 남은 약품은 퀴닌, 요오드, 글라우버염뿐이었다. 수술과 드레싱에 필요한 요오드는 결정체가 되어 있었다. 알코올에 녹여야 했다. 사람들은 파괴한 밀주 설비를 아쉬워했고, 죄가 가장 가벼워 기소를 면한 밀주꾼들에게 망가진 증류기를 고치거나 새것을 만들도록 지시했다. 폐기했던 밀주 설비를 의료 목적으로 다시 갖췄다. 숙영지 사람들은 눈빛을 교환하고 고개를 저을 뿐이었다. 음주가 다시 시작되면서 진영 내에 퍼져 있던 질서 문란을 부추겼다.

증류된 알코올은 도수가 거의 100도에 달했다. 이런 도수의 액체는 결정화된 약품을 잘 녹였다. 기나나무 껍질에서 추출한 그 밀주로 이후 유리 안드레예비치는 초겨울 추위와 함께 다시 시작된 발진티푸스를 치료했다.

3

그 무렵에 의사는 가족과 함께 있는 뺨필 빨리흐를 보았다. 그의 아내와 아이들은 지난여름 내내 노숙하며 먼지투성이 길을 따라 도망을 다녔다. 그동안 겪은 참상에 몹시 놀란 그들은 또 무슨 일이 생길까 두려워했다. 유랑이 그들에게 지워지지 않는 흔적을 남겼다. 뺨필의 아내와 세 아이, 아들과 두 딸은 햇볕에 바랜 밝은 황갈색 머리카락과 비바람을 맞고 햇볕에 탄 검은 얼굴에 하얀 눈썹이 단호했다. 아이들은 너무 어려 시련의 흔적을 찾기 어려웠지만, 어머니의 얼굴은 그간 겪은 충격과 공포에 삶의 즐거움이라곤 모조리 빼앗겨 생기 없는 반듯한 이목구비, 실처럼 꼭 다문 입술, 자기방어 태세를 갖춘 고통스러운 긴장의 경직성만이 남아 있었다.

뺨필은 그들 모두를, 특히 아이들을 미치도록 사랑해서 날카롭게 간 도끼 모서리로 나무를 깎아 토끼, 곰, 수탉 같은 장난감을 만들어주었다. 의사를 놀라게 한 손재주였다.

그들이 오자 뺨필은 유쾌해지고 활기를 띠며 회복되기 시작했다. 그러나 이제 가족의 존재가 진영 분위기에 끼치는 해로운 영향을 고려해 빨치산은 식구들과 반드시 떨어져 지내야 하고, 진영은 불필요한 민간 부속물에서 해방될 것이며, 피난민 마차 대열은 충분한 호위 아래 무리를 지어 어딘가 좀 떨어진 겨울 유숙지에 배치할 것이라는 사실이 알려졌다. 이런 분리에 관해서는 실제 준비보다 소문이 더 많았다. 의사는 이 조치의 실행 가능성을 믿지 않았다. 하지만 뺨필은 침울해졌고 예전의 환각이 되돌아왔다.

4

겨울의 문턱에서 진영은 몇가지 이유로 불안과 불확실, 위협적이고 혼란한 상황, 이상한 부조리에 오랫동안 휘감겼다.

백군이 계획대로 빨치산 포위를 마무리했다. 완수된 작전 지휘부에는 비쩐, 끄바드리, 바살리고 등의 장군이 있었다. 이들 장군은 단호함과 불굴의 결단력으로 명성을 떨쳤다. 그 이름만으로도 진영 내 빨치산의 아내들과 아직 고향을 떠나지 않고 후방에, 적의 사슬 너머 자기 마을에 남아 있는 평화로운 주민들은 공포에 사로잡혔다.

이미 말한 대로 적이 포위망을 좁힐 수단을 기대하기는 불가능했다. 그 점은 안심할 수 있었다. 하지만 포위 상황에 개의치 않고 머물러 있기도 불가능했다. 상황에 대한 순응은 적의 사기만 높일 것이었다. 위험하지 않은 덫이라도 무력시위를 목적으로 돌파하려 시도해야 했다.

이런 목적으로 대규모 빨치산 병력을 파견해 포위망 서쪽에 집중시켰다. 여러 날에 걸친 격렬한 전투의 결과로 빨치산은 적에게 패배를 안겼고, 그 지점에서 적의 방어선을 돌파한 다음 배후로 침투했다.

적진 돌파로 생긴 자유 지대를 거쳐 타이가 내 빨치산에게 접근할 통로가 열렸다. 그들과 합류하기 위해 새로운 피난민 무리가 밀려들었다. 홀러드는 이 비무장의 시골 사람들 무리가 다 빨치산의 가까운 친척은 아니었다. 백군의 징벌 조치에 겁을 먹은 근방의 농민들이 전부 집을 버리고 터전을 떠나 자연스럽게 숲의 농민군에게 이끌렸다. 그들이 지켜주리라 여겼던 것이다.

그러나 진영은 자신들의 객식구도 떨쳐낼 판이었다. 빨치산은 낯선 사람들과 새로 온 사람들을 돌볼 여력이 없었다. 피난민을 맞으러 달려나가서 도중에 멈춰 세우고는 방향을 돌려 칠림까 강변의 칠림 경작지의 제분소로 향하게 했다. 그곳은 제분소 주위에 번성한 농장들로 이루어진 숲속 개간지로 드보리[3]라고 불렸다. 그 드보리에 피난민들의 월동 장소를 마련하고 그들에게 할당된 식료품 창고를 만들 작정이었다.

이런 결정을 내리는 동안에 사태는 자체적으로 전개되었고, 진영 사령부는 이에 제때 대처하지 못했다.

적에 대해 거둔 승리가 복잡해졌다. 백군은 자기들을 쳐부순 빨치산 부대를 안으로 통과시킨 뒤 끊긴 포위망을 복구했다. 그들의 배후로 치고 들어갔다가 고립된 부대는 습격 후 타이가에 있는 자기편으로 돌아갈 길이 차단되었다.

여자 피난민들도 골칫거리였다. 들어갈 수도 없는 울창한 숲속에서는 길이 어긋나기 십상이었다. 피난민을 마중하러 파견된 대표자들이 그들의 자취를 찾지 못해 길이 엇갈린 채 되돌아오곤 했는데, 여자들은 자연스러운 흐름에 따라 타이가 깊숙이 들어가면서 가는 길에 경이로운 기지를 발휘해 양쪽 숲을 베고 다리를 놓고 통나무를 깔면서 길을 냈다.

이 모든 것이 숲 사령부의 의도에 반하는 것이었고, 리베리의 계획과 구상을 엉망으로 만들어놓았다.

---

3 '농장들'이라는 뜻.

5

이 점에 관해 그도 타이가를 통과하는 짤막한 대로 구간에서 멀지 않은 곳에 스비리드와 함께 서서 격분을 토하는 중이었다. 길에는 그의 참모들이 길을 따라 뻗은 전신선을 절단할지 말지를 두고 입씨름을 하며 서 있었다. 최종 결단의 말은 리베리의 몫이었는데, 그는 떠돌이 사냥꾼과 지껄이느라 정신이 없었다. 리베리가 금방 갈 테니 떠나지 말고 기다리라고 그들에게 손을 흔들었다.

스비리드는 오랫동안 브도비첸꼬의 유죄 선고와 총살을 참을 수 없었다. 브도비첸꼬는 오직 영향력으로 리베리의 권위와 다투며 영내 분열을 일으켰다는 것 외에는 아무 죄가 없었다. 스비리드는 빨치산을 떠나 다시 예전처럼 외따로 자유롭게 살고 싶었다. 하지만 어림없었다. 일단 고용되어 몸을 판 이상 이제 와서 숲의 형제들을 떠난다면 그를 기다리는 것은 총살당한 자들과 같은 운명일 것이었다.

상상만 할 수 있는 끔찍하기 이를 데 없는 날씨였다. 매서운 돌풍이 날아다니는 그을음 뭉치 같은 새카만 먹구름 조각들을 갈기갈기 찢어 땅 위로 낮게 실어왔다. 그 먹구름에서 갑자기 하얀 광기의 발작처럼 다급하게 눈이 쏟아지기 시작했다.

한순간에 광활한 저 먼 곳이 새하얀 수의에 덮이고 땅에는 하얀 덮개가 깔렸다. 다음 순간 덮개가 타오르더니 남김없이 녹았다. 석탄같이 검은 땅이, 멀리서 쏟아진 소나기에 위에서부터 흠뻑 젖어 비스듬한 부종浮腫투성이인 검은 하늘이 나타났다. 땅은 더이상 물을 받아들이지 않았다. 하늘이 개는 순간에는 먹구름이 흩어지면서 마치 하늘을 환기하듯 상공에서 차가운 유리의 하얀빛을 내는 창들이 활짝 열렸다. 흙이 빨아들이지 않아 고인 물이 똑같은 광채로 가득한 웅덩이와 호수 들의 똑같이 활짝 열린 창들로 땅에서 응답했다.

물이 방수포를 통과하지 못하듯 악천후는 테레빈 진액을 함유한 침엽수림의 바늘잎 속으로 스며들지 못하고 연기처럼 미끄러졌다. 전신선에 실에 꿴 구슬 같은 빗방울이 매달렸다. 빗방울은 서로서로 꼭 붙은 채 매달려 떨어지지 않았다.

스비리드는 여자 피난민을 맞으러 타이가 깊숙이 파견된 사람들 중 하나였다. 그는 자기가 목격한 것을 대장에게 이야기하고 싶었다. 수행할 수 없기는 마찬가지인 여러 명령의 상호 충돌로 생긴 혼란상에 관해. 여자 무리 중 절망에 빠진 가장 연약한 일부가 저지르는 잔혹 행위에 관해. 자루며 보따리를 이고 지고 젖먹이를 그러안고 걸어서 이동하던 젊은 어머니들은 젖이 나오지 않고 지쳐서 미쳐버린 끝에 길바닥에 아이를 내동댕이치고 자루에 든 밀가루를 땅에 뿌리고 오던 길을 되돌아갔다. 굶어서 질질 끌다 죽느니 단번에 죽는 편이 낫다는 것이었다. 산짐승의 이빨에 걸리느니 적의 손에 떨어지는 편이 낫다는 것이었다.

다른 강인한 여자들은 남자에게도 없는 인내와 용기의 모범을 보여주었다. 스비리드는 아직 보고할 것이 많았다. 그는 진압된 것보다 더 위협적인 새로운 반란의 위험이 진영에 드리웠음을 대장에게 경고하고 싶었지만 어떻게 말해야 할지 몰랐다. 안달하며 재촉하는 리베리의 조급성이 그의 말재간을 몽땅 빼앗았기 때문이었다. 그런데 리베리가 줄곧 스비리드의 말을 가로막은 것은 참모들이 길에서 그를 기다리며 고갯짓하고 소리쳤기 때문만은 아니었다. 최근 이주 동안 내내 그런 의견이 전해져 리베리가 그 모든 것을 알고 있기 때문이기도 했다.

"재촉하지 마쇼, 대장 동지. 나는 그다지 말주변이 없어서 말이 잇새에 끼고 목구멍에 걸리네. 내가 무슨 얘기를 하고 있었지? 피난민 대열에 가서 촬돈⁴ 여자들한테 정신 좀 차리라고 말하쇼. 얼마나 말도 안 되는 일이 벌어지는지 보라고. 내 묻겠는데, 우리는 어느 편이오? '모두 꼴차끄에 맞서자!'요, 아니면 여자들끼리의 전쟁이오?"

"간단히 해, 스비리드. 보라고, 날 부르잖아. 괜히 부풀리지 말고."

"이제 저 숲 도깨비 같은 마녀 즐리다리하, 그 팔팔한 젊은 여자는 대체 어떤 인간인지 모르겠소. 하는 말이, 나를 여자 베뜨레냔까로 등록해줘요, 가축을 돌보게……"

"베쩨리나르까⁵야, 스비리드."

"내가 뭐랬게요, 내 말이 그 말인데. 가축 전염병 치료하는 여자 베뜨레냔까라니까. 그런데 지금은 가축은 내팽개치고 무사제파,⁶ 구교도 이단으로 둔갑해서는 암소한테 미사를 올리고, 새로 온 피난민 여자들을 타락시키고 있소. 너 자신을 탓해라, 치맛자락 쳐들고 붉은 깃발 쫓아 달려온 결과니까라고 하더라니까. 다음번에는 도망치지 말란 거지."

"무슨 말인지 모르겠는데. 어떤 피난민 여자들을 말하는 거야? 우리 빨치산 여자들, 아니면 어떤 다른 여자들?"

"물론 다른 여자들이죠, 타지에서 새로 온 여자들."

---

4 시베리아에서 외지인, 러시아에서 이주해온 지 얼마 안 된 사람을 부르는 말. 부랑자와 도주자 및 유형수를 가리키기도 했다.
5 여자 수의사.
6 구교도 분파의 하나로, 사제를 거부하는 집단.

"분명 드보리 마을로, 칠림 제분소로 가라는 명령을 받았을 텐데, 그 여자들이 어떻게 여기 왔지?"

"아이고, 드보리 마을. 대장의 드보리에 남은 건 불탄 자리밖에 없소. 다 타버렸어요. 제분소도 개간지도 전부 잿더미요. 그 여자들이 칠림까에 가보니 보이는 건 벌거벗은 황무지뿐이라. 절반이 넘이 나가 고함치고 울부짖고 하다가 백군한테로 돌아갔소. 다른 여자들은 반대로 마차를 죄다 끌고 이리 온 거고."

"그 빽빽한 숲을 거치고 늪을 지나서?"

"도끼와 톱은 뒀다 뭐 하게요? 그들을 보호하라고 보낸 우리 사내들이 좀 거들었지. 사내들 말이, 여자들이 나무를 베서 30베르스따나 길을 냈답디다, 다리도 놓고. 독한 것들. 그런데도 여자라고 하겠소. 그 악마들이 대장은 사흘 걸려도 못할 걸 해치운다고."

"잘하는 짓이다! 자넨 뭐가 그렇게 좋아, 멍청이 같으니. 30베르스따 길, 그거야말로 비쩐과 끄바드리한테 딱 좋잖아. 타이가로 들어오는 길을 열어준 거지. 대포도 굴려보낼걸."

"엄호부대, 엄호부대. 엄호부대를 배치하면 끝이야."

"자네 아니어도 그 정도는 생각해."

6

해가 짧아졌다. 5시면 어두워졌다. 황혼 무렵 유리 안드레예비치는 며칠 전 리베리가 스비리드와 입씨름하던 자리에서 대로를 가로질렀다. 숙영지로 향하는 길이었다. 숲속 빈터와 숙영지의 경계를 알리는 이정표로 여겨지는 마가목이 서 있는 작은 언덕 가까이에서 그는 농담 삼아 자기 적수라고 부르는 가짜 의사 점쟁이 꾸바리하의 짓궂고 활기찬 목소리를 들었다. 그의 경쟁자는 카랑카랑째지는 목소리로 유쾌하게 까불대는 무언가를, 아마 어떤 차스뚜시까를 뽑는 중이었다. 여럿이 듣고 있었다. 공감한 남녀가 폭소를 터뜨려 노래가 끊기곤 했다. 그러다 모든 것이 잠잠해졌다. 모두 흩어진 모양이었다.

그러자 완전히 혼자 있다고 생각한 꾸바리하는 다른 식으로, 작고 낮은 목소리로 노래하기 시작했다. 발을 헛디뎌 늪에 빠지지 않을까 조심하며 어둠 속에서 천천히 마가목 앞의 질척한 빈터를 우회하는 오솔길을 따라 걷던 유리 안드레예비치는 문득 그 자리에 못 박힌 것처럼 발을 멈췄다. 꾸바리하는 어떤 러시아의 옛 노래를 부르고 있었다. 유리 안드레예비치는 모르는 노래였다. 어쩌면 그녀의 즉흥곡이었을까?

러시아 노래는 저수지에 갇힌 물 같다. 멈춰 움직이지 않는 것 같다. 하지만 심연에서는 쉴 새 없이 수문으로 물이 흘러나오니 수면의 잔잔함은 기만이다.

온갖 수단으로, 반복과 대구로 러시아 노래는 점차 전개되는 내용의 진행을 늦춘다. 어떤 한계에 다다르면 노래의 내용이 갑자기 한꺼번에 드러나며 단번에 우리의 얼을 빼놓는다. 자신을 억누르는, 자신을 다스리는 애수에 찬 힘이 그렇게 자신을 표현한다. 그것은 말로 시간을 멈추려는 광기에 찬 시도다.

꾸바리하는 반은 노래하고 반은 읊조렸다.

하얀 세상을 작은 토끼가 달려갔네,

하얀 세상을, 그래, 하얀 눈 위를.

귀가 축 처진 그는 마가목을 지나 달려갔네.

귀가 축 처진 그는 달려갔네, 마가목에게 한탄했네.

토끼인 나는 소심한 심장을 가졌다네,

너무도 겁 많은 소심한 심장을.

토끼인 나는 짐승의 발자국을 무서워하네,

짐승의 발자국을, 굶주린 늑대의 배를.

마가목 덤불아, 나를 불쌍히 여겨다오,

마가목 덤불아, 예쁜 마가목아.

너는 네 아름다움을 사악한 적에게,

사악한 적에게, 사악한 갈까마귀에게 주지 마라.

네 붉은 열매를 한움큼 바람에 흩뿌려라,

한움큼 바람에, 하얀 세상에, 하얀 눈 위에,

고향 쪽으로 굴려라, 던져라.

마을 어귀 맨 끝 집으로,

맨 마지막 창으로, 그래, 그 방으로.

너무도 그리운 소중한 내 사랑이

거기 숨어 있네.

간절히 그리운 내 사랑의 귀에

열렬한, 뜨거운 말을 전해다오.

병사인 나는 포로가 되어 괴로워한다고,

병사인 나는 타향에서 고향을 그린다고.

하지만 나는 쓰라린 감금에서 탈출하려네.

나의 열매에게로, 나의 아름다운 여인에게로 달아나 가려네.

병사의 아내 꾸바리하가 빨리하, 뺨필의 아내 아가피야 포쩨예브나, 속칭 파쩨브나의 병든 암소에게 주문을 걸고 있었다. 암소를 무리에서 끌어내 덤불 속에 세우고 뿔을 나무에 잡아맸다. 암소의 앞다리 옆 나무 그루터기에 주인이 앉고 뒷다리 옆 착유대에는 병사의 점쟁이 아내가 앉았다.

무수히 많은 나머지 가축떼는 숲속 빈터에 빽빽이 들어차 있었다. 어두운 침엽수림이 산처럼 높은 삼각형의 전나무 벽으로 가축떼를 둘러싸고 있었다. 전나무들은 저마다 아래쪽 가지들을 넓게 펼쳐 살진 엉덩이를 땅에 대고 앉아 있는 것 같았다.

시베리아에서는 상을 받은 스위스계 품종 하나를 사육했다. 거의 모든 소의 털 빛깔이 검은 바탕에 흰 얼룩무늬로 같았는데, 풀이 부족하고 먼 길을 이동한데다 모아둔 곳이 참을 수 없이 비좁아서 사람 못지않게 기진맥진해 있었다. 옆구리가 바싹 붙어 서로 밀쳐대는 통에 소들은 제정신이 아니었다. 머리가 멍해진 소들은 성별도 잊고 수소처럼 울부짖으며 무겁게 늘어진 젖통을 힘겹게 들어 상대방의 등에 올라타려 했다. 어미 소에 깔린 송아지들이 꼬리를 쳐들고 허우적대며 그 밑에서 빠져나와 덤불과 나뭇가지를 짓밟으며 숲속으로 도망쳤다. 소몰이꾼 노인들과 아이들이 고함을 지르며 허겁지겁 뒤쫓았다.

숲속 빈터 위의 검고 하얀 눈구름들도 전나무들의 우듬지가 겨울 하늘에 그리는 좁은 원 안에 갇힌 듯이 마찬가지로 격렬하고 무질서하게 들어차서 곧추세운 몸을 서로의 위에 포갰다.

멀찍이 무리를 이루고 선 호기심 어린 구경꾼들이 점쟁이를 방해하고 있었다. 그녀는 못마땅한 눈초리로 그들을 머리끝에서 발끝까지 훑어보았다. 그러나 그들이 불편하다고 인정하는 것은 자신의 위엄을 떨어뜨리는 짓이었다. 예술가의 자존심이 그녀를 제지했다. 그녀는 그들은 안중에도 없다는 태도를 취했다. 의사는 뒤쪽 줄에 숨어 그녀를 관찰했다.

그는 처음으로 그녀를 제대로 살펴보았다. 그녀는 변함없이 영국군 군모를 쓰고 외국 간섭군의 완두콩색 외투 깃을 아무렇게나 젖히고 있었다. 하지만 이 중년 여인의 두 눈과 눈썹을 젊어 보이도록 까맣게 물들인, 억눌린 열정을 드러내는 오만한 이목구비의 얼굴에는 자신이 뭘 입었든 입지 않았든 아랑곳하지 않는다고 분명히 쓰여 있었다.

그러나 빰필의 아내의 모습은 유리 안드레예비치를 놀라게 했다. 거의 알아보지 못할 지경이었다. 며칠 사이에 그녀는 폭삭 늙었다. 부릅뜬 두 눈은 금방이라도 눈구멍에서 빠져나올 것 같았다. 수레의 채처럼 늘어난 목에서 부풀어오른 핏줄이 바르르 떨렸다. 은밀한 공포가 그녀를 이렇게 만든 것이었다.

"젖이 안 나와." 아가피야가 말했다. "젖이 마를 땐가 했는데 그건 아니고. 나올 때가 한참 지났는데도 여전히 안 나와."

"젖이 마르긴 무슨. 여기 젖꼭지에 탄저병 딱지가 있잖아. 돼지기름 바른 풀을 줄 테니까 문질러. 물론 주문도 외줄게."

"내 다른 걱정거리는 남편이야."

"바람피우지 않게 주술을 걸게. 할 수 있어. 당신한테 착 달라붙어 떨어지지도 않을걸. 세번째 불행을 말해봐."

"바람피우는 게 아니야. 그러면 차라리 다행이게. 반대로, 악착같이 나랑 아이들한테 달라붙어 있어서 걱정이야. 우리 때문에 속을 끓이는 거야. 그 사람이 무슨 생각을 하는지 난 알아. 이제 숙영지를 나눠서 우리를 다른 쪽으로 보낼 거라고 생각하는 거지. 우리는 바살리고의 수중에 떨어질 거고, 그이는 우리랑 같이 있지 못할 거고, 아무도 우리를 지켜주지 못할 거라는 거야. 그들이 우리를 고문하고 우리 고통을 즐길 거라는 거지. 나는 그이 생각을 알아. 그이가 자기한테 무슨 짓을 저지를지 몰라."

"생각해보자. 슬픔을 가라앉히자고. 세번째 걱정을 말해봐."

"세번째 같은 건 없어. 그게 다야, 젖소와 남편."

"그럼 별 걱정도 없구먼, 이 여편네야! 하느님이 너한테 얼마나 자비로우신지 봐. 대낮에 불을 켜도 너 같은 사람은 찾기 어려울걸. 불쌍한 여편네한테 근심 걱정이 두개뿐이라. 그것도 하나는 정 많은 남편이고. 젖소를 고쳐주면 뭘 주려나? 이제 불행을 쫓는 의식을 시작하자."

"뭘 원하는데?"

"빵 한덩이하고 네 남편."

주위에서 웃음을 터뜨렸다.

"놀리는 거야, 뭐야?"

"음, 너무 비싸다면 빵은 깎아줄게. 남편 하나로 합의 보자."

주위에서 웃음소리가 열배는 커졌다.

"이름이 뭐야? 남편 말고 젖소."

"예쁜이야."

"여기 있는 소떼 절반이 예쁜이야. 그래, 좋아. 축복할게."

그녀가 암소에게 주문을 걸기 시작했다. 처음에 주문은 정말로 가축에 관한 것이었다. 그러다 차츰 심취하더니 아가피야에게 주술과 그 용도에 대해 장황하게 일러주었다. 유리 안드레예비치는 언젠가 유럽 러시아에서 시베리아로 옮겨올 때 마부 바끄흐의 화려한 수다를 귀담아들었던 것처럼 주술에 걸린 듯이 이 헛소리 같은 말에 귀를 기울였다.

병사의 아내가 말하고 있었다.

"모르고시야 아주머니, 저희한테 놀러 오세요. 화요일과 수요일에 오세요. 와서 부스럼을 없애줘요. 와서 젖소를 마법에서 풀어줘요. 딱지를 없애줘요. 예쁜아, 가만있어, 의자 뒤엎지 말고. 산처럼 가만 서서 강처럼 젖을 흘려봐. 요물아, 괴물아, 네 패기를 보여줘. 옴딱지를 떼서 쐐기풀에 던져버려. 주술사의 말은 짜르의 말처럼 강력해.

모든 걸 알아야 해, 아가피유시까, 거부하는 말, 지시하는 말, 벗어나는 말, 안전을 비는 말. 자, 너는 지금 보는 게 숲이라고 생각하지. 하지만 저건 부정한 세력이 천사의 군대와 맞붙어 싸우는 거야, 너희 군대와 바살리고의 병사들처럼.

아니면 예를 들어, 내가 가리키는 곳을 봐봐. 그쪽이 아니야. 뒤통수가 아니라 눈으로 내가 손가락으로 가리키는 곳을 보라고. 그래그래. 저게 뭐라고 생각해? 바람에 자작나무 가지들이 얽히고설킨 거라고 생각하지? 새가 둥지를 틀려고 한다고 생각하지? 천만에. 저거야말로 진짜 악마의 장난이야. 루살까가 자기 딸한테 화환을 엮어주려던 거야. 사람들이 지나가는 소리를 듣고는 내팽개쳐둔 거야. 놀란 거지. 밤에 끝낼 거야. 마저 엮을 거라고. 두고 봐.

아니면 또, 너희 붉은 깃발을 예로 들어보자. 그게 뭐라고 생각해? 그냥 깃발이라고 생각하지? 천만에. 봐, 전혀 깃발이 아니야. 그건 죽은 처녀가 유혹하는 산딸기색 스카프야. 내가 유혹이라 그랬지. 왜 유혹일까? 젊은 사내들한테 스카프를 흔들며 윙크하는 거야. 젊은 사내들을 도살장으로, 죽음으로 유혹하는 거라고. 역병을 내리는 거야. 그런데도 너희는 깃발이라고, 모든 나라의 프롤레타리아트와 가난뱅이여 내게 오라, 하는 깃발이라고 믿었던 거지.

아가피야 어멈, 이제 모든 걸 알아야 해, 모든 걸, 전부 다. 어떤 새인지, 어떤 돌인지, 무슨 풀인지. 이제 예를 들어, 저 새는 스뜨라찜[7] 찌르레기다, 저 짐승은 너구리다, 하고.

이제 예를 들어, 누구랑 즐기고 싶거든 말만 해. 누구든 마법을 걸어 너한테 미치게 해줄게. 너희 대장 레스니든, 꼴차끄든, 이반 짜레비치[8]든. 허풍 떠는 거 같지? 거짓말이라고 생각하지? 아니야, 거짓말이 아니야. 자, 봐, 들어봐. 겨울이 올 거야. 눈보라가 들판을 휩쓸고 눈기둥이 소용돌이치겠지. 그러면 나는 널 위해 그 눈기둥 속에, 그 눈보라 속에 칼을 던질 거야. 칼을 자루까지 완전히 눈 속에 박았다가 온통 피에 젖어 시뻘건 칼을 꺼내는 거지. 어때, 본 적 있어? 그래? 그러고도 내가 거짓말한다고 생각하다니. 그런데 말해봐, 눈보라에서 어떻게 피가 나올까? 그건 바람, 공기, 눈가루뿐이잖아. 하지만 분명 그렇단 말이야. 그러니까 아주머니, 그 눈보라는 바람이 아니야. 변신술을 부리는 요술쟁이 이혼녀가 어린 자식을 잃어버려 들판을 울며 돌아다니는데 찾을 수가 없는 거야. 그 여자가 내 칼을 맞은 거지. 그래서 피가 묻은 거야. 내가 그 칼로 어떤 남자든 발자국을 도려내 명주실로 네 치맛자락에 꿰맬 거야. 그러면 꼴차끄든, 스뜨렐니꼬프든, 무슨 새 짜르든 전부 네 꽁무니를 쫓아다닐 거야. 네가 가는 데마다 따라올 거야. 그런데도 너는 내가 거짓말한다고 생각했지? 모든 나라의 헐벗은 자들과 프롤레타리

---

[7] 슬라브 신화에 나오는 시조새.
[8] 러시아 민담의 주인공.

아트여, 내게 오라, 이렇게 생각했지?

아니면 또 예를 들어, 지금 하늘에서 돌이 떨어지고 있어. 비처럼 쏟아지는 거야. 어떤 사람이 문지방을 넘어 나오는데 돌이 쏟아지는 거야. 아니면 다른 사람들이 본 것처럼, 기병들이 말을 타고 하늘을 달려가는데 말발굽이 지붕을 스치는 거야. 아니면 또 어떤 마법사들이 옛날에 이렇게 예언했지, 이 여자는 몸속에 곡식이나 꿀이나 담비 털을 품고 있다고. 그래서 기사들이 보석함을 열듯이 칼로 어깨를 가르고 어깨뼈에서 얼마간의 곡식을, 다람쥐 가죽을, 벌집을 꺼냈지."

세상을 살다보면 때때로 크고 강한 감정을 마주친다. 그런 감정에는 늘 연민이 섞인다. 우리가 흠모하는 대상은 우리가 사랑하면 사랑할수록 더욱더 희생물처럼 보인다. 어떤 남자들의 경우 여자를 향한 연민이 생각할 수 있는 모든 한계를 넘어선다. 그들의 사무치는 연민은 여자를 세상에 다시 없는, 상상 속에만 존재하는 실현 불가능한 자리에 올려놓는다. 그녀를 에워싼 대기를, 자연의 법칙을, 그녀가 태어나기까지 흐른 수천년의 세월조차 질투한다.

유리 안드레예비치는 충분한 교육을 받아 점쟁이의 마지막 말이 노브고로드 연대기나 이빠찌예프 연대기[9] 같은 어떤 연대기의 도입부를 거듭 왜곡해 위경僞經으로 변주한 것이 아닌가 의심해볼 수 있었다. 그것을 주술사와 이야기꾼이 여러 세기에 걸쳐 세대에서 세대로 구전하며 망가뜨렸다. 그 이전에 필경사들이 혼동해 잘못 옮겨적기도 했다.

도대체 왜 그는 전설의 압제에 그토록 사로잡혔을까? 무엇 때문

<hr />

[9] 모두 12~15세기에 씌어진 고대 러시아 연대기.

에 그 이해 못할 허튼소리, 밑도 끝도 없는 무의미한 이야기를 실제 상황인 것같이 대했을까?

라라의 왼쪽 어깨를 갈라 열었다. 벽장에 끼워넣은 철제 비밀 금고의 비밀 문에 열쇠를 꽂듯이 칼을 비틀어 그녀의 어깨뼈를 드러냈다. 드러난 영혼의 구멍 깊은 곳에서 그녀 영혼이 간직한 비밀들이 모습을 드러냈다. 그녀가 방문했던 낯선 도시들, 낯선 거리, 낯선 집, 낯선 광야 들이 리본이 되어, 풀리는 리본의 릴이 되어, 리본 꾸러미가 밖으로 굴러나오듯 펼쳐졌다.

오, 그는 얼마나 그녀를 사랑했던가! 그녀는 얼마나 멋졌던가! 그가 늘 생각하고 꿈꾸던 바로 그대로의 여자, 그에게 딱 들어맞는 여자! 그런데 무엇이, 그녀의 어떤 면이? 무어라 이름 붙이거나 구분할 수 있는 무언가가 그랬던가? 오, 아니다! 오, 그렇지 않다! 조물주가 위에서 아래까지 단숨에 전부를 그려낸 그 비할 데 없이 단순하고 강렬한 선이 그랬다. 그 성스러운 윤곽 속에서 그녀는 목욕을 마치고 강보에 폭 싸인 아기처럼 그의 영혼의 손에 맡겨졌다.

그런데 지금 그는 어디에 있으며 무슨 일이 일어나고 있는가? 숲, 시베리아, 빨치산. 그들은 포위되었고 그도 그들과 운명을 같이할 것이다. 이 무슨 도깨비 장난인가, 이 무슨 있을 수 없는 일인가. 그러자 또다시 유리 안드레예비치는 눈이 흐릿해지고 머리가 멍해졌다. 모든 것이 눈앞에서 흘러가기 시작했다. 그때 올 것 같던 눈 대신 빗방울이 뚝뚝 떨어지기 시작했다. 도시의 거리 위 집에서 집으로 걸린 커다란 천 플래카드처럼, 숭배해 마지않는 경이로운 머리 하나가 몇곱절 확대된 환영이 숲속 빈터 한쪽 끝에서 다른 쪽 끝으로 공중에 길게 펼쳐졌다. 머리는 울고 있었고, 거세진 비가 입맞춤하며 머리를 적셨다.

"가봐." 점쟁이가 아가피야에게 말했다. "네 암소한테 주문 다 외웠으니 나을 거야. 성모께 기도해. 그분은 빛의 궁전이고 살아 있는 말씀의 책이시니까."

8

타이가 서쪽 경계에서 전투가 벌어지고 있었다. 하지만 타이가가 너무나 광대해 전투는 먼 국경지대에서 벌어지는 것 같았고, 타이가 깊숙이 은폐된 숙영지는 사람이 워낙 많아 아무리 많은 사람이 전투에 나가더라도 늘 남은 사람이 더 많았고 결코 텅 비는 일이 없었다.

멀리 떨어진 전투의 굉음은 숙영지의 울창한 숲까지 거의 닿지 않았다. 그런데 별안간 숲속에서 몇발의 총성이 울렸다. 거의 사이를 두지 않고 연거푸 총성이 울리더니 단번에 정신없이 빗발치는 총성으로 바뀌었다. 총소리가 들린 곳에 있다가 갑작스러운 총격에 혼비백산한 사람들이 사방으로 달아났다. 예비대에 속한 사람들이 자기들 마차로 달려갔다. 큰 소동이 일어났다. 모두 전투태세를 갖추기 시작했다.

소동은 이내 가라앉았다. 경보는 잘못된 것이었다. 그러나 이제 총격이 있었던 곳으로 다시 사람들이 모여들기 시작했다. 군중이 불어났다. 서 있던 사람들에게 새로 온 사람들이 다가갔다.

군중은 피투성이가 되어 땅에 누워 있는 인간 통나무를 둘러싸고 있었다. 팔다리를 잃은 사람은 아직 숨을 쉬고 있었다. 오른팔과 왼다리가 잘려 있었다. 남은 팔과 다리로 이 불행한 사람이 어떻게 숙영지까지 기어올 수 있었는지 상상이 되지 않았다. 잘린 팔과 다리는 끔찍한 피투성이 살덩이가 되어 장황한 글이 적힌 판자와 함께 그의 등에 매여 있었다. 판자에는 무지막지한 욕지거리를 섞어 이런 짓이 이러저러한 적군 부대의 만행에 대한 보복 조치라고 씌어 있었는데, 숲의 형제들 빨치산과는 아무 관계 없는 부대였다. 그 밖에도 빨치산이 판자에 적힌 기일까지 항복하고 비쩐 군단의 대표자들에게 무기를 인도하지 않으면 전원에게 똑같은 조치를 취할 것이라고 덧붙여져 있었다.

팔다리가 잘린 수난자는 피를 철철 흘리며 순간순간 의식을 잃는 와중에도 끊어지는 연약한 목소리와 잘 돌지 않는 혀로 비쩐 장군 휘하의 후방 군 수사 및 징벌대에서 당한 고문과 잔혹 행위에 대해 이야기했다. 그는 교수형을 선고받았으나 자비를 가장해 팔다리를 절단하는 것으로 바뀌었다. 그 불구의 모습으로 빨치산 진영에 돌려보내 겁을 줄 목적이었다. 진영 경비선 초입까지는 실어 왔고 그다음에는 땅에 내려놓고 기어가도록 명령하고는 멀리서 공중에 총을 쏘며 내몰았다는 것이다.

극심한 고통에 처한 그는 가까스로 입술을 움직였다. 거의 알아들을 수 없게 웅얼거리는 소리를 들으려고 사람들은 허리를 구부리고 몸을 낮춰 그의 말에 귀를 기울였다. 그가 말했다.

"형제들, 조심해. 그놈이 자네들을 돌파했어."

"엄호부대를 보냈어. 거기서 큰 싸움이 벌어지고 있네. 우리는 막아낼 거야."

"돌파, 돌파. 그놈은 기습을 원해. 나는 알아. 아, 형제들, 더는 못 하겠어. 봐, 피가 너무 많이 흘러, 피를 토해. 난 이제 끝장이야."

"누워서 좀 쉬어. 말 그만하고. 이 악당들아, 말 시키지 마. 해로운 거 안 보여."

"내 몸에 한군데도 성한 데를 안 남겼어, 흡혈귀, 개자식. 그놈이 그러더라고. 네 피로 목욕을 시켜주마, 네가 누군지 말해. 그런데 형제들, 내가 그걸 어떻게 말하겠어, 내가 바로 진짜 탈영병인데. 그래, 나는 그놈한테서 자네들한테로 도망쳤거든."

"지금 계속 '그놈'이라고 하는데, 그놈들 중에서 자네한테 손댄 놈이 누구야?"

"아, 형제들, 속에 불이 난 것 같아. 잠깐 숨 좀 돌리고. 이제 말할 게. 아따만 베께신, 시뜨레제 대령, 비쩐의 부하들. 자네들은 여기 숲속에 있어서 아무것도 몰라. 도시는 온통 신음 소리뿐이야. 사람들을 산 채로 끓여 쇠를 만들어. 산 채로 가죽을 벗겨 허리띠를 만들고. 멱살을 쥐고 끌어가 어딘지 모를 곳에 처넣어, 캄캄한 어둠 속에. 주위를 더듬어보면 짐승 우리, 객차야. 우리 안에 마흔명 넘는 사람이 속옷만 입고 있어. 끊임없이 우리 문이 열리면서 손아귀가 객차로. 첫번째로 걸리는 사람을 밖으로 끄집어내. 닭 모가지 따는 거하고 마찬가지야, 신에게 맹세코. 누구는 목을 매달고, 누구는 총검으로 쑤시고, 누구는 심문하고. 곤죽이 되도록 무자비하게 때리고, 상처에 소금을 뿌리고, 끓는 물을 붓고. 토하거나 변을 보면 강제로 먹여. 아이들하고 여자들은, 오, 주여!"

그 불행한 사람은 이미 숨을 거두려는 참이었다. 그는 말을 맺지 못하고 비명을 지르고는 숨이 끊겼다. 어쩐지 모두가 이내 그것을 깨달았고, 모자를 벗고 성호를 긋기 시작했다.

저녁에 이 일보다 훨씬 더 끔찍한 소식이 숙영지 전체에 퍼졌다.

죽어가는 사람을 둘러싸고 서 있던 군중 속에 빰필 빨리흐가 있었다. 빰필은 그를 보았고, 그의 이야기를 들었으며, 판자에 쓰인 협박으로 가득 찬 글귀를 읽었다.

자기가 죽을 경우 가족에게 닥칠 운명에 대한 지속적인 공포가 전례 없는 강도로 그를 사로잡았다. 상상 속에서 그는 이미 서서히 고문당하는 가족의 모습을 보고 있었다. 고통으로 일그러진 얼굴을 보았고 신음 소리와 도와달라는 외침을 들었다. 미래의 고통에서 그들을 구하고 그 자신의 고통을 줄이기 위해, 그는 괴로움의 광란 속에서 제 손으로 그들의 목숨을 끊었다. 두 딸과 귀염둥이 아들 플레누시까에게 나무를 깎아 장난감을 만들어주던 바로 그 면도날처럼 날카로운 도끼로 아내와 세 아이를 찍어 죽였다.

그가 일을 저지르자마자 바로 제 몸에 손을 대지 않은 것이 놀라운 일이었다. 그는 무슨 생각을 했을까? 그의 앞날에 무엇이 있을 수 있었을까? 어떤 가망이, 어떤 계획이? 그 사람은 명백한 미치광이, 돌이킬 수 없이 끝장난 존재였다.

리베리와 의사와 군사 소비에뜨 위원들이 회의를 열어 그를 어떻게 할지 논의하는 동안, 그는 고개를 툭 떨구고 몽롱한 노란 눈을 치뜬 채 아무것도 보지 못하고 숙영지를 자유롭게 배회했다. 멍하게 떠도는, 어떤 힘으로도 이겨낼 수 없는 비인간적인 고통의 미소가 그의 얼굴에서 떠나지 않았다.

아무도 그를 불쌍히 여기지 않았다. 모두가 그를 피했다. 그에게 린치를 가할 것을 요구하는 목소리들이 울려퍼졌다. 그들의 말은 지지를 얻지 못했다.

이 세상에서 그가 할 일은 더이상 아무것도 없었다. 새벽녘에 그는 공수병에 걸린 미친 짐승이 자기 자신으로부터 도망치듯 숙영지에서 자취를 감추었다.

겨울이 찾아온 지 오래였다. 혹독한 추위가 계속되었다. 뚜렷한 연관 없는 찢긴 소리들과 형체들이 얼어붙은 안개 속에 나타나 멈 췄다가 움직이고 사라졌다. 지상의 존재들의 눈에 익숙한 태양이 아니라 어떤 다른, 바꿔친 태양이 적자색 공이 되어 숲속에 걸려 있었다. 꿈속이나 동화에서처럼 그 태양에서 꿀처럼 걸죽한 노란 호박색 광선들이 흘러나와 뻑뻑하게 서서히 퍼져가다가 도중에 공 중에서 엉겨 나무들에 얼어붙었다.

둥근 발바닥으로 땅을 스칠 듯 말 듯 걸음마다 사납게 빠드득대 는 눈 소리를 깨우며 펠트 장화를 신어 보이지 않는 발들이 사방으 로 움직였고, 방한 두건을 쓰고 양가죽 반외투를 입은 형상들이 발 을 보충하며 하늘을 맴도는 천체처럼 제각각 공중을 떠다녔다.

아는 사람끼리는 발을 멈추고 말을 주고받았다. 그들은 얼음 맺 힌 수세미 같은 턱수염, 콧수염을 달고 목욕탕에 있는 것처럼 붉어 진 얼굴을 가까이 댔다. 짙고 끈끈한 김 덩어리가 구름이 되어 그 들의 입에서 뿜어져나왔는데, 그 거대함은 그들의 얼어붙은 듯 딱 딱 끊기는 빈약한 말들과 전혀 어울리지 않았다.

오솔길에서 리베리는 의사와 마주쳤다.

"아, 당신이오? 이게 얼마 만이오! 저녁에 내 참호로 오시오. 거기 서 묵어요. 예전에 하던 대로 얘기나 나눕시다. 전할 소식도 있고."

"전령이 돌아왔습니까? 바리끼노 소식이 있나요?"

"내 가족이나 당신 가족에 관한 보고는 한마디도 없어요. 하지만 바로 그 점에서 나는 위안이 되는 결론을 얻지요. 그러니까, 그들은 제때 피난한 거요. 그러지 않았다면 그들에 대한 언급이 있었을 테니. 어쨌든 다 만나서 얘기합시다. 그럼 기다리겠소."

참호에서 의사는 질문을 되풀이했다.

"우리 가족에 대해 아는 게 뭡니까? 그것만 대답해주세요."

"또다시 당신은 코끝만 보려 드는군요. 분명 우리 가족들은 살아 있어요. 안전합니다. 하지만 중요한 건 그들이 아니오. 아주 멋진 소식이 있어요. 고기 좀 드시겠소? 찬 송아지고기요."

"아니요, 고맙습니다. 계속해보세요, 말 돌리지 말고."

"할 수 없네. 난 좀 먹겠소. 진영에 괴혈병이 돌고 있소. 사람들은 빵과 채소가 뭔지 잊었어요. 가을에 피난민 여자들이 여기 있었을 때 좀더 조직적으로 견과와 열매를 모았어야 했는데. 내 말은, 우리 상황이 더할 나위 없이 멋진 상태라는 겁니다. 내가 늘 예언했던 것이 이루어졌어요. 얼음이 움직였소. 모든 전선에 걸쳐 꼴차끄군이 퇴각하고 있어요. 이건 자연력에 따라 전개되는 완전한 패배요, 알겠소? 내가 뭐랬습니까? 당신은 늘 푸념만 했지요."

"내가 언제 불평했단 거요?"

"내내요. 비쩐이 우리를 압박했을 때는 특히나."

의사는 지난가을을 떠올렸다. 음모자들의 총살, 빨리흐의 처자 살해, 끝이 보이지 않게 사람을 때리고 죽이던 피비린내 나는 소동을 떠올렸다. 백군과 적군의 광신적 행위는 번갈아 배가되며 보복으로 잔혹함을 다투었다. 피 때문에 구역질이 났다. 피는 목구멍으로 치밀어올라 머리로 내달렸다. 두 눈에 피가 가득했다. 그건 전혀 푸념이 아니었다. 전혀 다른 무언가였다. 하지만 그것을 리베리에게 어떻게 설명할 수 있단 말인가?

참호 안에 향긋한 탄내가 감돌았다. 탄내가 입천장에 앉았고 코와 목을 간질였다. 참호는 철제 삼발이 속에 종잇장같이 얇게 쪼갠 나뭇개비를 넣어 가늘게 불을 밝히고 있었다. 하나가 다 타서 남은 끝이 물을 담아 받친 대야에 떨어지면 리베리는 새 나뭇개비에 불을 붙여 고리에 꽂았다.

"뭘 태우는지 보이지요? 기름이 떨어졌어요. 장작개비가 너무 말랐어요. 금세 타버리네. 그래요, 진영에 괴혈병이. 정말로 송아지 고기는 단호히 거부합니까? 괴혈병이라고요. 그런데 당신은 보고만 계시오, 의사 양반? 참모들을 모아 상황을 알리고 지도부에게 괴혈병과 그것과 싸울 방법을 강의라도 하셔야지요."

"제발 괴롭히지 좀 마세요. 우리 가족에 관해 당신은 정확히 뭘 알고 있습니까?"

"그들에 관한 정확한 정보는 아무것도 없다고 벌써 말했잖소. 하지만 최신 전황 보고를 통해 내가 아는 것을 다 말하진 않았어요. 내전이 끝났소. 꼴차끄가 완전히 박살 났어요. 적군이 간선철도를 따라 동쪽으로 그를 쫓고 있어요, 바다에 던져버리려고. 적군의 다른 부대들은 우리와 합류하려고 서두르고 있소. 힘을 합쳐 도처에 흩어진 수많은 후방 부대를 박멸하기 위해서요. 러시아 남쪽은 소탕이 끝났어요. 왜 기뻐하지 않소? 당신한테는 이걸로 부족하오?"

"그렇지 않아요. 기쁩니다. 그런데 우리 가족은 어디 있습니까?"

"바리끼노에는 없어요. 그건 정말 다행입니다. 비록 까멘노드보르스끼가 여름에 퍼뜨렸던 전설, 기억하지요, 어떤 정체 모를 민족이 바리끼노를 습격했다는 어리석은 소문은 내 예상대로 사실로 확인되지 않았지만, 마을은 완전히 텅 비었답니다. 어쨌든 거기서 무슨 일이 일어난 모양입니다. 두 가족이 사전에 거기서 도망친 것은 아주 좋은 일이에요. 그들이 무사하다고 믿읍시다. 우리 정찰대 말에 따르면, 소수의 남은 사람들이 그렇게 추측한답니다."

"유랴찐은요? 거기는 어떻습니까? 누구의 수중에 있나요?"

"그것도 앞뒤 안 맞는 얘기라. 틀림없이 착오요."

"정확히 뭐가요?"

"백군이 거기에 아직 있는 모양이에요. 완전히 말도 안 되는 얘기요. 명백히 불가능한 일입니다. 지금 그 점을 분명하게 증명하겠소."

리베리가 고리에 새 나뭇개비를 꽂았다. 그러고는 1인치 대 2베르스따 축척의 구깃구깃 누더기가 된 지도를 필요한 구역이 밖으로 나오고 필요 없는 지역은 안으로 들어가게 접고서 손에 연필을 쥐고 지도를 따라 설명하기 시작했다.

"보시오, 이 모든 지역에서 백군이 격퇴되었어요. 바로 여기, 여기, 그리고 여기 이 지역 전체에 걸쳐서. 잘 따라오고 있지요?"

"예."

"유랴찐 쪽에 백군이 있을 수가 없습니다. 만약 그렇다면 통신이 두절된 상태에서 독 안의 쥐 신세가 됐을 겁니다. 저쪽 장군들이 아무리 무능해도 이 점을 이해하지 못할 리 없죠. 외투를 걸쳤소? 어딜 가시려고?"

"죄송하지만 잠시 나갔다 오겠습니다. 금방 돌아오지요. 여기는 담배 연기와 나뭇개비 그을음이 자욱해서. 몸이 좋지 않네요. 밖에서 숨 좀 돌리고 오겠습니다."

참호에서 밖으로 올라온 의사는 출구 옆에 앉도록 놓아둔 굵은 통나무에서 장갑 낀 손으로 눈을 쓸어냈다. 그는 통나무 위에 앉아 몸을 숙이고 양손으로 턱을 괸 채 생각에 잠겼다. 겨울 타이가, 숲의 숙영지, 빨치산에게서 보낸 십팔개월이 없었던 것만 같았다. 그런 것은 잊었다. 그의 상상 속에는 소중한 사람들만 있었다. 그들에 관해 점점 더 끔찍한 추측이 잇따랐다.

저기 또냐가 슈로치까를 팔에 안고 눈보라가 휘몰아치는 벌판을 걸어간다. 아이는 담요로 감쌌다. 그녀의 발이 눈 속에 빠진다. 그녀는 힘겹게 발을 빼낸다. 하지만 눈보라가 그녀를 휩쓴다. 바람이 땅바닥에 그녀를 쓰러뜨린다. 그녀는 쓰러졌다가는 다시 일어난다. 힘이 빠져 허물어지는 다리로 서 있을 기운이 없다. 오, 하지만 그는 언제나 잊고 있다, 잊고 있다. 그녀는 아이가 둘이고, 어린 녀석은 젖먹이다. 칠림까에서 보았던, 비탄과 감당할 수 없는 긴장 때문에 이성을 잃었던 피난민 여자들처럼 그녀의 두 손은 바쁘다.

그녀의 두 손은 바쁘고 주위에는 도와줄 사람이 아무도 없다. 슈로치까의 아빠는 어디 있는지 모른다. 그는 멀리 있다. 언제나 멀리 있다. 평생을 그들과 떨어져 있다. 그래, 그런 사람이 아빠일까? 그런 사람이 진정한 아빠일 수 있을까? 그런데 그녀 자신의 아빠는 어디에 있는가? 알렉산드르 알렉산드로비치는 어디에 있는가? 뉴샤는 어디에 있는가? 다른 사람들은 어디 있는가? 오, 그런 물음은 차라리 던지지 않는 편이 낫다. 생각하지 않는 편이 낫다. 파고들지 않는 편이 낫다.

의사는 참호로 다시 내려갈 요량으로 통나무에서 일어섰다. 별안간 그의 생각이 새로운 방향을 취했다. 그는 아래로 내려가 리베리에게 돌아가려던 생각을 바꾸었다.

스키와 건빵을 담은 자루와 도망에 필요한 모든 것이 오래전에 준비되어 있었다. 그는 그 물건들을 진영의 경비선 너머 커다란 전나무 아래 눈 속에 파묻어두었다. 확실히 하기 위해 나무에 특별한 표시도 새겨두었다. 그는 눈더미 사이로 밟아 다져진 좁은 통행로를 따라 그리로 향했다. 밝은 밤이었다. 보름달이 빛나고 있었다.

의사는 야간 보초병들이 배치된 곳을 알고 있어 성공적으로 그들을 피해서 갔다. 하지만 얼어붙은 마가목이 서 있는 숲속 빈터 언저리에 이르자 보초병이 멀리서 소리쳐 부르고는 꼿꼿이 선 채 스키를 세차게 달려 그에게 미끄러져왔다.

"멈춰! 쏜다! 누구냐? 암호."

"왜 이래, 형제, 정신 나갔어? 아군이야. 못 알아보겠어? 자네들 의사 지바고라네."

"미안! 화내지 마, 젤바끄 동지. 못 알아봤어. 어쨌든 아무리 젤바끄라도 더 멀리는 못 보내. 명령은 명령이니까."

"좋아, 자네 뜻대로. 암호는 '붉은 시베리아', 답은 '간섭군 타도'."

"그럼 얘기가 다르지. 어디든 가고 싶은 데로 가. 무슨 악귀를 쫓아서 이 밤에 돌아다녀? 환자라도?"

"잠도 안 오고 목이 타서. 바람 쐬고 눈이라도 좀 삼키자 생각했지. 언 열매가 달린 마가목이 보이기에 가서 좀 깨물어보려고."

"겨울에 나무 열매를 따러 다니다니, 바로 그런 게 귀족의 바보 짓이지. 우리가 삼년을 때리고 때려도 털어내질 못하네. 아무 각성이 없어. 자네의 마가목이나 찾아가보셔. 정상이 아니라니까. 내가 알 게 뭐냐?"

보초병이 올 때처럼 점점 더 속도를 내며 꼿꼿이 선 채로 삐거덕대는 긴 스키를 힘껏 활주해 옆으로 멀어져갔다. 아무도 닿지 않은 눈 위를 점점 멀리, 더 멀리 달려 성기어진 머리카락같이 빈약하고 헐벗은 겨울 덤불숲 너머로 사라졌다. 의사가 걷고 있던 오솔길은 방금 말한 마가목으로 그를 이끌었다.

마가목은 반은 눈에, 반은 얼어붙은 잎과 열매에 덮인 채 그를 맞이하여 눈을 잔뜩 인 두 가지를 앞으로 뻗고 있었다. 그는 라라의 크고 하얀 두 팔을, 둥글고 넉넉한 두 팔을 떠올리며 두 가지를 잡고 마가목을 자신에게로 끌어당겼다. 마치 의식적인 응답의 몸짓처럼 마가목이 그의 머리끝에서 발끝까지 눈을 흩뿌렸다. 그는 무슨 말을 하는지도 모르고 제정신이 아닌 채로 중얼거렸다.

"그대를 보리라, 그림같이 아름다운 나의 여인이여, 나의 마가목 아가씨여, 나의 피와 살이여."

밝은 밤이었다. 달이 빛나고 있었다. 그는 더 깊이 타이가 속으로 들어가 비밀의 전나무에 갔고, 자기 물건들을 파내어 숙영지를 떠났다.

제13부

·

조각상이 있는 집의 맞은편

1

볼샤야 꾸뻬체스까야 거리는 말라야 스빠스까야 거리와 노보스발로치니 골목으로 나 있는 구불구불한 언덕길을 따라 내려갔다. 도시의 높은 지대에 있는 집들과 교회들이 거리를 엿보고 있었다.

조각상들이 있는 짙은 잿빛의 집이 모퉁이에 서 있었다. 그 집의 비스듬한 토대의 거대한 사각형 돌들에 정부 신문 최신호, 정부 포고령과 결의문이 까맣게 붙어 있었다. 많지 않은 수의 행인 무리가 오랫동안 보도에 멈춰 서서 묵묵히 게시물을 읽었다.

얼마 전 눈이 녹은 이후로 건조한 날씨였다. 얼어붙기 시작했다. 추위가 눈에 띄게 심해졌다. 얼마 전만 해도 어두워졌을 시각인데 아주 밝았다. 겨울은 얼마 전에 물러갔다. 저녁마다 떠나지 않고 꾸물대는 빛이 해방된 곳의 공허를 가득 채웠다. 빛은 마음을 흥분시키고 저 먼 곳으로 이끌며, 놀라게 하고 긴장시켰다.

얼마 전 백군이 적군에게 도시를 넘기고 떠났다. 총소리와 유혈이 멎고 전쟁의 불안이 끝났다. 겨울이 떠나고 더해지는 봄날처럼 그것 또한 사람을 놀래고 긴장시켰다.

거리의 행인들이 길어진 낮의 빛 속에서 읽고 있는 게시물에는 이렇게 적혀 있었다.

"주민들에게 알림. 유자격자용 노동수첩을 권당 50루블에 유랴찐 소비에뜨 식량부에서 배부함. 옥쨔브리스까야 거리(구 게네랄-구베르나또르스까야 거리) 5, 137호실.

노동수첩 미소지자 및 부정 소지자, 특히 허위 사항 기재자는 최고 엄중한 전시 규정으로 처벌함. 노동수첩의 자세한 사용 지침은 금년 И. Ю. И. К.[1] 제86(통산 1013)호에 공표되었고 유랴찐 소비에뜨 식량부 137호실에 게시됨."

다른 공고문은 도시에 식량이 충분히 비축되어 있으나 부르주아가 배급을 방해하고 식량 사정을 혼란스럽게 하려는 목적으로 은닉하고 있을 뿐이라고 알리고 있었다. 공고문은 다음과 같은 말로 끝맺었다.

"식량을 은닉 보관하다 적발된 자는 그 자리에서 총살함."

세번째 공고문은 이렇게 권고하고 있었다.

"식량 배급의 올바른 조직을 위해 착취 분자에 속하지 않는 자들은 소비자 꼬뮌으로 통합됨. 자세한 내용은 유랴찐 소비에뜨 식량부로 문의할 것. 옥쨔브리스까야 거리(구 게네랄-구베르나또르스까야 거리) 5, 137호실."

---

1 '유랴찐 시 집행위원회 소식'의 약자.

군인들에게는 이런 경고가 나붙었다.

"무기를 반납하지 않은 자 및 적법한 신규 허가증 없이 무기를 소지한 자는 최고 엄중한 법을 적용해 기소함. 허가증 교환은 유랴찐 혁명위원회에서 진행함. 옥짜브리스까야 거리 6, 63호실."

2

게시물을 읽는 사람들 무리로 초췌한 사람 하나가 다가갔다. 오래전부터 씻지 못해 까무잡잡하고 거친 모습에 어깨에는 배낭을 메고 지팡이를 짚고 있었다. 몹시 텁수룩한 머리카락에 아직 새치는 없었지만 얼굴을 뒤덮은 짙은 황갈색 턱수염은 세기 시작했다. 의사 유리 안드레예비치 지바고였다. 모피 외투는 아마 오래전에 길에서 강탈당했거나 음식과 바꾸었을 것이다. 그는 낯선 어깨와 교환한, 소매가 짧고 따뜻하지도 않은 누더기 외투를 입고 있었다.

그의 배낭 속에는 마지막으로 지나온 교외 마을에서 동냥한 먹다 남은 빵 조각과 비곗살 한조각이 남아 있었다. 한시간 전쯤 그는 철로 쪽에서 도시로 들어왔는데, 도시 관문에서 이 네거리까지 오는 데 꼬박 한시간이나 걸렸다. 최근 며칠 동안의 보행으로 완전히 기진맥진하고 쇠약해진 상태였다. 그는 자주 발을 멈췄고, 땅에 엎드려 도시의 포석에 입 맞추고 싶은 충동을 간신히 억누르고 있었다. 언젠가 다시 보게 되리라고 바라지 못했던 도시여서 그 모습만으로도 살아 있는 존재를 만난 것처럼 기뻤다.

아주 오래, 자신의 도보 여행의 절반을 그는 철도 선로를 따라 걸었다. 철도는 전부 방치된 채 움직임이 없었고 온통 눈에 묻혀 있었다. 그의 길은 백군의 객차와 화차를 따라 이어졌다. 눈더미에 막히거나, 꼴차끄군의 총퇴각으로 버려지거나, 연료가 떨어져 발이 묶인 열차들이었다. 도중에 정차했다가 영원히 멈춰 눈에 묻힌 그 열차들은 거의 끊김 없는 리본이 되어 수십 베르스따에 걸쳐 뻗어 있었다. 열차들은 노상 약탈을 일삼는 무장한 패거리들의 요새가 되었고, 그 시절 부득이한 부랑자로 잠적 중이던 범죄자들과 정치적 도망자들의 은신처가 되었다. 그러나 무엇보다도 얼어 죽은 사람들과 철로를 따라 맹위를 떨치며 인근 마을을 전멸시킨 발진 티푸스 사망자들의 공동묘지이자 집단 납골당이 되어 있었다.

인간은 인간에게 늑대다. 그 시대는 옛 격언의 옳음을 증명해주었다. 나그네는 나그네가 보이면 한옆으로 피했고, 마주친 사람들은 자기가 죽임을 당하지 않기 위해 상대방을 죽였다. 드물지만 인육을 먹는 일도 있었다. 문명의 인간적 규범은 종말을 고했다. 야수의 규범이 득세했다. 인간은 유사 이전의 혈거 시대를 꿈꾸었다.

가끔 길 한옆으로 살금살금 걷거나 저 멀리 앞에서 겁에 질려 오솔길을 가로지르던 홀로인 그림자들, 유리 안드레예비치가 가급적 피하려 애썼던 그들은 흔히 어디선가 본 적 있는 아는 사람 같았다. 그들 모두가 빨치산 진영에서 도망쳐나온 것으로 느껴졌다. 대부분은 착각이었다. 하지만 한번은 눈이 그를 기만하지 않은 적이 있었다. 국제 침대차의 차체를 뒤덮고 있던 눈의 산에서 기어나와 용변을 보고 다시 눈더미 속으로 숨어든 소년은 정말로 숲의 형제들 중 한명이었다. 총살당해 죽은 것으로 여겼던 쩨렌찌 갈루진이었다. 그는 상처만 입은 채 오랫동안 정신을 잃고 쓰러져 있었다. 정신이 들자 처형 장소를 기어나와 숲에 몸을 숨기고 상처가 낫기를 기다렸다가, 지금은 가명을 쓰고 눈에 묻힌 기차에 숨어 사람들 눈을 피해가며 몰래 끄레스또브즈드비젠스끄에 있는 가족을 찾아가는 중이었다.

그런 장면과 광경은 뭔가 이곳을 초월한 세계의 일 같은 인상을 자아냈다. 그것들은 실수로 지상에 데려다놓은, 미지의 다른 행성의 존재들의 일부 같았다. 자연만이 역사에 충실한 채로 남아 근대 화가들이 그렸던 모습 그대로 눈앞에 펼쳐졌다.

밝은 잿빛과 어두운 장밋빛의 고요한 겨울 저녁이 찾아들곤 했다. 고대 문자처럼 가느다란 자작나무들의 검은 우듬지가 환한 노을에 도드라졌다. 살짝 얼어붙은 잿빛 안개 아래로 검은 개울이 흐르고 양 기슭에 산처럼 쌓인 하얀 눈의 아래쪽이 검은 개울물에 씻겼다. 바로 그런 차갑고 투명한 잿빛의, 갯버들 솜털같이 연민 어린 저녁이 한두시간 뒤면 유랴찐의 조각상이 있는 집 맞은편에 찾아들 참이었다.

의사는 돌벽에 붙은 중앙 출판위원회 게시판으로 다가가 관청 포고문을 훑어보려 했다. 하지만 그의 시선은 자꾸 반대쪽으로 쏠려 맞은편 집 2층의 몇몇 창문을 향했다. 거리로 난 그 창들은 한때 석회로 하얗게 칠해져 있었다. 창문 너머에 자리한 두 방에는 집주인의 세간이 쌓여 있었다. 비록 추위에 창틀 아래쪽은 얇은 수정막으로 덮였지만 지금 창문은 석회가 씻겨나가 투명하게 보였다. 이 변화는 무엇을 의미할까? 주인 가족이 돌아온 것일까? 아니면 라라가 떠나고 새로 세든 사람들이 살고 있어 이제 거기 있는 모든 것이 바뀐 것일까?

불확실성이 의사의 마음을 뒤흔들었다. 불안을 억누를 수 없었다. 그는 길을 건너 정면 입구에서 현관으로 들어가 낯익은, 그의 가슴에 그토록 그립던 정면 계단을 올라가기 시작했다. 숲의 숙영지에서 얼마나 자주 그 주철 계단의 주조한 무늬를, 마지막 소용돌이 장식 하나까지 떠올렸던가. 계단을 오르다 모퉁이 어딘가에서 발아래 창살무늬를 통해 내려다보면 계단 밑에 널려 있는 낡은 물통과 대야, 부서진 의자 들이 보였다. 지금도 똑같이 되풀이되었다. 아무 변함없이 모든 것이 예전 그대로였다. 의사는 과거에 충실하게 남아 있는 계단에 감사할 지경이었다.

한때는 문에 초인종이 있었다. 하지만 예전에, 의사가 숲으로 잡혀가기 전에 이미 망가져 소리가 나지 않았다. 그는 문을 두드리려다가 문에 새로 자물쇠가 채워진 것을 보았다. 군데군데 떨어져나갔지만 훌륭한 장식이 붙어 있는 고풍스러운 참나무 문짝에 조잡하게 나사로 박은 고리에 무거운 자물통이 달려 있었다. 예전에는 이런 야만스러운 짓거리가 허용되지 않았다. 문에 구멍을 파고 박는 잘 잠기는 자물쇠를 썼고, 망가지면 수리할 철공들이 있었다. 이 대수롭지 않은 사소한 물건이 전반적인 형편이 한층 나빠졌음을 그 나름으로 말해주었다.

의사는 라라와 까쩬까가 집에 없을 것이라고, 어쩌면 유랴찐에 없을 것이고 심지어 이 세상에도 없을지 모른다고 확신했다. 가장 무시무시한 실망도 각오하고 있었다. 다만 마음을 비우기 위해 그와 까쩬까가 그토록 두려워했던 구멍을 더듬어보기로 결심했다. 그는 구멍을 열었을 때 손이 쥐와 부딪치지 않도록 발로 벽을 찼다. 약속된 장소에서 뭔가 찾으리라는 희망은 그에게 없었다. 구멍은 벽돌로 막혀 있었다. 유리 안드레예비치는 벽돌을 빼내고 구멍 속으로 손을 집어넣었다. 오, 기적이다! 열쇠와 쪽지. 쪽지는 큰 종이에 꽤 길게 쓰여 있었다. 의사는 층계참에 있는 계단 창으로 다가갔다. 한층 더 큰 기적, 한층 더 믿기지 않는 기적! 쪽지는 그에게 쓴 것이었다! 그는 단숨에 읽어내렸다.

"주여, 참으로 행복합니다! 당신이 살아 있다고, 당신이 나타났다고 하네요. 근방에서 당신을 보았다고 사람들이 달려와서 말해줬어. 당신이 먼저 바리끼노로 서둘러 갈 것 같아서 나도 까쩬까를 데리고 당신을 만나러 그리로 출발해요. 만일을 위해 열쇠는 늘 두던 곳에 둘게. 내가 돌아올 때까지 아무 데도 가지 말고 기다려요. 참, 당신은 모를 텐데, 지금 나는 집의 앞쪽, 거리로 난 방들에서 살고 있어. 아무튼 당신도 짐작할 테지만. 집은 텅 비어 황량해요. 집주인의 세간 중 일부를 팔아야 했어. 먹을 것을 조금 남겨둬요. 주로 삶은 감자예요. 쥐를 막으려면 내가 해놓은 것처럼 다리미나 무거운 뭔가로 냄비 뚜껑을 눌러둬요. 난 기뻐 미칠 지경이야."

쪽지의 앞면은 여기서 끝났다. 의사는 종이 뒤쪽에도 빼곡히 글이 쓰여 있다는 데 주의를 기울이지 않았다. 그는 손바닥에 펼친 종잇조각을 입술로 가져갔다가 보지도 않고 접어서 열쇠와 함께 호주머니에 넣었다. 찌르는 듯 끔찍한 아픔이 그의 광포한 기쁨에 섞여들었다. 그녀가 아무런 망설임 없이, 한마디 설명도 없이 바리끼노로 향했다는 것은 결국 그의 가족이 거기에 없다는 뜻이었다. 이 대목이 불러일으킨 불안 외에도 그는 가족 때문에 견딜 수 없이 아프고 슬펐다. 어째서 그녀는 그들에 대해, 그들이 어디 있는지에 대해, 마치 그들이 전혀 존재하지도 않았다는 듯이 한마디도 말하지 않은 것일까?

그러나 생각에 잠겨 있을 시간이 없었다. 거리가 어두워지기 시작했다. 저물기 전에 해야 할 일이 많았다. 무엇보다 먼저 거리에 나붙은 포고령을 숙지해야 했다. 농담이 아닌 시절이었다. 몰랐다고 해도 의무적 포고령을 위반하면 목숨으로 죗값을 치러야 할 수도 있었다. 그래서 그는 문의 자물쇠를 열려고도, 지친 어깨에서 배낭을 벗으려고도 하지 않고 아래로 내려가 거리로 나갔고, 널따란 공간에 다양한 인쇄물이 가득 나붙은 벽으로 다가갔다.

3

인쇄물은 신문 기사와 집회 의사록, 포고령 등으로 이루어져 있었다. 유리 안드레예비치는 제목을 죽 훑었다. "유산계급의 재산 몰수와 과세 절차에 관하여" "노동자관리에 관하여" "공장위원회에 관하여". 도시에 새로 들어선 권력이 종전의 질서를 대신해 발표한 지침들이었다. 새로운 권력은 백군이 일시적으로 지배하던 동안 주민들이 잊어버렸을지 모를 자신들 토대의 불변성을 상기시키고 있었다. 그러나 유리 안드레예비치는 그 끝없이 이어지는 단조로운 되풀이에 머리가 어지러웠다. 이런 제목은 언제 적 것일까? 첫 변혁 때, 아니면 그다음 시기, 중간중간 몇번에 걸친 백군의 반란 이후일까? 이 문구들은 어떤가? 작년 것? 재작년 것인가? 삶에서 딱 한번 그는 이 언어의 무조건성과 이 사고의 직설성에 매료되었다. 과연 그 부주의한 열광 때문에 오랜 세월 동안에도 더이상 변하지 않는, 갈수록 더욱더 비실제적이고 이해하기 힘들고 실행 불가능한 이 미치광이 절규와 요구 외에는 평생 아무것도 보지 못하는 대가를 치러야 할까? 정말로 그 지나치게 폭넓은 공감의 순간 때문에 그는 영원히 자신을 노예로 만들어버린 것인가?

어디선가 찢긴 보고서 조각이 그의 눈에 띄었다. 읽어보았다.

"기아 관련 정보는 각 지방 조직의 믿기지 않는 태만을 보여준다. 남용 사실은 명백하고 투기는 극에 달했다. 그럼에도 지방 노동 조합 사무국은 무엇을 했는가? 도시와 지방 공장위원회는 무엇을 했는가? 유랴찐 역 화물 창고, 유랴찐-라즈빌리예 및 라즈빌리예-리발까 선로 구간을 대대적으로 수색하지 않는 한, 투기꾼의 즉석 총살에 이르는 준엄한 테러 조치를 취하지 않는 한 우리는 기아에서 벗어나지 못할 것이다."

'얼마나 부러운 맹목성인가!' 의사는 생각했다. '곡식이 자연에서 사라진 지 오랜데 무슨 놈의 곡식 타령인가? 어떤 유산계급, 웬 투기꾼? 그들은 앞선 포고령들이 뜻한 대로 오래전에 근절되지 않았는가? 어떤 농민, 웬 농촌? 더이상 존재하지도 않는 것을. 이미 오래전에 삶을 어느 돌 하나 제자리에 얹혀 있지 못하게² 허물어버린 자신들의 계획과 조치 들을 어떻게 잊는단 말인가! 존재하지 않는, 오래전에 끝난 주제들을 두고 식을 줄 모르는 뜨거운 열의로 해마다 헛소리나 해대는, 아무것도 모르고 주위의 아무것도 보지 못하는 작자들은 어떻게 생겨먹은 것들인가!'

의사는 머리가 빙빙 돌았다. 의식이 혼미해져 정신을 잃고 보도에 쓰러졌다. 정신이 들자, 사람들이 그를 도와 일으켜세우고 어디로 갈지 알려주면 데려다주겠다고 제안했다. 그는 감사를 표한 다음 길만 건너면 된다고, 맞은편이라고 설명하고 도움을 거절했다.

---

2 마태오의 복음서 24:2의 변용.

4

그는 다시 위층으로 올라가 라라의 거처 문을 열었다. 계단 층계참은 아직 아주 밝았고 처음 올라왔을 때에 비해 조금도 더 어둡지 않았다. 그는 태양이 자신을 재촉하지 않는 것에 기쁘고 감사한 마음이었다.

철커덕 문 열리는 소리가 내부에 큰 소동을 일으켰다. 사람 없이 텅 빈 거처가 넘어지고 나뒹구는 깡통들의 쩽그랑 덜커덕 소리로 그를 맞았다. 커다란 쥐들이 온몸으로 마룻바닥에 털썩털썩 떨어져 사방으로 허둥지둥 달아났다. 여기서 무수히 번식했을 이 끔찍한 생물 앞에서 느낀 무력감에 의사는 속이 거북했다.

여기 들어와 잠자리를 마련하려 하기 전에 우선 이 재난에서 스스로를 방어해야 했다. 그는 쉽게 분리되어 틀어박혀 있기 좋은 방에 몸을 피한 다음 깨진 유리와 철 조각으로 쥐구멍을 모두 막기로 했다.

그는 현관방에서 왼쪽으로 돌아 이 집에서 낯선 구역으로 들어갔다. 어두운 방을 지나니 창 두개가 거리로 난 밝은 방이었다. 창 바로 맞은편 길 건너로 조각상이 있는 집이 어둑했다. 그 집의 벽 아래쪽은 잔뜩 나붙은 신문으로 덮여 있었다. 행인들이 창에 등을 돌리고 서서 신문을 읽고 있었다.

방 안의 빛은 바깥과 마찬가지로 이른 봄의 숙성되지 않은 싱그러운 저녁 빛이었다. 안팎의 빛이 너무도 비슷해 방이 거리와 분리되지 않은 것 같았다. 단 하나 크지 않은 차이가 있었다. 유리 안드레예비치가 서 있던 라라의 침실이 바깥의 꾸뻬체스까야 거리보다 더 추웠다.

자신의 마지막 여정에서 도시에 가까이 왔을 때, 그리고 한두시간쯤 전에 시내를 걸을 때, 유리 안드레예비치는 자신이 한없이 쇠약해지는 것을 느끼며 이것이 곧 닥칠 병의 징후가 아닐까 두려워했다.

그런데 지금 방 안팎을 동질적으로 비추는 빛이 까닭 없이 그를 기쁘게 했다. 집 안팎에 똑같이 자리한 차가워진 대기의 기둥으로 그는 저녁 거리의 행인들과, 도시의 분위기와, 세상의 삶과 하나가 되었다. 그의 두려움이 흩어져 사라졌다. 더이상 병이 날 것이라고 생각하지 않았다. 도처에 스며드는 봄날 저녁의 맑고 깨끗한 빛이 멀리 있는 풍성한 희망을 약속해주는 것 같았다. 모든 것이 좋아질 것이고, 그는 삶에서 모든 것을 성취할 것이고, 모두를 찾아내 화해시킬 것이고, 모든 것을 생각해내 표현할 것이라고 믿게 되었다. 그리고 그 가장 가까운 증거로 라라와 만날 기쁨을 고대했다.

앞서의 기력의 쇠퇴가 광포한 흥분과 억누를 수 없는 초조함으로 바뀌었다. 이 생기는 아까의 쇠약보다 더 확실한 발병의 징후였다. 유리 안드레예비치는 가만히 앉아 있을 수가 없었다. 그는 다시 거리로 이끌렸는데, 그것도 바로 이런 이유에서였다.

여기에 자리 잡기 전에 머리를 자르고 수염을 깎고 싶었다. 그럴 생각으로 그는 이미 도시를 거쳐오며 예전 이발소들의 진열창을 들여다보곤 했다. 그중 일부는 텅 비었거나 다른 용도로 쓰이고 있었다. 예전 용도에 답하는 다른 곳들은 자물쇠가 채워져 있었다. 이발과 면도를 할 곳이 아무 데도 없었다. 유리 안드레예비치도 자기 면도기가 없었다. 라라의 집에 가위가 있다면 곤경에서 벗어나게 해줄 텐데. 하지만 서둘러 그녀의 화장대를 살살이 뒤져봐도 가위는 찾지 못했다.

그는 예전에 말라야 스빠스까야 거리에 재봉 작업장이 있었던 것을 기억해냈다. 시설이 아직 없어지지 않고 지금까지 일을 하고 있다면, 그리고 그가 문 닫을 시각까지 대어 간다면 재봉사 중 누군가한테 부탁해 가위를 빌릴 수 있을 것이라고 생각했다. 그래서 그는 다시 거리로 나갔다.

5

기억은 그를 기만하지 않았다. 작업장은 옛 자리에 남아 있었고 그 안에서 사람들이 일하고 있었다. 작업장은 1층 상업 공간을 차지하고 있었는데, 한면 전체가 진열창이었고 출구가 거리로 나 있었다. 창으로 맞은편 벽까지 안이 들여다보였다. 길 가는 사람들 눈에 재봉사들이 일하는 모습이 훤히 보였다.

작업장 안은 몹시 비좁았다. 정식 일꾼에 더해 재봉 일을 할 줄 아는 여자들이 일자리를 얻은 모양으로, 유랴찐 상류층의 나이 든 부인들이 조각상이 있는 집 벽에 붙은 포고문대로 노동수첩을 교부받기 위해 일하러 와 있는 것 같았다.

그들의 동작은 진짜 재봉사들의 민첩함과 금방 구별되었다. 작업장에서 만드는 것은 군용피복뿐으로 솜을 누빈 바지와 외투, 재킷, 그리고 유리 안드레예비치가 빨치산 숙영지에서 이미 보았던, 온갖 털빛의 개가죽을 잇대어 광대 의상을 생각나게 하는 모피 외투들이었다. 감침질하려 접은 옷단을 서툰 손가락으로 재봉틀 바늘 밑에 밀어넣으며 아마추어 재봉사들은 모피 가공에 가까운 익숙지 않은 일을 간신히 감당하고 있었다.

유리 안드레예비치는 창문을 두드리고 손짓으로 들여보내달라는 신호를 보냈다. 똑같은 손짓이 사적인 주문은 받지 않는다고 대답했다. 유리 안드레예비치는 물러서지 않았다. 똑같은 몸짓을 되풀이하며 자신을 들여보내 얘기를 들어달라고 버텼다. 역시 거절의 몸짓이 급한 일을 하고 있으니 물러가라고, 방해하지 말고 냉큼 가라고 대답했다. 재봉사 중 한 여자가 의혹에 찬 표정을 지으며 성가시다는 표시로 손바닥을 앞으로 내밀고는 도대체 무슨 볼일이냐고 눈으로 물었다. 그는 검지와 중지 두 손가락으로 가위질 흉내를 냈다. 그의 동작은 이해받지 못했다. 그들은 이것을 뭔가 몹시 무례한 짓거리라고, 그가 자신들을 흉내 내며 희롱하고 있다고 판단했다. 누더기를 걸친 모습과 이상한 행동으로 인해 그는 아픈 사람이나 미치광이 같은 인상을 풍겼다. 가게의 여자들이 킥킥대고 서로 눈짓하며 그를 조롱했고, 손을 흔들어 그를 창에서 쫓았다. 마침내 그는 건물 마당을 거쳐서 가는 길을 찾아야겠다는 생각이 떠올랐다. 길을 찾아 작업장 문을 발견한 그는 뒤꼍의 문을 두드렸다.

6

어두운색 원피스를 입고 얼굴빛이 거뭇한 나이 든 재봉사가 문을 열었다. 엄격한 인상으로 보아 시설 책임자인 듯싶었다.

"참 성가신 사람이네! 별이 따로 없어. 자, 빨리, 필요한 게 뭐예요? 시간 없어요."

"가위가 필요합니다. 놀라진 마세요. 잠시만 빌리겠습니다. 여기 당신이 있는 데서 수염을 자르고 돌려드리게 해주시면 감사하겠습니다.”

　재봉사의 눈에 미심쩍어하는 놀라움의 빛이 나타났다. 상대방의 지적 능력을 의심하는 것이 감출 수 없이 분명했다.

　“나는 멀리서 왔습니다. 지금 막 도시에 도착했습니다. 털북숭이가 되어 이발을 하고 싶은데 문 연 이발소가 있어야지요. 그래서 내 손으로 직접 자르자 했는데 가위가 없네요. 좀 빌려주실 수 있을까요?”

　“좋아요, 내가 잘라드리죠. 하지만 경고하는데, 만약 딴생각을 품고 있다면, 그러니까 어떤 꿍꿍이, 변장을 위해 외모를 바꾼다거나 정치적인 뭔가가 있다면 천만에요. 당신 때문에 우리 목숨을 걸 순 없어요. 고발해도 비난 말아요. 지금은 그런 때가 아니니까요.”

　“무슨 그런 말씀을, 염려하실 것 없습니다!”

　재봉사가 의사를 안으로 들이고 벽장보다 넓지 않은 옆방으로 안내했다. 잠시 후 그는 이발소에서처럼 옷깃 속에 밀어넣어 목을 꽉 조이는 시트를 온몸에 두른 채 의자에 앉아 있었다.

　재봉사는 이발 도구를 가지러 자리를 비웠다가 잠시 후에 가위와 빗과 다양한 치수의 이발기 몇개와 가죽띠와 면도기를 가지고 돌아왔다.

　“살면서 안 해본 일이 없어요.” 그것들이 다 갖추어져 있는 것에 놀란 의사를 보고 그녀가 설명했다. “이발사로 일했어요. 전쟁 때 간호사로 있으면서 이발하고 면도하는 법을 배웠답니다. 턱수염을 먼저 가위로 잘라내고 깨끗하게 면도할게요.”

　“머리를 되도록 짧게 잘라주셨으면 합니다.”

　“해볼게요. 이렇게 배운 양반이 무식한 사람처럼 굴다니. 요즘은 날짜를 일주일이 아니라 열흘 단위로 세요. 오늘은 17일이고 7자가 붙는 날마다 이발사가 쉬어요. 그걸 몰랐던 모양이네."

"난 정말 몰랐습니다. 뭐 하러 꾸미겠습니까? 말했잖아요, 난 멀리서 왔다고. 여기 사람이 아닙니다."

"가만히 좀 계세요, 움직이지 말고. 베이기 십상이에요. 그러니까 타지에서 온 분이란 거네요. 뭘 타고 오셨어요?"

"두 다리로요."

"대로로 왔어요?"

"일부는 대로로, 나머지는 철로를 따라 걸었습니다. 눈에 파묻힌 기차가 끝이 없어요! 특급열차, 특별열차, 온갖 열차가 다."

"자, 여기 아직 조금 남았어요. 여기만 자르면 다 돼요. 가족 일로요?"

"가족 일은요, 무슨! 예전 신용협동조합 일로요. 나는 순회 감독관이었습니다. 순회 감사차 파견됐죠. 어딘지도 모를 곳으로요. 동부 시베리아에서 발이 묶였습니다. 돌아올 방법이 있어야지요. 기차라곤 없으니까요. 걷는 것 외에는 다른 방도가 없었어요. 한달 반을 걸었습니다. 살아서는 다 말 못할 것을 수도 없이 봤습니다."

"말해서도 안 되죠. 내가 세상 물정을 좀 가르쳐드려야겠네. 이제 잠시만요. 거울 여기 있어요. 시트 밑으로 손을 빼서 받으세요. 당신 모습을 한번 봐요. 어때요, 괜찮아요?"

"내 생각에는 좀 덜 잘렸어요. 더 짧으면 좋겠는데."

"머리모양이 지저분해져요. 내가 말했다시피, 아무것도 이야기해선 안 돼요. 지금은 모든 것에 침묵하는 게 최상이에요. 신용조합, 눈에 파묻힌 특급열차, 감독관이나 감찰관, 그런 말조차 잊어버리는 게 나아요. 그런 시절이 아니에요. 곤경에 처할지 몰라요. 차라리 의사나 선생이라고 거짓말을 하세요. 자, 수염을 대강 쳐냈으니 이제 말끔히 면도할게요. 비누칠을 하고 쓱쓱, 그러면 한 열살은 젊어질 거예요. 물 끓여 올게요."

'이 사람이, 이 여자가 누구더라!' 그녀가 자리를 비운 사이에 의사는 생각했다. '우리 사이에 연결점이 있을 수 있고 내가 그녀를 아는 게 틀림없다는 느낌이 들어. 보았거나 뭔가 들은 게 있어. 분명 누군가를 연상시키는데. 하지만 젠장, 대체 누구지?'

재봉사가 돌아왔다.

"자, 이제 면도하죠. 그래요, 그러니까 쓸데없는 말은 절대 하지 않는 게 나아요. 이건 영원한 진리예요. 말은 은이고 침묵은 금이다. 그 특별열차와 신용조합에 관해서는요. 뭔가 둘러대는 게 나아요, 의사나 선생이라고. 수도 없이 봤던 광경은 비밀로 하세요. 지금 그런 걸로 누가 놀라기나 하게요? 면도가 불편하지 않아요?"

"좀 아프네요."

"좀 따갑죠. 따가울 수밖에. 나도 알아요. 좀 참으세요. 상처가 나지 않고는 안 돼요. 수염이 자라 거칠어진데다 피부도 면도에 익숙지 않게 됐거든요. 그래요, 요즘은 어떤 광경에도 아무도 놀라지 않아요. 사람들이 온갖 일을 다 겪었으니까. 우리도 비참을 맛봤고요. 아따마놉시나[3] 때 여기서 어떤 일이 벌어졌게요! 약탈하고, 죽이고, 납치하고. 사람을 사냥했어요. 이를테면 사뿌노프를 추종하는 말단 지방행정관 하나가 있었는데, 아시겠어요, 어떤 중위를 싫어했어요. 병사들을 보내 자고로드나야 숲 근처, 끄라뿔스끼의 집 맞

---

3 1918~19년 시베리아에서 소비에뜨 권력이 무너진 뒤 꼴차끄 권력의 묵인하에 활개 친 비적단. 정규 적군과의 전투를 원치 않는 부대를 규합한 장교들 수십명이 자신들을 아따만으로 선언하고, 꼴차끄 권력과 자신들에게 이롭지 못한 사람들을 볼셰비끼로 몰아 무법적 잔혹 행위와 약탈을 벌였다.

은편에 매복시켰죠. 중위를 무장 해제하고 라즈빌리예로 호송해갔어요. 당시 라즈빌리예는 지금의 현 체까와 똑같은 곳이었죠. 처형장소였어요. 왜 그렇게 머리를 흔들어요? 따가워요? 알아요, 알아, 어쩔 수 없어요. 여기는 수염을 반대로 밀어야 해요. 게다가 수염이 솔 같아요. 뻣뻣해요. 그런 데예요. 그 사람 아내는 히스테리를 일으켰어요, 중위의 아내. 꼴라! 나의 꼴라! 그러고는 곧장 대장한테로. 그러니까 이건 그저 말이 곧장이란 건데, 누가 그녀를 들여보내주겠어요? 연줄이 있어야지. 그때 옆 거리에 살던 한 부인이 대장한테 통하는 길을 알고 있어서 모든 사람을 편들어줬어요. 남달리 인정 많은 사람이었어요, 드물게 동정심 많은. 갈리울린 장군 말이에요. 그런데 주변에서는 온통 린치, 잔학한 짓, 질투의 드라마가 펼쳐졌으니. 완전히 스페인 소설 같았어요."

'라라 얘기구나.' 의사는 짐작했지만 미리 조심하느라 입을 다물고 더이상 자세히 캐묻지 않았다. 하지만 "완전히 스페인 소설 같았어요"라고 말했을 때, 재봉사는 다시 강하게 누군가를 연상시켰다. 바로 그 상황에 어울리지 않는 부적절한 말 때문이었다.

"지금은 물론 전혀 얘기가 달라요. 심문과 밀고와 총살이 지금도 넘쳐난다고 쳐요. 하지만 이념에서는 완전히 다르죠. 첫째, 새로운 권력. 이제 겨우 통치한 지 얼마 안 돼서 사람들이 아직 제대로 맛을 못 봤어요. 둘째, 뭐니 뭐니 해도 그들은 평범한 인민의 편에 서 있어요. 그게 그들의 힘이죠. 나까지 포함해 우리는 네 자매예요. 모두 노동자이고. 자연히 우리는 볼셰비끼한테 끌려요. 언니 하나는 죽었어요. 정치범과 결혼했었죠. 그 남편은 이곳 공장들 중 한곳에서 관리인으로 일했어요. 그 아들, 내 조카는 우리 농민 빨치산 대장이에요. 유명인이라고 할 수 있죠."

'그렇구나!' 유리 안드레예비치는 문득 깨달았다. '리베리의 이모, 사람들 입에 줄곧 오르내리는 지역의 전설인 미꿀리찐의 처제, 이발사에 재봉사, 전철수로 이곳에서 모두에게 유명한 팔방미인. 하지만 내 정체가 드러내지 않게 전처럼 입을 다물어야겠어.'

"조카는 어릴 적부터 인민에게 이끌렸어요. 아버지 집의 노동자들 사이에서 자랐어요, 스뱌또고르-보가띠르에서. 바리끼노의 공장들, 아마 들어봤지요? 아이고, 내가 도대체 뭘 하는 건지! 이런, 바보 멍청이 같으니! 턱의 반은 매끈한데 다른 절반은 면도를 안했네. 이야기에 정신이 팔려가지고. 그런데 당신은 뭘 보고 있었어요, 그만하라고 하지 않고? 얼굴에 비누가 다 말랐네. 물 데워 올게요. 식었어요."

뚠쩨바가 돌아왔을 때 유리 안드레예비치가 물었다.

"바리끼노라면 정말 축복받은 오지죠? 아주 외진 곳이라 어떤 난리도 미치지 못하는?"

"글쎄요, 축복받은 곳이라니, 뭐라고 해야 하나. 그 외진 곳은 우리보다 더 심한 재앙을 겪었을 거예요. 어떤 패거리가 바리끼노를 거쳐갔는데, 누구 패거리인지는 몰라요. 우리 말을 쓰지 않았어요. 집집마다 거리로 내몰아서 쏴 죽였어요. 그러고는 별말도 없이 갑자기 떠났죠. 치우지 않은 시체들이 그대로 눈 위에 남았어요. 그게 겨울에 있었던 일이에요. 왜 이렇게 계속 움찔거려요? 하마터면 면도칼로 당신 목을 벨 뻔했잖아요."

"당신 형부가 바리끼노 주민이라고 했지요? 그분도 그 재앙을 피하지 못했습니까?"

"아니요, 그럴 리가. 하느님은 자비로우세요. 형부는 아내와 함께 제때 그곳을 벗어났어요. 새 아내, 두번째 아내와 함께요. 그들

222

이 어디 있는지는 아무도 모르지만 탈출한 건 분명해요. 거기에 아주 최근에 새로운 사람들이 나타났었어요. 모스끄바 가족, 외지인이요. 그 사람들은 훨씬 일찍 떠났어요. 남자 중에서 더 젊은 사람, 의사라는 가장은 행방불명됐고요. 행방불명이라니, 그게 무슨 의미겠어요! 행방불명이란 건 슬픔을 가라앉히려고 그냥 하는 말이죠. 사실은 죽었다고 봐야 해요. 살해된 거예요. 그를 찾고 또 찾았는데 못 찾았어요. 그러는 사이에 나이 든 다른 남자가 고향으로 소환됐어요. 그 사람은 교수예요, 농학 분야. 내가 듣기로는 정부가 직접 그를 소환했대요. 그들은 두번째 백군 점령이 있기 전에 유랴찐을 거쳐갔어요.[4] 또 그러네요, 친애하는 동지? 그렇게 면도칼 밑에서 꼼지락대고 움찔거리면 잠깐 새에 베인다고요. 이발사한테 너무 많은 걸 요구하시네."

'그러니까 그들은 모스끄바에 있구나!'

7

'모스끄바에 있다! 모스끄바에.' 세번째로 주철 계단을 올라가는 동안 한발짝마다 그의 영혼 속에 이런 말이 울려퍼졌다. 텅 빈 거처는 다시 뛰어오르고 떨어지고 사방으로 내달리는 쥐들의 소동이 되어 그를 맞았다. 유리 안드레예비치는 아무리 지쳤다 해도 이

---

4 내전 시기 유랴찐의 운명에 대한 묘사의 기초에는 뻬름 시의 실제 역사가 놓여 있다. 1918~19년 적군과 꼴차끄군 사이에 치열한 전투가 벌어졌다. 뻬름이 두번째로 백군 수중에 들어간 것은 1918년 12월 24일이고, 최종 격퇴는 1919년 7월 1일에 이루어졌다.

추잡한 것들 옆에서는 한순간도 눈을 붙일 수 없을 것이 분명했다. 그는 쥐구멍을 막는 것으로 잠자리 준비를 시작했다. 다행히 침실에는 쥐구멍이 그렇게 많지 않았다. 바닥이고 굽도리고 할 것 없이 더 온전치 못한 거처의 나머지 구역보다 훨씬 적었다. 하지만 서둘러야 했다. 밤이 닥쳐오고 있었다. 실은 아마 그가 올 것을 고려해 벽에서 떼어 절반가량 기름을 넣어둔 램프가 부엌 식탁 위에서 그를 기다리고 있었고 램프 곁에는 열어놓은 성냥갑 안에 성냥 몇개비가 들어 있었다. 유리 안드레예비치가 세어보니 열개비였다. 그러나 이것도 저것도, 석유든 성냥이든 아끼는 편이 나았다. 또한 침실에는 심지와 등잔 기름 자국이 남은 등잔 접시가 있었는데, 쥐들이 거의 바닥까지 핥아 먹은 모양이었다.

몇군데 굽도리 모서리가 마룻바닥과 벌어져 있었다. 유리 안드레예비치는 그 틈새에 몇겹의 유리 조각을 뾰족한 쪽이 안으로 가게 해서 박아넣었다. 침실 문은 문지방에 잘 들어맞았다. 문을 꼭 닫아 잠그면 구멍을 막은 방을 거처의 나머지 부분과 완전히 분리할 수 있었다. 한시간 남짓 걸려 유리 안드레예비치는 그 작업을 모두 끝냈다.

침실 한구석에 타일 돌림띠 장식이 천장까지 닿지 않는 타일 난로가 설치되어 있었다. 부엌에는 장작이 열단가량 쌓여 있었다. 유리 안드레예비치는 두아름 정도 라라의 장작을 강탈하기로 마음먹고 한쪽 무릎을 꿇고 왼팔에 장작을 얹기 시작했다. 그는 장작을 침실로 날라다가 난롯가에 쌓고 난로의 구조를 파악한 다음 서둘러 난로 상태를 살폈다. 문을 자물쇠로 잠그고 싶었지만 자물통이 망가져 있었다. 문이 열리지 않도록 두꺼운 종이를 끼워 문을 막고서 유리 안드레예비치는 느긋하게 뻬치까에 불을 지피기 시작했다.

아궁이에 장작개비를 넣다가 그는 통나무 토막 중 하나의 마구리에 찍힌 표지를 보았다. 그것을 알아보고 그는 깜짝 놀랐다. 해묵은 낙인 자국이었다. 어느 목재 집하장에서 반출된 것인지 표시하기 위해 톱으로 켜기 전 통나무에 찍은 '까ᴋ'와 '데ᴫ' 두 머리글자가 보였다. 한때 끄류게르 집안 시절에 바리끼노에 있는 꿀라비셰프 벌목장에서 반출된 통나무들의 마구리에 이 글자들을 찍었다. 공장에서 남아도는 화목을 팔던 시절이었다.

라라의 살림에 이런 종류의 장작이 있다는 것은 그녀가 삼제뱌또프를 알고 있고, 그가 언젠가 의사와 그의 가족에게 필요한 모든 것을 대주었던 것처럼 그녀를 돌봐주고 있다는 증거였다. 그 발견은 의사의 심장에 꽂는 칼이었다. 전에도 그는 안핌 예피모비치의 도움이 부담스러웠다. 이제는 그 호의의 거북함에 다른 감정들이 더해져 더욱 복잡해졌다.

안핌이 라리사 표도로브나의 아름다운 눈 때문에 그녀에게 은혜를 베풀었을 리는 거의 없었다. 유리 안드레예비치는 안핌 예피모비치의 자유분방한 태도와 라라라는 여자의 무모함을 떠올렸다. 그들 사이에 아무 일도 없었을 리 없다.

뻬치까 안에서 바싹 마른 꿀라비셰프의 장작들이 일제히 타닥거리며 맹렬하게 타올랐고, 불길이 거세짐에 따라 유리 안드레예비치의 눈먼 질투는 어렴풋한 의혹에서 시작해 굳은 확신에 도달했다.

그러나 그의 영혼은 온통 찢기지 않은 곳이 없어 하나의 아픔이 다른 아픔을 몰아냈다. 그는 그런 의혹을 떨쳐버릴 필요도 없었다. 애쓰지 않아도 그의 생각들 자체가 이 대상에서 저 대상으로 뛰어다녔다. 새로운 힘으로 닥쳐온 가족에 대한 생각이 그의 질투에 찬 망상을 잠시 가렸다.

'그러니까 모스끄바에 있는 거지, 내 가족들?' 이미 그는 뜬쎄바가 그들이 모스끄바에 무사히 도착했음을 확인해준 것 같았다. '당신들은 또다시 나 없이 그 길고 힘겨운 여정을 되풀이한 거네? 가는 길은 어땠어? 알렉산드르 알렉산드로비치의 출장, 그 소환은 어떤 종류인지? 혹 학술원에서 강의를 재개해달라고 초청한 건가? 집은 어때? 이런, 그 집이 아직 있긴 한가? 오, 주여, 얼마나 힘들고 가슴 아픈지! 오, 생각하지 말자, 생각하지 마! 생각이 얼마나 뒤죽박죽인가! 내가 왜 이럴까, 또냐? 나는 병이 난 것 같아. 또냐, 또네치까, 또냐, 슈로치까, 알렉산드르 알렉산드로비치, 나는, 당신들 모두는 어떻게 될까? 꺼지지 않는 빛이여, 어찌하여 나를 버리셨나이까?[5] 어찌하여 평생 당신들을 내게서 멀리 데려가실까? 왜 우리는 늘 떨어져 있는 걸까? 하지만 곧 우리는 합쳐지겠지, 함께 있게 되겠지, 그렇지? 다른 방법이 없다면 걸어서라도 당신들한테 갈 거야. 우리는 만날 거야. 모든 게 다시 좋아질 거야, 그렇지?

하지만 또냐는 출산 예정이었고 아마도 출산했을 텐데 나는 내내 까맣게 잊고 있었으니, 땅은 어째서 날 집어삼키지 않는 건지? 내가 이런 건망증을 보인 게 이미 처음도 아니고. 분만 과정은 어땠을까? 어떻게 낳았을까? 모스끄바로 가는 길에 그들은 유랴찐에 있었다. 사실상 라라가 그들을 모른다 해도, 그럼에도 그 전혀 관계 없는 재봉사이자 이발사 여자조차 그들의 운명을 모르지 않는데, 라라는 쪽지에서 그들에 대해 단 한마디 언급도 없었다. 이렇게 이상하게 무심하리만치 부주의하다니! 삼제뱌또프와의 관계에 대해 침묵한 것만큼이나 설명이 안 되네.'

---

5 러시아정교회 여덟번째 성가의 한 소절.

이 대목에서 유리 안드레예비치는 아까와 다른 예리한 눈길로 침실 벽을 둘러보았다. 그는 사방에 놓여 있고 걸려 있는 물건 중에 라라의 것은 하나도 없다는 것과, 모습을 감춘 미지의 예전 집주인들의 가구는 조금도 라라의 취향을 보여줄 수 없다는 것을 알고 있었다.

하지만 어쨌든 벽에 걸린 확대된 사진들 속에서 그를 바라보는 남녀들 사이에서 갑자기 기분이 나빠졌다. 몰취미한 가구에서 적의가 풍겨나왔다. 그는 이 침실에서 낯선 잉여의 존재로 느껴졌다.

그런데도 멍청하기 짝이 없는 그는 몇번이나 이 집을 떠올리며 그리워했던가! 거처가 아니라 라라에 대한 자신의 갈망 속으로 들어가듯이 이 방에 들어오지 않았던가! 이런 식의 느낌은 제삼자가 보면 얼마나 우스꽝스러울까! 삼제뱌또프 같은 강하고 실제적인 사람, 잘생긴 남자라면 과연 이렇게 살고, 처신하고, 자신을 표현할까? 라라가 왜 그의 우유부단과 그의 모호하고 비현실적인 숭배의 말을 더 좋아해야 한단 말인가? 이런 혼란이 그녀에게 그토록 필요한가? 그녀 자신은 그가 그리는 그런 여성이고 싶을까?

그런데 그에게 있어 그녀는 그가 방금 표현한 대로인가? 오, 그에게는 이 질문에 대한 답이 항상 준비되어 있다.

저 마당은 봄날 저녁. 대기는 온통 소리의 표지로 가득하다. 뛰어노는 아이들 목소리가 마치 공간 전체가 속속들이 살아 있음에 대한 기호인 듯 멀리 또 가까이에 퍼져 있다. 저 광활한 공간이 러시아, 그의 비할 데 없는 러시아, 멀리 두루두루 떠들썩하게 이름난 어머니 러시아, 수난의 여인, 완고한 여인, 미치광이 여인, 결코 예견할 수 없는 영원히 장엄하고 파멸적으로 치기 어린 행동을 하는, 광기에 찬, 신으로 숭배되는 여인! 오, 존재한다는 것은 얼마나 달콤한 일인가! 세상에 산다는 것은, 삶을 사랑한다는 것은 얼마나 달콤한 일인가! 오, 얼마나 삶 자체에, 존재 자체에 언제나 감사의 말을 하고 싶은가, 그것들의 얼굴에 대고 그 말을 하고 싶은가!

바로 이것이야말로 라라이다. 삶과, 존재와는 말을 나눌 수 없지만 그녀가 그들의 대표자, 그들의 표현, 존재의 말 없는 원칙들에게 선물로 주어진 청각이자 말이다.

방금 의혹의 순간에 그가 그녀에 대해 지껄인 모든 것은 거짓이다. 얼토당토않은 거짓이다. 실로 그녀 안에 있는 모든 것은 얼마나 흠잡을 데 없이 완벽한가!

환희와 참회의 눈물이 그의 시야를 가렸다. 그는 난로 아궁이를 열고 부지깽이로 난로 속을 뒤적였다. 깨끗이 활활 타오른 숯불을 난로 맨 뒤쪽으로 밀어넣고 덜 탄 잉걸을 더 잘 타는 앞쪽으로 긁어모았다. 잠시 동안 아궁이를 닫지 않았다. 얼굴과 두 손에서 뛰노는 열기와 빛의 느낌이 쾌감을 안겨주었다. 불꽃의 움직이는 광채에 완전히 정신이 들었다. 오, 지금 그녀가 얼마나 절실한지! 이 순간 그녀를 생생히 실감할 수 있는 무언가가 얼마나 필요한지!

그는 호주머니에서 구겨진 그녀의 쪽지를 꺼냈다. 그는 그것을 앞서 읽은 쪽이 아니라 뒤집어 꺼냈고, 그제야 종이 뒷면에도 가득 글이 쓰여 있다는 것을 알았다. 구겨진 종잇조각을 편 그는 활활 타오르는 뻬치까의 춤추는 빛에 대고 읽었다.

"당신 가족에 대해서는 알죠? 그들은 모스끄바에 있어요. 또냐는 딸을 낳았어." 이어 몇줄은 줄을 그어 지웠다. 그다음은 이랬다. "쪽지에다 쓰는 게 바보 같아 지웠어. 눈을 맞대고 실컷 얘기해요. 나 급해, 말을 구하러 뛰어가요. 못 구하면 어떻게 할지 모르겠어. 까쩬까를 데리고는 힘들 텐데……" 문장의 끝이 지워져 알아볼 수 없었다.

'말을 부탁하러 안쁨한테 달려갔구나. 떠났으니 아마도 말을 구했을 테고.' 유리 안드레예비치는 차분하게 생각에 잠겼다. '이 점과 관련해 조금이라도 양심에 거리낄 게 있었다면 이렇게 상세히 말하진 않았을 거야.'

8

뼤치까가 충분히 타자 의사는 환기구를 닫고 허기를 조금 채웠다. 식사를 마치자 갑자기 이길 수 없는 졸음이 그를 덮쳤다. 그는 옷도 벗지 않고 소파에 누워 깊은 잠에 빠져들었다. 방문과 네 벽 뒤에서 쥐들이 귀가 먹먹할 정도로 뻔뻔하게 야단법석 떠는 소리도 듣지 못했다. 두가지 괴로운 꿈이 잇달았다.

그는 모스끄바에 있었다. 방 안에서 열쇠로 잠근 유리문 앞에 서 있었다. 더 확실하게 하기 위해 문손잡이를 잡고 문을 자기 쪽으로 당기고 있었다. 문 밖에서 어린이 외투에 수병 바지를 입고 모자를 쓴 어린 슈로치까가 문을 두드리고 울며 들여보내달라고 졸랐다. 귀엽고 불쌍한 것. 아이의 등 뒤에서 폭포가 우르르 쾅쾅 소리와 함께 아이와 방문에 물보라를 퍼부으며 맹렬하게 쏟아졌다. 그 시대에는 일상적인 현상인 상수관이나 하수관 파열, 아니면 정말로 어느 황량한 협곡이 그것을 따라 광포하게 질주하는 급류와 수세기에 걸쳐 누적된 추위와 어둠과 함께 여기에서 끝나 방문에 부딪치고 있는 것일지도 몰랐다.

세차게 떨어지는 물줄기와 굉음에 아이는 죽음의 공포에 질렸다. 아이가 외치는 소리가 들리지 않았다. 굉음이 아이의 외침 소리를 지운 것이다. 그러나 유리 안드레예비치는 아이가 입술로 만드는 말을 보았다. "아빠! 아빠!"

유리 안드레예비치는 가슴이 찢어졌다. 그는 자신의 온 존재로 아이를 붙들어 가슴에 끌어안고 뒤도 돌아보지 않고 눈길 닿는 데로 도망치고 싶었다.

그러나 그는 눈물을 줄줄 흘리면서도 잠긴 문손잡이를 자기 쪽으로 당길 뿐 아이를 들여놓지 않았다. 금방이라도 다른 쪽에서 방으로 들어올 것 같은, 아이의 어머니가 아닌 다른 여인에 대한 그릇된 명예심과 의무감에 아이를 제물로 바치고 있었다.

유리 안드레예비치는 땀과 눈물로 뒤범벅이 되어 잠에서 깼다. '열이 있어. 병이 난 거야.' 즉시 그는 생각했다. '티푸스는 아니야. 이건 어떤 무겁고 위험한 피로가 병의 형태로 나타난 거야. 모든 심각한 감염과 마찬가지로 위기가 따르는 병이지. 모든 문제는 삶이냐 죽음이냐, 무엇이 우위를 점하느냐에 있어. 그렇지만 너무 자고 싶다!' 그는 다시 잠들었다.

그는 꿈에 사람들로 북적이는 불 켜진 모스끄바의 어느 거리, 어두운 겨울 아침을 보았다. 이른 아침 거리의 생기로 보아, 첫 전차들이 차례로 울려대는 종소리로 보아, 첫새벽에 포도에 쌓인 잿빛 눈을 노란 줄무늬로 얼룩지게 하는 한밤의 가로등 불빛으로 보아, 모든 징후로 보아 혁명 전이었다.

꿈에 그는 길게 뻗은, 한쪽에만 창이 많은 집을 보았다. 거리에서 높지 않은 것이 이층집인 것 같았다. 커튼이 마룻바닥까지 낮게 드리웠다. 집 안에는 여행복 그대로 옷도 벗지 않은 사람들이 다양한 자세로 자고 있었다. 객차 안처럼 너저분했다. 기름에 전 펼친 신문지 위에 먹다 남은 음식, 뜯어 먹고 치우지 않은 구운 닭 뼈, 날갯죽지와 다리가 뒹굴고 잠시 방문한 친척과 지인과 여행자와 노숙자 들이 밤새 벗어둔 신발들이 마루에 짝지어 서 있었다. 실내복 차림에 바삐 허리띠를 졸라맨 여주인 라라가 몹시 분주한 모습으로 아파트 끝에서 끝까지 소리 없이 황급히 돌아다녔고, 그는 내내 뭔가 서툴고 부적절한 해명을 늘어놓으며 그녀의 뒤를 귀찮게 졸졸 따라다녔다. 그녀는 이미 그를 상대할 짬이 없었다. 그래서 그저 걸어가며 그를 향해 고개를 돌리거나, 고요히 난처한 시선을 던지거나, 그 비할 데 없는 때 묻지 않은 은빛 웃음을 터뜨려 그의 변명에 답할 뿐이었고, 이것이 그들에게 아직 남은 친밀함의 유일한 모습이었다. 그리고 그가 모든 것을 바친, 그 무엇보다 좋아한, 그녀와 대비하여 모든 것을 폄하하고 낮춘 그 여인은 얼마나 멀고 차갑고 매력적인지!

9

그 자신이 아니라 그 자신보다 더 보편적인 무언가가 그의 안에서 부드럽고, 어둠 속에서 인(燐)같이 빛나는 밝은 말로 흐느껴 울고 있었다. 울고 있는 제 영혼과 함께 그도 울었다. 자신이 애처로웠다.

'병이 났네. 나는 아프다.' 잠과 열에 들뜬 헛소리와 인사불성이 잇따르는 사이사이 의식이 명료해지는 순간들에 그는 생각했다. '하여튼 이건 티푸스의 일종이야, 교과서에 나오지 않고 의과대학에서 배우지도 않았지만. 뭐라도 만들어 먹어야 해. 안 그러면 굶어

죽겠어.'

하지만 한쪽 팔꿈치를 짚고 몸을 일으키려 시도하자마자 그는 꼼짝할 힘도 없다는 것을 알았고, 의식을 잃었거나 잠에 빠졌다.

'옷을 입은 채로 여기 내가 얼마나 오래 누워 있었을까?' 그렇게 섬광처럼 의식을 차린 한순간에 그는 곰곰이 생각했다. '몇시간? 며칠? 내가 쓰러졌을 때는 봄이 시작되고 있었다. 그런데 지금은 창에 성에가 끼었네. 아주 무르고 지저분해. 그래서 방 안이 어둡군.'

부엌에서 쥐들이 접시를 뒤엎으며 요란한 소리를 냈고, 반대쪽에서는 벽을 타고 위로 달아나다가 육중한 몸뚱이로 마루에 떨어지면서 콘트랄토의 울먹이는 목소리로 징그럽게 비명을 질러댔다.

그는 다시 잠이 들었다가 깼고, 성에의 그물에 갇힌 창들에 노을의 장밋빛 열기가 가득한 것을 보았다. 크리스털 잔에 따른 붉은 포도주처럼 노을이 창을 붉게 물들이고 있었다. 그는 알 수 없어서 스스로에게 물었다. 이건 어떤 노을일까? 아침노을일까, 아니면 저녁노을일까?

한번은 아주 가까운 어딘가에서 사람 목소리를 느꼈고, 그는 이것을 정신착란의 시작이라고 판단하고 낙담했다. 자신에 대한 연민으로 눈물을 흘리며 그는 소리 없는 속삭임으로 하늘에 대고 불평했다. 하늘은 왜 그에게서 등을 돌리고 그를 저버렸는가. "꺼지지 않는 빛이여, 어찌하여 나를 버리셨나이까, 어찌하여 낯선 어둠이 저주받은 자, 나를 뒤덮게 하시나이까?"

그러다 문득 그는 이것이 꿈이 아니라 완전한 사실임을 깨달았다. 그는 옷이 벗겨지고 씻겨 깨끗한 루바시까를 입은 채 소파가 아닌 새 시트를 깐 침대에 누워 있었다. 자신의 머리카락과 그의 머리카락을, 자신의 눈물과 그의 눈물을 섞으며 그와 함께 라라가

232

울고 있었고, 침대 곁에 앉아 그에게로 몸을 구부리고 있었다. 그는 행복한 나머지 의식을 잃었다.

10

얼마 전의 헛소리에서 그는 무심한 하늘을 비난했는데, 드넓은 온 하늘이 그의 침대로 내려와 어깨까지 하얀 여인의 커다란 두 팔을 그에게로 뻗었다. 그는 기쁨에 눈앞이 캄캄해졌고, 무아지경에 빠지듯이 축복의 심연으로 떨어졌다.

평생 그는 무언가를 해왔고 끊임없이 바빴다. 집안일을 했고, 치료했고, 사색했고, 연구했고, 생산했다. 활동을, 추구를, 생각을 멈추고, 그 노동을 잠시 자연에 맡기고, 자비롭고 황홀하고 아낌없이 아름다움을 주는 자연의 손길 안에서 그 자신 사물이, 구상이, 작품이 되는 것은 얼마나 좋았던가!

유리 안드레예비치는 빠르게 회복 중이었다. 라라가 그를 먹였고, 배려로, 백조 같은 새하얀 매혹으로, 촉촉하게 숨쉬는 질문과 대답의 낮은 속삭임으로 그를 돌봐주었다.

속삭이듯 나누는 그들의 대화는 아주 사소한 것조차 플라톤의 대화편처럼 의미로 가득 차 있었다.

영혼의 교감보다 훨씬 더 그들을 하나로 묶어준 것은 나머지 세상에서 그들을 떼어놓은 심연이었다. 현대인이 보여주는 모든 숙명적으로 전형적인 면모가, 틀에 박힌 열광과 새된 의기양양이, 그리고 천재성이 계속해서 매우 보기 드문 것으로 남도록 학문과 예술의 무수한 노동자들이 그토록 열심히 퍼뜨리는 저 죽음 같은 지루함이 그들 두 사람 모두 싫었다.

그들의 사랑은 위대했다. 그러나 모든 사람은 전례 없는 감정의 특별함을 깨닫지 못한 채 사랑한다.

하지만 그들에게는 필멸에 처한 그들의 인간 실존 속으로 정열의 숨결이 영원의 숨결같이 날아들던 순간이 있었으니, 이 점에서 그들은 예외적이었고, 이는 계시의 순간이자 자신과 삶에 대해 계속해서 새롭게 인지하는 순간이었다.

11

"당신은 반드시 가족한테 돌아가야 해요. 난 당신을 하루라도 쓸데없이 붙잡아두지 않을 거야. 하지만 돌아가는 상황을 봐요. 우리가 소비에뜨 러시아와 합쳐지자마자 그 붕괴가 우리를 집어삼켰어. 시베리아와 동부가 그 구멍을 막고 있지. 정말이지 당신은 아무것도 몰라. 당신이 아픈 동안 도시는 너무 많이 변했어! 비축된 우리 식량을 중앙으로, 모스끄바로 실어가고 있어. 모스끄바에 그건 바다에 떨어진 물방울이라 그 물자들은 밑 빠진 독에 물 붓듯이 사라지지. 우리한테는 남은 양식이 없고. 우편도 끊기고 여객 수송도 멈췄어. 기차는 죄다 곡물 수송만 하고 있어요. 가이다 봉기[6] 이전처럼 도시에는 다시 원성이 일고, 다시 불만이 표출되자 그 응답으로 체까가 날뛰고 있어.

....
6 1차대전 당시 전쟁포로와 이민자 체코인·슬로바키아인으로 창설되어 조국의 독립을 목표로 러시아군의 일부로 싸우던 체코슬로바키아 군단이 러시아혁명 이후 1918년 5월 말 소비에뜨 정부의 무장해제 시도에 맞서 일으킨 봉기.

그런데도 뼈와 가죽만 남아 간신히 숨이 붙은 몸으로 어딜 가려는 거예요? 정말로 또 걸어서? 절대 못 갈걸! 회복해서 힘이 생기면 다른 문제지만.

조언할 처지는 아니지만, 내가 당신이라면 가족한테 가기 전까지 당분간 일을 하겠어요, 반드시 전공을 살려서. 그건 인정해주거든. 나라면 예를 들어 우리 현 보건소로 가겠어요. 예전 의료국에 그대로 있어.

직접 판단해봐요. 당신은 자살한 시베리아 백만장자의 아들이고, 아내는 이곳 공장주이자 지주의 딸이야. 빨치산과 같이 있다가 도망쳤지. 뭐라고 하든 간에 그건 혁명군 대열에서 이탈한 거야. 탈영이야. 무슨 일이 있어도 당신은 일 없이, 선거권 없는 자[7]로 있으면 안 돼요. 내 처지 또한 더 낫다고는 못해. 그래서 나도 일터로 가려고. 현 인민교육부에 들어갈 거야. 내가 디딘 땅도 불타고 있어."

"불타다니? 스뜨렐니꼬프는?"

"바로 그 스뜨렐니꼬프 때문에요. 그 사람에게 적이 많다고 전에 말한 적 있잖아. 적군이 승리했어요. 이제 수뇌부 가까이 있었고 너무 많은 것을 아는 비당원 군인들은 직위를 박탈당할 거예요. 흔적도 없이 목을 치지 않고 쫓아내기만 해도 다행이지. 그중에서도 빠샤는 최우선 순위에 들어 있어요. 커다란 위험에 처했어. 그는 극동에 있었어요. 나는 그이가 도망쳐 숨어 있다고 들었어. 수배 중이래. 그렇지만 그 사람 얘기는 그만해요. 난 울고 싶지 않은데, 그 사람에 관해 한마디라도 더 하면 울부짖을 것 같거든."

---

7 러시아 소비에뜨사회주의공화국연방 헌법에 따라 1918~36년 선거권을 박탈당한 이들. 노동하지 않고 수익을 얻는 자, 성직자, 상업 종사자, 범죄자 등이다.

"그 사람을 사랑했지? 지금도 몹시 사랑하고?"

"어쨌든 나는 그와 결혼했고 그 사람은 내 남편이야, 유로치카. 고귀하고 빛나는 성품을 가졌지. 나는 그 사람에게 깊은 죄책감을 느껴. 내가 그 사람한테 아무 나쁜 짓도 하지 않았다, 그런 말은 사실이 아니겠지. 그런데 그는 엄청난 의미를 가진 사람, 대단히, 대단히 올곧은 사람이야. 나는 쓰레기고, 그 사람한테 비하면 아무것도 아니야. 이게 내 죄예요. 하지만 제발 이 얘기는 그만해요. 언제고 다음번에 다시 얘기해줄게, 약속해요. 당신의 그녀는 얼마나 멋진 사람인지 몰라요, 또냐 말이야. 보띠첼리의 그림 같아. 또냐가 아이를 낳을 때 같이 있었어. 아주 사이좋게 지냈지. 하지만 이 얘기도 언제고 다음에 해요, 부탁이야. 그래, 그러니 함께 일을 갖기로 해요. 둘 다 일하러 가는 거야. 매달 수십억 급료를 받는 거야. 우리 지역에서는 최근 정변 때까지 시베리아 지폐가 통용됐어. 그게 무효화된 건 아주 최근이고 오랫동안, 당신이 아팠던 내내 돈 없이 살았어. 그래요, 상상해봐. 믿기 어렵겠지만 어떻게든 살아냈어요. 지금은 예전 재무국으로 기차 가득 지폐를 실어왔어. 차량이 적어도 마흔대는 된대. 큰 종이에 푸른색과 붉은색, 두가지 색깔로 인쇄했고 우표처럼 작은 낱장으로 뗄 수 있어. 푸른색은 오백만 루블짜리고 붉은색은 한장이 천만 루블짜리야. 인쇄가 조잡해서 색이 바래고 금세 번진대."

"그런 돈을 본 적 있어요. 우리가 모스끄바에서 떠나기 직전에 발행했지."

12

"바리끼노에선 뭘 그렇게 오래 한 거요? 거기는 아무도 없이 텅 비었잖아? 뭐가 당신을 붙잡은 거지?"

"까쩬까랑 같이 당신 집을 치웠어요. 당신이 맨 먼저 거기로 갈 것 같아서. 그런 상태로 집을 보게 하고 싶지 않았거든."

"상태가 어떤데? 무너지고 난장판인가?"

"어수선하고 더러웠지. 내가 치웠어요."

"어물쩍 한마디뿐이네. 말을 다 하지 않고 뭔가 감추는 게 있어. 하지만 당신 뜻이니까 캐묻지 않을게. 또냐에 대해 얘기해줘요. 딸아이 세례명은 뭐라고 지었어?"

"마샤. 당신 어머니를 기려서."

"그들 이야기 좀 해줘요."

"제발 언제고 나중에요. 말했잖아, 간신히 눈물을 참고 있다고."

"당신한테 말을 내준 그 삼제뱌또프, 흥미로운 인물이지. 당신 생각은 어때요?"

"아주 흥미로운 인물이야."

"나는 안핌 예피모비치를 아주 잘 알아. 여기 우리 집에서 친구였지. 이 새로운 곳에서 우리를 도와줬어."

"알아요. 그 사람이 얘기해줬어."

"두 사람도 아마 친하겠지? 그가 당신한테도 도움이 되려고 애썼지?"

"정말이지 은혜를 퍼붓는달까. 그 사람 없었으면 어떡했을지 모르겠어."

"쉽게 상상이 가. 아마 두 사람은 가까운 친구 사이겠지, 허물없이 대하는? 그는 아마 죽어라고 당신을 쫓아다닐 테고?"

"물론이에요. 물러서질 않아."

"그럼 당신은? 미안. 도를 넘었군. 내가 무슨 권리로 당신한테 캐묻겠어? 용서해요. 무례했어."

"아, 괜찮아요. 아마 당신은 다른 데 관심이 있는 모양인데, 우리 관계가 어떤 종류인지? 우리의 좋은 친분에 뭔가 좀더 사적인 것이 스며든 게 아닌가 알고 싶은 거지? 아니에요, 물론. 나는 안찜 예피모비치에게 셀 수 없이 많은 은혜를 입었고 엄청난 빚을 졌어요. 하지만 그가 내게 황금을 퍼붓는대도, 나를 위해 목숨을 내놓는대도, 그게 나를 단 한걸음도 그에게 가까이 가게 하진 못해. 나는 태생적으로 그런 이질적인 기질의 사람들에게 적의를 느껴. 실생활 문제에서 그렇게 진취적이고 자신만만하고 위압적인 사람들은 대체 불가지. 감정의 면에서는 그렇게 거드름 피우는 콧수염 난 남자의 자만은 혐오스러워. 나는 친밀함과 삶을 완전히 다르게 이해해요. 하지만 그뿐 아니야. 도덕적인 면에서 안찜은 나한테 훨씬 더 역겨운 다른 인간을 떠올리게 해. 나를 이렇게 만든 장본인, 그 사람 탓에 내가 이런 사람이 된 거예요."

"무슨 말인지 모르겠네. 당신이 어떤데? 뭘 생각하는 거야? 설명해줘. 당신은 세상에서 가장 훌륭한 사람이야."

"아아, 유로치까, 이럴 수 있어? 나는 진지하게 얘기하는데 당신은 응접실에 있는 것처럼 말치레나 하고. 내가 어떠냐고요? 나는 부서진 여자야. 평생 금 간 자국을 안고 살아가. 나는 때 이르게, 죄악이랄 만큼 일찍 여자가 되었어. 모든 것을 이용해먹고 자신에게 모든 것을 용인하는, 이전 시대의 자만에 찬 나이 든 기생충이 거짓되고 비속하게 해석한 대로, 가장 나쁜 측면부터 삶을 알아버렸지."

238

"짐작이 가. 뭔가 있을 거라고 예상했어. 하지만 잠시만. 그 시절 당신이 겪은 아이답지 않은 고통을, 경험 없음에서 오는 놀라움과 공포를, 미성숙한 처녀의 첫 모욕을 쉽게 상상할 수 있어. 그러나 그건 과거의 일이야. 내가 하고 싶은 말은, 지금 그 일에 대해 상심하는 것은 당신 몫이 아니라 나같이 당신을 사랑하는 사람들의 몫이란 거야. 그게 진실로 당신에게 비통한 일이라면 너무 늦어서, 일어난 일을 미리 막을 수 있도록 그때 함께 있지 못해서 머리를 쥐어뜯고 절망에 빠져야 할 사람은 바로 나라고. 놀랍네. 나는 저급하고 나와 관계가 먼 인간한테만 지독하게, 죽도록 열렬히 질투를 느끼는 것 같아. 나보다 나은 사람과의 경쟁은 완전히 다른 감정을 불러일으켜요. 나와 정신적으로 가깝고 내가 사랑하는 사람이 내가 사랑하는 여인을 사랑한다면, 나는 싸우고 겨루는 게 아니라 슬픈 형제애의 감정을 느낄 것 같아. 물론 단 한순간도 내 사랑의 대상을 그와 공유할 순 없겠지. 하지만 나는 펄펄 끓고 피 튀기는 그런 질투와는 전혀 다른 고통의 감정을 느끼며 물러설 거야. 나와 유사한 작업에서 나보다 뛰어난 능력으로 나를 제압하는 예술가와 맞닥뜨려도 같은 일이 일어날 테고. 나는 아마 내 추구를 포기할 거야, 나를 제압한 그의 시도를 반복하지 않고.

그런데 옆길로 샜네. 당신에게 괴로워할 일도, 후회할 것도 없었다면 나는 이토록 열렬히 당신을 사랑하지 못했을 거라 생각해. 나는 넘어지고 비틀거려본 적 없는, 죄 없는 사람은 사랑하지 않아요. 그들의 선행은 죽은 것이고 별 가치가 없어. 그들에게는 삶의 아름다움이 열리지 않았어."

"내가 생각하는 것도 바로 그 아름다움이야. 내 생각에 삶의 아름다움을 보기 위해서는 훼손되지 않은 온전한 상상력이, 원초적

지각이 필요해요. 나는 바로 그걸 박탈당한 거야. 내가 첫걸음부터 삶을 타인의 저속한 낙인 속에서 목격하지 않았더라면 삶에 대한 내 나름의 시각이 형성됐겠지. 그뿐만이 아니야. 이기적 향락에 빠진 부도덕하고 보잘것없는 인간 하나가 막 시작된 내 삶에 끼어든 탓에, 나를 몹시 사랑했고 내가 같은 사랑으로 답했던 대단하고 비범한 사람과의 이어진 결혼 생활도 순탄치 않았어."

"잠깐만. 남편에 대해서는 나중에 얘기해줘요. 대개 동등한 사람이 아니라 저급한 인간이 나한테 질투를 불러일으킨다고 말했잖아. 나는 당신 남편은 질투하지 않아요. 하지만 그 사람은?"

"'그 사람'이라니?"

"당신을 파멸시킨 그 방탕한 인간. 뭐 하는 사람이야?"

"꽤 알려진 모스끄바의 변호사야. 아버지 친구였는데, 아빠가 돌아가시고 나서 우리가 가난에 허덕일 때 엄마를 물질적으로 후원해줬어요. 부유한 독신자야. 이렇게 그 사람을 비난하다보니 지나치게 흥미롭고 중요한 인물 같네, 부당하게도. 아주 평범한 인간인데 말이야. 원하면 성을 말해줄게."

"그럴 필요 없어요. 나도 알아. 한번 본 적 있어."

"정말?"

"어느날 호텔방에서, 당신 어머니가 음독했을 때. 늦은 밤에. 우리는 아직 김나지움에 다니던 아이들이었어."

"아, 그 일 기억나요. 당신들이 와서 어둠 속에, 그 현관방에 서 있었지. 아마 나 혼자는 그 장면을 결코 떠올리지 못했을 텐데, 당신은 이미 한번 그 장면을 망각에서 끄집어내는 걸 도와줬지. 그 장면을 상기시켜줬잖아. 내 생각에 멜류제예보에서였던 것 같은데."

"꼬마롭스끼가 거기 있었어."

"정말? 충분히 가능한 일이에요. 내가 그와 함께 있는 장면은 보기 쉬웠겠지. 우리는 자주 함께 있었거든."

"왜 얼굴이 빨개졌어?"

"당신 입에서 '꼬마롭스끼'라는 말이 나와서. 낯설고 뜻밖이라."

"김나지움 동급생인 친구가 나와 함께 있었어. 그때 그가 호텔방에서 이런 얘기를 해줬어요. 그는 꼬마롭스끼를 알아봤는데, 전에 예기치 않은 상황에서 우연히 본 적이 있었다더군. 그 소년, 김나지움 학생 미하일 고르돈은 언젠가 여행 중에 백만장자 사업가인 내 아버지의 자살을 목격했지. 미샤가 같은 기차를 타고 있었거든. 내 아버지는 자살하려고 달리는 기차에서 몸을 던져 박살이 났어. 그때 아버지와 동행하고 있던 사람이 법률 고문인 꼬마롭스끼였어. 꼬마롭스끼가 아버지를 취하게 했고, 아버지 사업을 뒤죽박죽으로 만들었고, 파산 지경에 이르게 해서 파멸의 길로 내몰았어. 그가 아버지가 자살하고 내가 고아로 남게 만든 장본인이야."

"그럴 수가! 하나하나 얼마나 의미심장한 일인지! 그게 정말 사실이에요? 그럼 그는 당신에게도 악령이었단 거네? 우리는 얼마나 가깝게 묶여 있는지! 정말 무슨 운명인가봐!"

"바로 그 사람에게 나는 구제 불능으로 미치도록 질투를 느껴."

"무슨 그런 말을? 나는 그저 그 사람을 사랑하지 않는 정도가 아니야. 그 인간을 멸시해."

"당신은 자신을 그렇게 속속들이 잘 알아? 인간의 본성, 특히 여자의 본성은 그토록 어둡고 모순적인데! 당신이 가진 혐오의 한구석에서 당신은 강요 없이 자유의지로 사랑하는 다른 누구보다 더 그에게 예속되어 있을지도 몰라."

"정말 무시무시한 말을 하네. 게다가 평소처럼 아주 정곡을 찔러서 그 비정상이 진실처럼 보여. 하지만 그렇다면 이건 너무 끔찍해!"

"진정해요. 내 말 귀담아듣지 마. 내가 말하고 싶었던 건 당신의 어두운 무의식을, 설명할 생각도 할 수 없고 짐작할 수도 없는 것을 질투한다는 거야. 나는 당신의 화장품을, 당신 피부에 맺힌 땀방울을, 당신을 침범해 당신 피를 감염시킬 수 있는, 공기 중에 떠다니는 전염병을 질투해. 나나 당신의 죽음이 언젠가 우리를 갈라놓을 것이듯, 언젠가 당신을 앗아갈 꼬마롭스끼를 그런 전염병처럼 질투해. 당신한테 이게 분명 모호함 덩어리로 비치리라는 걸 알아요. 하지만 더 조리 있고 더 이해하기 쉽게 말할 수가 없네. 나는 미친 듯이, 정신없이, 끝없이 당신을 사랑해."

13

"남편 얘기를 더 해줘요. 셰익스피어가 말했지, '우리는 운명의 책 속 한줄 위에 있어'[8]라고."

"어디서 따온 말이에요?"

"『로미오와 줄리엣』."

"내가 그를 찾아다닐 때 멜류제예보에서 당신에게 그 사람 얘기 많이 해줬죠. 그리고 그다음에는 여기 유랴찐에서 당신과 처음 만났을 때, 당신의 이야기를 통해 그가 자기 객차에서 당신을 체포하려 했다는 걸 알게 되었을 때도. 내 생각에는 전에 당신한테 이야

---

8 『로미오와 줄리엣』5막 3장.

기한 것 같지만 아닐 수도 있는데, 한번은 그가 차에 타는 모습을 멀리서 본 적이 있어요. 하지만 그를 어떻게 경호했을지 상상이 되지? 그는 거의 변하지 않았다는 걸 알겠더라. 똑같이 잘생기고, 정직하고, 결연한 얼굴, 세상에서 내가 본 얼굴 중에 가장 정직한 얼굴. 허세는 추호도 없는 남자다운 성격, 전혀 가식이라곤 없지. 늘 그랬듯 변함이 없었어. 그럼에도 불구하고 나는 한가지 변화를 알아챘고, 그게 나를 불안하게 했어요.

마치 추상적인 뭔가가 그 모습 속에 들어가 빛을 앗아간 것 같았어. 생기로운 인간의 얼굴이 이념의 화신이, 원칙이, 표상이 된 거야. 그 모습을 보고 나는 가슴이 철렁 내려앉았어. 그건 그가 그 손아귀에 자신을 바친 힘의 결과, 언젠가 그도 피해가지 못할 그 숭고하지만 치명적이고 무자비한 힘의 결과라는 걸 깨달았지. 내가 보기에 그는 점찍혔고, 그건 그의 비운을 가리키고 있었어. 하지만 내가 헷갈린 것일 수도 있어요. 당신이 그와의 만남을 묘사하면서 한 표현이 나한테 영향을 준 건지도. 감정적 공통점 말고도 나는 당신한테서 정말 많은 영향을 받고 있거든!"

"아니, 혁명 전 당신들의 삶에 대해 말해줘요."

"나는 일찍이 어린 시절에 순수를 꿈꿨어요. 그는 그 구현이었어. 우리는 거의 같은 마당에서 자랐어, 나, 그, 갈리울린. 나는 그의 아이 적 열광의 대상이었지. 그는 나를 보면 기절할 듯 얼어붙곤 했어. 내가 이런 말을 하는 게 좋지 않다는 건 알아요. 하지만 모르는 척한다면 더 나쁠 거야. 그에게 나는 어릴 적 열정의 대상, 아이의 자존심이 드러내기를 허락하지 않지만 말 없이도 얼굴에 쓰여 있어 모두에게 보이는, 사람을 노예로 만드는 정열의 대상이었어요. 우리는 친하게 지냈어. 나와 당신이 닮은 만큼이나 그와 나는 달랐어. 그때 나는 가슴으로 그를 선택했어. 우리 둘 다 세상에 나가기만 하면 이 경이로운 소년과 내 삶을 합치기로 결심했어요. 그때 이미 마음속으로 약혼한 거야.

그리고 생각해봐요, 그가 얼마나 재능이 뛰어난지! 비범한지! 평범한 전철수 내지 철도 경비원의 아들인데도 자기 재능과 불굴의 노력만으로 수학과 인문학 두 전공에서, 수준 얘기를 하려다 참았는데 안 할 수가 없네, 현대 대학 지식의 정점에 도달했다니까. 정말이지 장난이 아니야!"

"그렇다면, 서로 그토록 사랑했다면 뭐가 당신들 가정의 화합을 깨뜨린 거야?"

"아, 그건 참 대답하기 어렵네. 하지만 이제 얘기해볼게. 그런데 놀라워. 하찮은 여자인 내가 당신같이 현명한 사람에게 러시아에서 인간의 삶에, 지금의 삶 전반에 무슨 일이 벌어지고 있는지, 당신 가족과 내 가족을 포함해 가족이 왜 붕괴되고 있는지 설명해야 한다는 거야? 아아, 사람들이 문제인 것 같아. 성격의 유사성과 차이, 사랑하고 사랑하지 않는 것이 문제야. 일상적 생활 양식, 인간의 보금자리와 질서와 관련해 생산되고 확립된 모든 것, 모든 것이 사회 전체의 격변과 재건과 함께 산산이 부서졌어. 일상이 모조리 뒤집히고 파괴되었어. 단 하나, 실오라기 하나까지 빼앗기고 벌거벗은 영혼의 비일상적인, 쓸모없는 힘만 남았어요. 영혼은 아무것도 변하지 않았어. 왜냐하면 영혼은 늘 추워하고 떨면서 가장 가까운, 똑같이 벌거벗고 외로운 영혼에게 다가가니까. 당신과 나는 세상의 시초에 아무것도 몸을 가릴 것이 없던 최초의 두 사람, 아담과 이브 같아. 지금 세상의 종말에 우리도 마찬가지로 벌거벗었고 집이 없잖아. 당신과 나는 그들과 우리 사이 수천년의 세월에 걸쳐 세상에 창조된 저 모든 헤아릴 수 없이 많은 위대한 것의 마지막 추억이에요. 사라져간 그 기적들을 추모하려 우리는 숨 쉬고 사랑하고 울고 서로를 안고 바싹 달라붙어 있는 거야."

14

잠시 침묵한 후에 그녀는 훨씬 더 차분하게 말을 이었다.

"이 말은 해야겠어요. 만약 스뜨렐니꼬프가 다시 빠셴까 안찌뽀프가 된다면, 만약 그가 광란과 폭동을 멈춘다면, 시간이 되돌려진다면, 저 먼 세상 끝 어딘가에서 기적처럼 우리 집의 창문이 빠샤의 책상 위 램프와 책들과 함께 밝아온다면, 나는 무릎으로 기어서라도 그리 갈 거야. 내 안의 모든 것이 날갯짓을 할 거야. 나는 과거의 부름에, 신의 부름에 저항하지 못할 거야. 모든 것을 희생할 거야. 심지어 가장 소중한 것조차. 당신조차. 이토록 가볍고, 자발적이고, 자연스러운 당신과의 내 사랑조차. 오, 용서해요. 내가 하려던 말은 이게 아니야. 이건 진실이 아니야."

그녀는 그의 목을 껴안고 흐느껴 울었다. 하지만 금세 정신을 차렸다. 눈물을 훔치며 그녀가 말했다.

"하지만 이건 당신을 또냐에게로 내모는 거나 마찬가지인 의무의 목소리야. 주여, 우리는 얼마나 불쌍한가요! 우리는 어떻게 될까? 우리 어떡하지?"

마음이 완전히 진정되자 그녀가 말을 이었다.

"어쨌든 당신한테 대답하지 않았네, 무엇이 우리의 행복을 망쳤는지. 나는 그걸 나중에 아주 분명하게 이해했어요. 당신한테 얘기해줄게. 이건 우리 이야기만은 아닐 거야. 많은 사람들의 운명이 되었으니까."

"말해봐요, 내 지혜로운 여인."

"우리는 전쟁 직전에, 전쟁이 발발하기 이년 전에 결혼했어요. 우리가 우리 나름의 지혜로 삶을 시작해 가정을 꾸리자마자 전쟁이 선포됐어. 이제 확신하는데, 모든 것, 이날까지 우리 세대를 덮치며 이어진 모든 불행은 전쟁 탓이야. 나는 어린 시절을 잘 기억해요. 평화롭던 지난 세기의 개념들이 아직 유효하던 시절이었지. 이성의 목소리를 신뢰하는 건 당연했어. 양심의 속삭임이 자연스럽고 필요한 것으로 여겨졌고. 사람이 다른 사람의 손에 죽는 것은 드문 경우, 일반적인 것을 벗어난 극히 예외적인 현상이었어. 살인은 비극이나 탐정소설, 신문의 사건 일지에서나 만날 수 있지 일상생활에서는 아니라고들 생각했어.

그런데 갑자기 그 평화롭고 죄 없는 절제의 삶에서 피와 통곡, 집단 광기와 매일 매 시각의 학살로, 합법화되고 찬양받는 야만으로의 도약이라니.

아마도 이건 결코 그냥 지나가지 않을 거야. 얼마나 순식간에 모든 것이 파괴됐는지를 당신은 나보다 더 잘 기억하겠지. 기차 운행, 도시의 식료품 공급, 가정생활의 기반, 의식의 윤리적 기초."

"계속해봐요. 당신이 이어서 무슨 말을 할지 알겠어. 당신은 모든 걸 참 잘 파악하고 있네! 당신 얘기를 듣는 게 얼마나 기쁜지 몰라."

"그러자 러시아 땅에 거짓이 도래했어요. 주된 재앙, 미래 죄악의 뿌리는 자기 자신의 견해가 지닌 가치에 대한 믿음을 상실했다는 거야. 사람들은 상상했어, 도덕감각의 가르침을 따르던 시대는 지났다고, 이제 한목소리로 노래하고 모두에게 강제된 낯선 관념에 따라 살아야 한다고. 처음에는 군주제의, 그다음에는 혁명의 문구가 지배력을 키우기 시작했지.

이 사회적 망상은 전염병이었어. 모든 것을 아울렀고 모두가 그 영향권으로 떨어졌어. 우리 집도 그것이 끼치는 해악에 맞서지 못했지. 집 안의 뭔가가 흔들렸어. 늘 우리에게 깃들었던 자연스러운 생기 대신에 바보 같은 선언의 파편이, 의무적으로 택하는 세계적 주제에 대해 의무적으로 드러내 보이는 지적 허영이 우리 대화에도 스며들었어. 빠샤같이 섬세하고 자신에게 엄격한, 그토록 정확하게 본질과 외양을 구분하는 사람이 우리 삶에 기어든 이 거짓을 그냥 지나치고 알아차리지 못했을까?

그 시점에 그는 앞으로의 모든 것을 결정해버린 파멸적인 실수를 저질렀어요. 시대의 징후, 사회적 악을 가정의 현상으로 간주한 거야. 우리 논의가 부자연스러운 어조로 판에 박힌 듯 딱딱해진 것을 자기 탓으로, 자기가 차갑고 진부한 사람이고 상자 속의 인간[9]인 탓으로 돌렸어. 이런 사소한 것들이 부부의 삶에서 뭔가 의미를 지닐 수 있다는 게 당신에게는 터무니없어 보일 거야. 이게 얼마나 중요했는지, 그 유치한 생각 때문에 빠샤가 얼마나 많은 바보짓을 했는지 상상도 못하겠지.

그는 전쟁터로 갔어요, 누가 가라고 요구한 것도 아닌데. 우리를 그 자신으로부터, 자신의 상상 속 억압으로부터 해방시키려고 그런 거야. 거기서부터 그의 미친 짓이 시작됐어. 어떤 방향을 잘못 잡은 청년기의 자존심 때문에 그는 다른 사람이라면 화내지 않을

----

9 안똔 체호프의 단편소설 제목. 편협한 관점에 갇힌 사람의 전형이다.

삶의 무언가에 몹시 화가 난 거야. 그는 사태의 흐름에, 역사에 불만을 품기 시작했어. 역사와 그의 다툼이 시작됐지. 이날까지도 역사와 셈을 치르는 중이고. 그의 도전적인 미치광이 짓은 거기서 비롯해. 그 어리석은 야망 때문에 그는 불가피한 파멸을 향해 가고 있어요. 오, 내가 그를 구할 수만 있다면!"

"당신은 얼마나 믿을 수 없을 만큼 순수하게, 강렬하게 그를 사랑하는지! 사랑해, 그를 사랑해줘요. 나는 그를 질투하지 않아. 당신을 방해하지 않을 거야."

15

어느새 여름이 왔다가 떠났다. 의사는 건강을 회복했다. 모스끄바로 떠나리라는 기대 속에서 그는 임시로 세군데에 일자리를 잡았다. 화폐가치가 급속히 하락하면서 여러군데 일터를 전전해야 했다.

의사는 닭 울음소리와 함께 일어나 꾸뻬체스까야 거리로 나섰고, 그 길을 따라 '거인' 영화관을 지나 지금은 '붉은 식자공'으로 이름이 바뀐 예전의 우랄 까자끄군 인쇄소 쪽으로 내려갔다. 고롯스까야 거리 모퉁이의 행정국 문에서 '사무국'이라는 문패가 그를 맞이했다. 그는 광장을 비스듬히 가로질러 말라야 부야높까 거리로 나갔고, 스쩬고쁘 공장을 지나고 병원 뒷마당을 거쳐 자기의 주된 근무처인 군軍 병원의 외래환자 진료소로 들어갔다.

그가 걷는 길의 절반은 거리 위로 무성한 가지를 뻗어 그늘을 드리운 나무들 아래로, 대부분 나무로 지어진 오밀조밀한 작은 집들을 지났다. 뾰족하게 솟은 지붕과 격자 모양 울타리, 무늬 장식 대문과 부조 테두리 덧창을 가진 집들이었다.

진료소와 이웃해 예전에 상인의 아내 고레글랴도바가 상속받은 정원에는 옛 러시아풍의 진기하고 나지막한 집이 서 있었다. 옛 모스끄바의 보야르[10]의 저택을 모방해 유약을 바른 타일을 붙였고 삼각 타일들이 모여 작은 피라미드를 이루고 있는 집이었다.

열흘에 서너번 정도 유리 안드레예비치는 이 진료소에서 스따라야 미아스까야 거리에 있는 예전 리게찌의 집으로 향했다. 거기에 자리 잡은 유랴찐 보건부의 회의에 참석하기 위해서였다.

정반대쪽으로 멀리 떨어진 지구에는 안핌의 아버지인 예핌 삼제뱌또프가 안핌을 낳다가 고인이 된 아내를 기념해 도시에 기증한 집이 있었다. 그 집에는 삼제뱌또프가 설립한 산부인과 연구소가 자리 잡고 있었다. 그곳에 지금은 로자 룩셈부르크 내과 및 외과 속성 과정이 개설되어 있었다. 유리 안드레예비치는 거기서 일반 병리학과 몇몇 선택과목을 강의했다.

밤이 되어 그가 지칠 대로 지치고 굶주린 채로 이 모든 직무를 마치고 돌아와보면 라리사 표도로브나는 화덕이나 빨래통 앞에서 한창 분주히 집안일을 하고 있었다. 그 산문적이고 일상적인 모습, 머리카락이 헝클어지고 양쪽 소매를 걷어붙이고 치맛자락을 말아 올린 모습에서 그녀는 여왕 같은, 숨을 멎게 하는 매력으로 사람을 놀라게 했다. 만약 그가 무도회에 가기 전 굽 높은 구두를 신어 자란 듯이 키가 커진, 목이 깊게 파이고 살랑거리는 풍성한 치맛자락의 드레스를 입은 그녀와 갑자기 마주친다 해도 이만큼 매력적이

---
10 10~17세기 러시아의 최상층 봉건귀족.

지는 않을 것이었다.

그녀는 음식을 준비하거나 빨래를 했고, 그런 다음에는 남은 비눗물로 집 안 마룻바닥을 닦았다. 또는 차분하고 덜 상기된 모습으로 자신과 그와 까쩬까의 속옷을 다리고 수선했다. 또는 식사 준비와 빨래와 청소를 다 마치고 까쩬까를 가르쳤다. 또는 새롭게 개조된 학교에 교사로 복귀하기에 앞서 입문서에 몰두한 채 자신을 정치적으로 재교육했다.

이 여인과 소녀가 가까워질수록 더욱이 그는 그들을 가족으로 대할 용기를 내지 못했고, 자기 가족에 대한 의무와 그들에 대한 신의를 깨뜨렸다는 아픔 때문에 그의 사고방식에 놓인 금기는 더욱 엄격해졌다. 그런 제약이 라라와 까쩬까에게 모욕적일 것은 전혀 없었다. 오히려 이 비가족적인 애정의 방식은 제멋대로 거리낌 없는 행동을 배제하는 온전한 존중의 세계를 담고 있었다.

그러나 이런 분열은 늘 고통과 상처를 주었고, 유리 안드레예비치는 아물지 않고 자주 덧나는 상처에 익숙해지듯 그것에 익숙해졌다.

16

그렇게 두세달이 흘렀다. 10월의 어느날 유리 안드레예비치는 라리사 표도로브나에게 말했다.

"있잖아, 나는 일을 그만둬야 할 것 같아요. 끝없이 반복되는 흔해빠진 이야기야. 시작은 더할 나위 없이 좋아. '우리는 언제나 정직한 노동을 환영한다. 생각, 특히 새로운 생각은 더더욱. 어찌 환

영하지 않겠는가. 어서 오라. 일하라, 투쟁하라, 탐구하라.'

하지만 실제로 생각이 뜻하는 것은 겉치레, 혁명과 현 정권을 찬양하기 위한 말치장일 뿐이야. 지치고 신물이 나요. 그리고 나는 그 분야의 전문가도 아니고.

실은 그들이 옳을 거야. 물론 나는 그들 편이 아니야. 하지만 그들은 영웅, 빛나는 인간들이고 나는 어둠과 인간의 노예화를 지지하는 저열한 인간이라는 생각과는 화해하기가 힘들어요. 당신은 니꼴라이 베제냐삔이라는 이름을 들어본 적 있어?"

"그럼, 물론이에요. 당신을 알기 전에도, 그다음에는 당신이 자주 해준 이야기를 통해서. 시모치까 뚠쩨바도 그분을 자주 언급하곤 했어. 그분의 신봉자거든. 하지만 나는 부끄럽게도 그분의 책을 읽어본 적이 없어요. 나는 전적으로 철학적인 글은 좋아하지 않아. 내 생각에 철학은 예술과 삶에 아주 살짝 가미되는 양념이어야 해. 철학 하나에만 전념하는 건 고추냉이 하나만 먹는 것처럼 이상해. 하지만 미안해요, 바보 같은 얘기로 당신을 어지럽혔네."

"아니야, 그 반대야. 당신 말에 동의해요. 나와 아주 비슷한 사고 방식이야. 그건 그렇고 외삼촌 말인데, 어쩌면 나는 정말로 그분의 영향 때문에 망가졌는지 모르겠어. 하지만 그들 자신이 한목소리로 내게 천재적인 진단의, 천재적인 진단의 하고 소리치거든. 내가 병의 진단에서 실수하는 경우가 드문 것은 사실이고. 그런데 그게 바로 그들이 나의 죄라 추정하는, 그들이 증오하는 직관이야. 단숨에 상황을 파악하는 총체적인 지식이지.

나는 의태擬態 문제에 열중해 있어요. 유기체가 주위 환경의 색채에 외적으로 적응하는 문제 말이야. 바로 이 색채 모방 속에 내적인 것의 외적인 것으로의 놀라운 전이가 숨어 있거든.

나는 강의에서 감히 이 문제를 거론해봤어. 난리가 났지! '관념론이다, 신비주의다, 괴테의 자연철학이다, 네오셸링주의다.'[11]

떠나야겠어. 보건부와 연구소는 자진 사퇴하고 병원은 쫓아낼 때까지 버텨볼게. 당신을 겁먹게 하고 싶진 않지만 때때로 오늘내일 중으로 체포되지 않을까 하는 느낌이 들어요."

"맙소사, 그런 일 없어, 유로치카. 다행히 그때까지는 아직 멀었어. 하지만 당신이 옳아요. 더 조심해서 해로울 것 없어. 내가 아는한 이런 젊은 정권은 확립되기까지 매번 몇단계를 거쳐요. 처음에는 이성의 승리, 비판정신, 편견과의 싸움이야.

그런 다음 두번째 시기가 도래해. '빌붙는 자들', 거짓 동조자들의 어두운 힘이 우위를 점해. 의혹, 밀고, 음모, 증오가 자라나지. 그래, 당신이 옳아요. 우리는 두번째 단계의 시초에 있어.

멀리서 예를 찾을 필요도 없어. 노동자 출신 정치범이던 두 노인이 호다쯔꼬예에서 이곳 혁명재판소 위원으로 전임해왔어요. 찌베르진과 안찌뽀프라는 사람들이야.

두 사람 다 나를 아주 잘 알고, 한 사람은 심지어 남편의 아버지, 내 시아버지이기도 해. 하지만 사실 바로 얼마 전, 그들이 전임해오고부터 나는 나와 까쩬까의 삶을 몹시 걱정하기 시작했어. 그들은 무슨 짓이든 할 수 있는 사람들이거든. 안찌뽀프는 나를 그다지 좋아하지 않아요. 그들은 언제든 나를, 심지어 빠샤마저 지고한 혁명적 정의의 이름으로 파멸시키고 말 거야."

이 대화의 속편은 상당히 빨리 이루어졌다. 이 무렵 외래환자 진료소와 나란히 자리한 말라야 부야높까 거리 48호 과부 고레글랴

---

11 독일 관념론을 대표하는 셸링의 철학을 기반으로 괴테는 자신의 자연철학에서 우주 질서를 확립하고자 했다.

도바의 집에서 한밤에 수색이 벌어졌다. 집에서 무기 은닉처가 발견되었고 반혁명 조직이 적발되었다. 도시의 많은 사람이 체포되었고 수색과 체포가 이어졌다. 이와 관련해 용의자 중 일부가 강을 건너 달아났다는 얘기가 은밀히 오갔다. 이런 의견들이었다. "그게 그들에게 무슨 도움이 되겠어? 강도 강 나름이야. 진짜 강도 있지. 이를테면, 블라고베셴스끄의 아무르강이라면 한쪽 강변에는 소비에뜨 권력이 있고 반대쪽 강변은 중국이니까. 물에 뛰어들어 헤엄쳐 건너면 안녕 하고 사라지는 거야. 바로 이런 게 강이라고 할 수 있지. 완전히 다른 얘기야."

"분위기가 무르익고 있어요." 라라가 말했다. "우리가 안전하던 시절은 지나갔어. 틀림없이 우리를, 당신과 나를 체포할 거야. 그러면 까쩬까는 어떻게 될까? 나는 엄마야. 불행을 방지하고 무슨 수를 생각해내야 해. 이 점에 대한 해결책을 준비해둬야 해. 이 생각만 하면 미칠 지경이야."

"생각해보자고. 여기서 뭐가 도움이 될까? 이 위험을 막을 힘이 우리한테 있을까? 이건 실로 숙명적인 건데."

"달아날 수도 없고 달아날 곳도 없어. 하지만 어디든 그늘 속으로, 뒤쪽으로 물러날 수는 있어요. 예를 들어 바리끼노로 가거나. 나는 내내 바리끼노의 집에 대해 생각 중이야. 상당히 멀리 떨어진 곳이고 모든 게 황폐하게 내버려졌어. 하지만 거기서는 여기와 달리 누구의 눈에도 띄지 않을 거야. 겨울이 다가오고 있어. 나는 거기서 겨울을 나는 수고를 마다하지 않을 거야. 우리를 잡으러 올 때까지 우리 삶의 한해는 벌 수 있을 거야. 그것만도 이득이지. 도시와의 연결을 유지하는 건 삼제뱌또프가 도와줄 수 있을 거야. 아마 우리를 숨겨주는 데 동의할 거예요. 어때? 당신은 어떻게 생각해요? 사실 거기는 지금 사람이 한명도 없어. 으스스하고 황량해. 적어도 내가 갔던 3월에는 그랬어요. 늑대도 있대. 무섭지. 하지만 지금은 사람들이, 특히 안찌쁘프나 찌베르진 같은 사람들이 늑대보다 더 무서워."

"당신한테 무슨 말을 해야 할지 모르겠어. 내내 모스끄바로 가라고 나를 종용하고 여행을 늦추지 말라고 설득한 게 바로 당신이잖아. 지금은 그러기가 더 쉬워졌어. 내가 역에 문의해봤어요. 암표단속에는 손든 모양이야. 무임승차자도 전부 기차에서 끌어내리지는 않는 것 같고. 총살하는 데 지쳐 뜸해진 거지.

내가 모스끄바로 보낸 모든 편지에 답장이 없어서 걱정이 돼. 거기 가서 가족들한테 무슨 일이 일어난 건지 알아봐야 해요. 당신 자신이 계속 내게 그렇게 말했잖아. 하지만 그렇다면 바리끼노에 대한 당신 얘기를 어떻게 이해해야 하지? 정말로 나 없이 혼자서 그 무시무시한 오지로 가겠다고?"

"아니야, 당신 없이는 물론 그건 생각도 할 수 없어."

"그런데도 나를 모스끄바로 보내겠다고?"

"그래, 당신은 가야 하니까."

"들어봐, 이건 어떨까? 나한테 멋진 계획이 있어요. 모스끄바로 가자. 까쩬까를 데리고 나와 같이 떠나는 거야."

"모스끄바로? 정신 나갔군요. 대체 뭐 하려요? 아니, 나는 남아야 해요. 어디든 가까운 데에서 대기하고 있어야 해. 여기서 빠셴까의 운명이 결정될 거야. 필요할 경우 손 닿는 거리에 있으려면 여기서 운명의 결말을 기다려야 해요."

"그럼 까쩬까에 대해 생각해봐요."

"이따금 시무시까, 시마 뚠쩨바가 나한테 들러요. 며칠 전에도 당신하고 그녀 얘기를 했지."

"그래요, 맞아. 그녀가 당신 집에 와 있는 걸 자주 봤어."

"놀랍네, 당신. 남자는 눈이 어디 달린 거야? 내가 당신이라면 분명 그녀와 사랑에 빠졌을 텐데. 얼마나 매력적이야! 외모도 얼마나 멋져! 키 크지, 날씬하지, 똑똑하지. 책도 많이 읽었고. 착하고. 냉철하고."

"포로로 잡혔다가 여기로 돌아온 날 재봉사인 그녀의 언니 글라피라가 나를 면도해줬어."

"알아요. 그 자매들은 사서인 큰언니 압도찌야와 함께 살아. 정직하고 부지런한 가족이야. 최악의 경우에, 그러니까 당신과 내가 체포된다면 그들에게 까쩬까를 맡아달라고 부탁하고 싶어. 아직 결정하진 않았지만."

"하지만 정말 다른 출구가 없는 경우에만. 천만다행으로 그런 불행까지는 아직 멀었어."

"사람들 말로는 시마가 좀 이상하대. 제정신이 아니라는 거야. 사실 완전히 정상이라고는 할 수 없어. 하지만 그건 그녀가 심오하고 독창적이기 때문이야. 그녀는 보기 드물게 교양 있는 사람인데, 인쩰리의 지식이 아니라 인민의 지혜지. 당신과 그녀의 시각은 놀랍도록 비슷해. 나는 그녀라면 가벼운 마음으로 까쨔의 양육을 맡길 수 있을 것 같아."

17

그는 다시 역에 나갔다가 아무 소득 없이 빈손으로 돌아왔다. 모든 것이 미정인 채 남아 있었다. 불확실한 앞날이 그와 라라를 기다리고 있었다. 첫눈을 앞둔 것처럼 춥고 어두운 날이었다. 길게 뻗은 거리들 위에서보다 더 넓게 펼쳐진 네거리 위에서 하늘은 겨울의 모습을 하고 있었다.

유리 안드레예비치가 돌아와보니 시무시까가 라라의 집에 와 있었다. 손님이 주인에게 해주는 강의 성격을 띤 대화가 두 사람 사이에 오가는 중이었다. 유리 안드레예비치는 방해하고 싶지 않았다. 게다가 잠시 혼자 있고 싶기도 했다. 여자들은 옆방에서 이야기를 나누고 있었다. 그쪽으로 문이 조금 열려 있었다. 문 위 가로대에서 바닥까지 커튼이 드리웠고 그 너머에서 그들의 이야기가 한마디 한마디 또렷이 들렸다.

"나는 바느질을 할 텐데 당신은 신경 쓰지 말아요, 시모치까. 온 신경을 집중해서 듣고 있어요. 예전에 대학에서 역사와 철학 강의를 들었어요. 당신 생각의 체계가 나는 아주 마음에 들어요. 게다가 당신의 말을 들으면 큰 위안이 되고요. 우리는 최근 며칠 밤을 이런저런 걱정 때문에 제대로 잠을 이루지 못했어요. 우리한테 생길지 모를 불행한 일에 대비해 까쩬까의 안전을 확보하는 게 엄마로서의 내 의무예요. 그애에 대해 냉철하게 생각해야 해요. 나는 그런 건 딱히 잘하지 못하는데. 그걸 깨닫는 게 슬퍼요. 지치고 잠을 제대로 자지 못해 우울하고요. 당신 이야기가 나를 진정시켜요. 게다가 금방이라도 눈이 올 것 같네요. 눈 내리는 가운데 오래도록 지적인 생각을 듣는 건 큰 즐거움이죠. 눈 올 때 창을 곁눈질하면, 정말이지 누가 마당을 거쳐 집으로 오고 있는 것 같지 않나요? 시작하세요, 시모치까. 듣고 있어요."

"우리 지난번에 어디까지 얘기했지요?"

유리 안드레예비치에게 라라의 대답은 들리지 않았다. 그는 시마가 하는 말을 좇기 시작했다.

"문화나 시대 같은 말을 쓸 수 있어요. 하지만 이해되기는 아주 각양각색이죠. 그 말들의 의미가 모호하다는 점을 고려해서 거기에는 의지하지 말기로 해요. 다른 표현으로 바꾸죠.

나는 인간이 두 부분으로 이루어져 있다고 말하겠어요. 하느님과 일로. 인간 정신의 발전은 엄청나게 오랜 기간 지속되는 개별적인 일들로 이루어져요. 일은 세대를 거쳐 실현되어왔고 일에 일이 잇따랐어요. 이집트가 그런 일이었고, 그리스가 그런 일이었고, 성서 속 예언자들의 하느님에 대한 앎이 그런 일이었어요. 시간상 가장 최근이고 아직 다른 무엇으로도 대체되지 않은, 현대의 모든 영감으로 수행되는 그런 일이 기독교이고요.

기독교가 가져온 일찍이 없던 새로운 것을 아주 신선하고 예기치 않은 방식으로, 당신 자신이 알고 있고 익숙한 방식이 아니라 더 단순하고 직접적인 방식으로 제시하기 위해서 당신과 함께 예배서의 몇몇 대목을 조금씩, 축약된 형태로 살펴볼게요.

대부분의 찬송은 구약과 신약의 개념들을 나란히 결합해 이루어져요. 구약 세계의 상황, 이를테면 타지 않는 떨기나무, 이스라엘의 출애굽, 활활 타는 화덕에 던져진 아이들, 고래 배 속의 요나 등과 신약 세계의 상황, 이를테면 성모 수태와 그리스도의 부활에 관한 개념이 대비되지요.

이렇게 자주, 거의 지속적으로 결합되는 가운데 구약 세계의 예스러움과 신약 세계의 새로움, 그리고 그 차이가 특히 분명하게 드러나요.

무수히 많은 시구에서 마리아의 무염시태無染始胎를 유대 민족이

홍해를 건넌 것에 비교해요. 예를 들어 '홍해는 순결한 신부를 닮았네'로 시작하는 가사가 있는데, '이스라엘이 지나가자 바다는 건널 수 없었고, 임마누엘이 탄생하자 동정녀의 순결은 영원했네'라고 이어져요. 다시 말해서 이스라엘이 건너고 나자 바다는 다시 건널 수 없게 되었고, 주님을 낳고 나서도 동정녀는 전처럼 순결했다는 거죠. 여기에 어떤 종류의 사건이 대비되어 있나요? 둘 다 초자연적인 사건이죠. 둘 다 똑같은 기적으로 인식되고요. 이 상이한 시대, 고대 원시시대와 로마 이후의 훨씬 발전된 새로운 시대는 도대체 어디서 기적을 보았을까요?

한 경우에는 민족의 지도자인 족장 모세가 명령하며 마법의 지팡이를 휘두르자 바다가 길을 터 민족 전체를, 헤아릴 수 없는 수십만의 사람들을 통과시키고, 마지막 한 사람이 통과하자 다시 길을 닫고 이집트의 추적자들을 덮쳐 익사시켜요. 고대의 정신 속 장관이죠. 마법사의 목소리에 순종하는 대자연, 진군하는 로마 군사처럼 운집한 엄청난 군중, 민족과 지도자, 보이고 들리는 것들, 정신이 아찔해지는 것들이에요.

다른 경우에는 처녀가, 고대 세계라면 주의를 기울이지 않았을 평범한 존재가 남몰래 은밀히 아기에게 생명을 주어요. 세상에 생명을, 생명의 기적을, 모두의 생명을, 나중에 그를 부르게 되는 대로 '만인의 생명'을 낳아요. 그녀의 출산은 혼외 출산으로, 율법학자들의 관점에서만 불법적인 것이 아니라 자연의 법칙에도 위배되죠. 처녀는 필연에 의해서가 아니라 기적에 의해, 영감에 따라 아이를 낳았어요. 이건 일상적인 것에 예외적인 것을, 평일에 축일을 대립시키는, 복음서가 온갖 강제에 맞서 그 위에 삶을 건설하고자 하는 바로 그 영감이에요.

얼마나 거대한 의의를 지닌 변화예요! 어떻게 해서 하늘에(왜냐하면 하늘의 눈으로, 하늘의 면전에서, 이 모든 것이 이루어지는 유일성의 성스러운 틀 안에서 평가해야 하기 때문인데), 어떻게 해서 하늘에, 고대의 관점으로 보면 보잘것없는 인간의 개인적 상황이 민족 전체의 이주와 맞먹게 되었을까요?

세상에서 뭔가가 움직인 거죠. 로마가 끝나고 수數의 권력이, 무기로 강제해 사람들이 전체로, 집단으로 살아야 한다는 의무가 끝난 거예요. 지도자니 민족이니 하는 것은 과거로 물러났고요.

그것들을 대신해 개성이, 자유의 설교가 도래했어요. 개별 인간의 삶이 하느님의 이야기가 되었고, 자신의 내용으로 우주 공간을 채웠어요. 수태고지절의 찬송 하나에서 노래하듯이, 아담은 신이 되고자 했다가 실수하여 신이 되지 못했죠. 그런데 이제는 아담을 신으로 만들기 위해 신이 인간이 돼요. '신이 인간이 되고, 아담을 신으로 만드네.'[12]"

시마가 말을 이었다.

"같은 주제에 대해 이따 또 뭔가 얘기할게요. 잠시 다른 얘기를 좀 해야겠어요. 노동자에 대한 염려, 모성보호, 자본 권력과의 투쟁이라는 면에서 우리의 혁명의 시대는 오래도록 영원히 남을 업적을 이룩한, 일찍이 없던 잊지 못할 시대예요. 하지만 삶에 대한 이해, 지금 선전하는 행복의 철학과 관련해서는 도무지 진지하게 얘기되고 있다고 믿어지지 않아요. 이건 너무나 우스꽝스러운 잔재예요. 만약 지도자와 민족에 관한 그 열변이 삶을 거꾸로 되돌리고 역사를 수천년 전으로 후퇴시킬 힘을 가졌다면 우리를 목축 부족

---

12 수태고지절에 부르는 송가의 구절.

과 족장의 구약 시대로 되돌릴 수도 있겠어요. 다행히도 그건 불가능하죠.

그리스도와 막달라 마리아에 관해 몇마디 할게요. 이건 복음서 속 그녀에 관한 이야기가 아니라 수난주간의, 성화요일인지 성수요일인지의 기도문에 나오는 이야기예요.[13] 하지만 당신은 내가 아니어도 잘 알고 있죠, 라리사 표도로브나. 나는 그저 뭔가를 상기시키고 싶은 거고, 당신을 가르치려는 뜻은 전혀 없어요.

당신도 잘 알다시피, 열정은 슬라브어로 무엇보다 우선 고난을 의미하죠. 그리스도의 수난, '열정을 자처하시는 그리스도,' 그러니까 고난을 자처하시는 그리스도를요. 그외에도 이 말은 이후 러시아어에서 악덕과 욕정의 의미로 쓰여요. '내 영혼이 욕망의 노예가 되어 나는 들판의 짐승같이 되었구나'라거나 '낙원에서 쫓겨난 우리, 욕망을 억제하여 다시 들어가도록 애쓰자' 등등요. 내가 아주 타락한 여자라서 그런지, 나는 관능을 억제하고 육체를 말살하는 데 바쳐진 이런 부류의 사순절용 글귀를 좋아하지 않아요. 늘 느끼는 거지만, 다른 영적 텍스트에는 고유한 시적인 것이 결여된 이런 거칠고 밋밋한 기도문은 번지르르한 배불뚝이 수도사들이 지은 것 같거든요. 그런데 문제는 그들 자신이 규정대로 살지 않았고 다른 사람들을 속여왔다는 데 있지 않아요. 그들이 양심에 따라 살았다 해도 상관없어요. 문제는 그들이 아니라 이 글귀들의 내용이에요. 이런 한탄은 육신의 여러 병약함과 몸이 통통한지 말랐는지에 과도한 의미를 부여해요. 그게 역겹죠. 어떤 지저분하고 비본질적인 부차적인 것이 걸맞지 않게 부당한 높이로 격상되어 있는 것이요.

---

13 마태오의 복음 26:6~13. 베다니아의 나병환자 시몬의 집에서 예수 그리스도에게 향유를 부은 여자에 대한 이야기로, 성수요일 예배의 기도문에 나온다.

요점을 너무 질질 끌어 죄송해요. 이제 지체한 것을 보상할게요.

왜 막달라 마리아에 대한 언급이 부활절 바로 전날에, 그리스도의 죽음과 부활의 문턱에 자리하는지가 나는 늘 흥미로웠어요. 그 이유는 모르지만, 삶과 작별하는 순간, 생명의 부활의 문턱에서 삶이 무엇인지를 상기시키는 것은 아주 시의적절하죠. 얼마나 진정한 열정으로, 그 무엇도 고려하지 않고 얼마나 직설적으로 이런 언급이 이루어지는지 이제 들어보세요.

그 사람이 막달라 마리아인지, 아니면 이집트의 마리아인지, 아니면 어떤 다른 마리아인지는 논란이 있어요.[14] 아무튼 그녀가 주님께 간청해요. '내가 머리를 풀듯이 내 빚에서 풀어주소서.' 다시 말해, '내가 머리를 풀듯이 나의 죄를 사하소서.' 용서에 대한, 회개에 대한 갈망이 얼마나 실질적으로 표현되어 있나요! 손으로 만져질 정도예요.

같은 날을 위한 다른, 더 자세한 찬송에도 유사한 외침이 나오는데, 여기서는 더 확실하게 막달라에 관해 이야기하고 있어요.

여기서 그녀는 매일 밤이 해묵은 예전 습성에 불을 붙인다며 너무나 생생하게 과거에 대해 한탄해요. '밤이 내게는 억제할 길 없는 음란의 불길, 달빛 없이 캄캄한 죄악의 열의이니.' 그녀는 그리스도에게 자신의 참회의 눈물을 받아줄 것을, 가슴의 탄식에 귀 기울여줄 것을 간청하죠. 그녀가 정결하기 그지없는 그의 두 발을 머리카락으로, 낙원에서 정신이 아찔하게 수치스러워진 이브가 그 소란 속에 몸을 가렸던 머리카락으로 닦을 수 있도록 말이에요. '낙원에서 이브가 대낮에 당신의 발소리를 듣고 두려움에 몸을 숨

---

14 성서에서 예수의 몸에 향유를 부은 여자 이야기에 대한 여러 해석을 가리킨다. '이집트의 마리아'에 대한 언급은 억측이다.

겼으나, 나는 당신의 더없이 순결한 발에 입 맞추고 내 머리카락으로 닦으리오니.' 그리고 이 머리카락 이야기에 뒤이어 갑자기 탄식이 터져나와요. '내 무수한 죄악과 당신 운명의 심연을 누가 가늠하리오?' 얼마나 친밀한가요! 신과 삶이, 신과 개인이, 신과 여인이 얼마나 동등한가요!"

18

역에서 돌아왔을 때 유리 안드레예비치는 지친 상태였다. 그날은 열흘마다 있는 그의 휴일이었다. 보통 그는 휴일마다 잠을 푹 자서 일주일치 피로를 풀었다. 그는 소파에 기대어 앉아 있었고, 때로 반쯤 누운 자세를 취하거나 아니면 소파 위에 몸을 쭉 뻗고 눕기도 했다. 밀려드는 졸음 속에서 시마의 말을 듣고 있었지만 그녀의 논의는 그에게 큰 감흥을 주었다. '물론 저건 다 꼴랴 삼촌한테서 나온 거야.' 그는 생각했다. '하지만 얼마나 재능 있고 총명한 여자인가!'[15]

그는 소파에서 벌떡 일어나 창문으로 다가갔다. 창문은 라라와 시무시까가 이제는 알아들을 수 없게 소곤거리는 옆방과 마찬가지로 마당으로 나 있었다.

날씨가 나빠지고 있었다. 마당이 어두워졌다. 까치 두 마리가 마당으로 날아들어 앉을 자리를 살피며 날아다니기 시작했다. 바람에 깃털이 약간 부풀어 헝클어졌다. 까치들은 쓰레기통 뚜껑에 내려앉

---

[15] 막달라 마리아에 관한 유리 지바고의 두편의 시 「막달레나」 1, 2가 시마 뚠쩨바의 논의와 관련된다.

왔다가 담장으로 날아갔고, 땅으로 내려와 마당을 걷기 시작했다.

'까치는 눈이 온다는 뜻이야.' 의사는 생각했다. 같은 순간 커튼 너머에서 하는 말이 들렸다.

"까치는 소식을 의미해요." 시마가 라라를 향해 말했다. "손님이 오실 거예요. 아니면 편지를 받거나."

잠시 뒤에 밖에서 철사에 매달아둔 문의 초인종이 울렸다. 얼마 전에 유리 안드레예비치가 고친 것이었다. 라리사 표도로브나가 커튼 뒤에서 나와 종종걸음으로 문을 열러 현관으로 갔다. 문가에서 나누는 이야기를 통해 유리 안드레예비치는 시마의 언니인 글라피라 세베리노브나가 왔음을 알았다.

"동생 데리러 오셨어요?" 라리사 표도로브나가 물었다. "시무시까는 우리 집에 있어요."

"아니요, 시무시까 때문이 아니에요. 그렇지만 뭐, 집에 가려던 참이라면 같이 가죠. 아니, 나는 전혀 다른 일로 왔어요. 당신 친구에게 온 편지를 가져왔죠. 내가 전에 우체국에서 일했던 것을 고마워해야 할걸요. 얼마나 많은 손을 거쳤는지. 알음알음으로 내 수중에 떨어졌어요. 모스끄바에서 온 거예요. 다섯달 걸렸네요. 수취인을 찾을 수가 없었대요. 그런데 나는 수취인이 누군지 알잖아요. 전에 면도를 해줬으니까."

여러장에 걸친 긴 편지였다. 구겨지고 때 묻은 편지는 개봉되어 너덜너덜해진 봉투 안에 들어 있었다. 또냐한테서 온 것이었다. 편지가 어떻게 자기 손에 들려 있게 되었는지 의사는 알지 못했다. 라라가 봉투를 전해준 것도 알아채지 못했다. 편지를 읽기 시작했을 때만 해도 그가 어느 도시에 있으며 누구의 집에 있는지를 기억하고 있었다. 하지만 편지를 읽어내려감에 따라 그런 의식을 잃어버렸다. 시마가 나와서 인사를 나누고 그와 작별 인사를 했다. 그는 기계적으로, 늘 하듯이 대답했지만 그녀에게 주의를 돌리지 않았다. 그녀가 떠난 것도 의식에서 사라졌다. 차츰 그는 자신이 어디에 있고 주위에 무엇이 있는지를 더욱더 완전히 잊어버렸다.

"유라," 안또니나 알렉산드로브나는 그에게 썼다. "당신, 우리한테 딸이 생긴 거 알아? 돌아가신 당신 어머니 마리야 니꼴라예브나를 기려서 마샤라고 이름 지었어요.

이제는 완전히 다른 이야기. 몇몇 저명한 사회 활동가, 입헌민주당 소속 교수들과 우익 사회주의자들, 멜구노프와 끼제베쩨르, 꾸스꼬바와 몇몇 다른 사람들을 러시아에서 외국으로 추방한대요,[16] 니꼴라이 알렉산드로비치 그로메꼬 삼촌, 아빠와 그 가족인 우리까지도.

이건 특히나 당신이 없는 상황에서는 불행이에요. 하지만 따라야 하고, 이토록 무시무시한 시절에 추방이라는 이런 부드러운 형태를 띠게 된 것에 하느님께 감사해야 해. 정말이지 훨씬 더 나쁠 수도 있었어요. 당신을 찾아서 여기 함께 있었다면 우리와 같이 갈 텐데. 하지만 당신은 지금 어디 있는 거야? 이 편지는 안쩨뽀바의 주소로 보내요. 만약 그녀가 당신을 찾으면 편지를 전해주겠지. 나중에라도, 그럴 운명이어서 당신이 발견된다면, 우리 모두가 받은 출국 허가가 우리 가족의 일원으로서 당신에게까지 적용될지 여부를 알 수 없어서 고통스러워. 나는 당신이 살아 있고 발견되리라고 믿어요. 내 사랑하는 가슴이 그렇게 얘기하고 나는 가슴의 목소리를 믿어요. 아마 당신이 나타날 무렵이면 러시아에서 삶의 조건이

<hr>

16 1922년 8~9월, 많은 사회 활동가, 교수, 작가 들이 레닌의 지시에 따라 국외로 추방되었다.

누그러지고 당신도 개별적인 해외여행 허가를 얻어서 우리 모두가 다시 한자리에 모일 수 있지 않을까? 하지만 이 말을 쓰면서도 나 스스로가 그런 행복이 이루어지리라 믿지 못해.

무엇보다 괴로운 것은, 나는 당신을 사랑하는데 당신은 나를 사랑하지 않는다는 거예요. 나는 이 선고의 의미를 찾으려 애쓰고 있어요. 이해하고, 정당화하려고 노력 중이야. 내 속을 파고 또 파고, 우리가 함께한 삶을 전부 되돌아보고, 나 자신에 대해 아는 것을 모두 곱씹어보지만 시작점을 찾지 못하겠고, 내가 무엇을 했고 어쩌다 자신에게 이런 불행을 안겼는지 기억하지 못하겠어. 당신은 웬일인지 나를 곱지 않은 시선으로 잘못 바라보고 있어. 비뚤어진 거울로 보듯 나를 왜곡해서 보고 있어요.

그렇지만 나는 당신을 사랑해. 아, 내가 얼마나 당신을 사랑하는지 당신이 상상할 수만 있다면! 당신이 가진 모든 독특한 면을, 장점과 단점 모두를, 평범하지 않은 조합 때문에 소중한 당신의 모든 평범한 면모를, 그것 없이는 못생겨 보였을지 모르지만 내면의 내용으로 고결해진 얼굴을, 완전히 결핍된 의지의 자리를 대신 차지한 것 같은 재능과 지성을 나는 사랑해. 내게는 이 모든 것이 소중하고, 나는 당신보다 더 훌륭한 사람을 알지 못해요.

하지만 들어봐요, 내가 무슨 말을 하려는지 알아? 당신이 내게 그토록 소중하지 않다 해도, 그 정도로 내가 당신을 좋아하지 않는다 해도, 내 마음이 냉담하다는 서글픈 진실은 내게 드러나지 않았을 거야. 여전히 나는 당신을 사랑한다고 생각했을 거야. 단 하나, 사랑하지 않는다는 것이 얼마나 굴욕적이고 파괴적인 처벌인가 하는 공포 때문에, 나는 당신을 사랑하지 않는다는 점을 깨닫기를 무의식적으로 피했을 거야. 나도, 당신도 그 점을 결코 인식하지 못했겠지. 사랑하지 않음은 거의 살인과 같은 거라서 나 자신의 가슴이 내게 그걸 감췄을 거고, 나는 그 누구한테도 그런 타격을 가하지 못했을 거야.

아직 아무것도 최종적으로 결정된 건 없지만 우리는 아마 빠리로 갈 거야. 아이 적 당신이 가봤던, 그리고 아빠와 삼촌이 교육받은 그 먼 땅으로 가게 될 거야. 아빠가 당신에게 인사를 전하시네. 슈라는 많이 컸어요. 아주 미남은 아니지만 커다랗고 튼튼한 소년이 되었어. 당신 이야기만 나오면 늘 달랠 길 없이 서럽게 울어요. 더이상은 못 쓰겠어. 눈물에 가슴이 찢어져요. 그럼, 안녕. 끝이 없을 이 모든 이별의 시간을 위해, 시련과, 불확실한 미래를 위해, 길고 긴 어둠 속 당신의 모든 길을 위해 당신에게 성호를 긋게 해줘. 그 무엇도 비난하지 않아. 아무 원망도 없어. 당신 원하는 대로 삶을 꾸려가요. 당신이 괜찮기만 바랄 뿐이야.

우리에겐 그토록 숙명적이던 그 끔찍한 우랄을 떠나기 전에 나는 라리사 표도로브나와 꽤 가까이 알고 지냈어요. 그녀에게 감사해. 그녀는 내가 힘들 때 떠나지 않고 곁에 있어주었고 아이를 낳을 때도 도와줬어요. 그녀가 좋은 사람이란 걸 솔직히 인정해야 해. 하지만 위선을 떨고 싶진 않아. 그녀는 나와 정반대의 사람이야. 나는 삶을 단순화하고 올바른 출구를 찾기 위해 세상에 태어났어요. 그녀는 삶을 복잡하게 만들고 길에서 벗어나게 하기 위해 태어난 거고.

안녕, 이만 마쳐야 해요. 편지를 가지러 왔어요. 짐도 꾸려야 할 때고. 오, 유라, 유라, 내 사랑, 내 소중한 사람, 내 남편, 내 아이들의 아버지, 이게 대체 무슨 일인지? 정말 우리는 결코, 다시는 못 만나겠지. 이제 내가 이 말들을 썼지만, 무슨 의미인지 당신은 이해할까? 당신, 이해해요? 당신, 이해해? 나를 재촉하네. 처형장으로 끌고 가려고 나를 데리러 왔다는 신호 같아. 유라! 유라!"

유리 안드레예비치는 눈물 없는 공허한 두 눈을 편지에서 들었다. 어디로도 향하지 않은, 비애로 인해 메말라버린, 고통에 황폐해진 눈이었다. 그는 주위의 아무것도 보지 않았고, 아무것도 의식하지 못했다.

창밖으로 눈이 내리기 시작했다. 바람이 눈을 공중에서 비스듬히, 점점 더 빠르고 자욱하게, 그렇게 해서 내내 무언가를 만회하려는 듯 휩쓸어갔다. 유리 안드레예비치는 자기 앞의 창밖을 바라보았다. 마치 눈이 내리는 것이 아니라 또냐의 편지 읽기가 계속되는 것 같았다. 휩쓸려가며 어른거리는 것은 별 모양의 메마른 눈 결정이 아니라 작고 검은 글자들 사이 하얀 종이의 작은 공백들, 하얗고 하얀, 끝없는, 끝없는 공백들 같았다.

유리 안드레예비치는 저도 모르게 신음 소리를 내며 가슴을 움켜쥐었다. 정신을 잃고 쓰러질 듯한 느낌에 몇발짝 비틀거리는 걸음을 소파 쪽으로 옮기고는 의식을 잃고 그 위에 쓰러졌다.

제14부

·

다시 바리끼노에서

1

완연한 겨울이었다. 함박눈이 쏟아지고 있었다. 유리 안드레예비치는 병원에서 집으로 돌아왔다.

"꼬마롭스끼가 왔어요." 그를 맞으러 나온 라라가 가라앉은 쉰 목소리로 말했다. 그들은 현관에 서 있었다. 그녀는 두들겨맞은 사람처럼 당혹한 모습이었다.

"어디에? 누구한테? 우리 집에 있어?"

"아니에요, 물론. 아침에 왔었고 저녁에 다시 오겠다고 했어요. 곧 나타날 거야. 당신하고 할 말이 있대."

"왜 온 거지?"

"그가 하는 말을 다 이해하진 못했어요. 극동으로 가는 길에 우리를 만나기 위해 일부러 우회해서 유랴찐에 들렀다는 것 같더라고. 특히 당신과 빠샤를 만나기 위해. 당신들 두 사람에 대한 얘기를 많이 했어. 우리 셋 모두, 그러니까 당신과 빠뜰랴와 내가 죽을 위험에 처했고, 우리가 그의 말을 듣는다면 자기만이 우리를 구할 수 있다고 장담하던걸."

"나는 나갈 테야. 그 사람 보고 싶지 않아요."

라라는 울음을 터뜨렸고, 의사 앞에 무릎을 꿇고 쓰러져 그의 두 다리를 껴안고 머리를 갖다대려 했다. 하지만 그가 억지로 붙잡아 말렸다.

"제발 나를 위해 있어줘요. 애원할게. 나는 결코 그와 눈을 마주하는 게 두렵진 않아. 하지만 힘겨운 일이야. 그와 단둘이 만나지는 않게 해줘요. 게다가 그 사람은 실리적이고 경험 많은 사람이야. 정말로 뭔가 조언을 해줄지도 몰라. 당신이 그를 혐오스러워하는 건 당연해. 하지만 부탁이에요, 좀 참아줘. 여기 있어줘."

"무슨 일이야, 나의 천사? 진정해요. 무슨 짓을 하는 거야? 무릎 꿇지 말아요. 일어나. 힘을 내. 당신을 쫓아다니는 강박관념을 몰아내요. 그는 평생 당신을 겁먹게 해왔어. 내가 당신과 함께 있잖아. 필요하면, 당신이 하라고만 하면 나는 그를 죽여버리겠어."

삼십분쯤 지나 저녁이 되었다. 완전히 어두워졌다. 벌써 반년 전부터 마루에 난 구멍이란 구멍은 다 막아놓았다. 유리 안드레예비치는 새 구멍이 생기는지 살피다가 제때 그것을 막았다. 집에는 꼼짝도 하지 않고 수수께끼 같은 명상 속에서 시간을 보내는 크고 털이 북슬북슬한 고양이를 길렀다. 쥐들은 집을 떠나지는 않았지만 한결 조심스러워졌다.

꼬마롭스끼를 기다리는 사이 라리사 표도로브나는 배급받은 흑빵을 썰어 삶은 감자 몇개와 함께 접시에 담아 식탁에 내왔다. 예전 용도 그대로 남은 옛 주인들의 식당에서 손님을 맞기로 했다. 식당에는 커다란 참나무 식탁과, 마찬가지로 검은색 참나무로 만든 커다랗고 묵직한 찬장이 서 있었다. 식탁 위에는 심지를 드리운 작은 유리병 안에서 아주까리기름이 타고 있었다. 의사가 들고 다니는 램프였다.

꼬마롭스끼는 거리에 쏟아지는 눈을 온몸에 뒤집어쓰고 12월의 어둠 속에서 나타났다. 그의 모피 외투와 모자와 덧신에서 겹겹이 쌓인 눈이 떨어져 층층이 녹으며 바닥에 물웅덩이를 만들었다. 전에는 면도를 했지만 지금은 기른 꼬마롭스끼의 콧수염과 턱수염이 달라붙은 눈 때문에 축축해져 익살꾼이나 어릿광대의 그것 같았다. 잘 관리된 조끼와 재킷에 주름이 반듯한 줄무늬 바지 차림이었다. 인사를 하고 뭔가 말하기에 앞서 그는 휴대용 빗으로 젖고 헝클어진 머리를 오래 빗었고 축축한 콧수염과 눈썹을 손수건으로 닦고 매만졌다. 그런 뒤 말없이 의미심장한 표정으로 양손을 동시에, 왼손은 라리사 표도로브나에게, 오른손은 유리 안드레예비치에게 내밀었다.

"우리는 아는 사이라고 해도 되겠지요." 그가 유리 안드레예비치를 향해 말했다. "나는 당신 아버지와 아주 잘 지냈어요, 아마 당신도 알겠지만. 내 품에서 숨을 거두셨소. 내내 당신을 들여다보며 닮은 점을 찾았는데 아니네요. 아버지를 닮지는 않은 것 같소. 그 양반은 기질이 활달한 분이었습니다. 충동적이고 저돌적이고. 외모로 볼 때 당신은 차라리 어머니를 닮았네요. 부드러운 분이었지요. 몽상가였고."

"라리사 표도로브나가 당신 말을 참고 들어달라고 부탁했습니다. 당신이 내게 무슨 볼일이 있다더군요. 나는 그녀의 요청에 응한 거요. 우리의 대화는 마지못해 억지로 이루어진 겁니다. 내 마음 같아서는 당신과 안면도 트지 않을 테고 우리가 아는 사이라고 여기지도 않습니다. 그러니 바로 볼일 얘기를 합시다. 원하는 게 뭡니까?"

"안녕들 하시오, 내 좋은 친구들. 나는 모든 걸, 결단코 모든 걸 느끼고 모든 걸 속속들이, 끝까지 이해합니다. 내 주제넘음을 용서한다면, 당신들은 서로 무척이나 잘 어울립니다. 최고로 조화로운 한쌍이에요."

"당신 말을 끊어야겠군요. 당신과 관계없는 일에 끼어들지 마시죠. 당신한테 공감을 청한 사람 없습니다. 자기 분수를 잊으셨군."

"젊은이, 그렇게 대번에 불끈하지 마시게. 아니야, 당신은 차라리 아버지를 닮으셨군. 똑같이 성질 급한 싸움꾼이란 말이지. 좋아요, 허락한다면 당신들을 축하하는 바요, 내 어린 친구들. 그런데 안타깝게도 당신들은 내 말뿐 아니라 실제로도 아무것도 모르고, 아무 생각도 없는 어린 사람들이란 말이오. 나는 여기 고작 이틀 있었을 뿐인데 당신들 스스로 짐작하는 것보다 당신들에 관해 더 많은 것을 알게 되었소. 당신들은 생각도 못하겠지만 심연의 가장자리를 따라 걷고 있어요. 무슨 수를 써서라도 위험을 예방하지 않으면 자유의 나날은커녕 아마 목숨이 붙은 날도 오래지 않을 거요.

일종의 공산주의적 양식이란 게 있어요. 그 척도에 부합하는 사람은 거의 없지요. 하지만 그런 삶과 사고의 방식을 당신처럼 그렇게 표 나게 위반하는 사람은 아무도 없어요, 유리 안드레예비치. 뭐하러 거위를 약 올리는지[1] 이해를 못하겠소. 당신은 이 세계에 대한

---

1 공연히 들쑤신다는 뜻.

조롱이요, 모욕이에요. 그게 당신만의 비밀이라면 괜찮겠지요. 하지만 여기에는 모스끄바에서 온 영향력 있는 사람들이 있어요. 그들은 당신 속내를 속속들이 알고 있소. 당신들 두 사람 다 이곳에 있는 테미스²의 사제들의 취향과는 끔찍이도 거리가 멀어요. 안찌쁘프 동지와 찌베르진 동지가 라리사 표도로브나와 당신한테 이를 갈고 있어요.

당신은 남자요. 자유로운 까자끄, 아니면 뭐라고 부르든 말이오. 미쳐 날뛰든, 자기 목숨을 가지고 놀든 그건 당신의 신성한 권리요. 하지만 라리사 표도로브나는 자유롭지 못한 사람이오. 그녀는 어머니예요. 그녀의 손에 아이의 목숨이, 어린아이의 운명이 달렸소. 공상을 좇아 구름 위를 날아다닐 처지가 아니란 말이오.

나는 아침나절을 설득하느라, 그녀에게 이곳 상황을 좀더 심각하게 받아들여야 한다고 납득시키느라 몽땅 허비했소. 그녀는 내 말을 들으려 하지 않아요. 당신의 권위를 이용해요. 라리사 표도로브나에게 영향력을 행사하세요. 그녀는 까쩬까의 안전을 가지고 장난칠 권리가 없어요. 내 판단을 무시해서는 안 됩니다.”

“나는 살면서 누구한테도 결코 설득하거나 강요한 바가 없습니다. 가까운 사람들한테는 더욱이. 당신 말을 듣고 안 듣고는 라리사 표도로브나의 자유요. 그건 그녀가 알아서 할 일이죠. 게다가 나는 당신이 무슨 말을 하는 건지 도통 모르겠습니다. 당신이 말한 당신의 판단이라는 것도 아는 바 없고요.”

“아니, 당신은 점점 더 당신 아버지를 떠올리게 하네요. 똑같이 고집이 셌지. 그럼 요점으로 넘어갑시다. 하지만 이건 상당히 복잡

---

2 그리스 신화에서 법과 정의의 여신.

한 문제니까 참을 각오를 하세요. 내 말을 끊지 말고 듣기 바랍니다.

상층부에서 큰 변화를 준비하고 있어요. 아니, 아니, 가장 믿을 만한 소식통한테 얻은 정보니까 의심하지 않아도 됩니다. 좀더 민주적인 노선으로의 전환, 보편적 법질서에 양보할 것을 고려하고 있지요. 그것도 아주 멀지 않은 미래에.

하지만 바로 그 때문에, 폐지가 예정된 징벌 기관들이 끝을 앞두고 더더욱 사납게 날뛸 것이고 더더욱 서둘러 자기 지역에서 결산을 하려 들 거요. 당신이 청산될 차례요, 유리 안드레예비치. 당신 이름이 명단에 올라 있다고. 농담이 아니라 내가 직접 봤으니까 믿어도 좋아요. 살길을 생각해봐요, 그러지 않으면 늦을 거요.

하지만 이 모든 것은 아직 서두였소. 일의 핵심으로 넘어가지요.

태평양 연안 연해주에 정치세력들이 집결 중이오. 타도된 임시정부와 해산된 제헌의회에 여전히 충성하는 세력들이에요. 두마 의원, 사회 활동가, 옛 젬스뜨보 의원 중 가장 저명한 인사들, 상공인들, 기업가들이 모여들고 있어요. 의용군 장군들도 여기에 부대 잔여 병력을 집중시키고 있습니다.

소비에뜨 정부는 극동공화국의 출현을 보고도 못 본 체하고 있어요.[3] 변방에 그런 조직이 존재하는 것이 붉은 시베리아와 외부 세계 사이의 완충지대로 구실해 소비에뜨 정부에 이롭기 때문이죠. 공화국 정부는 혼합적으로 구성될 겁니다. 모스끄바가 협상해 절반 이상의 자리가 공산주의자에게 할당되었어요. 그들의 도움으로

---

3 1920년 봄 소비에뜨 인민위원회는 일본과의 군사적 충돌을 피하기 위해 자바이깔, 아무르, 연해주 지방에 '완충' 국가를 건설하기로 결정했다. 공산주의자와 함께 멘셰비끼와 사회혁명당원이 참여해 1920년 4월 6일 선포된 극동공화국은 1922년 11월까지 존속했다.

적당한 때에 정변을 일으켜 공화국을 손아귀에 넣으려는 거요. 아주 속이 훤히 들여다보이는 계획이고, 문제는 남은 시간을 이용할 수 있는가 하는 것뿐이에요.

나는 혁명 전 한때 블라지보스또끄에서 아르하로프 형제, 메르꿀로프 집안 및 다른 상사商社와 은행가들의 일을 맡아보았어요. 거기서는 나를 압니다. 구성 중인 정부의 특사가 반은 비밀리에, 반은 소비에뜨의 공식적인 묵인하에 내게 법무장관으로 극동 정부에 들어오라는 제안을 가져왔습니다. 나는 수락하고 그리 가는 길이에요. 방금 말한 대로 이 모든 일은 소비에뜨 권력이 인지하고 무언의 동의하에 일어나고 있습니다. 하지만 그렇다고 공공연한 것은 아니니 이것에 대해 떠들어서는 안 됩니다.

나는 당신과 라리사 표도로브나를 데려갈 수 있어요. 거기서 당신은 바닷길로 쉽게 가족한테 갈 수 있고요. 그들의 국외추방에 대해서는 물론 이미 알고 있겠지요. 시끄러운 사건이어서 모스끄바 전체가 그 이야기를 하고 있지요. 나는 라리사 표도로브나에게 빠벨 빠블로비치 위에 드리운 불행을 막아주겠다고 약속했습니다. 공인된 독립 정부의 일원으로서 나는 동시베리아에서 스뜨렐니꼬프를 찾아서 우리 자치 지역으로 넘어오도록 도울 겁니다. 만약 그가 도주하는 데 실패하면 나는 동맹군에 붙잡혀 있는, 모스끄바 중앙 권력에 가치 있는 인물과 교환하자고 제안할 거요."

라리사 표도로브나는 대화의 내용을 힘겹게 따라갔고, 그 의미를 자주 놓치곤 했다. 하지만 의사와 스뜨렐니꼬프의 안전과 관련된 꼬마롭스끼의 마지막 말을 듣자 수심에 잠겨 무관심하던 상태에서 벗어나 귀를 쫑긋 세우고는 약간 상기되어 말참견을 했다.

"유로치까, 이 계획이 당신과 빠샤에게 얼마나 중요한지 이해하지?"

"이봐요, 당신은 너무 쉽게 믿네. 막 생각해낸 것을 다 이루어진 걸로 여기면 안 돼요. 빅또르 이뽈리또비치가 우리를 의도적으로 속이고 있다는 말은 아니야. 하지만 모든 게 불확실하잖아! 빅또르 이뽈리또비치, 이제 내가 몇마디 하지요. 내 운명에 관심을 가져줘서 감사합니다. 하지만 정말로 내가 당신에게 내 운명을 맡길 거라 생각합니까? 스뜨렐니꼬프에 대한 당신의 염려와 관련해서는 라라가 생각해봐야겠지만요."

"얘기가 왜 그렇게 되지? 문제는 이 사람이 제안한 대로 우리가 이 사람과 함께 갈 건가 말 건가야. 당신 없이 내가 가지 않을 거라는 건 당신도 잘 알 테고."

꼬마롭스끼는 유리 안드레예비치가 진료소에서 가져와 식탁에 내놓은 희석한 알코올을 자주 홀짝이며 감자를 씹었고, 차츰 취해갔다.

2

벌써 밤이 깊었다. 이따금 불똥이 떨어지면 램프 심지가 타닥거리며 타올라 방을 환히 밝혔다. 그러고는 모든 것이 다시 암흑에 잠겼다. 주인들은 자고 싶었고, 단둘이서 나눌 말도 있었다. 그러나 꼬마롭스끼는 여전히 가지 않았다. 육중한 참나무 찬장의 모습이 짓누르듯이, 창문 밖 얼어붙은 12월의 어둠이 압박하듯이, 그가 있는 것이 괴로웠다.

그는 두 사람이 아니라 그들의 머리 위 어딘가를 바라보고 있었다. 취기가 돌아 동그래진 두 눈을 저 먼 한 점에 박고 졸음에 겨워 꼬부라진 혀로 똑같은 지루한 얘기를 끝없이 지껄이고 또 지껄였다. 지금 그가 꽂힌 화제는 극동이었다. 그는 라라와 의사에게 몽골의 정치적 의의에 대한 자기 생각을 늘어놓으며 극동에 대한 얘기를 거듭 되풀이했다.

유리 안드레예비치와 라리사 표도로브나는 그가 이야기의 어느 지점에서 몽골로 빠져들었는지 따라잡지 못했다. 어쩌다 이 주제로 건너뛰었는지 놓치는 바람에 이 낯설고 관계없는 주제의 지루함이 커져만 갔다.

꼬마롭스끼는 말했다.

"시베리아, 이건 흔히 말하듯이 그야말로 새로운 아메리카예요. 아주 풍부한 가능성을 품고 있어요. 위대한 러시아의 미래의 요람, 우리의 민주화와 번영과 정치적 건전화의 보증입니다. 몽골, 우리의 위대한 극동의 이웃인 외몽골의 미래는 매혹적인 가능성이 훨씬 더 가득해요. 당신들이 몽골에 대해 아는 게 뭡니까? 하품이나 해대고 무심하게 눈만 껌벅대면서 창피하지도 않아? 아무튼, 거기는 표면적이 150만 평방베르스따에 달하고, 광물자원이 엄청나고, 유사 이전의 시초 상태 그대로인 나라예요. 중국과 일본과 아메리카가 탐욕에 찬 손길을 뻗고 있는데, 지구의 이 먼 구석에서 영향권이 어떻게 분할되든 간에, 모든 적수들이 인정하는 대로 우리 러시아의 이익을 해칠 거요.

중국은 몽골의 라마승과 쿠툭투[4]에게 영향력을 행사하며 몽골의 봉건적이고 신정국가적인 후진성에서 이익을 취하고 있어요. 일본

---

4 몽골 불교의 지도자인 생불.

은 몽골어로 호슌이라 부르는 그 지역 봉건제후들에 기대고 있고. 붉은 공산주의 러시아는 함질스라는 형태, 즉 몽골의 봉기한 유목민들의 혁명 연합에서 동맹자를 찾았어요. 나로 말하면, 나는 자유롭게 선출된 쿠릴타이[5]의 통치 아래 정말로 번영하는 몽골을 보고 싶어요. 개인적으로야 우리의 관심사는 이런 게 되어야겠죠. 몽골 국경 너머로 한걸음만 옮기면 세상이 당신들 발치에 있는 거요. 당신들은 자유로운 새가 되는 겁니다."

그들과 아무 관계도 없는 성가신 주제를 두고 장황한 추론을 늘어놓는 데 라리사 표도로브나는 신경질이 났다. 질질 끌며 앉아 있어 지루함에 지칠 대로 지친 그녀는 작별을 위해 꼬마롭스끼에게 단호히 손을 뻗고서 적의를 감추지 않고 대놓고 말했다.

"늦었네요. 이만 가실 시간이에요. 나는 자고 싶어요."

"그렇게 박대하지 않았으면 좋겠군요. 이런 시각에 문밖으로 내쫓진 마시오. 밤중에 불도 없는 낯선 도시에서 길이나 찾을지 확신이 안 서요."

"그 점을 더 일찍 생각해서 눌러앉아 있지 말았어야죠. 당신을 붙잡은 사람은 아무도 없어요."

"오, 나한테 왜 그리 날카롭게 말하는 거요? 심지어 내게 여기 어디 묵을 데가 있는지도 묻지 않았잖소?"

"전혀 관심 없어요. 틀림없이 본인 앞가림은 잘하시겠죠. 설사 묵게 해달라고 부탁한대도 우리가 까쩬까와 함께 자는 방에는 들이지 않을 거예요. 다른 방들은 쥐가 감당이 안 될 테고."

"쥐는 무섭지 않소."

---

5 혁명 전 몽골의 봉건 통치계급 합의체.

"그럼 알아서 하세요."

3

"무슨 일이에요, 나의 천사? 벌써 며칠을 밤에 잠도 못 자고, 식탁에 앉아서는 음식에 손도 안 대고 하루 종일 미친 사람처럼 돌아다니잖아. 계속 생각하고 또 생각하고. 뭐가 당신을 괴롭히는 거야? 불안한 생각이 그렇게 멋대로 날뛰게 해서는 안 돼요."

"병원 수위 이조뜨가 다시 왔었어요. 이 집에 있는 세탁부하고 사귀거든. 그래서 지나는 길에 위로해준다고 들렀어. 그 사람이 무서운 비밀이 있다면서 이러는 거야. '당신 친구는 어두운 운명을 피할 수 없어. 그렇게 가만히 있다간 오늘내일 사이로 잡혀갈 거야. 바로 뒤이어서 당신도, 이 불운한 여자야.' 내가 '이조뜨, 그런 건 어디서 들었어?' 하고 물으니까 '믿어, 틀림없어' 그러면서 뽈깐에서 들었다고 하더라고. 당신도 짐작하듯이 뽈깐은 그가 이스뽈꼼⁶을 자기식으로 바꿔쓴 거지."

라리사 표도로브나와 의사는 웃음을 터뜨렸다.

"그 사람 말이 다 맞아. 위험이 무르익어 이미 문턱에 와 있어. 꾸물대지 말고 사라져야 해. 문제는 바로 어디로 가느냐뿐이지. 모스끄바로 가는 건 생각할 필요도 없어. 준비가 너무 복잡해서 눈에 띌 거야. 아무도 아무것도 보지 못하게 몰래 해야 해요. 이건 어떨까, 나의 기쁨, 당신 생각이 도움이 될 것 같은데. 당분간 우리는 자

⁶ 집행위원회.

취를 감춰야 해. 바리끼노를 그 장소로 삼는 거야. 두주에서 한달가량 거기 가 있자."

"고마워요, 내 소중한 사람, 고마워. 오, 얼마나 기쁜지 몰라. 당신 안의 모든 것이 얼마나 이 결정을 꺼렸을지 이해해요. 하지만 당신 집을 얘기하는 건 아니야. 그 집에서 산다는 건 당신으로서는 정말 생각도 못할 일일 거야. 텅 빈 방들의 모습하며 자책, 비교, 나라고 이해 못할까? 타인의 고난 위에 행복을 세우다니, 영혼에 소중하고 성스러운 것을 짓밟다니. 나는 결코 당신의 그런 희생을 받아들이지 못할 거야. 하지만 문제는 그게 아니에요. 당신 집은 너무 심하게 파손돼서 방을 들어가 살 만한 상태로 만들기가 거의 불가능할 거야. 나는 차라리 미꿀리쩐 부부가 버리고 떠난 집을 염두에 두고 있어."

"다 맞는 말이야. 세심히 배려해줘서 고마워요. 그런데 잠깐만, 계속 묻고 싶었는데 자꾸 잊어버리네. 꼬마롭스끼는 어딨지? 아직 여기 있어, 아니면 벌써 떠났어? 그 사람하고 싸우고 계단에서 쫓아보낸 뒤로 아무 얘기도 듣지 못했네."

"나도 아무것도 몰라. 알 게 뭐야. 그 사람은 왜요?"

"점점 더 그런 생각이 들거든. 우리는 서로 그의 제안을 달리 생각했어야 하지 않나 하고 말이야. 우리는 같은 상황이 아니야. 당신은 딸을 생각해야 해. 설사 당신이 나와 파멸의 운명을 함께하고 싶다 해도 당신은 자신에게 그걸 허용할 권리가 없어요.

그렇지만 바리끼노로 갑시다. 물론 이 혹독한 겨울에 그 거칠고 외진 곳으로 식량도, 힘도, 희망도 없이 기어 들어가는 것은 미친 짓 중의 미친 짓이지. 하지만 그래, 나의 심장이여, 광기 이외에 우리에게 남은 것이 아무것도 없다면, 미쳐보자. 한번 더 자존심을 꺾

자. 안쥠한테 사정해 말을 구하자. 그 사람한테, 아니, 심지어 그 사람이 아니라 그가 거래하는 투기꾼한테라도 밀가루와 감자를, 어떠한 신용으로도 셈을 못 맞출 외상으로 달라고 부탁해보자. 당장에, 즉시 우리에게 베푼 은혜를 보상받으려 오지 말고 막판에, 말을 되찾아갈 필요가 있을 때만 오라고 설득하자. 잠시 우리끼리만 있자. 가자, 나의 심장이여. 더 양심적으로 살면 일년은 충분할 땔감을 베어와 일주일 동안 때보자.[7]

또, 또 이러네. 계속 갈피 못 잡을 소리를 해서 미안해요. 얼마나 이 바보 같은 걱정 없이 당신과 얘기하고 싶은지 몰라! 하지만 정말 우리한테는 선택의 여지가 없어. 그걸 당신이 뭐라 부르든, 실제로 파멸이 우리 문을 두드리고 있어요. 우리한테 허락된 날들은 불과 얼마 안 돼. 그날들만이라도 우리 방식대로 쓰자. 삶에 작별을 고하는 데, 이별을 앞둔 마지막 만남에 쓰자. 우리에게 소중했던 모든 것과, 우리의 익숙한 관념들과, 우리가 꿈꾸었던 삶과, 양심이 우리에게 가르쳤던 것과 작별하자. 희망과 작별하자, 서로에게 작별을 고하자. 아시아의 대양의 이름처럼 거대하고 고요한, 한밤중 우리의 비밀스러운 말들을 다시 한번 주고받자. 나의 금지된 비밀의 천사여, 내 삶의 끝에, 전쟁과 봉기의 하늘 아래 당신이 서 있는 건 다 까닭이 있는 거야. 당신은 언젠가 내 삶의 시초에, 유년의 평화로운 하늘 아래서도 나타났었지.

그날 밤 커피색 교복을 입은 김나지움의 졸업반 학생으로 어둑한 호텔방 칸막이 뒤에 있던 당신은 지금과 똑같았어. 똑같이 숨이 멎을 만큼 예뻤지.

---

7 유리 지바고의 시 「가을」의 플롯이 이 두번째 바리끼노 체류와 연관된다.

그후로 삶에서 자주 나는 그때 당신이 내 안에 떨군 그 매혹의 빛을, 그때부터 내 전존재에 퍼져 당신 덕분에 세상의 나머지 모든 것을 파악하는 열쇠가 된, 점차 희미해져가는 그 빛줄기와 점차 잦아드는 그 소리를 규정하고 명명하려 시도했어.

교복을 입은 당신이 그림자처럼 방 안 깊은 어둠 속에서 나왔을 때, 당신에 대해 아무것도 모르는 소년이었음에도 나는 당신에게 반응하던 극도로 고통스러운 힘을 통해 이해했어. 이 연약하고 여윈 소녀가 전기처럼 세상에서 생각할 수 있는 모든 여성성으로 극한까지 충전되어 있다는 것을, 가까이 다가가거나 손가락으로 건드리기만 해도 불꽃이 방을 밝히고 그 자리에서 나를 죽이거나, 자석같이 끌어당기는 고통에 찬 갈망과 슬픔의 전류를 평생 내게 흘려보내리라는 것을. 나는 종잡을 수 없는 눈물로 가득 찼고 내 안의 모든 것이 빛나며 울었어. 소년인 나 자신이 죽도록 불쌍했고, 소녀인 당신은 더더욱 안쓰러웠지. 내 전존재가 놀라 물었어. 사랑하는 것, 전기를 삼키는 것이 그토록 고통스럽다면 여자가 된다는 것, 전기가 된다는 것, 사랑을 불러일으킨다는 것은 훨씬 더 고통스러운 것이 아닌가.

자, 마침내 이 얘기를 해버렸네. 이러다 미칠 수도 있겠어. 내 전부가 이 얘기 속에 있어."

라리사 표도로브나는 몸이 좋지 않아 옷을 입은 채로 침대 끝에 누워 있었다. 그녀가 몸을 웅크리며 숄을 덮었다. 유리 안드레예비치는 곁에 놓인 의자에 앉아 아주 띄엄띄엄 조용히 이야기했다. 이따금 라리사 표도로브나는 팔꿈치를 짚고 몸을 일으켜 손바닥에 턱을 괴고 입을 벌린 채 유리 안드레예비치를 바라보았다. 가끔은 그의 어깨에 바싹 기대어 눈물이 흐르는 것도 알아차리지 못한 채 행복에 젖어 조용히 울었다. 마침내 그녀가 침대 밖으로 몸을 구부려 그에게 팔을 뻗고 기쁨에 차서 속삭였다.

"유로치까! 유로치까! 당신은 정말 현명해. 당신은 다 알고, 모두 헤아리고 있어. 유로치까, 당신은 나의 요새이고, 피난처이고, 반석이야.[8] 주여, 나의 신성모독을 용서하소서. 오, 나는 얼마나 행복한가요! 가요, 가요, 내 소중한 사람. 거기 가서 내가 불안해하는 게 뭔지 얘기해줄게."

그는 그녀가, 어쩌면 아닐 수도 있지만, 임신했으리라는 짐작을 암시하는 것이라 판단하고는 말했다.

"나도 알아요."

4

잿빛의 겨울 아침, 그들은 도시를 빠져나왔다. 평일이었다. 사람들이 저마다의 일로 거리를 오가고 있었다. 아는 사람과 자주 마주쳤다. 울퉁불퉁한 네거리에 있는 오래된 급수장 가에는 우물이 없는 집 주부들이 물통과 멜대를 한쪽에 놓고 물 길을 차례를 기다리며 줄지어 서 있었다. 의사는 앞으로 내달으려는 삼제뱌또프의 사브라스까, 그가 몰던 누르스름한 잿빛 털이 곱슬곱슬한 뱟까 종 말의 고삐를 당겨가며 무리 지은 여자들을 조심스럽게 우회했다. 질주하던 썰매가 엎질러진 물이 얼어 얼음으로 덮인 곱사등의 포도에서 보도로 미끄러지며 썰매 가로대가 가로등과 연석에 부딪치곤 했다.

──────────────
8 러시아정교회 네번째 성가의 한 소절. 그리스도를 일컫는다.

전속력으로 달리던 중에 거리를 따라 걸어가던 삼제뱌또프를 따라잡고는 곁을 지나쳐 질주해가면서도 그가 그들과 자기 말을 알아보았는지, 뒤쫓아오며 뭐라고 소리치지 않는지 확인하려 돌아보지도 않았다. 다른 곳에서도 마찬가지로 인사도 나누지 않고 앞질러 가는 길에 꼬마롭스끼가 아직 유랴찐에 있다는 것을 확인했다.

글라피라 뚠쩨바가 맞은편 보도에서 온 거리를 가로질러 큰 소리로 외쳤다.

"어제 떠났다고들 하더니. 사람들 말은 믿을 수가 있어야지. 감자 구하러 가요?" 그러고는 손짓으로 대답이 들리지 않는다는 표시를 했고, 등 뒤에서 작별 인사로 손을 흔들었다.

시마를 만나서 썰매를 세우려 했지만 언덕길이라 멈추기 힘든 불편한 곳이었다. 그게 아니어도 내내 고삐를 세게 당겨 말을 제어해야 했다. 시마는 위에서 아래까지 두세장의 숄을 겹겹이 둘러 둥근 장작같이 뻣뻣한 모습이었다. 그녀는 무릎이 구부러지지 않아 뻣뻣한 걸음걸이로 포도 한가운데 썰매까지 다가와 작별 인사를 하며 그들이 무사히 도착하기를 빌어주었다.

"돌아오시면 얘기를 나눠야죠, 유리 안드레예비치."

마침내 그들은 도시를 벗어났다. 유리 안드레예비치는 겨울에도 이 길로 다니곤 했지만 주로 여름의 모습을 기억하고 있어 지금은 길을 알아보지 못할 정도였다.

양식이 담긴 자루와 그밖의 짐은 썰매 앞쪽 머리 판자 아래, 건초 깊숙이 쑤셔넣고 단단히 잡아맸다. 유리 안드레예비치는 이 지방에서 꼬숩까라고 부르는, 폭이 넓고 낮은 썰매의 바닥에 무릎을 꿇고 몸을 세우거나 아니면 썰매 가장자리에 비스듬히 앉아 삼제뱌또프의 펠트화를 신은 다리를 밖으로 늘어뜨린 채 말을 몰았다.

한낮이 지났지만 해가 지려면 아직 멀었는데도 겨울의 속임수 탓에 낮이 끝나간다는 느낌이 들기 시작하자 유리 안드레예비치는 사브라스까에게 사정없이 채찍질을 해댔다. 말은 쏜살같이 내달렸다. 꼬숩까는 작은 배가 되어 잦은 왕래로 울퉁불퉁한 길을 따라 출렁이며 위로 아래로 날아올랐다. 까쨔와 라라는 모피 외투를 입고 있어 몸놀림이 둔했다. 길이 옆으로 기울거나 푹 꺼진 데서는 비명을 지르고 배가 아프도록 웃어대면서 썰매 한쪽 끝에서 다른 쪽 끝으로 굴러 굼뜬 가마니처럼 건초 속에 파묻혔다. 이따금 의사는 재미 삼아 일부러 썰매의 나무 날 한쪽을 옆의 눈더미 위에 올리고 썰매를 기울여 라라와 까쨔를 다치지 않게 눈 속에 빠뜨렸다. 그 자신은 말고삐에 딸려 길을 따라 몇걸음 미끄러지다가 사브라스까를 멈춰 세우고 썰매의 양 날을 바로잡고는, 눈을 털고 썰매에 타서 웃다가 화를 내다가 하는 라라와 까쨔한테서 핀잔을 듣곤 했다.

"빨치산들이 나를 멈춰 세웠던 장소를 가르쳐줄게." 도시에서 충분히 멀어졌을 때 의사는 약속했지만 약속을 지킬 수 없었다. 겨울 숲의 벌거벗은 모습, 주위의 죽음 같은 정적과 공허가 알아볼 수 없을 정도로 그 지역을 바꾸어놓았기 때문이다. "저기다!" 이내 그는 소리쳤지만, 들판에 서 있던 모로와 벳친긴의 첫번째 길가의 광고 기둥을 그가 붙잡혔던 숲속의 두번째 기둥으로 잘못 안 것이었다. 예전 장소에, 사끄마 교차로 옆 숲에 남아 있던 그 두번째 기둥을 지나쳐 질주할 때는 눈부시게 어른거리는 두꺼운 서리의 격자 때문에 분간할 수 없었다. 서리가 숲을 줄 세공하듯 은빛과 검은빛으로 나누어 기둥도 알아차리지 못했다.

아직 해가 있을 때 바리끼노에 날아들어 지바고의 옛집 옆에 멈춰 섰다. 그 집이 길에서 첫번째 집이어서 미꿀리찐의 집보다 가까웠기 때문이다. 그들은 도둑처럼 서둘러 집 안으로 뛰어들었다. 곧 어두워질 것이었다. 집 안은 이미 어두웠다. 몹시 서두르는 통에 유리 안드레예비치는 파괴되고 지저분해진 집을 절반은 알아보지 못했다. 낯익은 가구 중 일부는 온전했다. 텅 빈 바리끼노에는 이미 시작된 파괴를 끝까지 해나갈 사람이 아무도 없었다. 유리 안드레예비치는 가족의 소유물을 아무것도 발견하지 못했다. 하지만 가족이 떠날 때 그는 없었고, 그래서 그들이 무엇을 가져가고 무엇을 놓고 갔는지 알지 못했다. 그러는 사이에 라라가 말했다.

"서둘러야 해요. 금세 밤이 올 거야. 생각하며 꾸물거릴 새가 없어. 여기 머물 거면 말은 헛간으로, 양식은 현관으로, 우리는 여기 이 방으로. 하지만 나는 그런 결정에 반대예요. 우리 충분히 이야기했잖아. 당신에게, 그러니 내게도 고통스러울 거야. 여기는 뭘까, 당신 침실? 아니야, 아이방이네. 당신 아들 침대야. 까쨔한테는 작겠어. 다른 한편으로 유리창은 온전하고 벽과 천장도 금 간 데가 없어. 게다가 난로가 아주 멋져. 저번에 왔을 때부터 벌써 내가 감탄했지. 나는 반대지만, 그럼에도 여기 있자고 당신이 고집한다면 나는 외투를 벗어던지고 곧장 일을 시작할 거야. 무엇보다 불을 피워야지. 불을 때고 때고 또 때고, 첫날은 밤낮으로 쉬지 않고 때야 해. 그런데 무슨 일이에요, 내 사랑? 아무 대답이 없네."

"잠시만. 아무것도 아니야. 미안해요. 아니, 정말로 미꿀리찐의 집을 살펴보는 편이 좋겠어."

그들은 더 앞으로 달려갔다.

5

미꿀리찐의 집은 문빗장 귀에 달린 맹꽁이자물쇠로 잠겨 있었다. 유리 안드레예비치는 한참을 비튼 끝에 나사못에 쪼개진 나무가 붙은 채로 자물통을 떼어냈다. 아까 집에서와 마찬가지로 서둘러 안으로 뛰어들어 외투를 입고 모자를 쓰고 펠트장화를 신은 그대로 방을 살펴보았다.

집 안의 몇군데, 이를테면 아베르끼 스쩨빠노비치의 서재에 있는 물건들에서 이내 정리의 흔적이 눈에 띄었다. 여기에 누군가가 살고 있었다. 그것도 아주 최근까지. 하지만 도대체 누굴까? 주인 부부나 그중 한 사람이라면 그들은 어디로 사라졌단 말인가? 왜 바깥문을 문에 홈을 파서 끼우는 자물쇠가 아닌 새로 단 맹꽁이자물쇠로 잠근 것일까? 게다가 그들이 주인 부부이고 여기서 오래 계속해서 살고 있었다면 집은 일부가 아니라 전체가 정돈되어 있었을 것이다. 뭔가가 그것은 미꿀리찐 부부가 아니라고 침입자들에게 말하고 있었다. 그렇다면 대체 누굴까? 그 알 수 없음이 의사와 라라를 불안하게 하지는 않았다. 그들은 이 문제를 두고 고심하지 않았다. 지금 가재도구 절반을 도둑맞고 버려진 집이 얼마나 많은가? 추적당해 숨어 있는 사람은 또 어떻고? "수배 중인 어떤 백군 장교야." 그들은 일치된 결론을 내렸다. "돌아오면 같이 살면서 잘 해결하지 뭐."

그리고 언젠가 그랬듯이 다시 한번 유리 안드레예비치는 서재의 널찍함에 매료되고 창가에 있는 넓고 편리한 책상에 감탄하며 서재 문턱에 못 박힌 듯이 얼어붙었다. 저토록 단정한 안락함이라면 얼마나 끈기를 요하는 생산적인 작업에 마음을 붙여 몰두하고 싫어질까 하고 다시 한번 생각했다.

미꿀리찐의 집 마당에 있는 부속 건물 중에는 헛간에 붙여 지은 마구간이 있었다. 하지만 자물쇠가 채워져 있어 유리 안드레예비치는 마구간이 어떤 상태인지 알지 못했다. 시간을 낭비하지 않기 위해 그는 첫날 밤은 잠겨 있지 않아 쉽게 열린 헛간에 말을 두기로 했다. 그는 사브라스까를 썰매에서 풀어주고, 말이 열을 식히자 우물에서 길어온 물을 먹였다. 유리 안드레예비치는 썰매 바닥의 건초를 말에게 주고 싶었지만 승객들이 앉아 짓눌린 바람에 바스라져 말먹이로 적당하지 않았다. 다행히 헛간과 마구간 위 널따란 건초 다락에 벽을 따라 구석까지 건초가 넉넉했다.

그날 밤 그들은 하루 종일 장난치며 뛰어논 아이들처럼 옷도 벗지 않고 모피 외투 아래에서 축복에 젖어 깊고 달콤한 잠을 잤다.

6

다들 일어나자 유리 안드레예비치는 아침부터 창가의 매혹적인 책상을 넋을 잃고 바라보기 시작했다. 종이를 붙들고 앉아 있고 싶어 손이 근질거렸다. 그러나 그 권리는 저녁에 라라와 까쩬까가 잠자리에 든 뒤로 미루었다. 방 두개만이라도 치울 때까지는 할 일이 산더미였다.

저녁의 일을 꿈꾸면서도 딱히 중요한 목표를 세워둔 것은 아니었다. 잉크에 대한 소박한 욕망이, 펜과 쓰는 일에 대한 끌림이 그를 사로잡았다.

그는 마구 쓰고 싶었다. 뭐라도 쓰고 싶었다. 처음에는 단지 너무 오래 움직이지 않고 머물러 휴식 속에 졸고 있는 재능을 풀어주기 위해 뭐든 기록되지 않은 옛것을 상기해 기록하는 데 만족할 생각이었다. 그런 다음에는 희망했다, 그와 라라가 여기에 좀더 오래 머물게 되면 새롭고 의미 있는 뭔가를 마음껏 쓸 시간이 있을 것이라고.

"바빠요? 뭐 해?"

"계속 불 때는데. 왜요?"

"빨래통이 필요해요."

"이런 식으로 불을 때다간 여기 있는 장작은 사흘이면 동날 거야. 예전 우리 집 헛간에 들러봐야겠어. 거기 더 있을지 누가 알아? 꽤 남아 있으면 몇번 오가며 이리 날라와야지. 그건 내일 할게요. 빨래통을 부탁했지. 생각해보자, 어디선가 눈에 띄었는데 어디였는지 까맣게 잊었네. 생각이 안 나."

"나도 그래요. 어디선가 봤는데 잊어버렸어. 아마 제자리가 아닌 데 있어서 기억이 안 나는 거야. 그러라지 뭐. 내가 청소하려고 물을 많이 데웠다는 거 잊지 말아요. 남은 물로 내 것과 까쨔의 빨래를 좀 할 거예요. 당신도 더러운 것이 있으면 같이 줘요. 저녁에 청소를 끝내고 자리가 좀 잡히면 잠자리에 들기 전에 모두 씻자."

"지금 빨래를 모아올게요, 고마워. 당신이 부탁한 대로 어디든 장롱과 무거운 가구는 벽에서 떼어놨어."

"좋아요. 빨래는 빨래통 대신 설거지통에 넣고 헹구지 뭐. 다만 기름이 잔뜩 묻었어. 가장자리 기름때부터 닦아야겠어."

"뻬치까에 불이 제대로 붙으면 문을 닫고 다시 가서 나머지 서랍을 살펴볼게. 걸음을 옮길 때마다 탁자와 장롱에서 새로운 것들이 나오네. 비누, 성냥, 연필, 종이, 필기구들. 뜻밖의 것들도 눈에 띄어요. 예를 들어, 석유가 가득 든 책상 위 램프. 나는 알아, 이건 미꿀리쩐의 것이 아니야. 어딘가 다른 데서 나온 거야."

"놀랄 만한 행운이네! 그건 다 그 사람, 비밀스러운 거주자 거겠지. 쥘 베른의 소설 같아. 아, 정말 이게 뭐 하는 짓이람! 우리 또 쓸데없이 떠들고 있었네, 물이 끓어 넘치는데."

그들은 손이 빌 새 없이 계속 뭔가를 들고 이리저리 방마다 뛰어다니며 부산을 떨었다. 뛰다가 서로 부딪치거나 아니면 불쑥 나와 길을 막고 발치에서 나부대는 까쩬까와 부딪치기도 했다. 아이는 이 구석 저 구석을 돌아다니며 청소를 방해하다 꾸지람을 듣고 토라졌다. 아이가 몸이 얼어서 춥다고 칭얼댔다.

'우리 시대의 불쌍한 아이들, 우리 집시 생활의 희생자, 우리 방랑의 불평 없는 어린 참가자.' 의사는 생각했지만 아이에게는 이렇게 말했다.

"그래, 애야, 미안하다. 하지만 몸을 웅크릴 정도는 아니야. 거짓말에 생떼구나. 뻬치까가 빨갛게 달궈졌잖아."

"뻬치까는 따뜻할지 몰라도 나는 추워요."

"그럼 조금만 참아, 까쮸샤. 저녁에 내가 뻬치까를 다시, 아주 뜨겁게 활활 땔게. 게다가 엄마가 너도 목욕시켜줄 거라고 하시던데, 들었지? 그동안은 자, 이거 잡으렴." 그는 추운 헛간에서 가져온 리베리의 낡은 장난감을 성한 것, 망가진 것 가리지 않고 무더기로 바닥에 쏟아놓았다. 집짓기 블록과 나무 쌓기 블록, 열차와 기관차, 격자 모양 칸에 그림과 숫자가 있는 마분지 판과 주사위, 칩 등이었다.

"아니, 뭐예요, 유리 안드레예비치?" 다 큰 어른처럼 까쩬까가 화를 냈다. "이건 다 남의 거잖아요. 그리고 어린이용이고요. 나는 다 컸다고요."

하지만 잠시 후에 까쩬까는 양탄자 한가운데 편안히 자리 잡았고 아이의 두 손 아래에서 갖가지 장난감은 모조리 건축재료로 바뀌었다. 그것들로 까쩬까는 도시에서 가져온 인형 닌까에게 집을 지어주었다. 아이가 끌려다닌, 수시로 바뀌는 저 낯선 피난처들보다 더 의미가 크고 더 항구적인 집이었다.

"저 가정을 향한 본능, 보금자리와 질서를 향한 뿌리칠 수 없는 갈망이라니!" 부엌에서 딸의 놀이를 관찰하며 라리사 표도로브나가 말했다. "아이들은 거리낌 없이 진실하고 진실을 부끄러워하지 않는데, 우리는 뒤떨어져 보이는 게 두려워서 가장 소중한 것을 배신하기를 마다하지 않고, 혐오스러운 것을 찬양하고, 이해하지 못하는 것에 동의하지."

"빨래통 찾았어." 어두운 현관에서 통을 가지고 들어오며 의사가 말을 끊었다. "정말 엉뚱한 데 있었어. 물이 새는 천장 아래 바닥에 가을부터 있었던 모양이에요."

7

가져온 새 재료로 사흘치 먹을 것을 미리 준비한 라리사 표도로브나는 저녁으로 보기 드문 성찬을 차려냈다. 감자 수프와 감자를 곁들인 구운 양고기였다. 식욕이 왕성해진 까쩬까는 더이상 먹을 수 없을 때까지 먹었고, 키득대며 장난을 치다가 배부름과 온기에 나른해져 엄마의 숄을 몸에 두르고 소파 위에서 달콤한 잠에 빠져들었다.

화덕 앞에서 요리하느라 지치고 땀에 전 라리사 표도로브나는 딸처럼 반은 조는 채 자신의 요리가 낳은 인상이 만족스러워 서둘러 식탁을 치우지 않고 잠시 쉬려고 앉았다. 아이가 잠이 든 것을 확인한 그녀가 식탁에 가슴을 기대고 한 손으로 턱을 괴고 말했다.

"이게 부질없는 짓이 아니고 어떤 목표를 향한 거라는 것만 안다면 나는 힘을 아끼지 않을 테고, 이 속에서 행복을 찾을 텐데. 우리가 함께 있기 위해 여기 있다는 걸 당신은 매 순간 내게 상기시켜줘야 해. 내 기운을 북돋아주고 정신을 차리지 못하게 해줘요. 왜냐하면 이런 건데, 엄밀히 말해서, 제정신으로 살펴본다면 우리는 뭘 하고 있고 우리한테 무슨 일이 일어나고 있는 건지? 다른 사람의 거처를 급습해 침입해서는 제 집처럼 행세하면서 이게 삶이 아니라 연극이라는 걸, 진짜가 아니라 '척하기'라는 걸, 아이들이 말하는 코미디 인형극, 웃음거리라는 걸 못 본 척하려고 내내 법석을 떨며 자신을 채찍질하고 있잖아."

"하지만 나의 천사, 이 여행을 고집한 건 당신 자신이에요. 내가 얼마나 오래 반대하고 동의하지 않았는지 잊지 마."

"맞아요, 반박하지 않을게. 그러니 이제 내 잘못이 된 거지. 당신은 주저하고 생각에 잠길 수 있지만 나는 모든 게 일관되고 논리적이어야 하니까. 우리가 집에 들어갔을 때, 당신은 아들의 어린이 침대를 보고 마음이 안 좋았고 고통스러워 거의 기절할 지경이었지. 당신에게는 그럴 권리가 있지만 나한테는 허용되지 않아. 까쩬까로 인한 두려움, 미래에 대한 생각은 당신에 대한 내 사랑 앞에서 물러나야 해."

"라루샤, 나의 천사, 정신 차려요. 다시 생각해서 결정을 되돌리기에 결코 늦지 않았어. 꼬마롭스끼의 말을 좀더 진지하게 생각해보라고 내가 먼저 조언했잖아. 우리에겐 말이 있어. 원하면 내일 유랴쩐으로 날아가는 거야. 꼬마롭스끼는 아직 거기 있고 떠나지 않았어. 거리에서 썰매를 타고 오다가 그를 봤잖아. 게다가 내 생각에 그는 우리를 알아보지 못했어. 아마 그를 다시 찾을 수 있을 거야."

"나는 거의 아무 말도 하지 않았는데 당신 목소리는 벌써 불만스러운 기색이네. 하지만 말해봐요, 내가 틀렸나요? 위험한 채로 대충 숨을 거였으면 유랴쩐에 있어도 됐어. 기왕 살길을 찾을 거면 결국에는, 비록 역겨운 인간이라도 세상 물정에 밝고 냉철한 그 인간이 제안한 것처럼 철저한 계획을 갖고 해야 했을 테고. 나는 정말 모르겠어, 우리가 여기서 다른 어느 곳보다 위험에 더 가까이 있는 건 아닌지. 눈보라에 열린 한없는 평원, 그리고 우리는 완전히 외톨이야. 밤새 눈에 파묻히면 아침에는 헤치고 나가지도 못할 거야. 아니면 집을 방문했던 우리의 정체 모를 자선가가 느닷없이 나타났는데 강도여서 우리를 찔러 죽일지도 몰라. 하다못해 당신, 무기라도 있어? 아니잖아, 거봐. 나는 당신의 그 태평함이 겁이 나요, 나까지 물드는 것 같고. 그 때문에 생각이 뒤죽박죽이야."

"하지만 그럼 당신이 원하는 건 뭔데? 나한테 어떻게 하라는 거지?"

"뭐라 대답해야 할지 나 자신도 모르겠어. 계속 당신에게 굴복하도록 나를 붙들어줘. 내가 당신 것이라는 걸, 맹목적으로 당신을 사랑하는 생각 없는 노예라는 걸 끊임없이 상기시켜줘. 오, 당신에게 말할게. 우리 가족, 당신 가족과 내 가족이 우리보다 천배는 나아요. 하지만 과연 그게 문젤까? 사랑의 재능은 온갖 다른 재능과 같은 거야. 그건 위대할 수도 있지만, 축복 없이는 발현되지 않을 거야. 우리는 마치 하늘에서 입맞춤하는 법을 배운 다음, 그 능력을 서로에게 확인하기 위해 같은 시대에 살도록 어린아이로 내려보내진 것 같아. 어느 쪽도 아닌, 어떤 한도도 없는, 높지도 낮지도 않은 어떤 화합의 왕관, 모든 존재의 가치가 동등하고, 모든 것이 기쁨을 주고, 모든 것이 영혼이 되었어. 하지만 매 순간 숨어서 우리를 기다리는 이 거친 다정함 속에는 아이같이 길들여지지 않는 무언가가, 금단의 무언가가 있어. 이건 제멋대로이고, 가정의 평안에 적대적인, 파괴적인 자연의 힘이야. 그걸 두려워하고 믿지 않는 것이 나의 의무고.”

그녀는 두 팔로 그의 목을 안고 눈물을 참으며 말을 맺었다.

“알아요? 우리는 처한 상황이 달라. 당신에게는 펼쳐 구름 너머로 날아갈 수 있도록 날개가 주어졌어. 여자인 내게는 땅에 바싹 붙어 어린 새끼를 감싸서 위험에서 보호하도록 날개가 주어졌고.”

그는 그녀가 하는 말이 모두 무척 마음에 들었지만 지나치게 달콤한 감상에 빠지지 않으려 그런 마음을 드러내진 않았다. 감정을 누르며 그가 언급했다.

“야영 같은 우리 생활은 정말로 가짜이고 팽팽한 긴장 상태지. 당신 말이 전적으로 옳아요. 하지만 우리가 이걸 고안해낸 건 아니잖아. 미친 듯이 여기저기 갈팡질팡하는 건 모두의 운명이야, 시대 정신이고.

나 자신도 오늘 아침부터 대략 같은 생각을 했어. 나는 갖은 노력을 해서라도 여기에 더 오래 머물고 싶어요. 얼마나 일을 그리워하는지 말로 다 할 수 없어. 농사일을 말하는 게 아니야. 우리는 한때 여기서 온 식구가 농사에 매달렸고 농사는 성공적이었어. 하지만 그걸 한번 더 반복할 힘은 내게 없을 것 같아. 내가 마음에 품은 건 그게 아니야.

삶은 모든 측면에서 점차 질서를 찾고 있어요. 언젠가는 다시 책이 출판되겠지.

내가 생각하는 건 바로 이거야. 삼제뱌또프에게 유리한 조건으로 그와 합의를 볼 수 없을까? 우리를 반년 동안 지원하게 하고 그 기간 동안 내가 쓸 저작을, 가령 의학 교과서나, 예컨대 시집 같은 예술적 저작을 담보로 삼는 거야. 혹은 가령 내가 뭐든 세계적으로 유명한 외서를 번역할 수도 있겠지. 나는 언어에 능한데다, 최근에 번역 작품만 출간하는 뻬쩨르부르그의 큰 출판사 공고를 읽었거든.[9] 그런 종류의 일은 아마 돈이 되는 교환가치를 지닐 거야. 뭐든 이런 종류의 일을 하면 나도 행복할 테고."

"내게 상기시켜줘서 고마워요. 나도 오늘 비슷한 생각을 했어. 하지만 나는 우리가 여기서 버틸 수 있을 거라는 믿음이 없어. 반대로 우리는 곧 어딘가 더 멀리로 휩쓸려갈 것 같은 예감이야. 하지만 당분간은 우리 뜻대로 여기 머물 수 있으니까, 당신한테 부탁이 있어요. 앞으로 며칠 밤이라도 몇시간 할애해서 당신이 그때그때 기억을 더듬어 내게 암송해준 것들을 다 기록했으면 해. 그중 반은 잃어버렸고 나머지는 적어놓지 않았잖아. 나중에 당신이 다 잊어버려서 사라질까 걱정이거든. 당신 말로는 전에도 종종 그랬다면서."

8

하루가 끝날 무렵 빨래하고도 남은 물이 충분해 모두 뜨거운 물로 몸을 씻었다. 라라는 까쩬까를 목욕시켰다. 유리 안드레예비치

---

9 막심 고리끼가 주창해 설립된 '세계문학' 출판사를 암시한다.

는 깨끗해져 행복한 기분으로 창가 책상 앞에 앉았다. 그가 등을 돌린 방에서는 목욕 가운으로 몸을 감싸고 향기를 풍기는 라라가 젖은 머리에 복슬복슬한 수건을 터번 모양으로 감고 까쩬까를 눕히고 잠자리를 준비하고 있었다. 곧 집중의 시간이 다가온다는 생각에 벌써부터 흠뻑 젖은 유리 안드레예비치는 진행되는 모든 일을 모든 것에 보편적 의미를 부여하는 부드러워진 관심의 베일 너머로 받아들이고 있었다.

잠든 척하던 라라가 정말로 잠든 것은 새벽 1시였다. 그녀와 까쩬까가 갈아입은 잠옷과 새로 깐 침대 시트에서 빛이 났다. 레이스가 달린 시트는 깨끗하고 다림질이 되어 있었다. 이런 시절에도 라라는 어떻게든 용케 풀을 먹였다.

행복으로 충만한, 생명으로 달콤하게 숨 쉬는, 축복받은 고요가 유리 안드레예비치를 에워싸고 있었다. 램프 불빛이 평온한 노란빛을 하얀 종이 위에 던지고 황금빛 반점이 되어 잉크병 안 잉크의 표면을 떠다녔다. 창밖에는 얼어붙은 겨울밤이 창백하게 푸르렀다. 유리 안드레예비치는 바깥이 더 잘 보이는, 불을 밝히지 않은 차가운 옆방으로 걸음을 옮겨 창밖을 바라보았다. 보름달 빛이 눈 덮인 평원을 달걀흰자나 하얀 풀 반죽처럼 만져질 듯 끈끈하게 조이고 있었다. 얼어붙은 밤의 장관은 표현할 길이 없었다. 의사의 영혼에 평화가 깃들었다. 그는 따뜻하게 불을 땐 밝은 방으로 돌아와 글을 쓰기 시작했다.

쓰인 글씨가 손의 움직임을 생생히 전달할 만큼 거침없는 필체로, 개성을 잃고 무감각해져 말을 잃지 않도록 고심하며 그는 가장 확실하고 기억에 선명한 것들을 떠올려 기록했고, 이것들은 점차 좋아지면서 이전 모습과 멀어졌다. 「성탄의 별」「겨울밤」, 그리고 비슷한 종류의 꽤 많은 이 시들은 훗날 잊히고 사라진 뒤에는 누구도 찾지 못했다.

이어서 그는 정리해 마무리한 것들에서 언젠가 시작했다 팽개쳐둔 것들로 옮겨갔다. 그 시의 어조에 빠져들어 뒷부분을 구상하기 시작했지만 지금 마저 다 쓰리라 희망한 것은 전혀 아니었다. 그는 맹렬하게 몰두하다가 새로운 것으로 옮겨갔다.

쉽게 모습을 드러낸 두세 연과 그 자신을 전율케 한 몇몇 비유를 떠올린 뒤에는 작품이 그를 사로잡았고, 그는 이른바 영감이라 불리는 것이 다가옴을 체험했다. 창작을 좌우하는 힘들의 상호 관계가 전도되는 것 같다. 인간과 그가 표현을 찾아주려는 영혼의 상태가 아니라, 그것으로 영혼의 상태를 표현하고자 하는 언어가 주도권을 획득한다. 아름다움과 의미의 고향이자 그릇인 언어 자체가 인간을 대신해 생각하고 말하기 시작하고, 외적인 청각적 소리의 면에서가 아니라 내적 흐름의 격렬함과 강력함이라는 면에서 온통 음악이 된다. 그때에는 거대한 강물의 물살이 그 흐름 자체로 바닥의 돌들을 갈고닦고 물레방아의 바퀴를 돌리듯이, 흐르는 말 자체가 지나는 길에 자기 법칙들의 힘으로 운율과 압운, 그리고 훨씬 더 중요하지만 이제까지 이해되지도, 고려되지도, 명명되지도 않은 수천의 다른 형식과 구성을 창조한다.[10]

그런 순간이면 유리 안드레예비치는 그 자신이 아니라 그보다 지고한 무엇이, 그의 위에 존재하고 그를 통솔하는 무엇이 주된 작업을 해낸다는 것을 느끼곤 했다. 바로 세계 사상과 시의 현 상태와 예정된 미래의 모습, 시가 역사적 발전단계상 앞둔 다음 걸음이

---

10 빠스쩨르나끄 시의 원류의 하나인 상징주의 시작(詩作)에 대한 이해가 투영된 대목이다.

그것이었다. 그 자신은 오직 시가 이 움직임을 시작할 계기이자 거점으로만 느껴졌다.

그는 자책에서 벗어났다. 자신에 대한 불만, 자신이 무가치하다는 느낌도 잠시 그를 떠났다. 그는 뒤돌아 주위를 둘러보았다.

그는 눈처럼 새하얀 베개 위에서 자고 있는 라라와 까쩬까의 머리를 보았다. 침구의 깨끗함, 방의 깨끗함, 그들 용모의 깨끗함이 밤과 눈과 별과 달의 깨끗함과 함께 의사의 가슴을 꿰뚫는 동등한 의미를 지닌 하나의 물결로 합류했고, 그는 존재의 의기양양한 순수성에 기뻐 어쩔 줄 몰라 눈물을 흘렸다.

'주여! 주여!' 그는 당장이라도 속삭일 듯했다. '이 모든 것을 내게! 내가 무슨 자격이 있어 이렇게 많은 것을? 어떻게 당신은 나를 가까이 오게 허락하셨나이까? 어떻게 이 귀하디귀한 당신의 땅 위에, 당신의 이 별들 아래에, 이 무모하고 불평 없는 불운한 여인의, 아무리 보아도 사랑스러운 여인의 발치에 거닐게 하셨나이까?'

유리 안드레예비치가 책상과 종이에서 눈을 든 것은 새벽 3시였다. 넋을 잃고 몰두했던 초연한 집중의 세계로부터 그는 행복하고 강하고 평온한 모습으로 자신에게로, 현실로 돌아왔다. 창밖에 넓게 펼쳐진 먼 공간의 침묵 속에서 갑자기 그는 흐느끼는 듯 구슬픈 소리를 들었다.

창밖을 내다보려 불을 밝히지 않은 옆방으로 갔다. 그가 시를 쓰며 보낸 시각 동안 유리에는 성에가 잔뜩 끼어 창을 통해서는 아무것도 알아볼 수 없었다. 유리 안드레예비치는 바람이 새어드는 것을 막으려고 현관문 밑에 돌돌 말아놓았던 양탄자를 끌어낸 다음 어깨에 외투를 걸치고 현관 계단으로 나갔다.

달빛을 받아 그림자 지지 않은 눈을 감싸고 활활 태우던 하얀 불길이 그의 눈을 멀게 했다. 처음에는 아무것에도 초점을 맞출 수 없었고 아무것도 보이지 않았다. 하지만 잠시 후에 그는 거리 때문에 희미하지만 배 속 깊숙이에서 흐느껴 우는 긴 울부짖음 소리를 들었고, 그때 골짜기 너머 빈터 언저리에서 네개의 기다란 그림자를 알아보았다. 작은 줄표보다 크지 않았다.

늑대들이 나란히 서 있었다. 주둥이를 집 쪽으로 향하고 머리를 치켜든 채 달을 향해, 혹은 은은한 은빛으로 빛나는 미꿀리찐의 집 창문을 향해 울부짖었다. 잠시 동안 꼼짝하지 않고 서 있던 그들은 그러나, 유리 안드레예비치가 그것이 늑대라는 것을 알아채자마자 의사의 생각이 가닿기라도 한 듯 개처럼 꼬리를 내리고 평원에서 천천히 멀어지기 시작했다. 의사는 늑대들이 어느 쪽으로 사라졌는지 미처 알아내지 못했다.

'반갑지 않은 소식이야!' 그는 생각했다. '저게 다가 아니겠지. 바로 옆 아주 가까운 어딘가에, 어쩌면 심지어 골짜기에 저것들의 소굴이 있는 걸까? 참 무시무시하구나! 게다가 불행히도 삼제뱌또프의 사브라스까지 마구간에 있으니. 아마 저것들이 말 냄새를 맡기도 했을 거야.'

그는 라라가 놀라지 않도록 당분간은 아무 말도 하지 않기로 작정하고는, 안으로 들어가 바깥문을 잠그고 집의 차가운 쪽과 따뜻한 쪽을 잇는 중간 문들을 닫고 문틈과 구멍을 틀어막은 다음 책상으로 다가갔다.

램프는 아까처럼 밝고 다정하게 타고 있었다. 하지만 더이상 글이 쓰이지 않았다. 마음을 진정할 수 없었다. 늑대와 다른 위협적이고 복잡한 일들 외에는 아무것도 머리에 들어오지 않았다. 게다가 그는 피곤했다. 그때 라라가 깨어났다.

"당신은 계속 타오르며 빛나고 있네, 소중한 나의 밝은 촛불!" 잠에서 깨어 촉촉하게 가라앉은 목소리로 그녀가 조용히 속삭였다. "잠시 내 옆에 가까이 앉아봐요. 무슨 꿈을 꾸었는지 얘기해줄게."

그는 램프를 껐다.

9

고요한 광기 속에서 또 하루가 흘렀다. 집을 뒤지다보니 어린이용 썰매가 나왔다. 모피 외투를 입고 얼굴이 새빨개진 까쩬까가 큰소리로 웃으며, 의사가 아이를 위해 삽으로 눈을 단단히 다지고 물을 부어 만든 작은 얼음 언덕에서 집 앞 정원의 쓸지 않은 오솔길로 미끄러져 내려왔다. 얼굴에 붙박인 미소와 함께 아이는 새끼줄에 맨 썰매를 끌고 끝없이 언덕으로 되돌아 기어올랐다.

살을 에는 추위였다. 추위가 눈에 띄게 심해지고 있었다. 마당에는 햇살이 가득했다. 한낮의 햇살 아래 눈이 노랗게 물들었고, 일찍 찾아드는 저녁의 자욱한 오렌지빛이 달콤한 앙금이 되어 노란 꿀빛의 눈 속으로 흘러들었다.

어제 라라가 한 빨래와 목욕으로 집이 온통 눅눅했다. 창문이 무른 성에에 덮였고, 김으로 축축해진 벽지는 천장부터 마루까지 줄줄 흘러내리는 검은 부종으로 뒤덮였다. 방이 침침하고 음산해졌다. 유리 안드레예비치는 내내 끊임없이 뭔가를 발견하며 계속해서 집을 살펴보면서 장작과 물을 날랐고, 끝도 없이 생겨나는 집안일로 아침부터 바쁜 라라를 도왔다.

다시 한창 일에 열심이다가 서로의 손이 가까워지면 한 손이 다른 손 안에 남았고, 옮기려고 들어올린 무거운 물건을 목적지까지 나르지 못하고 마루에 내려놓았다. 서로에 대한 이길 수 없는 다정함이 폭발해 그들을 몽롱하게 만들어 무장 해제시켰다. 다시 모든 것이 그들의 손에서 떨어져나갔고 뇌리에서 사라졌다. 다시 몇분이 흘러 몇시간이 되었고 늦어버렸다. 그러면 둘 다 무심히 버려둔 까쩬까나 먹이도 물도 주지 않은 말을 떠올리고는 경악하며 퍼뜩 정신을 차려 놓친 것을 만회하고 보완하려 허둥지둥 달려들었고, 양심의 가책에 괴로워했다.

의사는 잠이 부족해 머리가 지끈거렸다. 머릿속에는 숙취 때문인 듯 달콤한 안개가, 온몸에는 쑤시는 듯 행복한 무기력이 자리했다. 그는 중단된 밤의 작업으로 돌아가고 싶어 조바심을 내며 저녁을 기다렸다.

일의 사전작업 절반은 그를 가득 채우고, 주위의 모든 것을 뒤덮고, 그의 사고를 휘감은 몽롱한 안개가 그를 대신해 해주었다. 정확성을 기한 최종 구현에 앞서 그 몽롱함이 모든 것에 전반적인 모호함을 부여했다. 첫 초고의 모호함처럼 종일 이어진 나른한 게으름은 노동의 밤을 위한 필수 준비물 역할을 했다.

피로에 따른 게으름이 건드리지 않고 바꾸지 않은 채 남겨둔 것은 아무것도 없었다. 모든 것이 변화를 겪어 다른 모습을 얻었다.

바리끼노에 보다 오래 안주하고픈 꿈이 이루어질 수 없다는 것을, 라라와의 이별의 시간이 가까웠다는 것을, 어쩔 수 없이 그녀를 잃을 것이며, 그녀에 뒤이어 삶의 동기도, 어쩌면 삶 자체도 잃을 것임을 유리 안드레예비치는 느끼고 있었다. 비애가 그의 심장을 갉아먹었다. 하지만 훨씬 더 괴로운 것은 저녁에 대한 기다림, 이 비애를 모두를 울릴 만한 표현에 담아 쏟아내고픈 바람이었다.

하루 종일 그의 뇌리를 떠나지 않던 늑대들은 이미 달빛 아래 눈 위의 늑대가 아니라 늑대라는 주제가 되었다. 의사와 라라를 파멸시키거나 바리끼노에서 몰아낼 것을 목표로 세운 적대적인 힘의 표상이 되었다. 이 적대성에 대한 생각은 발전하면서 저녁 무렵에는 큰 힘에 도달해, 슈쩨마 골짜기에서 태곳적 괴물의 흔적이 발견되고 그 골짜기에 의사의 피에 목마르고 라라를 갈망하는 동화 속 어마어마한 용이 누워 있는 것 같았다.

저녁이 되었다. 어젯밤처럼 의사는 책상 위 램프를 켰다. 라라와 까쩬까는 전날 밤보다 일찍 잠자리에 들었다.

밤에 쓴 것은 두 부류로 나뉘었다. 익숙한 것은 새로운 변형을 거쳐 정서해 깨끗한 필치로 적혀 있었다. 새로운 것은 축약된 형태로 점들과 함께 알아보기 힘들게 휘갈겨 쓰여 있었다.

그 어지럽게 휘갈긴 것들을 찬찬히 살피며 의사는 여느 때처럼 실망을 느꼈다. 밤에 그 초고 조각들은 의사를 눈물짓게 했고 뜻밖에 몇군데 성공적인 구절로 몹시 놀라게도 했다. 지금은 바로 그 허구의 성공이 너무도 두드러지게 억지스러워 보여 그를 멈추고 슬프게 했다.

평생 그는 매끄럽고 부드러워 외적으로 식별하기 어려운, 흔히 통용되는 익숙한 형식의 외피 아래 감추어진 독창성을 염원해왔다. 독자와 청자가 어떤 방식으로 이해하는지 스스로 깨닫지 못한 채 내용을 포착하는 그런 절제되고 담백한 문체를 갈고닦으려 평생 노력했다. 평생 동안 누구의 관심도 끌지 않는 수수한 문체를 고심했고, 그 이상에서 아직 너무도 멀리 있어 처참한 심정이었다.

어제의 초고에서 그는 재잘거림처럼 단순하고 자장가처럼 정다운 수법으로 사랑과 공포와 애수와 용기가 뒤섞인 자신의 복잡한

기분을 표현하고 싶었고, 그렇게 해서 그 기분이 단어와 별개로 저절로 흘러넘치도록 하고 싶었다.[11]

이제 다음 날이 되어 그 시도들을 훑어보며 그는 조각난 구절들을 하나로 엮어줄 내용상의 구성이 부족하다는 것을 깨달았다. 점차 쓴 것을 지워가며 유리 안드레예비치는 마찬가지로 서정적인 양식으로 용사 예고리[12]에 관한 전설을 기술하기 시작했다. 넓은 시적 공간을 허용하는 폭넓은 5보격으로 시작했다. 내용과 무관한, 운율 자체에 고유한 화음이 거짓된, 상투적으로 아름다운 가락으로 그의 속을 태웠다. 산문에서 쓸데없는 말과 싸우듯이, 그는 중간 휴지부가 있는 과장된 운율을 내던지고 시행을 4보격으로 좁혔다. 쓰기는 더 힘들어졌지만 더 매혹적으로 되었다. 작업이 한결 생기를 띠었지만 여전히 시에 불필요한 수다가 끼어들었다. 그는 시행을 더 많이 줄이도록 스스로를 다그쳤다. 3보격 속에서 말들이 빼곡해졌다. 쓰는 이에게서 졸음의 마지막 흔적이 날아갔다. 그는 깨어났고, 타오르기 시작했다. 비좁은 행간들이 저절로 그것을 무엇으로 채울지 일러주었다. 가까스로 말로 명명된 대상들이 언급된 틀 속에서 구체적으로 또렷이 드러나기 시작했다. 쇼팽의 어느 발라드에서 느리게 걷는 말발굽 소리가 들리듯이, 그는 시의 표면을 따라 걸어가는 말발굽 소리를 들었다. 게오르기 뽀베도노세쯔가 말을 타고 스텝의 광막한 공간을 달려갔다. 유리 안드레예비치는 멀어져가며 작아지는 그를 뒤에서 바라보았다. 유리 안드레예비치는 미친 듯이 서둘러 썼고, 제때 제자리에 연이어 등장하는 말과

---

11 자고 있는 라라를 보며 밤에 쓴 시 「바람」과 「호프」를 말한다.
12 모스끄바와 러시아 국가의 수호성인 게오르기 뽀베도노세쯔(성 게오르기우스)의 러시아 민담 속 이름.

시행을 간신히 따라잡아 써내려갔다.[13]

어느 틈엔가 침상에서 일어난 라라가 책상으로 다가왔다. 뒤꿈치까지 내려오는 긴 잠옷을 입은 그녀는 가냘프고 야위었고, 실제보다 더 키가 커 보였다. 그녀가 겁에 질린 창백한 얼굴로 그의 곁에 서서 손을 앞으로 뻗고 나지막이 물었을 때, 예기치 않았던 유리 안드레예비치는 소스라쳤다.

"들려? 개가 울부짖고 있어. 심지어 두마리야. 아, 너무 무서워요. 얼마나 불길한 조짐이야! 어떻게든 아침까지만 견디고 가자, 떠나자. 여기 한순간도 더 머물고 싶지 않아."

한시간 후에, 오랜 설득 끝에 라리사 표도로브나는 마음을 가라앉히고 다시 잠이 들었다. 유리 안드레예비치는 현관 계단으로 나갔다. 늑대들이 전날 밤보다 더 가까이 있었고 훨씬 더 재빨리 모습을 감추었다. 이번에도 유리 안드레예비치는 그들이 어느 쪽으로 사라졌는지 미처 알아내지 못했다. 늑대들이 떼 지어 서 있어서 세어볼 새도 없었다. 그가 보기에는 더 많아진 것 같았다.

10

그들이 바리끼노에 머문 지 열세번째 날이 찾아왔다. 상황은 첫

---

13 유리 지바고의 시 「옛이야기」의 창작 과정이 상세히 제시되어 있다. 시에서 처녀를 사이에 둔 기사와 용의 싸움은 선과 악의 싸움에 관한 오랜 관념을 반영한다. 소설에서 확립되는 성자 게오르기우스와 주인공 유리 지바고의 연상 관계를 토대로 처녀는 라라를 의미하고, 용은 꼬마롭스끼나 늑대, 혹은 라라를 체포하려하는 권력을 의미할 수도 있다.

날들과 다르지 않았다. 주중에 사라졌던 늑대들이 전날 밤에도 울부짖었다. 다시 늑대를 개로 착각하고서 불길한 징조에 겁에 질린 라리사 표도로브나는 또다시 다음 날 아침 떠나기로 결정했다. 이번에도 평온한 상태와, 하루 종일 영혼을 토로하는 데, 그리고 절제를 모르는 애정이라는 사치를 용납하는 데 익숙지 않은 근면한 여자에게는 자연스러운 애수에 찬 급작스러운 불안이 번갈아 찾아들었다.

모든 것이 그대로 되풀이되었고, 그래서 두번째 주의 이날 아침에 라리사 표도로브나가 여러번 그랬듯이 또다시 돌아가겠다고 짐을 꾸리기 시작하자 그동안 산 일주일 반의 날들은 없었던 것처럼 생각되었다.

흐린 잿빛 하루의 음침함 탓에 어두운 방들은 또다시 눅눅해졌다. 추위가 한풀 꺾였다. 낮게 드리운 먹구름에 덮인 어두운 하늘에서는 금방이라도 눈이 쏟아질 것 같았다. 여러 날 이어진 수면 부족으로 인한 심신의 피곤함에 유리 안드레예비치는 원기를 잃었다. 생각이 뒤죽박죽이었고 힘이 소진되었다. 그는 허약해져 몹시 추위를 탔고, 추워 몸을 웅크리고 손을 비비면서 라리사 표도로브나가 어떤 결정을 내릴지, 그녀의 결정에 따라 그는 무슨 일에 착수해야 할지 몰라 불을 피우지 않은 방 안을 서성였다.

그녀의 의향은 갈피를 잡지 못했다. 그들 두 사람이 그토록 혼란스러운 자유 상태에 있지 않고 무엇이든 엄격하지만 최종적으로 확립된 질서에 강제 종속된다면, 그들이 직장에 다닐 수 있다면, 의무를 지닌다면, 합리적이고 정직하게 살 수 있다면 그녀는 당장 반평생이라도 바칠 것이었다.

그녀는 여느 때처럼 하루를 시작했다. 침상을 정돈하고 방을 치우고 쓸었고, 의사와 까쨔에게 아침을 차려주었다. 그러고는 짐을 꾸리기 시작했고 의사에게 말에 마구를 채워달라고 부탁했다. 확고부동하게 떠날 결심을 했던 것이다.

유리 안드레예비치는 말리려 하지 않았다. 얼마 전 그들이 사라진 뒤로 체포가 절정에 달한 그 도시로 되돌아가는 것은 도무지 무모한 짓이었다. 그러나 이곳 나름의 위험으로 가득한 이 소름 끼치는 겨울 황야 한가운데 무기도 없이 그들만 외따로 눌러앉아 있는 것이 더 현명하다고 할 수도 없는 노릇이었다.

더구나 의사가 이웃집 헛간들에서 긁어모은 마지막 건초 몇아름도 끝나가고 있었다. 새 건초는 기대할 수 없었다. 물론 여기에 좀더 오래 머물 가능성이 있었다면 의사는 근방을 돌아다니며 말 먹이와 식량을 구할 방도를 찾았을 것이다. 그러나 확실치 않은 짧은 체류를 위해 그런 탐사에 착수할 가치는 없었다. 그래서 모든 것에 손사래를 치고 의사는 말에 썰매를 매러 갔다.

그는 마구 채우는 데 서툴렀다. 삼제뱌또프가 방법을 가르쳐주었다. 유리 안드레예비치는 그의 가르침을 자꾸 잊어버렸다. 어설픈 손놀림으로 아무튼 필요한 것은 모두 했다. 금속 장식이 달린 가죽끈으로 양쪽 썰매채에 멍에를 맨 다음 한쪽 끝을 여러번 감아 매듭을 지어 동였고, 이어서 말 옆구리에 발을 디디고 멍에 양쪽 끝을 단단히 졸라맸다. 그런 다음 나머지 모든 일을 마친 그는 말을 현관 계단 쪽으로 끌고 가서 묶어놓고 라라에게 떠날 채비가 되었다고 말하러 갔다.

그녀는 극도의 혼란 상태였다. 그녀와 까쩬까는 떠날 옷차림이었고 짐도 모두 꾸려져 있었다. 그러나 라리사 표도로브나는 두 손을 비비며 쥐어짰고, 눈물을 억누르며 유리 안드레예비치에게 잠깐만 앉으라고 부탁하고는 의자에 몸을 던졌다 일어났다 했다. 그리고 자주 "그렇지 않아?"라는 외침으로 자신의 말을 끊으며 노래하듯 높은 한탄조로 재빨리 두서없는 말을 쏟아냈다.

"내 잘못이 아니야. 어쩌다 이렇게 됐는지 나 자신도 모르겠어. 하지만 과연 지금 갈 수 있을까? 곧 어두워질 텐데. 길을 가다가 밤이 우리를 덮칠 거야, 그것도 마침 당신의 그 끔찍한 숲속에서, 그렇지 않아? 나는 당신이 시키는 대로 할 거야. 하지만 스스로는, 내 의지로는 결정을 내리지 못하겠어. 뭔가가 나를 가지 못하게 붙잡아. 내 심장이 제자리에 있지를 않아. 당신이 최선이라고 생각하는 대로 하자, 그렇지 않아? 왜 당신은 입 다물고 아무 말이 없어? 우리는 아침 내내 멍청한 짓을 했어. 뭐 하느라 반나절을 허비했는지 알 수가 없네. 내일 또 이러지는 않을 거야. 우리는 더 신중해질 거야, 그렇지 않아? 아마 하룻밤은 더 머물러야겠지? 내일은 더 일찍 일어나서 동틀 무렵에, 아침 7시에, 아니면 6시경에라도 길을 떠나요. 당신 생각은 어때? 당신은 뻬치까에 불을 지피고 여기서 하루 저녁 더 글을 쓰고, 우린 여기서 하룻밤 더 묵는 거야. 아, 이건 정말이지 다시 없을 환상적인 일이야! 왜 당신은 아무 대답이 없어? 불쌍한 내가 또 뭘 잘못한 거지!"

"당신이 과장하는 거야. 땅거미가 지려면 아직 멀었어요. 아직 아주 일러. 하지만 당신 뜻대로 해요. 좋아. 남자고. 다만 진정해요. 당신이 얼마나 흥분했는지 봐. 자, 짐을 풀고 외투를 벗자. 까쩬까가 배고프다고 하네. 뭐 좀 먹읍시다. 당신 말이 맞아. 오늘 떠나는 건 너무 준비가 덜 되었고 갑작스러울 거야. 다만 제발 흥분하지 말고 울지 말아요. 금방 불을 피울게. 하지만 그전에, 다행히 말에 마구를 채웠고 썰매가 현관 계단 곁에 있으니까 예전 우리 집 헛간에 가서 마지막 장작을 실어올게. 여기는 더이상 남은 게 없거든. 울지 말아요, 당신. 곧 돌아올게."

11

헛간 앞 눈 위에 유리 안드레예비치가 전에 들렀다가 썰매를 돌린 자국이 몇개의 원으로 나 있었다. 문간 옆의 눈은 엊그제 장작을 나르느라 밟히고 지저분해졌다.

아침부터 하늘을 덮었던 구름이 걷혔다. 하늘이 맑게 갰다. 추워졌다. 이 근처를 다양한 거리에서 에워싼 바리끼노의 정원이 헛간 가까이까지 펼쳐져 의사의 얼굴을 들여다보며 무언가를 상기시키는 것 같았다. 그해 겨울, 눈은 두꺼운 층을 이루어 헛간 문턱보다 높이 쌓였다. 문설주가 내려앉았는지 헛간은 등이 굽어 보였다. 바람에 쓸려 쌓인 눈의 층이 거대한 버섯의 갓이 되어 헛간 지붕에서 거의 의사의 머리 위까지 드리웠다. 갓 태어난 초승달이 지붕 처마 바로 위에 마치 눈에 날이 박힌 것같이 서서 잿빛 열기로 낫 모양 가장자리를 따라 타오르고 있었다.

아직 낮이어서 아주 환했지만 의사는 늦은 저녁 자기 삶의 어둡고 울창한 숲속에 서 있는 것 같은 기분이었다. 그런 암흑이 그의 영혼에 자리 잡고 있었고, 그는 그토록 슬펐다. 어린 달은 이별의 전조가 되어, 고독의 형상이 되어 그의 앞, 거의 같은 높이에서 타오르고 있었다.

유리 안드레예비치는 피로해서 서 있기도 힘든 지경이었다. 헛간 문턱 너머로 장작을 썰매에 던져넣었다. 여느 때보다 한번에 나르는 장작의 양이 적었다. 추위 속에서 눈이 달라붙은 얼음 덮인 나무토막을 만지는 것은 장갑을 꼈음에도 고통스러웠다. 빠르게 움직여도 몸이 따뜻해지지 않았다. 그의 안에서 무언가가 멈췄고, 끊겼다. 그는 기구한 자기 운명을 마구 저주했다. 그리고 이 슬프고 순종적인, 그림같이 아름답고 소박한 여인의 삶을 지키고 돌보아 달라고 하느님께 기도했다. 달은 여전히 헛간 위에 서서 타올랐지만 온기를 전하지도, 빛나며 밝히지도 못했다.

별안간 말이 이끌려 떠나온 쪽으로 몸을 돌리더니 고개를 들고 처음에는 조용하고 소심하게, 그러다 우렁차고 자신만만하게 울기 시작했다.

'말이 왜 이러지?' 의사는 생각했다. '뭐가 좋아서? 겁이 나서 이러지는 않을 텐데. 말은 겁이 나면 울지 않지, 멍청한 짓이니까. 늑대 냄새를 맡았다면 소리를 내서 늑대한테 신호를 보낼 정도로 바보는 아닐 테고. 게다가 기분이 아주 좋은걸. 분명 집 생각을 해서인 거야. 집에 가고 싶은 거지. 잠깐만 기다려라, 곧 출발할 거야.'

유리 안드레예비치는 쌓은 장작들에 더해 헛간에서 나무 부스러기와 장화 목같이 말린, 장작에서 통째로 벗겨진 자작나무 껍질을 불쏘시개용으로 조금 모아온 뒤 거적을 덮은 장작더미를 밧줄로 묶었고, 썰매와 나란히 걸으며 장작을 미꿀리찐의 집 헛간으로 날랐다.

다시 말이 울기 시작했다. 저 멀리 다른 쪽 어디선가 분명히 들린 말 울음소리에 대한 응답이었다. '저건 누구 말일까?' 번쩍 정신이 든 의사가 생각했다. '우리는 바리끼노가 텅 비었다고 여겼지. 그러니까 우리가 틀렸던 거군.' 그들에게 손님이 왔고, 말 울음 소리가 미꿀리찐의 집 현관 계단 쪽 정원에서 들려온다는 생각은 하지 못했다. 그는 뒤쪽으로 돌아 농장 부속 건물 쪽으로 사브라스까를 끌고 가느라 집을 가린 작은 언덕 너머 집 앞쪽이 보이지 않았다.

그는 서두르지 않고(무엇 때문에 서둘러야 한단 말인가?) 장작을 헛간에 던져넣고는 말을 풀고 썰매를 헛간에 두었고, 말은 곁에 붙은 텅 비고 싸늘한 마구간으로 끌고 갔다. 말을 바람이 덜 들어오는 오른쪽 구석 칸에 넣고 헛간에서 남은 건초를 몇아름 날라다가 여물통의 비스듬한 격자 창살 안에 놓아주었다.

그는 불안한 마음으로 집으로 향했다. 현관 계단 옆에 아주 넓고 편안한 차체의 농민용 썰매에 매여 잘 먹여 살진 검정 수말 한필이 서 있었다. 그 말과 똑같이 윤기 흐르고 살진, 근사한 겨울 반외투 차림의 낯모르는 젊은이가 말의 양 옆구리를 가볍게 치거나 발굽 뒤쪽 털을 살펴보며 말 주위를 왔다 갔다 했다.

집 안에서 시끄러운 소리가 들렸다. 엿듣고 싶지 않았고 무슨 말이든 들릴 상황도 아니어서 유리 안드레예비치는 무심코 걸음을 늦추었다가 붙박인 듯 멈춰 섰다. 말은 알아듣지 못했지만 꼬마롭스끼와 라라와 까쩬까의 목소리임은 알 수 있었다. 아마 그들은 앞문 옆 첫번째 방에 있는 것 같았다. 꼬마롭스끼는 라라와 언쟁을 벌이고 있었고, 대답 소리로 보아 그녀는 흥분해서 울며 그의 말에 날카롭게 반박하거나 때로 동의하기도 했다. 꼭 집어 말하기 어려운 징후에 따라 유리 안드레예비치는 꼬마롭스끼가 바로 그 순간 자신에 대한 얘기를 꺼냈다고 생각했다. 짐작건대, 그는 미덥지 못한 사람이며(유리 안드레예비치는 "양다리를 걸친 사람"이란 말을 들은 것 같았다), 그에게 누가 더 소중한지, 가족인지 라라인지 모를 노릇이다, 의사를 믿었다간 "두마리 토끼를 쫓다 다 놓치는 꼴이 될 것"이기 때문에 라라가 그에게 의지해서는 안 된다는 얘기였다. 유리 안드레예비치는 집 안으로 들어갔다.

첫번째 방 안에 실제로 바닥까지 닿는 모피 외투를 입은 꼬마롭스끼가 옷도 벗지 않은 채 서 있었다. 라라는 까쩬까의 모피 외투 옷깃을 잡고 여미려 애썼지만 고리를 잘 끼우지 못했다. 그녀는 아이에게 꼼지락거리며 몸을 빼지 말고 가만있으라고 소리치며 화를 냈다. 까쩬까가 불평했다. "엄마, 좀 살살 해, 숨 막혀 죽겠어." 모두 옷을 입고 떠날 준비를 한 채 서 있었다. 유리 안드레예비치가 들어가자 라라와 빅또르 이뽈리또비치가 앞다투어 그를 맞으러 달려왔다.

"당신, 어디 갔었어? 당신이 얼마나 필요했는데!"

"안녕하시오, 유리 안드레예비치! 저번에 서로 그렇게 무례한 말을 지껄였음에도 불구하고 보시다시피 내가 또 초대도 없이 왔소이다."

"안녕하십니까, 빅또르 이뽈리또비치?"

"그렇게 오래 어디 갔었어요, 당신? 이 사람 하는 말 좀 들어봐요, 그리고 당신과 나를 위해 어서 결정해요. 시간이 없어. 서둘러야 해."

"그런데 우리 왜 서 있는 겁니까? 앉으세요, 빅또르 이뽈리또비치. 내가 어딜 갔었기는, 라로치까? 장작 가지러 갔다 온 거 당신도 알잖아. 그러고 나서는 말을 돌봤고. 빅또르 이뽈리또비치, 부탁이니 앉으세요."

"당신은 놀라지 않았어요? 왜 놀란 기색이 없어? 우리는 이 사람이 떠났다고, 이 사람 제안을 받아들이지 않았다고 아쉬워했잖아. 그런데 그가 여기 눈앞에 있는데도 놀라지 않네. 하지만 더 놀라운 건 그가 막 가져온 소식들이야. 이이한테 이야기하세요, 빅또르 이뽈리또비치.”

“라리사 표도로브나가 뭘 생각하는지는 모르겠소만, 내가 할 말은 이거요. 나는 일부러 떠났다는 소문을 퍼뜨리고 며칠 더 남아 있었어요. 당신과 라리사 표도로브나에게 우리가 언급했던 문제에 대해 다시 생각해보고 충분히 고려한 끝에 덜 무모한 결정에 이르도록 시간을 주기 위해서였소.”

“하지만 더이상 미룰 순 없어요. 지금이 떠나기에 가장 적절한 때야. 내일 아침에…… 하지만 빅또르 이뽈리또비치가 직접 이야기하는 게 낫겠네.”

“라로치까, 잠깐만. 죄송한데, 빅또르 이뽈리또비치, 왜 우리는 외투를 입고 서 있는 겁니까? 외투를 벗고 앉읍시다. 정말 진지하게 나눠야 할 이야기 아닙니까? 이렇게 엄벙덤벙은 안 됩니다. 미안합니다, 빅또르 이뽈리또비치. 우리의 언쟁은 마음속 몇몇 예민한 구석을 건드리고 있어요. 이런 주제를 파고드는 것은 우습고 거북한 일입니다. 나는 단 한번도 당신과 같이 가는 것을 생각해본 적이 없어요. 라리사 표도로브나의 경우는 다릅니다. 우리의 근심거리가 서로 나뉘고 우리가 하나의 존재가 아니라 개별적인 운명을 가진 두 존재라는 것을 떠올리게 되는 그런 드문 경우에, 나는 라라가, 특히 까쨔를 위해 당신의 계획을 더 주의 깊게 생각해야 한다고 여겼습니다. 그리고 그녀는 다시, 또다시 그 가능성을 떠올리며 끊임없이 숙고하고 있어요.”

“하지만 오직 당신이 간다는 조건에서야.”

“우리가 헤어진다는 생각을 하는 건 둘 다에게 똑같이 힘들어. 하지만 아마 우리는 자신을 이겨내고 이 희생을 치러야 할 거야. 내가 간다는 건 말도 안 되기 때문이에요.”

"하지만 당신은 아직 아무것도 모르잖아. 우선 들어봐요. 내일 아침에…… 빅또르 이뽈리또비치!"

"라리사 표도로브나는 분명 내가 들고 와 이미 알려준 소식을 말하는 것일 게요. 유랴찐의 선로에 극동정부의 관용 열차가 증기를 뿜으며 서 있어요. 어제 모스끄바에서 왔고 내일 더 멀리로 떠날 겁니다. 우리 교통부 열차지요. 열차 절반이 국제 침대차로 이루어져 있어요.

나는 그 기차를 타고 가야 하오. 우리 부처 동료로 초빙된 인사들을 위한 좌석이 내 재량에 맡겨졌어요. 우리는 아주 편안하게 여행하게 될 거요. 이런 기회는 다시는 없을 겁니다. 당신이 빈말을 하지 않고, 우리와 함께 가지 않기로 한 결정을 번복하지 않으리라는 걸 압니다. 당신이 심지가 굳은 사람이라는 걸 알아요. 하지만 그렇다고 해도, 라리사 표도로브나를 위해 뜻을 꺾어주시오. 당신 없이는 가지 않겠다는 그녀의 말을 듣지 않았소. 우리와 함께 갑시다, 블라지보스또끄가 아니라면 하다못해 유랴찐에라도. 거기 가서 보자고요. 하지만 그러자면 서둘러야 합니다. 한순간도 허비해선 안 돼요. 내가 말을 잘 몰지 못해 사람을 데려왔어요. 그 사람까지 해서 다섯 사람이 내 썰매에 타지는 못해요. 내가 알기로 당신한테는 삼제뱌또프의 말이 있소. 그 말로 장작을 가지러 갔다 왔다고 했으니. 아직 마구가 채워져 있소?"

"아니요, 풀었습니다."

"그럼 어서 서둘러 다시 채우시오. 내 마부가 도와줄 거요. 그런데 말이오…… 음, 젠장, 그 썰매는 놔두고 어떻게든 내 썰매로 갑시다. 다만 제발 서둘러요. 손에 닿는 대로 가장 필수적인 것만 챙겨서 떠납시다. 집은 잠그지 말고 이대로 두고. 아이 목숨을 구해야 하오. 자물쇠에 맞는 열쇠 찾을 때가 아니에요."

"이해를 못하겠습니다, 빅또르 이뽈리또비치. 마치 내가 가는 데 동의한 것처럼 말씀하시네요. 라라가 그렇게 원하면 가세요, 하늘의 은총을 빌어드리죠. 집은 걱정 말아요. 내가 남아서 당신들이 떠난 후에 치우고 잠그겠소."

"무슨 말을 하는 거야, 유라? 당신 자신도 믿지 않을 그 뻔한 헛소리는 다 뭐야? '만일 라리사 표도로브나가 결정했다면'이라니? 라리사 표도로브나의 여행에 당신이 함께하지 않으면 어떤 결정도 없다는 걸 당신 자신이 너무 잘 알잖아. 그런데도 '집은 내가 치우고 다 살피겠소'라는 건 대체 무슨 소리야?"

"당신들 참 고집불통이네. 그럼 다른 요청을 드리겠소. 라리사 표도로브나가 허락한다면 당신과 한두마디 나눕시다, 가능한 한 단둘이."

"좋습니다. 꼭 그래야 한다면, 부엌으로 가시죠. 당신 반대하지 않지, 라루샤?"

12

"스뜨렐니꼬프가 붙잡혀 최고형을 선고받고 형이 집행되었소."
"그런 끔찍한 일이. 사실입니까?"
"그렇게 들었소. 사실이라고 믿어요."
"라라한테 말하지 마세요. 미쳐버릴 겁니다."
"물론이오. 그래서 당신을 다른 방으로 부른 거요. 이 총살 이후에 그녀와 딸은 직접적인 위험이 코앞에 닥쳤어요. 내가 그들을 구하게 도와주시오. 당신은 결단코 우리와 동행하기를 거절하는 거요?"

"말했잖습니까. 물론입니다."

"하지만 당신 없이 그녀는 안 갈 거요. 도무지 어떻게 해야 할지 모르겠소. 그럼 당신한테 다른 식의 도움을 청하겠소. 기꺼이 뜻을 굽히겠다고 거짓으로, 말로라도 표현하시오. 설득당하는 것처럼 해요. 당신들의 작별은 상상이 되지 않소. 여기 이 자리에서든, 아니면 당신이 정말 우리를 전송하러 온다면 유랴쩬의 역에서도. 당신도 함께 갈 거라고 그녀가 믿게 해야만 해요. 지금 우리와 함께 가지 않더라도 시간이 좀 지난 뒤에, 내가 당신에게 새로운 기회를 제공할 때 그 기회를 이용하겠다고 약속하는 겁니다. 그녀에게 거짓 맹세라도 할 수 있어야 해요. 하지만 내 말이 헛소리는 아니오. 명예를 걸고 약속하는데, 당신이 원하기만 하면 어느 때고 당장 당신을 여기서 우리 쪽으로 데려와 원하는 어디로든 멀리 보내주겠소. 당신이 우리와 동행할 거라는 걸 라리사 표도로브나가 믿어야 해요. 온 힘을 다해 설득해서 그녀가 그 점을 믿게 하시오. 이를테면 당신이 말에게 뛰어가 마구를 채우는 척하고, 우리를 뒤쫓아 길에서 따라잡을 테니 기다리지 말고 지체 없이 떠나라고 설득하는 거요."

"빠벨 빠블로비치의 총살 소식이 너무 충격적이라 정신을 차릴 수가 없군요. 당신의 말을 따라가기가 힘들어요. 하지만 동의합니다. 스뜨렐니꼬프를 처단했다면, 오늘날 우리의 논리에 따르면 라리사 표도로브나와 까쨔의 삶 또한 위험에 처했어요. 우리 중 누구는 필시 자유를 빼앗길 테고, 따라서 어쨌든 우리는 헤어지게 될 거요. 그렇다면 정말로, 당신이 우리를 떨어뜨려 그들을 어디든 멀리 세상 끝으로 데려가는 편이 더 낫겠지요. 내가 이 말을 하는 지금도 어차피 사태는 당신 뜻대로 진행되고 있습니다. 아마 나는 견딜 수 없어져 긍지와 자존심을 포기하고 당신 손으로 그녀도, 목숨도, 내 가족한테 가는 바닷길도, 나 자신도 구해달라고 순순히 당신에게 기어가게 되겠지요. 하지만 이 모든 것에 대해 생각할 시간을 주세요. 당신이 전한 소식에 나는 정신이 멍해졌습니다. 짓누르는 고통에 생각하고 판단할 능력을 빼앗겨버렸어요. 아마도 당신에게 굴복해 돌이킬 수 없는 치명적인 실수를 저지르고 평생 그 실수를 끔찍해하게 될지 모르겠지만, 나를 무력하게 하는 고통의 안개 속에서 지금 할 수 있는 유일한 일, 그것은 기계적으로 당신의 말에 동의하는 것이고, 의지를 잃고 맹목적으로 복종하는 것이군요. 그러니 나는 그녀의 행복을 위해 겉으로 말을 채비하러 가는 척할 테고, 당신들을 뒤따라갈 거라고 지금 그녀에게 밝힐 테고, 여기 혼자 남을 겁니다. 단 하나 사소한 문제가 있습니다. 곧 밤이 닥칠 텐데 당신들은 이제 어떻게 갈 겁니까? 숲길이고 사방에 늑대가 있어요. 조심하세요."

"압니다. 소총과 권총이 있어요. 염려 마시오. 그건 그렇고, 추위에 대비해 술을 약간 챙겨왔소. 충분한 양이오. 나눠드릴까, 원하시면?"

13

'내가 무슨 짓을 한 거지? 무슨 일을 저지른 거야? 그녀를 넘겨줬어, 포기했어, 내맡겼어. 뒤쫓아 달려가야 해, 따라잡아야 해, 도

318

로 데려와야 해. 라라! 라라!

그들에겐 들리지 않겠지. 바람이 반대 방향으로 불어. 그리고 아마 큰 소리로 이야기를 나누는 모양이고. 그녀는 충분히 유쾌하고 평온할 만한 근거가 있어. 속아 넘어가 자신이 어떤 착각에 빠졌는지 의심도 하지 않을 테니까.

아마도 그녀의 생각은 이럴 거야. 그녀는 생각하지. 모든 게 그녀가 원한 대로 더할 나위 없이 잘됐다. 몽상가에 고집불통인 그녀의 유로치까가 마침내 누그러져서, 창조주에게 영광을, 그녀와 함께 어딘가 믿을 만한 곳으로, 그들보다 더 지혜로운 사람들에게로, 법과 질서의 보호 아래로 가고 있다. 설사 자기식대로 고집을 부리고 뜻을 굽히지 않으며 완고히 거절해 내일 그들의 기차에 타지 않는다 해도, 빅또르 이뽈리또비치가 그를 위해 다른 기차를 보낼 것이고 그는 조만간 그들을 따라잡을 것이다.

물론 지금 그는 이미 마구간에서 흥분하고 서두르는 탓에 떨리고 헤매며 말을 듣지 않는 손으로 사브라스까에게 마구를 채우고 있으며, 지체 없이 채찍질을 시작해 전속력으로 뒤쫓을 것이다. 그래서 아직 숲으로 들어가기 전에 벌판에서 그들을 따라잡을 것이다.'

아마 그녀는 바로 그렇게 생각하고 있을 것이었다. 그들은 심지어 제대로 작별 인사도 나누지 않았다. 유리 안드레예비치는 사과 조각이 걸린 것처럼 목이 메는 아픔을 삼키기 위해 애쓰며 손을 흔들고 돌아섰을 뿐이다.

의사는 한쪽 어깨에 모피 외투를 걸치고 현관 계단에 서 있었다. 외투에 끼우지 않은 자유로운 손으로 그는 천장 바로 아래 깎아 만든 계단 기둥의 목을 졸라 죽일 듯 꽉 힘주어 잡았다. 그의 의식은 오로지 공간 속 먼 점에 집중되어 있었다. 거기에, 얼마간의 거리에 걸쳐 산으로 올라가는 길이 드문드문 자란 몇그루 자작나무 사이로 조각나 보였다. 그 순간 저물 준비가 된 낮은 햇빛이 이 열린 공간으로 떨어졌다. 깊지 않은 골짜기로 잠시 모습을 감추었다 달려나온 썰매가 어느 순간이라도 그곳으로, 빛의 띠 속으로 돌진해갈 것이었다.

"안녕, 안녕." 그 순간을 고대하며 의사는 넋이 나간 채 소리 없이 되풀이했다. 간신히 숨 쉬는 이 소리를 가슴속에서 어둠이 깃들어가는 얼어붙은 대기 속으로 밀어냈다. "안녕, 내 단 하나의 사랑, 영원히 잃어버린 사랑이여!"

"간다! 간다!" 썰매가 화살이 날듯이 아래쪽에서 달려나와 하나둘 자작나무를 지나치며 점차 속도를 늦추더니, 오, 기쁨이여, 마지막 자작나무 곁에서 멈추었을 때, 그는 하얗게 핏기 가신 입술로 맹렬하고 메마르게 속삭였다.

오, 얼마나 그의 심장이 고동쳤던가, 오, 얼마나 그의 심장이 고동쳤던가, 그는 두 다리에 맥이 풀렸다, 어깨에서 흘러내리는 모피 외투같이 흥분으로 인해 온몸이 부드러운 펠트가 되었다! '오, 주여, 그녀를 내게 돌려주시려고요? 저기서 무슨 일이 일어난 걸까? 저 먼 노을의 능선 위에서 무슨 일이지? 어떻게 된 거야? 저들은 왜 서 있는 거지? 아니다. 다 틀렸다. 떠났다. 달려간다. 분명 그녀가 한번만 더 집을 바라보며 작별하게 잠깐 세워달라고 한 것이겠지. 아니면 유리 안드레예비치가 벌써 출발했는지, 그들을 뒤쫓아 달려오는지 확인하고 싶었을까. 그들은 갔다. 가버렸다.

그들이 지체하지 않는다면, 해가 더 일찍 지지 않는다면(어둠 속에서는 분간하지 못할 테니) 그들은 한번 더 골짜기 저편, 전전날

밤에 늑대들이 서 있던 벌판을 지날 것이고, 이번이 마지막일 것이다.'

이제 그 순간도 왔다가 지나갔다. 검붉은 태양이 아직 눈더미들의 푸른 선 위에 둥글게 떠 있었다. 태양이 쏟아붓는 달콤한 파인애플 같은 즙을 눈은 탐욕스럽게 빨아들였다. 곧 그들이 나타났고, 내달렸고, 가버렸다. '안녕, 라라, 저세상에서 만나. 안녕, 나의 아름다움이여, 안녕, 나의 바닥 모를 무궁하고 영원한 기쁨이여.' 그리고 이제 그들은 자취를 감추었다. '나는 당신을 더이상 보지 못할 거야. 살아서는 결코, 결코, 더이상 결코 당신을 보지 못할 거야.'

그러는 사이에 날이 어두워졌다. 노을이 눈 위에 흩뿌린 붉은 구릿빛 반점들이 급속하게 빛을 잃고 꺼졌다. 광활한 공간에 펼쳐진 잿빛의 온화함이 라일락빛 황혼 속으로 빠르게 잠기며 점점 자줏빛으로 변해갔다. 그 공간의 잿빛 으스름에 갑자기 얄팍진 듯 창백한 장밋빛 하늘에 부드럽게 그어진 길가 자작나무들의 섬세한 레이스 같은 필체가 뒤섞였다.

영혼의 비애가 유리 안드레예비치의 감각을 예민하게 만들었다. 그는 몇배는 더 날카롭게 모든 것을 포착했다. 주위가, 심지어 공기조차 보기 드물게 유일성을 띠었다. 겨울 저녁이 모든 것에 공감하는 목격자처럼 전례 없는 관심을 안고 숨 쉬고 있었다. 마치 이제까지 결코 이렇게 황혼이 깃든 적 없었고, 홀로되어 고독에 처한 사람을 위로하여 오직 오늘 처음으로 저녁이 찾아온 것 같았다. 마치 언덕마다 주위 숲들이 그저 지평선에 등을 돌리고 파노라마로 에워싼 것이 아니라, 연민을 표하려고 이제 막 땅 밑에서 솟아나 언덕 위에 자리 잡은 것 같았다.

의사는 귀찮게 따라다니며 동정을 표하는 무리를 거부하듯, 그 시각의 이 생생한 아름다움을 손을 내젓다시피 거절했다. 그에게 까지 이른 노을빛에 거의 속삭이다시피 했다. "고맙지만 괜찮아."

그는 세상에 등을 돌리고 닫힌 문으로 얼굴을 향한 채 현관 계단에 계속 서 있었다. '나의 밝은 태양은 졌어.' 그의 안에서 무언가가 거듭 되풀이했다. 이 말이 모두 소리가 되어 입 밖으로 나오지는 못했다. 경련하는 목의 아픔이 말을 끊었다.

그는 집 안으로 들어갔다. 이중의, 두 종류의 독백이 그의 안에서 시작되고 마무리되었다. 자기 자신에 관한 사무적인 체하는 메마른 독백과 라라를 향한 한없이 흘러넘치는 독백이었다. 그의 생각은 이렇게 흘렀다. '이제 모스끄바로. 우선 할 일은 살아남는 것. 불면에 빠지면 안 된다. 잠자리에 들면 안 된다. 피로로 죽은 듯 쓰러질 때까지, 멍해질 때까지 밤마다 일해야 한다. 그리고 또 하나. 지금 당장 침실에 불을 피워야 해. 쓸데없이 밤에 몸이 얼지 않도록.'

하지만 그는 또 자신과 이렇게도 이야기했다. '나의 잊을 수 없는 매혹이여! 내 굽힌 팔꿈치가 당신을 기억하는 한, 당신이 아직 내 팔과 입술에 남아 있는 한 나는 당신과 함께할 거야. 변치 않는 가치를 지닌 무언가 속에 당신에 대한 슬픔의 눈물을 쏟아낼 거야. 다정한, 다정한, 가슴 저미도록 슬픈 묘사 속에 당신의 추억을 적을 거야. 그걸 마칠 때까지 여기 남을 거야. 그런 뒤엔 나도 떠나야지. 바로 이렇게 당신 모습을 그릴 거야. 바다를 밑바닥까지 뒤엎는 무시무시한 폭풍우가 그친 후에 가장 멀리 철썩이며 밀려온 가장 강한 파도의 흔적이 모래 위에 내려앉듯이, 당신 모습을 종이 위에 그릴 거야. 구불구불한 점선으로 바다는 조약돌, 코르크 마개, 조개껍질, 해초, 바닥에서 들어올릴 수 있는 가장 가볍고 보잘것없는 것을 모래 위에 던지지. 가장 높이 밀려드는 파도가 끝없이 저 멀리로 뻗어가는 해변의 경계야. 그렇게 삶의 폭풍우에 밀려 당신이 내게 온 거야, 나의 자랑이여. 그렇게 나는 당신을 그릴 거야.'[14]

그는 집 안으로 들어가 문을 잠그고 모피 외투를 벗었다. 라라가 아침에 그토록 애써 치운, 서둘러 떠난 탓에 모든 것이 다시 헝클어진 방에 들어갔을 때, 어질러진 채 정돈되지 않은 침상과 바닥과 의자들 위에 내던져져 무질서 속에 흩어진 물건들을 보았을 때, 그는 어린아이처럼 침상 앞에 꿇어앉아 딱딱한 침대 모서리에 온 가슴을 붙이고 축 늘어진 깃털 이불 끝자락에 얼굴을 묻고서 아이가 울듯 마음껏 서럽게 울었다. 울음은 오래지 않았다. 유리 안드레예비치는 일어서서 재빨리 눈물을 훔치고 놀라 산만해지고 지쳐 멍해진 시선으로 주위를 둘러보았다. 꼬마롭스끼가 남긴 술병을 가져와 마개를 열어 술을 반잔 따르고 물을 더하고 눈을 섞은 다음, 방금 쏟은 위로할 길 없는 눈물에 거의 맞먹는 쾌감과 함께 그 혼합액을 천천히 탐욕스레 들이켜기 시작했다.

14

유리 안드레예비치에게 이해할 수 없는 일이 벌어지고 있었다. 그는 서서히 미쳐갔다. 전에는 이렇게 이상한 생존을 영위한 적이 없었다. 그는 집을 방치했고, 더이상 자신을 돌보지 않았다. 밤낮이 바뀌었고, 라라가 떠난 뒤로 흐르는 시간을 세기를 잊었다.

그는 술을 마시며 라라에게 바치는 작품을 썼다. 하지만 쓴 것을

---

14 유리 지바고의 시 「이별」의 배경이 되는 대목이다.

지우고 한 낱말을 다른 것으로 대체함에 따라 그의 시와 기록 속의 라라는 진짜 원형으로부터, 까쨔와 함께 여행 중인 살아 있는 까쩬까의 엄마로부터 점점 더 멀어졌다.

유리 안드레예비치는 정확성과 표현력을 고려해 삭제해나갔지만 이는 또한 쓴 것과 겪은 것의 직접 참가자들이 상처 입고 기분 상하지 않게, 개인적으로 체험한 것과 실제 있었던 일을 너무 노골적으로 드러내지 않게 하려는 내적 절제의 타이름에 답하는 것이기도 했다. 그렇게 해서 친밀한 것, 식지 않아 김이 나는 것이 시에서 점차 제거되었고, 피비린내 나고 유독한 것 대신 개별적인 경우를 모두에게 익숙한 보편성으로까지 격상시킨 평온한 폭넓음이 시에 나타났다. 이런 목적을 이루려고 애쓰지 않았음에도 이 폭넓음 자체가 여행 중인 여인이 개인적으로 보내는 위로로, 그녀의 먼 인사로, 꿈속에 나타난 그녀의 모습으로, 혹은 그의 이마에 닿은 그녀의 손길로 찾아왔다. 그는 시에 새겨진 이 고결한 자취를 사랑했다.[15]

라라를 향한 이 애가를 쓰면서 그는 또한 여러 시기에 걸친 온갖 잡다한 것, 자연과 일상에 관한 자신의 서툰 글을 마저 마무리했다. 전에도 늘 그랬듯이, 이런 작업을 할 때면 개인의 삶과 사회적 삶에 관한 수많은 생각이 작업 중에 한꺼번에, 동시에 달려들었다.

또다시 그는 자신이 역사를, 역사의 행보라 불리는 것을 전혀 통용되는 대로 상상하지 않고, 자신에게 역사는 식물의 왕국의 삶과 유사한 것으로 그려진다고 생각했다. 겨울에 눈 아래 벌거벗은 활엽수림의 가지는 노인의 사마귀에 난 가는 털처럼 빈약하고 초라하다. 봄에는 며칠 만에 숲이 변모해 구름까지 솟아오르고, 잎으로

---

15 시 「이별」의 창작에 대한 언급이다.

덮인 깊은 숲속에서 길을 잃을 수도, 몸을 숨길 수도 있다. 이런 변모는 그 신속성에서 동물의 움직임을 능가하는 움직임으로 달성된다. 왜냐하면 동물은 식물처럼 그렇게 빨리 자라지 않고, 식물은 그 움직임을 결코 엿볼 수 없기 때문이다. 숲은 이동하지 않는다. 우리는 숲이 장소를 바꾸기를 숨어 기다리다 불시에 덮칠 수 없다. 우리는 늘 부동의 상태에 있는 숲을 만난다. 그리고 그런 부동의 상태 속에서 영원히 자라나고 영원히 변하는, 그 변모를 포착할 수 없는 사회의 삶을, 역사를 만난다.

똘스또이가 나뽈레옹, 통치자, 장군의 선구자적 역할을 부정했을 때, 그는 그 생각을 끝까지 밀고 나가지 않았다. 그도 정확히 똑같은 것을 생각했지만 아주 명확하게 말하지는 않았다. 역사는 누가 만드는 것이 아니다. 풀이 자라는 것을 볼 수 없듯이 역사는 보이지 않는다. 전쟁, 혁명, 황제, 로베스삐에르 같은 사람, 이들은 역사의 유기적 자극제, 그것의 발효 효모이다. 혁명은 활동적인 사람, 외골수의 광신자, 자제력의 화신 들이 낳는다. 그들은 몇시간 혹은 며칠 만에 옛 질서를 전복한다. 변혁은 몇주, 몇년에 걸쳐 지속되지만 그런 다음에는 변혁을 이끈 편협한 정신을 수십년, 수세기에 걸쳐 성소로 경배한다.

라라를 향한 애가를 쓰며 그는 또한 저 먼 멜류제예보의 여름을 애도했다. 그때 혁명은 하늘에서 지상으로 내려온 당시의 신, 그 여름의 신이었고, 사람들은 저마다 자기식대로 미쳐 있었고, 저마다의 삶은 최고위 정책의 정당성을 입증하고 설명하는 실례로서가 아니라 그 자체로 존재했다.

이런저런 자질구레한 것들을 휘갈기며 그는 예술은 늘 아름다움을 추종하는데, 아름다움이란 형식을 소유하는 행복이며, 형식은 바로 존재의 유기적 열쇠라는 것, 모든 생명체는 존재하기 위해 형식을 소유해야 하며, 그래서 예술은, 비극적인 것을 포함해, 존재의 행복에 관한 이야기라는 것을 다시 확인하고 기록했다. 이런 성찰과 기록은 또한 행복을 가져다주었고, 너무나 비극적이고 눈물 가득한 행복이어서 지치고 머리가 아팠다.

안핌 예피모비치가 그를 만나러 왔다. 그 또한 보드까를 가져왔고 안찌뽀바가 딸과 꼬마롭스끼와 함께 떠나던 장면을 들려주었다. 안핌 예피모비치는 궤도차를 타고 철도로 왔다. 그는 말을 제대로 돌보지 않았다고 의사를 욕하고는 사나흘만 더 참아달라는 유리 안드레예비치의 요청에도 불구하고 말을 끌고 갔다. 그 대신에 그는 그 시일이 지나면 몸소 의사를 데리러 와서 바리끼노에서 완전히 데려가겠노라고 약속했다.

때때로 글쓰기에 열중해 작업에 몰두하다가 유리 안드레예비치는 불현듯 떠난 여인을 너무도 선명하게 떠올리고는 그 다정함과 극심한 상실감에 어찌할 바를 몰랐다. 예전 어린 시절에 여름 자연의 장엄함 가운데 새들이 지저귀는 소리 속에서 돌아가신 어머니의 목소리가 어른거렸던 것처럼, 라라에게 익숙해진, 그녀의 목소리에 친숙해진 청각은 이제 가끔 그를 기만했다. "유로치까." 환청 속에 가끔 옆방에서 그녀가 부르는 소리가 들려왔다.

그 한주 동안 다른 환각도 닥쳐왔다. 그 주가 끝날 무렵 밤에 그는 집 밑에 용이 사는 협곡이 있는 터무니없는 악몽을 꾸고서 퍼뜩 잠을 깼다. 눈을 떴다. 갑자기 골짜기 바닥이 불길에 밝아지며 탕하고 누군가가 쏜 총소리가 울려퍼졌다. 놀랍게도 그런 희한한 사건이 일어나고 잠시 후에 의사는 다시 잠이 들었고, 아침에는 그게 다 꿈이었다고 결론지었다.

15

얼마 뒤 그런 나날 중 하루는 이런 일이 있었다. 의사는 마침내 이성의 목소리에 귀를 기울였다. 만약 어떻게든 자살할 작정이었다면 더 효과적이고 덜 고통스러운 수단을 찾을 수 있었으리라고 자신에게 말했다. 그는 안핌 예피모비치가 데리러 나타나자마자 지체 없이 여기를 떠나겠다고 다짐했다.

땅거미가 깔리기 전 아직 날이 밝을 때, 그는 저벅저벅 눈 위를 걷는 큰 발걸음 소리를 들었다. 누군가가 활기차고 결연한 걸음걸이로 차분히 집을 향해 걸어오고 있었다.

이상하다. 누굴까? 안핌 예피모비치라면 말을 타고 올 텐데. 텅 빈 바리끼노에 행인은 없었다. '나를 잡으러 왔구나.' 유리 안드레예비치는 결론을 내렸다. '소환이거나 도시로 오라는 호출이야. 아니면 체포하려고. 하지만 어디다 태워간단 말인가? 그리고 그런 경우라면 둘이 왔겠지. 이 사람은 미꿀리쩐, 아베르끼 스쩨빠노비치야.' 보이는 대로 걸음걸이에 따라 손님을 짐작한 그는 기뻐했다. 아직 수수께끼에 싸인 인물은 문에서 예상했던 자물쇠를 찾지 못하자 빗장이 부서진 문가에서 잠시 머뭇거렸다. 그러다 확신에 찬 걸음걸이와 집을 잘 아는 몸짓으로 나아오며 도중에 마주치는 문들을 주인인 듯 열었다가 조심스럽게 등 뒤로 닫았다.

이 기묘한 상황이 책상 앞에 있던 유리 안드레예비치에게 들이닥쳤다. 그는 입구 쪽으로 등을 돌리고 앉아 있었다. 그가 낯선 이를 맞으려 의자에서 일어나 문 쪽으로 고개를 돌리는 사이에, 그 사람은 벌써 못 박힌 것처럼 문턱에 서 있었다.

"누굴 찾으십니까?" 의사는 무심결에 아무 대답이 필요치 않은 말을 불쑥 뱉었고, 대답이 따르지 않음에도 유리 안드레예비치는 놀라지 않았다.

들어온 사람은 힘 있고 균형 잡힌 체격에 잘생긴 얼굴이었다. 짧은 털 재킷과 털 바지를 입고 따뜻한 염소 가죽 장화를 신었고, 어깨에 가죽끈 달린 소총을 메고 있었다.

의사로서는 낯선 이가 나타난 순간만 예기치 않은 것이었을 뿐 그가 온 것은 그렇지 않았다. 집 안에서 발견한 물건들과 다른 징후 덕에 유리 안드레예비치는 이 만남에 준비가 되어 있었다. 집에 들어온 사람은 분명 집 안에서 마주친 물건들의 주인이었다. 그는 외모로 보아 의사가 전에 본 적이 있고 아는 사람 같았다. 방문자 또한 집이 비어 있지 않다는 것을 미리 알았던 모양이었다. 집에 사람이 있다는 데 그리 놀라지 않았다. 집 안에서 누구를 만나게 될지 미리 들었는지도 모른다. 그 자신이 의사를 아는지도.

'이 사람은 누구지? 누굴까?' 유리 안드레예비치는 고통스럽게 기억을 뒤졌다. '하느님 제발, 내가 이 사람을 전에 어디서 봤는데? 그런가? 오래전 어느 해 더운 5월의 아침. 라즈빌리예 철도역. 좋은 일을 기대할 수 없는 꼬미사르의 객차. 명료한 개념, 직선적인 태도,엄격한 원칙, 공정, 공정, 공정. 스뜨렐니꼬프다!'

16

그들은 벌써 오래, 꼬박 몇시간째 러시아에 사는 러시아 사람들만이 이야기하는 방식대로, 당시의 러시아 사람 모두가 그랬지만 특히 저 겁먹고 비탄에 잠긴 사람들이, 저 광포하고 격앙된 사람들이 하는 방식대로 이야기를 나누었다. 저녁이 내려앉았다. 어두워지고 있었다.

스뜨렐니꼬프는 모두와 공유하던 불안에 찬 수다스러움과 별개로, 뭔가 다른 자신만의 이유로도 쉴 새 없이 말을 이었다.

그는 말을 아무리 해도 모자랐고, 고독을 피하려 전력을 다해 의사와의 대화에 매달렸다. 그가 양심의 가책이나 그를 떠나지 않고 괴롭히던 슬픈 추억을 두려워했던가? 아니면 인간이 스스로를 견딜 수 없고 증오스러워 수치심에 죽을 준비를 하게 만드는 자신에 대한 불만이 그를 괴롭혔던가? 아니면 취소할 수 없는 어떤 끔찍한 결정을 내린 뒤 그 결정과 함께 홀로 남고 싶지 않아서 의사와 수다를 떨며 함께 있는 것으로 결정의 실행을 최대한 미루고 있었던가?

아무튼 스뜨렐니꼬프는 나머지 모든 주제에 대해 더더욱 거침없이 속내를 토로하면서도 그를 힘들게 하는 어떤 중요한 비밀은 감추고 있었다.

그것은 세기의 질병, 시대의 혁명적 광기였다. 속내로는 모두가 말과 외관과 다른 사람이었다. 누구도 양심이 깨끗하지 않았다. 저마다 모든 면에서 자신이 죄가 있음을, 은밀한 범죄자임을, 드러나지 않은 사기꾼임을 느낄 만한 근거를 갖고 있었다. 조금의 구실만 있어도 자학의 상상이 광란의 극단으로 치달았다. 사람들은 망상에 빠졌고, 공포 때문만이 아니라 파괴적인 병적 충동의 결과로 자발적으로, 형이상학적 혼수상태와 일단 고삐가 풀리면 멈출 수 없는 저 자기심판의 열정 속에서 스스로를 비난했다.

한때 탁월한 군인이자 때로 군사재판의 판관이기도 했던 스뜨렐니꼬프는 죽음을 앞두고 서면이나 구두로 한 그런 진술을 얼마나 많이 읽고 들었던가. 이제 그 자신이 유사한 자기폭로의 충동에 사로잡혀 자신의 전부를 재평가하고, 모든 것을 결산하며, 모든 것을 과열되고 기형화된 망상에 찬 왜곡 속에서 보았다.

스뜨렐니꼬프는 고백에서 고백으로 건너뛰며 두서없이 이야기했다.

"치따 근처였습니다. 이 집의 찬장과 상자에 내가 채워둔 희한한 물건들에 놀랐지요? 그건 전부 붉은 군대가 동시베리아를 점령했을 때 벌인 징발에서 나온 것들입니다. 물론 나 혼자 다 운반해온 건 아닙니다. 삶은 늘 내게 충직하고 헌신적인 사람들을 선물했지요. 이 초, 성냥, 커피, 차, 필기구 등등은 일부는 체코군의 군수품이고 일부는 일본군과 영국군 것이었어요. 체 속의 기적,[16] 그렇지 않습니까? '그렇지 않아?'는 내 아내가 즐겨 쓰던 표현이죠. 아마 당신도 알아차렸겠지요. 이 얘기를 곧바로 해야 할지 어떨지 몰랐지만, 이제 솔직히 말하지요. 나는 아내와 딸을 만나러 왔습니다. 그들이 여기 있는 것 같다는 소식을 너무 늦게 들었어요. 그래서 이렇게 늦은 겁니다. 소문과 보고로 당신과 그녀가 친밀하게 지낸다는 것을 알게 되고 '의사 지바고'라는 이름이 처음 들렸을 때, 불가사의하게도 나는 이 몇해 동안 내 앞을 스쳐간 수천의 얼굴 중에서 언젠가 한번 심문을 받으러 끌려온 그런 성의 의사를 떠올렸지요."

"그래서 그를 총살하지 않은 것이 유감이었습니까?"

스뜨렐니꼬프는 이 지적을 무시했다. 아마 대화 상대가 끼어들어 그의 독백을 끊은 것조차 알아듣지 못한 모양이었다. 그는 멍하니 생각에 잠겨 말을 계속했다.

---

16 '불가사의한 일'이라는 뜻.

"물론 나는 당신을 질투했고 지금도 질투하고 있습니다. 그러지 않을 수 있었겠소? 내가 이 지역에 숨어 있은 것은 최근 몇달뿐으로, 멀리 동쪽에 있던 다른 은신처들이 발각된 이후요. 나는 거짓 음해로 군사재판에 회부될 예정이었소. 결과는 쉽게 예측할 수 있습니다. 나는 아무 죄가 없어요. 훗날 상황이 좋아지면 무죄를 증명하고 명예를 지키리라는 희망을 품었습니다. 체포되기 전에 미리 시야에서 사라져 한동안 숨어 떠돌며 은둔 생활을 하기로 했습니다. 아마 결국에는 목숨을 구할 거였으니까요. 나를 구슬러 신용을 얻은 젊은 사기꾼 녀석이 나를 곤경에 빠뜨렸어요.

겨울에 나는 걸어서 시베리아를 거쳐 서쪽으로 가고 있었습니다. 사람들 눈을 피했고, 굶주렸어요. 눈더미를 파고들거나 눈에 파묻힌 열차 안에서 밤을 보냈습니다. 그때는 열차들이 끝없는 사슬을 이루어 시베리아 간선철도 위 눈 속에 서 있었거든요.

유랑 중에 떠돌이 아이와 맞닥뜨리게 됐어요. 빨치산에게 총살당할 때 처형된 사람들 대열에서 살아남았던가봅니다. 죽은 사람들 무리에서 기어나와 숨을 고르고 누워서 기력을 찾은 다음 나처럼 이런저런 은신처를 전전하기 시작했대요. 어쨌든 말은 그랬습니다. 못된 짓만 일삼는 사악한 녀석이었어요. 실업학교 2학년에 다니다 우둔해서 쫓겨난 열등생이었습니다."

스뜨렐니꼬프가 더 자세히 이야기할수록 의사는 소년을 더 잘 알 수 있었다.

"이름이 쩨렌찌이고, 성은 갈루진입니까?"

"맞아요."

"그렇다면 빨치산과 총살에 관한 얘기는 다 사실입니다. 그애가 지어낸 건 없어요."

"소년의 유일하게 좋은 점은 어머니에 대한 사랑이 미치도록 극진했다는 겁니다. 아버지는 인질로 잡혔다가 사라졌대요. 어머니도 감옥에 있고 아버지와 같은 운명이 되리란 걸 알고서 그애는 어머니가 풀려나도록 무슨 짓이든 하겠다고 결심했지요. 그는 군 체까에 가서 자수하고 돕겠다고 제안했고, 그들은 뭐든 중요한 정보를 얻는 대가로 그의 죄를 모두 사면하기로 합의했습니다. 그는 내가 몸을 숨긴 장소를 가르쳐주었습니다. 나는 다행히 그의 배신을 미리 알아차리고 제때 피했지요.

믿기 어려운 노력과 갖은 고생 끝에 나는 시베리아를 거쳐 여기로 왔습니다. 사람들이 나를 속속들이 알고 있고 이렇게 대담하게 행동하리라 예상치 못해서 다른 어디보다 내가 나타나리라 기대하지 못하는 곳이니까요. 실제로 내가 이 집이나 이 근방의 다른 은신처에 숨어 있는 동안에도 저들은 한참 동안 나를 찾아 치따 근처를 수색했습니다. 하지만 이제 끝입니다. 여기서도 내 자취를 찾아냈거든요. 들어보세요. 어둑어둑해지네요. 내가 좋아하지 않는 시간이 다가옵니다. 잠을 잃은 지 벌써 오래라서요. 이게 어떤 고통인지 당신은 아시지요. 만약 당신이 내 초를 아직 다 태우지 않았다면 — 멋진 스테아린 양초지요, 그렇지 않습니까? — 조금만 더 얘기를 나눕시다. 당신만 괜찮다면 한껏 사치를 부리며 타오르는 초 곁에서 밤새 이야기를 나눕시다.

"초는 그대로 있어요. 한상자만 열었을 뿐입니다. 나는 여기서 찾은 석유를 썼어요.

"빵은 있습니까?"

"없습니다."

"그럼 뭘 먹고 살았습니까? 참 내가 어리석은 질문을 했네요. 감자겠지요. 압니다."

"그래요, 감자는 얼마든지 있습니다. 여기 주인들이 경험 많고 앞날에 잘 대비하는 사람들이었어요. 감자를 어떻게 저장하는지 알더군요. 지하 창고에 모두 잘 보존되어 있습니다. 썩지도, 얼지도 않았어요."

갑자기 스뜨렐니꼬프는 혁명에 관해 이야기하기 시작했다.

17

"이 모든 건 당신을 위한 것이 아닙니다. 당신은 이걸 이해하지 못합니다, 다른 식으로 자랐으니까요. 도시 변두리의 세계, 철도 와 노동자 막사의 세계가 있었습니다. 불결함, 협소함, 궁핍, 인간에 대한 모독인 노동자의 모습, 여성에 대한 모욕. 그리고 마마보이들의 세계, 하얀 안감의 멋진 제복을 입은 대학생과 상인 자식들의 세계가 있었습니다, 신이 나서 뻔뻔한 악행을 저질러도 처벌 받지 않는. 그들은 빼앗기고 모욕당하고 속아넘어간 사람들의 눈물과 하소연을 농담으로 묵살하거나 멸시에 차 버려 화를 냈어요. 아무 걱정도 없었고, 아무것도 추구하지 않았고, 세상에 아무것도 주지도, 남기지도 않는 것만 잘하는 기생충들의 올림픽 경기였죠!

하지만 우리는 삶을 군대 행군처럼 받아들였어요. 사랑하는 사람들을 위해 돌을 굴렸습니다. 비록 우리가 그들에게 가져다준 게 비애뿐이라도, 머리카락 한올도 해를 끼치진 않았어요. 우리가 그들보다 훨씬 더한 수난자가 되었으니까요.

그런데 얘기를 계속하기 전에 당신에게 꼭 말해야 할 것이 있습니다. 문제는 이거예요. 당신이 삶을 소중히 여긴다면 지체 없이 여기를 떠나야 합니다. 나를 향한 포위망이 조여들고 있어요. 그게 어떻게 끝나든 간에 당신을 나와 연루시킬 겁니다. 우리가 대화를 나누었다는 사실만으로 당신은 이미 내 일에 말려들었어요. 게다가 여기는 늑대가 많아요. 며칠 전에는 총을 쏴서 쫓아야 했습니다."

"아, 그러니까 총을 쏜 게 당신이군요?"

"네, 물론 들렸겠죠? 나는 다른 은신처로 가는 중이었는데, 도착하기 전에 여러 징후를 통해 은신처가 발각됐고 그곳 사람들은 죽었을 거라는 걸 알았습니다. 당신 거처에 오래 머물진 않을 겁니다. 밤만 보내고 아침에 떠나겠소. 그럼, 괜찮으시다면 계속하지요.

하지만 과연 뜨베르스까야-얌스까야 거리, 어린 처녀들과 함께 고급 마차를 타고 질주하는, 챙모자를 삐딱하게 눌러쓰고 밑단을 조인 바지를 입은 멋쟁이들이 모스끄바 한곳에만, 러시아에만 있었을까요? 거리, 저녁 거리, 세기의 저녁 거리, 경주마, 난봉꾼 들은 곳곳에 있었습니다. 무엇이 시대를 하나로 묶었습니까? 무엇이 19세기를 역사의 한 구간으로 형성시켰습니까? 사회주의 사상의 탄생입니다. 혁명들이 일어났고 헌신적인 젊은이들이 바리케이드 위로 올라갔어요. 사회평론가들은 어떻게 하면 돈의 야만적 파렴치함을 억제하고 가난한 자의 인간적 존엄을 높이고 옹호할까 머리를 쥐어짰습니다. 맑스주의가 나타났습니다. 그것은 악의 뿌리가 어디에 있는지, 치유책은 어디에 있는지 알아냈습니다. 세기의 강력한 힘이 되었지요. 추잡함, 빛나는 성스러움, 방탕, 노동자 지구, 선전 삐라와 바리케이드, 이것들이 다 세기의 뜨베르스까야-얌스까야였습니다.

아, 김나지움 학생이던 소녀 적 그녀는 얼마나 예뻤는지 모릅니다! 당신은 몰라요. 그녀는 브레스뜨 철도 노동자들이 살던 주택에 있는 학교 친구의 집에 자주 찾아왔어요. 그 철도는 처음에 그렇게 불리다 나중에는 몇번 이름이 바뀌었죠. 지금 유랴찐 재판소의 일원인 내 아버지는 그때 역 구내 보선 감독이었습니다. 나는 그 집에 가곤 했는데 거기서 그녀를 만났습니다. 소녀, 어린아이였지만 그녀의 얼굴, 그녀의 눈에서 이미 조심스러운 생각, 세기의 불안을 읽을 수 있었습니다. 시대의 모든 주제, 시대의 모든 눈물과 울분, 시대의 모든 충동, 시대의 모든 축적된 복수심과 긍지가 그녀의 얼굴과 그녀의 자태에, 소녀다운 수줍음과 뚜렷이 균형 잡힌 몸매의 혼합 속에 쓰여 있었어요. 그녀의 이름으로, 그녀의 입으로 세기를 고발할 수 있었습니다. 실로 이게 하찮은 일이 아니라는 데 동의하실 테지요. 이건 일종의 숙명, 특별한 자질입니다. 자연이 부여한 것, 그 권리를 타고나야만 하는 것이죠."

"그녀에 대해 정말 멋지게 말하는군요. 나도 당시에 그녀를 보았는데, 당신이 묘사한 바로 그대로였죠. 그녀 안에 김나지움 학생과 어린애답지 않은 비밀의 주인공이 결합되어 있었어요. 벽에 드리운 그림자까지 자기방어적으로 조심스럽게 움직였습니다. 그게 내가 본 그녀의 모습입니다. 그런 모습으로 그녀를 기억해요. 당신이 놀랍도록 잘 표현했습니다."

"보았고 기억한다고요? 그런데 그걸 위해서 당신은 뭘 했습니까?"

"그건 완전히 다른 문젭니다."

"그렇군요. 그런데 아시다시피 이 모든 19세기, 빠리에서 일어난 그 모든 혁명, 게르쩬[17]부터 시작된 몇 세대의 러시아 망명자들, 실행되지 못했거나 실행된 모든 황제 암살 기도, 세상의 모든 노동자

운동, 유럽 의회와 대학의 모든 맑스주의, 모든 새로운 이념 체계, 추론의 새로움과 신속함, 냉소, 연민의 이름으로 다듬어진 모든 부수적인 무자비함, 이 모든 것을 자신 속에 흡수하고 일반화해 표현한 것이 레닌이었습니다. 자행된 모든 것에 대한 보복의 화신이 되어 옛것을 습격하기 위해서지요.

레닌과 나란히, 인류의 모든 불행과 고통에 대한 속죄의 촛불로 갑자기 타오르기 시작한 러시아라는 지울 수 없이 거대한 형상이 전세계의 눈앞에 일어섰습니다. 그런데 내가 왜 이 모든 얘기를 하고 있는 걸까요? 당신에게 이건 쩡쩡거리는 심벌즈, 공허한 소리일 뿐인데.

그 소녀를 위해 나는 대학에 갔고, 그녀를 위해 선생이 되어 당시에는 아직 알지도 못했던 이 유랴찐으로 일하러 왔습니다. 나는 책을 무더기로 집어삼켰고 엄청난 지식을 습득했어요. 그녀에게 유용한 존재가 되어 내 도움을 필요로 할 때 바로 쓸 수 있도록 하기 위해서였습니다. 삼년의 결혼 생활 후에 다시 그녀를 쟁취하기 위해 나는 전쟁에 나갔습니다. 그후 전쟁이 끝나고 포로로 잡혔다가 돌아온 다음에는 내가 죽은 사람으로 여겨지는 것을 이용해 낯선 가명 아래 오로지 혁명에만 몰두했어요. 그녀가 당한 모든 고통에 철저히 복수하기 위해, 그 슬픈 기억을 깨끗이 씻어내기 위해, 더이상 과거로 회귀하지 않도록, 더이상 뜨베르스까야-얌스까야 거리가 존재하지 않도록 하기 위해서였습니다. 그리고 그들, 그녀와 딸이 바로 여기, 곁에 있었습니다! 그들에게 달려가고픈, 그들을 보고픈 욕망을 억누르기 위해 얼마나 애를 썼는지! 하지만 먼저

---

17 Aleksandr Ivanovich Gertsen(1812~70). 제정러시아의 소설가, 사상가. 혁명적 민주주의를 주창한 나로드니끼 사상의 창시자.

내 삶의 과업을 끝내고 싶었습니다. 아, 뭐든 내주어도 좋으니 단한번만이라도 그들을 볼 수 있다면. 그녀가 방에 들어올 때면 창이활짝 열리는 듯 방이 빛과 대기로 가득 찼지요."

"그녀가 당신에게 얼마나 소중했는지 압니다. 그런데 실례지만그녀가 당신을 얼마나 사랑했는지는 알고 있습니까?"

"죄송합니다. 무슨 말씀이신지?"

"내 말은, 당신이 그녀에게 얼마나 소중했는지, 세상 그 누구보다 소중한 사람이었다는 것을 짐작하느냐는 겁니다."

"당신이 그걸 어떻게 알지요?"

"그녀가 직접 내게 말했습니다."

"그녀가? 당신에게요?"

"네."

"죄송합니다. 할 수 없는 부탁이라는 것을 알지만 아주 실례가아니라면, 만약 하실 수 있다면 그녀가 말한 그대로를 최대한 정확히 되살려주시겠습니까?"

"아주 기꺼이요. 그녀는 당신을 인간의 본보기라고 불렀고, 당신과 맞먹을 사람은 찾을 수 없는, 진정성의 높이에 있어 유일한 사람이라고 했습니다. 언젠가 당신과 함께했던 그 집의 모습이 저 땅끝에 다시 어른거린다면 어디서든, 세상 끝에서라도 그 문지방을향해 무릎으로 기어서라도 갈 거라고 말했어요."

"죄송합니다. 만약 이게 건드려서는 안 될 것을 침해하는 게 아니라면, 언제 어떤 상황에서 그렇게 말했는지 떠올려주시겠습니까?"

"그녀는 이 방을 치우고 있었습니다. 그다음에는 양탄자를 털러밖으로 나갔지요."

"죄송하지만 어떤 거죠? 두개가 있는데요."

"저기 더 큰 거요."

"그녀 혼자서는 저 큰 걸 감당할 수 없는데요. 당신이 그녀를 도왔나요?"

"네."

"당신이 양탄자 반대편 끝을 잡고, 그녀는 그네를 타듯이 두 팔을 높이 흔들면서 몸을 젖혔지요? 그러고는 흩날리는 먼지를 피해 고개를 돌리고 눈을 찡그리며 깔깔 웃었지요, 그렇지 않나요? 내가 얼마나 그녀의 습관을 잘 아는데! 그런 다음 당신들은 무거운 양탄자를 처음에는 두겹으로, 그다음에는 네겹으로 접으며 다가들었고, 그사이 그녀는 농담을 하며 이런저런 장난을 쳤지요, 그렇지 않습니까? 그렇지 않아요?"

그들은 자기 자리에서 일어나 각자 다른 창으로 가서 다른 쪽을 바라보기 시작했다. 한동안 침묵이 흐른 후에 스뜨렐니꼬프가 유리 안드레예비치에게 다가갔다. 그의 손을 쥐고 가슴에 꼭 대고는 아까처럼 다급하게 말을 이었다.

"용서하세요. 가슴 깊이 간직한 소중한 무언가를 내가 건드렸다는 걸 압니다. 하지만 가능하다면 이것저것 더 묻고 싶군요. 떠나지만 말아주세요. 나를 혼자 두지 마세요. 알아서 곧 떠나겠습니다. 생각해봐요, 육년 동안의 이별, 육년 동안 상상도 할 수 없이 억눌러왔습니다. 하지만 내가 보기에는 아직 완전히 자유를 쟁취하지 못한 것 같았습니다. 우선 내가 자유를 얻고, 그러면 그때 나는 온전히 그들의 것이 되고 내 두 팔이 속박에서 풀릴 것 같았어요. 그런데 이제 내 모든 계획이 허사가 되었습니다. 내일 나는 체포될 겁니다. 당신은 그녀에게 소중하고 가까운 사람입니다. 아마 언젠가는 그녀를 보게 되겠지요. 하지만, 아니, 내가 무슨 부탁을 하는 거지? 이건 미친 겁니다. 나는 체포될 테고 무죄 입증의 기회도 얻지 못할 겁니다. 곧장 달려들어 소리치고 욕하며 입을 틀어막겠지요. 일이 어떻게 될지 내가 모르겠습니까?"

18

마침내 그는 제대로 잠이 들었다. 오랜만에 처음으로 유리 안드레예비치는 침대에 몸을 뻗고 눕자마자 어떻게인지도 모르게 곯아떨어졌다. 스뜨렐니꼬프는 남아서 그의 집에서 밤을 보냈다. 유리 안드레예비치는 그에게 옆방을 내주었다. 반대쪽으로 돌아눕거나 바닥으로 흘러내린 담요를 끌어당기려 잠을 깼던 그 짧은 순간들에 유리 안드레예비치는 건강한 잠이 주는 원기를 북돋는 힘을 느꼈고, 만족하며 다시 잠이 들었다. 밤의 후반부에 그는 어린 시절부터 시작해 주마등같이 스쳐가는 짧은 꿈들을 꾸기 시작했다. 선명한데다 너무나 세세하게 풍부해서 쉽사리 현실처럼 여겨졌다.

예를 들어, 꿈속에서 벽에 걸려 있던 이딸리아 해변을 그린 엄마의 수채화가 갑자기 바닥으로 떨어졌고, 유리 깨지는 소리가 유리 안드레예비치를 깨웠다. 그는 눈을 떴다. 아니, 이건 뭔가 다른 것이다. 이건 아마 안찌뽀프, 라라의 남편, 빠벨 빠블로비치, 스뜨렐니꼬프라 불리는 그가 다시 한번 바끄흐가 말한 슈찌마 골짜기에서 늑대들을 놀래주는 소리다. 아, 아니야, 무슨 말 같지도 않은 소리. 물론 그림이 벽에서 떨어진 거야. 저기 액자 조각이 바닥에 흩어져 있잖아. 되돌아와 계속되는 꿈속에서 그는 확신했다.

그는 너무 오래 잔 탓에 두통과 함께 잠에서 깼다. 자신이 누구인지, 어디에, 어떤 세상에 있는 것인지도 이내 깨닫지 못했다.

문득 기억이 났다. '스뜨렐니꼬프가 내 집에서 밤을 보냈지. 벌써 늦었네. 옷을 입어야 해. 그는 벌써 일어났겠지. 아니라면 그를 깨우고 커피를 끓여 함께 마셔야겠다.'

"빠벨 빠블로비치!"

아무런 대답이 없다. '아직 자는구나. 깊이 잠든 거야.' 유리 안드레예비치는 느긋하게 옷을 입은 다음 옆방으로 들어갔다. 탁자 위에 스뜨렐니꼬프의 군용 빠빠하가 놓여 있었지만 사람은 집 안에 없었다. '산책하는 모양이네.' 의사는 생각했다. '모자도 없이. 몸을 단련하는구나. 그런데 오늘은 바리끼노에 종지부를 찍고 도시로 가야 하는데. 늦었어. 또 늦잠을 잤어. 매일 아침 이 모양이네.'

유리 안드레예비치는 난로에 불을 피운 뒤 양동이를 들고 우물로 물을 길러 갔다. 현관 계단에서 몇걸음 떨어진 곳에 길을 가로질러 비스듬히 머리를 눈더미 속에 파묻고 자살한 빠벨 빠블로비치가 쓰러져 있었다. 왼쪽 관자놀이 아래로 눈이 피가 흘러 고인 웅덩이에 젖어 붉게 덩어리져 있었다. 옆으로 튄 작은 핏방울들이 눈과 뭉쳐 얼어붙은 마가목 열매를 닮은 작고 붉은 공이 되어 있었다.

제15부

·

결말

1

이제 유리 안드레예비치의 그리 복잡하지 않은 이야기를 마저 하는 일이 남아 있다. 죽음을 앞둔 그의 삶의 마지막 팔구년에 관한 이야기다. 이 시기 동안 그는 의사로서도, 작가로서도 지식과 기술을 잃으며 점점 더 쇠약해지고 해이해졌다. 짧은 시간 의기소침과 쇠락 상태에서 벗어나 기운을 차리고 활동을 재개했지만, 그렇게 잠시 타오른 후에는 다시 자기 자신과 세상 모든 것에 대한 기나긴 무관심에 빠졌다. 이 몇해 사이에 그의 오랜 심장병이 매우 악화되었는데, 그 자신이 일찍이 진단하고서도 얼마나 심각한지는 알지 못했다.

그는 소비에뜨 시기 중 가장 불분명하고 위선적인 시기인 네쁘[1] 초기에 모스끄바로 왔다. 빨치산의 포로였다가 탈출해 유랴쩐으로 돌아왔을 때보다 더 마르고 텁수룩하고 황폐해진 모습이었다. 이번에도 오는 길에 값어치 있는 것은 차츰 죄다 벗어 빵과 바꾸었고, 벌거벗지 않으려 해진 옷가지를 덤으로 얻었다. 그렇게 해서 그는 길에서 두번째 모피 외투와 신사복 한벌을 팔아먹었고, 회색 빠빠하를 쓰고 각반을 차고, 단추가 하나도 남김없이 다 떨어져 앞품이 벌어진 채 죄수복처럼 변한 닳아빠진 병사용 외투를 입고 모스끄바의 거리에 나타났다. 이런 차림새의 그는 수도의 광장과 가로수 길과 역에 무리 지어 넘쳐나던 수많은 적군 병사들과 전혀 구별이 되지 않았다.

그는 모스끄바에 혼자 오지 않았다. 그와 마찬가지로 온통 병사 차림새의 잘생긴 농사꾼 젊은이가 가는 곳마다 그의 발뒤꿈치를 따라다녔다. 그런 모습으로 그들은 유리 안드레예비치가 어린 시절을 보낸, 온전히 살아남은 모스끄바의 응접실 중 몇군데에 나타났다. 그곳에서 사람들은 그를 기억했고, 여행 후에 목욕은 했는지 미리 조심스럽게 묻고 나서(발진티푸스가 아직 창궐하고 있었다) 동행과 함께 그를 맞아주었다. 그리고 유리 안드레예비치가 나타난 처음 며칠간 그의 가족들이 모스끄바를 떠나 외국으로 가게 된 사정을 들려주었다.

두 사람은 사람들을 꺼렸다. 극도로 소심해진 탓에 혼자 손님으로 가서 입을 다물고 있을 수 없어 홀로 대화를 이어가야 하는 상황을 피했다. 지인들 집의 모임에 그들은 대개 홀쭉한 두 형상으로 불쑥 나타나 가급적 눈에 띄지 않게 어느 구석에 숨어서 공동의 대화에 끼지 않고 말없이 저녁을 보냈다.

---

1 신경제정책. 내전기 전시공산주의 체제가 초래한 경제 파탄을 수습하기 위해 1921~28년 대폭 도입된 자본주의 경제정책이다.

젊은 동료를 동반하고 볼품없는 옷을 입은 마르고 껑충한 의사는 진리를 찾는 평민 출신의 구도자를 닮았고, 항상 그의 곁을 지키는 수행원은 맹목적으로 헌신하는 충직한 제자나 추종자를 닮아 있었다. 이 젊은 동행자는 대체 누구였을까?

2

유리 안드레예비치는 모스끄바에 가까워진 마지막 여정을 철도로 이동했지만, 훨씬 길었던 초기 여정은 걸어서 이동했다.

그가 지나온 마을들의 광경은 숲의 포로 상태에서 달아날 때 시베리아와 우랄에서 보았던 것과 비교해 조금도 나을 바가 없었다. 단지 그때는 그 지역을 겨울에 지나갔고, 지금은 여름의 끝이자 따뜻하고 건조한 가을이라 이동하기가 훨씬 수월했을 뿐이다.

그가 지나온 마을의 절반은 적의 공습이 있은 뒤처럼 텅 비었고 들판은 버려져 추수되지 못한 채였다. 사실 이것은 전쟁, 내전의 결과였다.

9월 말의 이틀인가 사흘, 그의 여정은 가파르고 높은 강둑을 따라 이어졌다. 강이 유리 안드레예비치의 오른쪽에서 그를 향해 흘러왔다. 왼쪽에는 바로 길부터 구름이 첩첩이 쌓인 지평선까지 추수하지 못한 들판이 드넓게 펼쳐져 있었다. 참나무와 느릅나무와 단풍나무가 주를 이룬 활엽수림이 드문드문 들판을 끊어놓았다. 숲은 깊은 계곡을 이루어 강으로 달려갔고 낭떠러지와 가파른 비탈로 길을 가로질렀다.

추수하지 못한 들판에서 너무 익은 이삭에 매달려 있던 호밀이 버티지 못하고 흘러 쏟아졌다. 곡물을 끓여 죽도 만들 수 없는 특히 힘든 경우에 유리 안드레예비치는 곡식을 한줌 가득 입에 넣고 어렵사리 이로 으깨어 먹었다. 위는 간신히 씹어 삼킨 날것을 잘 소화시키지 못했다.

유리 안드레예비치는 살면서 한번도 그렇게 불길한 밤색, 갈색의, 오래되어 거멓게 된 황금색의 호밀을 보지 못했다. 보통 제때 수확한 호밀은 훨씬 더 밝은색이다.

불꽃 없이 타오르던 그 화염 색깔의 들판을, 도움을 호소하며 소리 없는 외침을 지르던 그 들판을 이미 겨울로 향한 크나큰 하늘이 냉정한 평온으로 끝에서부터 에워싸고 있었다. 가운데가 시커멓고 옆은 하얀, 층층의 긴 눈구름이 얼굴에 스치는 그림자처럼 하늘을 따라 끊임없이 흘러갔다.

모든 것이 느릿하고 일정하게 움직였다. 강이 흘렀다. 강을 마주하고 길이 나 있었다. 길을 따라 의사가 걸었다. 의사와 같은 방향으로 구름이 흘러갔다. 하지만 들판도 부동자세로 있었던 것은 아니다. 들판 여기저기서 무언가가 움직였다. 들판은 혐오감을 불러일으키는, 지칠 줄 모르는 미세한 꿈틀거림에 사로잡혀 있었다.

들판에는 지금까지 유례가 없었을 만큼 엄청난 수로 쥐가 번식했다. 들판에서 밤을 맞닥뜨려 밭 사이 길가에 누워 잠을 청해야 했을 때, 쥐들은 의사의 얼굴과 두 팔을 타고 넘으며 바짓가랑이와 소매 속으로 파고들었다. 무수히 증식하고 포식으로 살진 쥐떼는 낮에는 길에서 발밑을 뛰어다니다가 밟히면 찍찍 울며 미끄러운 진창으로 변해 꿈틀거렸다.

야성을 띠어 무시무시해진 시골의 털북숭이 잡종견들이 언제 의사를 덮쳐 물어 죽일지 결정하듯 서로 눈짓하며 상당한 거리를 두고 의사 뒤에서 무리를 이루어 어슬렁거렸다. 개들은 짐승의 시체를 먹이로 삼았지만 들판에 우글대는 쥐들도 꺼리지 않았고, 멀리서 의사를 힐끔거리며 내내 무언가를 기대하듯 확신에 차서 그를 뒤쫓았다. 이상하게도 숲에는 들어오지 않았다. 숲에 가까워지면 점차 조금씩 뒤처지다가 뒤돌아 사라졌다.

그때 숲과 들판은 완전히 대조를 이루었다. 인간 없는 들판은 인간의 부재 속에 저주받은 듯 고아 신세가 되었다. 인간으로부터 벗어난 숲은 풀려나 자유를 얻은 죄수처럼 자유 속에서 아름다움을 뽐냈다.

대개 사람들은, 주로 시골 아이들은 호두가 미처 다 익을 새도 없이 초록인 채로 꺾어버린다. 지금 숲의 비탈진 언덕과 골짜기는 온통 손도 대지 않은, 먼지투성이에다 가을볕에 타서 거칠어진 듯 까슬한 금빛 잎사귀로 덮여 있었다. 그 잎사귀에서 매듭이나 나비 모양 댕기로 묶인 듯 서너개씩 붙은 호두가 제법 불거져 있었다. 잘 익어 떨어질 만한데도 아직 가지에 매달린 채였다. 유리 안드레예비치는 길을 가며 끝없이 그 호두를 깨어 먹었다. 주머니가 호두로 가득 찼고 배낭에도 가득했다. 한주 동안은 호두가 그의 주식이었다.

의사가 보기에 들판은 중병에 걸려 열이 나서 정신이 혼미한 상태인 것 같았고, 반면 숲은 건강을 회복해 정신이 또렷한 상태인 것 같았다. 숲에는 신이 깃들어 있고, 들판에는 악마의 비웃음이 물결치는 것 같았다.

3

그런 나날의 여정 중에 의사는 완전히 불타서 무너져 주민들이 버리고 떠난 마을에 들렀다. 화재가 있기 전 마을에는 강 반대쪽 길을 따라 한줄로 집들이 늘어서 있었다. 강둑에는 집을 짓지 않았다.

마을에 성한 집은 단 몇채뿐으로 검게 그을리고 겉이 타 있었다. 하지만 그 집들도 사람이 살지 않은 채로 비어 있었다. 다른 이즈바들은 잿더미로 변했다. 그 위로 검게 그을린 난로 굴뚝들이 솟아 있었다.

강 쪽 절벽은 구멍투성이였다. 마을 주민들이 맷돌용 돌을 채취한 구멍으로, 예전에 그들은 그것으로 먹고살았다. 채 다듬어지지 않은 맷돌용 둥근 돌 세개가 성하게 남은 마을 이즈바 중 하나, 줄에서 제일 끝 집의 맞은편 땅바닥에 놓여 있었다. 그 집 또한 나머지 집들처럼 비어 있었다.

유리 안드레예비치는 그 집으로 들어갔다. 고요한 저녁이었지만 의사가 집 안으로 걸음을 옮기자마자 바람도 이즈바 안으로 난입한 것 같았다. 마루에 널려 있던 지푸라기와 건초 다발이 사방으로 날리기 시작했다. 벽에 붙어 있던 벽지 조각들이 펄럭거렸다. 이즈바 안의 모든 것이 움직이고 바스락댔다. 쥐들이 찍찍대며 이리저리 내달렸다. 인근 사방이 다 그렇듯이 여기도 쥐가 득실거렸다.

의사는 이즈바를 나왔다. 들판 너머로 해가 내려앉고 있었다. 석양이 반대편 기슭을 금빛 노을의 온기로 데워주었다. 기슭의 관목들과 강굽이가 저마다 빛나는 그림자를 강 가운데까지 드리웠다. 유리 안드레예비치는 길을 건넌 다음 좀 쉬려고 풀숲에 놓인 맷돌 중 하나에 걸터앉았다.

절벽 아래쪽에서 밝은 황갈색 머리카락이 텁수룩한 머리통이, 그다음에는 어깨가, 그다음에는 팔이 솟아났다. 누군가가 물이 가득 찬 양동이를 들고 강에서 오솔길로 올라오고 있었다. 절벽 선 위로 허리까지 드러난 사람이 의사를 보고 멈춰 섰다.

"물 좀 드릴까요, 착한 양반? 당신이 나를 안 건드리면 나도 안 건드려요."

"고맙구나. 그래, 좀 마실게. 마저 올라오렴, 무서워 말고. 내가 뭐 하러 너를 건드리겠니?"

절벽 아래서 올라온 물 긷는 사람은 앳된 십대였다. 맨발에 누더기를 걸치고 머리가 부스스했다.

말은 친절하게 건넸음에도 그는 꿰뚫을 듯 불안에 찬 눈길로 의사를 주시했다. 왠지 모를 이유로 소년은 이상할 만큼 흥분했다. 흥분한 그가 양동이를 땅에 내려놓고 갑자기 의사에게 달려오다가 멈춰 중얼거리기 시작했다.

"그럴 리가…… 그럴 리가…… 아니야, 그럴 리 없어. 꿈이겠지. 그래도, 죄송하지만 동지, 하나 물어봐도 될까요? 분명 내가 아는 분 같아서요. 그래, 맞아요! 맞아! 의사 아저씨?"

"그러는 너는 누구지?"

"모르시겠어요?"

"모르겠는데."

"모스끄바에서 수송 열차에 함께 탔잖아요, 같은 객차에. 노무대에 끌려가고 있었어요. 호송대도 있었고."

그는 바샤 브리낀이었다. 그가 의사 앞에 쓰러져 손에 입을 맞추고 울음을 터뜨렸다.

불탄 곳은 바샤의 고향 마을 베레쩬니끼였다. 그의 어머니는 세상을 떠났다. 마을이 징벌당하고 불탔을 때 바샤는 돌을 채취한 지하 동굴에 몸을 숨겼는데, 어머니는 바샤가 도시로 끌려갔다고 생각했다. 슬픔에 정신이 나간 그녀는 의사와 바샤가 지금 기슭에서 대화를 나누며 앉아 있는 바로 그 뺼가강에 빠져 죽었다. 바샤의 누이들, 알룐까와 아리시까는 정확한 정보는 아니지만 다른 군의 고아원에 있다고 했다. 의사는 바샤를 모스끄바로 데려왔다. 오는 길에 그는 유리 안드레예비치에게 온갖 끔찍한 일을 이야기해주었다.

4

"이건 작년 가을에 파종한 겨울 작물이에요. 막 씨를 뿌리고 났는데 재앙이 들이닥쳤죠. 뾜랴 아주머니가 떠났을 때예요. 빨라샤 아주머니, 기억하세요?"

"아니, 전혀 모르겠는데. 누구지?"

"어떻게 모를 수가 있어요? 뺼라게야 닐로브나요! 우리와 같이 타고 갔어요. 쨔구노바. 천진한 얼굴에 통통하고, 하얗고."

"계속 머리를 땋았다 풀었다 하던 여자?"

"땋은 머리, 땋은 머리! 그래요! 정확해요, 땋은 머리!"

"아, 기억났다. 잠깐만, 나는 그 여자를 그후에 시베리아 어느 도시의 거리에서 만났는데."

"그럴 수가! 빨라샤 아주머니를요?"

"무슨 일이야, 바샤? 왜 그렇게 미친 사람처럼 내 팔을 흔들어대니? 봐라, 팔 떨어지겠다. 처녀처럼 얼굴이 빨개져서는."

"거기서 아주머니는 어땠어요? 어서 말해주세요, 어서요."

"내가 봤을 때는 탈 없이 건강했어. 너와 네 가족 얘기를 했지. 그 여자가 너희 집에 살았던가, 잠시 묵었던가 한 걸로 기억하는데. 아니면 내가 잊었거나 혼동한 것일 수도 있고."

"그럼요, 그럼요! 우리 집에서 살았어요, 우리 집에서! 엄마는 아주머니를 친동생처럼 사랑했어요. 조용하고, 일 잘하고, 손재주가 좋았죠. 아주머니가 우리 집에 사는 동안은 부족한 게 없었어요. 사람들이 아주머니를 베레젠니끼에서 쫓아냈어요. 갖은 험담을 해대서 편히 있을 수가 없었죠.

마을에 하를람 그닐로이라는 남자가 있었어요. 뽈랴 아주머니한테 치근거렸죠. 코가 뭉개진 험담꾼이에요. 아주머니는 거들떠보지도 않았어요. 그것 때문에 그 사람이 나한테 이를 갈았어요. 우리, 나와 뽈랴 아주머니에 대해 나쁘게 말했고요. 결국은 아주머니가 떠났어요. 그 인간이 아주머니를 나가떨어지게 만든 거죠. 그런데 그게 시작이었어요.

여기서 멀지 않은 곳에서 끔찍한 살인사건이 일어났어요. 부이스꼬예 가까운 숲속 농장에 외로이 살던 과부가 살해됐죠. 숲 근처에서 혼자 살았어요. 끈 달린 남자 장화를 고무줄로 동여 신고 다녔고요. 쇠사슬에 묶인 사나운 개가 철조망을 따라 농장 주위를 뛰어다녔는데, 이름이 고를란이었어요. 그녀는 살림도, 농사도 도와주는 사람 없이 혼자 다 했어요. 그런데 아무도 기다리지 않는 겨울이 갑자기 닥쳤어요. 일찍 눈이 내렸어요. 과부는 감자를 캐지 못했죠. 그 여자가 베레젠니끼로 와서 말하더군요. 도와줘요, 삶은 감자로 주거나 돈으로 지불할게요, 하고.

내가 자진해서 감자를 캐주겠다고 했죠. 그 여자 농장에 가보니 벌써 하를람이 와 있는 거예요. 나보다 먼저 그에게 부탁해놓았는데 여자가 말을 안 한 거죠. 하지만 뭐 싸울 일은 아니니까요. 함께 일을 시작했어요. 정말 안 좋은 날씨에 감자를 캤어요. 비에 눈, 진창에다 흙탕물. 우리는 캐고 또 캤어요. 감자 잎과 줄기를 태워 따뜻한 연기로 감자를 말렸고요. 드디어 다 캐고 나자 그녀는 양심껏 셈을 해줬어요. 하를람을 보내고는 나한테 이렇게 눈짓을 하더라고요. 말하자면 아직 너한테 볼일이 있어, 나중에 들르거나 남아, 하는 뜻이었죠.

다른 날 그 여자한테 다시 갔어요. 여분의 감자를 국가 배급소에 몰수당하고 싶지 않아, 하더라고요. 너는 착한 젊은이야, 폭로하지 않을 거라는 거 알아, 하고요. 보다시피 너한테 아무것도 숨기지 않아. 내가 직접 구덩이를 파서 묻을 수도 있지만 마당 꼴을 봐. 그러기엔 너무 늦었지, 겨울인데. 혼자서는 감당할 수 없어. 내게 구덩이를 파주면 섭섭지 않게 해줄게. 구덩이를 말려서 감자를 파묻자.

그녀에게 구덩이를 파줬어요. 숨겨야 하니까 마땅히 아래가 더 넓고 위는 항아리 모양으로 목이 좁게요. 또 구덩이는 연기로 말리고 덮혔고요. 아주 끔찍한 눈보라 속에서요. 감자를 제대로 잘 숨기고 흙을 덮었어요. 감쪽같았죠. 물론 나는 구덩이에 대해 입을 다물었어요. 아무한테도 말하지 않았어요. 심지어 엄마나 동생들한테도요. 절대로!

그랬는데 겨우 한달이 지나 농장에 강도가 든 거예요. 부이스꼬예를 지나온 사람들 말이, 집이 활짝 열어젖혀져 있는 건 몽땅 털렸고, 과부는 흔적도 없고 개 고를란은 쇠사슬을 끊고 달아났다는 거예요.

시간이 또 흘렀어요. 겨울 들어 처음으로 날이 풀렸어요. 새해 앞두고 바실리예프 베체르[2] 전날에 폭우가 쏟아져 언덕에서 눈을 씻어냈고, 땅이 드러나도록 눈이 녹았어요. 고를란이 달려와 눈 녹은 땅을 발로 파헤치기 시작했어요. 구덩이에 감자를 묻은 곳을요. 다 파서 위에 덮인 흙을 흩뜨리자 구덩이에서 고무줄로 동인 장화를 신은 여주인의 두 발이 나왔어요. 정말 끔찍하죠!

베레쩬니끼 사람들 모두 과부가 불쌍해서 명복을 빌었어요. 하를람 짓이라고 생각한 사람은 아무도 없었죠. 그래, 어떻게 그러겠어요? 생각할 수나 있는 일인가요? 만약 그가 한 짓이라면 어떻게 베레쩬니끼에 남아 공작같이 으스대며 마을을 쏘다닐 수 있었겠어요? 쏜살같이 어디 멀리 도망쳤겠죠.

마을의 부농 선동꾼들은 농장에서 벌어진 악행에 기뻐했어요. 마을을 선동한 거죠. 자, 도시 것들이 무슨 짓을 하는지 봐라, 하면서요. 이건 너희한테 본때를 보여준 거야, 위협이지. 곡물 감추지 말고 감자 몰래 묻지 마라, 하고. 그런데도 너희는 멍청한 소리만 되풀이하지. 숲의 강도들이라고, 강도들이 농장에 나타난 거라고 생각하는 거야. 순진하기는! 어디 그 도시 것들 말을 계속 들어보라지. 그것들이 준비한 게 그뿐인 줄 알아, 너희를 모조리 굶겨 죽일 거라고. 마을 사람들아, 잘되길 원하거든 우리를 따르라. 어떻게 할지 우리가 한수 가르쳐주지. 너희가 피땀 흘려 거둔 것을 뺏으러 올 거야. 그러면 남은 건 고사하고 우리 먹을 호밀 한톨도 없다고 해. 문제가 생기면 쇠스랑을 잡아. 누가 마을에 반대하는지 살펴 조심하고. 노인들이 와글댔고 큰소리를 뺑뺑 치며 집회를 열었어요. 그런데 그게 바로 험담꾼 하를람이 원하던 거였죠. 잽싸게 채비를

2 '바실리의 저녁'이라는 뜻. 성자 바실리의 이름에서 따온 슬라브 민족의 예전 새해 전날로 1월 13일. 예전 새해는 '바실리의 날'이라고 한다.

해 도시로 갔어요. 그리고 거기서 쑥덕쑥덕. 마을에서 무슨 일이 벌어지는지 봐요. 그런데도 당신들은 앉아서 보고만 있을 거요? 빈농위원회를 거기로 보내야 해요. 명령만 하세요, 내가 당장에 형제 사이라도 갈라놓을 테니까. 그러고서 자기는 꽁지가 빠지게 달아나 우리 지역에는 더이상 코빼기도 보이지 않았어요.

그다음에 생긴 일은 다 저절로 일어난 거예요. 누구도 꾸미지 않았고, 누구 잘못도 아니에요. 도시에서 적군을 보냈어요. 그리고 순회재판이 열렸죠. 이내 나를 잡아갔어요. 하를람이 떠벌린 거예요. 도망쳤다고, 노역을 기피했다고, 내가 마을의 폭동을 선동했다고, 내가 과부를 죽였다고요. 나는 갇혔어요. 감사하게도 마루 널을 뜯을 생각을 해내서 탈출했지요. 땅 밑 굴에 몸을 숨겼어요. 내 머리 위에서 마을이 불타고 있었는데도 보지 못했어요. 내 위에서 엄마가 얼음 구멍에 몸을 던졌는데도 몰랐어요. 모든 게 저절로 일어났어요. 적군한테 별도로 이즈바를 제공하고 술을 내줬는데 모두 곤드레만드레 취했죠. 밤에 불을 조심성 없이 다루다 그 집에 불이 났고 옆집들로 번졌어요. 불이 난 집에 있던 마을 사람들은 뛰쳐나왔지만 도시에서 온 사람들은, 뻔하죠, 전부 산 채로 불에 타 죽었어요. 누구도 불을 지른 게 아니에요. 화재로 집과 재산을 잃은 베레젠니끼 사람들을 오래도록 살던 집에서 쫓아낸 사람은 아무도 없었어요. 또 무슨 일이 생길까봐 겁이 나서 제풀에 달아난 거죠. 교활한 부농 우두머리들이 또 한번 사주를 했어요. 열명 중 한명은 총살될 거라고요. 내가 나와보니 이미 아무도 없었어요. 모두 뿔뿔이 흩어져 아무 데고 정처 없이 떠돌고 있겠죠."

5

1922년 봄, 네쁘 초기에 의사는 바샤를 데리고 모스끄바로 왔다. 따뜻하고 맑은 날이 계속되었다. 구세주 성당의 황금빛 둥근 지붕에 반사된 밝은 햇살 조각들이 사각으로 자른 돌로 포장된, 그 틈새마다 풀이 자란 광장 위에 떨어졌다.

개인 사업 금지가 해제되었다. 엄격한 한도 내에서 자유로운 매매가 허용되었다. 중고품 시장에서는 고물상들의 상품유통 범위 내에서 거래가 이루어졌다. 거래 규모가 너무 작아 투기를 조장하고 악용으로 이끌었다. 중개상들이 벌이는 소소한 소란은 아무 새로운 것을 생산하지 못했고 황폐해진 도시에 아무런 물질적인 보탬도 되지 않았다. 쓸데없이 같은 물건을 열번씩 되팔아 재산을 모으기도 했다.

아주 소박한 개인 장서를 약간 가진 사람들은 책장에서 책을 꺼내 한곳에 끌어모았다. 서적 판매 협동조합을 열고 싶다는 신청서를 시 소비에뜨에 제출하고 서점을 열 만한 장소를 청원했다. 그들은 혁명의 처음 몇달 이래 비어 있던 신발 창고나 당시 문을 닫은 화원의 온실 사용 허가를 받았고, 그곳의 드넓은 아치 아래에서 되는대로 손에 넣은 빈약한 책들을 팔아치웠다.

전에도 힘든 시기에 금지령을 어기고 몰래 흰 빵을 구워 팔았던 교수 부인들은 이제 이 몇년간 자전거 수리점으로 등록만 되어 있던 곳에서 드러내놓고 팔았다. 그들은 이정표를 바꾸어 혁명을 받아들였고,[3] "네" 혹은 "알겠습니다" 대신에 "동의합니다"라고 말하

----

3 백군측 자유주의 러시아 이민자에 관한 언급. 10월혁명과 소비에뜨 정권을 받아들이고 러시아로 귀환할 것을 주장했다. 이들이 1921년 체코 프라하에서 발간한

기 시작했다.

모스끄바에서 유리 안드레예비치는 말했다.

"뭐든 해봐야지, 바샤."

"공부를 할까 싶어요."

"그건 물론이고."

"다른 꿈도 있어요. 엄마 얼굴을 기억나는 대로 그리고 싶어요."

"아주 좋구나. 하지만 그러려면 그림을 그릴 줄 알아야 해. 언제 그려본 적 있니?"

"아쁘락신에서요. 삼촌이 안 볼 때 목탄을 가지고 끄적거렸어요."

"그래, 그렇구나. 잘되겠지. 한번 해보자."

바샤는 그림에 대단한 재능을 보여주지는 못했지만 평균 수준은 되어 응용미술을 배우기에 충분했다. 유리 안드레예비치는 알음알음으로 그를 예전 스뜨로가노프 전문학교의 교양학부에 입학시켰고, 거기서 인쇄출판학과로 전과시켰다. 그곳에서 그는 석판인쇄술, 조판과 제본, 장정 디자인을 익혔다.

의사와 바샤는 힘을 한데 모았다. 의사는 아주 다양한 문제를 다룬 전지 한장짜리 소책자를 썼고, 바샤는 그것을 학교에서 할당된 시험 과제로 인쇄했다. 많지 않은 부수로 출간된 이 책들은 두 사람 다 아는 지인들이 설립해 새로 문을 연 중고 서점에서 유통되었다.

책은 유리 안드레예비치의 철학, 의학적 소견의 기술, 건강과 불건강에 대한 정의, 생물 변이설과 진화에 관한 생각, 유기체의 생물학적 토대로서의 개성에 대한 생각, 외삼촌과 시무시까의 생각과

논문 선집이 『이정표의 변경』이다.

유사한 역사와 종교에 관한 유리 안드레예비치의 견해, 의사가 가본 적 있는 뿌가초프 사적지 개요, 유리 안드레예비치의 시와 단편 소설을 담고 있었다.

글은 이해하기 쉽게 구어체로 서술되었지만 대중적인 저자들이 내세우는 목적과는 거리가 멀었다. 논쟁적이고 자의적인데다 충분히 검증되지 않았음에도 늘 생기 넘치는 독창적인 견해를 담고 있었기 때문이다. 소책자는 잘 팔렸다. 애호가들은 그 가치를 높이 평가했다.

당시는 모든 것이 전문 분야가 되었다. 시 창작, 예술 작품 번역, 모든 것에 대해 이론적 연구서가 씌었고 모든 것에 연구소가 설립되었다. 온갖 종류의 사상의 궁전이, 예술 이념 아카데미가 태동했다. 이 속 빈 기관들 절반에서 유리 안드레예비치는 전담의였다.

의사와 바샤는 오래도록 우정을 나누며 함께 살았다. 이 시기 동안 그들은 여러군데 방과 반쯤 허물어진 외딴곳을 전전했다. 여러 이유로 사람이 살지 않는 불편한 곳들이었다.

모스끄바에 도착하자마자 곧바로 유리 안드레예비치는 십쩨프의 옛집에 들러보았고, 가족들이 모스끄바를 거쳐갈 때도 그 집에 들르지 않았다는 것을 알게 되었다. 그들의 추방이 모든 것을 바꿔놓았다. 의사와 가족들에게 배정된 방에는 다른 사람들이 거주하고 있었다. 그 자신과 가족의 물건은 아무것도 남아 있지 않았다. 사람들은 위험한 지인인 것처럼 유리 안드레예비치를 피했다.

마르껠은 출세해서 더이상 십쩨프에 살지 않았다. 그는 무치노이 고로도끄의 관리인으로 전근했고, 근무 조건에 따라 그와 가족을 위한 관리인 아파트가 배정되었다. 하지만 그는 흙바닥과 수도와 집이 꽉 차게 거대한 러시아식 난로가 있는 옛 문지기 숙소에서

사는 것을 선호했다. 겨울이면 그 동네 모든 건물에서 수도와 난방
배관이 터져도 문지기 숙소만은 따뜻하고 물이 얼지 않았다.

이 무렵 의사와 바샤의 관계가 냉랭해졌다. 바샤는 놀랍도록 발
전했다. 베레쩬니끼의 삘가 강가에서 맨발의 텁수룩한 소년이 하던
것과는 완전히 다르게 말하고 생각하기 시작했다. 혁명이 선포한
진리의 명백함과 자명함에 점점 더 매혹되었다. 다 이해할 수 없는
비유적인 의사의 말이 그에게는 자신의 나약함을 인식하고 있고
그래서 회피하는, 규탄받아 마땅한 오류의 목소리로 비쳤다.

의사는 여러 부처를 찾아다녔다. 그는 두가지 목적을 이루려 분
주했다. 가족의 정치적 복권과 조국으로의 합법적 귀환, 그리고 아
내와 아이들을 데리러 빠리로 갈 자신의 여권과 국외 여행 허가를
얻기 위해서였다.

바샤는 이 청원이 너무나 열의가 없고 무기력한 것에 놀랐다. 유
리 안드레예비치는 기울인 노력이 실패할 것을 너무나 성급하게,
일찍부터 확정했고 너무도 확신에 차서, 거의 만족한다는 듯 더이
상의 시도는 헛될 것이라고 선언했다.

바샤는 점점 더 자주 의사를 비난했다. 의사는 그의 정당한 질책
에 마음을 상하지 않았다. 그러나 바샤와 그의 관계는 나빠지고 있
었다. 마침내 그들은 절교하고 헤어졌다. 의사는 바샤와 함께 쓰던
방을 남겨주고 자신은 무치노이 고로도끄로 옮겼다. 그곳에서 전
능한 마르껠이 예전 스벤찌쯔끼 집의 한구석에 거처를 마련해주었
다. 집 끝 부분의 이 거처는 사용하지 않는 스벤찌쯔끼 부부의 예
전 욕실, 그것과 붙은 창문 하나짜리 방, 그리고 뒷문이 반쯤 허물
어져 내려앉은 기울어진 부엌으로 이루어져 있었다. 유리 안드레
예비치는 이곳으로 이사했다. 거처를 옮긴 뒤로 그는 의사 일을 팽

개쳤고 추레한 모습으로 변했으며, 지인들과도 만나지 않고 궁핍에 시달리게 되었다.

6

잿빛의 겨울 일요일이었다. 난로 연기는 기둥처럼 지붕 위로 솟아오르는 대신 가느다란 검은 물결이 되어 창문 통풍구를 통해 흘러나갔다. 금지했음에도 불구하고 사람들은 계속해서 임시로 쓰는 작은 철제 뻬치까의 연통을 창문 통풍구로 빼놓았다. 도시의 일상은 여전히 형편이 나아지지 않았다. 무치노이 고로도끄의 주민들은 씻지 않은 지저분한 몰골로 돌아다녔고, 부스럼으로 고통을 겪었으며, 추위에 떨다 감기에 걸렸다.

일요일이어서 마르껠 샤뽀프의 가족은 모두 모여 있었다.

샤뽀프 가족은 부엌 식탁에서 점심을 먹는 중이었다. 한때 배급표에 따라 규정된 양의 빵을 배급하던 시절에는 바로 그 탁자에서 아침마다 동틀 무렵 집 전체 거주자들의 빵 쿠폰을 가위로 작게 자르고, 분류하고, 세고, 종류에 따라 묶거나 종이에 싸서 빵집으로 가져갔고, 돌아온 다음에는 빵을 잘게 썰고, 자르고, 부스러기까지 정량대로 무게를 달아 고로도끄 주민들에게 나누어주었다. 이제는 그 모든 것이 전설 속으로 사라졌다. 식료품 배급 결산 방식이 달라졌다. 식구들은 긴 식탁 앞에 앉아 입맛을 다시고 쩝쩝 소리를 내 씹으며 맛있게 먹고 있었다.

문지기 숙소의 절반은 가운데에 우뚝 솟은 넓은 러시아식 난로가 차지했고, 뽈라찌⁴에서 누비이불 끝자락이 난로 가까이 늘어져 있었다.

입구 옆 앞벽에 세면대용 수도관 끝이 위로 튀어나와 있었다. 문지기 숙소의 양옆으로는 긴 의자가 놓였고 그 밑에는 가재도구가 든 자루와 상자를 넣어놓았다. 왼쪽은 부엌 식탁이 차지했고 식탁 위 벽에는 못으로 식기 건조대를 걸어두었다.

난로가 타고 있었다. 숙소 안은 더웠다. 마르껠의 아내 아가피야 찌호노브나가 소매를 팔꿈치까지 걷어붙이고 난로 앞에 서서, 깊숙이 닿는 긴 부젓가락으로 난로 안의 점토 냄비들을 필요에 따라 움직여 모으거나 떨어뜨려놓았다. 땀에 전 그녀의 얼굴이 이글거리는 난로 불빛에 번갈아 환해졌다가 요리 중인 수프의 김으로 부예졌다. 냄비들을 한쪽으로 밀어놓고 난로 안쪽에서 철판 위에 놓인 삐로그5를 끌어낸 그녀가 단숨에 위 껍질이 아래로 가게 확 뒤집고는 갈색으로 익을 때까지 잠시 도로 밀어넣었다. 유리 안드레예비치가 양동이 두개를 들고 숙소로 들어왔다.

"맛있게 드세요."

"어서 와요. 앉아서 같이 들어."

"고맙지만 먹었어요."

"당신 식사가 어떤지 우리도 알아요. 앉아서 뜨거운 것 좀 들어요. 사양할 거 없어. 단지에 넣어 구운 감자에 삐로그와 까샤. 수수 까샤예요."

"아니에요, 정말 괜찮아요. 미안해요, 마르껠, 자주 와서 집을 춥게 만드네요. 한꺼번에 물을 더 많이 모아두고 싶거든요. 스벤찌쯔끼 집의 아연 도금 욕조를 윤이 나도록 닦았어요. 물을 가득 채울

4 천장 가까이, 난로와 반대쪽 벽 사이에 있는 높은 침상.
5 소를 채운 파이.

거예요, 통도 채우고. 이제 한 다섯번 내지 열번쯤 더 들르고 나면 그다음에는 한참 동안 성가시게 하지 않을게요. 들락거려서 미안해요. 당신 집 아니면 갈 데가 없어요."

"마음껏 길어가요. 아까울 것도 없는데. 시럽은 없지만 물은 얼마든지. 파는 거 아니니까 공짜로 가져가요."

식탁에 앉은 사람들이 깔깔댔다.

유리 안드레예비치가 다섯번째와 여섯번째 양동이를 들고 세번째로 들렀을 때는 벌써 어조가 약간 변했고 대화가 다른 양상을 띠기 시작했다.

"사위들이 당신이 누구냐고 물어요. 말해도 믿질 않아. 그래요, 물 길어요, 신경 쓰지 말고. 바닥에 흘리지만 말아요, 얼간이같이. 봐요, 문간에 물을 흘렸잖아. 얼어붙을 텐데, 당신이 와서 쇠지레로 깨줄 거요? 그리고 문 꼭 닫아요, 이 얼빠진 인간아. 마당에서 바람 들어오잖아. 그래, 사위들한테 당신이 누군지 말해도 안 믿는다니까. 당신한테 퍼부은 돈이 얼마야! 공부를 그렇게 해놓고, 무슨 쓸모가 있담?"

유리 안드레예비치가 다섯번쨌가 여섯번째 들렀을 때, 마르켈은 눈살을 찌푸렸다.

"좋아요, 한번만 더, 그러고는 끝. 이봐요, 염치란 걸 알아야지. 여기 있는 우리 작은딸 마리나가 편들지만 않았으면 당신이 아무리 고결한 프리메이슨이라도 쳐다보지도 않고 문을 잠갔을 거요. 마리나, 기억하죠? 저기 식탁 끝에 있네요, 까만 머리. 봐, 얼굴이 새빨개졌네. 아버지, 그 사람 모욕하지 말아요, 이러더라니까. 누가 당신을 건드린다고. 마리나는 중앙 전신국의 전신 기사요. 외국어를 알아들어. 또 하는 말이, 그분은 불행한 사람이에요, 이러더라고. 당신을 위해서라면 불 속이라도 뛰어들 거야. 그렇게 당신을 불쌍히 여겨요. 당신이 별 볼일 없이 된 게 어디 내 잘못인가? 위험한 시기에 집을 버리고 시베리아로 내빼지 말았어야지. 자기들 책임이야. 우리는 여기 남아서 굶주림과 백군의 봉쇄의 시간을 다 이겨내고 살아남았소. 자기 자신을 꾸짖어야지. 똔까를 돌보지 않아서 그녀도 외국을 떠돌고 있잖은가. 내가 무슨 상관이오? 당신이 알아서 할 일이지. 그런데 언짢아하진 말고, 묻고 싶은 게 있는데, 그 많은 물을 다 어디다 쓰려는 거요? 마당을 얼려 스케이트장 만드는 일자리라도 얻은 거요? 아이고, 이 닭 새끼 같은 사람, 화를 낼 수도 없고."

식탁에 앉은 식구들이 다시 깔깔댔다. 마리나가 불만스러운 시선으로 식구들을 둘러보고는 얼굴을 붉히고 뭐라고 질책하기 시작했다. 유리 안드레예비치는 그녀의 목소리를 듣고 깜짝 놀랐지만 아직 그 목소리의 비결은 알지 못했다.

"집에 치울 곳이 많아요, 마르껠. 청소를 해야 해요. 바닥을 닦고. 세탁하고 싶은 것도 좀 있고."

식탁에 앉은 식구들이 놀랐다.

"그런 걸 하는 건 고사하고 그런 말을 하는 게 창피하지도 않소? 당신이 중국인 세탁부야 뭐야!"

"유리 안드레예비치, 괜찮으시면 우리 딸을 보내드릴게요. 그애가 가서 빨래도 하고 청소도 해드릴 거예요. 필요하면 수선도 하고요. 애야, 이분은 무서워할 것 없어. 보다시피 다른 사람들하고 다르게 얼마나 예의 바른 분이냐. 파리도 못 잡을 선한 분이야."

"아니, 무슨 말씀을, 아가피야 찌호노브나, 필요 없습니다. 마리나가 나를 위해 손을 더럽히는 건 동의할 수 없어요. 마리나가 내 잡부인가요? 나 혼자 해결하겠습니다."

"당신은 더러워져도 되고 나는 안 된다는 거예요? 참 완고하시네요, 유리 안드레예비치. 왜 거절하세요? 내가 손님으로 가겠다고 청해도 쫓아내실 건가요?"

마리나는 가수가 되어도 좋았을 법했다. 대단히 높고 힘 있는 목소리는 낭랑하고 깨끗했다. 말소리는 크지 않았지만 대화에 필요한 것보다 힘차서 마리나와 섞이지 않고 분리된 것처럼 생각되었다. 다른 방에서 들려와 그녀의 등 뒤에 자리한 듯한 목소리였다. 이 목소리가 그녀의 방어막이자 수호천사였다. 이런 목소리를 가진 여성은 모욕하거나 슬프게 하고 싶지 않게 된다.

일요일의 이 물 나르기로부터 의사와 마리나의 우정이 싹텄다. 그녀는 자주 그에게 들러 집안일을 도왔다. 어느날 그녀는 그의 집에 남았고 더이상 문지기의 숙소로 돌아가지 않았다. 그렇게 그녀는 유리 안드레예비치의 세번째 아내가 되었다. 첫번째 아내와 이혼하지 않아서 혼인신고는 하지 못했다. 그들 사이에 아이들이 생겼다. 샤뽀바의 아버지와 어머니는 은근히 자랑스러워하며 딸을 의사 부인이라고 부르기 시작했다. 마르껠은 유리 안드레예비치가 마리나와 교회에서 결혼식을 치르지 않았고 혼인신고도 하지 않는다고 투덜댔다. "뭐예요, 당신 정신 나갔어요?" 그의 아내가 반박했다. "안또니나가 살아 있는데 그게 말이나 돼요? 이중 결혼이라니?" "멍청한 건 당신이야." 마르껠이 대꾸했다. "똔까를 뭐 하러 생각해. 똔까는 없는 거나 마찬가지야. 똔까를 보호해줄 법은 아무데도 없어."

유리 안드레예비치는 가끔 농담으로 스무개 장이나 스무통의 편지로 된 소설이 있듯이 그들이 가까워진 것은 스무통의 양동이로 된 로맨스라고 말하곤 했다.[6]

마리나는 그 무렵 보이기 시작한 의사의 이상한 괴벽, 몰락했고 자신의 몰락을 의식하는 인간의 변덕, 그가 벌여놓는 지저분함과 난장판을 용서했다. 그의 푸념과 까다로움과 버럭 부리는 성미를 참아주었다.

그녀의 자기희생은 갈수록 더해졌다. 그의 잘못으로 그들이 자발적인, 그 자신이 초래한 궁핍에 처하면, 마리나는 그런 시간 동안 그를 혼자 두지 않으려 일을 그만두곤 했다. 직장에서는 그녀를 아주 높이 평가해 이 부득이한 휴직 후에도 기꺼이 다시 받아주었다. 그녀는 유리 안드레예비치의 몽상에 굴복해 그와 함께 이 집 저 집 안마당으로 돈을 벌러 가기도 했다. 두 사람은 여러 층에 사는 주민들에게 돈을 받고 장작을 켜주었다. 그중 몇몇은 특히 네쁘 초기에 부유해진 투기꾼과 정부와 가까운 학문과 예술 종사자로, 자기가 살 집을 짓고 세간을 장만하기 시작했다. 한번은 마리나가 유리 안드레예비치와 함께 바깥에서 톱밥이 묻어들까 조심스럽게 펠트 장화를 신은 걸음을 양탄자 위로 옮기며 집주인의 서재로 장작더미를 날랐는데, 모욕적이게도 남자 주인은 무슨 책인가에 빠져 톱질하는 남녀에게 눈길조차 주지 않았다. 그들과 흥정하고, 지시하고, 품삯을 지불한 것은 여주인이었다.

'저 돼지 같은 인간은 뭐에 코를 박고 있는 거야?' 의사는 궁금했다. '연필로 뭘 저렇게 열심히 표시하는 거지?' 장작을 안고 책상 주위를 돌아가며 그는 책 읽는 사람의 어깨 너머 아래로 눈길을 던졌다. 책상 위에는 전에 바샤가 브후쩨마스[7]에서 찍어낸 유리 안드

---

6 러시아어 '로만'의 이중적 의미에 따른 언어유희.
7 혁명 후 1920년 모스끄바에 설립된 미술학교. 이전의 회화·조각·건축학교와 스뜨로가노프 미술학교가 합쳐져 이루어졌다.

레예비치의 소책자가 놓여 있었다.

7

마리나와 의사는 스뻬리도놉까에 살았다. 고르돈이 바로 옆 말라야 브론나야 거리에 있는 집에 세 들어 있었다. 마리나와 의사에게는 두 딸, 깝까와 끌라시까가 있었다. 까삐똘리나 혹은 까뻴까는 일곱살이 다 되었고 얼마 전에 태어난 끌라브지야는 육개월이 되었다.

1929년 초여름은 뜨거웠다. 지인들은 두세 거리 정도는 모자도 재킷도 없이 뛰듯이 서로의 집을 방문했다.

고르돈의 방은 이상한 구조로 되어 있었다. 그 자리에는 한때 아래위 두개 층으로 이루어진 일류 재봉사의 양장점이 있었다. 거리에서 보면 하나의 큰 판유리로 된 진열창이 두개 층에 걸쳐 있었다. 진열창 유리를 따라 황금색 흘림체로 재봉사의 성과 그가 하는 작업의 종류가 쓰여 있었다. 진열창 너머 안쪽에는 아래층에서 위층으로 나선형 계단이 나 있었다.

이제 이 공간은 셋으로 나뉘었다.

양장점 안 아래위층 사이에 추가로 마루를 깔고 사람이 사는 방치고는 이상하게 창을 내 중2층을 만들었다. 높이가 1미터 정도 되는 창은 마룻바닥에서 시작했다. 황금색 글자 일부가 창을 덮고 있었다. 글자들 사이 여백으로 방 안에 있는 사람들의 다리가 무릎까지 보였다. 그 방에 고르돈이 살고 있었다. 그의 방에 지바고와 두도로프, 마리나가 아이들을 데리고 앉아 있었다. 어른들과 달리 아이들은 몸 전체가 창틀에 쏙 들어갔다. 마리나는 곧 아이들을 데리고 나갔다. 세 남자만 남았다.

그들 사이에 대화가 오갔다. 헤아릴 수 없이 오랜 세월 우정을 나눠온 동창들 사이에서 오가는 여름날의 느긋하고 한가한 대화들 중의 하나였다. 그런 대화는 보통 어떻게 이루어지는가?

누군가가 스스로 흡족할 만큼 충분한 이야깃거리를 갖고 있다. 그런 사람이 자연스럽게, 조리 있게 말하고 생각한다. 이 경우에는 유리 안드레예비치만 그랬다.

그의 친구들은 필요한 표현력이 부족했다. 말주변이 없었다. 빈약한 어휘를 보충하느라 그들은 이야기하면서 방 안을 돌아다니고, 뻐끔뻐끔 담배를 피우고, 손을 흔들어대고, 같은 말을 여러번 되풀이했다.("이봐, 그건 정직하지 못해. 맞아, 정직하지 못해. 그래 그래, 정직하지 못하다고.")

그들은 자신들이 소통에서 보이는 이 과도한 극적 요소가 격정적이고 통 큰 기질을 의미하는 것이 전혀 아니고 오히려 결함과 결핍을 나타낸다는 것을 깨닫지 못했다.

고르돈과 두도로프는 훌륭한 교수 집단에 속했다. 그들은 훌륭한 책과 훌륭한 사상가와 훌륭한 작곡가와 훌륭한, 어제도 오늘도 언제나 훌륭한, 오직 훌륭하기만 한 음악 사이에서 삶을 보냈다. 그들은 평균적 취향이라는 재앙이 몰취미라는 재앙보다 더 나쁘다는 것을 알지 못했다.

고르돈과 두도로프는 심지어 그들이 지바고에게 퍼붓는 질책조차 친구를 향한 헌신과 그에게 영향을 미치고자 하는 소망에서 나온 것이 아니라, 단지 자유롭게 생각하고 자기 의지대로 대화를 이끌어갈 능력이 없는 데서 비롯한 것임을 알지 못했다. 속도가 붙은 대화의 마차는 그들을 전혀 원치 않던 곳으로 데려갔다. 대화의 행보는 돌이킬 수 없었고 결국 무언가로 돌진해 충돌할 수밖에 없었다. 그들은 전속력으로 내달린 설교와 질책의 마차를 유리 안드레예비치에게 부딪쳐 박살 냈다.

그들 격정의 원동력이, 그들 공감의 불안정성이, 그들 판단의 메커니즘이 그에게는 속속들이 분명했다. 하지만 도무지 말할 수가 없었다. '소중한 벗들이여, 그대들과 그대들이 대표하는 집단도, 그대들이 사랑하는 이름과 권위자의 광채와 예술도, 오, 얼마나 형편없이 평범한지. 그대들 안에서 유일하게 생기롭고 선명한 것, 그것은 그대들이 나와 같은 시대를 살았고 나를 알았다는 것이다.'[8] 하지만 친구들에게 그런 고백을 할 수 있다 한들 무슨 소용일 것인가! 그래서 그들을 슬프게 하지 않으려 유리 안드레예비치는 고분고분 그들의 말을 경청했다.

두도로프는 얼마 전에 자신의 첫번째 유형을 마치고 돌아와 일시적으로 상실했던 권한을 회복했다. 대학에서 강의와 업무를 재개할 허가도 얻었다.

지금 그는 유형 당시의 느낌과 영혼의 상태를 친구들에게 고백하기 시작했다. 그는 진실하게, 가식 없이 이야기했다. 그의 의견은 비겁해서이거나 다른 부차적인 것을 고려해서 나온 것이 아니었다.

그는 기소 논거, 수감 기간과 출옥 후의 대우에 관해 이야기하고, 특히 심문관과 눈을 마주하고 나눈 대화가 그의 뇌리에 신선한 공기를 불어넣었고 그를 정치적으로 재교육시켰다고, 자신이 많은

─────────────────────
8 유리 지바고의 마지막 시 「겟세마네 동산」에서 그리스도가 제자들에게 하는 말을 연상시키는 구절이다.

것에 눈을 떴으며 인간으로서 성장했다고 말했다.

두도로프의 논의는 바로 그 진부함에서 고르돈의 마음을 샀다. 그는 인노껜찌에게 공감해 고개를 끄덕이며 동의했다. 두도로프가 말하고 느낀 것의 판에 박힌 면이 특히 고르돈을 감동시켰다. 진부한 감정의 모방성을 그는 그 보편적 인간성으로 이해했다.

인노껜찌의 고결한 말은 시대정신에 따른 것이었다. 하지만 바로 그 말들이 지닌 순응주의, 뻔한 위선이 유리 안드레예비치를 폭발시켰다. 자유롭지 못한 인간은 늘 자신의 부자유를 이상화한다. 중세가 그랬고, 예수회 사람들도 늘 이 점을 이용했다. 유리 안드레예비치는 소비에뜨 인쩰리겐찌야의 정치적 신비주의, 그들의 최고 업적이었던 것 내지 시대의 정신적 상한선이라고 당시 그들이 말했을 법한 것을 견디지 못했다. 다투지 않기 위해 유리 안드레예비치는 이런 느낌도 감추었다.

하지만 그의 흥미를 끈 것은 전혀 다른 것, 인노껜찌의 감방 동료이자 찌혼의 추종자인 사제 보니파찌 오를레쪼프에 관한 두도로프의 이야기였다.[9] 체포된 사람에게는 여섯살 난 딸 흐리스찌나가 있었다. 사랑하는 아버지의 체포와 이후의 운명은 아이에게 끔찍한 충격이었다. '우상 숭배자' '시민권 박탈자' 같은 말은 아이에게 불명예의 오점으로 보였다. 언젠가는 선한 부모의 이름에서 이 오점을 씻어낼 것이라고, 아마도 아이답게 뜨거운 가슴으로 맹세했던 모양이다. 그렇게 오랜, 일찍부터 세워 내면에서 꺼지지 않는 결단으로 타오르는 이 목표가 지금까지도 그녀를 공산주의에서 가장 확고해 보이는 모든 것에 아이같이 열광하는 추종자로 만들었다.

------

9 러시아정교회의 총대주교 찌혼 벨라빈과 그의 추종자들에 대한 소비에뜨 권력의 대대적이고 잔혹한 탄압을 암시한다.

"나 갈게." 유리 안드레예비치가 말했다. "언짢아하지 마, 미샤. 방 안이 갑갑해, 밖은 덥고. 나는 신선한 공기가 필요해."

"보다시피 마루에 환기창이 열려 있는데. 미안해, 우리가 담배를 너무 많이 피웠어. 네가 있을 때 담배를 피우면 안 된다는 걸 늘 잊어버리네. 여기가 이렇게 멍청한 구조로 되어 있는 게 내 잘못인가? 나한테 다른 방 좀 구해줘."

"아무튼 나는 갈게, 고르도샤. 얘기는 실컷 했어. 소중한 친구들, 날 염려해줘서 고마워. 이건 내가 변덕을 부리는 게 아니야. 병 때문이지, 심장경화증. 심장 근육 벽이 닳고 얇아졌고, 어느 때고 찢어지거나 터질 수도 있어. 하지만 나는 아직 마흔도 안 됐는데. 술 꾼도 아니고 무절제하게 살지도 않았는데 말이야."

"네 장송곡을 노래하기는 아직 일러. 허튼소리는. 한참 더 살 거야."

"요즘은 미세한 형태의 심장 출혈이 아주 흔해졌어. 다 치명적인 건 아니야. 몇몇 경우에는 회복되지. 이건 현대의 질병이야. 나는 그 원인이 정신적 질서에 있다고 생각해. 우리 대부분은 체계화된 가식적인 삶을 지속하도록 요구받고 있어. 날마다 느끼는 것에 반해서 자신을 드러내야 하니 건강에 영향이 없을 수 없지. 사랑하지 않는 것에 정성을 다해야 하고, 불행을 가져오는 것에 기뻐해야 하니까. 우리 신경계란 것은 빈말, 허구가 아니야. 그건 정말로 섬유질로 이루어진 육체야. 우리 영혼은 공간 속에 자리 잡고 있고, 입안의 이처럼 우리 안에 들어 있어. 대가 없이 무한정 영혼을 강압할 수는 없어. 인노껜찌, 나는 네 유형 이야기를, 네가 유형 생활 동안 얼마나 성숙했고 유형이 너를 어떻게 재교육했는지에 관한 얘기를 듣고 있기가 힘들었어. 그건 마치 훈련장에서 말이 스스로를 어떻게 조련했는지 말하는 것 같았거든."

"나는 두도로프를 편들겠어. 너는 단지 인간적인 말에 낯설어진 거야. 그 말들이 더이상 와닿지 않는 거지."

"아마 그럴지도 모르겠다, 미샤. 어쨌든 미안해, 나를 보내줘. 숨 쉬기가 힘들어. 맹세코 과장이 아니라고."

"잠깐만. 그건 다 둘러대는 소리야. 네가 솔직하고 진심 어린 대답을 하기 전까지는 보내주지 않을 거야. 너는 변해야 한다는 데, 교화되어야 한다는 데 동의해? 그와 관련해 뭘 할 작정이지? 너는 또냐와 마리나와의 관계를 분명히 해야 해. 그들은 살아 있는 존재, 고통받고 느낄 줄 아는 여성이지 네 머릿속에서 독단적으로 결합되어 떠도는 육체 없는 관념이 아니야. 게다가 너 같은 사람이 쓸모없이 사라지는 건 수치스러운 일이야. 너는 잠과 게으름에서 깨어 떨쳐 일어나야 해. 명분도 없이 오만 떨지 말고, 그래그래, 용납하기 힘든 교만 부리지 말고 주변을 살피고 직무에 임해서 진료를 계속해야 한다고."

"좋아, 내가 대답할게. 나 스스로도 최근에 자주 그런 식의 생각을 해. 그래서 수치심에 얼굴 붉히지 않고 뭔가를 약속할 수 있는 거야. 내가 보기에는 다 잘될 거야. 그것도 상당히 빨리. 두고 보라고. 아니, 정말이야. 모든 게 아주 잘돼가고 있어. 나는 믿기지 않을만큼 열렬히 삶을 원해. 산다는 건 늘 앞을, 지고한 것을, 완벽을 향해 나아가고 달성하는 것을 의미하는 거야.

고르돈, 나는 전에 네가 늘 또냐의 옹호자였듯이 마리나를 지켜줘서 기뻐. 하지만 나와 그들 사이에 불화는 없어. 나는 그들과, 그 누구와도 싸우지 않아. 처음에 너는 나를 나무라곤 했지. 나는 그녀를 허물없이 부르는데 그녀는 나한테 존댓말로 답한다고, 이름에 부칭을 붙여 나를 높이는데 내가 그걸 부담스러워하지 않는 것 같다고 말이야. 하지만 그 부자연스러움의 바탕에 깔려 있던 보다 깊은 부조리는 오래전에 사라졌어. 모든 게 다듬어지고 평등이 확립되었지.

다른 기분 좋은 소식도 전할 수 있어. 다시 빠리에서 나한테 편지가 오기 시작했어. 아이들이 많이 자랐고 또래 프랑스 아이들과 아주 거리낌 없이 잘 지낸대. 슈라는 그곳 초등학교인 에꼴 프리메르의 졸업을 앞두고 있고 마냐는 곧 입학할 거야. 나는 내 딸을 전혀 몰라. 프랑스 국적을 얻었는데도 웬일인지 나는 그들이 곧 돌아올 거고 어떻게든 모든 게 잘될 거라는 믿음이 들어.

여러 정황으로 볼 때 장인과 또냐는 마리나와 딸들에 대해 알고 있어. 그 점에 대해 내가 직접 편지하지는 않았어. 아마 다른 데서 이런 상황을 들었겠지. 알렉산드르 알렉산드로비치는 당연히 아버지로서 격분했고 또냐 때문에 마음 아파서. 거의 오년이나 편지가 중단된 게 그걸 설명해주지. 모스끄바로 돌아와서는 한동안 편지를 주고받았거든. 그러다 갑자기 나한테 보내는 답장이 끊어졌어. 모든 게 끊겼지.

이제야, 아주 최근에야 다시 그쪽에서 편지를 받기 시작했어. 그들 모두에게서, 아이들한테서까지. 따뜻하고 다정한 편지야. 왠지 누그러졌어. 아마 또냐한테 어떤 변화가 생긴 것 같아, 아마 새 남자친구라도. 제발 그러길 바라. 모르겠어. 나 또한 때때로 편지를 써. 그런데 정말이지 더이상은 안 되겠어. 나는 갈게, 그러지 않으면 호흡곤란 발작이 올 거야. 잘들 있어."

다음 날 아침, 마리나가 사색이 되어 고르돈에게 달려왔다. 아이를 맡길 사람이 없어 어린 딸 끌라샤를 담요에 꽁꽁 싸서 한 팔로 가슴에 안고 다른 손으로는 발을 질질 끌며 뒤로 빼는 까빠의 손을 끌고서였다.

"유라 여기 있나요, 미샤?" 제 것이 아닌 목소리로 그녀가 물었다.

"집에서 자지 않았어요?"

"아니요."

"음, 그러면 인노껜찌네에 있겠지요."

"거기 갔었어요. 인노껜찌는 대학에 강의하러 갔어요. 하지만 이웃들이 유라를 아는데, 거기 오지 않았대요."

"그럼 도대체 어디 있는 걸까요?"

마리나가 담요에 싼 끌라샤를 소파에 내려놓았다. 그녀는 히스테리를 일으켰다.

8

이틀 동안 고르돈과 두도로프는 마리나의 곁을 지켰다. 그녀를 혼자 두기가 두려워 번갈아 살펴보았다. 그 사이사이에는 의사를 수소문해 들렀을 만하다고 생각되는 모든 장소를 뛰어다녔다. 무치니 고로도끄와 십쩨프의 집에 가봤고, 그가 한때 일했던 사상의 궁전과 이념의 집에도 모두 들렀고, 그들이 조금이라도 알고 주소를 찾을 수 있는 옛 지인들 집을 죄다 돌아다녔다. 수소문은 아무 소득도 없었다.

경찰에는 신고하지 않았는데, 비록 거주 등록이 되어 있고 재판받은 기록도 없지만 동시대의 생각으로는 모범적인 인간과 거리가 먼 사람을 당국에 상기시키지 않기 위해서였다. 극단적인 경우에만 그의 자취를 추적하도록 경찰에 의뢰하기로 했다.

사흘째 되는 날에 마리나와 고르돈과 두도로프는 서로 다른 시각에 유리 안드레예비치가 보낸 편지를 한통씩 받았다. 편지는 그들에게 끼친 염려와 두려움에 대한 미안함으로 가득했다. 그를 용서하고 진정하라고 간곡히 부탁하고, 어차피 수소문해봐야 아무 소용 없을 테니 그만 찾으라고 세상 모든 성스러운 것의 이름으로 간절히 당부하고 있었다.

그는 최대한 빨리, 그리고 완전히 자기 삶을 재생할 목적으로 집중해서 일에 몰두하기 위해 한동안 홀로 있고 싶다고, 어느 정도라도 새로운 활동 영역이 자리가 잡히고 변화 이후에도 과거로 회귀하지 않으리라 확신하게 되면 자신의 은밀한 은신처에서 나와 마리나와 아이들에게 돌아갈 것이라고 전했다.

고르돈에게 보내는 편지에서는 마리나를 위한 돈을 고르돈의 이름으로 보내겠다고 미리 알렸다. 그는 마리나가 자유롭게 일터로 돌아갈 수 있도록 아이들에게 유모를 고용해달라고 청했다. 통지서에 기재된 금액 때문에 그녀가 강도의 위험에 처할까봐 두려워 그녀의 주소로 직접 돈을 보내는 것이 조심스럽다고 설명했다.

곧 돈이 왔는데, 의사의 급여 규모와 친구들의 기준을 뛰어넘는 액수였다. 아이들에게 유모를 붙였다. 마리나는 다시 전신 기사로 일하게 되었다. 그녀는 오랫동안 진정할 수 없었지만, 유리 안드레예비치가 과거에 보인 기벽에 익숙해진 덕에 결국 이 무모한 짓도 받아들였다. 유리 안드레예비치의 요청과 경고에도 불구하고 친구들과 그와 가까운 이 여인은 계속해서 그를 수소문했고, 그의 예고가 옳았음을 거듭 확인했다. 그들은 그를 찾지 못했다.

9

하지만 사실 그는 그들에게서 불과 몇걸음 떨어진 곳에, 바로 그들 코앞의 눈에 띄는 곳, 핵심 수색 구역 안에 살고 있었다.

사라지던 날, 그는 땅거미가 지기 전 밝을 때 고르돈의 집을 나섰다. 브론나야 거리에서 곧바로 스삐리도놉까의 자기 집을 향했는데, 거리를 따라 채 백걸음도 못 가서 맞은편에서 걸어오는 이복동생 옙그라프 지바고와 맞닥뜨렸다. 유리 안드레예비치는 그를 삼년 이상 보지 못했고 그에 대해 아무것도 알지 못했다. 알고 보니 옙그라프는 아주 최근에 도착했고 우연히 모스끄바에 머물게 된 것이었다. 여느 때같이 그는 하늘에서 굴러떨어진 것 같았고, 이것저것 캐물어봐야 침묵의 미소나 농담으로 답을 피해서 소용없었다. 그 대신에 그는 사소한 일상사는 제쳐두고 유리 안드레예비치에게 두세가지 질문을 던져 대번에 그의 모든 슬픔과 혼란 속으로 파고들었고, 그 즉시 꼬불꼬불한 골목길의 좁은 모퉁이에서, 지나가고 마주 오며 밀쳐대는 행인들 틈에서 형을 돕고 구할 실질적인 계획을 세웠다. 유리 안드레예비치가 사라져 숨어 지낸다는 것은 옙그라프의 생각, 그의 발상이었다.

그는 유리 안드레예비치에게 당시에도 여전히 까메르게르스끼라는 이름으로 불리던, 예술극장과 이웃한 골목에 방을 얻어주었다. 그에게 돈을 대어주고, 의사가 학술 활동의 전망을 열어줄 어느 좋은 병원에 일자리를 얻도록 힘써주었다. 그는 생활의 모든 면에서 갖은 방법으로 형을 후원했다. 마침내는 형에게 빠리에 있는 가족의 불안정한 상태가 어떻게든 끝이 날 것이라는 언질도 주었다.

유리 안드레예비치가 그들에게 가거나, 아니면 그들이 올 것이라고 말이다. 옙그라프가 직접 이 모든 일을 맡아 처리하겠다고 약속했다. 동생의 지원은 유리 안드레예비치에게 날개를 달아주었다. 전에도 늘 그랬듯이 그의 힘의 비밀은 풀리지 않은 채로 남았다. 유리 안드레예비치는 그 비밀을 파헤치려는 시도조차 하지 않았다.

10

방은 남향이었다. 창문 두개가 맞은편 극장 지붕을 향해 나 있었고, 지붕 너머 오호뜨니 랴드 위에는 여름의 태양이 높이 떠 골목의 포도에 그늘을 드리웠다.

유리 안드레예비치에게 그 방은 작업실 이상이었고, 서재 이상이었다. 수많은 미완성 작품이 화가의 작업실 벽을 마주하고 가득 채우듯이, 이 열광적인 활동 시기 동안 그의 계획과 구상은 책상 위에 쌓인 공책에 다 담기지 못하고, 머릿속에 떠오르고 꿈에 보인 형상들이 구석마다 대기 중에 남아 있어 의사가 사는 방은 정신의 연회장, 광기의 저장고, 계시의 곳간이었다.

다행히 병원 당국과의 협상이 지체되어 근무를 시작할 시기가 무기한으로 늦춰졌다. 이 뜻밖에 얻은 시간을 이용해 그는 글을 쓸 수 있었다.

유리 안드레예비치는 전에 쓴 것 중 기억나는 일부와 옙그라프가 어디선가 손에 넣어 가져다준 것을 정리하기 시작했다. 일부는 유리 안드레예비치가 직접 쓴 초고였고 일부는 다른 누군가가 타자한 원고였다. 자료가 혼란스러워 유리 안드레예비치는 타고난

천성으로 내키는 것보다 훨씬 더 많은 에너지를 허비해야 했다. 그는 이내 그 작업을 팽개치고 미완성작을 복원하는 데서 새로운 것을 창작하는 쪽으로 옮겨가 새 초고에 몰두했다.

그는 바리끼노에 처음 머물던 시절의 대략적인 기록 비슷한 글의 초안을 작성했고, 떠오른 시들을 토막토막, 시작과 끝과 중간을 가리지 않고 두서없이 적었다. 때때로 밀려드는 생각을 감당하기가 힘들었다. 단어의 첫 글자나 약자로 맹렬하게 받아써도 여러 생각을 따라잡지 못했다.

그는 서둘렀다. 상상력이 시들고 작업이 지체될 때면 여백에 그림을 그려 재촉하고 채찍질했다. 여백에는 숲속 빈터와 중간에 "모로와 벳친낀. 파종기. 탈곡기"라는 광고 기둥이 서 있는 도시의 교차로가 묘사되었다.

글과 시는 한가지 주제에 관한 것이었다. 그 대상은 도시였다.

11

나중에 그의 원고들 사이에서 이런 기록이 발견되었다.

22년에 모스끄바로 돌아왔을 때, 나는 텅 비고 반쯤 파괴된 모스끄바를 보았다. 그런 모습으로 모스끄바는 혁명의 처음 몇해의 시련에서 벗어났고 지금도 그런 모습으로 남아 있다. 모스끄바의 인구는 줄었고, 새로운 집은 지어지지 않았고, 옛집은 보수가 되지 않았다.

그러나 그런 모습 속에서도 모스끄바는 현대의 대도시로, 진정으로 현대적인 새로운 예술의 유일한 영감의 원천으로 남아 있다.

상징주의자들, 블로끄, 베르하렌,[10] 휘트먼에게서 보이는, 양립할 수 없고 자의적으로 병치된 듯한 사물과 개념의 무질서한 나열은 전혀 문체상의 변덕이 아니다. 그것은 삶에서 포착해 현실을 있는 그대로 그린 새로운 인상들의 구조이다.

그들이 자신들의 시구를 따라 일련의 형상을 몰아가듯 19세기 말 도시의 번잡한 거리는 스스로 흘러가며 자신의 군중, 까레따와 에끼빠시[11]를 우리를 지나쳐 몰아가고, 그다음 이어지는 세기 초에는 자신의 도시의 전차와 지하철 차량을 몰아간다.

이런 상황에서 목가적 소박함을 취할 곳은 어디에도 없다. 목가적 소박함의 거짓된 꾸밈없음은 문학적 위조, 부자연스러운 타성, 시골이 아니라 학술 도서관의 서가에서 가져온 문어체 범주의 현상이다. 살아 있는, 생생하게 형성된, 그래서 자연히 오늘날의 시대정신에 부합하는 언어는 도시주의의 언어다.

나는 사람들로 붐비는 도시의 교차로에 살고 있다. 태양에 눈이 부신 여름의 모스끄바는 마당의 아스팔트가 이글이글 타오르며, 위층집 창틀에 햇빛의 반사광을 흩뿌리며, 먹구름과 가로수 길의 꽃 피움 속에 숨 쉬며, 내 주위를 맴돌고 내 머리를 어지럽히면서 내가 모스끄바를 찬양하여 다른 사람들의 머리를 어지럽히기를 원한다. 이 목적을 위해 모스끄바는 나를 길렀고 내 손에 예술을 쥐여주었다.

막 시작된 전주곡이 아직 내려져 있지만 이미 풋라이트 불빛으로 붉게 물든, 어둠과 비밀로 가득한 무대의 막과 연관되듯이, 마찬가지로 밤낮으로 쉴 새 없이 벽 너머에서 시끌벅적한 거리는 현대의 영혼

---

10 Émile Verhaeren(1855~1916). 인류의 진보와 인류애를 노래한 벨기에의 시인.
11 처음에는 마차 일반을 지칭하는 말이었으나 이후 주로 호화 마차를 지칭하게 되었다.

과 긴밀히 연관되어 있다. 문과 창 너머에서 끊임없이, 멈추지 않고 움직이고 웅웅대는 도시는 우리 각자 삶의 한없이 거대한 서곡이다. 바로 그런 면모로 나는 도시에 대해 쓰고 싶다.

보존된 지바고의 시 노트에는 이런 시가 없다. 어쩌면 시 「햄릿」이 이런 범주에 속하는 것일까?

12

8월 말의 어느날 아침, 유리 안드레예비치는 가제뜨니 골목 모퉁이에 있는 정거장에서 전차에 올랐다. 대학에서 니끼쯔까야 거리를 따라 위쪽 꾸드린스까야 거리로 가는 전차였다. 당시 솔다쩬꼽스까야 병원으로 불리던 봇낀스까야 병원에 첫 출근하는 길이었다. 그로서는 거의 첫 직무상 방문이었다.

유리 안드레예비치는 운이 없었다. 계속해서 불운이 닥치는 결함 있는 전차에 올라탔던 것이다. 궤도 홈에 바퀴가 낀 마차가 길을 막아 전차를 지체시켰고, 차량 바닥 밑이나 지붕에서 절연체가 손상되어 잠시 합선이 일어나는 바람에 치직 소리와 함께 뭔가가 타기도 했다.

운전사가 수시로 손에 스패너를 들고 멈춰 선 전차 앞문으로 나와 차량을 한바퀴 돌아본 다음 쪼그리고 앉아 바퀴와 뒷문 사이의 기계 부품 수리에 몰두하곤 했다.

이 불운한 차량이 노선 전체에 걸쳐 운행을 방해했다. 이 차량이 이미 멈춰 세운 전차와 새로 도착하는 전차와 점차 밀려드는 전차들이 거리를 가득 메웠다. 이미 마네주[12]까지 닿은 전차들의 꼬리가 더 멀리까지 늘어나고 있었다. 뒤쪽 차량 승객들은 시간을 좀 벌어 보자는 생각에 고장이 나서 이 모든 문제를 일으킨 앞쪽 차량으로 옮겨탔다. 더운 아침에 사람들로 꽉 찬 전차 안은 비좁아 숨이 막힐 지경이었다. 점점 더 하늘 높이 솟아오르던 검자주색 먹구름이 니끼쯔끼예 문에서 포도를 따라 뛰어오는 승객들 무리 위로 굼뜨게 움직였다. 뇌우가 몰려오고 있었다.

유리 안드레예비치는 완전히 눌려 창에 딱 붙은 채로 차량 왼쪽 일인석에 앉아 있었다. 음악원이 자리한 니끼쯔까야 거리의 왼쪽 인도가 내내 시야에 들어왔다. 그는 싫든 좋든 다른 생각으로 주의력을 무디게 하며 이쪽으로 걸어오거나 타고 오는 사람들을 바라볼 수밖에 없었고, 한 사람도 놓치지 않았다.

카밀러와 수레국화 문양이 있는 리넨 띠의 밝은색 밀짚모자를 쓰고 꼭 끼는 구식 연보라색 원피스를 입은 백발의 노파가 숨을 헐떡이며 손에 쥔 납작한 꾸러미로 부채질을 하면서 그쪽 길을 따라 느릿느릿 걷고 있었다. 그녀는 꽉 죄는 코르셋을 입고 더위에 기진 맥진해 땀을 뻘뻘 흘리며 작은 레이스 손수건으로 축축한 눈썹과 입술을 닦았다.

그녀가 가는 길은 전차 노선과 나란히 이어졌다. 수리한 전차가 자리에서 움직여 앞지를 때마다 유리 안드레예비치는 벌써 여러번 그녀를 시야에서 놓쳤다. 그러다 새로운 고장으로 전차가 서고 부인이 전차를 따라잡을 때마다 그녀는 여러번 그의 시야 속으로 되돌아왔다.

---

12 '승마 연습장'을 뜻하는 말. 모스끄바 중심부에 있는 유서 깊은 건물이다.

유리 안드레예비치는 서로 다른 시각에 출발해 서로 다른 속도로 달리는 기차들의 도착 시간과 순서를 계산하는 학창 시절의 과제가 떠올랐다. 그 과제를 푸는 일반적인 공식을 기억해내고 싶었지만 아무것도 얻지 못했고, 그 생각을 끝내지 못한 채 그는 이 회상에서 훨씬 더 복잡한 다른 생각으로 건너뛰었다.

그는 서로의 곁에서 서로 다른 속도로 움직이며 나란히 발전하는 몇몇 존재에 대해 생각했고, 삶에서 언제 누군가의 운명이 다른 이의 운명을 앞지르는가에 대해, 누가 누구보다 더 오래 사는지에 대해 생각했다. 삶의 경기장에서 상대성 원리와 흡사한 무언가가 떠올랐지만 그는 머릿속이 완전히 뒤죽박죽이 되어 이런 비유도 던져버렸다.

번개가 번쩍이고 천둥이 우르릉거렸다. 불운한 전차는 벌써 몇 번째 꾸드린스까야 거리에서 조올로기체스끼 골목으로 가는 내리막길에서 멈춰 섰다. 보라색 옷의 부인이 얼마 후에 창틀 안에 들어오더니 전차를 지나쳐 멀어지기 시작했다. 굵은 첫 빗방울이 인도와 포도에, 부인에게 떨어졌다. 세찬 먼지바람이 연이어 이파리를 펄럭이며 나무들을 훑고, 부인의 모자를 벗기고 치마를 부풀리더니 갑자기 가라앉았다.

의사는 힘이 빠지며 구역질이 나는 것을 느꼈다. 그는 애써 무력감을 참아가며 자리에서 일어나 전차 창문을 열려고 창틀의 끈을 위아래로 세게 당기기 시작했다. 창은 그의 노력에 굴복하지 않았다.

창틀이 나사로 기둥에 단단히 고정되어 있다고 사람들이 소리쳤다. 하지만 발작과 싸우느라, 그리고 일종의 불안에 사로잡혀 그는 이 고함 소리가 자기를 향한 것이라고 생각지 못했고 무슨 뜻인지도 알지 못했다. 그는 계속해서 창을 열려고 시도하며 다시 세번쯤 아래위로, 자기 쪽으로 창틀을 잡아당기다가 갑자기 내부에서 전에 없던 돌이킬 수 없는 통증을 느꼈고 속에서 무언가가 찢어졌다는 것을, 뭔가 치명적인 일이 벌어졌다는 것을, 다 끝장났다는 것을 깨달았다. 그 순간 차량이 움직이기 시작했다. 하지만 쁘레스냐 지구를 겨우 얼마 못 가서 다시 멈췄다.

유리 안드레예비치는 초인적인 의지를 발휘해 비틀거리며 좌석 사이 통로를 꽉 메운 사람들 무리를 간신히 헤치고 뒷문에 이르렀다. 사람들은 길을 열어주지 않고 으르렁댔다. 흘러드는 공기에 그는 살 것 같았고, 아마 아직 모든 것을 잃지는 않은 것 같다고, 상태가 나아진 것 같다고 생각했다.

뒷문에서 그는 새로운 욕설과 발길질과 분노를 불러일으키며 군중을 비집고 나가기 시작했다. 질러대는 고함을 아랑곳없이 북새통을 뚫고 나와 서 있는 전차 계단에서 포장도로로 내려선 그는 한걸음, 두걸음, 세걸음을 옮기다 돌바닥 위에 쓰러져 더이상 일어나지 못했다.

소란, 말소리, 언쟁, 조언이 쏟아졌다. 몇 사람이 출입문에서 내려와 쓰러진 사람을 에워쌌다. 이내 그가 더이상 숨을 쉬지 않고 그의 심장이 멈췄다는 것을 알았다. 시신을 에워싼 무리에게 인도에 있던 사람들이 다가왔다. 이 사람은 전차에 치인 것이 아니며 그의 죽음이 전차와는 아무 관계 없다는 것에 누구는 안도했고 누구는 실망했다. 군중이 불어났다. 보라색 옷을 입은 부인도 무리에게 다가와 서서 죽은 사람을 바라보았고, 대화를 듣다가 다시 걸음을 옮기기 시작했다. 그녀는 외국인이었지만, 어떤 사람은 시신을 전차에 싣고 병원으로 옮기라고 조언하고 다른 사람은 경찰을 불러야 한다고 말하는 것을 알아들었다. 어떤 결정에 이를지 기다리지 않고 그녀는 제 갈 길을 갔다.

보라색 옷을 입은 부인은 스위스 국민 마드무아젤 플뢰리로, 멜류제예보에서 온 아주아주 늙은 노파였다. 그녀는 십이년 동안 자기 조국으로 돌아갈 권리를 얻으려 서면으로 청원하느라 분주했다. 바로 얼마 전에야 청원이 성공적으로 결실을 맺었고, 그녀는 출국 비자를 받기 위해 모스끄바에 왔다. 이날은 비자를 받으러 리본으로 묶은 서류 꾸러미로 부채질을 하며 대사관으로 가는 길이었다. 그렇게 그녀는 열번째로 전차를 앞지르고 지바고를 앞질렀으며, 그보다 더 오래 살았다는 것을 전혀 알지 못한 채 앞으로 나아갔다.

13

복도에서 문을 통해 비스듬히 책상이 놓인 방구석이 보였다. 책상에서 문을 향해 거칠게 속을 파내 만든 카누 모양으로 아래쪽이 좁아드는 관이 보였고, 그 끝에 고인의 두 발이 받쳐져 있었다. 전에 유리 안드레예비치가 글을 쓰던 바로 그 책상이었다. 방 안에 다른 것은 없었다. 원고는 정리해 서랍에 넣고 관을 책상 위에 놓았다. 머리맡에 베개를 높이 괴어 관 속의 시신은 솟아오른 산비탈에 누워 있는 것 같았다.

수많은 꽃이 시신을 에워싸고 있었다. 이 계절에 보기 힘든 하얀 라일락이 큰 덤불을 이루었고 시클라멘과 시네라리아가 여러개 꽃병과 바구니에 꽂혀 있었다. 꽃들이 창으로 들어오는 빛을 가렸다. 빛은 겹겹이 쌓인 꽃들을 뚫고 고인의 납빛 얼굴과 손, 관의 나무와 덮개를 희미하게 비추었다. 이제 막 흔들리기를 그친 것 같은 그림자들의 아름다운 무늬가 책상 위에 드리웠다.

그 무렵에는 죽은 사람을 화장하는 풍습이 널리 퍼졌다. 아이들을 위해 연금을 받으리라는 희망으로, 아이들의 장래 학업을 고려하고 마리나의 직장 내 위치에 해가 되지 않도록 교회 장례식을 거절하고 민간 화장 장례식만 하기로 결정했다. 관계 당국에 신고를 했고, 대표자들을 기다리는 중이었다.

그들을 기다리는 가운데 방 안은 텅 비어 옛 거주자가 떠나고 새 주민이 입주하는 사이에 비워둔 방 같았다. 정적을 깨뜨리는 것은 고인에게 작별 인사를 하러 온 사람들이 예의 바르게 발끝으로 걷는 걸음과 자기도 모르게 발을 끄는 소리뿐이었다. 조문객은 많지 않았지만 그럼에도 예상한 것보다는 훨씬 많았다. 거의 이름 없던 사람의 부고가 경이로운 속도로 그들 주변에 두루 퍼졌다. 죽은 이의 삶에서 서로 다른 시기에 그를 알았고 서로 다른 시기에 그가 잃었거나 잊은 사람들이 상당수 모였다. 그의 학문적 사고와 영감은 훨씬 더 많은 수의 미지의 친구들을 만들어, 한번도 본 적 없으나 마음이 끌린 사람들이 처음으로 그를 보고 마지막 작별의 눈길을 던지기 위해 찾아왔다.

어떤 의례로도 메울 수 없는 정적이 가득한 가운데 손에 잡힐 듯한 상실감이 짓누르던 이 시간들 동안 꽃들만이 빠진 성가와 부재하는 의례를 대신했다.

꽃들은 그저 피어나 향기를 뿜기만 하는 것이 아니었다. 마치 합창으로 자신의 향기를 발산해 부패를 재촉하는 것 같았고, 자신의 향기로운 힘을 모두에게 나누어주며 무언가를 행하는 것 같았다.

식물의 왕국은 그토록 쉽게 죽음의 왕국의 가장 가까운 이웃으로 생각된다. 여기, 땅의 녹음 속에, 묘지의 나무들 사이에, 화단에 솟아나온 꽃의 새싹 가운데 우리가 골몰하는 변이의 비밀과 생명의 불가사의가 집약되어 있을지도 모른다. 막달라 마리아는 무덤에서 나온 예수를 첫 순간에 알아보지 못했고, 묘지를 따라 걸어오는 동산지기로 오해했다(마리아는 그분이 동산지기인 줄 알고⋯⋯).[13]

14

고인을 그가 마지막으로 살았던 까메르게르스끼로 실어왔을 때, 그의 사망 소식을 듣고 충격을 받은 친구들이 그 끔찍한 소식에 넋이 나간 마리나와 함께 현관에서 활짝 열린 집 안으로 달려들었다. 마리나는 한참 동안 제정신이 아니었다. 주문한 관이 도착하고 어지러운 방을 정돈할 때까지 고인을 눕혀둔 현관의 좌석과 등받이가 달린 긴 나무 궤짝 끝에 머리를 찧으며 바닥을 뒹굴었다. 그녀는 눈물을 펑펑 쏟았고, 말이 목에 걸려 속삭이거나 비명을 질렀다. 하는 말의 절반은 그녀의 의지와 상관없이 큰 소리로 울부짖는 애도의 통곡이 되어 터져나왔다. 그녀는 보통 사람들이 곡을 하듯 누구도 거리낌 없이, 의식하지도 않고 쉴 새 없이 횡설수설했다. 마리나가 시신에 꼭 붙어 있던 탓에, 불필요한 가구를 치우고 정돈한 방으로 고인을 옮기고 씻겨 도착한 관에 넣으려 했으나 시신에서

---

13 요한의 복음 20:15.

그녀를 떼어낼 수가 없었다. 이 모든 것은 어제 일이었다. 오늘 그녀의 광포한 고통은 진정되어 멍한 의기소침에 자리를 내어주었지만 여전히 그녀는 자각 없이, 자신을 의식하지 못한 채 아무 말이 없었다.

마리나는 어디로도 자리를 뜨지 않고 어제 낮의 나머지 시간과 밤을 여기 꼬박 앉아 있었다. 사람들이 끌라바를 데려와 젖을 먹였고 어린 유모와 함께 까빠를 데려왔다가 안고 나갔다.

마리나와 마찬가지로 비탄에 젖은 친구들, 두도로프와 고르돈이 그녀를 에워싸고 있었다. 조용히 흐느끼다 귀청이 터질 것같이 코를 풀던 아버지 마르껠이 긴 의자로 와서 그녀 곁에 앉곤 했다. 여기 그녀에게 어머니와 자매들이 울며 다가왔다.

그리고 밀려든 사람들 속에 누구보다 눈에 띄는 두 사람, 한 남자와 한 여자가 있었다. 그들은 앞서 말한 사람들보다 고인과의 친분이 더 두텁다고 주장하지 않았다. 마리나와 딸들, 고인의 친구들과 슬픔을 겨루지 않았고 그들의 우선권을 인정했다. 이 두 사람은 어떤 요구도 하지 않았지만 고인에 대해 아주 특별한 자신들만의 권한을 지니고 있었다. 두 사람을 감싼 이 이해할 수 없고 말해지지 않은, 어떻게 부여되었는지 모를 권위를 누구도 문제 삼지 않았고 이의를 제기하지 않았다. 보아하니 바로 이 사람들이 처음부터 장례식과 그 절차에 관한 문제를 떠맡았고, 이들은 냉정을 잃지 않고 차분하게 그 일을 처리해 마치 그것이 만족감을 안겨주는 것 같았다. 이들의 정신의 고귀함이 모두의 눈에 띄어 이상한 인상을 자아냈다. 이 사람들은 장례식뿐 아니라 이 죽음에도 관여된 것 같았는데, 죽음을 야기한 장본인이나 간접적인 원인 제공자로서가 아니라 일어난 사건을 기정사실로 받아들이고 화해해 사건 자체에 크게 중요성을 두지 않는 인물들로서 그랬다. 몇몇 사람은 이들을 알고 있었고, 다른 사람들은 이들이 누구인지 추측했고, 또다른 대다수는 이들을 전혀 알지 못했다.

하지만 탐구욕이 가득하고 호기심을 불러일으키는, 키르기스인의 가는 눈을 가진 이 사람과 꾸미지 않아도 아름다운 이 여인이 관이 있는 방에 들어올 때면, 마리나도 예외 없이 그 안에 앉았거나 섰거나 움직이던 모든 사람이 약속한 듯 이의 없이 자리를 비우고 한쪽으로 비켰고, 벽을 따라 놓인 등받이 의자와 스툴에서 일어나 한데 몰려 복도와 현관으로 나갔다. 그러면 남자와 여자는 살짝 닫힌 문 뒤에 단둘이 남았는데, 고요 속에 무엇에도 방해받거나 시달리지 않고 장례와 직접 관련된 무언가와 지극히 중요한 무언가를 처리하도록 불려온 두명의 전문가 같았다. 지금도 그랬다. 단둘이 남은 두 사람은 벽 앞에 놓인 두개의 스툴에 앉아 일 얘기를 시작했다.

"뭐 알아보신 거 있어요, 옙그라프 안드레예비치?"

"화장은 오늘 저녁입니다. 삼십분 후에 의료노조 사람들이 와서 시신을 조합 사무실으로 실어갈 겁니다. 민간 화장 장례식은 4시로 정해졌어요. 서류가 제대로 된 게 하나도 없습니다. 노동수첩은 기한이 지났고, 예전 양식의 조합원 카드는 교체하지 않았고, 몇해째 조합비도 납부하지 않았어요. 이걸 다 해결해야 했습니다. 번거로운 절차로 지체된 거죠. 시신을 집에서 내가기에 앞서, 그나저나 얼마 안 남았으니 준비해야 합니다만, 부탁하신 대로 당신을 여기 혼자 있게 해드리겠습니다. 실례합니다. 들리시죠? 전화가 왔어요. 잠시만요."

옙그라프 지바고가 복도로 나갔다. 알지 못하는 의사의 동료들,

학교 친구, 병원의 하급 직원과 출판 노동자들로 복도가 넘쳐났다. 마리나도 아이들을 두 팔에 안고 걸친 외투 자락으로 감싼 채(추운 날이었고 건물 정면에서 바람이 들어왔다) 죄수를 면회 온 사람이 간수가 접견실로 들여보내줄 때를 기다리듯 다시 문이 열리기를 고대하며 긴 의자 끝에 앉아 있었다. 복도가 비좁았다. 모인 사람 중 일부는 복도에 들어오지도 못했다. 계단으로 나가는 통로가 열려 있었다. 많은 사람이 현관과 층계참에 서서 어슬렁거리고 담배를 피웠다. 계단을 아래로 내려갈수록, 거리에 더 가까울수록 사람들은 더 큰 소리로 자유롭게 이야기를 나누었다. 조용조용 소곤거리는 소리 때문에 귀를 곤두세우며 옙그라프는 예의를 차려 나직한 목소리로 수화기 구멍을 손바닥으로 살짝 가리고 전화에 답했는데, 아마 장례 절차와 의사의 사망 정황에 관한 이야기인 모양이었다. 그가 방으로 돌아왔다. 대화가 계속되었다.

"화장이 끝난 후에 제발 사라져버리지 마세요, 라리사 표도로브나. 당신한테 큰 부탁이 있습니다. 나는 당신이 어디 묵고 있는지도 모릅니다. 당신을 어디서 찾을지도 모르는 채로 나를 두고 가지 마세요. 내일이나 모레, 아주 가까운 때에 형의 원고 검토에 착수하고 싶습니다. 당신의 도움이 필요할 겁니다. 아마 어느 누구보다 많이 알고 계실 테니까요. 지나는 말로 당신은 이르꾸쯔끄에서 온 지 겨우 이틀째이고, 모스끄바에 오래 머물지 않을 것이며, 다른 이유로 이 아파트에, 형이 최근 몇달간 여기서 살았다는 것도, 여기서 일어난 일도 모른 채 우연히 올라왔다고 했습니다. 당신의 말 중 어떤 부분은 이해하지 못했지만 해명을 청하진 않겠습니다. 사라지지만 마세요, 당신 주소도 모르는데. 원고 검토에 걸리는 이 며칠 동안은 한 지붕 아래서, 아니면 멀리 떨어지지 않은 곳에서, 어쩌면 이 집의 다른 방 두개에서라도 지내면 제일 좋겠어요. 그렇게 주선할 수 있을 겁니다. 이 집 관리인을 알거든요."

"내 말을 이해하지 못했다고 말씀하시는데, 이해 못할 게 뭐가 있어요? 모스끄바에 왔고, 보관소에 짐을 맡겼고, 옛 모스끄바를 따라 걸었는데, 절반은 알아보지 못하겠더군요. 잊은 거죠. 걷고 또 걸어서 꾸즈네쯔끼 다리를 따라 내려갔다 꾸즈네쯔끼 골목을 따라 올라갔는데, 갑자기 무서울 만큼 극도로 낯익은 무언가가 나타났어요. 까메르게르스끼 골목이었죠. 총살당한 안찌뽀프, 죽은 내 남편이 대학생 때 여기서 방을 세냈어요. 당신과 내가 앉아 있는 바로 이 방이에요. 가보자, 생각했죠, 다행히도 옛 주인 부부가 살아 계실지 몰라 하고. 그들은 전혀 흔적도 없고 여기는 모든 게 달라졌어요. 그걸 나는 나중에야, 그다음 날과 오늘에야 물어물어 차츰 알게 되었어요. 게다가 당신이 와 있었고요. 그런데 왜 내가 이런 얘기를 하는 걸까요? 나는 벼락을 맞은 것 같았어요. 거리로 문이 활짝 열려 있고, 방 안에는 사람들과 관이 있고, 관 속에는 고인이. 고인이라니 누구? 들어가서, 다가가서, 나는 내가 미쳤다고 생각했어요. 꿈이구나. 하지만 당신이 그 모든 걸 목격했잖아요, 그렇지 않아요? 내가 왜 이 이야기를 하는 거죠?"

"잠깐만요, 라리사 표도로브나, 당신 말을 끊어야겠어요. 이미 말씀드렸듯이 나와 형은 얼마나 많은 놀라운 일이 이 방과 연관되어 있는지 의심도 하지 못했습니다. 예를 들어, 한때 이 방에 안찌뽀프가 살았다는 것 같은. 하지만 더 놀라운 것은 당신에게서 흘러나온 표현 하나입니다. 죄송한데 이제 말씀드리죠, 어떤 표현인지. 안찌뽀프에 관해, 군사 혁명 활동 당시의 스뜨렐니꼬프에 관해 나는 한때, 내전 초기에 많은 얘기를 자주, 거의 날마다 들었습니다.

한두번은 그를 개인적으로 만났고요. 가족의 일 때문에 언젠가 그를 얼마나 가까이 접하게 될지는 예견하지 못했죠. 그런데 실례지만, 내가 잘못 들었을 수도 있는데, 당신이 '총살당한 안찌뽀프'라고 말씀하신 것 같아서요. 그렇다면 그건 말실수겠죠? 정말 당신은 그가 자살했다는 것을 모르시는 건가요?"

"그런 말이 나돌지만 나는 믿지 않아요. 빠벨 빠블로비치는 결코 자살할 사람이 아니에요."

"하지만 그건 절대로 확실한 겁니다. 형의 이야기에 따르면, 안찌뽀프는 당신이 블라지보스또끄로 가기 위해 유랴찐으로 떠났던 그 작은 집에서 총으로 자살했어요. 당신이 딸과 함께 떠난 직후에 일어난 일입니다. 형이 자살한 분을 거두어 묻어줬어요. 이 소식이 정말로 당신한테 전해지지 않았나요?"

"아니요, 내가 들은 건 다른 소식이었어요. 그러니까 그 사람이 자살한 게 사실이라고요? 많은 사람이 그렇게 말했지만 나는 믿지 않았어요. 바로 그 집에서요? 그럴 수가! 얼마나 중요한 세부 사항을 이야기해주신 건지! 죄송하지만 혹시 아시나요, 그 사람과 지바고가 만났는지? 이야기를 나눴나요?"

"고인이 된 유리의 말에 따르면 그들은 오래 이야기를 나눴답니다."

"정말요? 하느님 감사합니다. 다행이에요.(안찌뽀바는 천천히 성호를 그었다.) 얼마나 놀라운지, 하늘이 내려준 우연의 일치라니! 다시 한번 그 얘기로 돌아가서, 당신한테 모든 걸 상세히 여쭤봐도 될까요? 내게는 세세한 것 하나하나가 다 소중하거든요. 하지만 지금은 내가 그럴 상태가 아니죠, 그렇지 않아요? 너무 흥분했어요. 잠시 입 다물고 한숨 돌리면서 생각을 좀 정리해야겠어요, 그렇지 않아요?"

"오, 그럼요, 그럼요, 그렇게 하세요."

"그렇지 않아요?"

"물론이죠."

"아, 하마터면 잊을 뻔했어요. 화장 후에 떠나지 말라고 부탁하셨죠. 좋아요, 약속할게요. 사라지지 않을게요. 당신과 함께 이 집에 돌아와 당신이 말해주는 곳에 필요한 만큼 머물게요. 유로치까의 원고를 검토해요. 당신을 도울게요. 정말로 나는 당신한테 쓸모가 있을 거예요. 그게 나한테 얼마나 위로가 될지! 나는 심장의 피로, 혈관 하나하나로 그의 필체의 모든 굴곡을 느껴요. 그런 뒤에는 나도 당신한테 볼일이 있어요. 아마도 당신이 내게 필요할 것 같아요, 그렇지 않아요? 당신은 법률가이거나 아무튼 과거와 현재의 관행을 잘 아시는 분 같아요. 더구나 어떤 증명서를 위해 어느 기관에 문의해야 하는지 아는 게 얼마나 중요한데요. 모두가 그런 것을 잘 아는 건 아니죠, 그렇지 않아요? 나는 한가지 끔찍하고 고통스러운 일과 관련해 당신의 조언이 필요해요. 한 아이에 관한 이야기예요. 하지만 이 얘기는 나중에, 화장을 마치고 돌아온 후에 해요. 평생 나는 누군가를 찾아다녀야 했어요, 그렇지 않아요? 말해주세요, 가령 어떤 가상의 경우에 아이의 흔적을, 양육을 다른 사람 손에 맡긴 아이의 흔적을 찾아야 한다면, 연방 전체에 존재하는 보육원의 종합적인 기록이 있을까요? 집 없는 아이들에 관해 전국적인 조사나 등록이 이루어졌나요, 시도라도 있었는지? 하지만 지금은 대답하지 마세요, 부탁이에요. 나중에, 나중에요. 오, 너무나 무서워요, 무서워! 삶이란 얼마나 무서운 것인지, 그렇지 않아요? 내 딸이 오면 어떻게 될지 모르겠지만, 당분간은 이 집에 있을 수 있어요. 까쮸샤는 뛰어난 재능을 보여주었어요. 일부는 연극적 재능이고, 한편으로 음악적 재능도 있어요. 그애는 놀랍게도 모든 사람의 흉내를 잘 내고 자기가 쓴 모든 장면을 연기해내요. 하지만 그밖에 오페라 아리아 전곡을 듣기만 하고도 따라 부르죠. 놀라운 아이예요, 그렇지 않아요? 그애를 연극 학교든 음악원의 초급 예비 과정이든 받아주는 곳에 보내고 기숙사에 넣고 싶어요. 그게 내가 지금 아이 없이 여기 온 이유이기도 해요, 모든 걸 준비해놓으려고요. 그러고 나면 나는 떠날 거예요. 모든 얘기를 다 할 순 없겠죠, 그렇지 않아요? 하지만 이 얘기도 나중에요. 지금은 흥분이 가라앉기를 기다리며 입 다물고 생각을 정리하고 두려움을 쫓으려 해볼게요. 게다가 우리는 유라의 친지들을 복도에 터무니없이 오래 붙들어두었어요. 문 두드리는 소리를 두번은 들은 것 같아요. 저기서 뭔가 움직이고 소리가 나요. 아마 장례 기관에서 온 것 같아요. 나는 잠시 앉아 생각할 테니 그동안 문을 열고 사람들을 들여주세요. 때가 됐네요, 그렇지 않아요? 잠깐만요, 잠깐만. 관 밑에 작은 발판을 둬야 해요. 그러지 않으면 유로치까한테 닿지 못할 거예요. 까치발로 서서 시도해봤는데 아주 힘들었어요. 마리나 마르껠로브나와 아이들한테 꼭 필요할 거예요. 게다가 예식으로 봐도 그렇고요. '그리고 내게 마지막 입맞춤을 해주오.'[14] 오, 난 못해요, 못해. 너무 고통스러워요, 그렇지 않아요?"

"이제 모두 들어오라고 하겠습니다. 하지만 그전에 한가지만요. 수수께끼 같은 말과 당신을 괴롭히는 것이 분명한 질문을 너무 많이 하셔서 내가 대답하기가 난감합니다. 하나만 아셨으면 합니다.

---

14 러시아정교회 장례식 결말부에 부르는 노래.

당신이 걱정하는 모든 일에 기꺼이, 마음을 다해 돕겠습니다. 그리고 기억하세요. 결코 어떤 경우에도 절망해서는 안 됩니다. 희망을 품고 행동하는 것이 불행 속에 있는 우리의 의무입니다. 행동하지 않는 절망은 의무의 망각이자 위반입니다. 이제 조문객들을 안으로 들이겠습니다. 발판에 관해서는 당신 말이 옳아요. 구해서 갖다 놓겠습니다."

하지만 안찌쁘바는 이미 그의 말이 들리지 않았다. 그녀는 옙그라프 지바고가 방문을 여는 소리와 군중이 복도에서 방 안으로 쏟아져 들어오는 소리를 듣지 못했다. 그가 장례 관계자와 상주들과 상의하는 소리도, 움직이는 사람들의 바스락거리는 소리도, 마리나의 흐느끼는 소리도, 남자들의 기침 소리와 여자들의 눈물과 통곡 소리도 들리지 않았다.

단조로운 소리들의 소용돌이가 그녀를 뒤흔들어 어지럽고 구역질이 났다. 그녀는 실신하지 않기 위해 전력을 다해 버텼다. 심장이 터지고 머리가 깨질 것 같았다. 그녀는 고개를 떨구고 추측과 생각과 회상에 잠겼다. 그녀는 그 속에 빠져 가라앉아서, 일시적으로 몇 시간 동안은 그때까지 아직 살아 있을지 모르는 어떤 미래의 나이로 옮겨가 수십년 늙어 노파가 된 것 같았다. 심연의 밑바닥으로, 자기 불행의 가장 바닥으로 떨어진 듯 생각에 잠겼다. 그녀는 생각했다.

'아무도 남지 않았다. 한 사람은 죽었고, 다른 한 사람은 자살했다. 죽여야 했던, 그녀가 죽이려 시도했지만 미수에 그친 자만, 그녀의 삶을 그녀 자신도 모르는 죄악의 사슬로 변모시킨 그 낯설고 불필요하며 하찮은 인간만 살아남았다. 그 평범성의 괴물이 우표 수집가나 알 만한 아시아의 신화적인 구석구석을 분주히 뛰어다닐 뿐, 가깝고 필요한 사람은 아무도 남지 않았다.

아, 그래, 크리스마스에, 그 저속성의 괴물에게 계획대로 총을 쏘기 전 이 방의 어둠 속에서 소년이던 빠샤와 대화를 나눴지. 지금 여기서 작별을 앞둔 유라는 그때 아직 그녀의 삶 속에 없었다.'

그녀는 빠샤와 나눈 크리스마스의 대화를 복원하고자 기억을 더듬기 시작했다. 하지만 창턱에서 타오르던 촛불과 그 근처 유리의 얼어붙은 표면이 녹아 생긴 작은 원 이외에는 아무것도 떠오르지 않았다.

여기 책상 위에 누워 있는 고인이 마차를 타고 지나다가 거리에서 그 작은 구멍을 보고 촛불에 관심을 기울였다는 것을 그녀가 생각이나 할 수 있었을까? 밖에서 본 그 불꽃에서("탁자 위에서 초가 타올랐네, 초가 타고 있었네."[15]) 그의 삶 속으로 숙명이 들어왔다는 것을?

생각이 흩어졌다. 그녀는 생각했다. '어쨌든 교회식으로 장례를 치르지 못하다니 너무나 유감이야! 장례 의식이 그토록 웅장하고 엄숙한데! 고인들 대부분은 그걸 누릴 자격이 없어. 하지만 유로치까는 얼마든지 충분한데! 그 모든 걸 누릴 자격이 있는데, 「장례의 통곡이 할렐루야의 노래가 되니」[16]에 합당하고 그런 보상을 받아 마땅한데!'

그녀는 유리를 생각할 때나 그의 곁에서 보낸 오래지 않은 삶의 시간들에 늘 그랬듯이 자부심과 안도의 파도를 느꼈다. 언제나 그에게서 풍겨나오던 자유롭고 태평한 기운이 지금도 그녀를 감쌌다. 그녀는 조바심을 내며 앉았던 스툴에서 일어났다. 뭔가 완전히

---

15 유리 지바고의 시 「겨울밤」의 구절. 1권 137면 주17 참조.
16 장례식에서 부르는 추도곡.

이해할 수 없는 일이 그녀 안에서 일어나고 있었다. 그녀는 그의 도움을 받아 잠시만이라도 자신을 옭아맨 고통의 심연에서 벗어나 자유를 향해, 신선한 대기 속으로 떠나고 싶었다. 전에 그랬듯이 해방의 행복을 느끼고 싶었다. 그녀가 꿈꾸고 염원한 행복은 그와 작별할 수 있는 행복, 혼자서 방해받지 않고 실컷 그를 애도해 울 수 있는 기회와 권리였다. 억누를 수 없는 격정 속에서 그녀는 고통에 지친, 안과의사가 떨군 타는 듯한 안약 때문인 듯 눈물 가득한 잘 보이지 않는 시선으로 황급히 군중을 둘러보았다. 모두가 움직이고, 코를 풀고, 한쪽으로 비켜서더니 방에서 나가기 시작했고, 마침내 그녀는 닫힌 문 뒤에 혼자 남겨졌다. 그녀는 재빨리 성호를 그으며 걸어 책상 위 관으로 다가간 다음 엡그라프가 놓아둔 발판으로 올라갔고, 시신 위에 천천히 크게 세번 성호를 긋고 차가운 이마와 두 손에 입을 맞췄다. 차가워진 이마가 주먹 쥔 손처럼 작아진 것 같은 느낌이 얼핏 스쳤지만 애써 무시했다. 그녀는 얼어붙은 듯 몇초 동안 꼼짝 없이, 아무 말도, 생각도 없이, 울지도 않고 관 한가운데 꽃과 시신을 그녀 자신으로, 머리로, 가슴과 영혼으로, 영혼만큼 큰 자신의 두 팔로 감싸고 있었다.

15

흐느낌을 참느라 온몸이 떨렸다. 할 수 있는 한 흐느낌에 저항했지만 문득 저항이 힘에 부쳤고, 터져나온 눈물이 그녀의 뺨과 원피스와 손과 몸을 붙이고 있던 관을 적셨다.

그녀는 아무 말도, 아무 생각도 하지 않았다. 예전에 그들이 한

밤에 나누던 대화의 시간처럼 이어지는 생각이, 공감대가, 지식이, 확실성이 하늘을 흘러가는 구름처럼 자유롭게 질주하다가 그녀를 통과해갔다. 그 시절 그들에게 행복감과 해방감을 안겨준 것은 바로 이것, 머리로 생각해낸 것이 아닌 뜨거운, 서로에게 영감을 불어넣는 앎이었다. 본능적이고 직접적인 앎이었다.

지금도 그녀는 그런 앎으로, 죽음에 대한 어렴풋하고 막연한 앎으로, 죽음에 대한 준비로, 죽음 앞에서 느끼는 당혹감의 부재로 가득 차 있었다. 이미 세상을 스무번은 살았고 수없이 유리 지바고를 잃어와서 이 점에 관해 가슴속에 풍부한 경험을 쌓은 것 같았고, 그래서 그녀가 이 관 옆에서 느끼고 행한 모든 것은 때에 맞고 적절했다.

오, 이것은 얼마나 자유롭고 전례 없는, 그 무엇과도 닮지 않은 사랑이었던가! 다른 사람들이 노래하듯이 그들은 생각했다.

그들은 서로를 불가피해서, 사랑에 대한 그릇된 묘사처럼 '욕망에 불타서' 사랑한 것이 아니었다. 주위의 모든 것이, 그들 아래 땅이, 그들 머리 위 하늘이, 구름과 나무가 그토록 원해서 서로를 사랑했다. 그들의 사랑은 아마 그들 자신보다 주변 세계가, 거리의 모르는 사람들이, 산책길에 펼쳐진 광활한 저 먼 곳이, 그들이 깃들고 만났던 방들이 더 마음에 들어했을 것이다.

아, 바로 이것이, 실로 이것이 그들을 가깝게 하고 하나가 되게 한 주된 요소였다! 결코, 결코, 심지어 무아지경에 이르도록 축복받은 행복한 순간에조차 저 더없이 고귀하고 황홀한 느낌이 그들을 떠나지 않았다. 세상 전체의 거푸집에 대한 기쁨, 그들 자신이 그 모든 정경에 관련되어 있다는 감정, 그 모든 광경의 아름다움에, 전우주에 속해 있다는 느낌이었다.

그들은 오직 이 일체감으로 숨 쉬었다. 그러므로 나머지 자연 위로 인간을 격상시키는 것, 유행하는 대로 인간을 애지중지하고 인간을 숭배하는 풍조는 그들을 매혹하지 못했다. 정치로 변모한 거짓된 사회성의 원칙들은 볼품없는 수제품으로 여겨져 이해하지 못할 것으로 남았다.

16

이제 그녀는 평범하고 일상적인 말로 그와 작별하기 시작했다. 현실의 틀을 부수는 비극의 합창과 독백처럼, 시어처럼, 음악처럼, 그밖에 오직 관습적인 감정의 동요로만 정당화되는 다른 여러 관습적인 표현 양식처럼 별 의미 없는, 활기차고 거리낌 없는 대화의 말들이었다. 이 경우에 그녀의 가볍고 편견 없는 대화에 어린 긴장을 정당화해주는 관습은 그녀의 눈물이었다. 평소처럼 일상적인 말들이 그녀의 눈물 속에 빠져 헤엄치며 떠다녔다.

따뜻한 비에 휘감긴 비단같이 촉촉한 나뭇잎들이 바람에 사락거리듯 이 눈물에 젖어 촉촉한 말들은 스스로 그녀의 정답고 빠른 속삭임에 달라붙는 것 같았다.

"이렇게 우리 다시 함께 있어요, 유로치카. 하느님이 다시 만나도록 이끄셨네. 얼마나 끔찍한 일이야, 생각해봐! 오, 난 못해! 오, 주여! 나는 울부짖고 또 울부짖어! 생각해봐! 또다시 우리식의 뭔가가 일어난 거야, 우리한테 예비되었던 일. 당신의 떠남, 나의 종말, 또다시 뭔가 크고 돌이킬 수 없는 것이. 삶의 불가사의, 죽음의 불가사의, 천재의 매혹, 벌거벗음의 매혹, 이걸, 그래, 우리는 이

걸 이해했어. 하지만 지구의 개조 같은 세상의 하찮은 논쟁 따위는 미안하지만 비켜다오, 그건 우리 전공이 아니야.

안녕, 내 위대한 사람이여, 내 사랑이여, 안녕, 나의 자랑이여, 나의 빠르고 깊은 강이여, 안녕. 온종일 당신이 철썩이는 소리를 내가 얼마나 사랑했는지. 당신의 차가운 물결로 뛰어드는 걸 내가 얼마나 좋아했던지.

그때 눈 덮인 그곳에서 내가 당신과 작별한 일, 기억해? 그렇게 나를 속일 수가! 내가 어떻게 당신 없이 갈 수 있었겠어? 오, 나는 알아, 당신이 생각한 나의 행복을 위해 억지로 그렇게 했다는 걸 알아. 그리고 그때 모든 것이 무너져내렸지. 주여, 내가 거기서 어떤 잔을 들이켰던가요, 무얼 견뎌야 했던가요! 하지만 당신은 아무것도 몰라. 오, 내가 무슨 짓을 했는지, 유라, 내가 무슨 일을 저질렀는지! 나는 죄인이야, 당신은 아무것도 모르지! 하지만 내 잘못이 아니야. 나는 그때 석달을 병원에 누워 있었어, 한달은 의식이 없었고. 그때 이래로 내 삶은 삶이 아니야, 유라. 애처롭고 고통스러워서 영혼에 평안이 없어. 하지만 말하지 않아, 제일 중요한 건 밝히지 않아. 그건 말로 할 수 없어. 내겐 그럴 힘이 없어. 내 삶의 이 대목에 이를 때면 나는 두려움에 머리카락이 곤두서. 심지어 내가 완전히 정상인지도 장담하지 못하겠어, 알아? 하지만 당신이 알다시피, 많은 사람이 술을 마시지만 나는 마시지 않아. 그 길로 들어서진 않아. 왜냐하면 술 취한 여자, 그건 이미 끝이니까. 그건 생각도 할 수 없는 일이야, 그렇지 않아?"

그녀는 뭔가를 더 말하고는 흐느껴 울며 괴로워했다. 그러다 갑자기 놀라 고개를 들고 주위를 둘러보았다. 방 안에는 한참 전부터 사람들이 들어와 염려하며 돌아다니고 있었다. 그녀는 발판을 내려와 비틀거리며 관에서 물러났다. 채 쏟지 못하고 남은 눈물을 짜내 바닥에 털어버리려는 듯이 손바닥으로 두 눈을 훔쳤다.

남자들이 관으로 다가가 세장의 천으로 싸서 관을 들어올렸다. 출관이 시작되었다.

17

라리사 표도로브나는 까메르게르스끼에서 며칠을 보냈다. 옙그라프 안드레예비치와 이야기를 나눈 대로 그녀가 참여해 원고 검토가 시작되었지만 마무리하지는 못했다. 그녀가 부탁했던 옙그라프 안드레예비치와의 대화도 이루어졌다. 그는 그녀에게서 중요한 무언가를 알게 되었다.

어느날 라리사 표도로브나는 집에서 나갔다가 더이상 돌아오지 않았다. 분명 그때 거리에서 체포되어 어딘지 모를 곳에서, 셀수 없이 많은 북쪽의 남녀 공동 혹은 여자 수용소 중 하나에서, 나중에 소실된 명단 속 이름 없는 번호로 잊힌 채 죽었거나 사라졌을 것이다.

제16부

·

에필로그

1

1943년 여름, 꾸르스끄 만곡부 돌파와 오룔 해방이 있고 나서,[1] 최근에 소위로 진급한 고르돈과 소령 두도로프는 각자 자신들이 함께 배속된 부대로 돌아오는 중이었다. 고르돈은 모스끄바에 공무상 출장을 다녀오는 길이었고, 두도로프 역시 거기서 사흘간의 휴가를 마치고 돌아오는 길이었다.

돌아오는 길에 두 사람은 체른에서 만나 밤을 보냈다. 퇴각하는 적이 휩쓸고 간 이런 '황야 지대'의 대다수 거주지와 마찬가지로 비록 황폐해졌지만 완전히 파괴되지는 않은 작은 도시였다.

---

1 2차대전의 꾸르스끄 전투를 말한다. 독일군의 선제공격에 소련군이 반격해 오룔, 벨고로드, 하르꼬프를 탈환했고, 이 전투에서 막대한 손실을 입은 독일군은 더이상 공세로 전환하지 못했다.

깨진 벽돌과 가루가 되도록 부서진 자갈 더미가 널린 도시의 폐허 가운데 파손되지 않은 건초 헛간이 있어 두 사람은 저녁부터 거기에 누워 있었다.

그들은 잠을 이루지 못해 밤새 이야기를 나눴다. 동틀 무렵, 새벽 3시쯤 깜박 잠이 들었던 두도로프는 고르돈의 굼뜬 움직임에 깼다. 그는 물속에 있는 것처럼 어설픈 몸짓으로 부드러운 건초 속을 헤집어 비틀거리며 옷가지를 한데 뭉치고는 산더미 같은 건초 꼭대기에서 역시 어설프게 헛간 문지방과 출구 쪽으로 기어 내려가기 시작했다.

"어딜 가려고 채비한 거야? 아직 일러."

"강에 다녀오려고. 빨래가 좀 있어."

"이런 미친놈. 저녁이면 부대에 도착할 거야. 세탁부 딴까가 갈아입을 옷을 줄 테고. 뭐 하러 서두르는 거야."

"미루고 싶지 않아. 땀에 절고 더러워졌어. 더운 아침이잖아. 얼른 헹궈 꼭 짜면 햇볕에 순식간에 마를 거야. 목욕하고 옷도 갈아입으려고."

"아무튼 보기 거북하다는 거 알지? 어쨌거나 넌 장교잖아, 안 그래?"

"시간이 일러. 주위 사람들은 다 자고 있어. 어디 덤불 뒤에서 할게. 아무도 보지 못할 거야. 넌 자, 더 말하지 말고. 잠 달아나겠어."

"나도 더이상은 못 자겠어. 같이 가자."

그들은 막 떠오른 뜨거운 태양에 그새 벌써 달궈진 하얀 돌의 폐허를 지나 강으로 갔다. 내리쬐는 햇살을 그대로 받아 벌겋게 달아오른 얼굴에 땀이 솟은 사람들이 예전의 거리 한가운데, 땅바닥에서 코를 골며 자고 있었다. 대부분이 집을 잃은 지역민, 노인과 여자와 아이들이었다. 드문드문 자기 부대에서 홀로 뒤처져 따라잡으려 가는 적군 병사들이 섞여 있었다. 고르돈과 두도로프는 밟지 않도록 내내 발밑을 살피며 조심해서 자는 사람들 사이를 걸어갔다.

"좀 조용히 말해. 이러다가 도시 사람들 다 깨우면 그땐 내 빨래는 안녕이야."

그들은 가만가만 지난밤의 대화를 이어갔다.

2

"이건 무슨 강이야?"

"몰라. 물어보지 않았어. 주샤강인 거 같은데."

"아니, 주샤강은 아니야. 다른 강이야."

"그럼 모르겠네."

"그 모든 일이 일어난 게 주샤 강가였어. 흐리스찌나한테 말이야."

"그래, 하지만 다른 지점이야. 좀더 하류 어디쯤. 교회에서 그녀를 성인으로 공표했대."

"거기에 '마구간'이라는 이름을 가진 석조 건물이 있었어. 실제로 국영농장 종마장의 마구간이었는데, 보통명사가 역사적 명칭이된 거지. 벽이 두꺼운 오래된 마구간이야. 독일군이 거기에 방어 시설을 구축해 난공불락의 요새로 탈바꿈시켰어. 거기는 지역 전체에 포화를 퍼붓기 좋아서 우리의 진격이 가로막혔어. 마구간을 함락해야 했지. 흐리스찌나는 기적적인 용맹과 기지로 독일군 진영에 침투해 마구간을 폭파했고 산 채로 붙잡혀 교수형을 당했어."

"왜 흐리스찌나 오를레쬬바야, 두도로바가 아니고?"[2]

"우리는 아직 결혼하지 않은 상태였거든. 41년 여름에 우리는 전쟁이 끝나면 결혼하기로 약속했었지. 그뒤로 나는 나머지 군대와 함께 돌아다녔어. 내 부대는 끝없이 이동했어. 그렇게 이동하는 사이에 흐리스찌나를 시야에서 놓쳤고 더이상 보지 못했지. 그녀의 용감한 행동과 영웅적인 죽음에 대해 내가 알게 된 건 다른 사람들과 마찬가지로 신문과 연대 지령을 통해서였어. 여기 어디쯤 흐리스찌나의 기념비를 세울 생각이라더군. 죽은 유리의 동생 지바고 장군이 이 지역을 돌면서 그녀에 관한 정보를 모으고 있다고 들었어."

"흐리스찌나 얘기를 꺼내서 미안해. 너한테 분명 고통스러운 일일 텐데."

"그건 괜찮아. 하지만 우리 너무 지껄였다. 널 방해하고 싶지 않아. 옷 벗고 물에 들어가 네 할 일을 해. 나는 강둑에 누워 풀 줄기하나 물고 씹으며 생각이나 하지 뭐. 잠깐 눈을 붙일 수도 있고."

몇분 후에 대화가 재개되었다.

"그렇게 빨래하는 건 어디서 배웠어?"

"필요가 선생이지. 우리는 운이 없었어. 징벌 수용소 중에서도 가장 끔찍한 곳에 떨어졌으니까. 살아남은 사람이 드물었어. 도착부터 얘기하지. 무리를 열차에서 끌어냈어. 눈 덮인 황야. 멀리는 숲. 경비대, 총구를 아래로 향한 소총, 양치기 개들. 비슷한 시각에 때를 달리해 여러 새로운 무리를 끌고 왔어. 온 들판에 넓게 다각형을 이루도록 세우고 등을 안으로 돌려 서로 보지 못하게 했어.

---

2 여기서 그리스도에서 유래한 '흐리스찌나'(흐리스또바)라는 이름은 희생의 이상을 담고 있으며, 소설 속 일련의 의미 있는 이름들처럼 인간의 내적 본질과 그의 숙명을 가리킨다.

무릎을 꿇으라고 명령하고, 옆을 보면 쏴 죽인다고 협박했어. 끝없이 오랫동안 질질 끌며 이어지는 굴욕적인 점호가 시작됐지. 내내 무릎을 꿇은 채로. 그런 다음 일어섰어. 다른 무리들을 각 지점에 분산 배치하고 우리한테는 이렇게 공표했어. '여기가 너희 수용소다. 알아서들 터를 잡아.' 열린 하늘 아래 눈 덮인 벌판, 한가운데에 말뚝, 말뚝에 있는 표지 '굴라그[3] 92 Я Н 90,' 그것 말고는 아무것도 없는데 말이야."

"우리는 그렇게까지 힘들진 않았어. 운이 좋았지. 나는 첫번째 형기에 이은 두번째 징역살이이기도 했고. 게다가 기소 조항도, 조건도 달랐어. 풀려나자 첫번째 때처럼 복권되어 다시 대학에서 강의할 수 있었어. 그리고 너처럼 징벌 부대원이 아니라 완전한 권한을 지닌 소령으로 전쟁에 동원됐어."

"그랬군. '굴라그 92 Я Н 90'이라는 숫자가 적힌 말뚝이 다고 더이상은 아무것도 없었어. 처음에는 임시 막사를 지으려고 혹독한 추위 속에서 맨손으로 가는 나무를 꺾었어. 어쨌든, 믿을 수 없게도 우리는 조금씩 우리 손으로 우리가 쓸 수용소를 세웠어. 나무를 베어 옥사를 만들고 울타리를 두르고 감방과 망루를 갖췄어. 전부 우리 손으로 말이야. 그러고는 목재 조달 일이 시작됐어, 산림벌채. 숲을 쓰러뜨렸어. 여덟명씩 썰매에 매여 가슴까지 눈에 빠져가며 통나무를 끌어 옮겼어. 우리는 전쟁이 발발한 것도 오랫동안 알지 못했어. 감춘 거지. 그러다 갑작스러운 제안. 지원자는 징벌 부대원으로 전선에 나간다, 끝없는 전투에서 살아남는 경우에는 자유를 준다는 거야. 이후로는 공격 또 공격, 몇 킬로미터씩 전류가 흐르는

---

3 구소련의 강제 노동 수용소.

가시 철조망, 지뢰, 박격포, 몇달씩 이어지는 폭풍 같은 사격. 이 중
대들에서 우리가 사형수라고 불린 데는 다 이유가 있었지. 마지막
한명까지 전멸했거든. 나는 어떻게 살아남았지? 내가 어떻게 살아
남았을까? 하지만 생각해봐, 그 모든 피투성이의 지옥도 수용소의
끔찍함에 비하면 행복이었어. 가혹한 환경 때문이 결코 아니고 뭔
가 전혀 다른 이유 때문에."

"그래, 친구, 쓴잔을 마셨네."

"거기서는 빨래가 다가 아니라 원하는 건 뭐든 배우게 돼."

"놀라운 일이야. 네 강제 노동의 운명만이 아니라 이전 1930년대
의 모든 삶과 관련해서도, 심지어 자유로운 삶에 대해서도, 심지어
대학 활동, 책, 돈, 안락 같은 행복을 누린 삶에 대해서도 전쟁은 정
화의 폭풍우이자 신선한 대기의 흐름, 구원의 숨결로 등장했어.

내 생각에 집단화는 잘못되고 실패한 조치였는데, 실수를 인정
할 수 없었던 거야. 실패를 감추기 위해 온갖 협박 수단을 동원해
사람들에게 판단하고 생각하기를 그만두게 하고, 존재하지 않는
것을 보게 하고, 명백한 사실의 반대를 증명해야만 했지. 예좁시나[4]
의 비할 데 없는 잔혹함이, 적용할 생각이 없는 헌법의 공포가, 선
거 원칙에 기초하지 않은 선거의 도입이 거기서 나온 거야.

전쟁이 격렬해졌을 때 전쟁의 실제 참상, 실제적인 위험과 실제
적인 죽음의 위협은 잔혹한 허구의 지배에 비하면 축복이었고, 안
도감을 가져다줬어. 왜냐하면 그것들이 죽은 문자가 지닌 마법의
힘을 제한했으니까.

너처럼 강제 노동 상황에 처한 사람들뿐 아니라 후방에 있든 전

---

4 1937~38년 스딸린이 저지른 대대적인 숙청을 이 사건의 주동자 니꼴라이 예조
  프의 이름을 따 부르는 말.

선에 있던 단연코 모두가 온 가슴으로 더 자유롭게 숨 쉬었고, 환희에 젖어 진정한 행복의 느낌과 함께 무시무시한, 죽음의 투쟁이자 구원의 투쟁의 용광로에 뛰어들었어.

전쟁은 수십년에 걸친 혁명의 사슬에서 특수한 고리야. 변혁의 본성에 직접적으로 내재한 원인들의 작용이 끝났어. 간접적인 결과들이, 결실의 결실이, 결과의 결과가 나타나기 시작했어. 재앙이 가져온 성격의 단련, 절제, 영웅주의, 거대하고 절박한 미증유의 것에 준비된 자세. 이런 것은 믿기 어렵도록 놀라운, 동화 같은 자질이야. 이런 자질이 세대 정신의 정수를 이루지.

흐리스찌나의 순교자적인 죽음에도 불구하고, 나의 상처에도 불구하고, 우리의 상실에도 불구하고, 전쟁에 따른 이 모든 값비싼 피의 대가에도 불구하고 이런 것을 관찰할 때 나는 충만한 행복을 느껴. 내가 오를레쪼바의 죽음이라는 고통을 견디도록 도와주는 것은 그녀의 종말과 우리 각자의 삶을 밝혀준 자기희생의 빛이야.

가엾게도 네가 무수한 고통을 겪고 있던 바로 그때 나는 풀려났어. 그때 오를레쪼바가 역사학부에 입학했지. 그녀는 학문적 관심을 좇아 내 지도학생이 됐어. 나는 일찍이 오래전에, 첫 수감 생활이 끝난 후에, 그녀가 아이였을 때부터 이 비범한 처녀에게 관심을 가졌어. 기억해? 유리가 아직 살아 있을 때 내가 얘기했었는데. 그런데 이제 그녀가 내 수강생 중 한명이 된 거야.

당시는 학생이 선생을 공개적으로 비난하는 풍습이 막 유행하던 때야. 오를레쪼바는 열렬하게 뛰어들었어. 무엇 때문에 그녀가 나를 그렇게 맹렬하게 비난하는지 도무지 모를 일이었어. 그녀의 공격이 너무 집요하고 전투적이고 부당해서 때로는 학과의 다른 학생들이 나서서 나를 옹호했을 정도야.

오를레쪼바는 대단한 유머 감각을 갖고 있었어. 모두가 나인 줄 알 만한 성을 꾸며내 벽보를 붙여 나를 마음껏 조롱했지. 뜻밖에 전혀 우연한 기회에 이 뿌리 깊은 적의가 오래전 단단히 뿌리내린 남모르는 풋사랑을 위장한 형태라는 걸 알게 됐어. 그 사랑에 나도 늘 같은 식으로 응답했고 말이야.

전쟁 첫해인 41년 여름, 우리는 경이로운 시간을 보냈어. 전쟁 직전이자 선전포고를 한 직후였지. 젊은이들, 남녀 대학생 몇 사람이 모스끄바 교외의 다차 마을에 묵고 있었어. 그중에 그녀도 있었지. 이후에 우리 부대가 거기 주둔하게 됐어. 그들이 군사훈련을 받고, 교외 의용군 부대가 편성되고, 흐리스찌나가 낙하산 훈련을 받고, 독일군의 첫 야간 공습을 모스끄바 상공에서 격퇴하던 상황에서 우리의 우정이 싹터 익어갔지. 이미 말했듯이 거기서 우리는 약혼했고, 곧 우리 부대가 이동하기 시작하면서 헤어졌어. 나는 다시는 그녀를 보지 못했지.

전세가 급격히 호전되어 독일군이 수천명씩 항복하기 시작했을 때 나는 두번 부상을 입고 병원에 입원했고, 이후에 고사포 부대에서 제7 참모부로 전보됐어. 외국어를 아는 사람을 필요로 했거든. 바다 밑바닥에서 건져내듯 간신히 너를 찾은 다음에는 너도 거기로 전보시켜달라고 고집했지."

"세탁부 따냐가 오를레쪼바를 잘 알았어. 전선에서 만나 친구가 됐대. 그녀가 흐리스찌나 얘기를 많이 해. 그 따냐가 유리가 그랬듯이 얼굴 가득 미소 짓는 거, 알아챘어? 순식간에 들창코와 불거진 광대뼈가 사라지고 매력적이고 아름다운 얼굴이 돼. 우리나라에 아주 흔한 것과 같은 유형의 얼굴이야."

"무슨 소린지 알겠어. 아마 그렇겠지. 나는 관심을 두지 않았는데.”

“딴까 베조체레제바라니, 얼마나 야만적이고 꼴사나운 별명이
야. 여하튼 그건 성도 아니고 억지로 지어내고 왜곡한 거야. 어떻게
생각해?”[5]

“그녀도 그렇게 설명했어. 그녀는 부모가 누군지 모르는 부랑아
출신이야. 아마 아직 언어가 깨끗하고 훼손되지 않은 러시아 오지
어딘가에서 그녀를 아버지가 없다는 의미로 베좃체야라고 불렀겠
지. 그 별명을 이해하지 못하고, 모든 걸 들리는 대로 듣고 멋대로
바꾸는 거리의 아이들이 그 호칭을 자기들식으로, 실제로 쓰는 저
속한 말에 가깝게 바꿨을 거야.”

3

고르돈과 두도로프가 체른에서 밤을 보내며 한밤의 대화를 나
눈 지 얼마 후 송두리째 붕괴된 도시 까라체보에서 있었던 일이다.
자기들 군대를 따라잡던 중 두 친구는 여기에서 주력부대를 뒤따
르던 몇몇 후방 부대를 만났다.

한달 이상 연이어 무더운 가을의 맑고 고요한 날씨가 지속되었
다. 구름 없는 푸른 하늘의 열기가 내리쬐면서 오룔과 브랸스끄 사
이의 축복받은 지역 브랸시나의 비옥한 검은 땅이 햇살을 받아 초
콜릿색과 커피색으로 거무스름하게 빛났다.

---

5 ‘베조체레제바’는 가문의 이름, 세대의 사슬 속 자리를 잃어버린 사람을 뜻하는
성이다. 그녀에게 이름과 친족을 돌려주는 옙그라프 지바고는 에필로그에서 종
족적, 문화적 전통의 보호자라는 또 하나의 역할을 수행한다.

대로와 이어진 곧게 뻗은 중심 거리가 도시를 관통하고 있었다. 길 한쪽에는 지뢰에 무너진 집들이 건축 쓰레기 더미로 변했고, 땅 위로 폭삭 주저앉은 과수원의 나무들이 뿌리가 뽑히고 쪼개지고 불에 탄 채 널브러져 있었다. 길 건너 다른 쪽으로는 공터가 뻗어 있었다. 도시가 파괴되기 전에도 건물이 거의 없어 파괴될 것이 없었기에 화재와 포격 피해를 덜 받은 모양이었다.

전에 건물이 빼곡하던 쪽에는 피난처 없는 주민들이 아직 연기나는 잿더미를 뒤지며 불탄 자리 이 구석 저 구석에서 뭔가를 파내 한곳으로 날라 모으고 있었다. 다른 사람들은 서둘러 토굴을 파고 거처 윗부분에 떼를 입히기 위해 땅을 조각조각 자르고 있었다.

반대쪽 공터는 천막들로 하얬고 온갖 종류의 2선 부대 부서 트럭과 수송 마차, 자기 사단 사령부와 떨어진 야전병원, 길을 잃고 놀라 서로를 찾고 있는 각종 보급창, 병참, 식량 창고 분과들로 붐볐다. 챙 없는 회색 군모를 쓰고 무거운 회색 외투를 입은 보충대 출신의 비쩍 마르고 허약한 소년들 또한 여기에 짐을 내려놓고 앉아서 배를 채우고 잠을 청한 다음 더 멀리 서쪽으로 터덜터덜 걸어갔다. 핼쑥 여윈데다 이질을 앓아서 핏기가 가신 흙빛 얼굴들을 하고 있었다.

폭파되어 반이 잿더미가 된 도시는 계속해서 타고 있었고 먼 곳에서는 계속해서 지연 작동식 지뢰가 터졌다. 이따금 발밑 땅이 흔들릴 때마다 정원을 파헤치던 사람들은 일을 멈추고 굽힌 등을 편 다음 삽자루에 몸을 기대어 쉬며 폭발이 일어난 쪽으로 고개를 돌려 한참 동안 바라보았다.

그곳에서 회색과 검은색과 붉은 벽돌색과 연기 나는 불꽃 색의 먼지구름이 하늘로 솟아올랐다. 처음에는 기둥과 분수가 되어 공중으로 솟구쳤다가 나중에는 육중한 덩어리로 뭉쳐 느릿느릿 떠올라 깃털 장식 모양으로 사방으로 흩어졌고, 마침내 도로 땅으로 내려앉았다. 땅을 파던 사람들은 다시 일을 시작했다.

건물이 없는 쪽 숲속 빈터 일부는 덤불숲에 둘러싸였고 거기서 자란 고목들이 빈틈없이 그늘을 드리우고 있었다. 이 초목의 울타리 덕분에 그 빈터는 나머지 세상과 차단되어 외따로 서늘한 어스름에 잠긴, 차양 덮인 뜰 같았다.

그 빈터에서 세탁부 따냐가 같은 연대의 동료 두세명과 동행을 간청한 몇 사람, 그리고 고르돈과 두도로프와 함께 아침부터 트럭을 기다리고 있었다. 따냐와 그녀 담당 연대 물품을 실어갈 트럭이었다. 짐은 빈터에 무더기로 쌓아놓은 상자 몇개에 들어 있었다. 따찌야나는 상자를 지키느라 한걸음도 떨어지지 않았다. 하지만 다른 사람들도 눈앞에 나타난 떠날 기회를 놓치지 않으려 상자 근처에 붙어 있었다.

기다림이 다섯시간 넘게, 오래도록 이어졌다. 기다리는 사람들은 아무 할 일이 없었다. 그들은 온갖 세상사를 겪은 수다스러운 처녀가 그칠 줄 모르고 재잘대는 이야기를 듣고 있었다. 이제 막 그녀는 육군 소장 지바고와 만난 일을 이야기를 하는 중이었다.

"그렇다니까요, 어제요. 장군한테 개인적으로 불려갔어요. 육군 소장 지바고한테요. 그분은 여기를 지나는 길에 흐리스찌나한테 관심을 갖고 여러 사람에게 수소문하고 있었어요. 그녀와 알고 지낸 목격자들에게요. 그 사람들이 나를 가르쳐줬대요, 친구라면서. 데려오라고 명령했고, 그래서 나를 소환해간 거죠. 전혀 무섭지 않은 분이에요. 특별한 건 아무것도 없어요. 다른 사람들하고 똑같아요. 눈꼬리가 올라간 눈, 검은 머리. 나는 아는 대로 털어놨어요. 내

말을 귀담아듣더니 고맙다고 하더군요. 그런데 너는 어디 출신이
고 어떤 부류냐, 하고 물었어요. 나는 당연히 대충 얼버무렸죠. 자
랑할 게 뭐 있나요? 나는 부랑아인데. 대충 그런 거요. 아시잖아요,
교도소들, 떠돌이 삶. 그런데 그분은 개의치 않고 아무 거리낌 없이
계속해라, 창피할 게 뭐가 있느냐고 말하는 거예요. 음, 처음에는
소심해서 한두마디씩 말하다가 그다음에 조금 더 말하고, 그분이
고개를 끄덕여주니까 용기가 났어요. 사실 나는 할 얘기가 좀 있거
든요. 여러분은 들어도 믿지 못할 거예요. 지어낸 얘기라고 하겠죠.
뭐, 그분도 마찬가지였고요. 내가 이야기를 마치자 그분은 일어서
더니 이즈바를 이 구석 저 구석 서성였어요. 저런, 그럴 수가, 기적
같은 일이야, 그러더라고요. 그랬구나, 그런데 말이야, 하고는 지금
은 내가 시간이 없다, 하지만 내가 너를 찾으마, 걱정하지 마라, 찾
아서 다시 부르마, 이런 얘기를 들으리라곤 생각도 하지 못했구나,
나는 너를 이렇게 내버려두지 않을 거야, 그러는 거예요. 여기에는
아직 뭔가 더 밝혀내고 이런저런 상세히 알아봐야 할 것이 있어,
그리고 나면 아마 나는 네 삼촌으로 판명되고 너는 장군의 조카로
승격될지도 모르겠구나, 그러면 어디든 원하는 대학에 보내주마,
하고요. 신에게 맹세코 사실이에요. 사람을 그렇게 놀리다니, 참."
  이때 숲속 빈터로 폴란드와 서부 러시아에서 곡식 단을 실어나
르는 길고 양 측면이 높은 짐마차가 빈 채로 들어왔다. 멍에를 메
운 말 한쌍을 옛날 말로는 푸를레이뜨[6]라고 부르던 마차 수송대 병
사가 몰고 있었다. 빈터로 들어온 그는 앞자리에서 뛰어내려 말을
풀기 시작했다. 따찌야나와 병사 몇명을 제외한 모두가 마부를 에

6 마부.

워싸고서 말을 풀지 말고 그들이 일러주는 곳으로 데려다달라고, 물론 돈은 주겠다고 애원했다. 병사는 말과 짐마차를 자의적으로 사용할 권한이 없고 주어진 명령에 복종해야 했기 때문에 거절했다. 그는 멍에를 푼 말들을 끌고 어딘가로 가더니 더이상 나타나지 않았다. 땅바닥에 앉아 있던 사람들이 모두 일어나 빈터에 남겨진 빈 짐마차에 옮겨 앉았다. 짐마차가 나타나고 마부와 담판을 벌이느라 끊겼던 따쩨야나의 이야기가 재개되었다.

"너는 장군한테 무슨 이야기를 했니?" 고르돈이 물었다. "할 수 있으면 우리한테 한번 더 해다오."

"좋아요, 그러죠, 뭐."

그리고 그녀는 자신의 무시무시한 이야기를 들려주었다.

4

"나는 정말로 할 얘기가 좀 있어요. 사람들 말이, 나는 평민 출신이 아닌 것 같대요. 모르는 사람들이 나한테 말해준 건지, 나 스스로 가슴에 간직한 건지 모르겠지만 어쨌든 내 엄마 라이사 꼬마로바가 백몽골[7]에 숨어 있던 러시아인 장관 꼬마로프 동지의 아내였다는 말을 들었어요. 이 꼬마로프라는 사람은 내 아버지가, 친아버지가 아니었다고 봐야 해요. 음, 물론 나는 배우지 못한 아이이고 아빠, 엄마도 없이 고아로 자랐어요. 여러분한테는 아마 내가 하는 말이 우스울지 모르지만 나는 내가 아는 걸 말할 뿐이니까, 내 입

—————————————

7 내전 말기 백군 군벌 로만 폰 운게른시쩨른베르그가 점령했던 외몽골을 말함.

장을 이해해주셔야 해요.

그래요. 그러니까 내가 앞으로 하려는 이야기는 모두 끄루시쩨 너머 시베리아의 다른 쪽 끝에서, 까자끄 지역 저편, 중국 국경 근처에서 있었던 일이에요. 우리가, 그러니까 우리 적군이 백군의 주요 도시에 다가오기 시작하자 바로 그 꼬마로프 장관은 가족 모두와 함께 엄마를 특별열차에 태워 데려가라고 명령했어요. 엄마는 너무나 겁이 나서 그 사람 없이는 움직일 엄두를 내지 못했어요.

그 사람, 꼬마로프는 나에 대해서는 알지도 못했어요. 나라는 사람이 세상에 있다는 것도 몰랐죠. 엄마는 그 사람과 오래 헤어져 있던 동안에 나를 낳았고, 누가 그걸 그 사람한테 지껄일까봐 죽도록 무서워했어요. 그 사람은 아이들이 곁에 있는 걸 끔찍하게 싫어해서 소리치고 발을 굴렀어요. 아이들은 집을 더럽히고 성가시게만 한다고요. 나는 그걸 참을 수 없어, 하고 고함치곤 했어요.

그래서, 아까 말한 대로 적군이 가까워지자 엄마는 나고르나야 대피역에 있는 신호수의 아내 마르파를 불러오게 했어요. 그 도시에서 세 구간 떨어진 곳이죠. 지금 설명해드릴게요. 처음이 니조바야 역이고, 그다음이 나고르나야 대피역, 그다음이 삼소놉스끼 고개였어요. 엄마가 신호수의 아내를 어떻게 알았을까? 이제 생각하니 알 것 같아요. 신호수의 아내 마르파는 도시에서 채소를 팔고 우유를 실어왔어요. 그런 거죠.

이제 이 얘기를 해볼게요. 여기엔 분명 내가 모르는 뭔가가 있는 것 같아요. 난 그들이 엄마를 속이고 사실대로 말해주지 않은 것 같거든요. 엄마한테 무슨 소릴 지껄였는지는 하느님만이 아세요. 소동이 가라앉을 동안만 잠시, 한 이틀만이라고 했겠죠, 영원히 낯선 사람들 손에 맡기려는 게 아니라. 영원히 남의 손에 맡기다니,

엄마가 자식을 그렇게 내줄 리가 있나요.

어린애야 뻔하잖아요. 아주머니한테 가봐, 아주머니가 당밀 과자 주실 거야. 좋은 아주머니니까 무서워하지 말고. 그후에 내가 얼마나 울고불고했다고요. 어린 가슴이 얼마나 찢어졌다고요. 엄마가 얼마나 보고 싶었다고요. 그건 떠올리지 않는 게 나아요. 나는 목매달아 죽고 싶었어요. 아이 적에는 거의 미칠 뻔했죠. 아직 어렸으니까요. 마르푸샤 아주머니는 내 양육비로 돈을, 많은 돈을 받았을 거예요.

신호소에 딸린 농장은 풍족했어요. 소와 말도 있고, 물론 닭과 오리도 많고, 통제구역에는 얼마든 원하는 만큼 텃밭도 일굴 수 있고요. 당연히 집은 무료이고, 선로 바로 곁에는 정부 소유 초소도 있었어요. 아래쪽 고향에서 올 때는 기차가 비탈길을 겨우겨우 기어올랐지만 여러분 쪽 러시아에서는 너무 빠르게 굴러내려 브레이크를 걸어야 했죠. 가을에 숲이 성글어지면 아래쪽으로 접시 위에 놓인 것처럼 빤히 나고르나야 역이 보였어요.

나는 바실리 아저씨를 농민들이 하듯이 짜쩬까[8]라고 불렀어요. 쾌활하고 친절한 사람이었어요. 단지 사람을 너무 잘 믿고 술에 취하면 자기 얘기를 하도 요란스럽게 떠들어대서, 흔히 하는 말로 개한마리가 짖으면 온 동네 개가 짖는다는 꼴이었죠. 처음 보는 사람한테도 속내를 다 털어놓곤 했어요.

하지만 신호수의 아내한테는 도무지 엄마라는 말이 나오지 않더라고요. 우리 엄마를 잊을 수 없어서인지, 아니면 또다른 이유에선지 그냥 그 마르푸샤 아주머니가 너무나 무서웠어요. 그래요, 그

---

8 주로 농민층에서 쓰던 아버지의 호칭 '짜짜'의 애칭.

래서 나는 신호수의 아내를 마르푸샤 아주머니라고 불렀어요.

그렇게 시간이 흘렀어요. 여러 해가 지났죠. 몇해나 지났는지는 기억 못해요. 그때 이미 나는 깃발을 들고 기차로 달려나가기 시작했어요. 마차에서 말을 풀거나 소를 데려오는 건 일도 아니었어요. 마르푸샤 아주머니는 나한테 실 잣는 법을 가르쳤어요. 이즈바 일은 말할 것도 없고요. 바닥을 쓸고, 정리하고, 아니면 뭐든 음식을 만들고, 밀가루를 반죽하고, 이런 건 아무것도 아니었어요. 나는 다 할 줄 알았죠. 맞아요, 깜빡하고 말을 안 했는데, 나는 뻬쩬까를 돌보았어요. 우리 뻬쩬까는 다리가 말을 듣지 않았어요. 세살인데도 걷지 못하고 누워만 있었어요. 내가 그애를 돌봤죠. 이제 이렇게 한참 세월이 흘렀는데도 아직도 등줄기가 오싹한 게, 마르푸시까 아주머니가 내 성한 다리를 얼마나 흘겨봤게요. 마치 왜 네 다리는 멀쩡하냐, 뻬쩬까 다리가 아니라 네 다리가 마비되는 게 나았겠다, 네가 사악한 눈으로 노려봐서 뻬쩬까를 망쳤다고 하는 것 같았어요. 생각해보세요, 세상에 그런 악의와 어둠이 있을 수 있다니.

이제 들어보세요, 이건 아직 시작에 불과해요. 그다음에 무슨 일이 있었는지 들으면 그저 숨이 턱 막힐걸요.

당시는 네쁘 때였어요. 1천 루블이 1꼬뻬이까 값이던 시절이었죠. 바실리 아파나시예비치가 소를 끌고 내려가서 팔아 두자루 가득 돈을 받아왔어요. 께렌까라고 부르던 돈을요. 아니, 미안해요, 레몬,[9] 레몬이라고 불렀어요. 한잔 걸친 그는 자기가 부자라고 온 나고르나야에다 떠들어댔어요.

바람 부는 가을날이었던 걸로 기억해요. 바람에 지붕이 뜯기고

_____

9 1920~23년 루블의 가치하락 시기에 백만 루블짜리 지폐를 이르던 말.

다리로 서 있을 수가 없었어요. 기관차는 맞바람을 맞아 오르막을 올라가지 못했고요. 어떤 순례자 노파가 위쪽에서 내려오는 게 보였어요. 치마와 스카프가 바람에 휘날렸어요.

순례자 노파는 배를 움켜잡고 끙끙대면서 걸어오더니 집에 들여보내달라고 부탁했어요. 우리는 그녀를 긴 의자에 눕혔어요. 아이고, 못 참겠네, 배가 아파 죽겠어, 이러다 죽으려나봐, 하고 소리쳤어요. 나를 제발 병원에 실어다줘요, 돈은 달라는 대로 줄 테니, 하고 부탁하면서요. 쨔쩬까가 우달로이를 마차에 매고 노파를 태워 우리 집 선로에서 15베르스따 떨어진 젬스뜨보 병원으로 데려갔어요.

나와 마르푸샤 아주머니가 눈을 좀 붙이려고 누웠는데, 얼마나 지났는지 모르겠지만 우달로이가 창 밑에서 힝힝거리고 우리 마차가 마당으로 들어오는 소리가 들렸어요. 웬일인지 너무 일렀어요. 그랬죠. 마르푸샤 아주머니가 불을 켜고 재킷을 걸치고 쨔쩬까가 문을 두드릴 것도 없이 빗장을 풀었어요.

빗장을 풀고 보니 문지방에 서 있는 사람은 쨔쩬까는커녕 시꺼멓고 무시무시한 낯선 남자였어요. '당장 내놔, 소 판 돈 어딨어?' 그 사람이 말했어요. '내가 숲에서 네 남편을 끝장냈다. 너는 여자니까 돈이 어디 있는지만 말하면 살려주지. 말하지 않으면, 알지? 내 탓 하지 마. 꾸물거리지 않는 게 좋을 거야. 너랑 꾸물댈 시간 없어' 하고요.

아이고, 하느님 아버지, 친애하는 동지들, 우리가 어땠을지 입장을 바꿔 생각해보세요! 벌벌 떨면서 살았는지 죽었는지도 모르겠고, 겁이 나서 말도 안 나오고, 얼마나 무서웠다고요! 우선 그는 바실리 아파나시예비치를 죽였어요. 자기 입으로 그러더라고요, 도끼로 쳐 죽였다고. 두번째 불행은 강도하고 우리만 초소에 있다는 거였어요. 강도가 우리 집에 있는 거예요, 분명 강도가.

이때 마르푸샤 아주머니는 한순간에 정신이 나간 것 같았어요. 남편 때문에 가슴이 찢어졌겠죠. 하지만 정신을 붙들어야 했어요. 그런 눈치를 보이면 안 되죠.

처음에 마르푸샤 아주머니는 그의 발밑에 납작 엎드렸어요. 제발 살려달라, 죽이지 말아달라, 나는 그 돈에 대해서는 전혀 모른다, 당신이 무슨 말을 하는 건지, 처음 듣는 얘기다, 하고 말했어요. 하지만 그 벼락 맞을 놈이 말 몇마디에 물러날 정도로 그렇게 단순했겠어요? 아주머니는 문득 머릿속에 그놈을 속여먹을 꾀를 떠올렸어요. '그래요, 그렇담 좋아요, 당신 뜻대로 할게요. 돈은 마루 밑에 있어요. 내가 지금 뚜껑을 들어올릴 테니까 밑으로 내려가봐요' 하고 말했죠. 하지만 그 악마는 아주머니의 꾀를 꿰뚫어봤어요. '아니, 네가 주인이니까 네가 찾아와' 하는 거였어요. '직접 들어가라고. 마루 밑에 기어 들어가든 지붕 위에 올라가든 상관없어. 나는 돈만 있으면 돼. 단, 명심하라고. 나한테 수작 부리지 마. 날 갖고 놀려다간 큰코다칠 테니' 하고 말했어요.

그러자 아주머니가 말했어요. '아이고, 제발, 무슨 의심을 그렇게 해요. 내가 직접 내려가면 좋겠지만 다리가 불편해서 못해요. 내가 위 계단에서 불을 비쳐주는 게 낫다니까요. 걱정 말아요, 당신이 믿을 수 있게 딸애를 같이 내려보낼게요.' 그러니까 나를 말이죠.

아이고, 하느님 아버지, 친애하는 동지들, 생각해보세요, 그 말을 듣고 내가 어땠을지! 끝장이다, 하고 생각했죠. 눈앞이 캄캄하고 다리가 휘청거려 쓰러질 것 같았어요.

그런데 그 악당은 바보가 아니어서 다시 우리 둘을 차갑게 노려보더니 눈을 가늘게 뜨고는 이를 드러내고 입을 비틀어 웃었어요. 지금 장난하는 거냐, 속셈이 뻔하니 속일 생각 마, 하고 말했어요. 아주머니가 나를 불쌍히 여기지 않는 걸 보고 친딸이 아닌 것 같다고 생각한 거죠. 잽싸게 한 손으로 뻬쩬까를 붙잡더니 다른 손으로 문고리를 쥐고 마룻장을 열었어요. 불 비춰, 하고는 뻬쩬까와 함께 사다리를 타고 땅 밑으로 내려갔어요.

지금 생각하면 마르푸샤 아주머니는 그때 이미 미쳐서 아무것도 이해하지 못했어요. 그때 이미 정신이 나간 거죠. 그 나쁜 놈이 뻬쩬까를 데리고 바다 돌출부 밑으로 사라지자마자 아주머니는 마루 뚜껑을 도로 쾅 닫고 자물쇠를 채웠어요. 그러고는 무거운 궤짝을 뚜껑 위로 밀면서 나한테 고갯짓을 했어요. 무거워서 옮길 수가 없으니 도우라는 거였죠. 궤짝을 밀어다놓고 그 위에 앉았더니 그 정신 나간 아주머니가 기뻐했어요. 그녀가 궤짝에 올라앉자마자 아래에서 강도가 고함을 지르며 바닥을 쿵쿵 쳤어요. 곱게 내보내주는 게 좋을 거다, 그러지 않으면 당장 너의 뻬쩬까를 끝장낼 거라는 뜻이었죠. 마루판이 두꺼워 말이 잘 들리지 않았지만 무슨 뜻인지는 알 수 있었어요. 그놈은 숲속 짐승보다 더 사납게 으르렁거리고 큰 소리로 위협했어요. 그래요, 소리쳤어요, 이제 너의 뻬쩬까는 끝장이야, 하고. 하지만 아주머니는 아무것도 이해하지 못했어요. 앉아서 웃으면서 나한테 눈을 찡긋거렸어요. 백날 짖어봐라, 내가 꼼짝이나 하나, 열쇠는 내 손에 꼭 쥐고 있다, 하고요. 나는 마르푸샤 아주머니한테 별짓을 다 했어요. 귀에 대고 고함치고, 궤짝에서 밀어 넘어뜨리고, 아주머니를 밀쳐내고 싶었어요. 지하 창고를 열어야 하니까, 뻬쩬까를 구해야 하니까. 하지만 나 따위가 어떻게! 내가 아주머니를 어떻게 감당하겠어요?

그놈은 바닥을 두드리고 또 두드렸어요. 시간은 가고, 아주머니는 궤짝에 앉아 눈알만 굴리며 말을 듣지 않았어요.

시간이 한참 흐른 뒤에도, 아이고 맙소사, 아이고 맙소사, 내가 살면서 별의별 일을 보고 겪었어도 그렇게 끔찍한 일은 잊을 수가 없어요. 백년을 산대도 평생 뻬쩬까의 애원하는 가냘픈 목소리가 들릴 것 같아요. 뻬쩬까가, 그 어린 천사가 땅 밑에서 울며 신음했어요. 그 악귀 같은 놈이 아이를 괴롭혀 죽인 거예요.

이제 나는 어떡하지, 이제 어떡해? 나는 생각했어요. 이 반미치광이 노파와 저 살인자 강도를 어떻게 해야 할까? 시간은 가는데. 이런 생각만 하고 있는데 어느 순간 창 밑에서 우달로이가 우는 소리가 들리더라고요. 마구를 풀지 않은 채로 계속 서 있었던 거예요. 그래요, 우달로이가 울었어요. 마치 자, 따뉴샤, 어서 좋은 사람들한테 달려가서 도와달라고 하자, 하고 말하고 싶은 것 같았어요. 밖을 보니 동틀 무렵이었어요. 네 뜻대로 하자, 하고 생각했어요. 가르쳐줘서 고마워, 우달로이, 네 말이 맞아, 달려가보자. 내가 이렇게 생각하자마자 하, 마치 숲에서 누가 나한테 말하는 것 같은 소리가 들렸어요. '기다려, 따뉴샤, 서두르지 마. 우리 이 일을 다른 식으로 처리해보자.' 또다시 나는 숲에서 혼자가 아니었던 거예요. 마치 우리 집 수탉이 울듯이 아래쪽에서 익숙한 기관차가 삐익 하는 기적 소리로 나를 불렀어요. 나는 기적 소리를 듣고 그 기관차를 알아봤어요. 늘 나고르나야 역에 증기를 뿜으며 서 있었고, 보조기관차라고 불렸어요. 오르막에서 화물열차들을 밀어주는 거예요. 그런데 이번에는 매일 밤 그 시각에 옆을 지나가는 혼합열차였어요. 아래쪽에서 익숙한 기관차가 나를 부르는 것처럼 들렸어요. 듣는데 심장이 막 뛰더라고요. 나는 생각했어요. 마르푸샤 아주머니처럼 나도 정신이 나간 건가? 온갖 살아 있는 짐승과 온갖 말 못하는 기계가 또렷한 러시아어로 나한테 말을 하니 말이야, 하고요.

자, 생각하고 있으면 뭐 해요? 기차는 벌써 가까이 왔고 생각할 겨를이 없었어요. 아직 날이 환히 밝지 않아서 나는 등불을 움켜쥐고 미친 듯이 선로로 달려갔어요. 한가운데, 선로 사이에 서서 등불을 앞뒤로 흔들었어요.

이제 더 말할 게 뭐 있겠어요? 나는 기차를 세웠어요. 고맙게도 바람 때문에 기차가 느릿느릿, 쉽게 말해 기어왔어요. 내가 기차를 세우자 아는 기관사가 기관실 창으로 몸을 쑥 내밀고 뭐라고 물었어요. 바람 때문에 뭐라고 묻는지 들리지가 않더라고요. 내가 기관사에게 소리쳤어요. 철도 초소가 습격당했어요. 살인 강도예요. 강도가 집에 있어요. 지켜주세요, 동지 아저씨. 급히 도움이 필요해요. 이렇게 말하는 사이에 적군 병사들이 난방 객차에서 잇달아 노반으로 뛰어내렸어요. 군용열차였던 거예요. 노반에 내려온 적군들이 '무슨 일이야?' 하고 물었어요. 무슨 일로 밤중에 숲속 가파른 비탈에서 기차를 멈춰 세웠느냐고요.

모든 사정을 알게 된 그들은 강도를 지하 창고에서 끌어냈어요. 그놈은 뻬쩬까보다 더 가는 목소리로 찍찍거렸어요. 살려주세요, 선량한 분들, 죽이지 마세요, 다시는 안 그럴게요, 하고요. 그놈을 침목으로 끌고 가 손발을 선로에 묶고 산 사람 위로 기차를 몰았어요. 린치를 가한 거죠.

나는 옷을 챙기러 집에 돌아가지도 않았어요. 너무 무서웠어요. 아저씨들, 나를 기차에 태워주세요, 하고 부탁했어요. 그들이 나를 기차에 태워 데려가줬어요. 그다음에는 거짓말이 아니라 우리나라든 다른 나라든 세상 절반을 부랑아들과 돌아다녔어요. 안 가본 데가 없어요. 어린 시절에 그렇게 고생한 끝에 이런 자유, 이런 행복을 알게 된 거예요! 하지만 사실 갖은 불행을 겪고 죄도 지었어요. 그래도 그건 다 나중 일이고, 그 얘기는 다음에 할게요. 아무튼 그때 철도 근무자가 기차에서 내려 초소로 갔어요. 정부 재산을 인수하고 마르푸샤 아주머니를 어떻게 할지 결정해 생활을 정리해주려고요. 아주머니는 나중에 미쳐서 정신병원에서 죽었대요. 회복해서 나왔다는 얘기도 있고요."

고르돈과 두도로프는 따냐의 이야기를 들은 뒤 오랫동안 말없이 숲속 풀밭을 왔다 갔다 했다. 그러다 트럭이 와서 어렵사리 굼뜨게 길을 돌려 빈터로 들어섰다. 트럭에 상자들을 싣기 시작했다. 고르돈이 말했다.

"저 세탁부 따냐가 누군지 알겠어?"

"오, 물론이지."

"옙그라프가 그녀를 돌봐주겠지." 그러고는 잠시 침묵한 후에 덧붙였다. "역사에서 벌써 여러번 있었던 일이지. 이상적이고 고결한 구상이 조야해지고 물질적이 되는 것 말이야. 그렇게 그리스가 로마가 되었고, 그렇게 러시아 계몽이 러시아 혁명이 되었어. 블로끄의 시 「우리는 러시아의 무서운 시절의 아이들」을 읽어보면 시대의 차이를 금세 알게 될 거야. 블로끄가 이 말을 했을 때 그건 비유적인 의미로, 수사법으로 이해해야 해. 아이들은 아이들이 아니라 아들, 자식, 인쩰리겐찌야였고 무서움도 무서움이 아니라 신의 뜻, 묵시록이었어. 그건 서로 다른 거지. 그런데 지금은 비유적인 것이 모두 문자 그대로가 되었어. 아이들은 아이들이고, 무서움은 무서움이야. 바로 이 점에 차이가 있어."

5

오년 내지 십년이 흘렀다. 어느 고요한 여름날 저녁에 그들, 고르돈과 두도로프는 어떤 높은 곳의 활짝 열린 창가에 앉아 있었다. 아래로 저녁의 모스끄바가 끝없이 펼쳐졌다. 그들은 옙그라프가 엮은 유리의 작품집 책장을 넘겨보았다. 한두번 읽은 게 아니어서 절반은 외울 정도였다. 책을 읽던 두 사람은 의견을 주고받으며 생각에 잠기기도 했다. 중간쯤 읽었을 때 날이 어두워졌고 글자를 분간하기가 어려워 램프를 켜야 했다.

저 아래로 멀리 보이는 모스끄바가, 작가와 작가에게 일어난 일 절반의 고향인 도시 모스끄바가 지금 그들에게는 그 사건들이 있었던 장소가 아니라 이 저녁, 그들이 손에 쥔 책과 함께 그 끝에 다다른 긴 이야기의 여주인공인 것 같았다.

비록 전쟁이 끝나고 기대했던 빛과 자유가 사람들이 생각한 대로 승리와 함께 찾아오지는 않았지만, 그래도 어쨌든 자유의 전조는 전후의 세월 내내 대기 중에 감돌며 이 시기의 유일한 역사적 내용을 이루었다.

창가에 앉아 있는 늙은 두 친구에게는 이 영혼의 자유가 찾아온 것 같았다. 바로 이 저녁, 미래가 저 아래 거리들에 손에 잡힐 듯 자리 잡은 것 같았고, 그들 자신이 그 미래 속으로 들어가 이제부터 미래 속에 자리하는 것 같았다. 이 성스러운 도시와 온 땅으로 인해, 이 저녁까지 살아남은 역사의 참여자들과 그 아이들로 인해 행복하고 감격스러운 평온이 그들에게 스며들었고, 사방으로 멀리까지 넘쳐나는 소리 없는 행복의 음악으로 그들을 에워쌌다. 그들이 손에 쥔 작은 책은 이 모든 것을 알고 있고, 그들의 감정을 지지하고 확인해주는 것 같았다.

제17부

·

유리 지바고의 시

1. 햄릿

소란이 멎었다. 나는 무대로 나갔다.
문설주에 기대어 먼 메아리 속에서
나의 세기에 무슨 일이 일어나는지
포착해본다.

한밤의 어둠이 수천의 쌍안경으로
나를 겨눈다.
할 수만 있다면, 아버지 하느님이여,
이 잔을 내게서 거두어주소서.[1]

---

1 마르코의 복음 14:36. 겟세마네 동산에서 그리스도가 한 기도의 말. 17부의 마지
막 시 「겟세마네 동산」에서 죽음을 앞둔 그리스도의 기도 상황이 재현된다.

나는 당신의 완고한 뜻을 사랑하며
기꺼이 이 역을 맡겠나이다.
그러나 지금은 다른 극이 상연되고 있으니
이번에는 나를 면하게 하소서.

하지만 막의 순서는 짜여 있고
길의 끝은 피할 수 없다.
홀로인 나, 다들 바리새주의²에 빠져든다.
삶은 들판을 건너는 것이 아니다.

2. 3월

땀에 흠뻑 젖도록 태양이 따사롭고,
몽롱해진 골짜기가 사납게 날뛴다.
억센 농장 처녀처럼
봄은 일이 척척 한창이다.

무력하게 푸른 잎맥의 가지들 속에서
빈혈을 앓는 눈雪이 파리하다.
하지만 외양간에서는 생명이 김을 내뿜고,
쇠스랑의 이빨이 건강하게 빛난다.

---

2 유대교의 일파. 율법과 형식을 중시하고 종교적 순수함을 강조해 예수와 마찰을
빚었다.

이 밤들, 이 낮들과 밤들!
한낮 무렵 눈 녹은 물방울의 북소리,
처마 밑에 매달린 고드름의 수척함,
잠을 잊은 개울의 수다!

모두 활짝 열린 마구간과 우사,
비둘기들이 눈 속에서 귀리를 쪼고,
모든 생명의 원천이자 죄인인
거름은 신선한 대기의 향을 풍긴다.

3. 수난주간에

아직은 사방이 한밤의 어둠이다.
아직은 세상이 너무 일러서
하늘에 별들이 헤아릴 수 없고,
저마다 대낮처럼 환하다.
땅이 제 맘대로 할 수 있다면,
시편 읽는 소리를 들으며
부활절 내내 잠을 자리라.

아직은 사방이 한밤의 어둠이다.
세상은 그토록 이른 새벽이어서
네거리에서 모퉁이까지

광장은 영원같이 누워 있고,
여명이 밝고 온기가 돌기까지는
아직도 천년이다.

아직도 땅은 벌거벗을 대로 벌거벗었고,
밤이면 실오라기 하나 걸칠 것 없어
교회 종을 흔들어 울리지도,
성가대의 합창을 마음껏 메아리치게도 하지 못한다.

수난주간 목요일부터
수난주간 토요일에 이르기까지
강물이 강기슭에 구멍을 내고
소용돌이를 일으킨다.

숲도 옷을 벗고 벌거숭이로
그리스도의 수난절에
기도하는 사람들의 대열처럼
소나무 줄기의 무리로 서 있다.

도시에선 집회에 온 것처럼
좁은 공간에 모여든 나무들이
교회 창살 안을
알몸으로 들여다본다.[3]

---

3 인간과 자연이 하나가 되어 그리스도의 죽음을 애도하고 있다.

그들의 시선은 공포에 휩싸여 있다.

그들의 불안은 까닭이 있다.

정원이 울타리를 벗어나고,

땅의 질서가 흔들린다.

그들은 신을 파묻는다.

그들은 황제의 문[4] 주위의 빛과

검은 천과 줄지은 초와

눈물로 얼룩진 얼굴들을 본다.

갑자기 그들을 향해

십자가 행렬이 성의聖衣와 함께 나오고,

문 곁의 두 자작나무는

옆으로 비켜야 한다.

행렬이 마당과

인도를 돌고,

거리에서 현관으로 봄을,

봄의 대화를, 성찬식 빵의 향기와

봄의 매캐함이 감도는

대기를 들여온다.

마치 어느 누가 언약궤를

---

4 러시아정교회 교회의 지성소로 들어가는 두짝의 여닫이 문. 천국의 문을 상징
한다.

교회 밖으로 가져나와 열어젖히고는
남김없이 전부 나눠주듯이
교회 입구에 모인 불구자 무리에게
3월이 한움큼씩 눈을 흩뿌린다.

새벽노을이 질 때까지 노래가 계속되고,
실컷 흐느낀 뒤에는,
교회 안에서 시편이나 사도행전이
가로등 밑 공터로
더 조용히 들려온다.

하지만 날씨가 개기만 하면
부활의 노력으로
죽음을 물리치리라는
한밤중 봄의 소문을 듣고
피조물과 육체는 침묵에 잠기리라.[5]

4. 백야

내게 먼 시간이 보인다,
뻬쩨르부륵스까야 스또로나[6]의 집.

---

5 수난주간 토요일에 부르는 노래의 첫 구절 "인간의 모든 육체가 침묵한다"를 바
꾼 것. 봄의 모티프가 부활의 희망과 결부되어 있다.
6 뻬쩨르부르그의 한 구역.

스텝의 가난한 여지주의 딸,
너는 대학생, 너는 꾸르스끄 태생.

어여쁜 너, 너를 흠모하는 남자들.
이 하얀 밤에 우리 둘은
네 창턱에 올라앉아
네 마천루에서 아래를 내려다본다.

나비 같은 가스등,
아침이 첫 진동에 떨었다.
내가 네게 조용히 속삭이는 것은
저 멀리 잠든 광활한 땅을 이토록 닮았구나!

끝없는 네바강 너머
파노라마로 펼쳐진 뻬쩨르부르그처럼
그 신비에 대한 소심한 충성심에
우리 역시 붙들려 있다.

저 먼 울창한 숲에서
이 하얀 봄밤에
나이팅게일이 우레 같은 찬가로
숲의 경계를 뒤흔든다.[7]

---

7 소설과 시에서 나이팅게일의 형상은 시인 지바고의 소명과 관련된다.

미친 듯이 지저귀는 소리가 굽이치며 구른다.
작고 가냘픈 새의 목소리가
황홀해하는 숲 깊숙이
희열과 혼란을 일깨운다.

밤이 순례하는 맨발의 여인이 되어
울타리를 따라 그곳으로 살금살금 들어가고,
엿들은 대화의 자취가
밤을 뒤쫓아 창턱에서 뻗어간다.

우연히 들리는 대화의 메아리 속에
널빤지 울타리를 친 정원마다
사과나무와 벚나무 가지들이
하얀 꽃을 입는다.

환영같이 하얀 나무들이
그토록 많은 것을 본 하얀 밤에게
손을 흔들어 작별을 고하듯
떼 지어 길로 쏟아져나온다.

5. 봄의 진창길

석양의 불길이 사그라지고 있었다.
말 탄 남자 하나가 먼 우랄의 농장으로

무성한 소나무 숲속 진창길을
터벅터벅 가고 있었다.

말이 비장脾臟을 출렁였고,
거세게 휘도는 샘물이 개울을 이뤄
철벅이는 편자 소리에 맞장구치며
길을 따라 뒤쫓았다.

말 탄 사람이 고삐를 늦추고
천천히 걸어갈 때에는,
가득 불어난 물이 가까이에서
엄청난 굉음과 함께 퍼져나갔다.

누군가 웃었고, 누군가 울었다.
돌이 돌에 부딪쳐 부스러졌고,
뿌리째 뽑힌 그루터기들이
소용돌이 속으로 떨어졌다.

노을이 불탄 자리에서,
검게 그을린 먼 가지들 속에서,
경종이 울려퍼지듯
나이팅게일이 맹렬히 노래했다.

짝을 잃은 수양버들이 머리 장식을 드리운
골짜기 위 그곳,

나이팅게일은 고대의 강도 나이팅게일처럼
일곱 떡갈나무 위에서 휘파람을 불었다.

어떤 재앙, 어떤 사랑에
이 격정은 예정되었던가?
울창한 숲에서 나이팅게일은
누구에게 산탄을 쏘았던가?

이제 나이팅게일은 레시가 되어[8]
탈주한 유형수들의 은신처를 나와
말을 타거나 걸어오는 이곳 빨치산 전초부대를
맞으러 갈 것 같았다.

땅과 하늘, 숲과 들판이
이 드문 소리를,
광기와 아픔과 행복과 고통이
운율을 이룬 이 음들을 포획하고 있었다.

6. 변명

한때 이상하게 단절되었듯
까닭 없이 삶이 돌아왔다.

---

8 이 책 61면 각주 참조.

그때 그 여름날의 그 시각처럼
나는 여기, 그 옛 거리에 있다.

그대로인 사람들과 그대로인 근심 걱정,
그때 죽음의 저녁이 서둘러
마네주의 벽에 못 박았던 그대로
노을의 불길도 식지 않았다.

허름한 평상복의 여인들은
여전히 밤이면 신이 닳도록 분주하다.
그런 뒤엔 함석지붕 위 다락방들이
여전히 그들을 십자가에 못 박는다.

여기 한 여자가 지친 걸음으로
느릿느릿 문지방을 나오고,
반지하실에서 올라와
비스듬히 마당을 가로지른다.

나는 다시 변명을 준비하고,
나는 다시 아무래도 상관없다.
이웃집 여자가 뒤뜰로 돌아서 가며
우리를 단둘이 남겨둔다.

———————

울지 마라, 부어오른 입술을 오므리지 마라,
입술을 오므려 주름짓지 마라.
봄의 열병이 남긴
말라붙은 상처가 덧날 테니.

내 가슴에서 손바닥을 떼라,
우리는 전류가 흐르는 전선이다.
조심해라, 우리는 또다시 무심코
서로에게 이끌릴 테니.

세월이 가고, 너는 결혼하겠지,
이 모든 난잡함을 잊겠지.
여자가 되는 것은 위대한 걸음,
남자를 미치게 하는 것은 영웅적 행위.

여인의 손과 등과 어깨와
목의 기적 앞에
나는 한평생 이토록
헌신하며 경배해왔노라.

하지만 밤이 아무리 나를
슬픔의 고리로 휘감아도,
벗어나려는 지향은 무엇보다 강해,
결별의 열망이 유혹한다.

7. 도시의 여름

나직이 속삭이는 대화,
격하게 서둘러
목덜미에서 한다발로
올려 묶은 머리카락.

투구를 쓴 여인이
땋은 머리채 전부와 함께
머리를 뒤로 젖히고
무거운 볏 아래로 바라본다.

무더운 밤이 악천후를
예고하는 거리에서
행인들이 발을 끌며
집으로 흩어진다.

날카롭게 울려퍼지는
천둥소리가 간간이 들리고,
창문의 커튼이
바람에 펄럭인다.

침묵이 도래한다.
하지만 이전처럼 찌는 듯 무겁고,
이전처럼 번개가

하늘을 뒤지고 또 뒤진다.

폭우의 밤이 가고
타는 듯 찬란한 아침이
가로수 길의 웅덩이들을
다시 말릴 때,

여전히 꽃이 만발한,
아주 오래고 향기로운 보리수들이
잠을 설쳐 찌푸린 얼굴로
주위를 바라본다.

8. 바람

나는 끝났지만 너는 살아 있다.
바람이 울고불고하며
숲과 다차를 흔든다.
항구의 잔잔한 수면 위에 떠 있는
범선의 선체를 흔들듯,
소나무 한그루 한그루가 아니라
저 멀리 한없이 광활한 땅 전부와 함께
통째로 모든 나무를 흔든다.
이것은 그저 허세에 차서가 아니요
쓸데없는 분노 때문도 아니다.

애수에 싸여 네게 불러줄
자장가의 노랫말을 찾기 위함이다.

9. 홉[9]

담쟁이에 휘감긴 버들 아래에서
우리는 궂은 날씨를 피할 곳을 찾는다.
우리의 어깨는 비옷에 덮여 있고,
내 팔이 너를 휘감았다.

내가 틀렸다. 이 무성한 덤불은
담쟁이가 아니라 홉에 감겨 있다.
그러니 차라리 이 비옷을
우리 밑에 널따랗게 펴자.

10. 바비예 레또

까치밥나무 잎은 거칠고 질기다.
집 안에서 웃음소리가 나고 유리창이 울린다.
썰고 절이고 후추를 치고,
피클에 정향[10]을 넣느라 법석이다.

....
9 약재나 맥주 원료로 쓰는 덩굴풀. 러시아어에는 '취기'의 뜻도 있다.
10 정향나무 꽃봉오리를 말린 향신료.

어릿광대 같은 숲이 이 왁자지껄한 소리를
모닥불 열기에 그을리듯
태양에 불탄 개암나무가 서 있는
가파른 비탈에 내던진다.

여기서 길은 협곡으로 내려가고,
여기서는 바싹 마른 늙은 그루터기들도,
이 골짜기에 모든 것을 쓸어담는
넝마주이 노파 같은 가을도 애처롭다.

어떤 현학자가 생각하는 것보다 더
우주는 단순하니까,
숲이 물속에 가라앉은 듯하니까,
모든 것에 종말이 찾아오고 있으니까.

네 앞에 있는 모든 것이 불탔고
가을의 하얀 그을음이
창에 거미줄을 칠 때
눈을 깜빡여봐야 아무 소용이 없으니까.

정원에서 부서진 울타리 사이로 난 길이
자작나무 숲으로 사라진다.
집 안의 웃음소리, 집안일로 북적대는 소리,
멀리서 들리는 똑같이 북적이는 소리, 웃음소리.

11. 결혼식

아침까지 흥겹게 놀기 위해
손님들이 손풍금을 들고
마당 모퉁이를 가로질러
신부의 집으로 왔다.

펠트를 덧댄
주인의 방문 뒤에서는
밤 1시부터 7시까지
한마디 속삭임도 들리지 않았다.

하지만 동틀 녘에, 자고 자고
또 자는 곤히 잠든 시각에
결혼식을 떠나며 아코디언은
다시 노래하기 시작했다.

연주자가 다시
커다란 손풍금을 들고
박수 소리와 목걸이의 반짝임과
왁자지껄한 소리를 흩뿌렸다.

다시, 다시, 다시
재잘대는 차스뚜시까 소리가

흥겨운 잔치 자리에서 사람들이 자고 있는 침대로
곧장 파고들었다.

눈처럼 하얀 여인 하나가
휘파람을 불고 와자지껄 떠드는 소리 속에서
리듬에 맞춰 몸을 흔들며
다시 공작처럼 떠갔다.

머리를 높이 처들고
오른손을 흔들며
공작처럼, 공작처럼, 공작처럼 그녀가
포도를 따라 춤추며 간다.

유희의 격정과 소란이,
원무를 추며 발 구르는 소리가
갑자기 타르타로스에 빠지며
물속에 가라앉듯이 사라졌다.

소란스러운 마당이 깨어나고 있었다.
일하는 소리의 메아리가
이야기 소리와 왁자한 웃음소리에
뒤섞였다.

드높이, 광대한 하늘로
회청색 반점의 회오리가,

비둘기장을 떠난 비둘기떼가
빠르게 솟구치고 있었다.

결혼식에 뒤이어 누군가가
잠결에 취했다 문득 생각이 나서
행복하게 오래 살기를 기원하며
뒤쫓아보낸 것처럼.

실로 삶도 한순간일 뿐,
다른 모든 사람들에게 주는 선물인 듯이
그들 속에 우리 자신을
용해시키는 것일 뿐.

아래에서 창 안 깊숙이
날아드는 결혼식일 뿐,
노래일 뿐, 꿈일 뿐,
회청색 비둘기일 뿐.

12. 가을

나는 식구들을 제각기 떠나보냈다.
가까운 이들 모두 뿔뿔이 흩어진 지 오래,
내 가슴과 자연 속 모든 것이
변함없는 고독으로 가득하다.

나는 너와 함께 여기 오두막에 있고,
숲은 인적 없이 황량하다.
노래에 나오듯 길들이
반은 초목에 뒤덮였다.[11]

이제 통나무 벽들이 슬픔에 잠겨
우리 둘만 바라본다.
우리는 장벽을 넘으리라 약속하지 않았다.
우리는 숨김없이 파멸해갈 것이다.

나는 책을, 너는 바느질감을 쥐고,
우리는 1시에 앉아서 3시에 일어날 것이다.
날이 샐 무렵 우리는
어떻게 입맞춤을 그쳤는지 알지 못할 것이다.

더 화려하게, 더 멋대로
바스락거려라, 흩날려라, 나뭇잎이여!
어제의 비애의 잔을
오늘의 애수로 차고 넘치게 하라.

애착이여, 끌림이여, 매혹이여!
9월의 소란 속에 흩어져 사라지자!

---

11 우랄 지방에 널리 퍼진 민요 「길들이 초목에 뒤덮였네」의 첫 구절을 변용했다.

네 전부를 가을의 바스락거리는 소리에 파묻어라!
혼절해라, 아니면 미쳐버려라!

비단술이 달린 가운을 입고
나의 포옹 속으로 몸을 던질 때,
숲이 잎을 떨구듯
너도 그렇게 옷을 떨군다.

삶이 질병보다 더 신물이 날 때,
너는 파멸을 향한 걸음의 축복.
아름다움의 뿌리는 용기이니
그것이 우리를 서로에게로 이끈다.

13. 옛이야기

옛날 옛적 동화 속 나라에서
한 기사가
스텝의 가시밭길로
말을 재촉했다.

서둘러 싸우러 가는 길,
스텝의 먼지 속에서
저 멀리 검은 숲이
그를 맞으러 일어섰다.

심장이 쑤셨다,
마음이 불안했다.
늪을 피해라,
안장을 단단히 조여라.

기사는 듣지 않고
말에 박차를 가해
숲이 우거진 언덕으로
전속력으로 달려갔다.

꾸르간에서 말을 돌려
마른 골짜기로 들어갔고,
초원을 지나
산을 넘었다.

움푹 꺼진 골짜기를 헤치고
숲길을 지나
짐승의 발자국과
늪을 만났다.

어떤 호소에도 아랑곳없이,
자신의 직감도 무시하고,
말에게 물을 먹이려
낭떠러지 아래 개울로 갔다.

개울가에는 동굴,
동굴 앞에는 얕은 여울.
불타는 유황이
입구를 밝히고 있는 듯했다.

시야를 가린
시뻘건 연기 속에서
먼 부름이
소나무 숲에 울려퍼졌다.

그러자 기사는 흠칫 몸을 떨고
곧장 골짜기를 거쳐
외쳐 부르는 소리를 향해
말의 걸음을 옮겼다.

기사는 보았고,
창을 움켜잡았다.
용의 머리,
꼬리와 비늘.

용은 입에서 불을 뿜어
사방에 빛을 흩뿌렸다.

등뼈가 처녀를
세겹으로 휘감았다.

뱀의 몸통이
그녀의 어깨 위에서
채찍의 끝 같은
목을 휙휙 내둘렀다.

그 나라 관습은
포로로 잡힌 어여쁜 처녀를
숲속 괴물에게
제물로 바치는 것.

그 땅의 주민들은
이 공물을 뱀한테 바치고
자기들 오막살이를
지켜왔다.

뱀이 마음껏 괴롭힐 제물로
처녀를 받아
팔을 묶고
목을 휘감았다.

기사는 간청의 눈길로
드높은 하늘을 올려다보고,

싸움을 위해
창을 들어 겨누었다.

───────

굳게 감긴 눈꺼풀.
드높은 하늘. 구름.
물. 여울. 강.
여러 해와 여러 세기.

찌그러진 투구를 쓰고
싸움터에 쓰러져 누운 기사.
발굽으로 뱀을 짓밟은
충직한 말.

모래 위에 나란히 자리한
말과 용의 시체.
의식을 잃은 기사,
넋이 나간 처녀.

한낮의 푸른 하늘이
부드럽게 빛났다.
그녀는 누구인가? 공주인가?
대지의 딸? 대공의 딸?

넘쳐나는 행복 속에
강물이 되도록 눈물을 쏟고 나자,
잠과 망각이
영혼에 들이닥친다.

그는 정신이 드는 것을 느꼈지만,
피를 많이 흘려
힘이 빠져
맥조차 사라졌다.

하지만 그들의 심장은 뛰고 있다.
한번은 그녀가, 한번은 그가
정신을 차리려 안간힘을 쓰다가
잠에 빠져든다.

굳게 감긴 눈꺼풀.
드높은 하늘. 구름.
물. 여울. 강.
여러 해와 여러 세기.

14. 8월

약속한 대로 어김없이
이른 아침의 태양이

비스듬한 사프란색 띠로
커튼부터 소파까지 흘러들었다.

태양이 뜨거운 황톳빛으로
이웃 숲과 마을의 집들,
내 침대와 축축한 베개와
책장 뒤 벽 모서리를 덮었다.

나는 무슨 까닭에 베개가
살짝 젖었는지를 떠올렸다.
당신들이 나를 배웅하려
잇따라 숲길을 걷는 꿈을 꾸었다.

당신들은 무리 지어, 홀로, 쌍쌍이 걸었다.
갑자기 누군가 오늘이
구력 8월 6일,
현성용顯聖容 축일[12]이라는 것을 떠올렸다.

보통 이날은
불길 없는 빛이 타보르산에서 흘러나오고,
그 전조처럼 선명한 가을이
시선을 자신에게 못 박는다.

----

12 예수가 팔레스타인의 타보르(Tabor, 다볼)산 위에서 자신의 거룩한 모습을 드
러낸 것을 기리는 축일.

당신들은 작고 보잘것없는,
벌거벗어 떨고 있는 오리나무 숲을 헤치고
무늬를 찍은 당밀 과자같이 발갛게 타오르는
생강같이 붉은 묘지의 숲으로 들어갔다.

숨죽인 숲의 우듬지 곁에는
엄숙한 하늘이 이웃했고,
광활한 저 먼 땅은 수탉의 긴 울음소리로
서로를 외쳐 불렀다.

숲속 묘지 가운데 죽음이
정부의 측량기사처럼 서서
내 키에 맞는 구덩이를 파기 위해
죽은 내 얼굴을 들여다보고 있었다.

곁에 있는 누군가의 조용한 목소리가
모두에게 실제로 느껴졌다.
그것은 예전 나의 예언의 목소리가
부패에 훼손되지 않고 그대로 울리는 것.

"현성용의 푸른 날이여, 잘 있거라,
두번째 구세주 축일의 금빛 찬란한 날이여, 잘 있거라.
여인의 마지막 애무로
내 숙명의 시간의 고통을 덜어다오.

때아닌 시절의 세월이여, 잘 있거라!
치욕의 심연에 도전장을 던지는 여인이여,
작별을 고하자!
나는 너의 싸움터.

잘 있거라, 활짝 편 날갯짓이여,
자유로운 불굴의 비행이여,
말 속에 드러난 세상의 형상이여,
창조여, 기적을 행함이여."

15. 겨울밤

온 땅에 눈보라가 쳤네,
온 세상이 눈에 덮였네.
탁자 위에서 초가 타올랐네,
초가 타고 있었네.[13]

여름에 날벌레가 떼 지어
불꽃으로 날아들듯이
마당에서 창틀로
눈송이가 날아들었네.

---

13 기독교 상징체계에서 촛불은 하느님에 대한 믿음을 의미한다. 「겨울밤」에서 촛
불의 형상은 목가적 세계의 중심이자 인간 열정의 상징이기도 하다.

눈보라가 유리창에
고리와 화살을 새겼네.[14]
탁자 위에서 초가 타올랐네,
초가 타고 있었네.

불빛으로 환한 천장에
그림자들이 누웠네.
두 손이 겹쳤네, 두 다리가 겹쳤네,
운명이 교차했네.

작은 신발 두짝이 탁 소리를 내며
바닥에 떨어졌네.
촛대의 촛농이 눈물방울이 되어
원피스에 떨어졌네.

잿빛과 흰빛의 눈안개 속에서
모든 것이 자취를 감추었네.
탁자 위에서 초가 타올랐네,
초가 타고 있었네.

구석에서 초를 향해 바람이 불었네.
유혹의 열기가
천사처럼 십자가 모양으로

---

14 고리는 여성성, 화살은 남성성의 상징이다.

두 날개를 들어올렸네.

2월 한달 내내 눈보라가 쳤네.
다시, 또다시 눈이 내렸네.
탁자 위에서 초가 타올랐네,
초가 타고 있었네.

16. 이별

남자는 문지방에서 바라보지만
집을 알아보지 못한다.
그녀는 달아나듯 떠났고,
파국의 흔적은 곳곳에 남았다.

방마다 곳곳에 나뒹구는 혼돈.
눈물이 나고 머리가 아파와
그는 황폐의 정도를
가늠하지 못한다.

아침부터 귓가에 울리는 알 길 없는 소음.
그는 깨어 있는가, 아니면 꿈을 꾸고 있는가?
왜 바다 생각만 내내
머릿속을 맴도는가?

창에 낀 서리 너머로
신의 세상이 보이지 않을 때,
출구를 모르는 애수는 두배로 더
황량한 바다를 닮는다.

밀려오는 파도의 모든 선으로
해변이 바다에 가까워지듯,
그 어떤 모습으로도
그녀는 그에게 소중했다.

폭풍우 뒤의 파도가
갈대를 가라앉히듯,
그녀의 형체와 이목구비는 모두
그의 영혼 밑바닥에 가라앉았다.

역경의 세월에, 상상도 할 수 없는
일상의 시절에
그녀는 운명의 파도에 휩쓸려
밑바닥에서 그에게로 떠밀려왔다.

헤아릴 수 없는 장애물 가운데
여러 위험을 지나
파도가 그녀를 실어오고 실어와서
바로 그의 곁에 데려다놓았다.

이제 여기 그녀는 떠나고 없다.
아마 어쩔 수 없었으리라.
이별이 그들 두 사람을 집어삼키리라,
애수가 뼛속까지 갉아먹으리라.

남자가 주위를 둘러본다.
떠나던 순간에 그녀는
장롱 서랍을 모조리
뒤집어놓았다.

그는 서성이다 어둠이 내리도록
흩어진 천 조각과
종이 옷본을
서랍에 주워담는다.

그러다 바늘 꽂힌
바느질감에 손이 찔려
불현듯 그녀의 모습을 고스란히 보며
숨죽여 운다.

17. 만남

눈이 길을 덮고
지붕 가득 쌓일 것이다.

내가 다리를 풀러 나가면
문 뒤에 네가 서 있다.

가을 외투를 입고 홀로
모자도, 덧신도 없이
너는 흥분을 누르며
젖은 눈을 씹고 있다.

나무와 울타리가
저 멀리 어둠 속으로 떠난다.
내리는 눈 속에 홀로
너는 모퉁이에 서 있다.

물이 스카프에서
소매를 거쳐 소맷동으로 흘러내리고,
작은 이슬방울이
머리카락 속에서 빛난다.

금발의 머리채가 얼굴을,
스카프와 자태를,
그리고 이 얇은 외투를
환히 밝힌다.

속눈썹 위에 촉촉이 쌓인 눈,
두 눈에 깃든 애수,

한조각으로 빚어진
네 모습 전부.

안티몬[15]에 담근 철로
너를
내 심장에
아로새긴 것만 같다.

이 이목구비의 온유함이
심장에 영원히 박혔으니,
세상은 모질어도
아무 상관 없다.

눈에 묻힌 이 밤이 전부
이중이 되고,
나는 너와 나 사이에
경계를 그을 수 없다.

그러나 이 모든 해가 지나고
우리는 세상에 없는데
험담만이 남았을 때,
우리는 누구이고 어디에서 왔는가?

---

15 합금, 도금 등에 쓰이는 금속 원소.

18. 성탄의 별

겨울이었다.
스텝에서 바람이 불어왔다.
언덕 비탈에 있는
동굴 속 아기는 추웠다.

황소의 숨결이 그를 데워주었다.
집짐승들이
동굴 안에 서 있었고,
구유 위로 따스한 김이 서렸다.

양치기들이 절벽에 서서
침대 지푸라기와 수수 알갱이를
양가죽 외투에서 털어내고,
잠에 취한 눈으로 한밤의 저 먼 곳을 바라보았다.

저 멀리에는 눈 덮인 들판과 묘지,
울타리들, 묘비들,
눈더미에 파묻힌 마차 끌채와
묘지 위로는 별이 가득한 하늘.

그 곁으로 그때까지 보이지 않던 별 하나가
파수꾼의 오두막 창 안

접시 등불보다 더 수줍게
베들레헴으로 가는 길 위에서 빛났다.

별은 하늘과 신과 따로 떨어져
건초 더미같이, 일부러 지른 불의 빛같이,
불길에 휩싸인 농장과
탈곡장의 화재같이 타올랐다.

이 새로운 별에 놀란
온 우주 가운데서
별은 활활 타오르는
짚과 건초 더미같이 솟구쳤다.

자라나는 노을이 별 위로 붉어지며
무언가를 의미했다.
세 사람의 점성가가
이 전례 없는 불길의 부름을 향해 길을 서둘렀다.

선물을 실은 낙타들이 그들을 뒤따랐다.
마구를 채운, 멀수록 작아 보이는 당나귀들이
종종걸음으로 산을 내려왔다.

후에 도래한 모든 것이
다가올 앞날의 이상한 환영으로 멀리서 일어섰다.
여러 세기에 걸친 모든 생각, 모든 꿈, 모든 세상,

미술관과 박물관의 모든 미래,
요정의 모든 장난, 마법사의 모든 일,
세상의 모든 크리스마스트리, 아이들의 모든 꿈.

빛나는 촛불의 모든 떨림, 모든 종이 사슬,
알록달록한 반짝이 장식의 모든 화려함……
……스텝에서 바람이 점점 더 사납게 불어왔다……
……모든 사과, 모든 금빛 공.

오리나무 우듬지가 연못의 일부를 가렸지만,
일부는 까마귀 둥지와 나무 꼭대기 사이로
거기서도 온전히 잘 보였다.
당나귀들과 낙타들이 제방을 따라 걷는 것을
양치기들은 잘 알아볼 수 있었다.
"저들과 함께 기적에 경배하러 가세."
그들이 가죽 외투 깃을 여미고 말했다.

눈을 헤치고 나아가느라 더워졌다.
환한 평원에 운모판같이 빛나는
맨발 자국이 오두막집 뒤로 나 있었다.
별빛 아래에서 양치기 개들이 이 흔적을 보고
토막 양초 불꽃에 대고 짖듯 으르렁거렸다.

몹시 추운 밤이 동화 같았다.
눈보라에 날려 쌓인 눈더미 속에서 누군가가 계속

보이지 않게 그들의 대열에 끼어들었다.
개들은 조심스럽게 두리번거리며 느릿느릿 걸었고,
목동에게 바싹 붙어 재앙을 기다렸다.

무수한 군중의 무리 속에서 몇몇 천사가
같은 곳, 같은 길을 걸어갔다.
형체가 없어 보이지 않았지만,
걸음걸음이 발자국을 남겼다.

바위 옆에 사람들이 떼 지어 모여들었다.
날이 밝아왔다. 삼나무 줄기들이 모습을 드러냈다.
"당신들은 누구신가요?" 마리아가 물었다.
"우리는 양치기 부족이자 하늘의 사자입니다.
두분께 찬양을 드리러 왔습니다."
"전부 한꺼번에는 안 돼요. 입구에서 기다려주세요."

동트기 전의 재 같은 회색 어둠 속에서
소몰이꾼들과 양치기들이 발을 굴렀고,
걸어온 사람들이 말 탄 사람들과 다투었고,
속을 파낸 통나무 물통 옆에서
낙타들이 울부짖고 나귀들이 발길질을 했다.

날이 밝아왔다. 여명이 재 가루를 쓸듯
하늘에서 마지막 별들을 쓸어갔다.
무수히 모인 왁자한 무리 중에서 오직 점성가만

마리아는 바위 구멍으로 들였다.

온몸이 빛나는 그는 떡갈나무 구유 속에서 자고 있었다,
나무 구멍 깊숙이 깃든 달빛처럼.
나귀의 입술과 황소의 콧구멍이
그의 양가죽 외투를 대신해주었다.

그들은 마구간의 어스름 같은 어둠 속에 서서,
간신히 말을 골라 속삭였다.
문득 어둠 속 누군가가 손으로
점성가 중 한 사람을 구유 왼쪽으로 살짝 물렸다.
그가 돌아보았다. 문지방에서 손님같이
성탄의 별이 처녀를 바라보고 있었다.

19. 새벽

당신[16]은 내 운명에서 전부를 의미했다.
그뒤에 전쟁이, 파괴가 왔고,
오래오래 당신은
깜깜무소식이었다.

많고 많은 세월이 흐른 뒤

---

16 그리스도를 말한다.

당신의 목소리가 다시 나를 뒤흔들었다.
밤새 당신의 굳은 약속을 읽으며 나는
의식을 되찾은 듯했다.

나는 사람들에게로, 군중 속으로,
그들의 아침의 활기 속으로 가고 싶다.
모든 것을 산산조각 내고
모두를 무릎 꿇릴 준비가 되어 있다.

난생처음 외출하듯 나는
이 눈 덮인 거리와
버림받은 포도로
계단을 달려 내려간다.

곳곳마다 깨어난다, 불빛, 안락,
차를 마신다, 서둘러 전차를 타러 간다.
몇 분 사이
도시의 모습은 몰라보게 변한다.

자욱하게 떨어지는 눈송이로
눈보라가 대문에 그물을 짜고,
제때 닿기 위해
모두 채 먹지도, 마시지도 못하고 달려간다.

내가 그들의 거죽 안에 있는 것처럼,

나는 그들이, 그들 모두가 가엾고,
눈이 녹듯 나 자신도 녹아,
아침처럼 나 자신도 눈살을 찌푸린다.

이름 없는 사람들이, 나무들이,
아이들이, 집에 틀어박힌 사람들이 나와 함께다.
나는 그들 모두에게 패배했다.
오직 그것에 나의 승리가 있다.

20. 기적

미리 슬픈 예감에 짓눌린 채로
그는 베다니에서 예루살렘으로 가고 있었다.

가파른 비탈에 자란 가시덤불이 태양에 그을었다.
근처 오두막집 위에서 연기는 미동도 없었다.
대기는 뜨거웠고 갈대는 꼼짝하지 않았다.
사해의 정적은 깨질 줄 몰랐다.

그는 바다의 비애에 맞먹는
비애를 안고, 작은 구름의 무리와 함께
먼지 자욱한 길로 누군가의 집으로,
도시에 모인 제자들에게 가고 있었다.

생각에 깊이 잠겨서인지
실의에 찬 벌판이 쑥 냄새를 풍겼다.
온 세상이 잠잠했다. 그가 홀로 한가운데 서 있는 고장은
망각 속에 엎드려 있었다.
모든 것이 뒤범벅이었다. 더위와 황야,
도마뱀도, 샘도, 개울도.

멀지 않은 곳에 솟아 있는 무화과나무 한그루,
열매 하나 없이 가지와 이파리뿐.
그가 무화과나무에게 말했다. "너는 무슨 소용이 있느냐?
멍하니 서 있는 네 모습이 내게 어떤 기쁨을 주느냐?

나는 목마르고 배고픈데 너는 헛꽃이니,
너를 만남이 돌을 만나는 것보다 기쁨이 없구나.
오, 너는 참으로 무례하고 재주가 없구나!
세상 끝날 때까지 그대로 있으라."

번갯불이 피뢰침을 따라 흐르듯
질책의 전율이 나무를 타고 흘렀고,
무화과나무는 남김없이 재가 되었다.

나뭇잎에, 가지에, 뿌리에, 줄기에
그때 자유의 순간이 있었더라면,
자연의 법칙이 끼어들 수 있었으련만.
그러나 기적은 기적, 기적은 신.

우리가 혼란에 처했을 때, 그때 무질서의 와중에
기적은 불시에 별안간 닥쳐온다.

21. 대지

모스끄바의 집들에
봄은 당돌하게 들이닥친다.
장롱 뒤에서 좀나방이 날개를 퍼덕이고
여름 모자 위를 기어다니고,
모피 외투는 트렁크 속에 치워진다.

목조 중2층에는
꽃무와 스톡이 심긴 화분이
모습을 보이고,
방은 자유를 숨 쉬고,
다락은 먼지 냄새를 풍긴다.

거리가 근시인
창틀과 허물없이 지내고,
백야와 석양은
강가에서 엇갈릴 줄 모른다.

광활한 땅에 무슨 일이 일어나는지,
우연히 나누는 대화 속에서 4월이

낙수 방울과 무슨 말을 하는지
복도에서 들을 수 있다.
인간의 비애에 관해
그는 수많은 이야기를 알고 있고,
노을은 울타리마다 얼어붙어
그 장황한 이야기를 늘인다.

그런 불길과 두려움의 혼합이
바깥에도, 아늑한 거처 속에도 있어,
도처에서 대기는 제정신이 아니다.
창에도, 네거리에도,
거리와 작업장에도,
하나같이 눈을 틔운 갯버들 가지들,
하나같이 부풀어오른 하얀 꽃봉오리들.

그런데 저 먼 광활한 땅은 왜 안개 속에서 울고 있는가?
왜 부엽토는 쓰라린 냄새를 풍기는가?
탁 트인 넓은 땅이 권태롭지 않도록,
도시의 경계 너머 대지가
홀로 슬퍼하지 않도록,
그것이 바로 나의 소명인 까닭이다.

그러기 위해 이른 봄
친구들이 나와 만나고,
우리의 야회夜會는 작별 인사,

우리의 조촐한 잔치는 유언.[17]
고통의 은밀한 흐름이
존재의 한기를 데우도록.

22. 나쁜 날들

마지막 주에 그가
예루살렘으로 들어갔을 때,
우레 같은 호산나가 그를 맞았고,
종려나무 가지를 든 사람들이 그를 뒤따라 달렸다.

하지만 나날은 점점 더 무섭고 가혹해지고,
사랑은 심장에 가닿지 못한다.
멸시에 찬 눈썹들이 찌푸려지고,
그리고 이제 마지막 말, 끝이다.

하늘이 육중한 납의 무게로
마당 위에 드러누웠다.
그 앞에서 여우처럼 굽실대며
바리새인들이 증거를 찾고 있었다.

사원의 어두운 세력이

그를 인간쓰레기들의 재판에 내주었고,
전에 그를 찬양하던 것과 똑같이
열렬하게 그를 저주한다.

이웃 지역의 군중이
문틈으로 엿보았고,
서로 떠밀고 이리저리 밀치며
결말을 기다렸다.

속삭임이 근처를 기어다녔고,
사방에서 소문이 기어들었다.
이집트로의 도주와 어린 시절이
이제 꿈같은 기억으로 떠올랐다.

황야의 웅장한 비탈과
사탄이 세상의 모든 나라로
유혹했던 절벽을
그는 떠올렸다.

가나의 혼인 잔치도,
기적에 놀란 손님들도,
안개 속에서 그가 마른 땅을 걷듯이
걸어서 배로 다가갔던 바다도.

오두막집에 모여 있던 가난한 사람들도,

초를 밝히고 지하로 내려가다
부활한 사람이 일어나는 바람에
기겁하여 갑자기 초가 꺼지던 것도……

23. 막달레나 1

밤이 오면 나의 악마가 틀림없이 곁에 와 있다.
과거에 대해 내가 치르는 대가.
사내들의 충동의 노예로 내가
마귀 들린 바보였고
거리가 나의 안식처였던 때의
타락의 기억이
밀려와 내 가슴을 찢는다.

이제 몇분이 지나면,
무덤의 고요가 찾아들 것이다.
하지만 그 시간이 지나기 전에,
종국에 이른 나는
나의 삶을 석고 그릇처럼
당신 앞에서 박살 낸다.

오, 나의 선생이여, 나의 구세주여,
내 기교의 그물에 걸려든
새로운 방문객처럼,

밤이면 탁자에서 나를 기다리는 것이
영원이 아닐 때,
이제 나는 어디에 있을 것인가?

하지만 모두의 눈앞에서 내가
내 한없는 애수 속에서 당신과
접목한 가지처럼 하나로 자라났을 때,
죄악이 무슨 뜻인지, 죽음이, 지옥이,
유황의 불길이 무엇을 의미하는지 설명해주오.

당신의 두 발을, 예수여,
나의 양 무릎에 받칠 때,
내가 아마도 십자가의 네모난 기둥을
껴안는 것을 배울 때,
그리고 당신의 매장을 준비하며
넋을 잃고 당신의 시신에 다가가려 안간힘을 쓸 때.

24. 막달레나 2

축일을 앞두고 사람들이 집을 청소한다.
나는 그 법석에 끼지 않고
깨끗하기 그지없는 당신의 두 발을
작은 통에 담긴 향유로 씻긴다.

손으로 더듬어보지만 당신의 샌들을 찾을 수 없다.
눈물이 앞을 가려 아무것도 보이지 않는다.
풀어헤친 머리 타래가
장막처럼 내 두 눈 위로 흘러내렸다.

당신의 두 발을 옷자락으로 받치고,
예수여, 나의 눈물로 씻겼다.
목에 걸린 구슬 목걸이를 풀어 두 발에 감고,
버누스[18]로 감싸듯 내 머리카락으로 덮었다.

당신이 멈춰놓은 듯이,
내게는 미래가 너무도 세세히 보여.
고대 무녀의 예지의 천리안으로
나는 지금 예언할 수 있다.

내일 사원에서 장막이 떨어질 것이고,
우리는 한쪽에 동그랗게 모일 것이다.
어쩌면 나를 불쌍히 여겨
발밑 땅이 흔들릴 것이다.

호송대가 대열을 정비하고,
기병들의 척후가 시작될 것이다.
폭풍우 속에서 회오리가 솟구치듯이,

---

18 두건 달린 겉옷.

그 십자가가 하늘에 닿으려 기를 쓸 것이다.

나는 십자가에 못 박힌 예수의 발치 땅 위에 몸을 던지고,
넋이 나가 멍하니 입술을 깨물 것이다.
당신은 너무 많은 사람을 껴안을 두 팔을
십자가 양옆으로 벌릴 것이다.

그토록 넓은 품은, 그토록 많은 고통은,
그런 힘은 대체 누굴 위해 존재하는가?
세상에 영혼과 생명이 그토록 많은가?
마을과 강과 숲이 그토록 많은가?

그러나 그런 사흘 밤낮이 지나며
그런 공허 속으로 나를 밀어넣을 것이니,
그 끔찍한 시간 동안
나는 자라나 부활에 이를 것이다.

25. 겟세마네 동산

먼 별들의 무심한 빛이
길모퉁이를 밝혔다.
길은 감람산 둘레로 나 있고,
그 아래로 키드론 시내가 흘렀다.

작은 풀밭은 중턱에서 끊겼고
그 너머로 은하수가 시작되었다.
은회색 올리브나무들이 저 멀리
공중으로 걸음을 떼려 하고 있었다.

그 끝에 누군가의 동산 터가 있었다.
제자들을 담장 뒤에 남겨둔 채
그는 말했다. "내 영혼이 죽도록 슬프구나.
너희는 여기 머물며 나와 같이 깨어 있어라."

그는 그저 잠시 빌린 물건처럼
전능과 기적을 행하는 힘을
저항 없이 거부하고,
이제 우리처럼 필멸의 존재가 되었다.

한밤의 저 먼 광활한 공간은 이제
소멸과 비존재의 땅으로 보였다.
광활한 우주는 폐허였고,
동산만이 삶을 위한 장소였다.

시작도 끝도 없이 텅 빈
이 검은 심연을 들여다보며,
이 죽음의 잔이 지나가도록
그는 피땀 흘리며 아버지께 기도했다.

기도로 죽음의 피로를 달래고

그는 담장 밖으로 나왔다. 땅에는

졸음을 못 이긴 제자들이

길섶 풀 속에 흩어져 있었다.

그는 그들을 깨웠다. "주께서 너희를

나의 시대에 살도록 허락하셨거늘, 너희는 죽은 자같이 널브러져 있구나.

사람의 아들의 시간이 왔도다.

그가 죄인들의 손에 자신을 내어줄 것이다."

그 말을 하자마자 어디서 왔는지 모르게

노예 무리와 부랑자 한떼가 나타났다.

횃불, 칼, 그리고 선두에는

배반의 입맞춤을 입술에 가진 유다.

베드로가 칼을 들어 무뢰한들을 공격해

그중 한 사람의 귀를 잘라냈다.

그러나 그는 듣는다. "싸움을 쇠로 해결해서는 안 된다.

인간아, 네 칼을 제자리에 넣어라.

과연 아버지께서 여기 내게

날개 달린 수많은 군사를 못 보내시겠느냐?

그때는 적들이 내 머리카락 한올 건드리지 못하고

흔적도 없이 흩어지리라.

그러나 생명의 책이 어떤 성소보다
더 소중한 페이지에 도달했도다.
쓰인 것이 지금 이루어져야 하니,
그것이 이루어질지어다. 아멘.

세월의 흐름이 우화 같음을,
흐름 중에 타오를 수 있음을 너는 보리라.
그 무시무시한 장엄함의 이름으로
나는 자발적인 고통 속에 무덤으로 내려가리라.

나는 무덤 속으로 내려가 사흘째 되는 날 일어나리라.
그리고 뗏목이 강을 따라 흘러가듯이,
여러 세기가 어둠 속에서 나와 대상隊商의 짐배들처럼
내게로 심판받으러 흘러오리라."

죽음을 이기는 삶

『의사 지바고』를 향한 길

전세계적으로 가장 유명한 20세기 러시아 소설 『의사 지바고』(*Doktor Zhivago*, 1955)의 작가 보리스 빠스쩨르나끄(Boris Pasternak, 1890~1960)는 볼셰비끼 혁명을 겪고 스딸린(Iosif Stalin) 독재의 악몽에 시달려야 했던 그의 세대 러시아 작가들 중 유일하게 동시대에 국제적 명성을 얻었다. 그 세대의 다른 문학의 거목들은 스스로 목숨을 끊거나 테러의 제물이 되어 파국을 맞았고, 목숨을 부지하더라도 고립되어 오랜 침묵의 세월을 보내야 했다. 전체주의 체제가 가한 극도로 힘든 억압의 시기에도 심연의 가장자리에서 균형을 취하며 창작을 지속했던 빠스쩨르나끄는 1947년과 1953년 시인으로 두차례 노벨상 후보에 올랐다. 그리고 소설 『의사 지바고』는 1958년 마침내 그에게 노벨문학상 수상의 영광을 안겨주었다.

　노벨상은 작가 빠스쩨르나끄의 삶에서 이중적인 역할을 한다. 이 수상으로 빠스쩨르나끄의 국제적 명성이 공고해졌지만, 다른 한편으로 이로 인해 그는 악의에 찬 집요한 정치적 공격의 표적이 되어야 했다. 전체주의 체제의 억압 속에서도 살아남아 독재자의 죽음을 지켜보았던 빠스쩨르나끄는 스딸린이 죽자 사회·문화에 상대적 자유화의 물결이 일어 이른바 '해빙기'가 되었음에도 정치적 선동의 희생양이 되었다. 노벨상 수상의 기쁨과 긍지 뒤에는 철저한 고립이 그를 기다리고 있었다. 『의사 지바고』가 서구에서 선풍적인 인기를 끌자 당혹스러워진 소비에뜨 공산당은 노벨상을 작가가 소설에서 제시한 혁명에 대한 선동적인 정치적 해석의 대가로, 서구 냉전 정책의 일환으로만 간주했다. 빠스쩨르나끄가 이미 두번 시인으로 노벨상 후보에 올랐다는 사실은 철저히 무시되었다. 빠스쩨르나끄는 소비에뜨 작가동맹에서 축출되었을 뿐 아니라, 조국을 배반하고 혁명과 사회주의 사회를 부정적으로 그렸다는 죄목으로 기소되어 추방의 위협에 직면했다. 그는 조국을 떠날 수 없었다. 젊은 시절 부모와 두 누이동생이 조국을 등지고 망명했을 때에도 러시아에 남았던 빠스쩨르나끄는 조국 바깥에서 자신을 생각할 수 없었고, 가까운 사람들의 삶에 대한 염려 또한 그를 붙잡았다. "조국을 버린다는 것은 내게 죽음과 다를 바 없습니다. 나는 탄생과 삶과 일로 조국과 묶여 있습니다." 작가는 조국에서 살기 위해 당대의 권력자 흐루쇼프(Nikita Khrushchyov)에게 강요된, 하지만 인용한 구절처럼 진심 어린 탄원의 편지를 보내며 노벨상 수상을 거부해야 했다. 그리하여 추방은 면했어도 그를 향한 공격은 여전히 끊이지 않았다. "(…) 내가 무슨 더러운 일을 했단 말인가? 내가 살인자인가? 악당인가? 나는 내 땅의 아름다움을 써서 온 세상을 울게 만들었을 뿐. 거의 무덤가에서, 그래도 나는 그때가, 선한 정신이 비겁하고 사악한 세력을 물리칠 그날이 오리라 믿는다." 시 「노벨상」(1959)의 저 구절을 남기고 빠스쩨르나끄는 곧 삶을 떠났다.

『의사 지바고』를 쓰지 않았다면 빠스쩨르나끄는 시인으로 기억되었을 것이다. 『의사 지바고』를 쓴 소설가로 널리 알려지기 이전에 일찍이 그는 시인으로 국제적인 주목을 받았다. 그러나 정작 빠스쩨르나끄는 시를 대수로이 생각하지 않았으며 소설을 쓰는 것이 자신의 주된 작가적 과업이라고 말하곤 했고, 『의사 지바고』를 유일한 문학적 자산으로 여겼다. 소설에서 유리 지바고가 말하듯, 그는 독창적인 시인이었지만 젊은 시절부터 장편서사를 갈망했다. 엘리트 문학 집단과 고급 독자에게서 벗어나 대중 독자의 삶에 대한 이해를 도우려는 지향이 『의사 지바고』에 이르는 빠스쩨르나끄 문학의 여정을 이끈 동력이었다. 평생 빠스쩨르나끄는 광범한 독자를 향한 길을 찾았고, 생의 말미에 『의사 지바고』로 여정의 목적지에 다다랐다. 단 몇백권만 출간된 시집 『구름 속의 쌍둥이』(*Bliznets v tuchakh*, 1913)로 시작해 반세기에 걸쳐 작가가 독자를 향해 걸은 길은 수십개 언어로 출판된 『의사 지바고』에 이르러 종착점을 맞은 것이다.

20세기 영국의 지성 아이제이아 벌린(Isaiah Berlin, 1909~97)이 외교관으로 1945년 가을 모스끄바에 와서 그의 집을 방문했을 때, 그와 대화를 나누던 중에 빠스쩨르나끄는 이렇게 말했다. "지금 나는 완전히 다른 것을 쓰고 있습니다. (…) 이것이 내 마지막 말이자 온 세상을 향해 건네는 가장 중요한 말이 될 겁니다. 이 모습, 바로 이 모습으로 사람들이 나를 알기를 바랍니다. 이 책에 내 남은 삶을 전부 바칠 겁니다." 빠스쩨르나끄가 『의사 지바고』를 쓰기 시작했음에 대한 가장 때 이른 증거다. 나치 독일과의 전쟁이 끝나자마자 1945년 중엽 시작된 소설의 집필은 상당히 오랜 시간을 요구했다. 집필은 그가 소설 못지않게 심혈을 기울이던 서구 고전 번역과 그의 도움의 손길을 기다리던 동료 문인들 탓에 중단되기 일쑤였다. 그렇게 규모에 비해 오랜 기간, 약 11년에 걸친 집필 끝에『의사 지바고』는 1955년 12월 마무리된다. 실제 집필 기간도 길지만, 어떤 의미에서 빠스쩨르나끄는 거의 평생에 걸쳐『의사 지바고』를 썼다고 말할 수 있다. 일찍이 1920년대 후반에 구상이 싹튼『의사 지바고』는 서정시와 서사시, 산문, 희곡, 『햄릿』과『파우스트』번역 등 다방면에 걸쳐 빠스쩨르나끄가 걸어간 문학적 행보의 총결산이다.

『의사 지바고』가 삶의 마지막 몇년 동안 빠스쩨르나끄에게 안긴 세계적 명성은 그가 시인으로서 오랜 세월 견지했던 무명(無名)의 소신에 어긋나는 것이었다. 시인 빠스쩨르나끄는 소설 속의 유리 지바고처럼 명성을 멀리하려 애썼다. 시인의 죽음 이후에 잊히지 않고 읽히는 지바고 시의 운명은 시인 빠스쩨르나끄가 동시대 소비에뜨 문단에서의 성공을 멀리하며 소중히 간직한 염원이었다. 여러 해에 걸쳐 빠스쩨르나끄는 겸양과 무명이 시인의 삶의 방식이 되어야 함을, 이를 통해 내적 자유를 지켜야 함을 설파했다. 그러나 그는 무명에 대한 소망을 스스로 배반하게 될 것을 알면서도 소설을 쓰고 출판해야 했다. 겸양에 대한 요구보다 육체적 파멸이나 정신적 말살에 처했던 세대의 살아남은 대표자로서 짊어져야 할 책임이 더 강하게 대두되었던 까닭이다. 격동의 시대를 살았던 동시대인에 대한 부채 의식이, 시대의 증거자가 되어야 하는 작가의 의무가 살아서 1950년대를 맞지 못한 동시대인들에 대한 기억에 바치는『의사 지바고』의 창작으로 빠스쩨르나끄를 이끌었다. 그의 세대가 겪은 역사적 사건의 진정한 의미에 대한 오랜 세월에 걸친 문학적 탐구가 생애의 "마지막 말이자 온 세상을 향해 건네는 가장 중요한 말" 속에서 최종적인 결실을 맺었다.

빠스쩨르나끄는 1956년 흐루쇼프의 스딸린 격하 연설로 자유화 분위기가 일자 소설을 조국에서 출간할 수 있으리라는 기대를 품는다. 그러나 '해빙'의 시대정신을 주도하던 잡지『노비 미르』(Novyi Mir)의 편집진조차 게재를 거부하자 희망을 접고 이딸리아의 출판사로 원고를 보냈다. 그렇게 1957년 외국에서 출간된『의사 지바고』는 오랫동안 작가의 조국에서는 독자와 만나지 못하는 기구한 운명을 겪어야 했다. 소설이 마무리 된 지 33년, 작가가 영면한 지 28년이 지난 1988년에야 소설은 에필로그에서 여주인공이라 불린 작가의 고향 모스끄바에서 러시아 독자를 만났다.

역사와 인간

『의사 지바고』에서는 헝가리 국경에서 극동에 이르는 광활한 유라시아 공간을 무대로 1903년 여름부터 1940년대 말 내지 50년대 초에 이르는 반세기에 걸친 사건과 행위가 전개되고 혁명 전후 러시아 사회의 초상이 그려진다. 1905년 혁명, 제1차 세계대전, 1917년의 두 혁명, 내전과 자본주의 경제체제로의 일시적 후퇴인

네쁘, 스딸린 독재, 제2차 세계대전과 전쟁이 끝난 몇년 후에 이르기까지 광포한 역사의 파도에 휩쓸리는 인생들이 펼쳐진다. 그리고 그 중심에 유리 지바고와 라라의 운명적 만남과 격정에 찬 출구 없는 사랑이 놓인다.『의사 지바고』는 20세기 러시아 문학에서 유일하게 20세기 초반 러시아 역사와 유라시아의 공간 전체를 아우른 역사소설이자 철학소설이며, 가슴 먹먹한 사랑 이야기로 찬사를 받아왔다.

역사적 사건과 사회적 삶이 가족사와 사랑의 장면과 엮여 있다는 점에서, 인간과 역사에 대한 깊은 성찰이 담긴 광대한 이야기라는 점에서『의사 지바고』는 똘스또이(Lev Tolstoi)의 서사에 비견될 수 있다. 역사를 감지할 새 없이 어느 순간 변화가 두드러지는 숲에 비유하는 지바고의 생각은 역사에서 위인의 역할을 부정하고 역사의 흐름을 이름이 알려지지 않은 사소한 인간들의 활동과 관련짓는 똘스또이의 역사관과 비슷하다. 지바고가 러시아 황제가 보이는 유약한 지도자의 모습에 공감을 드러내는 장면은 똘스또이가『전쟁과 평화』(Voina i mir, 1869)에서 나뽈레옹을 비난하는 대목을 떠올리게 한다. 그러나 똘스또이와의 유사성은 여기까지다. 빠스쩨르나끄는 역사적 영웅에 대한 똘스또이의 탈낭만화에서 한 걸음 더 나아가 영웅적 인간상 자체를 제거한다. 그의 소설에는 승리가 없고 애국심으로 고무된 인물도 없다. 단지 시대와 사건이 달라서가 아니라 빠스쩨르나끄에게 본질적으로 중요한 주제는 다른 것인 까닭이다. 작가는 역사적 사건을 폭넓게 다루지만 역사 연대기 자체는 그의 관심 대상이 아니다. 빠스쩨르나끄는 역사의 소용돌이에 휩쓸리는 인간의 운명을 통해 삶의 소중한 기초가 무엇인지를 묻는다.

개인과 시대의 관계에 대한 문학적 형상화는 지극히 양립적일 수 있다. 역사의 흐름과 대면할 것인가, 아니면 역사로부터 소외될 것인가? 이 질문에 대한 답변을 추구하는 데에서 러시아 문학의 주류로 자리 잡은 것은 시대적 소명을 자각한 인간의 모습이다. 공동체에 대한 개인의 의무는 19세기 리얼리즘 이래 러시아 문학의 중심 주제이다. 민중에 대한 역사적 책임감 속에서 사회에 대한 고민과 개인적 삶의 의미 추구를 분리하지 않는 인간이 러시아 문학에서 주인공의 주류를 이루었다. 시대와 긴밀히 상호작용하기를 거부하고 역사의 물줄기에서 비켜나 사적인 삶을 추구하는 유리 지바고는 주류 러시아 문학의 견지에서 보자면 반(反)주인공적 형상이다. 빠스쩨르나끄는 자유로운 개인적 삶의 추구에서 타협을 모르는 지적이고 예민한 시인의 눈을 통해 혁명과 사회주의 시대가 인간의 삶에 대해 지닌 의미를 문학적으로 성찰한다.

빠스쩨르나끄는 20세기 전반기의 역사적 사건들, 여러번의 전쟁과 혁명, 강제된 변화, 그 모든 것이 비인간적이고 반인간적임을 보여준다. 비단 사회적 동요가 가져온 기아와 고난과 죽음의 난무만이 문제인 것이 아니다. 무엇보다 가장 무시무시한 것은 인간의 품격, 존엄성 자체의 말살이다. 빠스쩨르나끄는 인간의 역사적 책무를 강조해온 주류 러시아 문학의 전통에 맞서 정의와 진보의 이름으로 역사의 폭력을 정당화하기를 거부한 러시아 작가이다.

혁명―열광과 환멸

『노비 미르』의 편집진은 혁명과 삶의 양식으로서의 사회주의에 대해 작가가 보인 부정적인 태도를 문제 삼아 소설 게재를 거부했다. 그러나 소설에서 이 주제에 대해 표명된 생각은 단순하지 않다. 소설의 주인공 유리 지바고와 라라, 그리고 지바고의 숙부로 그의 세계관 형성에 큰 영향을 끼친 철학자 니꼴라이 베제냐쁜이 시종 혁명을 신랄하게 비난한 것은 아니다.

소설의 서두에서 그들은 오히려 들끓는 시대 분위기에 공감하며 뜨거운 마음으로 혁명을 환영한다. 라라는 혁명이 정의롭고 순수한 것이라는 믿음으로 거리의 총탄에 공감한다. 젊은 지바고는 두려움을 모르는 민족 기질의 발현으로서 정의롭지 못한 세상을 불시에 뒤엎은 경이, 천재적인 수술로서 혁명을 숭배한다. 그에게 혁명은 생명의 소생으로, 생명의 숨결을 옥죄는 기존의 틀을 급격하게 파괴하는 역사의 흐름이며 사회주의는 인간이 저마다 풍요로운 창의적 삶을 사는 "독자성의 바다"이다.(1권 239면) 혁명적 사건의 소용돌이에서 멀리 떨어진 전선에서 지바고와 라라는 자유의 시대적 분위기 속에서 정신의 고양을 느낀다.

자유주의 인젤리겐찌야인 유리 지바고의 혁명에 대한 낭만적 매료가 실망으로 바뀌는 것은 혁명 이후 도래한 사회의 실상을 보고 겪으면서부터다. 새로운 질서가 확립되어감에 따라 지바고가 혁명과 사회주의에 대해 애초에 품었던 공감과 열광은 비판과 환멸을 넘어 적대적인 반감으로 바뀐다. 실제로 일어난 혁명은 지바고 자신이 이해하고 바란 혁명이 아니었다.

지바고 혁명관의 뿌리는 소설에서 니꼴라이 베제냐쁜과 미하일 고르돈, 시마 뚠쩨바의 입을 빌려 표현되는 빠스쩨르나끄의 기독교 역사철학이다.(빠스쩨르나끄는 "책의 분위기를 이루는 것은 나의 기독교 신앙이다"라고 말한 바 있다.) 빠스쩨르나끄는 인류의 역사를 그리스도의 탄생 이전과 이후로 나눈다. 그리스도의 탄생과 함께 인간이 주인과 노예로 구분되던 위계질서의 시대가 끝나고 인간이 저마다 해방된 개성과 자유를 가진 존재가 되었다는 것이다. 이것이 지바고가 이해하는 혁명의 근본적인 의미다. 지바고가 이해하기에 러시아에서 혁명은 그리스도가 상징하는 개성을 지닌 자유로운 인간, 곧 베제냐쁜이 말하는 '근대인'의 이상을 실현하는 것이어야 했다. 빠스쩨르나끄는 고대와 기독교 시대에 대한 비교와 러시아에서 내전의 혼란을 거쳐 수립되는 새로운 질서의 모습을 병치시킴으로써 혁명이 가져온 것이 자유로운 인간들의 형제애에 기초한 유토피아가 아니라 새로운 로마임을 보여준다. 지바고가 보기에 러시아에서 혁명은 새로운 야만의 시대로의 퇴행이었다.

지바고는 혁명 자체와 그로부터 비롯된 정권을 분명히 구분한다. 1917년 여름은 신이 "하늘에서 지상으로 내려온"(2권 325면) 때로서, 자유로운 단독자의 축복된 삶에 대한 기대를 품게 하던 시절로서 소중하다. 그러나 이후 도래한 볼셰비끼 정권은 혁명의 이상에 대한 배반으로서 불가피한 실망을 안긴다. 지바고에게 혁명은 자유와 생명의 활기가 도래하던 순간이었고, 소비에뜨 정부는 혁명의 이상으로부터의 퇴화로서 유죄였다.

혁명 초기에 지바고는 혁명이 사람들에게 가져온 선에 대한 상상 속에서, 더이상 주인과 노예의 구분이 없이 저마다 자유로이 개성을 발휘하며 풍요로운 삶을 사는 세상에 대한 염원 속에서 혁명이 가져온 사회적·경제적 변화를 받아들였다. 혁명 이전 그가 속했던 계급의 삶의 양식에 자리한 잉여적 요소들의 제거를 긍정했다. 그가 속한 문화적 엘리트가 파멸의 운명에 처한 것을 깨달았지만 그 또한 기꺼이 받아들인다. 우랄행 기차에서 보는 시골의 양호한 삶이 환상임을 깨닫지만 그럼에도 한동안 혁명에 대한 환상 속에서 살기를 원한다. 그러나 지바고는 점차 혁명 자체가 실수였다는 불가피한 결론에 도달하고, 정치적 변화에 대한 그의 반감은 사회로부터의 완전한 소외로 심화된다.

작가는 역사의 부침 속에서 주인공이 혁명에 대해 가진 생각이 철저한 변화를 겪는 과정을 그리되 이데올로기적 진영 논리를 펼치지 않는다. 내전 상황을 다루는 빠스쩨르나끄의 시선은 전혀 일면적이지 않다. 지바고는 적군과 백군, 양 정치적 파벌 모두에서 선과 악을 발견한다. 빨치산과 함께 생활하며 겪은 내전의 공포는 이데올로기 자체가 문제라는 생각으로 그를 이끈다. 이데올로기에 기인해 인간의 실존에 공포와 절망을 가져오는 잔인한 폭력은 지바고가 견지하는 인문주의적 이상에 대한 위협으로 대두된다. 주인공은 폭력이 인간에게서 신념과 희망을 빼앗고 인간을 인간에 합당하지 않은 수준으로 저하시키는 것을 본다. 혁명과 내전 속에서 그는 인간은 마땅히 동료 인간에 대한 존중을 지켜야 한다는 자신의 소중한 믿음에 반해 인간이 인간에게 늑대가 된 세상에 처한다. 작가는 혁명의 시절 동안 벌거벗은 실존을 극화하고, 인간이 아니라 생명 없는 우상으로 변한 혁명가에서 정치와 권력으로부터 멀리 떨어진 인간에 이르기까지 이데올로기의 영향 아래 사람들이 어떻게 인간성을, 그와 함께 삶에 대한 존중을 상실하는가를 보여준다. "혁명적인 기질의 사람"이었던 지바고는 결국 "폭력으로는 아무것도 얻을 수 없다"는, "선善으로 선을 이끌어야"(2권 21면) 한다는 똘스또이적 깨달음에 이른다.

시대의 정치 상황을 바라보는 지바고의 시선에서 핵심은 '새로운 삶의 건설'이라는 유토피아적 기획 일반에 대한 거부이다. 유리 지바고는 유토피아에 대한 이데올로기적 청사진이 신격화 대상이 자 그 자체로 목적이 된 것에서 혁명 이후 도래한 정권이 실패하게 된 이유를 본다. 그는 혁명이 점점 더 영속적인 모습을 취했기 때문에 혁명에 환멸을 겪고 새로운 정권에 대한 믿음을 잃는다. 이데올로기가 삶을 집어삼킨다. 혁명의 횃불을 든 자들은 인간을 위해 정의로운 세상을 건설한다는 명목으로 삶에 거대한 유토피아의 청사진을 강요하고, 그것을 이루려고 인간을 재료로 취급하며 개조하려 한다. 변화의 혼란이 지속되는 가운데 삶의 준비에 관한 끝없는 슬로건이 난무하고 더 나은 미래를 위한 희생만이 강조된다. 그렇게 인간을 위한다면서 생명을 소멸시킨다. 자연스러운 생명의 분출로서 혁명은 선이었으나, 그뒤에 벌어진 이데올로기의 개입은 폭력이 되어버렸다.

종국에 지바고는 모든 혁명은 불가피하게 자기파괴적인 것이 될 운명이라는 결론에 도달한다. 혁명의 짧은 순간이 지나간 후에 남은 것은 그 지도자들이 내세운 편협한 이데올로기에 대한 광신적인 충성이다. 지바고가 '역사의 효모'로서 개인의 역할을 부정하는 것은 아니지만 그가 보기에 혁명을 통해 역사를 창조하려 시도하는 사람들은 늘 "외골수의 광신자"였다.(2권 325면) 혁명이 실제로 사라지고 난 오랜 후에도 혁명의 구호가 표어로 사용된다. 우상으로 출현하는 국가와 함께 이데올로기의 담지자들이 지배자로 자리 잡으며 혁명은 다시 억압으로 귀결된다. 지바고는 역사가 수술대 위에서 변화되었다는 사실이 아니라, "변혁을 이끈 편협한 정신"이 그후로 오랜 세월 "성소로 경배"되는(같은 면) 것에 실망한다.

빠스쩨르나끄는 유리 지바고의 내면과 삶의 모습을 통해 인간

개성을 말살하는 전체주의 이데올로기에 맞선다. 지바고는 자유로운 삶의 권리, 자신의 삶을 스스로 형성할 인간의 권리를 거듭 주장한다. 인간의 자유를 무시하는 논리에 대한 비타협적 저항 속에서 그는 도스또옙스끼(Fyodor Dostoevskii)의 "지하 생활자"를 닮기도 했다. 어른이 되어 독자적인 삶을 살게 된 이래로 지바고는 처음에는 소박한, 그다음에는 훨씬 초라한, 종국에는 그저 보잘것없는 목가의 세계를 연이어 세우려 시도한다. 그는 자신을 이리저리 떠미는 역사의 격랑 속에서 적군이든 백군이든 그 어떤 낯선 의지에도 맞서 사적인 실존의 세계를 추구한다. 그에게는 가족과 사랑하는 사람들과의 친교로 이루어진 목가의 세계가 인간에게 중요하고 의미 있는 것, 역사의 바람으로부터 인간을 막아주는 온기, 역사의 폭력으로부터의 유일한 구원이 된다. 그러나 그가 서른여섯의 나이에 모스끄바의 거리에서 죽는 순간까지 매번 잔혹한 상황은 그의 미약한 희망을 무자비하게 짓밟는다.

이런 지바고의 모습에 대비되는 인간은 비단 혁명의 이데올로그들만이 아니다. 1917년 여름 전선에서 돌아온 지바고는 친구들의 변화에 섬뜩함을 느낀다. 독창적인 생각과 견해를 상실하면서 그들은 모두 흐릿하고 평범한 획일적 존재가 되었기 때문이다. 바리끼노에서 라라를 떠나보내고 모스끄바로 돌아온 지바고가 재회한 두 친구 두도로프와 고르돈은 이제 현실에 대한 비판적 사고력을 완전히 상실하고 체제 이데올로기의 노예가 된 모습이다. 목가적인 삶을 추구했으나 실패한 지바고와 더불어 그의 친구들이 보여주는 소비에뜨 지식인의 모습은 러시아에서 자유주의의 보루였던 인쩰리겐찌야의 죽음을 상징한다. 지바고의 삶도, 소비에뜨 체제에 적응한 지식인의 모습도 전체주의 국가에는 자유로운 개성이

설 자리가 없음을 말해준다. 극단적 개인주의를 추구하다 사회로부터 철저히 소외되어 파멸하거나, 아니면 개성의 자발적 폐기만이 가능할 뿐이다.

소설로 쓴 시

일상적인 삶의 행복을 갈망하는 인간, '일상의 시'를 느끼고 표현하는 시인인 주인공의 면모는 『의사 지바고』가 지닌 독특한 장르적 속성과 결부된다. 『의사 지바고』는 전통적인 리얼리즘 소설과 다른 면모를 띠는 탓에 많은 혹평에 시달리기도 했다. 고전적인 소설 문법에서 보면 『의사 지바고』는 미흡한 점이 많은 소설이다. 우선 장편소설을 이끌어가는 서사의 긴장과 힘이 부족하다. 두 권으로 구성된 소설에서 특히 1권 전체는 많은 사건이 간략히 말해져 상대적으로 생기가 없다. 인물의 외양과 심리 묘사에서도 세밀함이 결여되어 있다. 빠스쩨르나끄는 지바고의 들창코나 라라의 날렵한 몸짓과 걸음걸이처럼 인물의 외양을 간략한 특징만 제시한 채 완결되지 않은 스케치 상태로 남겨둔다. 행동의 심리적 동기도 많은 부분 불분명해서 독자를 어리둥절하게 한다. 예를 들어 독자는 꼬마롭스끼에게 총을 쏘고는 나중에 그를 자신들의 송별회에 초대하는 식으로 라라가 보이는 돌출적인 행동의 이유를 뚜렷이 알 길이 없다.

무엇보다 『의사 지바고』가 소설로서 지닌 약점으로 자주 거론된 부분은 개연성을 저해하는 우연의 남발이다. 가장 두드러진 몇몇 예를 보면 이렇다. 1차대전 중 전선에서 지바고와 라라와 갈리울린, 그리고 갈리울린의 죽어가는 아버지가 모두 우연히 한 장소에 나타난다. 지바고는 가족을 이끌고 우랄로 가는 길에 의외의 상황에서 스뜨렐니꼬프를 만나고, 스뜨렐니꼬프가 살아서 마지막으로 만나는 사람 또한 지바고이다. 지바고가 거리에서 심장발작으로 쓰러질 때 멜류제예보에서 온 마담 플뢰리가 그 곁을 지나간다. 모스끄바로 돌아온 지바고가 이복동생의 도움으로 얻는 집필실은 대학생 시절 빠샤가 살던 방이고, 그리하여 라라가 우연히 지바고의 장례에 오게 된다. 특히 첫 만남부터 죽음을 통한 마지막 이별에 이르기까지 지바고와 라라의 만남이 우연의 연속이다.

『의사 지바고』가 소설로서 지닌 이런 약점들에 대한 비판이 간과한 것은 이 작품이 전통적 리얼리즘 소설과는 다른 세계관과 리얼리티에 대한 이해에 기반을 두고 있다는 점이다. 빠스쩨르나끄는 인물 행동의 심리적 정당화와 사건들 사이의 인과적 연관을 추구하지 않는다. 인과적 논리 구조보다는 우연의 유희 속에서 의미를 찾는 것에 더 몰두한다. 삶을 인과적 관계가 아니라 우연적 상황에 좌우되는 것으로 바라보기 때문이다. 빠스쩨르나끄가 이해하기에 삶은 우발적 사건의 연속이어서 의외의 경험들은 바로 삶 본연의 모습이다. 『의사 지바고』에서 우연의 상황과 우발적 행동은 빠스쩨르나끄의 세계관에 맞닿은 것으로서 작품의 본질적 요소를 이룬다. 우연의 일치는 삶의 경험이 완결된 것이 아니며, 삶은 늘 새로운 발견에 열려 있다는 사실을 독자에게 일깨운다.

또한『의사 지바고』의 서사에는 빠스쩨르나끄 특유의 리얼리즘에 대한 이해가 투영되어 있다. 소설에서 지바고가 고르돈과 나누는 대화에서 피력하듯, 빠스쩨르나끄는 자유로운 개성의 주관적 체험이 결부되지 않은, 예술가의 창조적 해석이 개입되지 않은 예술은 무의미하다고 여기며 사실 자체의 집적에 기반을 둔 리얼리즘에 부정적 태도를 취했다. 이렇듯『의사 지바고』에서 빠스쩨르나끄는 전통적인 소설 문법을 뛰어넘으며 행동과 사건의 심리적·논리적 개연성 대신 삶을 체험하는 인간의 내면의 모습을 전하고 내적 상태를 변주하는 데 집중한다. 그것이 '심미적 실존'을 영위하는 주인공의 모습에 상응하는 짙은 시적 성격을 소설에 부여한다.

『의사 지바고』에서 작가와 주인공의 관계는 통상적인 소설의 경우와 다르다. 빠스쩨르나끄와 지바고의 삶이 분리되어 읽히지 않는 까닭이다. 빠스쩨르나끄와 지바고의 관계는 작가와 주인공의 관계이기보다 시인과 시적 자아의 관계에 가깝다고 할 수 있다. 이점과 관련해 작품의 마지막 부분을 이루는「유리 지바고의 시」가 특별히 중요한 의미를 띤다.

독자는 소설이 2권 16부의「에필로그」로 끝나서 17부의「유리 지바고의 시」를 부록으로 여기기 십상이지만「유리 지바고의 시」가 빠지면『의사 지바고』는 불완전해진다. 이제는 나이 든 고르돈과 두도로프가 지바고의 이복동생 엡그라프가 편집한 그의 유고를 읽으며 영감에 차서 대화를 나누는 서사의 마지막 장면에「유리 지바고의 시」가 이어지면서『의사 지바고』는 산문과 시가 결합된 복잡한 구조의 작품으로 독자에게 대두된다. 이 비상한 서사 전략이 중요한 까닭은 두가지다.

우선 지바고의 시를 통해 마침내 빠스쩨르나끄와 지바고의 삶이 결합된다. 소설에서 작가는 한층 절제된 소박한 문체에 대한 시인 지바고의 평생에 걸친 열망에 대해 말한다. 그리고 지바고가 라라와 함께 바리끼노에 머문 시기에 시「옛이야기」를 쓰며 자신의 문체의 이상에 도달하는 과정을 자세히 묘사한다. 이들 대목은 지바고가 빠스쩨르나끄의 분신임을 무엇보다 뚜렷이 암시한다. 시인 빠스쩨르나끄 자신이 평생에 걸쳐 초기 모더니즘 시기의 난해한 문체에서 벗어나 변화된 시대의 삶과 문학에 부합하는 단순한 문체에 도달하려 애썼기 때문이다. 곧 비유가 절제된 명료한 문체로 쓰인 지바고의 시는 시인 빠스쩨르나끄가 꿈꾼 문체의 실현인 것이다.「유리 지바고의 시」는 그 자체로 후기 빠스쩨르나끄가 이룬 가장 뛰어난 시적 성취 중 하나로 평가받는다.

실제로는 빠스쩨르나끄가 1946년에서 1953년에 걸쳐 쓴, 지바고의 시로 제시된 25편의 시 자체도 소설의 주요 모티프 및 주제와 긴밀히 연관된 까닭에 각각의 시가 특별한 의미를 지닌다. 지바고의 시는 소설 전체를 조명하여 독자에게 그 내용을 되새기게 한다. 역사와 인간의 운명에 대한 광대한 이야기가 다시 시로 가공되어 소설과 주인공에 대한 독자의 이해를 풍부하고 깊게 만드는 것이다.「유리 지바고의 시」는『의사 지바고』에서 절정의 피날레에 해당한다. 소설은 마지막 2권 17부의 시를 향해 갈수록 장중해지고 의미심장해지며, 시의 장엄한 음조에 이르러 작품은 대단원을 맞는다.

『의사 지바고』는 무엇보다 시인의 재능을 타고난 한 인간의 시적 전기로서, 파국의 시대에 외부의 압박에 맞서 시인의 삶을 유지하려는 그의 쉼 없는 노력에 관한 이야기다. 지바고의 시와 연관되는 소설의 부분은 구상에서 창작에 이르는 시의 탄생 과정을 생생히 제시한다. 그래서 러시아 시인 안드레이 보즈네센스끼(Andrei Voznesenskii)는『의사 지바고』에 대해 "어떻게 시로 사는지에 관한, 어떻게 삶에서 시가 태어나는지에 관한 소설"이라고 말했다. 실제로 빠스쩨르나끄는 그에게 자연스러운 시적 언어로 시에 대해 말한다. 시적 형상이 태동하고 진화하는 과정을 도식적인 말이 아니라 독창적인 시적 지각의 프리즘을 통해 펼쳐 보인다. 개인적인 시적 체험의 소산인 시적 형상이 띤 상징성은 소설의 내용을 보편적 의미로 고양시킨다. 그렇게 시와 산문이 서로를 풍부히 하며 접합되어 새로운 장르를 이룬다. 『의사 지바고』는 산문과 시의 장르적 종합으로 이루어진 작품이다. 『의사 지바고』를 '소설로 쓴 시'라고 부를 수 있는 이유이다.

"삶은 들판을 건너는 것이 아니다"—삶이 축복인 이유

『의사 지바고』의 핵심 주제는 삶 자체다. 기독교적 의식에 침윤된 삶의 의미와 소명의 주제가 소설과 「유리 지바고의 시」를 관류하는 자연, 사랑, 예술, 죽음, 불멸 등의 주제를 아우른다. "삶은 들판을 건너는 것이 아니다." 「유리 지바고의 시」를 여는 시 「햄릿」의 이 마지막 시구가 바로 빠스쩨르나끄 삶의 철학의 토대에 놓인 삶에 대한 이해를 대변하는 경구다. 삶은 들판을 건너는 것처럼 쉽지 않은 길, 고난의 길이다. 그래서 햄릿의 물음이 인간 저마다의 몫으로 대두된다. 살 것인가, 말 것인가? 가시밭길인 삶을 받아들이고 산다면 삶의 의미는 무엇에 있는가?

고난의 시대를 살아가는 많은 개인의 운명이 교차하는 소설에서 작가의 삶의 철학에 대한 이해와 관련하여 중요한 것이 유리 지바고와 빠벨 안찌뽀프-스뜨렐니꼬프 사이의 관계다. 라라를 사이에 두고 두 인물이 맺는 일종의 삼각관계는 정신적 연관성을 배경으로 드러나는 삶에 대한 입장 차이를 통해 소설 속에서 특별한 자리를 차지한다.

첫눈에는 두 인물 사이에 라라에 대한 사랑 이외에는 공통점이 없는 듯하다. 지바고는 안락한 부르주아 출신의 자유주의자이고 안찌뽀프-스뜨렐니꼬프는 나날이 생존을 위한 투쟁의 연속이었던 노동계급 출신의 급진적 혁명가이다. 그러나 서로 다른 사회적 진영에 속한 두 사람은 정신적으로 연결되어 있다. 두 인물 다 처음에 혁명에 대해 품었던 생각에 고착된 나머지 혁명의 실제 의미와 그것이 그들에게 가져올 결과를 가늠하지 못한다. 다른 곳에서 다른 방식으로 혁명에 이끌리고 서로 다른 삶의 길을 걸었지만 그들은 공히 혁명에 대해 품었던 이상주의적 믿음에 대해 혹독한 대가를 치른다. 혁명의 시초부터 그들은 동일한 파멸의 운명으로 함께 묶여 있다. 이런 정신적 연결을 배경으로 두 사람의 내면과 영위하는 삶의 모습이 지닌 차이가 부각된다.

비록 스뜨렐니꼬프가 세상에 불을 지른 사람들 가운데 있고 그래서 혁명의 정신을 구현하고 있지만, 그는 자신의 아버지 안찌뽀프나 찌베르진 같은 "말없이 준엄한 우상"과는(2권 110면) 다른 인물이다. 비록 "선을 행하기에는 원칙주의자인 그는 일반적인 경우란 모르고 개별적인 경우만 알며 작은 것을 행함으로써 위대한, 가슴의 무원칙성을 결여하고"(1권 404면) 있지만, 그는 '인간적 얼굴을 지닌 볼셰비끼'이다. 스뜨렐니꼬프는 늘 견지하던 완벽에 대한 지향에 따라 혁명가의 규범에도 충실하다. 그는 누구도 도덕적 순결에 대해 신경 쓰지 않는 혁명의 세계를 자신이 오해했음을 깨달았을 때 상처를 입지만, 언젠가 자신의 이상을 왜곡한 어둠의 힘을 심판할 수 있으리라는 희망 속에서 고통과 슬픔을 내면에 억누른다. 지바고는 그와의 첫 만남에서 강한 인상을 받는다. 지바고는 스뜨렐니꼬프의 모습에서 자신과는 반대인 "완벽한 의지의 화신"을 (1권 400면) 본다. 그러나 그는 스뜨렐니꼬프의 강인한 혁명가의 외관 뒤에서 다른 혁명가들과 구별되는 상처받기 쉬운 인간적 면모를 감지한다. 지바고는 그가 동료 혁명가들처럼 혁명의 도그마에 사로잡힌 것이 아니라 삶에서 겪은 시련으로 인해 덫에 빠진 것을 감지한다.

빠벨 안찌뽀프-스뜨렐니꼬프는 평생 사랑 때문에 고독했던 사내이다. 그는 지바고만큼이나 라라를 사랑했다. 혁명가 활동을 포함한 그의 전생애의 의미는 오로지 라라에게 있었다. 그가 공부를 해 교사가 되고 독학으로 엄청난 지식을 쌓은 것도, 전선에 나갔다가 포로가 된 것도, 혁명 소식을 듣고 탈출해서는 가족에게 돌아가지 않고 적군 사령관이 되어 악명을 떨치는 것도 오로지 라라를 위해서였다. 결혼 첫날밤 알게 된 라라의 과거는 그를 완전히 다른 사람으로, 해맑고 다정한 청년 빠샤 안찌뽀프를 강인한 의지를 가진 광신적인 적군 지도자 스뜨렐니꼬프로 변모시킨다. 그에게 라라는 구시대 삶의 실재, 핍박받는 러시아 민중의 상징이었다. 아내의 삶에 어둠을 드리운 구세계에 대한 응징, 그것이 그의 혁명의 대의, 혁명가로서의 삶의 동력이었다. 빠벨 안찌뽀프의 가명 스뜨렐니꼬프는 '총을 쏘는 자'라는 뜻으로 직선적이고 준엄한 태도, 공정하고 깨끗한 세상에 대한 그의 지향을 상징한다. 단일한 이념으로 세상을 먼저 정돈해야 한다는 신념이 그를 가족과의 재회를 미룬 채 혁명에 헌신하게 한다.

이데올로기에 사로잡혀 삶의 소중한 가치를 망각하고 생명의 온기를 상실하게 된 것이 안찌뽀프의 삶을 비극적 파국으로 내몬다. 그는 아내의 진정한 사랑을 얻을 자격을 위해 혁명에 헌신했지만 결과적으로는 그럴 필요가 없었다. 그는 라라가 자신을 얼마나 사랑하는지 모른 채 진정한 가족의 삶을 위한 준비로 혁명에 헌신하다 결국 스스로 목숨을 끊는다. 안찌뽀프의 사랑은 있는 그대로의 라라를 사랑한 지바고의 경우와는 다른 사랑, 라라 자체가 아닌 자신의 관념 속에서 이상화된 라라를 향한 미친 사랑이었다. 그의 사랑에서 진짜 라라는 사라지고, 그의 삶에서 진짜 삶은 유예되었다. 안찌뽀프는 이데올로기에 들린 시대의 상징이다.

더이상 혁명에 쓸모가 없게 되자 당원이 아니라는 이유로 반혁명 분자로 몰려 도망자 신세가 되고서야 그는 가까이 두고도 멀리하던 라라와 딸을 찾아오지만 가족은 이미 떠나고 없다. 육년에 걸친 초인적인 극기의 세월 동안 가족에 대한 그리움을 억누르며 새로운 삶을 준비하던 그에게 종국에 남은 것은 가족을 보고 싶은 단하나의 소망뿐이다. 인간에 대한 연민의 이름으로 무자비한 폭력이 자행되고, 소위 '지고한 정의'의 이름으로 무수한 인간이 희생되었다. 그가 삶의 마지막에 지바고와 나누는 대화에서 자신의 모든 계획이 수포로 돌아갔음을 고통스럽게 인정할 때 대두되는 것은 한 인간의 운명이 지닌 지독한 아이러니의 모습이다.

삶은 규칙이나 이념으로 재단할 수 있는 것이 아니다. 지바고에게 삶은 어떤 추상적 도식에 맞도록 주조될 수 있는 비활성 질료가 아니라 영원히 활기차고 역동적인 원칙이다. 지바고는 삶 자체는 놀랍고 불가해한 자기갱신의 원칙인 까닭에 강제적인 수술을 목표로 하는 어떠한 이데올로기도 뛰어넘고 그것을 필요로 하지 않는다는 신념을 피력한다. 결과적으로 지바고는 삶 자체의 이름으로 혁명을 거부한다.

빠스쩨르나끄가 시 「노벨상」에서 쓴 대로 "내 땅의 아름다움을 써서 온 세상을 울게" 했다는 말은 혼란과 폭력이 난무하는 땅에서도 삶은 눈물 나도록 아름답다는 뜻으로 읽을 수 있다. 절망의 순간에도 삶은 아름답다는, 죽음이 만연한 세상에서도 삶은 살 가치가 있다는 말을 해야 할 의무를 완수했다는 느낌에 대해 그는 또 이렇게도 말했다. "내가 책을 쓰며 책 속에서 찾고 추구한 것은 뭐라고 정의 내리기 어렵게 놀라운(심지어 슬픔 가운데에서도 신비롭도록 행복하게 하는) 삶의 정기를 (아니면 아마 용기 있고 겸손한 삶에 대한 찬양의 느낌과 감정을) 구현하고 육화하는 것이었다." 『의사 지바고』는 "슬픔 가운데에서도 신비롭도록 행복하게 하는" 삶의 기운, 실존의 기쁨에 관한 책이다. 그렇다면 가시밭길인 삶은 무엇으로 축복일 수 있는가?

빠스쩨르나끄는 주인공의 형상에 바로 그가 말한 "삶의 정기," 삶의 찬미를 구현했다. '살아 있는'이라는 뜻의 러시아어 형용사 '지보이'(живой)의 고어형에서 유래한 이름에서 알 수 있듯이 지바고는 생명, 삶 자체를 의미하는 인물이다. 지바고는 어두운 현실을 힘들게 헤쳐나가는 생명의 불꽃이다. 안찌뽀프-스뜨렐니꼬프의 형상이 삶의 준비로 끝난 삶의 허망함을 보여준다면, 지바고의 삶은 삶 자체의 기쁨을 일깨운다. 실존의 기쁨이 지바고로 하여금 삶에서 만나는 곤경을 뛰어넘게 한다. 바리끼노에서의 라라와 자신의 삶이 즉각적인 위험에 직면한 절망적인 상황에서도 지바고는 스스로 과분하다고 느끼는 벅찬 행복감에 젖는다. 눈 내린 집 밖의 세상과 집 안 침대 시트의 순결함이 그에게 감동의 눈물을 자아낸다. 소박한 삶의 요소를 즐기고 감사할 줄 아는 능력을 작가와 주인공은 공유한다. 외적 상황에 좌우되지 않는 내적 행복이 인간의 삶에 무엇보다 소중한 것이다. 지바고만큼이나 힘든 삶을 살았던 빠스쩨르나끄는 죽음을 앞두고 삶을 결산하며 이렇게 말했다. "이제 나는 죽을 것이다. 그러나 나의 삶은, 내가 너무도 하늘에 감사하는 그토록 행복한 삶은 남을 것이다."「노벨상」을 비롯한 여러 시에서 빠스쩨르나끄가 피력하는 삶에 대한 낙관과 선의 승리에 대한 믿음은 이처럼 소박하지만 강렬한 실존의 기쁨과 연관되어 있다.

지바고에게 있어 실존의 기쁨의 한 축을 이루는 것은 예술이다. 그에게 예술은 "존재의 행복에 관한 이야기"이다.(2권 326면) 삶을 새롭게 체험하고 일구는 '예술가적 실존'이 기쁨의 순간들을 가능케 한다. 지바고는 "모든 것을 아우르고, 모든 것을 경험하고, 모든 것을 표현하기 위해 인간은 저마다 파우스트로 태어난다"라고(2권 58면) 말한다. 규범적 양식에 매몰되지 않는 창의적이고 주체적인 시각으로 삶을 바라보고 풍부히 체험하는 '예술가적 인간'에게 우연에 열린 삶은 늘 새로운 발견의 대상이 된다.

지바고의 삶의 방식이 사회주의적 삶의 양식에 대립되듯, 작품 곳곳에서 그의 입이나 니꼴라이 베제냐삔의 입을 빌려 피력되는 빠스쩨르나끄의 예술관도 사회주의의 규범 미학에 대해 논쟁적 관계를 맺는다. 지바고는 과장된 정치적 구호가 난무하는 동시대 문학을 멀리하고, 사적인 일상에 기초해 삶의 궁극적 문제를 탐색하는 19세기 러시아 문학의 윤리적 이상에 충실하려 한다. 소박한 문체에 도달하려는 그의 지향은 삶의 소박한 가치에 대한 갈망과 연관된 것이기도 하다. 지바고는 시대의 문학적 규범 바깥에서 개성을 추구하는 창조적 예술가이다. 그는 삶에서 채 누리지 못한 자유를 예술의 세계에서 충만히 누린다.

지바고에게 실존의 기쁨의 또다른 원천은 사랑이다. 사랑은 생명의 에너지의 발현이다. 지바고는 가장으로서 가족을 돌보지 못하는 것과 라라와의 사랑으로 인한 죄책감에 시달리면서도 또냐를 사랑하지 못한다. 그에게 라라는 끊임없이 생명의 에너지를 발산하게 하고 시적인 상상력을 북돋우는 신선한 자극이다. 라라와의 친밀감을 통해 역사적 비극에 맞서는 실존의 아름다움이 열린다. 그에게 라라는 생명의 기운 자체를 의미한다. 라라에게도 지바고는 세상을 살아나가게 하는 힘이다. 지바고와 교감하는 세계 속에서 라라는 그녀를 가둔 슬픔에서 해방되어 자신과 삶을 새롭게 발견하고 일구는 자유의 기쁨을 느낄 수 있다. 그들의 격정과 삶에 대한 사랑 속에서 생명의 맥박이 뛴다.

지바고가 시 「8월」에서 노래하듯 비극적인 종말을 앞두고도 삶은 기쁨이 된다. 인간은 외적 상황의 구속에서 그를 자유롭게 하는 지고한 능력을 지니고 있기 때문이다. 사랑과 창조의 능력이 그것이다. 지바고는 이데올로기적 억압의 세상 속에서 그에 맞서 쌓은 예술과 사랑의 성 안에서 시대로부터 자유로웠다.

죽음은 없다

『의사 지바고』에서 삶의 찬미는 삶의 아름다움이 열리는 순간을 시화하고 노래하는 것만을 의미하지 않는다. 삶은 예기치 않은 아름다움이 열리고 생명의 기운이 분출되는 순간을 품고 있기에 축복이지만, 결국 인간은 죽는다. 소설의 주요 인물 지바고와 라라와 빠샤는 모두 죽음을 맞는다.(절제되고 차분한 어조로 라라의 죽음을 전하는 대목은 시대에 대한 너무도 강렬한 고발이자 기억이다.)

그렇기에 삶에 축복의 순간이 깃들어 있다 한들 결국 삶은 허망한 것일 수 있다. 그러나 빠스쩨르나끄는 삶이 죽음으로 끝나지 않음을 말한다. 작가는 지바고와 라라의 죽음으로 작품을 끝맺지 않는다. 「에필로그」를 통해 그들에게 두가지가 남았음을 밝힌다. 둘 사이에 태어난 딸 따냐와 지바고가 남긴 시를 통해 그들의 삶은 지속된다. 죽음을 극복하는 삶의 지속에 대한 믿음이 삶에 대한 예찬을 굳건히 한다.

시 「햄릿」은 지바고에게 삶이 무조건적 신뢰의 대상임을 말해준다. 「햄릿」에서 자신이 연기해야 할 배역에 대한 두려움과 긴장에 찬 사색 속에서 무대에 나서기를 기다리는 배우인 시적 주인공의 목소리에는 다른 목소리들이 함께 울린다. 그의 목소리는 자신의 삶의 사명에 대해 사색하는 셰익스피어 극의 주인공의 목소리이자 십자가의 죽음의 길이 예정되어 있음을 아는 예수 그리스도의 목소리이며, 자신과 가까운 이들의 고난과 파멸을 통찰하는 유리 지바고의 목소리인 동시에, 정권이 소설을 용납하지 않으리라는 것을 알고 있던 작가 자신의 목소리이기도 하다. 임박한 시련에서 자신을 벗어나게 해달라는 그리스도의 기도는 배우의 기도인 동시에 햄릿과 지바고와 빠스쩨르나끄의 기도이다. 그러나 그리스도가 고난과 죽음의 운명을 수용하듯 배우는 배역을 연기하고, 햄릿은 자신의 투쟁의 결과를 수용하며, 소설의 주인공과 작가는 의식적으로 담대히 파멸을 향해 간다. 배우도, 햄릿도, 그리스도도, 지바고도, 빠스쩨르나끄도 홀로 거짓과 위선에 둘러싸인 채 파멸의 운명으로부터 달아날 수 없다. 모두 삶에서 자신에게 부과된 과중한 역할을 피할 수 없음을 알고, 받아들인다.

햄릿의 비극은 그리스도의 고난의 반복이다. 햄릿과 그리스도의 형상이 수렴되는 까닭은 빠스쩨르나끄에게는 셰익스피어의 『햄릿』이 의지박약의 드라마가 아니라 의무와 소명의 드라마였기 때문이다. 그리스도처럼 햄릿은 아버지의 의지를 수행한다. 둘 다 다른 사람들을 위해 자신을 희생한다. 시적 주인공 또한 그의 예술을 통해 다른 사람들이 힘을 얻으며 삶을 지속하도록, 그리하여 그의 삶이 다른 사람들 속에서 계속되도록 예술에 자신을 내어주어야 한다. 지바고는 죽지만 그의 삶과 시대를 보존한 그의 시는 남아서 읽힌다. 그의 시를 통해 그를 기억하고 삶의 힘을 얻는 다른 사람들의 삶 속에 그는 남는다. 다른 사람들 속에서 지속되는 삶을 통해 죽음이 극복되기에 삶은 영원하다는 깨달음이 삶에 대한 무조건적인 신뢰의 바탕을 이룬다. 그것이 고난과 피할 길 없는 죽음을 향한 삶을 받아들이게 한다.

작품 초반에 지바고는 병상에서 죽어가는 안나 이바노브나에게 다른 사람 속에 존재함을 통해 삶은 영원하다는 믿음을 즉흥적으로 피력하고 삶의 찬미로 말을 맺는다. 작가는 비단 지바고의 말뿐 아니라 작품 전체에 걸쳐 불멸의 주제를 펼쳐놓는다. "이 세상과, 그 안에 가득한 것이 모두 야훼의 것, 이 땅과 그 위에 사는 것이 모두 야훼의 것이다." 어린 유리 지바고의 어머니 장례식 장면으로 시작하는 소설의 서두에서 그의 어머니 무덤 위에 울려퍼지는 이 시편 24장 1절의 구절은 이 책의 모토가 될 수 있다. 모든 것이 땅에서 나와 땅으로 돌아가고 다시 생명으로 바뀐다는 시편 구절의 의미에 상응하여 소설 속 자연에 관한 묘사 중 많은 부분이 생명의 부단한 변환을 상징한다. 빠스쩨르나끄의 시에서처럼 소설에서도 자연은 범신론적 자질을 얻으며 의인화되어 있다. 인간은 영원히 갱생하는 자연 세계의 일부로 자연의 불멸을 통해 불멸을 얻는다.

소설과 시에서 되풀이되는 봄의 이미지는 그리스도의 부활과 짝을 이루어 삶이 영원한 순환을 통해 죽음을 이김을 상징한다. 진정한 인간의 척도는 삶의 흐름에 자신을 내어주는 능력, 삶의 리듬에 순종하는 능력이다. 생명의 순환을 통한 영원한 삶의 이상에 그리스도의 형상을 통해 대두되는 타인을 위한 희생으로서의 삶의 윤리가 결부된다. 불멸에 대한 지바고의 생각은 혁명과 역사에 대한 생각과 마찬가지로 다시 니꼴라이 베제냐쁜의 삶의 철학과 공명한다. 베제냐쁜은 역사에 대한 그의 사고가 그렇듯 그리스도에 대한 해석을 통해 희생으로서의 삶이라는 이상을 제시하며 죽음에 의해 삶이 끝나지 않는다는 믿음에 도달한다.

지바고의 이름은 러시아정교회 성서와 기도서에서 그리스도의 여러 이름 중 하나다. 생명을 뜻하는 주인공의 이름은 그가 작가의 삶의 철학을 구현하고 있음을 가리키는 동시에 그리스도의 삶이 작가의 삶의 철학의 토대임도 가리킨다. 시 「햄릿」에서 전면에 대두된 지바고와 그리스도의 형상의 수렴은 소설에서 주인공의 삶의 변모가 지닌 의미를 이해하는 열쇠가 된다. 그리스도 형상과의 관련성은 지바고의 삶의 변모에 기독교적 의미를 부여한다. 소설에 산재한 성서의 인유(引喩)에서 중심을 차지하는 그리스도의 형상은 지바고의 생애 기술에서 죽음과 부활의 모티프를 부각시킨다. 열병이 낳는 환각을 동반한 죽음에 가까운 피로 상태가 지바고의 삶의 단계가 변화하는 국면에서 되풀이되고, 건강의 회복은 봄과 빛의 승리, 새로운 삶을 향한 자연의 깨어남과 일치한다. 지바고의 환각은 그리스도의 죽음과 부활과 직접적으로 연관된 것이어서 소설에서 특별한 의미를 띠는 대목이다.

헐벗은 순례자의 모습으로 시베리아에서 모스끄바로 돌아온 말년의 지바고는 주위 사람들이 보기에 사회적으로 추락하고 정신적으로 타락한 인간이다. 마지막 모스끄바 시절에 그는 의사 일을 포기하고 사람들로부터 완전히 소외되어 자기 세계에 침잠한 룸펜 작가이다. 그러나 그리스도의 생애의 문맥은 그런 삶에 부활을 향한 금욕적 고행과 죽음의 의미를 드리운다. 사회와 절연하고 자기 비하 속에 고행의 삶을 사는 말년의 지바고의 모습은 러시아정교회에 전통적인 '유로지비'(바보 성자)의 모습에 비견될 수 있다. 시인 지바고의 고난과 결부된 기독교적 희생의 윤리는 소비에뜨 체제하에서 빠스쩨르나끄 자신 및 그와 같은 길을 걸었던 동료 문인들이 견지했던 '희생으로서의 창조적 삶'의 이상과도 맞물려 있다. 지바고의 비극적 생애에 드리운 그리스도의 형상의 빛은 그리스도의 삶처럼 삶은 고난 없이 불가능하다는, 부활은 오직 고난과 죽음을 통해 가능하다는 작품의 중요한 메시지들 중 하나를 전한다.

작가는 그리스도가 부활했듯 지바고의 삶도 죽음에 대해 승리를 거둔다는 것을 그의 장례식 장면에서 그린다. 지바고의 장례에서 예식과 추도의 노래를 대신한 꽃들은 그저 피어나고 향기를 내뿜는 것이 아니라 그 향기로 죽음의 냄새를 이기고 삶의 승리를 천명한다. 죽음과 나란히 이웃한 삶인 꽃들이 지바고를 죽음의 비밀을 거쳐 영생으로 인도한다. 작가는 이 장면에 마리아가 부활해 무덤에서 나온 그리스도를 동산지기로 착각하는 성서의 대목을 집어넣는다. 구세주가 동산지기라면 그가 구원하는 세상은 동산이다. 지상의 삶에서 패배한 지바고는 영혼 속에 동산을 일구었다. 그 동산이 그의 죽음 이후에도 남아 시 속에서 꽃피고 향기를 뿜는다. 바로 그 동산이 지바고의 마지막 시 「겟세마네 동산」의 중심이 되면서 작품의 핵심적이고 결론적인 형상이 된다.

「겟세마네 동산」에서 시인은 십자가에 못 박히고 죽음이 임박하여 그리스도와 함께 슬퍼한다. 그러나 죽음의 공포는 영원한 삶에 대한 믿음으로 극복된다. 소설의 정신적 토대이자「유리 지바고의 시」를 관류하는 그리스도 부활의 모티프가 마지막 시에서 절정에 도달한다. 시의 마지막 연들에서 지바고의 목소리는 첫 시에서처럼 그리스도의 목소리와 섞인다. 첫 시「햄릿」과 마지막 시「겟세마네 동산」이 같은 주제의 변주로 수미상관을 이루는 까닭에「유리 지바고의 시」전체가 종교적 찬가의 성격을 띤다. 작가는 그리스도와의 유비에 의해 자기 시대의 심판자가 되는 지바고의 형상에 인간의 소명과 불멸에 관한 깊은 믿음을 담는다. 그렇게「유리 지바고의 시」뿐만 아니라『의사 지바고』전체가 죽음을 이기는 삶에 관한 낙관적인 믿음으로 끝난다.

삶은 축복인 동시에 소명이다. 살아야 한다.

최종술(상명대 글로벌지역학부 교수)

작가연보

1890년   2월 10일 모스끄바에서 화가인 아버지 레오니드 오시뽀비치(Leonid Osipovich)와 피아니스트인 어머니 로잘리야 이시도로브나(Rozalia Isidorovna) 사이의 장남으로 태어남.

1900년   모스끄바에 온 독일 시인 릴케(Rainer Maria Rilke)와 만남.

1901년   모스끄바 제5 김나지움 입학.

1903년   알렉산드르 스끄랴빈(Aleksandr Skryabin)을 만나 6년에 걸친 진지한 음악 수업을 시작. 말에서 떨어져 오른쪽 다리를 다친 뒤 절게 된 탓에 이후 군복무를 할 수 없게 됨.

1908년   김나지움을 우등으로 졸업하고 모스끄바 대학교 법학부에 입학.

1909년   음악을 포기하고 문학에 대한 진지한 관심을 드러냄. 철학을 공부하기 위해 역사문헌학부로 전과.

1910년   아버지와 함께 레프 똘스또이의 장례식에 참석. 첫 시들을 씀.

1912년   독일 마르부르크 대학교에서 여름 학기 철학 세미나를 들음. 이주
동안 이딸리아를 여행하고 러시아로 돌아옴.

1913년   모스끄바 대학교 철학과 졸업. 무사게뜨 출판사 산하의 미학 연구
모임에서 시론「상징주의와 불멸」(Simvolizm i beccmertie)을 발표.
본격적으로 시를 쓰고 동인지『서정시』(Lirika)에 5편의 시를 발
표. 첫 시집『구름 속의 쌍둥이』(Bliznets v tuchakh) 출간.

1914년   러시아가 제1차 세계대전에 돌입함. '서정시' 동인과 결별 후 미
래주의자 시인 그룹 '쩬뜨리푸가'(Tsentrifuga) 결성에 참여, '쩬뜨
리푸가'의 첫 선집에 시와 시론을 게재함. 블라지미르 마야꼽스끼
(Vladimir Mayakovskii)를 만남.

1915~17년 우랄의 화학공장에서 사무원으로 일함.

1916년   '쩬뜨리푸가'의 두번째 선집에 시를 수록. 모스끄바로 돌아왔다
가 겨울에 다시 우랄로 감. 두번째 시집『장벽을 넘어』(Poverkh
bar'erov) 출간.

1917년   2월혁명 소식을 듣고 모스끄바로 돌아옴. 시집『나의 누이인 삶』
(Sestra moya-zhizn')에 실릴 대다수의 시를 씀. 10월혁명의 결과
로 볼셰비끼가 정권을 잡음.

1918년   '소비에뜨 교육 인민위원회'에서 사서로 일함. 소비에뜨 정부
가 독일과 강화조약을 맺음. 내전이 시작됨. 중편소설「류베르스
의 어린 시절」(Detstvo Lyuvers) 집필. 마리나 쯔베따예바(Marina
Tsvetaeva)를 처음 만남.

1919년   시집『주제와 변주』(Temy i variatsii)를 씀.

1920년   마야꼽스끼와 멀어짐.

1921년	부모와 두 누이동생이 독일로 망명함. 내전이 종식됨.
1922년	오시쁘 만젤시땀(Osip Mandelshtam) 부부와 알게 됨. 화가 예브게니야 루리예(Evgeniya Lurie)와 결혼. 세번째 시집『나의 누이인 삶』의 출간과 함께 시인으로서의 명성이 확립됨. 프랑스에서 살고 있던 쯔베따예바와 편지를 주고받기 시작함. 아내와 함께 베를린으로 가 이년간 독일에 머물며 베를린 망명 문학계에서 활동함.
1923년	네번째 시집『주제와 변주』를 베를린에서 출간. 아내와 함께 마르부르크를 방문. 러시아로 돌아가기 전 마지막으로 부모를 만남. 아들 예브게니(Evgenii)가 태어남. 서사시「고상한 질병」(Vysokaya bolezn')의 초고를 씀.
1924년	중편소설「공중의 길」(Vozdushnye puti) 집필.『레프』(Lev)에「고상한 질병」게재.
1925년	시소설「스뻭또르스끼」(Spektorskii) 집필 시작. 서사시「1905년」(Devyatsot pyaty god)의 첫 장들 집필.
1926년	서사시「시미뜨 중위」(Lieutenant Schmidt) 집필. 아버지가 보낸 편지에서 릴케가 그의 시를 알고 높이 평가한다는 소식을 접함. 릴케 작고.
1927년	『노비 미르』(Novyi Mir)에「시미뜨 중위」발표.
1928년	「1905년」과「시미뜨 중위」를 책으로 출간. 초기 시와「고상한 질병」개작.「스뻭또르스끼」집필을 계속함. 산문「이야기」(Rasskazy) 집필.
1929년	자전적 산문『안전 통행증』(Okhrannaya gramota) 1부 집필.『노비 미르』에「이야기」게재.『즈베즈다』(Zvezda)에『안전 통행증』1부 발표.「스뻭또르스끼」의 결말 집필. 마지막으로 마야꼽스끼와 화해를 시도함.

1930년 4월 14일 마야꼽스끼 자살. 이르뺀을 여행함. 지나이다 니꼴라예
       브나 네이가우즈(Zinaida Nikolaevna Neugauz)와 사랑이 싹틈.『안
       전 통행증』2부와 3부 집필. 모스끄바를 방문한 그루지야(현 조지
       아) 시인 빠올로 이아시빌리(Paolo Iashvili)를 알게 됨.

1931년 『끄라스나야 노비』(*Krasnaya nov'*)에 『안전 통행증』 결말 게재 후
       단행본 출간. 지나이다 니꼴라예브나와 함께 빠올로 이아시빌
       리를 찾아감. 첫 그루지야 여행으로, 그루지야 시인들과 우정을
       쌓음.

1932년 시집 『제2의 탄생』(*Vtoroe rozhdenie*) 출간. 첫 아내와 결별하고 지
       나이다 니꼴라예브나와 재혼.

1933년 작가 사절단의 일원으로 두번째로 그루지야 방문.

1934년 만젤시땀이 체포됨. 이와 관련해 스딸린과 통화. 제1차 소비에뜨
       작가동맹 회의에서 기립 박수를 받으며 연설함.

1935년 그루지야 시를 번역한 『그루지야의 서정시인들』(*Gruzinskie liriki*)
       출간. 우울증과 불면증으로 고생함. 빠리에서 개최된 '문화 보호
       를 위한 반파시스트 국제회의'에 파견됨. 베를린에서 여동생 조
       제피나(Zozefina)를 마지막으로 만남. 마리나 쯔베따예바를 만남.
       시인 레프 구밀료프(Lev Gumilyov)가 체포됨. 안나 아흐마또바
       (Anna Akhmatova)와 함께 스딸린에게 편지를 보냄. 구밀료프가
       석방되어 빠스쩨르나끄는 스딸린에게 책 『그루지야의 서정시인
       들』과 감사의 편지를 보냄.

1936년 민스끄에서 열린 작가동맹 이사회 3차 회의에서 틀에 박힌 문학
       양식과 관료적 획일화에 반대하는 연설을 함. 관제 언론의 빠스쩨
       르나끄에 대한 공격이 강화됨. 공식적인 문학적 삶을 멀리하기 위
       해 뻬레젤끼노의 다차로 떠나 번역에 몰두함.

1937년 모반 혐의로 기소된 일단의 장군들 처형에 동의하는 편지에 서명하기를 거부함. 그루지야 시인 빠올로 이아시빌리가 자살하고 찌찌안 따빗제(Titian Tabidze)가 체포, 처형됨.

1938년 아들 레오니드(Leonid)가 태어남. 『햄릿』 번역. 만젤시땀이 수용소에서 사망함.

1939년 쯔베따예바가 망명에서 돌아옴. 옥스퍼드에서 어머니 작고. 제2차 세계대전 발발.

1940년 서구 시 『번역 선집』(*Izbrannye Perevody*) 출간. '뻬레젤끼노 연작'의 첫 시들을 씀. 『몰로다야 그바르디야』(*Molodaya Gvardiya*)에 『햄릿』 번역 게재.

1941년 히틀러의 침공으로 가족과 함께 우랄의 치스또뽈로 소개됨. 쯔베따예바가 자살함.

1942년 『로미오와 줄리엣』 번역. 모스끄바로 돌아왔다가 다시 치스또뽈로 떠남.

1943년 가족과 함께 모스끄바로 돌아옴. 시집 『이른 기차를 타고』(*Na rannikh poezdakh*) 출간. 작가 사절단의 일원으로 해방된 서부 전선의 오룔 지방을 방문하고 오체르끄 「전선 기행」(Poezdka v armiyu)과 「해방된 도시」(Osvobozhdyonnyi gorod)를 씀. 『끄라스나야 즈베즈다』(*Krasnaya zvezda*)에 서사시 「노을」(Zarya)의 프롤로그 게재.

1944년 서사시 「노을」과 전쟁 시를 씀.

1945년 제2차 세계대전 종식. 『의사 지바고』 집필을 시작함. 시선집 『광활한 땅』(*Zemnoi prostor*)을 출간하고 악평을 받음. 옥스퍼드에서 아버지 작고. 그루지야 시인 니꼴로즈 바라따시빌리(Nikoloz Baratashvili)의 시와 서사시 번역. 외교관으로 온 영국 사상가 아이제이아 벌린(Isaiah Berlin)과 알게 됨.

1946년 빠스쩨르나끄가 번역한 『햄릿』이 초연됨. 처음으로 노벨문학상 후보에 오름. 언론과 작가 집단의 신랄한 공격에 처함. 올가 이빈스까야(Olga Ivinskaya)를 만나 삶이 끝날 때까지 관계를 지속함.

1947년 『노비 미르』로부터 시 발표를 거절당함. 『리어 왕』 번역.

1948년 '소비에뜨 문학의 황금 시리즈'로 나온 빠스쩨르나끄 『선집』(*Izbran-noe*) 25,000부가 파기됨. 『파우스트』 1부 번역.

1949년 올가 이빈스까야가 스파이 활동으로 의심받는 인물과 가까이 지낸다는 죄목으로 체포됨. 『파우스트』 2부 번역.

1950년 두번의 심근경색으로 고통받음. 『의사 지바고』 1권 집필을 끝냄.

1952년 심근경색으로 두달간 입원.

1953년 스딸린 사망. 「유리 지바고의 시」를 마무리함. 올가 이빈스까야가 수용소에서 돌아옴. 빠스쩨르나끄가 번역한 『파우스트』가 출간됨.

1954년 『즈나먀』(*Znamya*)에 '소설의 시' 10편 게재. 두번째로 노벨문학상 후보에 오름. 소비에뜨 정부는 미하일 숄로호프(Mikhail Sholokhov)를 대신 추천함. 악평에 시달림.

1955년 『의사 지바고』 집필을 마무리함.

1956년 『노비 미르』와 『즈나먀』 편집진에 소설 원고를 보내지만 게재를 거절당함. 원고를 이딸리아의 펠뜨리넬리 출판사로 보냄. 자전적 산문 『사람들과 상황』(*Lyudi i polozheniya*)을 씀. 시집 『날이 갤 때』(*Kogda razgulyaetsya*)를 쓰기 시작함.

1957년 시선집 출판 계획이 무산됨. 이딸리아에서 『의사 지바고』가 출간되자마자 베스트셀러가 되고 수많은 외국어로 번역됨.

1958년 노벨문학상 수상자로 선정됨. 작가동맹에서 제명되고 중상에 찬 이데올로기 선전에 시달림. 추방의 위협에 직면해 노벨상 수상을 거절함. 흐루쇼프에게 보내는 탄원 편지가 『쁘라브다』(*Pravda*)에 실림. 자전적 산문 『사람들과 상황』이 이딸리아와 프랑스에서 출간됨.

1959년   마지막 시집 『날이 갤 때』가 빠리에서 출간됨. 펠뜨리넬리 출판사가 『의사 지바고』를 러시아어로 출간. 영국 신문 『데일리 메일』(*Daily Mail*)에 시 「노벨상」이 실리자 조국에 대한 배신행위로 기소되고 외국인과의 접촉을 금지당함. 소련을 방문한 영국 총리 해럴드 맥밀런(Harold Macmillan)과 만나지 못하도록 당국이 그를 아내와 함께 그루지야로 보냄.

1960년   5월 30일 뻬레젤끼노에서 폐암으로 영면. 뻬레젤끼노 묘지에 비밀리에 안장되었음에도 4,000명 이상의 사람들이 작가의 마지막 길을 배웅함. 올가 이빈스까야와 그녀의 딸이 반역죄로 체포됨.

1965년   '시인의 서재' 시리즈의 하나로 『빠스쩨르나끄 시선』(*Boris Pasternak. Stikhotvoreniya i poemy*)이 출판됨.

1988년   『노비 미르』에 소설 『의사 지바고』가 게재됨.

1989년   아들 예브게니 보리소비치가 노벨문학상 증서와 메달을 대신 받음.

1990년   뻬레젤끼노에 빠스쩨르나끄의 집 박물관이 문을 엶.

1989~92년   전5권으로 된 『빠스쩨르나끄 작품집』(*Boris Pasternak. Sobranie sochinenii v 5 tt.*) 출간.

2003~05년   전11권으로 된 『빠스쩨르나끄 전집』(*Boris Pasternak. Polnoe sobranie sochinenii v 11 tt.*) 출간.

고전의 새로운 기준, 창비세계문학

오늘날 우리는 인간의 존엄과 개성이 매몰되어가는 시대를 살고 있다. 물질만능과 승자독식을 강요하는 자본주의가 전지구적으로 확산되면서 현대사회는 더 황폐해지고 삶의 질은 크게 훼손되었다. 경제성장만이 최고의 선으로 인정되고 상업주의에 물든 문화소비가 삶을 지배할수록 문학은 점점 더 변방으로 밀려나고 있다. 삶의 본질을 성찰하는 문학의 자리가 위축되는 세계에서는 가진 자와 못 가진 자 할 것 없이 모두가 불행할 수밖에 없다.

이 시대야말로 인간답게 산다는 것의 의미가 무엇인지 근본적인 화두를 다시 던지고 사유의 모험을 떠나야 할 때다. 우리는 그 여정에 반드시 필요한 벗과 스승이 다름 아닌 세계문학의 고전이라는 점을 강조한다. 고전에는 다양한 전통과 문화를 쌓아올린 공동체의 경험이 녹아들어 있고, 세계와 존재에 대한 탁월한 개인들의 치열한 탐색이 기록되어 있으며, 새로운 세상을 꿈꾸는 아름다운 도전과 눈물이 아로새겨 있기 때문이다. 이 무궁무진한 상상력의 보고이자 살아 있는 문화유산을 되새길 때만 개인의 일상에서 참다운 인간적 가치를 실현하고 근대적 삶의 의미와 한계를 성찰하는 지혜를 얻을 수 있을 것이다.

'창비세계문학'은 이러한 문제의식에서 출발한다. 세계문학의 참의미를 되새겨 '지금 여기'의 관점으로 우리의 정전을 재구성해야 할 필요성이 그 어느 때보다 절실하다. '정전'이란 본디 고정된 목록으로 존재하는 것이 아니라 그때그때 주어진 처소에서 새롭게 재구성됨으로써 생명을 이어가는 것이다. 우리는 먼저 전세계 문학들의 다양성과 차이를 존중하면서 국가와 민족, 언어의 경계를 넘어 보편적 가치에 기여할 수 있는 가능성에 주목하고자 한다. 근대를 깊이 성찰한 서양문학뿐 아니라 아시아와 라틴아메리카, 중동과 아프리카 등 비서구권 문학의 성취를 발굴하고 재평가하는 것 역시 세계문학의 지형도를 다시 그리려는 창비의 필수적인 작업이 될 것이다.

여러 전집들이 나와 있는 세계문학 시장에서 '창비세계문학'은 세계문학 독서의 새로운 기준이 되고자 한다. 참신하고 폭넓으면서도 엄정한 기획, 원작의 의도와 문체를 살려내는 적확하고 충실한 번역, 그리고 완성도 높은 책의 품질이 그 기초이다. 독서시장을 왜곡하는 값싼 유행과 상업주의에 맞서 문학정신을 굳건히 세우며, 안팎의 조언과 비판에 귀 기울이고 독자들과 꾸준히 소통하면서 진정 이 시대가 요구하는 세계문학이 무엇인지 되묻고 갱신해 나갈 것이다.

　1966년 계간 『창작과비평』을 창간한 이래 한국문학을 풍성하게 하고 민족문학과 세계문학 담론을 주도해온 창비가 오직 좋은 책으로 독자와 함께해왔듯, '창비세계문학' 역시 그러한 항심을 지켜나갈 것이다. '창비세계문학'이 다른 시공간에서 우리와 닮은 삶을 만나게 해주고, 가보지 못한 길을 걷게 하며, 그 길 끝에서 새로운 길을 열어주기를 소망한다. 또한 무한경쟁에 내몰린 젊은이와 청소년 들에게 삶의 소중함과 기쁨을 일깨워주기를 바란다. 목록을 쌓아갈수록 '창비세계문학'이 독자들의 사랑으로 무르익고 그 감동이 세대를 넘나들며 이어진다면 더없는 보람이겠다.

2012년 가을
창비세계문학 기획위원회
김현균 서은혜 석영중 이욱연 임홍배 정혜용 한기욱

창비세계문학 97

의사 지바고 2

초판 1쇄 발행 / 2024년 6월 12일

지은이 / 보리스 빠스쩨르나끄
옮긴이 / 최종술
펴낸이 / 염종선
책임편집 / 정편집실·오윤
조판 / 한향림
펴낸곳 / (주)창비
등록 / 1986년 8월 5일 제85호
주소 / 10881 경기도 파주시 회동길 184
전화 / 031-955-3333
팩시밀리 / 영업 031-955-3399 편집 031-955-3400
홈페이지 / www.changbi.com
전자우편 / lit@changbi.com

한국어판 ⓒ (주)창비 2024
ISBN 978-89-364-6494-3 03890